Countdown

© Selene Preston

Douglas Preston arbeitete am Naturhistorischen Museum in New York und verfasste Sachbücher. So lernte er den Lektor **Lincoln Child** kennen. Gemeinsam schrieben sie 1995 den Thriller *RELIC – Museum der Angst*, der ein internationaler Bestseller wurde und die Figur des Special Agent Aloysius Pendergast berühmt machte. 2011 erschien dann der erste Band ihrer neuen Serie *MISSION – Spiel auf Zeit*, die den jungen ungewöhnlichen Ermittler Gideon Crew einführte. In *Countdown – Jede Sekunde zählt* betritt Gideon Crew zum zweiten Mal die Bühne.

Mehr Informationen im Internet: www.preston-child.de

DOUGLAS PRESTON & LINCOLN CHILD

COUNTDOWN

Jede Sekunde zählt

Thriller

Aus dem Amerikanischen
von Michael Benthack

Weltbild

Die amerikanische Originalausgabe erschien 2012 unter dem Titel
Gideon's Corpse
bei Grand Central Publishing, New York.

Besuchen Sie uns im Internet:
www.weltbild.de

Genehmigte Lizenzausgabe für Verlagsgruppe Weltbild GmbH,
Steinerne Furt, 86167 Augsburg

Ein Unternehmen der Droemerschen Verlagsanstalt
Th. Knaur Nachf. GmbH & Co. KG, München
Übersetzung: Michael Benthack
Umschlaggestaltung: Jarzina kommunikationsdesign, Holzkirchen
Umschlagmotiv: mauritius images, Mittenwald
(© Cultura, © Alamy, © Trigger Image)
Gesamtherstellung: CPI – Clausen & Bosse, Leck
Printed in the EU
ISBN 978-3-86365-234-0

2016 2015 2014 2013
Die letzte Jahreszahl gibt die aktuelle Lizenzausgabe an.

Für Barbara Peters

1

Gideon stand am Fenster des Konferenzraums und schaute auf den ehemaligen Meatpacking District Manhattans. Sein Blick fiel auf die geteerten Dächer der alten Gebäude, in denen sich inzwischen schicke Boutiquen und angesagte Restaurants angesiedelt hatten, streifte dann den neuen High Line Park, der voller Menschen war, und die verrotteten Piers, bis er schließlich auf der breiten Wasserfläche des Hudson zur Ruhe kam. Im dunstigen frühsommerlichen Sonnenlicht sah der Fluss zur Abwechslung mal wie ein richtiges Gewässer aus: eine riesige blaue Fläche, die sich mit der Flut stromaufwärts bewegte.

Der Hudson erinnerte ihn an andere Flüsse, die er gekannt hatte, und Bäche und Bergschluchten. Vor allem an einem Bach, hoch in den Jemez Mountains, blieben seine Gedanken hängen. Er dachte an einen bestimmten tiefen Abschnitt darin und an die große Cutthroat-Forelle, die gewiss dort unten in der sonnenbeschienenen Tiefe lauerte.

Er konnte es kaum erwarten, aus New York City herauszukommen, weg von diesem verhutzelten Gnomen namens Glinn und seiner ominösen Firma *Effective Engineering Solutions.*

»Ich gehe angeln«, sagte er.

Glinn verlagerte das Gewicht im Rollstuhl und seufzte. Gideon wandte sich um. Glinns verkrüppelte Hand kam unter der Decke hervor, die auf seinen Knien lag, und streckte ihm ein dickes Kuvert aus braunem Papier entgegen. »Ihr Geld.«

Gideon zögerte. »Sie bezahlen mich? Nach allem, was ich getan habe?«

»Fakt ist, dass sich unsere Honorarstruktur aufgrund dessen, was Sie mir gesagt haben, geändert hat.« Glinn öffnete den Umschlag, zählte mehrere mit Banderolen versehene Päckchen Hunderter ab und legte sie auf den Konferenztisch. »Hier ist die Hälfte von den hunderttausend.«

Gideon griff nach dem Geld, bevor Glinn es sich anders überlegen konnte.

Dann reichte ihm Glinn zu seiner Überraschung die andere Hälfte. »Und hier ist der Rest. Allerdings nicht als Bezahlung für geleistete Dienste, sondern mehr als eine Art, wie soll ich sagen, Vorschuss.«

Gideon stopfte sich das Geld in die Jacketttaschen. »Ein Vorschuss worauf?«

»Ich dachte mir, dass Sie, bevor Sie die Stadt verlassen, vielleicht mal kurz bei einem alten Freund vorbeischauen möchten.«

»Danke, aber ich bin mit einer Cutthroat-Forelle im Chihuahueños Creek verabredet.«

»Aha. Aber ich hatte so sehr gehofft, Sie hätten Zeit, Ihren Freund zu besuchen.«

»Ich habe keine Freunde. Und selbst wenn, ich wäre im Moment hundertprozentig nicht daran interessiert, ›mal kurz bei einem alten Freund vorbeizuschauen‹. Wie Sie mir freundlicherweise mitgeteilt haben, läuft meine Zeit ja ohnehin bald ab.«

»Reed Chalker ist sein Name. Sie haben mal mit ihm zusammengearbeitet, glaube ich.«

»Wir waren in derselben Abteilung. Das ist nicht dasselbe, wie mit jemandem zusammenzuarbeiten. Ich habe den Typen seit Monaten nicht mehr in Los Alamos gesehen.«

»Nun, Sie sind im Begriff, ihn jetzt zu sehen. Die Behörden hoffen, Sie könnten sich mal ein bisschen mit ihm unterhalten.«

»Die Behörden? Ein bisschen unterhalten? Worum geht's hier eigentlich?«

»In diesem Augenblick hält Chalker eine Geisel gefangen. Vier Geiseln, genau genommen. Eine Familie in Queens. Bedroht sie mit vorgehaltener Waffe.«

Gideon lachte. »Chalker? Unmöglich. Der Typ, den ich kannte, war ein waschechter Los-Alamos-Streber, absolut gesetzestreu. Der könnte keiner Fliege was zuleide tun.«

»Er ist durchgeknallt. Paranoid. Völlig neben der Spur. Sie sind die einzige Person in unmittelbarer Nähe, die ihn kennt. Die Polizei möchte, dass Sie ihn beruhigen, ihn dazu bringen, dass er die Geiseln freilässt.«

Gideon gab keine Antwort.

»Deshalb tut mir leid, Ihnen mitteilen zu müssen, Dr. Crew, dass die Cutthroat-Forelle sich noch etwas länger ihres Lebens erfreuen wird. Doch jetzt müssen Sie wirklich los. Die Familie kann nicht länger warten.«

Gideon merkte, wie Empörung in ihm aufwallte. »Suchen Sie sich jemand anderen.«

»Dazu bleibt keine Zeit. Es geht um zwei Kinder und ihre Eltern. Wie's aussieht, ist der Vater Chalkers Vermieter, er hat Chalker die Souterrainwohnung in seinem Reihenhaus vermietet. Offen gesagt, haben wir großes Glück, dass Sie hier sind.«

»Ich kenne Chalker kaum. Er hat sich wie eine Klette an mich gehängt, aber nur kurz, nachdem seine Frau ihn verlassen hatte. Danach ist er gläubig geworden und aus meinem Blickfeld verschwunden, und zwar zu meiner großen Erleichterung.«

»Garza fährt Sie hin. Ihr Kontaktmann vor Ort ist Special Agent Stone Fordyce, FBI.«

»Kontaktmann? Warum hat das FBI mit der Sache zu tun?«

»Es ist die übliche Vorgehensweise, wenn jemand mit einem so hohen Sicherheitsstatus wie Chalker in Schwierigkeiten gerät und es sein kann, dass er, äh, fremdgeht.« Glinn richtete das unverletzte Auge auf Gideon. »Es handelt sich hier nicht um eine verdeckte Operation wie beim letzten Mal, sondern um einen ganz offiziellen Auftrag. Wenn alles gutgeht, müssten Sie in ein, zwei Tagen auf dem Rückweg nach New Mexico sein.«

Gideon schwieg. Er hatte noch elf Monate zu leben – zumindest war ihm das mitgeteilt worden. Andererseits: Je länger er darüber nachdachte, umso mehr Fragen stellten sich ihm, und deshalb hatte er vor, bei der ersten sich bietenden Gelegenheit eine zweite Meinung einzuholen. Glinn war ein meisterhafter Strippenzieher, und Gideon traute weder ihm noch seinen Leuten über den Weg.

»Wenn Chalker so knallverrückt ist, wie Sie behaupten, dann könnte es doch sein, dass er seine Waffe auf mich richtet.«

»Zwei Kinder. Acht und zehn. Junge und Mädchen. Und ihre Eltern.«

Gideon drehte sich um und stieß einen langen Seufzer aus. »In Gottes Namen, einverstanden. Aber ich gebe Ihnen einen Tag – nur einen Tag. Und ich werde lange, sehr lange stocksauer auf Sie sein.«

Glinn bedachte ihn mit einem kühlen Lächeln.

2

Am Tatort herrschte eine Art kontrolliertes Chaos. Die unmittelbare Umgebung war eine unscheinbare Wohnstraße in einer groteskerweise »Sunnyside« benannten Arbeitersiedlung in Queens. Das Haus war Teil einer langen Reihe von miteinander verbundenen Backsteinhäusern, gegenüber befand sich eine identische Häuserzeile, dazwischen lag eine asphaltierte Straße voller Schlaglöcher. An der Straße stand kein einziger Baum; die Vorgärten waren verwildert, die Rasenflächen vertrocknet, weil es lange nicht geregnet hatte. Der Verkehr auf dem nahegelegenen Queens Boulevard dröhnte herüber, der Geruch von Autoabgasen hing in der Luft.

Ein Polizist zeigte ihnen, wo sie parken sollten, und sie stiegen aus. Die Polizei hatte beiderseits der Straße Absperrgitter und Betonsperren aufgestellt, außerdem standen überall Streifenwagen mit eingeschaltetem Blaulicht herum. Garza zeigte seinen Ausweis und wurde durch eine Absperrung gewunken, die eine drängelnde Menge von Schaulustigen zurückhielt, viele von ihnen tranken Bier, ein paar trugen sogar Partyhütchen und führten sich auf wie auf einem Straßenfest.

New York City, dachte Gideon und schüttelte den Kopf.

Die Polizei hatte einen großen Bereich vor dem Haus, in dem Chalker die Geiseln genommen hatte, geräumt. Zwei mobile Einsatzkommandos waren in Stellung gegangen, das eine vorn, hinter einem gepanzerten Rettungsfahrzeug, das andere weiter hinten, hinter einer Reihe von Betonsperren. Gideon sah auf mehreren Häusern Scharfschützen, die von den Dächern spähten. In einiger Entfernung ertönte hin und wieder eine Stimme durch ein Megaphon, anscheinend ein Geiselnahmeexperte, der versuchte, beruhigend auf Chalker einzureden.

Als Garza sich nach vorn durchdrängte, hatte Gideon plötzlich eine Art Déjà-vu-Erlebnis, einen Anfall von Übelkeit. So war sein Vater getötet worden, genau so hatte es ausgesehen: Megaphone, mobile Einsatzkommandos, Scharfschützen und Absperrungen – kaltblütig erschossen, als er sich mit erhobenen Händen ergab ... Nur mit Mühe konnte Gideon die Erinnerung verdrängen.

Garza und Gideon durchquerten eine weitere Sperre und gelangten zu einem FBI-Kommandoposten. Einer der Agenten löste sich aus der Gruppe und kam zu ihnen.

»Special Agent Stone Fordyce«, stellte Garza den Mann vor. »Stellvertretender Leiter des FBI-Teams vor Ort. Sie werden mit ihm zusammenarbeiten.«

Gideon musterte Fordyce mit instinktiver Feindseligkeit. Der Typ sah aus wie aus einer Fernsehserie: hochgewachsen, gutaussehend, arrogant, selbstsicher und geradezu lächerlich fit. Er trug einen blauen Anzug, ein gestärktes weißes Hemd und eine gestreifte Krawatte, der Ausweis baumelte ihm um den Hals. Mit seinen schmalen blauen Augen blickte er auf Gideon herab, als betrachtete er eine niedere Lebensform.

»Sie sind also der *Freund?*«, fragte Fordyce und musterte Gideon eindringlich, vor allem dessen Kleidung – schwarze Jeans, schwarze Sneakers ohne Schnürsenkel, weißes Secondhand-Smokinghemd, dünner Schal.

»Ich bin nicht die unverheiratete Tante, wenn Sie das meinen«, erwiderte Gideon.

»Es geht um Folgendes«, fuhr Fordyce nach kurzer Pause fort. »Ihr Freund, dieser Chalker, ist paranoid. Hat Wahnvorstellungen, eine klassische psychotische Episode. Er gibt einen Haufen Verschwörungstheorien von sich: Die Regierung habe ihn entführt und zu Strahlungsexperimenten missbraucht und ihm Strahlen in den Kopf gejagt – das Übliche. Er glaubt, dass seine Vermieter an der Verschwörung beteiligt sind, und hat sie deshalb als Geiseln genommen, zusammen mit ihren zwei Kindern.«

»Was will er?«, fragte Gideon.

»Ist nicht ganz klar. Er ist mit – wie wir vermuten –

einem 45er Colt bewaffnet. Er hat damit ein-, zweimal in die Luft geballert. Wir sind nicht sicher, ob er wirklich weiß, wie man mit dem Ding umgeht. Wissen Sie etwas über seine früheren Erfahrungen im Umgang mit Waffen?«

»Ich denke, er hat keine«, sagte Gideon.

»Erzählen Sie mal, was Sie über ihn wissen.«

»Einzelgänger. Hatte kaum Freunde, hatte sich eine gestörte Frau erster Güte aufgehalst, die ihn total ausgequetscht hat. War unzufrieden mit seinem Job, hat davon geredet, er wolle Schriftsteller werden. Schließlich ist er dann religiös geworden.«

»War er gut in seinem Beruf? Intelligent?«

»Er beherrschte seine Arbeit, war aber nicht brillant. Was seinen IQ betrifft, so ist der weitaus höher als der, sagen wir, eines durchschnittlichen FBI-Agenten.«

Es entstand eine Stille, während Fordyce die Antwort auf sich wirken ließ, aber nicht reagierte. »In der Kurzdarstellung heißt es, dass der Mann in Los Alamos Atomwaffen mitentwickelt hat. Stimmt das?«

»Mehr oder weniger.«

»Glauben Sie, dass er in dem Haus da Sprengsätze zusammengebastelt haben könnte?«

»Er hat vielleicht an Atomwaffen gearbeitet, aber wenn er einen Knallfrosch gehört hätte, wäre er ausgerastet. Und was die Sprengsätze angeht – das bezweifle ich stark.«

Fordyce schaute ihn an und fuhr fort: »Er glaubt, dass alle hier was mit dem Staat zu tun haben und Agenten sind.«

»Womit er vermutlich recht hat.«

»Wir hoffen, dass er jemandem aus seiner Vergangenheit vertraut. Ihnen.«

Gideon hörte im Hintergrund weitere über Megaphon gerufene Sätze, dann eine verzerrte, gekreischte Antwort, die allerdings zu weit entfernt war, um sie verstehen zu können. Er drehte sich zu den Geräuschen um. »Ist *er* das?«, fragte er ungläubig.

»Leider.«

»Warum das Megaphon?«

»Er will weder per Handy noch Festnetz mit uns reden, weil wir das nur dazu benutzen würden, ihm noch mehr Strahlen in den Kopf zu jagen. Deswegen verwenden wir nur das Megaphon. Er ruft seine Antworten aus der Tür.«

Gideon drehte sich wieder in die Richtung, aus der die Geräusche kamen. »Ich schätze mal, ich bin so weit, wenn Sie es sind.«

»Ich gebe Ihnen vorher noch einen Crashkurs in Geiselnahme-Verhandlungen«, sagte Fordyce. »Das Ganze beruht auf der Idee, ein Gefühl der Normalität zu erzeugen, den Erregungspegel zu senken, den Geiselnehmer zu beschäftigen, die Verhandlung zu verlängern. An sein Mitgefühl zu appellieren. Okay? Unser Ziel Nummer eins besteht darin, ihn dazu zu bringen, dass er die Kinder freilässt. Versuchen Sie, irgendetwas auszugraben, was er haben möchte, und tauschen Sie die Kinder dagegen ein. Konnten Sie mir so weit folgen?« Offenbar bezweifelte er, dass Gideon zu rationalem Denken fähig war.

Gideon nickte und verzog keine Miene.

»Sie sind nicht befugt, irgendetwas zu garantieren. Sie dürfen keine Versprechungen machen. Haben Sie verstanden? Alles muss mit dem Einsatzleiter abgesprochen werden. Worum der Mann auch bittet, gehen Sie darauf ein, aber sagen Sie, Sie müssten das erst mit dem Leiter abklären. Das ist der entscheidende Teil der Verhandlung. Dadurch wird die ganze Sache verlangsamt. Und wenn er etwas will, und die Antwort lautet nein, sind Sie nicht schuld. Es geht darum, ihn zu ermatten, ihm den Wind aus den Segeln zu nehmen.«

Gideon wunderte sich, dass er mit dem Vorgehen insgesamt einverstanden war.

Ein Polizist erschien mit einer kugelsicheren Weste. »Wir werden Sie ein bisschen einkleiden«, sagte Fordyce. »Aber egal, es dürfte kein Risiko bestehen. Wir stecken Sie hinter kugelsicheres Plexiglas.«

Sie halfen Gideon, sein Hemd auszuziehen und die kugelsichere Weste anzulegen, steckten ihm die Verlängerungen in die Hose, dann statteten sie ihn mit einem unsichtbaren Ohrhörer und einem Funkmikro aus. Während er sich das Hemd wieder anzog, hörte er im Hintergrund weitere Sätze aus einem Megaphon, unterbrochen von hysterischen, unverständlichen Antworten.

Fordyce warf einen Blick auf seine Armbanduhr und zuckte zusammen. »Irgendwelche neuen Entwicklungen?«, fragte er den Polizisten.

»Das Verhalten des Mannes wird schlimmer. Der Leiter glaubt, dass wir bald in die Endphase übergehen müssen.«

»Verdammt.« Fordyce schüttelte den Kopf und wandte sich wieder zu Gideon um. »Noch etwas: Sie werden nach einem Drehbuch vorgehen.«

»Einem Drehbuch?«

»Unsere Psychologen haben es geschrieben. Wir geben Ihnen jede Frage durch den Ohrhörer durch. Sie stellen die Frage, warten einen Moment, nachdem er geantwortet hat, und bekommen dann von uns die Antwort.«

»Das können Sie doch auch selber. Dazu brauchen Sie mich doch nicht.«

»Sie haben's erfasst. Wir benutzen Sie nur als Sprachrohr.«

»Wieso dann der Vortrag über Geiselnahme-Verhandlungen?«

»Damit Sie verstehen, was vor sich geht und warum.

Und wenn das Gespräch persönlich wird, könnte es sein, dass Sie ein wenig improvisieren müssen. Aber nehmen Sie den Mund nicht zu voll, und machen Sie keine Versprechungen. Sichern Sie sich sein Wohlwollen, erinnern Sie ihn an Ihre Freundschaft, versichern Sie ihm, dass alles gut wird, dass seine Sorgen ernst genommen werden. Bleiben Sie ruhig. Und streiten Sie um Himmels willen nicht mit ihm über seine Wahnvorstellungen.«

»Ergibt Sinn.«

Fordyce musterte ihn lange, wie prüfend; seine Feindseligkeit ließ ein wenig nach. »Wir machen so etwas schon ziemlich lange.« Kurze Pause. »Sind Sie bereit?«

Gideon nickte.

»Los geht's.«

3

Fordyce ging Gideon voran durch eine letzte Reihe von Sperren zur vordersten Linie aus Betonbarrieren, gepanzerten Fahrzeugen und Plexiglas-Schutzschilden. Die schusssichere Weste fühlte sich ungewohnt und unförmig an. Jetzt konnte er das Megaphon klar und deutlich verstehen.

»Reed«, ließ sich die Megaphon-Stimme vernehmen, ruhig und onkelhaft, *»ein alter Freund von Ihnen ist hier und möchte mit Ihnen reden. Sein Name ist Gideon Crew. Möchten Sie mit ihm sprechen?«*

»Quatsch!«, ertönte die Antwort – es war ein kaum zu verstehender Schrei. »Ich will mit niemandem reden!«

Eine raue Stimme erklang in Gideons Ohrhörer. »Dr. Crew, hören Sie mich?«

»Ich höre.«

»Ich bin Jed Hammersmith. Ich sitze in einem der Vans, entschuldigen Sie, dass wir uns nicht persönlich begrüßen können. Ich werde Sie anleiten. Hören Sie genau zu. Wichtigste Regel: Sie dürfen mir nicht antworten, wenn ich mit Ihnen über den Ohrhörer spreche. Wenn Sie da draußen sind, darf man natürlich nicht sehen, dass Sie mit jemandem kommunizieren. Sie reden nur mit dem Geiselnehmer. Haben Sie mich verstanden?«

»Ja.«

»Ihr lügt! Ihr alle! Hört auf mit dem Theater!«

Gideon schrak zusammen. Es erschien ihm nahezu ausgeschlossen, dass es sich um den Chalker handelte, den er kannte. Und dennoch war das seine Stimme, verzerrt von Angst und Wahnsinn.

»Wir wollen Ihnen helfen«, ertönte es aus dem Megaphon. *»Sagen Sie uns, was Sie wollen …«*

»Ihr wisst genau, was ich will! Stoppt die Entführung. Hört auf mit den Experimenten!«

»Ich werde Ihnen die Fragen vorsprechen«, sagte Hammersmiths ruhige Stimme in Gideons Ohr. »Wir müssen jetzt schnell handeln; die Sache läuft nicht gut.«

»Das sehe ich.«

»Ich schwöre bei Gott, dass ich ihm das Hirn wegpuste, wenn ihr nicht aufhört, mich zu verarschen!«

Aus dem Haus drangen ein unartikulierter Schrei und die flehende Stimme einer Frau. Und davon überdeckt das hohe Wehklagen eines Kindes. Es traf Gideon bis ins Mark. Die Erinnerungen aus seiner eigenen Kindheit – sein Vater, der in einer Türöffnung stand, er selbst, wie er über einen grünen Rasen auf ihn zulief – kehrten stärker denn je zurück. Er bemühte sich verzweifelt, die Bilder zu verdrängen, doch jeder Ton aus dem Megaphon bewirkte nur, dass sie wieder zurückkamen.

»Du steckst doch mit denen unter einer Decke, du Miststück!«, schrie Chalker in die Richtung von jemandem, der neben ihm stand. »Du bist nicht mal seine Frau, du bist bloß eine Agentin! Das hier ist alles Quatsch, alles. Aber ich spiele da nicht mit! Ich lasse mir das nicht mehr gefallen!«

Die Megaphon-Stimme antwortete geradezu übernatürlich ruhig, so als spräche sie mit einem Kind. *»Ihr Freund Gideon Crew möchte sich mit Ihnen unterhalten. Er kommt jetzt raus.«*

Fordyce drückte ihm ein Mikrofon in die Hand. »Es ist drahtlos verbunden mit Lautsprechern am Van. Gehen Sie.«

Er deutete in Richtung eines Plexiglas-Unterstands, schmal und an drei Seiten und oben geschlossen, der hintere Teil offen. Nach kurzem Zögern trat Gideon hinter dem Van hervor und in den Glaskasten. Das Ding erinnerte ihn an einen Haifischkäfig.

Er sprach ins Mikro. »Reed?«

Jähes Schweigen.

»Reed? Ich bin's, Gideon.«

Immer noch Schweigen. Und dann: »O mein Gott, Gideon, haben die dich auch geschnappt?«

In Gideons Ohrhörer ertönte Hammersmiths Stimme, und er wiederholte dessen Sätze. »Niemand hat mich geschnappt. Ich war in der Stadt, habe gehört, was los ist, bin hierhergekommen, um zu helfen. Ich stecke mit niemandem unter einer Decke.«

»Lügner!«, antwortete Chalker mit hoher, bebender Stimme. »Die haben auch dich geschnappt! Hast du schon Schmerzen? Steckt es dir im Kopf? Im Magen? Das kommt noch. O ja, ganz bestimmt ...« Die Stimme brach plötzlich ab und wurde durch einen heftigen Würgelaut ersetzt.

»Nutzen Sie die Pause«, erklang Hammersmiths Stimme.

»Sie müssen die Kontrolle über das Gespräch gewinnen. Fragen Sie ihn: Wie kann ich helfen?«

»Reed«, sagte Gideon. »Wie kann ich helfen?«

Wieder Würgen, dann Stille.

»Lass mich dir helfen, bitte. Wie kann ich dir helfen?«

»Du kannst nichts tun! Rette deinen eigenen Arsch, hau ab von hier. Diese Dreckschweine sind zu allem fähig – schau doch, was die mit mir gemacht haben. Ich verbrenne innerlich! O Scheiße, mein Magen –!«

»Bitten Sie ihn vorzutreten, so dass Sie ihn sehen können«, sagte Hammersmith in Gideons Ohr.

Gideon fielen die Scharfschützen ein. Er merkte, wie ihm kalt wurde; wenn einer von den Schützen freie Schussbahn hatte, würde er abdrücken. *Genauso, wie sie's bei meinem Vater gemacht haben …* Gleichzeitig rief er sich aber auch in Erinnerung, dass Chalker in dem Haus eine Familie als Geisel genommen hatte und mit der Waffe bedrohte. Gideon sah mehrere Männer auf dem Dach des Reihenhauses. Sie machten sich bereit, etwas durch den Schornstein hinabzulassen; ein Gerät, das aussah wie eine Videokamera. Hoffentlich wussten die, was sie taten.

»Sag denen, sie sollen die Strahlen abschalten!«

»Sagen Sie ihm, dass Sie ihm wirklich helfen wollen, aber dass er Ihnen sagen muss, wie.«

»Reed, ich will dir wirklich helfen. Du musst nur sagen, wie.«

»Stoppt die Experimente!« Auf einmal sah Gideon, dass sich im Türrahmen etwas bewegte. »Die bringen mich um! Schaltet die Strahlung ab, oder ich puste ihm den Kopf weg!«

»Sagen Sie ihm, dass wir alles tun, was er möchte«, sprach Hammersmith in Gideons Ohr. »Aber er muss aus dem Haus kommen, damit Sie von Angesicht zu Angesicht mit ihm reden können.«

Gideon schwieg. Sosehr er sich auch bemühte, das Bild seines Vaters ging ihm einfach nicht aus dem Kopf, seines Vaters, wie er die Hände hob und ihm mitten ins Gesicht geschossen wurde ... Nein, darum würde er Chalker nicht bitten. Wenigstens jetzt noch nicht.

»Gideon«, sagte Hammersmith nach einer langen Pause, »ich weiß, dass Sie mich hören ...«

»Reed«, sagte Gideon und schnitt Hammersmith das Wort ab. »Ich stecke mit diesen Leuten nicht unter einer Decke. Ich stecke mit niemandem unter einer Decke. Ich bin hier, um dir zu helfen.«

»Das glaube ich dir nicht!«

»Dann glaub es mir eben nicht. Aber hör mir wenigstens zu.«

Keine Reaktion.

»Du sagst, dein Vermieter steckt mit in der Sache drin?«

»Weichen Sie nicht vom Drehbuch ab«, warnte Hammersmith.

»Das sind nicht meine Vermieter«, erklang Chalkers Antwort, lauter nun, hysterisch. »Ich habe die noch nie gesehen! Das Ganze ist ein abgekartetes Spiel. Ich war noch nie im Leben hier, das sind Regierungsagenten! Ich bin entführt worden, wurde festgehalten, damit man Experimente –«

Gideon hielt eine Hand hoch. »Reed, Moment mal. Du sagst, dass die Vermieter da mit drinstecken und dass alles ein abgekartetes Spiel ist. Was ist dann mit den Kindern? Stecken die auch mit drin?«

»Das Ganze ist ein abgekartetes Spiel. Auuuh, diese Hitze! Diese Hitze!«

»Acht und zehn Jahre alt?«

Langes Schweigen.

»Reed, beantworte meine Frage. Sind die Kinder auch Verschwörer?«

»Bring mich nicht durcheinander!«

Wieder Stille. Er hörte Hammersmiths Stimme. »Okay, das ist gut. Machen Sie weiter.«

»Ich will dich nicht verwirren, Reed. Aber das sind Kinder. Unschuldige Kinder.«

Wieder Stille.

»Lass doch die Kinder frei. Schick sie raus zu mir. Du hast dann trotzdem noch zwei Geiseln.«

Das lange Schweigen dehnte sich, und dann sah man plötzlich eine jähe Bewegung, hörte einen gellenden Schrei, und eines der Kinder erschien im Türrahmen – der Junge. Ein kleiner Junge mit dichtem braunem Haar, er trug ein I LOVE MY GRANDMA-T-Shirt und machte, am ganzen Leib zitternd vor Angst, einen Schritt ins Freie.

Einen Augenblick lang glaubte Gideon, dass Chalker die Kinder freilassen wollte. Doch als er den vernickelten 45er sah, der gegen den Hals des Jungen gedrückt war, war ihm klar, dass er sich getäuscht hatte.

»Sehen Sie das! Ich mache keine Witze! Stoppen Sie die Strahlen, oder ich bringe den Jungen um! Ich zähle bis zehn! Eins, zwei …«

Die Mutter schrie hysterisch im Hintergrund. »Nicht, bitte nicht!«

»Halt's Maul, verlogenes Miststück, das sind nicht mal deine Kinder!« Chalker drehte sich um und gab einen Schuss in die Dunkelheit im Haus hinter sich ab. Das Schreien der Frau brach jählings ab.

Mit einer entschlossenen Bewegung trat Gideon aus dem schusssicheren Unterstand und ging auf die offene Fläche vor dem Haus zu. Er hörte Rufe, Polizisten, die ihm hinterherschrien – *zurück, runter, der Mann ist bewaffnet* –, aber er ging weiter, bis er knapp fünfzig Meter von der Haustür entfernt stehen blieb.

»Was zum Teufel machen Sie da? Treten Sie zurück hinter die Barriere, er wird Sie abknallen!«, schrie Hammersmith durch den Ohrhörer.

Gideon zog den Hörer aus dem Ohr und hielt ihn hoch. »Reed? Siehst du das hier? Du hattest recht. Die haben mir gesagt, was ich sagen soll.« Er warf den Ohrhörer auf den Asphalt. »Aber jetzt nicht mehr. Von jetzt an reden wir offen und ehrlich.«

»Drei, vier, fünf …«

»Warte, um Gottes willen, *bitte.*« Gideon sprach laut. »Er ist doch noch ein Kind. Hör doch, wie er schreit. Glaubst du, er täuscht das nur vor?«

»Schnauze!«, schrie Chalker den Jungen an – worauf der erstaunlicherweise zu weinen aufhörte. Er stand da, zitternd und blass, seine Lippen bebten. »Mein Kopf!«, schrie Chalker. »Mein …«

»Weißt du noch, wie diese Schülergruppen kamen, um sich das Labor anzusehen?«, sagte Gideon und bemühte sich dabei, ganz ruhig zu klingen. »Du hast diese Kinder doch gemocht, du fandest es toll, ihnen alles zu zeigen. Und die Kinder fanden dich toll. Nicht mich. Nicht die anderen. Sondern dich. Weißt du das noch, Reed?«

»Ich verbrenne!«, rief Chalker. »Die haben wieder die Strahlen eingeschaltet. Ich bring den Jungen um, aber seinen Tod wirst du auf dem Gewissen haben, nicht ich! Hast du mich VERSTANDEN? SIEBEN, ACHT …«

»Lass den armen Jungen gehen«, sagte Gideon und trat einen weiteren Schritt vor. Es jagte ihm ungeheure Angst ein, dass Chalker nicht mal mehr richtig zählen konnte. »Lass ihn gehen. Du kannst stattdessen mich nehmen.«

Mit einer brüsken Bewegung drehte sich Chalker um und richtete seine Waffe auf Gideon. »Geh zurück, du bist einer von denen!«

Gideon streckte die Arme fast flehentlich in Richtung Chalker aus. »Glaubst du wirklich, ich gehöre zu den Verschwörern? Dann schieß doch. Aber bitte, *bitte*, lass den Jungen frei.«

»Du hast es so gewollt!« Chalker schoss.

4

Und verfehlte sein Ziel.

Gideon ließ sich auf den Asphalt fallen. Und jetzt klopfte sein Herz plötzlich so heftig, als schlüge es direkt gegen seine Rippen. Er kniff die Augen fest zusammen und wartete auf den nächsten Schuss, einen glühenden Schmerz und darauf, dass ringsum alles schwarz würde.

Doch der zweite Schuss blieb aus. Gideon hörte lautes Stimmengewirr und Gekrächze aus dem Megaphon. Langsam, ganz langsam öffnete er die Augen und blickte zum Haus. Da stand Chalker, kaum zu sehen in der Türöffnung, er hielt den Jungen vor sich fest. An der Art, wie der Mann die Waffe hielt, an seinen zitternden Händen und seiner ganzen Haltung ließ sich ablesen, dass er überhaupt keine Erfahrung mit Waffen hatte. Und die Distanz betrug fünfzig Meter.

»Das ist ein gemeiner Trick!«, kreischte Chalker. »Du bist nicht mal Gideon! Du sollst mich reinlegen!«

Gideon stand langsam auf und hielt die Hände so, dass Chalker sie sehen konnte. Sein Herz wollte immer noch nicht langsamer schlagen. »Reed, lass uns doch einfach den Tausch vornehmen. Nimm mich. Lass den kleinen Jungen frei.«

»Sag denen, sie sollen die Strahlen abschalten!«

Streiten Sie nicht mit ihm wegen seiner Wahnvorstellungen, hatte man Gideon eingeschärft. Ein guter Rat. Aber wie zum Teufel sollte er reagieren? »Reed, alles wird gut, wenn du den Jungen freilässt. Und das kleine Mädchen.«

»Schaltet die Strahlung ab!« Chalker hockte sich hinter den Jungen, nutzte ihn als Deckung. »Die bringen mich um. Schaltet die Strahlen ab, oder ich puste ihm den Kopf weg!«

»Wir kriegen das schon hin«, rief Gideon. »Alles wird gut. Aber du musst den Jungen freilassen.« Er machte noch einen Schritt, dann noch einen. Er musste nahe genug herankommen, um einen letzten Angriff zu starten – falls der notwendig war. Wenn er Chalker nicht angriff, sich nicht auf ihn warf, dann würde der Junge sterben, und die Scharfschützen würden Chalker erschießen. Und Gideon bezweifelte, dass er es ertragen würde, das mit anzusehen.

Chalker kreischte, als litte er Todesqualen. »Stoppt die Strahlung!« Sein ganzer Körper bebte, während er mit dem Revolver herumfuchtelte.

Wie reagierte man auf einen Wahnsinnigen? Verzweifelt versuchte sich Gideon an den Rat zu erinnern, den Fordyce ihm gegeben hatte. *Verwickeln Sie den Geiselnehmer in ein Gespräch, appellieren Sie an sein Mitgefühl.*

»Reed, schau dem Jungen doch ins Gesicht. Du wirst sehen, dass er völlig unschuldig ist …«

»Meine Haut brennt!«, schrie Chalker. »Ich habe gezählt! Wo war ich noch gleich? Sechs, acht …« Er zog eine Grimasse, seine Züge verzerrten sich vor Schmerz. »Die machen das schon wieder. Wie das brennt, wie das brennt!« Wieder drückte er dem Kind die Waffe an den Hals. Jetzt fing der Junge an, durchdringend zu wimmern – ein hoher, dünner Ton wie aus einer anderen Welt.

»Warte!«, schrie Gideon. *»Nein, nicht!«* Er beschleunigte seinen Schritt und ging mit erhobenen Händen auf Chalker zu. Vierzig Meter, dreißig Meter – eine Distanz, die er in wenigen Sekunden zurücklegen könnte ...

»Neun, ZEHN! ZEHN! Ahhhhhh –!«

Gideon sah, dass sich Chalkers Finger am Abzug spannte, und spurtete direkt auf ihn zu. Gleichzeitig erschien plötzlich die männliche Geisel auf dem Flur und stürzte sich mit wüstem Gebrüll von hinten auf Chalker.

Chalker wirbelte herum, dabei löste sich aus seiner Waffe ein harmloser Schuss.

»Lauf!«, schrie Gideon den Jungen an, während er auf das Haus zurannte.

Aber der Junge lief nicht weg. Chalker rang mit der Geisel, die sich an seinen Rücken klammerte. Sie drehten sich gemeinsam im Kreis, und Chalker schleuderte den Mann gegen die Wand im Flur und riss sich los. Der Mann ging mit einem Wutschrei erneut auf Chalker los und holte zu einem Schlag aus, aber er war dicklich, in den Fünfzigern, und Chalker wich dem Hieb geschickt aus und schlug den anderen zu Boden.

»Lauf!«, rief Gideon dem Jungen noch einmal zu, während er selbst über den Bordstein auf den Fußweg sprang.

Doch als Chalker die Waffe herumschwenkte, um auf den Vater zu zielen, sprang der Junge ihm auf den Rücken und trommelte mit seinen kleinen Fäusten auf ihn ein.

»Dad! Lauf weg!«

Gideon stürmte die Auffahrt hinunter, auf die Vordertreppe zu.

»Du darfst nicht auf meinen Vater schießen!«, schrie der Junge und schlug weiter auf den Wissenschaftler ein.

»Schaltet die Strahlen ab!«, schrie Chalker, wirbelte herum, weil ihn das Kind ablenkte, und schwenkte den Revolver hin und her, als suche er ein Ziel.

Gideon warf sich mit einem Satz auf Chalker, doch der Schuss löste sich, ehe Gideon ihn überwältigen konnte. Er warf den Wissenschaftler zu Boden, packte seinen Unterarm und schlug ihn so gegen das Geländer, dass er brach wie ein Stück Feuerholz und ihm der Revolver aus der Hand fiel. Chalker schrie vor Schmerz. Hinter ihm ertönten die herzzerreißenden Rufe des Jungen, der sich über seinen Vater beugte, der flach ausgestreckt auf dem Boden lag; die eine Seite seines Kopfes war verschwunden.

Chalker wand sich unter Gideon wie eine Schlange, schrie wie am Spieß, seine Spucke flog …

… und dann kamen die Männer vom mobilen Einsatzkommando durch die Tür gestürmt und stießen Gideon unsanft zur Seite. Er spürte, wie ihm warmes Blut und Hautfetzen auf die eine Seite des Gesichts spritzten, während eine Gewehrsalve Chalkers irre Schreie zum Verstummen brachte.

Die folgende jähe, fürchterliche Stille währte nur einen Augenblick. Und dann begann irgendwo im Inneren des Hauses ein kleines Mädchen zu weinen. »Mami blutet! Mami blutet!« Gideon setzte sich auf die Knie und erbrach sich.

5

Die Angehörigen des mobilen Einsatzkommandos, die Leute von der Spurensicherung und die Notfallmediziner stürmten ins Haus, und sofort war das ganze Areal voller Menschen. Gideon saß auf dem Boden und wischte sich geistesabwesend das Blut aus dem Gesicht. Er war fix und fertig. Keiner nahm Notiz von ihm. Die Szenerie hatte sich jäh verändert – von einer angespannten Pattsituation zu kontrolliertem Handeln. Alle spielten ihren Part, jeder hatte eine Aufgabe zu erledigen. Die beiden schreienden Kinder wurden eilig hinausgebracht; Notfallmediziner knieten über den drei Personen, die niedergeschossen worden waren; die Teams des mobilen Einsatzkommandos durchsuchten eilig das Haus; die Polizisten begannen, Absperrbänder anzubringen und den Tatort zu sichern.

Gideon erhob sich ein wenig unsicher und lehnte sich mit dem Rücken gegen eine Wand. Er konnte kaum stehen, atmete noch immer schwer. Einer der Sanitäter kam auf ihn zu. »Wo sind Sie verletzt?«

»Ist nicht mein Blut.«

Der Sanitäter untersuchte ihn dennoch und tastete den Bereich ab, auf den Chalkers Blut gespritzt war. »In Ordnung. Aber lassen Sie mich das ein wenig säubern.«

Gideon versuchte, sich auf die Worte des Sanitäters zu konzentrieren, die in den Gefühlen des Ekels und der Schuld, die ihn überwältigten, beinahe untergingen.

Wieder. O mein Gott, es ist wieder passiert. Die Präsenz der Vergangenheit, die schrecklich filmische und lebendige Erinnerung an den Tod seines Vaters war so stark, dass Gideon eine Art geistiger Lähmung verspürte, eine Unfähigkeit, etwas anderes als die hysterische Wiederholung des Wortes *wieder* zu denken.

»Wir müssen den Bereich hier frei räumen«, sagte einer der Polizisten und drängte sie zur Tür. Gleichzeitig legten die Mitglieder des Spurensicherungsteams eine Plane aus und begannen, ihre kleinen Sporttaschen darauf abzustellen, um ihre Gerätschaften auszupacken.

Der Sanitäter fasste Gideon am Arm. »Gehen wir.«

Gideon ließ sich führen. Die Leute vom Spurensicherungsteam öffneten ihre Taschen und holten Werkzeuge, kleine Wimpel, Klebeband, Teströhrchen und Beweismittelbeutel hervor, streiften sich Latexhandschuhe über, setzten sich Haarnetze auf und zogen Plastikfüßlinge über. Rings um Gideon herum beruhigte sich die Atmosphäre. Die Angespanntheit und die Hysterie ließen nach und wichen schlichtem Professionalismus. Was ein Drama auf Leben und Tod gewesen war, war nur mehr eine Reihe von Checklisten, die ausgefüllt werden mussten.

Fordyce erschien wie aus dem Nichts. »Gehen Sie nicht weit weg«, sagte er leise und fasste ihn am Arm. »Wir müssen noch den Einsatz nachbesprechen.«

Als Gideon das hörte, sah er Fordyce an, während seine Gedanken langsam klarer wurden. »Sie haben das alles mit angesehen – was gibt es da nachzubesprechen?« Gideon wollte nur eines: schleunigst von hier weg, zurück nach New Mexico, diese Horrorshow vergessen.

Fordyce hob die Schultern. »So machen wir das nun mal.«

Gideon fragte sich, ob man ihm wohl die Schuld am Tod der Geisel geben würde. Vermutlich. Und zu Recht. Er hatte es vermasselt. Plötzlich wurde ihm wieder übel. Wenn er nur etwas anderes gesagt hätte, das Richtige, oder vielleicht den Ohrhörer dringelassen, vielleicht hätten sie dann den Ausgang kommen sehen und ihm etwas gesagt, das geholfen hätte … Er war zu nah dran an der Situation gewesen, außerstande, sie von der Erschießung seines Vaters zu trennen. Er hätte sich niemals von Glinn zu diesem Auftrag überreden lassen dürfen. Zu seinem Entsetzen wurde ihm klar, dass ihm Tränen in die Augen stiegen.

»Hey«, sagte Fordyce. »Kein Problem. Machen Sie sich nichts draus. Sie haben zwei Kinder gerettet. Und die Frau wird durchkommen – ist nur eine Fleischwunde.« Gideon spürte, wie Fordyce seinen Arm fester drückte. »Wir müssen jetzt gehen, der Tatort wird gesichert.«

Gideon holte tief und erschauernd Luft. »Okay.«

Während sie langsam in Richtung Tür gingen, lag plötzlich etwas Seltsames in der Luft, so als sei gerade ein kühler Wind durchs Haus geweht. Aus dem Augenwinkel sah Gideon, wie eine Frau aus dem Spurensicherungsteam erschrocken innehielt. Zugleich hörte er ein lautes, seltsam vertrautes Klicken, doch in dem Nebel aus Schuld und Übelkeit, der in seinem Kopf herrschte, konnte er es nicht gleich unterbringen. Er blieb stehen, während die Spurenermittlerin zu ihrer Tasche hinüberging, darin herumkramte und ein gelbes Gerät mit einer Messanzeige und einem Handrohr an einem langen, spiraligen Draht hervorholte. Gideon erkannte es sofort.

Ein Geigerzähler.

Das Gerät klickte leise, aber regelmäßig, die Nadel sprang bei jedem Klicken nach oben. Die Frau warf ihrem Partner einen Blick zu. Im ganzen Raum war es still geworden. Gideon sah zu, sein Mund wurde trocken.

In der jähen Stille im Haus wurden die leisen Klickgeräusche seltsam verstärkt. Die Frau stand auf, hielt den Geigerzähler vor sich hin und schwenkte ihn langsam durch den Raum. Das Gerät zischte, das Klicken wurde abrupt schneller. Sie zuckte entsetzt zusammen. Dann beherrschte sie sich wieder, trat einen Schritt vor und begann – fast widerstrebend –, das Gerät in die Richtung von Chalkers Leiche zu drehen.

Während sich das Zählrohr dem Leichnam näherte, nahmen die Klickgeräusche an Lautstärke und Häufigkeit rapide zu, ein infernalisches Glissando, das zu einem Zischen, einem Dröhnen und schließlich einem Kreischen wurde, als die Nadel des Geräts ganz bis in den roten Bereich ausschlug.

»O mein Gott«, murmelte die Frau, trat zurück und blickte mit weit aufgerissenen Augen auf die Messanzeige. Plötzlich ließ sie das Gerät fallen, drehte sich um und rannte aus dem Haus. Das Gerät krachte zu Boden, das Dröhnen des Zählers erfüllte die Luft, wurde lauter und leiser, während das Rohr hin und her rollte.

Und dann war der ganze Raum in panischer Bewegung, jeder drängelte sich Richtung Haustür, schubste, stieß, versuchte, als Erster aus dem Haus zu kommen. Die Leute vom Spurensicherungsteam fielen in Laufschritt, gefolgt von den Fotografen, Polizisten und den Männern des mobilen Einsatzkommandos. Alle flohen planlos und drängten zur Tür hinaus, wobei jede Art geordneter Ablauf verlorenging. Gideon und Fordyce wurden mit der menschlichen Welle hinausgetragen. Im nächsten Augenblick fand sich Gideon auf der Straße vor dem Haus wieder.

Erst jetzt begann er zu begreifen. Er wandte sich zu Fordyce um. Der Agent war kreidebleich.

»Chalker war heiß, radioaktiv«, sagte Gideon. »Heißer als die Hölle.«

»So sieht es aus.«

Fast ohne nachzudenken, berührte Gideon das restliche Blut, das auf seiner einen Gesichtshälfte trocknete. »Und wir waren der Strahlung ausgesetzt.«

6

Eine dramatische Veränderung war in der Menge aus Polizisten und Einsatzkräften vor sich gegangen, die sich hinter den Barrikaden versammelt hatten. Der Eindruck konzentrierter Aktivität und zielstrebigen Kommen und Gehens der Uniformierten löste sich auf. Das erste Anzeichen dafür war eine Welle des Schweigens, die sich nach außen ausbreitete. Selbst Fordyce war still, und Gideon hörte, dass jemand durch den Ohrhörer mit ihm redete.

Fordyce drückte die Hand gegen den Ohrhörer und wurde beim Zuhören noch blasser. »Nein«, sagte er vehement. »Auf keinen Fall. Ich bin nicht nahe genug an den Typen herangekommen. Das können Sie nicht machen.«

Die Menge war ebenfalls reglos geworden. Selbst diejenigen, die aus dem Haus geflohen waren, hielten inne, stierten und lauschten, als seien sie kollektiv wie betäubt. Und dann setzte sich die Menge abrupt wieder in Bewegung – eine Gegenbewegung, fort vom Haus. Das Ganze glich weniger einem ungeordneten Rückzug als einem gesteuerten Rückstoß.

Gleichzeitig ertönten wieder Sirenen. Kurz darauf tauchten Hubschrauber am Himmel auf. Eine Reihe weißer, unbeschrifteter Lieferwagen traf vor den Absperrungen ein, eskortiert von zusätzlichen Streifenwagen. Die Hecktüren öffneten sich, und fremdartig gekleidete Gestalten stiegen heraus, in Schutzanzügen mit Biogefährdungs- und Radioaktivitäts-Warnzeichen darauf. Einige hatten Ausrüstung zur Aufruhrbekämpfung dabei: Schlagstöcke, Tränengasgewehre und Elektroschockwaffen. Dann begannen sie zu Gideons Bestürzung, vor der abziehenden Menge Absperrgitter aufzustellen und damit deren Rückzug zu blockieren. Sie riefen den Leuten zu, sie sollten sich nicht vom Fleck rühren, sondern dort bleiben, wo sie waren. Das hatte eine dramatische Wirkung: Als die Leute merkten, dass sie möglicherweise daran gehindert würden zu fliehen, setzte die Panik erst richtig ein.

»Was zum Teufel geht hier vor?«, fragte Gideon.

»Vorgeschriebenes Screening«, antwortete Fordyce.

Weitere Barrieren wurden errichtet. Gideon sah, wie ein Polizist zu streiten anfing und sich an einer Sperre vorbeizudrängen versuchte, nur um von mehreren Männern in Weiß zurückgedrängt zu werden. Unterdessen dirigierten die Neuankömmlinge alle Personen in einen Bereich, der hastig errichtet worden war, eine Art Pferch mit Maschendraht drum herum, in dem weitere Gestalten in Weiß die Leute mit tragbaren Geigerzählern abtasteten. Die meisten wurden freigelassen, doch ein paar wurden in die Lieferwagen gebracht. Ein Lautsprecher ertönte: *»Alle Mitarbeiter bleiben auf ihren Posten, bis sie andere Anweisungen erhalten. Leisten Sie den Anweisungen Folge. Bleiben Sie hinter den Absperrungen.«*

»Was sind das für Leute?«, fragte Gideon.

Fordyce wirkte angewidert und verängstigt zugleich.

»NEST.«

»NEST?«

»Das Nuclear Emergency Support Team. Es untersteht dem Energieministerium und kommt bei nuklearen oder radiologischen Terrorangriffen zum Einsatz.«

»Glauben Sie, das hier könnte einen terroristischen Hintergrund haben?«

»Dieser Chalker hat immerhin Atomwaffen mitentwickelt.«

»Selbst wenn, die Annahme ist ziemlich weit hergeholt.«

»Tatsächlich?«, sagte Fordyce, wandte sich langsam zu Gideon um und blickte ihn aus seinen blauen Augen an. »Vorhin haben Sie erwähnt, Chalker sei fromm geworden.« Er hielt inne. »Darf ich fragen, welcher Religion er sich angeschlossen hat?«

»Äh, dem Islam.«

7

Alle, bei denen die Geigerzähler ausschlugen, wurden wie Vieh in den Van getrieben. Die Schaulustigen hatten sich aus dem Staub gemacht, nur ihre Partyhütchen und Bierdosen lagen noch überall herum. Gruppen von Leuten in Schutzanzügen gingen von Tür zu Tür, holten die Leute aus ihren Häusern, manchmal mit Gewalt, und schufen dadurch ein chaotisches, aber auch mitleiderregendes Bild: weinende ältere Leute, die mit ihren Gehwagen umherschlurften, hysterische Mütter und schreiende Kinder. Aus Lautsprechern ertönte die Anweisung, man solle Ruhe bewahren und kooperieren, wobei allen versichert wurde, es sei zu ihrem eigenen Schutz. Kein Wort über Strahlung.

Gideon und die anderen saßen dichtgedrängt auf parallelen Sitzbänken. Die Türen knallten zu, und der Van fuhr an. Fordyce, ihm gegenüber, schwieg weiter grimmig, aber die meisten anderen Leute, die in dem Van eingepfercht waren, schienen Angst zu haben. Unter ihnen war ein Mann, den Fordyce als den Psychologen Hammersmith vorstellte und dessen Hemd blutverschmiert war, sowie ein Angehöriger des mobilen Einsatzkommandos, der Chalker auf kurze Entfernung erschossen hatte und nun ebenfalls mit seinem Blut dekoriert war. *Radioaktivem* Blut.

»Wir sind am Arsch«, sagte der Typ vom Einsatzkommando, ein großer, muskulöser Mann mit kräftigen Unterarmen und einer unpassend hohen Stimme. »Wir werden sterben. Die können nichts dagegen machen. Nicht, wenn wir verstrahlt sind.« Gideon schwieg. Entsetzlich, wie wenig die Leute über Strahlung wussten.

Der Mann stöhnte. »Gott, mein Kopf hämmert. Es fängt schon an.«

»Hey, halten Sie den Mund«, sagte Fordyce.

»Fick dich, Mann«, brauste der andere auf. »Für diesen Scheiß habe ich nicht angeheuert.«

Fordyce schwieg, sein Kinn straffte sich.

»Hast du mich verstanden?« Der Mann hob die Stimme. »Für diesen Scheiß habe ich nicht angeheuert!«

Gideon warf dem Angehörigen des Einsatzkommandos einen kurzen Blick zu und sagte leise und deutlich: »Das Blut an Ihnen ist radioaktiv. Sie sollten sich lieber ausziehen. Und Sie auch.« Er warf Hammersmith einen kurzen Blick zu. »Jeder, der auf einem Kleidungsstück Blut des Geiselnehmers hat, sollte es ausziehen.«

Der Satz löste im Van hektische Aktivität aus, und die Panik verstärkte sich – eine lächerliche Szene. Alle zogen sich plötzlich aus und versuchten, Blut aus ihrem Haar und von ihrer Haut zu entfernen. Alle, bis auf den Typen vom Einsatzkommando. »Was spielt das noch für eine Rolle?«, sagte er. »Wir sind am Arsch. Fäule, Krebs, was ihr wollt. Wir sind sowieso schon so gut wie tot.«

»Niemand wird sterben«, sagte Gideon. »Alles hängt davon ab, wie stark Chalker kontaminiert war und mit welcher Art von Radioaktivität wir es hier zu tun haben.«

Der Typ vom Einsatzkommando hob den massigen Kopf und starrte ihn aus roten Augen an. »Was macht Sie eigentlich zu so einem spitzenmäßigen Atomwissenschaftler?«

»Dass ich zufällig ein spitzenmäßiger Atomwissenschaftler bin.«

»Schön für dich, du Pimpf. Dann weißt du ja auch, dass wir alle tot sind und du ein Scheißlügner bist.«

Gideon entschloss sich, den Mann zu ignorieren.

»Du lügnerischer Furz.«

Furz? Wieder betrachtete Gideon den Mann genervt.

War er vielleicht auch durch die Strahlungsdosis verrückt geworden? Aber nein, das hier war schlicht blinde Panik.

»Ich rede mit dir, Bürschchen. Und lüg mich ja nicht an.«

Gideon strich sich mit den Fingern die Haare aus dem Gesicht und blickte wieder zu Boden. Er war müde, der Blödmann ging ihm auf die Nerven, alles ging ihm auf die Nerven, sogar das Leben selbst. Er hatte nicht mehr die Kraft, mit einer geistig minderbemittelten Person zu streiten.

Plötzlich stand der Kerl auf, packte Gideon am Hemd und hob ihn vom Sitz. »Ich habe dir eine Frage gestellt. Schau nicht weg.«

Gideon sah ihn an: das rote Gesicht, die Adern, die am Hals hervortraten, die Schweißperlen auf der Stirn, die bebenden Lippen. Der Mann sah dermaßen einfältig aus, dass er nicht umhinkonnte, zu lachen.

»Findest du das komisch?« Der Mann machte eine Faust, als wolle er gleich zuschlagen.

Fordyce' Hieb in die Magengrube des Polizisten kam so schnell wie der Angriff einer Klapperschlange. Der Mann gab ein *Uff!* von sich und sackte auf die Knie. Eine Sekunde später hielt Fordyce ihn im Schwitzkasten. Er beugte sich vor und sagte ihm etwas ins Ohr, so leise, dass Gideon es nicht verstand. Dann ließ er den Mann los, der aufs Gesicht fiel, stöhnte und nach Luft schnappte. Schließlich richtete er sich mühsam wieder auf.

»Setzen Sie sich hin, und seien Sie still«, sagte Fordyce.

Der Mann nahm wortlos Platz. Kurz darauf begann er zu weinen.

Gideon zog sein Hemd glatt. »Danke, dass Sie mir das abgenommen haben.«

Fordyce schwieg.

»Na, jetzt wissen wir wenigstens Bescheid«, meinte Gideon nach einem Moment.

»Was?«

»Dass Chalker nicht völlig verrückt war. Er litt an einer Strahlungsvergiftung – mit an Sicherheit grenzender Wahrscheinlichkeit Gammastrahlen. Eine massive Dosis von Gammastrahlen bringt im Kopf alles durcheinander.«

Hammersmith hob den Kopf. »Woher wissen Sie das?«

»Jeder, der in Los Alamos mit Radionukliden arbeitet, muss sich mit den Kritikalitäts-Unfällen auskennen, die sich dort während der Anfangszeit ereignet haben. Cecil Kelly, Harry Daghlian, Louis Slotin, der Dämon-Kern.«

»Der Dämon-Kern?«, fragte Fordyce.

»Der Kern einer Plutoniumbombe, der zweimal falsch gehandhabt wurde. Er wurde jedes Mal kritisch, tötete die Wissenschaftler, die mit ihm hantierten, und verstrahlte einen Haufen andere. Er wurde schließlich neunzehnhundertsechsundvierzig beim Kernwaffentest ›Able‹ eingesetzt. Unter anderem erfuhr man anhand des Dämon-Kerns, dass eine hohe Dosis Gammastrahlung eine Person verrückt macht. Die Symptome sind dieselben wie die, die Sie eben bei Chalker erlebt haben – Geistesverwirrung, Raserei, Kopfschmerzen, Erbrechen und ein unerträglicher Schmerz im Bauch.«

»Das wirft ein völlig neues Licht auf die Sache«, sagte Hammersmith.

»Die wahre Frage«, sagte Gideon, »ist die Form, die diese Verrücktheit angenommen hat. Warum hat Chalker behauptet, dass man ihm Strahlen in den Kopf gejagt hat? Wurden Experimente an ihm durchgeführt?«

»Ich fürchte, dabei handelt es sich um das klassische Symptom einer Schizophrenie«, sagte Hammersmith.

»Ja, aber Chalker litt nicht an Schizophrenie. Und warum hat er gesagt, dass seine Vermieter Regierungsagenten sind?«

Fordyce hob den Kopf und blickte Gideon an. »Sie glauben doch wohl nicht, dass dieses arme Schwein von Vermieter tatsächlich ein Regierungsagent war, oder?«

»Nein. Aber ich frage mich, warum Chalker immer wieder von Experimenten gesprochen hat, warum er abgestritten hat, dass er in dem Apartment wohnte. Das ergibt keinen Sinn.«

Fordyce schüttelte den Kopf. »Ich fürchte, für mich ergibt das alles allmählich doch einen Sinn. Sehr viel Sinn.«

»Wie das?«, fragte Gideon.

»Denken Sie doch mal nach. Der Mann arbeitet in Los Alamos. Er hat den höchsten Sicherheitsstatus. Entwickelt Atombomben. Konvertiert zum Islam. Verschwindet zwei Monate lang. Und als Nächstes taucht er verstrahlt in New York City auf.«

»Also?«

»Also hat sich der Dreckskerl einem Dschihad angeschlossen! Mit seiner Hilfe haben diese Leute einen Nuklearkern in die Finger bekommen. Den haben sie falsch behandelt, genauso wie den Dämon-Kern, von dem Sie gesprochen haben, und Chalker hat sich dabei den Arsch verstrahlt.«

»Chalker war kein Radikaler«, sagte Gideon. »Sondern eher ein stiller Typ. Er hat seinen Glauben für sich behalten.«

Fordyce lachte verbittert. »Es sind *immer* die Stillen.«

Im Van war es ruhig geworden. Jetzt hörten alle wie gebannt zu. Gideon beschlich ein Gefühl des Entsetzens. Was Fordyce gesagt hatte, klang irgendwie plausibel. Je mehr er darüber nachdachte, desto mehr wurde ihm klar, dass der Mann vermutlich recht hatte. Chalker hatte wirklich die entsprechende Persönlichkeit. Er war genau die Art unsichere, verwirrte Person, die ihre Berufung in einem Dschihad findet. Und es gab keine andere Möglichkeit, die starke Dosis Gammastrahlen zu erklären, der er ausgesetzt gewesen sein musste, um so radioaktiv geworden zu sein.

»Wir sollten den Tatsachen ins Auge blicken«, sagte Fordyce, während der Van das Tempo drosselte. »Der ultimative Albtraum ist wahr geworden. Islamistische Terroristen haben sich eine Atombombe besorgt.«

8

Die Türen des Vans öffneten sich, und vor ihnen lag ein unterirdischer, garagenähnlicher Raum, in den sie durch einen mit Kunststoff ausgekleideten Tunnelgang getrieben wurden. Gideon, der wusste, dass ihre radioaktive Kontamination vermutlich zweitrangig und ziemlich gering war, kam das alles des Guten zu viel vor; die Maßnahme war eher dazu geeignet, irgendeine bürokratische Vorschrift einzuhalten als sonst etwas.

Sie wurden in einen Hightech-Warteraum gedrängt, in dem alles aus Chrom und Emaille und Edelstahl bestand und an allen Wänden Monitore und Computerdisplays blinkten. Alles war neu und offensichtlich noch nie benutzt worden. Sie wurden nach Geschlechtern getrennt, entkleidet, dreimal geduscht, gründlich untersucht, gebeten, Blutproben abzugeben, bekamen Spritzen, wurden mit sauberer Kleidung ausgestattet, nochmals getestet und durften dann schließlich einen zweiten Warteraum betreten.

Dieser war eine erstaunliche unterirdische Einrichtung, nagelneu und auf der Höhe der Zeit, also zweifellos nach dem elften September gebaut, als Maßnahme für den Fall eines radioaktiven Terrorangriffs auf die Stadt. Gideon erkannte verschiedene Geräte zum Testen und Dekontaminieren von Radioaktivität, wohl Neuentwicklungen, wie sie ihm in Los Alamos noch nicht begegnet waren. So außergewöhnlich der Ort war, so wenig wunderte sich Gideon: New York brauchte mit Sicherheit ein großes Dekontaminationszentrum wie dieses.

Ein Wissenschaftler betrat lächelnd den Warteraum, er trug einen normalen weißen Laborkittel. Er war die erste Person, mit der sie Kontakt hatten, die keinen Schutzanzug trug. Begleitet wurde er von einem kleinen, düster wirkenden Mann in dunklem Anzug, der trotz seiner geringen Körpergröße Macht zu verkörpern schien. Gideon erkannte ihn auf der Stelle: Das war Myron Dart, Vizedirektor von Los Alamos, als Gideon dort zu arbeiten angefangen hatte. Dart war von Los Alamos zu irgendeiner Regierungsbehörde versetzt worden. Gideon hatte ihn nicht gut gekannt, aber er war ihm stets kompetent und fair erschienen. Er fragte sich, wie Dart wohl mit diesem Notfall umgehen würde.

Der heitere Wissenschaftler ergriff das Wort. »Ich bin Dr. Berk, und Sie sind jetzt alle dekontaminiert«, sagte er und lächelte sie an, als hätten sie gerade ein Examen bestanden. »Wir werden Sie einzeln beraten, danach sind Sie frei, Ihr ganz normales Leben wieder aufzunehmen.«

»Wie stark war die Strahlenbelastung?«, fragte Hammersmith.

»Sehr gering. Der Berater wird mit jeder Person seine oder ihre tatsächlichen Strahlenwerte besprechen. Die Strahlenbelastung des Geiselnehmers ereignete sich woanders, nicht vor Ort, zudem unterscheiden sich Strahlenbelastungen von Erkältungen. Man kann sich damit nicht bei jemandem anstecken.«

Jetzt trat Dart vor. Er war älter, als Gideon ihn in Erinnerung hatte, das Gesicht lang und schmal, mit Hängeschultern. Seine Garderobe war wie üblich tadellos: grauer Anzug mit dezenten Nadelstreifen, sehr gute Passform, wobei ihm die lavendelfarbene Seidenkrawatte allerdings ein unerwartet modisches Aussehen verlieh. Er verströmte große Selbstsicherheit. »Mein Name ist Dr. Myron Dart, ich bin der Leiter des Nuclear Emergency Support Teams, kurz NEST. Es gibt da etwas sehr Wichtiges, was ich Ihnen allen sagen muss.« Dart verschränkte die Hände hinter dem Rücken; mit seinen grauen Augen musterte er die Gruppe, langsam und bewusst, so als wolle er gleich mit jedem Einzelnen sprechen. »Bisher ist die Nachricht, dass es sich hier um einen Atomunfall handelt, noch nicht an die Öffentlichkeit gelangt. Sie können sich die Panik sicherlich vorstellen, wenn es dazu käme. Jeder von Ihnen muss absolutes Stillschweigen bewahren über das, was heute geschehen ist. Es gibt nur zwei Wörter, die Sie kennen müssen: *kein Kommentar.* Das gilt für jeden, der Sie fragt, was passiert ist, von Reportern bis zu Familienangehörigen. Und man *wird* Sie fragen.« Er machte eine Pause. »Sie alle werden vor Ihrer Entlassung eine Geheimhaltungsvereinbarung unterschreiben. Ich fürchte, Sie werden erst entlassen, wenn Sie diese Papiere unterschrieben haben. Es gibt strafrechtliche und zivilrechtliche Konsequenzen für die Verletzung der Bedingungen der Geheimhaltung, die in den Dokumenten im Einzelnen genannt werden. Tut mir leid, aber so muss es sein, und ich bin mir sicher, Sie haben Verständnis dafür.«

Niemand sagte ein Wort. Dart selbst hatte freundlich gesprochen, doch etwas an seinem gelassenen Tonfall verriet Gideon, dass er es ernst meinte.

»Ich entschuldige mich«, sagte Dart, »für die Unannehmlichkeiten und den Schreck. Zum Glück scheint es, dass Sie alle nur einer geringen bis gar keiner Strahlung ausgesetzt waren. Ich übergebe Sie nun in die sehr kompetenten Hände von Dr. Berk. Guten Tag.«

Und damit ging er.

Der Arzt warf einen Blick auf sein Klemmbrett. »Also. Wir werden alphabetisch vorgehen.« Jetzt gab er sich wie ein Betreuer im Camp. »Sergeant Adair und Officer Corley, würden Sie bitte mitkommen?«

Gideon blickte sich in der versammelten Gruppe um. Der Angehörige des mobilen Einsatzkommandos, der im Van ausgerastet war, befand sich nicht mehr unter ihnen; Gideon glaubte, den Mann leise irgendwo in dieser riesigen Anlage schreien und drohen zu hören.

Plötzlich ging die Tür auf, und Myron Dart betrat erneut den Raum, begleitet von Manuel Garza. Dart schien ernsthaft wütend zu sein. »Gideon Crew?« Sein Blick heftete sich auf Gideon, der glaubte, in den Augen ein Wiedererkennen zu entdecken.

Gideon erhob sich.

Garza kam herüber. »Gehen wir.«

»Aber …«

»Keine Diskussion.«

Garza ging rasch zur Tür, Gideon beeilte sich, Schritt zu halten. Als sie an Dart vorbeikamen, sah der ihn mit kühlem Lächeln an. »Sie haben ja interessante Freunde, Dr. Crew.«

9

Während der erwartungsgemäß langen Fahrt durch den stockenden Verkehr zur Little West 12th Street sagte Garza kein Wort. Er richtete den Blick stur geradeaus und konzentrierte sich aufs Fahren. Die nächtlichen Straßen von New York waren wie immer: ein Meer aus Licht, Betriebsamkeit, Lärm und Hektik. Gideon spürte Garzas Ablehnung, die von seinem Gesicht und seiner Körpersprache ausging. Gideon war das egal. Durch das Schweigen konnte er sich auf etwas vorbereiten, das, da war er ganz sicher, ein unangenehmes Gespräch werden würde. Er hatte eine ziemlich genaue Vorstellung, was Glinn jetzt von ihm wollte.

Im Alter von zwölf Jahren war er Zeuge geworden, wie sein Vater von Scharfschützen des FBI erschossen wurde. Sein Vater hatte als ziviler Kryptologie-Experte für INSCOM *(United States Army Intelligence and Security Command)* gearbeitet, als Mitglied der Gruppe, die Geheimcodes entwickelte. Die Sowjets knackten einen der Codes nur vier Monate nach seiner Einführung, und sechsundzwanzig Agenten und Doppelagenten waren in einer Nacht aufgeflogen, gefoltert und getötet worden. Es war eines der größten Spionage-Desaster des Kalten Krieges. Man hatte behauptet, sein Vater sei daran schuld gewesen. Dieser, der schon immer unter Depressionen gelitten hatte, war unter dem Druck der Anschuldigungen und Untersuchungen zerbrochen und hatte eine Geisel genommen. Daraufhin wurde er in der Eingangstür der Arlington Hall Station erschossen – und zwar, nachdem er sich ergeben hatte.

Gideon hatte das alles aus nächster Nähe miterlebt.

In den darauffolgenden Jahren war Gideons Leben aus den Fugen geraten. Seine Mutter fing an zu trinken. Männer gingen im Haus ein und aus. Gideon und seine Mutter zogen immer wieder von einer Stadt in die nächste, mal nach einer zerbrochenen Beziehung, mal nach einem Schulverweis. Während das Geld seines Vaters immer weniger wurde, lebten sie erst in Häusern, dann in Wohnungen, schließlich in Trailern, Motelzimmern und Pensionen. Seine stärkste Erinnerung an seine Mutter während dieser Jahre war, wie sie am Küchentisch saß, ein Glas Chardonnay in der Hand, umgeben von Zigarettenqualm, der sich vor ihrem verwüsteten Gesicht mit dem abwesenden Blick kräuselte. Im Hintergrund erklangen Chopins *Nocturnes*.

Gideon war ein Außenseiter und entwickelte die Interessen des Einzelgängers: Mathematik, Musik, Kunst und Lesen. Einer der Umzüge mit seiner Mutter – er war damals siebzehn – verschlug sie nach Laramie im Bundesstaat Wyoming. Eines Tages hatte er den örtlichen Kulturverein aufgesucht und den Tag damit zugebracht, die Zeit totzuschlagen, anstatt zur Schule zu gehen. Niemand würde ihn finden, denn wer käme schon darauf, hier nach ihm zu suchen? Der Kulturverein war in einem alten viktorianischen Gebäude untergebracht, ein verstaubtes Gewirr von Räumen mit dunklen Ecken, vollgestopft mit Erinnerungsstücken und Western-Tinnef – Revolver, mit denen Banditen erschossen worden waren, von denen niemand je gehört hatte, indianisches Kunsthandwerk, Kuriositäten aus der Pionierzeit, rostige Sporen, Bowie-Messer sowie eine bunte Sammlung von Gemälden und Zeichnungen.

Gideon fand Zuflucht in einem Zimmer im rückwärtigen Teil, wo er ungestört lesen konnte. Nach einer Weile wurde er auf einen kleinen Holzschnitt aufmerksam, einen von vielen Drucken, die ungeschickt platziert und viel zu eng nebeneinander an einer Wand hingen. Der Druck stammte von einem Künstler, von dem er noch nie gehört hatte,

Gustave Baumann, und trug den Titel *Drei Kiefern*. Eine schlichte Komposition, mit drei kleinen, krüppeligen Kiefern, die auf einem öden Gebirgskamm wuchsen. Aber je länger er das Blatt betrachtete, desto mehr fühlte er sich davon angezogen. Dem Künstler war es gelungen, den drei Bäumen ein Gefühl von Würde und Wert und so etwas wie eine fundamentale *Baumheit* zu verleihen.

Dieser hintere Raum im Kulturverein wurde zu Gideons Zufluchtsort. Nie fand man heraus, wo er steckte. Er hätte sogar auf seiner Gitarre spielen können, ohne dass die taube alte Dame, die am Eingangstresen döste, es je bemerkt hätte. Gideon wusste zwar nicht, wie oder warum, aber im Laufe der Zeit verliebte er sich in diese zerzausten Bäume.

Und dann wurde seine Mutter arbeitslos, und sie mussten mal wieder umziehen. Gideon hasste es, sich von dem Holzschnitt verabschieden zu müssen. Er konnte sich nicht vorstellen, das Bild nie wiederzusehen.

Und so stahl er es.

Dies stellte sich als eines der aufregendsten Dinge heraus, die er je getan hatte. Und dabei war es so leicht gewesen! Einige lässig gestellte Fragen enthüllten, dass der Kulturverein über so gut wie keine Sicherheitsvorrichtungen verfügte und dass der verstaubte Bestandskatalog nie überprüft wurde. So betrat Gideon also eines bitterkalten Wintertages das Gebäude, mit einem kleinen Schraubenzieher in der Gesäßtasche, nahm den Druck von der Wand und steckte ihn sich unter den Mantel. Bevor er ging, wischte er die Stelle an der Wand ab, an der der Druck gehangen hatte, um die Staubmarkierungen zu entfernen, und hängte zwei andere Drucke neu, um die Schraubenlöcher zu verdecken und die Lücke zu vertuschen. Das Ganze dauerte fünf Minuten, und als er fertig war, konnte niemand auch nur ahnen, dass ein Bild fehlte. Es war tatsächlich ein perfektes Verbrechen. Und Gideon sagte sich, dass es gerechtfertigt war – niemand liebte das Bild, niemand betrachtete das Bild, ja, niemand nahm es überhaupt wahr, und außerdem ließ es der Kulturverein einfach in einem dunklen Winkel verrotten. Er fühlte sich tugendhaft wie ein Vater, der ein ungeliebtes Waisenkind adoptiert.

Doch was für ein köstlicher Nervenkitzel es gewesen war! Eine geradezu körperliche Empfindung. Zum ersten Mal seit Jahren fühlte er sich lebendig, sein Herz pochte, seine Sinne waren rasiermesserscharf. Die Farben wirkten heller; die Welt sah anders aus, wenigstens eine Zeit lang.

Er hängte das Bild über das Bett in seinem neuen Zimmer in Stockport im Bundesstaat Ohio. Seine Mutter bemerkte das Kunstwerk gar nicht und ließ nie eine Bemerkung darüber fallen.

Er war überzeugt, dass das Bild nahezu wertlos war. Doch einige Monate darauf, als er in einigen Auktionskatalogen blätterte, stellte er fest, dass es zwischen sechs- und siebentausend Dollar wert war. Zu der Zeit benötigte seine Mutter unbedingt Geld für die Miete, deshalb überlegte er, ob er den Druck verkaufen sollte. Doch er konnte sich nicht vorstellen, sich davon zu trennen.

Aber da brauchte er schon einen weiteren Nervenkitzel. Einen weiteren Schuss.

Und so fing er an, sich an der Muskingum Historical Site, einer nahegelegenen historischen Stätte, herumzutreiben, wo es eine kleine Sammlung von Radierungen, Stichen und Aquarellen gab. Er wählte eines seiner Lieblingsbilder aus, eine Lithographie von John Steuart Curry mit dem Titel *Held der Prärie*, und stahl das Kunstwerk.

Ein Kinderspiel.

Die Lithographie stammte aus einer Auflage von zweihundertfünfzig Blättern, deshalb war die Herkunft nicht zurückzuverfolgen. Auf dem offiziellen Markt war sie leicht zu verkaufen. Das Internet entstand gerade, was die Sache sehr viel leichter und anonymer machte. Gideon bekam achthundert Dollar für den Druck, und damit kam seine Karriere als Dieb – spezialisiert auf Kulturvereine und kleine Kunstmuseen – ins Rollen. Seine Mutter musste sich nie mehr wegen der Miete Sorgen machen. Er erfand vage Geschichten über Gelegenheitsjobs und dass er nach der Schule aushalf, und sie war zu benebelt und verzweifelt, um sich zu fragen, woher das Geld tatsächlich stammte.

Er stahl wegen des Geldes. Er stahl, weil er bestimmte Bilder liebte. Doch vor allem stahl er wegen des Nervenkitzels. Das Stehlen erzeugte ein Hochgefühl wie nichts sonst, ein Gefühl des Selbstwerts, des Schwebens über der engstirnigen, stupiden und bornierten Masse.

Er wusste, dass es keine noblen Gefühle waren, aber die Welt war ohnehin ein idiotischer Ort, warum also nicht die Regeln verletzen? Er schadete schließlich niemandem. Er kam sich vor wie Robin Hood, weil er Kunstwerke, die nicht genug geschätzt wurden, stahl und dafür sorgte, dass sie in die Hände von Menschen kamen, die sie wahrhaft liebten. Später dann ging er aufs College, schmiss schon bald das Studium und zog nach Kalifornien, wo er schließlich eine Vollzeitbeschäftigung daraus machte, kleine Museen, Büchereien und Kulturvereine heimzusuchen, zu verkaufen, was er musste, und den Rest zu behalten.

Und dann erhielt er den Anruf: Seine Mutter lag im Sterben, in einem Krankenhaus in Washington, D. C. Er fuhr zu ihr. Und auf dem Sterbebett erzählte sie ihm, dass sein Vater eben *nicht* für den Zusammenbruch des kryptologischen Sicherheitssystems verantwortlich gewesen war. Ganz im Gegenteil, er hatte auf die Mängel hingewiesen und war ignoriert worden. Doch als die Sache schiefging, hatte man ihm die Schuld gegeben. Ausgerechnet der General, der das Projekt leitete, hatte ihm die Sache angehängt – der gleiche General, der später den Befehl gab, ihn zu erschießen, gerade als sich sein Vater ergeben hatte.

Er war erst zum Sündenbock gemacht und dann ermordet worden.

Als Gideon das erfuhr, änderte er sein Leben. Zum ersten Mal hatte er ein richtiges Ziel, ein lohnendes Ziel. Er raffte sich auf, ging wieder zurück zur Uni, machte seinen Doktor in Physik und nahm eine Stelle in Los Alamos an. Doch die ganze Zeit hatte er – im Hintergrund, wie der brummende Dauerton eines Dudelsacks – eine Suche durchgeführt, die Suche nach dem Beweis, den er brauchte, um den Namen seines Vaters reinzuwaschen und Vergeltung zu üben an dem General, der den Mord befohlen hatte.

Es hatte Jahre gedauert, doch am Ende hatte Gideon gefunden, was er brauchte, und hatte sich gerächt. Der General war inzwischen tot, sein Vater rehabilitiert.

Doch es hatte nichts genützt. Vergeltung machte einen Menschen nicht wieder lebendig, und auch ruinierte, vergeudete Jahre brachten ihn nicht zurück. Trotzdem: Gideon hatte sein Leben noch vor sich und war entschlossen, das Beste daraus zu machen.

Doch dann, kurz darauf – es lag kaum mehr als einen Monat zurück –, war die finale Katastrophe eingetreten. Ihm war mitgeteilt worden, dass er eine Krankheit habe, die den malerischen Namen *Aneurysma der Vena Galeni* trug. Es handelte sich um ein abnormes Bündel von Arterien und Venen tief im Gehirn. Die Fehlbildung war inoperabel, es gab keine Behandlung, und er würde binnen eines Jahres daran sterben.

Das war ihm zumindest gesagt worden. Von Eli Glinn, dem Mann, der ihm seinen ersten Auftrag als Agent gegeben hatte. Er hatte also angeblich nur noch ein Jahr zu leben. Und jetzt, als Garza und er im Schneckentempo durch den stockenden New Yorker Verkehr zum Hauptquartier von Effective Engineering Solutions fuhren, hegte Gideon keinerlei Zweifel, dass Glinn ihm noch einmal einen Teil dieses Jahres wegnehmen wollte. Sicher würde er ihn davon überzeugen wollen, eine weitere Operation für EES zu übernehmen. Gideon war sich zwar nicht sicher, wie Glinn das fertigbringen wollte, aber er war einigermaßen überzeugt davon, dass es mit dem, was soeben mit Chalker passiert war, zusammenhing.

Als der Wagen in die Little West 12th Street einbog, wappnete sich Gideon für die Konfrontation. Er würde gelassen, aber fest bleiben. Er würde seine Würde wahren. Er würde sich auf nichts einlassen. Und falls das alles nicht klappte, würde er zu Glinn einfach sagen, er könne ihn mal, und den Raum verlassen.

10

Es war schon Mitternacht, als sie die EES-Zentrale betraten. Die Stille in den kühlen weißen Räumen schien Gideon zu verschlucken. Selbst zu dieser späten Stunde liefen noch Techniker zwischen den seltsamen Modellen, Layouts und den geheimnisvollen, zugedeckten Gerätschaften herum. Er ging hinter Garza zum Fahrstuhl, der sie im Schneckentempo ins oberste Stockwerk beförderte. Kurz darauf stand er wieder in dem Zen-ähnlichen Konferenzraum, wo Glinn in seinem Rollstuhl am Kopfende des riesigen Tisches aus elegantem Bubingaholz saß. Vor dem Fenster, an dem er früher am Tag gestanden hatte, waren jetzt die Jalousien heruntergelassen.

Gideon fühlte sich erschöpft – ausgenommen und gesäubert wie ein Fisch. Er war überrascht und ein wenig irritiert, dass Glinn so untypisch lebhaft war.

»Kaffee?«, fragte Glinn. Sein gesundes Auge funkelte geradezu.

»Ja.« Gideon ließ sich auf einen der Stühle fallen.

Glinn runzelte die Stirn, fuhr los und kehrte mit einem Becher voll Kaffee zurück. Gideon gab Sahne und Zucker hinein und trank den Becher aus, als handelte es sich um ein Glas Wasser.

»Ich habe eine gute und eine schlechte Nachricht«, sagte Glinn.

Gideon wartete.

»Die gute Nachricht lautet: Die Strahlenbelastung, der Sie ausgesetzt waren, war äußerst gering. Laut Statistik wird sie das Risiko, in den nächsten zwanzig Jahren an Krebs zu erkranken, um weniger als ein Prozent erhöhen.«

Gideon musste über die Ironie der Sache lachen. Seine Stimme hallte in dem leeren Zimmer wider. Keiner stimmte in sein Gelächter ein.

»Die schlechte Nachricht ist: Wir stehen plötzlich vor einem nationalen Notstand der höchsten Kategorie. Reed Chalker wurde bei einem radioaktiven Ereignis verstrahlt, bei dem eine große Menge an spaltbarem Material beteiligt war. Er war einer Kombination von Alphateilchen und Gammastrahlen aus einer Quelle ausgesetzt, bei der es sich allem Anschein nach um hochangereichertes, bombenfähiges Uran-235 handelt. Die Dosis betrug ungefähr achtzig Grays oder achttausend Rad. Eine starke, *sehr starke* Dosis.«

Gideon setzte sich auf. Das war erstaunlich.

»Ja. Die Menge an spaltbarem Material, die ein solches Ereignis verursachen kann, dürfte mindestens zehn Kilogramm betragen. Was ganz zufällig mehr als genug Uran ist für eine Nuklearwaffe beträchtlichen Ausmaßes.«

Gideon dachte darüber nach. Es war schlimmer, als er vermutet hatte.

Glinn machte eine Pause, dann fuhr er fort. »Es scheint klar zu sein, dass Chalker an der Vorbereitung eines Terrorangriffs mit einer Atomwaffe beteiligt war. Während dieser Vorbereitungen ist irgendetwas schiefgegangen, und das Uran wurde kritisch. Chalker wurde verstrahlt. Zudem scheint es unseren Experten wahrscheinlich, dass die übrigen Terroristen die Bombe verschwinden ließen und Chalker seinem Schicksal überließen. Aber er ist nicht gleich gestorben – so läuft die Strahlenkrankheit nicht ab. Er wurde wahnsinnig und nahm in seiner geistigen Verwirrung Geiseln. Dies ist der Stand der Dinge.«

»Haben Sie herausgefunden, *wo* er die Bombe vorbereitet hat?«

»Das hat jetzt höchste Priorität. Es kann nicht allzu weit von seiner Wohnung in Sunnyside sein, denn wie es scheint, ist er zu Fuß dorthin zurückgekehrt. Wir suchen die Stadt mit Strahlungsmonitoren von oben ab und dürften in Kürze einen Treffer haben, denn solch ein Kritikalitäts-Ereignis hinterlässt eine kleine Strahlungswolke mit einer charakteristischen Signatur.« Glinn hätte sich fast die Hände gerieben. »Wir waren vor Ort, Gideon. Sie waren da. Sie kannten Chalker ...«

»Nein«, sagte Gideon. Höchste Zeit aufzustehen. Er erhob sich.

»Hören Sie mich zu Ende an. Sie sind der Richtige für diesen Job, daran besteht kein Zweifel. Das hier ist keine verdeckte Ermittlung. Sie gehen da rein als Sie selbst ...«

»Ich habe nein gesagt.«

»Ihr Partner wird Fordyce sein. Das ist ein unvermeidbares Erfordernis für den Auftrag, das uns die National Nuclear Security Administration auferlegt hat. Aber Sie haben ein breites investigatives Mandat.«

»Auf keinen Fall, nein.«

»Sie müssen nur so tun, als arbeiteten Sie mit Fordyce zusammen. In Wirklichkeit werden Sie allein agieren, Sie sind niemandem unterstellt, Sie werden außerhalb der normalen Regeln der Strafverfolgung operieren.«

»Ich habe bereits getan, was Sie wollten«, sagte Gideon. »Und falls es Ihnen entgangen ist: Ich habe die Sache vermasselt, drei Menschen wurden niedergeschossen. Und jetzt gehe ich nach Hause.«

»Nein, Sie haben keinen Fehler gemacht, und Sie können auch nicht nach Hause gehen. Uns bleiben nur noch Tage, vielleicht nur Stunden – Millionen Menschenleben stehen auf dem Spiel. Hier ist die Adresse, zu der Sie als Erstes gehen müssen.« Er schob Gideon ein Blatt Papier hin. »Und nun gehen Sie, Fordyce erwartet Sie schon.«

»Sie können mich mal. Ich meine das wirklich. *Sie können mich mal.*«

»Sie müssen sich beeilen. Wir haben keine Zeit.« Glinn hielt inne. »Glauben Sie eigentlich nicht, dass Sie etwas Lohnenderes mit den Monaten anfangen sollten, die Ihnen noch bleiben, als einfach nur angeln zu gehen?«

»Ich habe darüber nachgedacht. Dieses ganze Gerede davon, dass ich sterbe, über meine unheilbare Krankheit. Sie sind der größte Verarschungskünstler, dem ich je begegnet bin. Soweit ich weiß, könnte es sich hierbei um eine weitere patentierte Eli-Glinn-Lüge handeln. Woher weiß ich überhaupt, dass diese Röntgenbilder von mir stammen? Der Name war abgeschnitten.«

Glinn schüttelte den Kopf. »Tief im Innern wissen Sie, dass ich die Wahrheit sage.«

Gideon errötete vor Wut. »Hören Sie mal, was könnte ich bitte schön tun, um zu helfen? Die New Yorker Polizei, das FBI, die NEST-Gruppe, das Bureau of Alcohol, Drugs, Firearms and Explosives, die CIA und bestimmt noch jede Menge geheime Agenturen sind auf die Sache angesetzt. Ich bleibe dabei: Ich gehe nach Hause.«

»Aber genau das ist ja das Problem.« Glinn hob die Stimme, nun selbst wütend. Seine verkrüppelte Hand knallte auf die Tischplatte. »Die Reaktion der Behörden ist absolut übertrieben, Dr. Crew. Unsere Psychoengineering-Berechnungen zeigen, dass diese ganzen Leute den Angriff nicht verhüten werden. Die Ermittlungen werden sich gegenseitig blockieren.«

»Psychoengineering-Berechnungen«, wiederholte Gideon sarkastisch. »Was für'n Scheiß.« Er ging zur Tür. Garza, dessen Lippen sich vor leiser Verachtung kräuselten, kam ihm in die Quere.

»Gehen Sie mir aus dem Weg!«

Es entstand eine kurze Pause, dann sagte Glinn: »Manuel, lass ihn vorbei.«

Garza trat zur Seite, unverschämt langsam.

»Wenn Sie auf die Straße gehen«, sagte Glinn, »tun Sie mir einen Gefallen. Sehen Sie in die Gesichter der Menschen ringsum, und denken Sie daran, wie sich ihr Leben verändern wird. Für immer.«

Gideon wollte sich nicht noch mehr anhören müssen. Er rannte hinaus, drückte mit aller Kraft auf den Fahrstuhlknopf und fuhr hinunter ins Erdgeschoss, wobei er die Langsamkeit des Fahrstuhls verfluchte. Als die Türen sich öffneten, lief er durch den riesigen Arbeitsraum, durch die verschiedenen Türen und den Gang hinunter; die Eingangstür öffnete sich elektronisch, als er sich näherte.

Sobald er draußen war, eilte er im Laufschritt die Straße

hinunter zu einem eleganten Hotel, vor dem eine Reihe Taxis standen. Scheiß auf das Gepäck. Er würde zum Flughafen fahren, zurück nach New Mexico fliegen und sich in seine Hütte verkriechen, bis die ganze Sache vorüber war. Er hatte genug Schaden angerichtet. Er packte den Türgriff des ersten Taxis und zog die Tür auf, dann zögerte er einen Augenblick und sah zu den schicken Leuten hin, die in das Hotel hineingingen oder herauskamen. Glinns Vorschlag fiel ihm ein. Er fand die Menschen, die er sah, abstoßend. Es war ihm egal, wie sich ihr Leben verändern konnte. Sollten die doch alle sterben. Es konnte gut sein, dass er selbst bereits am Rande des Grabes stand, warum die nicht auch?

Das war seine Antwort für Glinn.

Plötzlich wurde er zur Seite geschubst, und ein Betrunkener im Smoking stürmte an ihm vorbei und schnappte ihm das Taxi weg. Der Mann knallte die Autotür zu und beugte sich triumphierend grinsend aus dem Fenster, wobei er Martini-Dünste ausstieß. »Tut mir leid, mein Junge, aber wer zu spät kommt… Schönen Rückflug in dein Kaff.«

Unter schallendem Gelächter des Fahrgasts fuhr das Taxi an. Und Gideon stand schockiert da.

Wie sich ihr Leben verändern wird. War diese Welt, waren diese Leute, dieser Mann es wert, gerettet zu werden? Irgendwie traf ihn das rüpelhafte Benehmen des Smokingträgers auf eine Weise ins Mark, wie das keine zufällige Freundlichkeit eines Fremden vermocht hätte. Der Mann würde am nächsten Morgen aufwachen und seine Kollegen köstlich mit seiner Geschichte über diesen Provinzler amüsieren, der keine Ahnung hatte, wie man sich in New York City ein Taxi sichert. Gut so. Der konnte ihn mal. Noch ein Beweis dafür, dass sie es nicht wert waren, gerettet zu werden. Er,

Gideon, würde sich in seine Hütte in den Jemez Mountains zurückziehen, sollten diese Ärsche sich doch selber helfen …

Doch während ihm dieser Gedanke noch durch den Kopf ging, zauderte er. Wieso maßte ausgerechnet er sich ein Urteil an? Die Welt wurde von allen möglichen Menschen bevölkert. Wenn er zu seiner Hütte floh und New York durch eine Atombombe ausgelöscht würde, wie würde er dann vor sich dastehen? War er dafür verantwortlich? Nein. Doch wenn er davonlief, rangierte er um einiges unter diesem Drecksack im Smoking.

Ob er noch elf Monate oder fünfzig Jahre zu leben hatte, in jedem Fall wäre es ein langer und einsamer Zeitraum, in dem er sich nie und nimmer vergeben würde.

Einen wütenden Augenblick lang zögerte er. Und dann, innerlich kochend vor Wut und Frustration, drehte er sich um und ging zurück zur Little West 12th Street, zur unbeschilderten Tür von Effective Engineering Solutions, Inc. Sie öffnete sich schon, als er sich näherte, so als hätte Glinn ihn erwartet.

11

Chalkers Leichnam lag auf einer emaillierten Trage, umschlossen von einem großen Glaskubus – wie die Opfergabe für irgendeinen Hightech-Gott. Die Leiche war eröffnet und obduziert worden, eine rötliche Masse zwischen grauem Stahl, Glas und Chrom, diverse Organe waren darum arrangiert. Herz, Leber, Magen und andere Körperteile, die Gideon nicht erkannte und auch nicht erkennen wollte. Es hatte etwas einzigartig Beunruhigendes, die Innereien eines Menschen zu sehen, den man einmal persönlich gekannt hatte. Es war nicht bloß ein weiteres Bild in den Abendnachrichten.

Chalkers persönliche Gegenstände lagen geordnet auf einem Tisch neben der Leiche: seine Kleidung, Brieftasche, Schlüssel, Gürtel, Kreditkarten, Ausweispapiere, Kleingeld, Fahrkarten, Papiertaschentücher und diverse andere Gegenstände, alle mit kleinen Zetteln versehen. Alle offenbar radioaktiv. An einem Schaltpult bedienten Mitarbeiter und Techniker eine Reihe von Roboterarmen im Innern das Glaskubus, jeder Arm endete in andersartigen, gruselig aussehenden Sezierinstrumenten – Knochenmeißeln, Scheren, Hämmerchen, Pinzetten, Messern, Schädelbrechern, Spreizern und sonstigen Werkzeugen der Sektion. Trotz des bereits extrem sezierten Zustands der Leiche wurde die Arbeit daran noch fortgesetzt.

»Glück gehabt!«, sagte Fordyce und zückte sein Notizbuch. »Wir haben die Autopsie nicht ganz verpasst.«

»Komisch, ich habe genau das Gegenteil gedacht«, sagte Gideon.

Fordyce sah ihn an und verdrehte die Augen.

Gideon hörte ein Surren. Einer der Roboterarme, der in einer Kreissäge endete, begann, sich zu bewegen, das Sägeblatt rotierte immer schneller, bis ein hohes Winseln zu hören war. Während die Sektionsgehilfen in ihre Headsets murmelten, senkte sich die Klinge in Chalkers Schädel. »Torquemada hätte das hier geliebt«, sagte Gideon.

»Anscheinend sind wir gerade rechtzeitig für die Entnahme des Gehirns gekommen«, sagte Fordyce, befeuchtete seinen Zeigefinger und blätterte in seinem Notizbuch, um eine leere Seite zu finden.

Das Winseln klang gedämpfter, als die Säge sich in Chalkers Stirn senkte. Eine dunkle Flüssigkeit lief in die Ablaufrinne an der fahrbaren Trage. Gideon wandte sich ab und tat so, als betrachte er irgendwelche Unterlagen in seiner Aktentasche. Wenigstens, dachte er, verströmte die Leiche keinen Geruch.

»Agent Fordyce? Dr. Crew?«

Gideon blickte auf und sah einen Sektionsgehilfen mit großer Brille, Pferdeschwanz und Klemmbrett, der erwartungsvoll neben ihnen stand.

»Dr. Dart möchte Sie jetzt in seinem Büro empfangen.«

Erleichtert folgte Gideon dem Mann in eine abgeteilte Kabine am gegenüberliegenden Ende des Hightech-Areals. Fordyce kam mit und grummelte vor sich hin, weil er gerade jetzt von der Autopsie fortgeholt wurde. Sie betraten einen spartanisch eingerichteten, höchstens drei mal vier Meter großen Raum. Dart selbst saß hinter einem kleinen Schreibtisch, der mit dicken Aktenstapeln bedeckt war. Er erhob sich und streckte ihnen die Hand entgegen, erst Fordyce, dann Gideon.

»Bitte nehmen Sie Platz.«

Sie setzten sich auf Klappstühle, die vor dem Schreibtisch standen. Dart ordnete einen Augenblick lang seine bereits geordneten Unterlagen. Er hatte ein Gesicht, das kaum die Schädelknochen darunter verdeckte; seine lebendig blickenden Augen waren so tiefliegend, dass sie aus zwei dunklen Höhlen hervorglänzten. In Los Alamos war er eine Art Legende gewesen, ein ziemlich humorloser Fachidiot mit einem Doktortitel vom California Institute of Technology, der jedoch erstaunlicherweise auch ein ausgezeichneter Soldat gewesen war – eine höchst ungewöhnliche Kombination. Er hatte während der Operation Desert Storm zwei Silver Stars und ein Purple Heart erhalten.

Dart hörte auf, seine Unterlagen zu ordnen, und blickte auf. »Das ist ein ziemlich ungewöhnlicher Auftrag, den man Ihnen beiden da gegeben hat.«

Fordyce nickte.

»In meiner Funktion als Leiter von NEST«, fuhr Dart fort, »habe ich das FBI bereits gründlich informiert. Aber ich sehe, dass man dort möchte, dass Sie ein kleines Extra bekommen.« Gideon sagte nichts. Er hatte nicht vor, die Führung zu übernehmen. Dafür war Fordyce zuständig: zu widersprechen, seinen Kopf und, falls nötig, seinen Hintern hinzuhalten, damit man hineintreten konnte. Gideon beabsichtigte, sich bedeckt zu halten.

»Wir sind ein unabhängiges Team«, sagte Fordyce. »Wir schätzen es sehr, dass Sie uns ein privates Briefing geben, Sir.« Sein Tonfall klang milde, nicht konfrontativ. Fordyce war jemand, der wusste, wie das Spiel gespielt wurde.

Darts Blick wechselte hinüber zu Gideon. »Und mir wurde gesagt, dass Sie von einem privaten Auftraggeber eingestellt wurden, dessen Identität geheim ist.«

Gideon nickte.

»Ich habe mir gleich gedacht, dass ich Sie kenne. Wir haben in Los Alamos zusammengearbeitet. Wie kommt es, dass Sie von dort hierhergekommen sind?«

»Das ist eine lange Geschichte. Ich habe einen längeren Urlaub genommen.«

»Sie waren im Stockpile Steward Team, haben da am Programm zur Erhaltung des Atomwaffenarsenals mitgearbeitet, wenn ich mich recht entsinne. Genau wie Chalker.« Er ließ das kleine Faktum im Raum stehen. Es fiel Gideon schwer dahinterzukommen, wie viel Dart wusste und was er darüber dachte.

»Sie waren bei dem Vorfall dabei«, fuhr Dart fort.

»Ich wurde hinzugezogen, um zu versuchen, ihn von seinem Vorhaben abzubringen, aber es hat nicht funktioniert.« Gideon spürte, dass er rot wurde.

Dart merkte anscheinend, dass sich Gideon unbehaglich

fühlte. Er wedelte mit der Hand. »Das tut mir leid. Es muss hart gewesen sein. Mir wurde gesagt, dass Sie zwei Kinder gerettet haben.«

Gideon gab keine Antwort. Er spürte, dass er noch stärker errötete.

»Okay, machen wir weiter.« Dart schlug eine Akte auf und blätterte in weiteren Unterlagen. Fordyce hatte sein Notizbuch gezückt. Gideon entschied sich dafür, keine Notizen zu machen. Er hatte während seines Studiums festgestellt, dass das Notizenmachen seiner Fähigkeit in die Quere kam, die Übersicht über das große Ganze zu behalten.

Dart sprach schnell, während er auf die Unterlagen vor sich schaute. »Die Autopsie und die Analyse der persönlichen Gegenstände von Chalker sind noch nicht beendet, aber wir haben vorläufige Ergebnisse.«

Fordyce begann zu kritzeln.

»Die nukleare Spektroskopie von Abstrichen an Chalkers Händen und die Neutronenaktivitätstests zeigen unwiderlegbar, dass es auf seinen Handflächen und Fingern Spuren von hochangereichertem Uran-235 gegeben hat. Er hatte innerhalb der letzten vierundzwanzig Stunden zuvor Umgang damit. Chalkers Kleidung war mit absorbierten und adsorbierten radioaktiven Isotopen kontaminiert, einschließlich Cerium-144, Barium-140, Jod-131 und Cäsium-137. Das sind die klassischen Spaltprodukte eines U-235-Kritikalitäts-Ereignisses. Das Jod-131 hat eine Halbwertzeit von acht Tagen, und wir haben einen hohen Level davon gefunden, deshalb wissen wir, dass der Unfall nicht mehr als vierundzwanzig Stunden zurückliegt.« Dart warf Fordyce einen Blick zu. »Wenn irgendetwas hiervon für Sie verwirrend ist, Agent Fordyce, Dr. Crew wird es Ihnen später erklären.« Er begutachtete weitere Blätter Papier. »Der Inhalt von Chalkers Taschen wurde inventarisiert. Wir haben in seiner Hosentasche eine Eintrittskarte gefunden, datiert auf Freitag letzter Woche, für das Smithsonian Air and Space Museum.«

Fordyce schrieb schneller.

»Machen Sie langsam, sonst kriegen Sie eine Sehnenscheidenentzündung«, sagte Gideon und stieß Fordyce an.

»Wir haben eine Bahnfahrkarte gefunden, einfach, Washington Union Station nach New York Grand Central, datiert auf gestern Nachmittag. Wir haben einen Zettel gefunden mit einer Internetadresse und mehreren Telefonnummern. Die Telefonnummern werden gerade untersucht.«

Fordyce blickte auf. »Die Internetadresse?«

»Ich fürchte, ich bin nicht befugt, diese Information herauszugeben.«

Es entstand ein Schweigen. »Entschuldigen Sie«, sagte Fordyce dann, »aber ich dachte, wir wären befugt, sämtliche Informationen zu erhalten.«

Dart sah ihn mit seinen glänzenden Augen an. »Bei Ermittlungen wie diesen«, sagte er, »muss es ein bestimmtes Maß an Bereichsbildung geben. Jeder Ermittler bekommt das, was er wissen muss, und nicht mehr. Wir alle müssen innerhalb von Parametern arbeiten.« Sein Blick wechselte zu Gideon. »Mir wurden zum Beispiel Informationen über den privaten Auftraggeber vorenthalten, für den Sie arbeiten.« Er lächelte, dann fuhr er in trockenem Tonfall fort: »Die Untersuchung von Chalkers Mageninhalt deutet darauf hin, dass er seine letzte Mahlzeit gegen Mitternacht eingenommen hat. Krebssuppe, Brot, Schinken, Salat, Tomaten, russisches Dressing und Pommes frites.«

»Na toll«, sagte Gideon. »Kein Wunder, dass er radioaktiv ist.«

Noch ein Stöbern in den Unterlagen. »Wir haben in seiner Brieftasche zwei Kreditkarten gefunden, einen Führerschein, einen Los-Alamos-Ausweis und verschiedene andere Dinge. Diese werden zurzeit untersucht.«

»Was ist mit der Autopsie?«, fragte Fordyce.

»Die vorläufigen Ergebnisse deuten auf eine Schädigung seiner Schilddrüse hin, was mit der Jod-131-Exposition übereinstimmt. Es handelt sich dabei«, er warf Fordyce einen Blick zu, »um ein wichtiges Spaltprodukt von U-235 und deutet darauf hin, dass Chalker vor dem Kritikalitäts-Ereignis bereits eine Zeit lang einer Dosis niedriger Radioaktivität ausgesetzt war.«

»Haben Sie eine Vorstellung, was den Zeitraum betrifft?«

»Die Zellnekrose deutet auf einen Zeitraum von mehr als elf Tagen hin.« Stöbern. »Es gibt auch klassische Hinweise auf eine massive Kontamination mit ionisierender Strahlung beim Kritikalitäts-Ereignis, mit einer Exponierung im Bereich von achttausend Rad. Die Haut und die inneren Organe zeigen allesamt Symptome eines akuten Strahlensyndroms, Beta- wie auch Gammaverbrennungen. Die Exposition betraf die Vorderseite des Körpers, am stärksten war dabei die Exposition der Hände. Die Spuren hochangereicherten Urans an seinen Händen verweisen darauf, dass er tatsächlich das Material angefasst hat, als dieses kritisch wurde.«

»Ohne Handschuhe?«, fragte Gideon.

Dart sah ihn an. »Ja. Und das ist auch etwas, worüber wir uns wundern. Warum hat er keine Schutzkleidung getragen? Es sei denn natürlich, er hat nicht damit gerechnet, sehr viel länger zu leben.« Diesem Satz folgte eine kurze Stille, und dann klappte Dart die Akte zu. »Das ist alles, was wir bisher wissen.«

Gideon sagte: »Wenn das stimmt, dann bleibt uns nicht viel Zeit.«

»Warum?«

»Weil mir scheint, dass er dabei war, eine Atombombe zu bauen.«

»Woher wollen Sie das wissen?«, fragte Fordyce und drehte sich zu Gideon um.

»Bei der einfachsten Atombombe – so einer, die Terroristen bauen würden – handelt es sich um eine gewehrähnliche Bombe. Zwei Stücke U-235 werden gemeinsam in einer Röhre abgefeuert, um die kritische Masse zu erreichen. Bei einer solchen Bombe werden die beiden Hälften abgeschirmt aufbewahrt, wobei man die Teile so lange voneinander entfernt hält, bis es an der Zeit ist, die Bombe tatsächlich zusammenzubauen. Weil diese beiden Hälften, wenn sie einander ohne ordnungsgemäße Isolierung zu nahe kommen, Neutronen austauschen und kritisch werden und dann explosionsartig Gammastrahlung freisetzen, die exakt jener entspricht, der Chalker ausgesetzt war.«

»Sie behaupten also, dass Chalker die Waffe gebastelt und die Sache dann vermasselt hat?«, fragte Fordyce.

»Genau das behaupte ich.«

»Wurde die Waffe also dabei zerstört?«

»Überhaupt nicht«, sagte Gideon. »Kann sein, dass sie es ein bisschen ist, aber nicht so, dass ein Selbstmordattentäter sich darüber Sorgen machen müsste. Die Tatsache, dass das Uran kritisch wurde, muss physikalische Veränderungen im Kern verursacht haben, die leider den Ausstoß verstärken werden. Die Bombe wird dadurch eher noch wirkungsstärker.«

»Mist«, murmelte Fordyce.

»Sehr gut, Dr. Crew«, sagte Dart. »Unser internes Bewertungsteam ist zu fast den gleichen Schlussfolgerungen gelangt.«

Fordyce fragte: »Was ist mit dem Laptop-Computer? Ich habe gehört, dass der in Chalkers Wohnung geborgen wurde?«

»Der Inhalt ist verschlüsselt. Wir konnten noch keine Informationen herausziehen.«

»Dann sollten Sie mich einen Blick darauf werfen lassen. Ich habe kürzlich einen sechsmonatigen Fortbildungskurs in der Kryptologie-Einheit des FBI besucht.«

»Vielen Dank, Agent Fordyce, aber wir haben ein Expertenteam darauf angesetzt, und ich persönlich finde, Ihre Talente können in anderen Bereichen besser eingesetzt werden.«

Es entstand eine kurze Stille, dann meldete sich Fordyce erneut zu Wort: »Gibt es irgendwelche Hinweise auf das Ziel?«

Dart sah ihn fest an. »Noch nicht.«

Fordyce holte tief Luft. »Wir brauchen Zutritt zu Chalkers Wohnung.«

»Den bekommen Sie natürlich. Aber die Leute von NEST sind die Ersten in der Schlange.« Dart konsultierte einen Kalender. »Es dürfte ein paar Wochen dauern, fürchte ich. Vor Ihnen kommen jede Menge Leute von anderen Regierungsbehörden zum Zuge.«

Gideon wartete, dass Fordyce reagierte, doch zu seiner Enttäuschung antwortete er nicht. Sie standen auf, um zu gehen. »Darf ich kurz unter vier Augen mit Ihnen sprechen, Special Agent Fordyce«, sagte Dart.

Gideon blickte Dart überrascht an.

»Tut mir leid, Dr. Crew, aber das geht nur uns beide an.«

Fordyce sah zu, wie Crew den Raum verließ. Er war sich nicht sicher, was für ein Spiel Dart spielte – er schien ein ehrlicher Kerl zu sein, aber andererseits spielten alle, selbst die Besten, ein Spiel. Fordyce' Strategie war immer gewesen, seine eigenen Absichten geheim zu halten und dabei hinter das Spiel der anderen in seinem Umfeld zu kommen. So hatte er es seit Jahren heil durch die Minenfelder des FBI geschafft.

Nachdem sich die Tür geschlossen hatte, faltete Dart die Hände und schaute ihn an. »Ich möchte, dass dieses Gespräch unter uns bleibt. Ich bin ein wenig besorgt, weil ich Ihre Mission, offen gesagt, ein wenig merkwürdig finde.«

Fordyce nickte.

»Ich habe Dr. Crew kurz in Los Alamos kennengelernt. Er ist mehr als bloß intelligent. Ich habe eine hohe Meinung von seinen Fähigkeiten. Aber bei uns stand er in dem Ruf, eine Art Freischaffender zu sein, einer, der meinte, die Regeln seien für andere da, nicht für ihn. Die Eigenschaften, die ihn zu einem brillanten und kreativen Wissenschaftler machen, könnten sich bei kriminalistischen Ermittlungen wie diesen als störend erweisen. Ich bitte Sie also, ihn im Auge zu behalten und sicherzustellen, dass er nicht eigenmächtig handelt.«

Fordyce behielt bewusst seine neutrale Miene bei. Es stimmte, Gideon hatte eine leichtfertige, besserwisserische Ader, die Fordyce nicht mochte. Er verstand schon, warum Dart fand, dass er eine gewisse eingebildete Art hatte – denn er hatte sie wirklich. Aber Crew war sein Partner, und obgleich er sich nicht sicher war, ob er ihm vertraute oder ihn überhaupt sympathisch fand, überwog doch die Loyalität. »Wie Sie wollen, Dr. Dart.«

Dart erhob sich und streckte seine Hand aus. »Vielen Dank – und alles Gute.«

Fordyce erhob sich ebenfalls und schüttelte die Hand.

12

Gideon Crew blickte ungläubig auf das Chaos. Selbst um zwei Uhr morgens befanden sich noch so viele Notfall- und Regierungsfahrzeuge, Absperrgitter, Kommandozentralen und Kontrollstationen sowie Bereitstellungszonen rund um Chalkers Wohnung, dass sie mehrere Seitenstraßen entfernt parken mussten. Während sie sich zu dem Reihenhaus durchschlugen, in dem die Geiselnahme stattgefunden hatte, verwandelte sich das Areal in ein riesiges, chaotisches Gewimmel von Personen aus zahllosen staatlichen Einrichtungen. Überall Checkpoints, rotes Absperrband und kategorische Verneinungen. Gott sei gedankt für Fordyce, dachte Gideon. Seine FBI-Marke mitsamt seiner finsteren Miene ermöglichte ihnen, sich einigermaßen zügig einen Weg durch das ganze Gewirr zu schlagen.

Die Absperrungen hielten außerdem eine drängelnde Menge von Fernsehteams, Reportern und Fotografen zurück, vermischt mit Schaulustigen und Leuten, die aus ihren Wohnungen und Häusern evakuiert worden waren und die zum Teil dagegen protestierten, indem sie selbstgeschriebene Plakate schwenkten und herumkrakeelten. Erstaunlicherweise war es der Regierung bislang gelungen, den Deckel auf der explosiven Nachricht zu halten, dass radioaktive Strahlung freigesetzt worden war und man es möglicherweise mit einer Atombombe in den Händen von Terroristen zu tun hatte.

Gideon rechnete nicht damit, dass der Deckel noch sehr viel länger draufbleiben würde. Dafür wussten schon zu viele Leute Bescheid. Und wenn der Deckel hochging, konnte Gott weiß was passieren.

Sie kämpften sich zur Front der Ersthelfer durch und gelangten schließlich zur Kommandozentrale: drei Vans in U-Formation, geschmückt mit Satellitenschüsseln. Es war ein Apparat aufgebaut worden, der den Sicherheitskontrollen in einem Flughafen ähnelte, und die Mitarbeiter der verschiedenen Strafverfolgungsbehörden wurden in beiden Richtungen durchgeschleust. Dahinter war die Straße geräumt worden, wobei im grellen Schein des künstlichen Lichts mehrere Personen in Strahlenschutzanzügen zu sehen waren, die im Vorgarten und im Gebäude umhergingen.

»Herzlich willkommen in New York City, der Stadt des ewigen Massenchaos«, sagte Gideon.

Fordyce schritt auf jemanden in FBI-Uniform zu. »Special Agent Fordyce.« Er streckte die Hand aus.

»Special Agent Packard. Einheit für Verhaltensforschung.«

»Wir müssen in die Wohnung rein.«

Packard schnaubte zynisch. »Wenn Sie da reinwollen, müssen Sie sich hinten anstellen. Die sechs Typen, die im Moment in der Wohnung sind, sind schon seit drei Stunden drin, und es warten bestimmt noch hundert weitere. Dagegen lief der Einsatz am elften September geordnet ab.« Der Mann schüttelte den Kopf. »Bei welcher Einheit sind Sie?«

»Ich arbeite als Verbindungsmann für einen privaten Ermittler.«

»Mein Gott, einen privaten Ermittler? Dann können Sie gleich Urlaub auf Hawaii machen und in zwei Wochen wiederkommen.«

»Welche Typen sind das also, die da zuerst reindürfen?«, fragte Fordyce.

»NEST natürlich.«

Gideon tippte Fordyce auf die Schulter und wies mit einem Nicken auf eine der Gestalten in den Strahlenanzügen. »Bei welchem Herrenausstatter der wohl einkauft?«, murmelte er. Fordyce schien den Hinweis zu verstehen. Er zögerte kurz und dachte nach. Dann wandte er sich wieder zu Agent Packard um. »Wo kriegt man die Schutzanzüge her?«

Packard nickte in Richtung eines weiteren Vans. »Da drüben.«

Fordyce ergriff seine Hand. »Danke.«

Während sie davongingen, sagte Gideon: »Sie sind also bereit für eine kleine Guerilla-Aktion? Diese Dschihadisten haben die Bombe. Da können zwei Wochen reichlich lang sein.«

Fordyce schwieg und drängelte sich durch die Menge zu dem Van, Gideon immer hinterher. Es war schwierig für ihn, an der steinernen Miene des FBI-Agenten abzulesen, was er dachte.

Hinter dem Van war ein Umkleidezelt errichtet worden, darin befanden sich Garderobenständer mit Schutzanzügen und Atemschutzmasken. An den Ärmeln der Anzüge waren Strahlungsmesser befestigt. Fordyce duckte sich unter der Segeltuchabsperrung hindurch, ging mit Crew im Schlepptau zu den Ständern und fing an, sie durchzusehen.

Sofort kam ein Mann im NEST-Outfit herüber. »Was soll das?«

Fordyce fixierte ihn mit seinen blauen Augen, zog seine Marke von der Kette um den Hals und hielt sie dem Mann unter die Nase. »Wir brauchen Zutritt. Sofort.«

»Schauen Sie«, sagte der Mann schrill, »wie oft muss ich euch Leuten das denn noch sagen? Das FBI kommt auch noch dran.«

Fordyce starrte ihn an. »Bislang waren noch keine Leute vom FBI drin? Überhaupt keine?«

»Richtig. Aber NEST hat vorher noch jede Menge Arbeit zu erledigen.«

»Darts Gruppe?«

»Richtig. Der Nationale Sicherheitsplan schreibt vor, dass bei einem Nuklearunfall NEST die leitende Behörde ist.«

Langes Schweigen. Fordyce hatte offenbar wieder dichtgemacht. Gideon ging auf, dass es jetzt an ihm war, sich etwas einfallen zu lassen, um dort reinzukommen. Fordyce war zu sehr an die Vorschriften gebunden und hatte zu viel zu verlieren. Gideon seinerseits hatte überhaupt nichts zu verlieren.

»Dafür muss man wirklich dankbar sein«, sagte Gideon, nahm sich einen Anzug vom Regal und zog ihn über. »Kein Wunder, dass Dart so erpicht darauf war, uns an NEST anzugliedern.«

Fordyce blickte ihn aus seinen saphirblauen Augen an, und Gideon blickte harmlos zurück. »Beeilen Sie sich. Sie kennen Dart ja, er wird genervt sein, wenn wir nicht bis morgen früh unseren Bericht fertig haben.«

Der NEST-Mann entspannte sich. »Tut mir leid. Ich wollte Sie nicht herausfordern, mir war nicht klar, dass Sie NEST zugeordnet sind.«

»Kein Problem«, sagte Gideon. Er musterte Fordyce und fragte sich, ob der Special Agent wohl die Sache mit ihm durchziehen würde. »Kommen Sie, Stone, wir haben nicht den ganzen Tag Zeit.«

Trotzdem zögerte Fordyce, aber dann streifte er zu Gideons Erleichterung den Schutzanzug über.

»Warten Sie. Ich muss erst Ihre Vollmachten sehen. Und ich soll Ihnen dabei helfen, Ihre Anzüge auszuwählen.«

Fordyce zog den Reißverschluss seines Anzugs hoch und schenkte dem Mann ein freundliches Lächeln. »Der Papierkram ist schon unterwegs. Und danke, aber wir kennen unsere Größe bereits.«

»Ich muss wenigstens Ihre Ausweise sehen.«

»Ich soll das hier wieder ausziehen, damit Sie meinen Ausweis sehen können?«

»Na ja, ich muss ihn eben sehen.«

Fordyce lächelte und legte dem Burschen die Hand auf die Schulter. »Wie heißen Sie?«

»Ramirez.«

»Reichen Sie mir mal die Atemschutzmasken dort.«

Ramirez reichte ihm die Masken. Fordyce gab eine an Gideon weiter.

Gideon nahm sie. »Dart hat uns persönlich autorisiert. Wenn Sie irgendwelche Fragen haben, rufen Sie ihn an.«

Ramirez sah immer noch Fordyce an. »Na ja, Dart wird nur sehr ungern gestört …«

Fordyce setzte die Atemschutzmaske auf – was verhinderte, dass er weiter mit Ramirez sprechen konnte. Gideon folgte seinem Beispiel. Die Atemschutzmaske war mit einem kleinen Funksender ausgestattet. Er schaltete ihn ein, stellte ihn auf einen privaten Kanal und bedeutete Fordyce, das Gleiche zu tun.

»Hören Sie mich, Fordyce?«

»Laut und deutlich«, gab Fordyce' Stimme knisternd zurück.

»Fangen wir an, bevor es, äh, zu spät ist.«

Sie drängten sich an Ramirez vorbei.

»Warten Sie«, sagte Ramirez entschuldigend. »Ich muss wirklich Ihre Ausweise sehen.«

Gideon hob seine Atemschutzmaske an. »Die zeigen wir Ihnen, wenn wir die Anzüge wieder ausgezogen haben. Sie können aber auch bei Dart anrufen, aber passen Sie auf, dass Sie ihn im richtigen Augenblick erwischen. Er ist momentan ziemlich reizbar.«

»Das können Sie laut sagen«, sagte Ramirez und schüttelte den Kopf.

»Sie können sich also vorstellen, wie genervt er reagieren wird, wenn seine beiden handverlesenen Jungs aufgehalten werden.«

Gideon schob sich die Atemschutzmaske wieder über den Kopf, bevor Ramirez antworten konnte. Sie stiegen über die letzte Barriere und gingen mit langen Schritten auf das Reihenhaus zu.

»Gute Arbeit«, sagte Gideon über Funk und lachte. »Und übrigens: Diese Anzüge bringen gar nichts.«

»Finden Sie das lustig?«, sagte Fordyce, plötzlich ärgerlich. »Ich schlage mich mit diesem Mist schon meine ganze Karriere herum, und es ist nichts Komisches daran. Und übrigens: Ich werde behaupten, dass es Ihre Idee gewesen ist.«

Sie sahen sich kurz in der Erdgeschosswohnung um, in der Chalker die letzten beiden Monate seines Lebens verbracht hatte. Sie war klein und karg eingerichtet: ein winziges Zimmer nach vorn heraus, eine kleine Einbauküche, ein Bad und ein Zimmer nach hinten mit nur einem Fenster. Die Wohnung war makellos sauber und roch leicht nach Bohnerwachs und Putzmittel. Sechs NEST-Mitarbeiter gingen langsam umher, scannten die Umgebung mit diversen Geräten, sammelten Fasern und Staubpartikel vom Boden auf, schossen Fotos. Nichts war angerührt worden.

Das vordere Zimmer war leer, bis auf einen kleinen Teppich an der Tür mit einer Reihe Flipflops, sowie einem zweiten kleinen, aber dicken Perserteppich in der Mitte.

Gideon blieb stehen und starrte auf den Teppich. Er lag nicht parallel zu den Zimmerwänden, sondern im spitzen Winkel.

»Gebetsteppich«, ließ sich Fordyce' Stimme vernehmen. »Er zeigt in Richtung Mekka.«

»Klar. Natürlich.«

Der einzige weitere Gegenstand im Zimmer war ein Koran, der aufgeschlagen auf einem reichverzierten Büchergestell lag. Fordyce schaute sich den Band genauer an. Es handelte sich um eine zweisprachige Ausgabe, Englisch und Arabisch, ziemlich zerlesen. Viele Seiten waren mit Lesezeichen markiert.

Es wäre interessant zu erfahren, welche Verse Chalkers

besondere Aufmerksamkeit erregt hatten. Gideon warf einen Blick auf die Seite, auf der der Koran aufgeschlagen war, und sofort fiel ihm ein Vers auf, der markiert worden war.

Hat Euch die Kunde vom Überwältigenden Ereignis erreicht?
An jenem Tage werden einige Gesichter gedemütigt aussehen,
gezeichnet von großer Mühe und Erschöpfung.
Sie werden in einem starken Feuer brennen.
Sie werden aus einem kochenden Quell zu trinken bekommen.

Er blickte Fordyce an, der ebenfalls das Buch betrachtete. Er nickte langsam.

Fordyce deutete zur Küche, dann ging er hinein, um sie sich genauer anzusehen. Genauso sauber und leer wie der Rest der Wohnung. Alles stand da, wo es hingehörte.

»Dürfen wir den Kühlschrank öffnen?«, fragte Gideon Fordyce über Funk.

»Fragen Sie nicht. Tun Sie's einfach.«

Gideon zog die Tür auf. Im Kühlschrank befanden sich ein Karton Milch, eine Packung Datteln, Reste einer Pizza im Karton, ein paar Packungen mit chinesischen Lebensmitteln und diverse andere Dinge. Der Tiefkühlschrank enthielt tiefgefrorene Lammkarrees, Ben-&-Jerry's-Eiscreme und eine Packung Mandeln mit Schale. Beim Schließen der Tür fiel Gideon ein Kalender auf, der mit einem Magneten an der Seite des Kühlschranks befestigt war. Ein Foto des Tadsch Mahal füllte die obere Hälfte. Auf dem Kalendarium darunter waren in Chalkers Handschrift mehrere Termine eingetragen. Gideon betrachtete sie interessiert, während Fordyce von hinten an ihn herantrat.

Gideon nahm den Kalender und blätterte die Vormonate durch. Die Kalenderblätter waren voll mit kryptischen Verabredungen. »Meine Güte«, murmelte er ins Headset und ließ die Seiten zurück auf den aktuellen Monat fallen. »Haben Sie das gesehen?«

»Was?«, fragte Fordyce und starrte auf das Kalendarium. »Da steht nichts.«

»Das ist es ja. Die Verabredungen hören einfach auf. Nach dem Einundzwanzigsten dieses Monats ist kein Termin mehr eingetragen.«

»Was bedeutet?«

»Dass wir hier den Terminkalender eines Selbstmordattentäters vor uns haben. Und sämtliche Eintragungen enden in zehn Tagen, von heute an gerechnet.«

13

Als sie wieder auf die Straße traten, wirkte die Straßenbeleuchtung nach der schummrigen Wohnung besonders grell. Gideon blinzelte, damit seine Augen sich an das Licht gewöhnten.

»Zehn Tage«, sagte Fordyce und schüttelte den Kopf. »Glauben Sie, dass diese Leute, nach allem, was passiert ist, ihren Zeitplan einhalten wollen?«

Gideon sagte: »Ich halte es sogar für durchaus möglich, dass sie ihre Aktion vorverlegen.«

»Jesus Christus.« Ein Hubschrauber flog tief über sie hinweg, ein Netz mit Strahlungsdetektoren hinter sich herziehend.

Gideon hörte und sah weitere Hubschrauber mit Scheinwerfern, die über verschiedenen Bereichen der Stadt am Himmel schwebten.

»Die suchen nach dem Labor der Terroristen«, sagte

Fordyce. »Was glauben Sie, wie weit hätte Chalker zu Fuß gehen können bei seinen Strahlenschäden?«

»Nicht weit. Einen halben Kilometer oder so.«

Sie waren fast bei den Absperrungen angekommen. Gideon zog seine Atemschutzmaske vom Gesicht und sagte: »Die Anzüge behalten wir.«

Fordyce musterte ihn. »Allmählich glaube ich, es gefällt Ihnen, Bewegung in die Sache zu bringen.«

»Uns bleiben zehn Tage. Also, ja, bringen wir Bewegung in die Sache. Und zwar kräftig.«

»Wofür brauchen wir die Anzüge?«

»Um in das Laboratorium der Terroristen hineinzukommen. Nach dem wir suchen werden – jetzt, auf der Stelle. Die Lagerhäuser von Long Island City befinden sich auf der anderen Seite vom Queens Boulevard. Es ist naheliegend, mit der Suche dort zu beginnen. Nachdem er verstrahlt worden war, konnte sich Chalker nicht mehr weit vom Ort des Unfalls entfernen. Er konnte sich kaum noch bewegen.«

Fordyce sagte zumindest nicht nein zu Gideons Vorschlag.

Sie erreichten ihren Wagen, zogen die Anzüge aus und warfen sie in den Kofferraum. Gideon hatte das Funkgerät vorher abgenommen und behielt den Stöpsel im Ohr, damit er den Funkverkehr abhören konnte. Fordyce startete den Motor. Während sie die Absperrungen passierten und langsam durch die schaulustige Menge hindurchfuhren – unglaublich, dass die um drei Uhr morgens noch ausharrten –, begann sich auf einmal etwas zu verändern. Es kam Bewegung in die Menge, eine Welle der Angst, ja sogar Panik. Die Leute fingen an, sich zu entfernen, langsam zuerst, dann schneller. Rufe und ein paar Schreie waren zu hören, und dann fingen die Leute an zu rennen.

»Was zum Teufel geht da vor?«, fragte Fordyce.

Ein abgerissener Teenager auf einem Skateboard sauste an ihnen vorüber, weitere Personen strömten vorbei. Ein Mann kam mit hochrotem Kopf von hinten angelaufen, packte den Griff der rückwärtigen Tür und riss sie auf.

»Was ist denn los?«, schrie Gideon.

»Lassen Sie mich rein!«, rief der Mann. »Die haben eine Bombe!«

Gideon langte nach hinten und schubste den Mann weg. »Suchen Sie sich einen anderen Wagen.«

»Die wollen eine Atombombe in der Stadt hochgehen lassen!«, rief der andere und näherte sich wieder dem Auto. »Lassen Sie mich rein!«

»Wer sind *die?*«

»Die Terroristen! Das steht doch in allen Zeitungen!« Der Mann wollte wieder einsteigen. Gideon knallte die Tür zu, und Fordyce verriegelte den Wagen.

Der Mann donnerte mit seinen schweißnassen Fäusten an die Fenster. »Wir müssen raus aus der Stadt! Ich habe Geld. Helfen Sie mir! Bitte!«

»Es wird Ihnen schon nichts passieren!«, schrie Gideon durchs geschlossene Fenster. »Gehen Sie nach Hause, und schauen Sie sich *Dexter* an.«

Fordyce gab Gas, der Wagen fuhr mit einem Ruck auf die Straße. Schnell überquerte er den Queens Boulevard und bog in hohem Tempo in eine ruhige Seitenstraße im Industriegebiet ein, um von der panischen Menschenmenge wegzukommen. Es war unglaublich: In allen Wohngebäuden ringsumher gingen die Lichter an.

»Wie's aussieht, hat sich die Nachricht herumgesprochen«, sagte Fordyce. »Jetzt ist die Kacke echt am Dampfen.«

»Das war nur eine Frage der Zeit«, sagte Gideon. In seinem Ohrhörer wurde es lauter, unzählige Stimmen übertönten die öffentlichen Frequenzen. Offenbar wurden die Einsatzteams von panischen Leuten mit Notfallmeldungen bombardiert.

Sie fuhren jetzt langsam die Jackson Avenue entlang, mitten durch eine Wüste aus alten Lagerhäusern und Fabrikgebäuden, die sich in alle Richtungen erstreckten.

»Nadel im Heuhaufen«, sagte Fordyce. »Ohne fremde Hilfe finden wir das Labor nie.«

»Ja, und sobald die es finden, kommen wir niemals rein, vor allem nach der Nummer, die wir dahinten abgezogen haben.« Gideon dachte einen Augenblick nach. »Wir müssen eine Spur finden, an die niemand sonst gedacht hat.«

»Eine Spur, an die niemand sonst gedacht hat? Viel Glück.« Fordyce drehte das Lenkrad und steuerte den Wagen zurück in Richtung Queens Boulevard.

»Okay, ich hab's!«, rief Gideon plötzlich aufgeregt. »Ich weiß, was wir machen.«

»Was denn?«

»Wir fliegen nach New Mexico. Wir nehmen uns Chalkers früheres Leben vor. Die Antwort auf die Frage, was mit ihm passiert ist, ist im Westen zu finden. Machen wir uns nichts vor – hier erreichen wir gar nichts.«

Fordyce blickte ihm fest in die Augen. »Hier spielt die Musik, nicht dort.«

»Und genau deshalb können wir nicht hier bleiben und uns mit diesen Bürokraten herumschlagen. Da draußen haben wir wenigstens eine Außenseiterchance, etwas auszurichten.« Gideon hielt inne. »Haben Sie eine bessere Idee?«

Erstaunlicherweise grinste Fordyce. »La Guardia liegt nur zehn Minuten entfernt.«

»Wie bitte? Ihnen gefällt die Idee?«

»Absolut. Aber am besten fahren wir sofort los, denn ich garantiere Ihnen: In ein paar Stunden werden sämtliche

Plätze in allen Maschinen, die aus New York abfliegen, auf absehbare Zeit ausgebucht sein.«

Über ihnen knatterte ein tieffliegender Hubschrauber, der Detektoren hinter sich herzog. Kurz darauf ließ sich eine Stimme in dem Gebabbel in Gideons Ohrhörer vernehmen.

»Ich hab 'nen Treffer! Ich kriege eine Wolke!«

Knistern und andere Stimmen übertönten die Stimme.

»... Pearson Street, in der Nähe des Selbstlagerzentrums ...«

»Die haben einen Treffer«, sagte Gideon zu Fordyce. »Eine radioaktive Wolke über der Pearson Street.«

»Pearson? Verdammt, an der sind wir doch gerade eben vorbeigefahren.«

»Wir werden als Erste vor Ort sein. Höchste Zeit, dass wir endlich einen Durchbruch erzielen.«

Fordyce vollführte mit der Limousine einen Powerslide. Kurz darauf bogen sie mit quietschenden Reifen um die Ecke in die Pearson Street ein. Mehrere Helikopter schwebten bereits dort und suchten nach dem exakten Ort, in der Ferne ertönten Sirenen.

Die Pearson Street endete am Gelände eines Rangierbahnhofs. Das letzte Gebäude in der Straße war ein mächtiges, fensterloses Selbstlagergebäude, direkt gegenüber befanden sich ein mit Müll übersätes leeres Grundstück und ein paar uralte Lagerhäuser. Am äußersten Ende der Straße stand ein langer, verfallener Rangierschuppen.

»Dort«, sagte Gideon und zeigte mit dem Finger darauf. »Dieser Schuppen auf dem Bahnhofsgelände.«

Fordyce blickte ihn zweifelnd an. »Woher wollen Sie wissen, dass ...«

»Sehen Sie das aufgebrochene Schloss? Auf geht's.«

Fordyce fuhr an den Bordstein, der Wagen kam mit

quietschenden Reifen zum Stehen. Sie warfen sich die Schutzanzüge über, Fordyce schnappte sich aus dem Handschuhfach zwei Taschenlampen, und dann liefen sie in Richtung des Schuppens. Dieser war umgeben von einem Maschendrahtzaun, der allerdings jede Menge Löcher und Lücken aufwies, sodass sie schnell hindurchkamen. Die Schiebetür war mit einer Kette versehen, aber das Vorhängeschloss hing an nur einem Glied, die Haspe war durchtrennt.

Gideon schob die Tür auf. Fordyce knipste seine Taschenlampe an, dann reichte er Gideon die andere. In den beiden Lichtkegeln kam ein stillgelegter Raum zum Vorschein, in dem sich Berge von alten Eisenwinkeln, Schwellen, Schienen, verrosteten Gerätschaften sowie Salz- und Kieshaufen türmten.

Gideon blickte sich fieberhaft um, entdeckte aber nichts von Interesse. Es handelte sich einfach nur um einen großen, ungenutzten Raum.

»Verdammt«, sagte Fordyce. »Muss eins von den Lagerhäusern gewesen sein, an denen wir vorbeigefahren sind.«

Gideon hob die Hand und sah sich den Fußboden an. Vor kurzem waren hier Leute gegangen, es waren jede Menge Spuren in dem Staub und Dreck zu sehen. Sie führten zu einer Wand am anderen Ende des Gebäudes, wo er die große Doppeltür eines Lastenaufzugs sah. Er spurtete hinüber.

»Unter uns gibt es noch eine Ebene«, sagte er mit einem Blick auf die Bedienungstafel des Aufzugs. Er drückte auf die Knöpfe, aber sie funktionierten nicht.

Gideon schwenkte seine Taschenlampe herum und machte schnell die Brandtreppe ausfindig. Er drückte die Tür auf und stand im Stockdunkel eines Treppenhauses. Die Sirenen über ihnen hatten sich miteinander verbunden, gedämpfte Funkgeräte, knallende Türen, laute Stimmen waren zu hören.

Von ihren Taschenlampen geleitet, gingen sie schnell die Treppe hinunter. Der riesige Raum unten war größtenteils leer, bis auf Eisengitter, Flaschenzüge und an der Decke angebrachte, fahrbare Gestelle. Allerdings hing ein scharfer Geruch nach verbranntem Papier und Plastik in der Luft, und als Gideon in die Mitte des Raums trat, erkannte er am gegenüberliegenden Ende ein labyrinthisches Gehege von Verhauen mit schwer erkennbaren, nicht mehr benutzten Gerätschaften. Fordyce hatte es auch gesehen, sie gingen zusammen hinüber.

»Was soll das denn sein?«, fragte Fordyce und blickte sich um.

Gideon hatte die Anlage sofort erkannt, und es lief ihm eiskalt den Rücken herunter. »Ich habe ähnliche Anlagen auf historischen Aufnahmen im Bombenmuseum in Los Alamos gesehen«, sagte er. »Alte Fotos vom Manhattan Project. Es handelt sich um eine zusammengebastelte Apparatur aus Schienen, Stangen, Winden und Seilen, mit der man radioaktives Material bewegen kann, ohne dass man ihm zu nahe kommt. Extrem lowtech, aber relativ effizient, wenn man im Märtyrermodus lebt und es einem egal ist, ob man sich erhöhter Strahlung aussetzt.«

Während Gideon an den Nischen vorbeiging und dabei in jede hineinspähte, konnte er weitere Fernbedienungs-Apparate sehen: primitive Schieber und Gebilde, Schutzschilde und Bleikisten, daneben ausrangierte Hochspannungsleitungen und Sprengzünder sowie ein, wie Gideon erneut mit einem Frösteln erkannte, zerbrochener schneller Transistorschalter.

»Jesses«, sagte Gideon mit mulmigem Gefühl. »Ich sehe hier alles, was man zum Bau einer Bombe braucht, einschließlich Hochgeschwindigkeits-Transistoren, die neben dem eigentlichen Kern am schwierigsten zu beschaffen sind.«

»Und was ist das hier?« Fordyce zeigte auf eine andere Nische. Dort sah Gideon einen vergitterten Käfig mit irgendwelchen Essensresten.

»Ein Hundezwinger? Der Größe nach zu urteilen, für einen großen Hund. Vermutlich einen Rottweiler oder Dobermann – um Neugierige fernzuhalten.«

Fordyce ging langsam und methodisch herum, schaute sich alles genau an.

»Es gibt hier reichlich Reststrahlung«, sagte Gideon mit einem Blick auf den in seinen Anzug eingebauten Strahlungsmesser. Er zeigte zur Seite. »Dort drüben, bei dem Apparat, da hat Chalker die Sache wahrscheinlich vergeigt, sodass die Masse kritisch wurde. Dort ist die Strahlung irrsinnig hoch.«

»Gideon? Schauen Sie sich das mal an.« Fordyce kniete vor einem Haufen verbrannter Dinge und betrachtete irgendetwas. Während Gideon hinüberging, hörte er in seinem Funkgerät Stimmengewirr, Rufe und Schritte, die von oben kamen. Das NEST-Team hatte das Gebäude betreten.

Er kniete sich neben Fordyce hin, wobei er versuchte, jeden Luftzug zu vermeiden, damit der empfindliche Haufen nicht aufgewirbelt wurde. Massenweise Dokumente, Computer-CDs, DVDs und andere Unterlagen und Gerätschaften waren zu einem großen Stapel zusammengekehrt und verbrannt worden, wodurch eine klebrige, ätzende Masse entstanden war, die noch immer nach Benzin stank. Fordyce' behandschuhte Hand zeigte auf ein großes Bruchstück aus verbranntem Papier obenauf. Als Gideon sich darüberbeugte, fiel der Lichtstrahl seiner Taschenlampe auf die zerknitterte Oberfläche, und er konnte so gerade eben erkennen, was es gewesen war: eine Karte von Washington, D. C., beschriftet mit etwas, bei dem es sich offenbar um ausführliche Notizen in arabischer Schrift handelte. Mehrere Wahrzeichen waren eingekringelt, darunter das Weiße Haus und das Pentagon.

»Ich glaube, wir haben gerade eben das Zielobjekt gefunden«, sagte Fordyce grimmig.

Auf der Treppe ertönten Schritte. Am anderen Ende des Raums erschien eine Phalanx von Gestalten in weißen Anzügen.

»Wer sind Sie denn?«, ertönte eine Stimme über Funk.

»NEST«, sagte Fordyce knapp und stand auf. »Wir sind das Vorausteam – wir übergeben an euch.«

Im Strahl seiner Taschenlampe sah Gideon kurz Fordyce' Augen hinter dem Visier. »Ja. Zeit zu gehen.«

14

Sie hatten mehrere Stunden in der FBI-Außenstelle in Albuquerque zugebracht und unzählige Formulare ausgefüllt, um einen Dienstwagen und ein Spesenkonto zu bekommen. Jetzt waren sie endlich unterwegs nach Santa Fe. Rechts erhob sich der große Bogen der Sandia Mountains, links floss der Rio Grande.

Sogar hier begegneten sie einem steten Strom überladener Fahrzeuge, die in die entgegengesetzte Richtung fuhren.

»Wovor laufen die weg?«, fragte Fordyce.

»Wenn ein Atomkrieg ausbricht, ist Los Alamos ein bevorzugtes Ziel, das weiß hier jeder.«

»Mag sein, aber wer redet denn von einem Atomkrieg?«

»Wenn die Atombombe der Terrorgruppe in Washington, D. C., hochgeht, weiß nur der liebe Gott, was passiert. Alles ist möglich. Und wenn sich Hinweise darauf finden, dass die

Terroristen die Bombe von, sagen wir, Pakistan oder Nordkorea bekommen haben? Glauben Sie etwa, wir würden nicht zurückschlagen? Mir fallen ziemlich viele Szenarien ein, bei denen wir einen hübschen kleinen Atompilz über dem Berg dort aufsteigen sehen würden. Der übrigens nur zwanzig Meilen von Santa Fe entfernt ist und in Windrichtung liegt.«

Fordyce schüttelte den Kopf. »Sind Sie da nicht etwas vorschnell, Gideon?«

»Die Leute da draußen finden das nicht.«

»Herrgott noch mal«, sagte Fordyce. »Wir haben bestimmt vier Stunden mit diesen verdammten Typen verbracht. Dabei sind es nur noch neun Tage bis zum N-Day.« Er verwendete den Insider-Begriff für den mutmaßlichen Tag der Kernwaffenexplosion.

Sie fuhren eine Weile, ohne ein Wort zu wechseln.

»Ich kann diesen bürokratischen Mist nicht ausstehen«, erklärte Fordyce schließlich. »Ich muss einen klaren Kopf bekommen.« Er kramte in seiner Aktentasche, zog einen iPod hervor, schloss ihn ans Autoradio an und wählte einen Song.

»Laurence Welk, wetten«, murmelte Gideon.

Stattdessen dröhnte *Epistrophy* aus den Lautsprechern.

»Super!«, sagte Gideon verblüfft. »Ein FBI-Agent, der Monk hört? Sie wollen mich wohl veralbern.«

»Was glauben Sie denn, was ich mir anhöre? Motivationsvorträge? Sie sind also Monk-Fan?«

»Er ist der größte Jazz-Pianist aller Zeiten.«

»Was ist mit Art Tatum?«

»Zu viele Noten, zu wenig Musik, wenn Sie wissen, was ich meine.«

Fordyce fuhr mit Bleifuß. Als der Tacho auf 160 Stundenkilometer kletterte, holte der FBI-Agent das Blaulicht aus dem Handschuhfach, stellte es aufs Dach und schaltete es ein. Der Fahrtwind und das Zischen der Reifen begleiteten Monks krachende Akkorde und plätschernde Arpeggien.

Sie lauschten eine Zeit lang schweigend der Musik, dann sagte Fordyce: »Sie kannten doch Chalker. Erzählen Sie mir von ihm. Was trieb den Mann an?«

Die Andeutung, er und Chalker könnten Kumpel gewesen sein, ärgerte Gideon. »Keine Ahnung.«

»Was haben Sie beide denn genau gemacht in Los Alamos?«

Gideon lehnte sich zurück und versuchte, sich zu entspannen. Sie hielten auf eine Reihe langsamerer Autos und einen Lkw zu. In letzter Sekunde wich Fordyce auf die Überholspur aus. Der Wind rüttelte sie durch, als sie vorbeisausten.

»Also«, sagte Gideon, »wie schon erwähnt: Wir haben beide am Stockpile-Stewartship-Programm mitgearbeitet.«

»Und was genau soll das sein?«

»Geheimsache. Atomwaffen veralten, genau wie alles andere. Das Problem ist nur, wegen des Moratoriums können wir heutzutage keine Atomwaffentests mehr durchführen. Unsere Aufgabe besteht darin, dafür zu sorgen, dass die Waffen funktionieren.«

»Nett. Also was hat Chalker im Einzelnen gemacht?«

»Er hat mit dem Supercomputer des Labors Nuklearexplosionen simuliert, um festzustellen, welche Auswirkungen der radioaktive Zerfall der verschiedenen Komponenten auf den Strahlungsertrag hat.«

»Also Geheimsache?«

»Extrem.«

Fordyce rieb sich das Kinn. »Wo ist er aufgewachsen?«

»In Kalifornien, glaube ich. Er hat nicht viel von früher gesprochen.«

»Und als Mensch? Was war mit seinem Job, seiner Ehe?«

»Er war seit etwa fünf Jahren in Los Alamos. Seinen Doktor hat er in Chicago gemacht. Er war frisch verheiratet, brachte seine junge Frau mit. Sie wurde zum Problem. Sie war eine Art Ex-Hippie, der esoterische Typ. Sie kam aus dem Süden, und sie hasste Los Alamos.«

»Soll heißen?«

»Sie hat kein Geheimnis daraus gemacht, dass sie gegen Kernwaffen war – sie hat die Arbeit nicht gebilligt, die ihr Mann machte. Sie hat getrunken. Ich erinnere mich an eine Party im Büro, auf der sie sich betrank und anfing herumzuschreien, etwas vom militärisch-industriellen Komplex faselte, die Anwesenden als Mörder beschimpfte und mit Dingen um sich warf. Sie hat ihr Auto zu Schrott gefahren und mehrere Anzeigen wegen Trunkenheit am Steuer bekommen, bevor man ihr den Führerschein ganz wegnahm. Wie ich gehört habe, hat Chalker getan, was er konnte, um die Ehe zu retten, aber irgendwann hat sie ihn verlassen und ist mit einem anderen Typen nach Taos. Dort hat sie sich einer New-Age-Kommune angeschlossen.«

»Was für eine Art Kommune?«

»Radikal, gegen die Regierung, soweit ich gehört habe. Selbstversorger, nicht ans Stromnetz angeschlossen, bauen ihr eigenes Gemüse und ihr eigenes Dope an. Linksgerichtet, aber von der schrägen Sorte. Sie wissen schon, die Sorte, die Waffen trägt und Ayn Rand liest.«

»So etwas gibt's?«

»Im Westen – hier draußen – schon. Gerüchten zufolge hat sie seine Kreditkarten mitgenommen und das gemeinsame Konto geplündert, um mit dem Geld die Kommune zu unterstützen. Vor zwei, drei Jahren wurde Chalkers Haus zwangsversteigert, und er musste Privatinsolvenz anmelden. Das war ein echtes Problem, weil seine Arbeit als sicherheitsrelevant eingestuft war. Da wird von einem erwartet, dass man seine Finanzen in Ordnung hält. Er wurde mehrmals verwarnt und schließlich heruntergestuft. Er wurde versetzt und bekam eine Aufgabe mit weniger Verantwortung.«

»Wie hat er das aufgenommen?«

»Schlecht. Er war so eine Art verlorene Seele. Kein starkes Selbstwertgefühl, abhängiger Persönlichkeitstyp, tat das, was von ihm erwartet wurde, ohne zu wissen, was er eigentlich wollte. Er fing an, sich ein wenig an mich ranzuhängen. Wollte mein Freund sein. Ich habe versucht, ihn auf Abstand zu halten, aber das war schwierig. Wir haben ein paarmal zusammen zu Mittag gegessen, manchmal ist er auch mitgekommen, wenn ich nach der Arbeit noch was mit Kollegen trinken ging.«

Fordyce war jetzt bei 180 Stundenkilometern angelangt. Das Auto schaukelte vor und zurück, der Motorenlärm und der Fahrtwind übertönten fast die Musik. »Hobbys? Interessen?«

»Er hat viel davon geredet, dass er schreiben wollte. Sonst fällt mir nichts ein.«

»Hat er denn je etwas geschrieben?«

»Nicht dass ich wüsste.«

»Seine religiöse Einstellung? Ich meine, bevor er konvertiert ist.«

»Mir nicht bekannt.«

»Wie ist es eigentlich dazu gekommen, dass er zum Islam übergetreten ist?«

»Er hat's mir einmal erzählt. Er hatte sich ein Motorboot gemietet und fuhr auf den Abiquiu Lake raus, das ist ein See nördlich von Los Alamos. Ich hatte irgendwie den Eindruck, dass er deprimiert war und vorhatte, sich das Leben zu nehmen. Jedenfalls, irgendwie ging er über Bord oder sprang aus dem Boot und trieb ab. Die schwere Kleidung hat ihn hinuntergezogen, und er ging ein paarmal unter. Aber dann, sagte er, gerade als er kurz davorstand, endgültig zu ertrinken, habe er gespürt, wie starke Arme ihn aus dem Wasser zogen. Und eine Stimme im Kopf gehört. *Im Namen Allahs, des Erbarmers, des Barmherzigen* sagte die Stimme, glaube ich.«

»Das ist die erste Zeile des Korans, soviel ich weiß.«

»Es gelang ihm, wieder ins Boot zu steigen, das plötzlich wieder zu ihm zurückgetrieben sei, wie von einem unsichtbaren Wind gesteuert, sagte er. Er hielt das für ein Wunder. Auf dem Rückweg fuhr er an der Al-Dahab-Moschee vorbei, die ein paar Meilen vom Abiquiu Lake entfernt liegt. Es war Freitag, und es fand gerade das Freitagsgebet statt. Aus einer Laune heraus hielt er an, stieg aus und betrat die Moschee, wo er von den Muslimen sehr herzlich begrüßt wurde. Er erlebte eine intensive Bekehrung und trat auf der Stelle zum Islam über.«

»Was für eine Geschichte.«

Gideon nickte. »Er verschenkte seine Sachen und fing an, sehr asketisch zu leben. Er betete fünfmal am Tag. Aber er hat das sehr unauffällig getan, er ist niemandem damit auf die Nerven gegangen.«

»Welche Sachen hat er denn weggegeben?«

»Schicke Klamotten, Bücher, Alkohol, seine Stereoanlage, CDs und DVDs.«

»Waren irgendwelche anderen Veränderungen bemerkbar?«

»Die Bekehrung schien ihm sehr gutzutun. Er wurde zu einer integreren Persönlichkeit. War besser bei der Arbeit, konzentrierter, nicht mehr depressiv. Für mich war es eine Erleichterung – er hörte auf zu klammern. Er schien tatsächlich eine Art Sinn im Leben gefunden zu haben.«

»Hat er je versucht, Sie zu bekehren, Sie als Anhänger zu gewinnen?«

»Nie.«

»Gab es irgendwelche Probleme mit seiner Sicherheitsunbedenklichkeit, nachdem er Muslim geworden war?«

»Nein. Die Religionszugehörigkeit soll eigentlich nichts mit der Sicherheitsstufe zu tun haben. Er machte weiter wie bisher. Die höchste Einstufung hatte er ja sowieso schon verloren.«

»Gab es irgendwelche Anzeichen für eine Radikalisierung?«

»Nein, er war völlig unpolitisch, soweit ich das feststellen konnte. Kein Gerede über Unterdrückung, keine Hasstiraden gegen den Krieg im Irak und Afghanistan. Er scheute vor Kontroversen zurück.«

»Das ist typisch. Keine Aufmerksamkeit auf die eigenen Ansichten lenken.«

Gideon zuckte mit den Achseln. »Wenn Sie meinen.«

»Was ist mit seinem Verschwinden?«

»Das war sehr plötzlich. Er war einfach weg. Keiner wusste, wo er hin war.«

»Gab es vor diesem Zeitpunkt irgendwelche Veränderungen?«

»Nicht, soweit ich sehen konnte.«

»Er passt wirklich ins Muster«, murmelte Fordyce kopfschüttelnd. »Fast wie aus dem Lehrbuch.«

Sie fuhren über den Kamm von La Bajada, und dann lag Santa Fe vor ihnen ausgebreitet. Über der Stadt erhoben sich die Sangre de Cristo Mountains.

»Das ist es also?« Fordyce kniff die Augen zusammen. »Ich dachte, die Stadt wäre größer.«

»Sie ist bereits zu groß«, sagte Gideon. »Also, wie sieht unser nächster Schritt aus?«

»Erst mal einen dreifachen Espresso. Brühend heiß.«

Gideon erschauderte. Er war selbst eingefleischter Kaffeetrinker, aber Fordyce' Konsum war beeindruckend. »Wenn Sie das Zeug weiter so hinunterkippen, brauchen Sie bald einen Katheter und einen Urinbeutel.«

»Nee, dann pinkle ich Ihnen einfach ans Bein«, erwiderte Fordyce.

15

Am Abend saßen sie im Collected-Works-Buchladen in der Galisteo Street, dem dritten Coffee Shop, nachdem Fordyce sich unaufhörlich über die miserable Qualität des Kaffees in Santa Fe beschwert hatte. Es war ein langer Nachmittag gewesen, und Gideon hatte den Überblick darüber verloren, mit wie vielen Espressos Fordyce seine Nieren belastet hatte.

Der FBI-Agent leerte eine weitere Tasse mit einem einzigen Schluck. »Gut, das war doch mal wenigstens Kaffee. Aber ich muss schon sagen, ich bin diesen Scheiß wirklich leid.« Verärgert knallte er die Tasse auf den Tisch. »In New Mexico ist es keinen Deut besser als in New York. Wir stehen Schlange, während fünfzig Ermittler vor uns sich in der Nase bohren. Die Ermittlung dauert jetzt schon vierundzwanzig Stunden, und was haben wir erreicht? Einen Scheißdreck. Konnten Sie einen Blick auf diese Moschee werfen?«

»Sie könnte kaum überlaufener sein, wenn bin Laden dort erschienen wäre, samt seinen zweiundsiebzig Jungfrauen von den Toten auferweckt.«

Ihre erste Station war ein Umweg zu Chalkers Moschee

gewesen, für die ihnen noch keine offizielle Zugangsgenehmigung erteilt worden war. Der große goldene Kuppelbau war auf allen Seiten von Fahrzeugen diverser Sicherheitsbehörden umringt, zahllose Blaulichter blinkten. Der Antrag auf Zutritt, den sie gestellt hatten, war wie alle ihre Anträge im schwarzen Loch der Bürokratie verschwunden.

Nach dem Chaos in New York City beunruhigte es Gideon zutiefst, dass Santa Fe ebenfalls in Aufruhr war. Zwar herrschte hier nicht die gleiche blanke Panik wie in New York, doch es lag eine unabweisbare Atmosphäre drohenden Unheils über der Stadt.

Mit New York, das musste Gideon zugeben, war die Situation allerdings nicht zu vergleichen. Am Morgen waren sie nur mit knapper Not von La Guardia weggekommen. Der Flughafen war gerammelt voll von Menschen in Panik, die größtenteils gar kein Flugticket besaßen, sondern nur wegwollten, egal wohin. Es war eine grauenhaft chaotische Szene. Fordyce war es nur deshalb gelungen, ihnen Plätze in einer Maschine zu besorgen, weil er allen und jedem seine FBI-Ausweispapiere unter die Nase hielt und außerdem auf dem Flug nach Albuquerque als Sky Marshall fungierte.

Gideon nippte an seinem Kaffee, während Fordyce vor sich hin meckerte. Ihr »Andocken« beim FBI-Büro in Albuquerque hatte gar nichts gebracht. Nicht nur bezüglich der Moschee waren sie kaltgestellt, sie kamen auch weder in Chalkers Haus noch in sein Büro in Los Alamos, konnten weder mit seinen Arbeitskollegen noch mit sonst jemandem von Interesse reden. Sogar hier draußen blockierten die Ermittlungsbehörden sich gegenseitig. NEST und Konsorten kamen als Erste dran, während alle anderen Behörden sich um einen Platz in der Schlange rangelten. Sogar das reguläre FBI kam kaum gegen den bürokratischen Gegenwind an – mit Ausnahme der FBI-Agenten, die zu NEST abkommandiert waren. Außerdem war ihre kleine Eskapade in Queens, die ihnen ermöglicht hatte, in Chalkers Wohnung zu gelangen, offenbar Dart zu Ohren gekommen. Fordyce hatte aus dessen Büro eine frostige Nachricht erhalten.

Als Fordyce aufstand, um die Herrentoilette aufzusuchen, kam die rothaarige Kellnerin vorbei, um Gideon nachzuschenken. »Möchte er auch noch was?«, fragte sie.

»Besser nicht, er ist schon aufgekratzt genug. Aber mir können Sie noch einen Kaffee geben.« Er schenkte ihr sein einnehmendstes Lächeln und schob ihr seine Tasse hin.

Sie schenkte ihm nach und erwiderte das Lächeln.

»Noch Kaffeesahne?«

»Nur wenn Sie die empfehlen.«

»Also, ich trinke den Kaffee gern mit.«

»Dann tue ich das auch. Und mit Zucker. Viel Zucker.«

Ihr Lächeln wurde breiter. »Wie viel möchten Sie denn?«

»Hören Sie erst auf, wenn ich es Ihnen sage.«

Fordyce, der gerade zum Tisch zurückgekehrt war, blickte von Gideon zur Kellnerin und wieder zurück. Dann setzte er sich und fragte Gideon: »Helfen die Antibiotika eigentlich gegen den Ausschlag?«

Die Kellnerin eilte davon. »Was zum Teufel sollte das denn?«, fragte Gideon scharf.

»Wir arbeiten. Kellnerinnen aufreißen können Sie in Ihrer Freizeit.«

Gideon seufzte. »Sie behindern mich in jeder Hinsicht.«

Fordyce schnaubte nur. »Und noch eines: Sie müssen Ihre schwarzen Jeans und die Turnschuhe loswerden. In dieser Aufmachung sehen Sie aus wie ein alternder Punkrocker. Das ist einfach unprofessionell, und es ist Teil unseres Problems.«

»Sie vergessen, dass wir kein Gepäck dabeihaben.«

»Also, ich hoffe, morgen werden Sie was Anständiges anziehen. Es macht Ihnen hoffentlich nichts aus, dass ich das anspreche.«

»Doch, tut es«, blaffte Gideon zurück. »Immer noch besser, als herumzulaufen wie Mr. Quantico persönlich.«

»Was ist denn dagegen einzuwenden?«

»Glauben Sie wirklich, dass es uns Türen öffnet, wenn Sie aussehen wie der idealtypische FBI-Agent? Wird das die Leute dazu bringen, sich zu entspannen und mit uns zu reden? Ich glaube kaum.«

Fordyce schüttelte den Kopf und trommelte mit dem Kugelschreiber gegen seine leere Kaffeetasse. Nach ein paar Minuten sagte er: »Es muss doch irgendetwas geben, an das noch keiner gedacht hat.« Sein BlackBerry fiepte – er hatte den ganzen Tag praktisch ununterbrochen gefiept. Fordyce zog das Gerät hervor, rief die Nachricht auf, las sie, fluchte und steckte den BlackBerry wieder ein. »Die Mistkerle sind immer noch dabei, unsere Anträge zu prüfen.«

Die Geste brachte Gideon auf eine Idee. »Was ist mit Chalkers Telekommunikationsdaten?«

Fordyce schüttelte den Kopf. »Wir würden nicht mal auf tausend Meilen an die rankommen. Sie sind ohne Zweifel beschlagnahmt und unter Verschluss.«

»Ja, aber mir ist da eben was eingefallen. Chalker war ziemlich zerstreut und hat oft sein Handy verlegt oder vergessen, es aufzuladen. Er hat sich ständig Telefone ausgeliehen.«

Jetzt war Fordyce doch interessiert. »Von wem?«

»Von verschiedenen Leuten. Aber hauptsächlich von einer Kollegin, die im Kabuff neben ihm arbeitete.«

»Und die heißt?«

»Melanie Kim.«

Fordyce runzelte die Stirn. »Kim? Ich erinnere mich an

den Namen.« Er klappte seine Aktentasche auf, zog eine Mappe heraus und blätterte sie durch. »Sie steht bereits auf der Zeugenliste. Was bedeutet, wir brauchen eine offizielle Genehmigung, wenn wir mit ihr reden wollen.«

»Wir müssen uns ja gar nicht mit ihr unterhalten. Wir benötigen lediglich ihre Verbindungsdaten.«

Fordyce schüttelte den Kopf. »Das wäre eine echte Verzweiflungstat. Und wie sollen wir Chalkers Anrufe von Kims Anrufen unterscheiden?«

Gute Frage. Gideon runzelte die Stirn und versuchte, sich zu erinnern. Fordyce fing wieder an, mit dem Kugelschreiber gegen seine Tasse zu trommeln.

»Vor etwa sechs Monaten«, sagte Gideon langsam, »hat Chalker sein iPhone fallen lassen. Es war kaputt, deshalb hat er sich eine Woche lang ständig ihr Handy geliehen, um seine Anrufe zu erledigen.«

Die Miene des FBI-Agenten hellte sich auf. »Und wissen Sie noch, wann das ungefähr war?«

Gideon dachte angestrengt nach. »Im Winter.«

»Das ist ja eine große Hilfe.«

Gideon verfluchte sein schlechtes Gedächtnis. »Warten Sie. Ich erinnere mich, dass Melanie total sauer war, weil sie versuchte, ihre Silvesterparty zu planen, und er sich ständig ihr Handy auslieh und es stundenlang nicht zurückgab. Es muss also vor Neujahr gewesen sein.«

»Dann muss es auch vor Weihnachten gewesen sein. Zwischen Weihnachten und Neujahr arbeitet niemand.«

Gideon nickte. »Richtig ... Und letztes Jahr fing die Weihnachtspause am zweiundzwanzigsten Dezember an.«

»Wir reden also von der Woche davor?«

»Genau.«

»Dann fangen wir wohl besser an, die Anträge auszufüllen«, sagte Fordyce müde.

Gideon starrte ihn an. »Scheiß drauf.« Er zückte sein eigenes iPhone und begann zu wählen.

»Zeitverschwendung«, sagte Fordyce. »Das Gesetz verbietet es einer Telefongesellschaft, Mobiltelefondaten herauszugeben, sogar an den Kunden selbst, oder nur per Post an dessen eingetragene Adresse. Außerdem brauchen wir eine richterliche Anordnung.«

Gideon hatte die Nummer fertig eingegeben. Er drückte sich durch die Wahlmöglichkeiten und landete schließlich bei einer Angestellten der Telefongesellschaft.

»Guten Tag, Fräulein«, fragte er mit der zittrigen Stimme einer alten Frau. »Hier ist Melanie Kim. Mein Telefon wurde gestohlen.«

»O nein.« Fordyce hielt sich die Ohren zu. »Das höre ich mir nicht an. Auf gar keinen Fall.«

Die Angestellte der Telefongesellschaft erkundigte sich nach den letzten vier Zahlen der Sozialversicherungsnummer und dem Mädchennamen der Mutter. »Mal sehen«, zwitscherte Gideon. »Im Moment finde ich es gerade nicht … Ich rufe gleich wieder an, wenn ich die Angaben habe, Fräulein.«

»Das war ja ziemlich lahm«, meinte Fordyce etwas verächtlich.

Gideon ignorierte ihn und rief Melanie Kim an, deren Nummer auf seinem Handy gespeichert war. Sie ging ran.

»Hallo, hier ist Gideon Crew.«

»O mein Gott, Gideon«, sagte Kim, »du wirst es nicht glauben, aber das FBI war hier und hat mich den ganzen Tag befragt …«

»Erzähl mir alles«, unterbrach Gideon sie im Flüsterton. »Mich haben sie auch in die Mangel genommen, und weißt du was? Alle Fragen haben sich um dich gedreht.«

»Um mich?« Sofort klang ihr Tonfall panisch.

»Sie scheinen anzunehmen, dass du und Chalker, dass ihr … na ja, du weißt schon, ein Paar gewesen seid.«

»Chalker? Dieser Arsch? Du machst wohl Witze.«

»Hör zu, Melanie, ich hatte eindeutig den Eindruck, dass sie dich unter Druck setzen wollen. Ich fand, ich sollte dich warnen. Die wollen Blut sehen.«

»Aber ich hatte doch gar nichts mit ihm zu tun. Ich habe den Typen gehasst!«

»Sie haben mich sogar nach deiner Mutter gefragt.«

»Meiner *Mutter?* Aber die ist vor fünf Jahren gestorben!«

»Es fielen Andeutungen, dass sie während ihres Studiums in Harvard Kommunistin gewesen sei.«

»Harvard? Als meine Mutter aus Korea herkam, war sie schon dreißig!«

»Deine Mutter war Koreanerin?«

»Natürlich war sie Koreanerin!«

»Weißt du, die haben nicht lockergelassen, und irgendwann habe ich ihnen erzählt, dass sie Irin ist, du weißt schon, eine Mischehe und so … Keine Ahnung, wie ich auf die Idee gekommen bin. Entschuldige.«

»Irin? *Irin?* Gideon, du Volltrottel!«

»Wie lautete denn ihr Mädchenname? Damit ich das klären kann.«

»Kwon! Jae-hwa Kwon! Sei so gut und berichtige das!«

»Ich bring das wieder in Ordnung, ich versprech's dir. Und da wäre noch etwas …«

»Nein, bitte verschone mich.«

»Sie haben jede Menge Fragen über deine Sozialversicherungsnummer gestellt. Es sei keine echte Nummer, meinten sie, es gab Andeutungen, du könntest dir eine falsche Identität zugelegt haben, um eine Green Card zu ergattern oder so …«

»Eine Green Card! Ich bin amerikanische Staatsbürgerin! Was für Vollidioten, einfach unglaublich. Das ist ja der reine Horror …«

Jetzt hatte er sie wirklich auf die Palme gebracht. Gideon fühlte sich schuldig. Erneut unterbrach er sie behutsam. »Die sind ständig auf den letzten vier Ziffern deiner Sozialversicherungsnummer herumgeritten. Offenbar fanden sie die irgendwie merkwürdig.«

»Merkwürdig? Was meinst du damit?«

»Die lauten ja eins-zwei-drei-vier. Klingt ausgedacht, du weißt schon.«

»Eins-zwei-drei-vier? Die Endziffern sind sieben-sechs-null-sechs!«

Gideon legte die Hand ums Telefon und flüsterte heiser: »O nein, ich muss los. Die rufen schon wieder meinen Namen auf. Ich werd tun, was ich kann, um die Krise zu entschärfen. Hör mal, was immer du tust, verrate keinem, dass ich dich gewarnt habe.«

»Warte …!«

Er klappte das Handy zu, lehnte sich zurück und atmete durch. Unfassbar, was er da gerade eben getan hatte. Und der nächste Schritt würde noch übler sein.

Fordyce sah ihn an. Seine Miene verriet nichts.

Gideon rief wieder bei der Telefongesellschaft an. Mit seiner Kleine-alte-Dame-Stimme, brüchig vor Verwirrung und Aufgeregtheit, gab er Kims persönliche Daten durch und meldete ihr Handy als gestohlen. Er bat darum, die Karte zu sperren und die Telefonnummer, alle Daten und das Adressbuch auf das iPhone ihres Sohnes zu übertragen, der sich einen BlackBerry anschaffen und den Anbieter wechseln wolle. Dann nannte Gideon seine eigene Telefonnummer, die Sozialversicherungsnummer und den Mädchennamen seiner Mutter. Als die Angestellte ankündigte, die Datenübermittlung werde bis zu vierundzwanzig Stunden dauern, tischte er mit schluchzender, zittriger Stimme eine verwirrende Geschichte auf, bei der es um ein Baby, einen deformierten Welpen, Krebs und einen Wohnungsbrand ging.

Ein paar Minuten später beendete er das Gespräch. »Die Sache wird zügig erledigt. Wir haben die Info in einer halben Stunde, Maximum.«

»Sie sind ein verfluchter Mistkerl, wissen Sie das?« Und Fordyce lächelte anerkennend.

16

In der Woche vor dem 22. Dezember waren während der Arbeitszeit einundsiebzig Gespräche von Kims Handy aus geführt worden. Die Nummern, die in Kims Adressbuch verzeichnet waren, konnten sie rasch aussortieren und sich auf den Rest konzentrieren. Es gab immer kleine Gruppen solcher Anrufe, was darauf hinwies, dass Chalker mit dem ausgeliehenen Handy gleich mehrere Telefonate auf einmal erledigt hatte.

Als sie alle diese Anrufe auflisteten, kamen sie auf insgesamt vierunddreißig.

Sie teilten sich die Arbeit auf. Gideon rief an, während Fordyce, der mit seinem Computer Zugriff auf eine rückwärts suchende FBI-Datenbank hatte, persönliche Informationen über die Gesprächsteilnehmer besorgte. In einer halben Stunde hatten sie alle Telefonnummern identifiziert und eine Liste erstellt.

Beide starrten schweigend darauf. Sie wirkte eigentlich ganz harmlos. Da waren Anrufe bei Arbeitskollegen, einer

Arztpraxis, einer Reinigung, dem Elektronikmarkt Radio Shack, mehrere beim Imam der Moschee und eine bunte Mischung verschiedener anderer Telefonate. Fordyce stand auf, bestellte sich noch einen dreifachen Espresso und kehrte mit der Tasse zurück, die er bereits auf dem Weg zurück zum Tisch geleert hatte.

»Das Bjornsen-Schreibinstitut hat er dreimal angerufen«, sagte Gideon.

Fordyce grunzte.

»Vielleicht hat er ja irgendetwas geschrieben. Ich sagte ja schon, dass er sich für Literatur interessiert hat.«

»Rufen Sie an.«

Gideon rief an. Er führte ein kurzes Gespräch, dann legte er auf und sah Fordyce lächelnd an. »Er hat einen Kurs für kreatives Schreiben belegt.«

»Ach ja?« Das Interesse des FBI-Agenten war geweckt.

»Es ging um autobiographisches Schreiben.«

Es folgte ein langes Schweigen. Fordyce pfiff leise durch die Zähne. »Er hat also seine Lebensgeschichte aufgeschrieben?«

»Scheint so. Und zwar vor vier Monaten. Sechs Wochen später stieg er aus, verschwand und schloss sich dem Dschihad an.«

Fordyce' Miene hellte sich auf, als er begriff.

»Seine Lebensgeschichte ... Das könnte pures Gold sein. Wo befindet sich dieses Institut?«

»Santa Cruz, Kalifornien.«

»Lassen Sie mich da anrufen ...«

»Warten Sie«, sagte Gideon. »Es ist besser, wenn wir hinfahren. Selbst auf der Matte stehen. Wenn Sie vorher anrufen, stechen Sie in ein Wespennest. Sobald die offiziellen Stellen Wind davon bekommen, sind wir draußen.«

»Ich bin angewiesen, alle unsere Bewegungen mit der

Außenstelle in Albuquerque abzuklären«, sagte Fordyce wie zu sich selbst. »Wenn wir mit einer normalen Fluggesellschaft fliegen, muss ich um Erlaubnis fragen …« Er überlegte kurz. »Aber das müssen wir ja nicht. Wir können auch auf dem Flugplatz eine Maschine mieten.«

»Ach ja? Und wer soll die fliegen?«

»Ich. Ich besitze eine Fluglizenz.« Er begann, eine Nummer einzugeben.

»Wen rufen Sie an?«, fragte Gideon.

»Den örtlichen Flugplatz.«

Gideon schaute zu, wie Fordyce lebhaft in sein Telefon sprach. Er war nicht sonderlich scharf darauf, zu fliegen, besonders nicht in einem kleinen Sportflugzeug, aber er wollte auf keinen Fall, dass Fordyce das merkte.

Fordyce legte sein Handy hin. »Der Betreiber des Flugplatzes kann uns eine Maschine vermieten, aber erst in ein paar Tagen.«

»Das dauert zu lange. Lassen Sie uns mit dem Auto hinfahren.«

»Und so viel Ermittlungszeit damit verschwenden, im Auto herumzusitzen? Ich habe sowieso morgen um zwei einen Termin im FBI-Büro in Albuquerque.«

»Also, was machen wir bis dahin?«

Es folgte ein Schweigen. Dann beantwortete Gideon selbst seine Frage. »Ich hatte ja erzählt, dass Chalker die meisten seiner Sachen weggegeben hat, erinnern Sie sich?«

»Ja.«

»Er hat mir einen Teil seiner Sammlung angeboten. Romane. Thriller. Ich war nicht interessiert, und er hat dann was davon gesagt, dass er sie einer Schulbibliothek spenden wollte. Es war eine der indianischen Schulen hier in der Gegend. San Ildefonso, glaube ich.«

»Wo ist das?«

»Ein Pueblo auf dem Weg nach Los Alamos. Es ist ein kleiner Indianerstamm, bekannt für seine Tänze und seine schwarzen Töpferwaren. Chalker war ein Fan der Tänze, jedenfalls bis zu seiner Bekehrung.«

»Hat er auch seinen Computer gespendet? Irgendwelche Papiere?«

»Nein, er hat nur die Sachen weggegeben, die er für dekadent hielt – Bücher, DVDs, Musik.«

Schweigen.

»Vielleicht sollten wir nach San Ildefonso fahren«, sagte Gideon. »Uns diese Bücher ansehen.«

Fordyce schüttelte den Kopf. »Sie stammen aus der Zeit vor seiner Bekehrung. Sie würden uns gar nichts verraten.«

»Man weiß nie. Vielleicht stecken Notizen drin, oder er hat irgendwas an den Rand geschrieben. Sie sagten doch, wir müssten irgendwas tun – und das ist etwas, was wir tun können. Außerdem«, Gideon beugte sich vor, »müssen wir uns da nicht hinten in der Schlange anstellen. Da ist sonst niemand dran.«

Fordyce schaute aus dem Fenster. »Wo Sie recht haben, haben Sie recht.«

17

Dr. Myron Dart saß im Konferenzraum des Katastrophenschutzzentrums des Energieministeriums, acht Stockwerke unterhalb der Straßen von Manhattan. Vor ihm auf dem polierten Holz des Konferenztischs lag eine schwarze Aktenmappe. Die Uhr an der Wand hinter ihm zeigte zwei Minuten vor Mitternacht. Er wusste selbst, dass er erschöpft war und die letzten Reserven mobilisieren musste, doch ein

Nachlassen kam gar nicht infrage. In Zeiten wie diesen war er dankbar für seine Ausbildung bei den Marines, bei der man bis an seine Grenzen getrieben wurde, darüber hinaus und dann noch ein Stück weiter.

Die Tür ging auf, und die hochgewachsene, geisterhafte Gestalt von Miles Cunningham, seinem persönlichen Assistenten, trat ein. Er nickte Dart zu. Seine asketischen Züge verrieten keine Emotion. Jeden Tag war Dart dankbar für diesen geradezu übernatürlich befähigten, mönchsgleichen Assistenten, der über die Unwägbarkeiten menschlicher Gefühle erhaben zu sein schien. Hinter Cunningham zog der Rest der Oberen von NEST herein und nahm schweigend die Plätze am Tisch ein.

Dart warf einen Blick über die Schulter und sah, dass der Minutenzeiger vorrückte. Punkt Mitternacht. Er versuchte, seine Zufriedenheit über ihre Pünktlichkeit zu verbergen. Er hatte seine Leute gut geschult.

Er schlug die schwarze Aktenmappe auf, die vor ihm lag. »Danke, dass Sie zu dieser kurzfristig einberufenen Katastrophenbesprechung gekommen sind«, begann er. »Ich werde Sie jetzt über die neuesten Entwicklungen in Kenntnis setzen.«

Er überflog die oberste Seite. »Zunächst einige sehr gute Nachrichten. Die Kryptoanalytiker des FBI haben die Verschlüsselung von Chalkers Computer geknackt. Zudem liegen die Ergebnisse der kriminaltechnischen Untersuchung von Chalkers Tascheninhalt und seiner Wohnung vor.« Er ließ den Blick über seine Stellvertreter schweifen. »Die entscheidenden Punkte sind: Der Rechner wird immer noch untersucht, aber bislang haben wir wenig gefunden außer Dateien mit dschihadistischen Tiraden, Videostreams im AVI-Format von Predigten verschiedener radikaler Geistlicher und religiöse Pamphlete über allgemeine dschihadistische Ziele wie das übliche ›Zerschmettern der Ungläubigen‹. Chalker hat häufig radikale Websites besucht. Leider ist das Material, das bislang ausgewertet wurde, ziemlich allgemein. Es gibt keinen E-Mail-Austausch mit Einzelpersonen, keine direkten Links zu einzelnen Terroristen, al-Qaida oder anderen radikalen Gruppierungen. Kurz gesagt, wir haben noch keinerlei konkrete Informationen über die Identität seiner Mitverschwörer, über Einzelheiten des Plans oder darüber, wie sie an die Atombombe gekommen sind.« Erneut ließ er den Blick über den Tisch schweifen. »Irgendwelche Ideen, was sich daraus schließen ließe?«

Es gab ein kurzes Schweigen. Dann meldete sich jemand zu Wort. »Könnte es sein, dass der Rechner nur als Backup diente?«

»Genau mein Gedanke. Noch etwas?«

»Könnte er uns untergeschoben worden sein? Als Köder vielleicht?«

»Auch eine Möglichkeit.«

Eine kurze Diskussion entspann sich, und als sie ein fruchtbares Ende erreicht hatte, brachte Dart das Gespräch geschickt auf den nächsten Punkt.

»Ich habe die Teams angewiesen, nach einem weiteren Computer oder Computern zu suchen. Allerdings war auf Chalkers Rechner«, sein Ton wurde schärfer, »ausführliches Foto- und Videomaterial über fünf Washingtoner Wahrzeichen gespeichert: das Lincoln Memorial, das Capitol, das Pentagon, das Smithsonian Castle und das Weiße Haus. Aber nichts über eines der New Yorker Wahrzeichen.«

Es entstand ein leises Gemurmel. »Washington?«, sagte jemand.

»Richtig.«

»Könnte uns das absichtlich untergeschoben worden sein? Als Ablenkungsmanöver?«

»Anfangs hielten wir das für möglich, aber das war vor der Untersuchung von Chalkers Wohnung und seines Tascheninhalts. Sie erinnern sich, dazu gehörte eine gekritzelte Web-Adresse, die sich als recht aufschlussreich erwiesen hat. Die betreffende Website war verschlüsselt. Sie war geschlossen worden, alle Informationen waren vom Server entfernt – der im Jemen liegt –, aber dank der Web-Archivabteilung der CIA konnten wir eine Mirror-Website erstellen. Die CIA hat ihre besten Leute drangesetzt, denen es schließlich gelungen ist, die Verschlüsselung zu knacken. Auf der Website fanden sich einige Details der Baupläne der Bombe, außerdem dieselbe Liste von fünf Zielen in Washington, zusammen mit drei weiteren Zielen, die die Gruppe irgendwann verworfen haben muss: das Luft- und Raumfahrtmuseum und zwei Regierungsgebäude, ein Bürogebäude des US-Senats sowie das Cannon House Office Building. Darüber hinaus gab es beklagenswert wenig Konkretes. Aber vergessen Sie nicht, dass wir bei Chalker eine Eintrittskarte für das Nationale Luft- und Raumfahrtmuseum gefunden haben.« Es entstand eine Pause, als Dart eine neue Seite aufschlug. »In seiner Wohnung wurden weitere religiöse Traktate, DVDs und Dokumente gefunden, außerdem ein Koran, ins Englische übersetzt, in dem einige Stellen angestrichen waren. Darin ging es um Feuersbrünste, Krieg und Weltuntergang.« Wieder wurde eine Seite umgeblättert. »An Chalkers Kühlschrank befand sich ein Kalender, in den er offenbar seine Termine eingetragen hat. Alle kryptisch, nur Abkürzungen. Die Krux ist die: Die Eintragungen enden abrupt am Einundzwanzigsten dieses Monats. Danach ist der Terminkalender leer.«

Er hielt inne und ließ den Blick langsam um den Tisch wandern, um sicherzugehen, dass alle verstanden hatten, was das bedeutete. »Die Untersuchungen deuten darauf hin, dass Chalker in dem Lagerhaus auf Long Island der Strahlung ausgesetzt war, wo die Bombe zusammengebaut wurde. Trotzdem war die Herstellung offenbar erfolgreich. Das Labor war leer geräumt und verbrannt, aber wir konnten die Überreste eines Stadtplans von Washington finden, auf dem dieselben fünf Sehenswürdigkeiten eingekreist waren.« Er klappte die Mappe zu und beugte sich vor. Seine Miene hatte sich verdüstert. »Wir sind zu folgendem Schluss gelangt: Das Ziel ist Washington, D. C., nicht New York. Und das vermutliche Datum des Angriffs ist der Einundzwanzigste dieses Monats. Uns bleibt also nur noch sehr wenig Zeit.«

Einer der Teilnehmer hob die Hand. Dart erteilte ihm mit einer knappen Augenbewegung das Wort.

»Warum soll man eine Bombe, die für Washington bestimmt ist, in New York zusammenbauen?«

»Eine ausgezeichnete Frage. Wir glauben, dass New York – eine riesige, anonyme, multiethnische Großstadt, in der jeder sich um seine eigenen Angelegenheiten kümmert – für derartige Untergrundaktivitäten besser geeignet ist. In New York gibt es zudem vergleichsweise viele Islamisten-Sympathisanten. Das Sicherheitsniveau in Washington ist weit höher, der islamistische Bevölkerungsanteil sehr viel geringer. Unseres Erachtens hat die Terrorzelle aus diesem Grund beschlossen, die Bombe in New York zu bauen und nach Washington zu transportieren.«

Erneutes Schweigen.

»Dementsprechend werden wir unsere Operationsbasis ab sofort nach Washington verlegen. Ich möchte, dass Sie sich alle auf den Weg machen – umgehend. Die offiziellen Befehle sind in Vorbereitung.« Dart stand auf und begann, hinter seinem Stuhl auf und ab zu gehen. »Im Computer waren keine wasserdichten Beweise, und die anderen Spuren, die wir haben, sind nicht konkret genug. Trotz aller Fehler waren die Terroristen vorsichtig. Und doch ist es uns gelungen, die beiden wichtigsten Informationen zu erlangen: wo sie zuschlagen werden und vermutlich wann. Morgen früh erwarte ich jeden Einzelnen von Ihnen in Washington im neuen Operationszentrum. In Ihren Mappen finden Sie die Details und die Sicherheitsprotokolle. Selbstverständlich werden wir alle verfügbaren Kräfte von FBI, örtlichen Sicherheitsbehörden und den Streitkräften hinzuziehen.« Er blieb stehen. »Noch in dieser Minute werden der Präsident und der Vizepräsident in die sichere Einsatzzentrale für den Katastrophenfall gebracht. In den kommenden vierundzwanzig Stunden werden der Kongress und das Kabinett ebenso wie andere wichtige Regierungsbeamte in den Kongressbunker und andere geheim gehaltene Aufenthaltsorte verbracht. Die Nationalgarde wird mobilisiert, um eine geordnete Evakuierung aller Zivilisten zu organisieren.« Erneut schweifte sein scharfer Blick über die Gruppe. »Es ist unsere feste Hoffnung, dass es uns – mit dem Wissen, das wir jetzt haben – gelingen wird, diesen Angriff abzuwehren. Jedoch müssen wir außerordentlich vorsichtig im Umgang mit der Öffentlichkeit sein. Sie haben ja alle erlebt, welche Panik in New York um sich gegriffen hat, den ungeordneten Exodus, die Schwankungen der Finanzmärkte. Wir müssen davon ausgehen, dass in Washington eine noch schlimmere Panik ausbrechen wird, besonders, wenn wir mit den Evakuierungen anfangen. Wesentlich für ein Eindämmen der Panik ist eine Kontrolle der Presse. Die Menschen brauchen Informationen. Es wäre eine Katastrophe, würde man uns verdächtigen, Informationen zurückzuhalten. Das mutmaßliche Ziel des Angriffs können wir aus offensichtlichen Gründen nicht verschweigen. Aber es ist von äußerster Wichtigkeit, dass das mögliche Angriffsdatum nicht bekannt wird. Diese Information ist ungewiss und hochgradig gefährlich. Jedes Durchsickern dieses Datums wird zurückverfolgt und als Geheimnisverrat behandelt werden. Verstehen wir uns?«

Alle am Tisch Sitzenden signalisierten ihre Zustimmung.

»Noch Fragen?«

»Gibt es Hinweise darauf, wo die Terrorzelle das nukleare Material herhat?«, fragte jemand.

»Bislang haben wir noch keine Fehlbestände an waffenfähigen nuklearen Substanzen in unseren eigenen Arsenalen festgestellt, obwohl die Unterlagen in manchen Fällen unvollständig sind oder fehlen. Wir ermitteln in alle Richtungen, einschließlich Pakistan, Russland und Nordkorea.«

Als keine weiteren Fragen mehr kamen, beendete Dart die Sitzung. »Ich erwarte Sie morgen früh in Washington mit neuem Elan. Es wird eine lange Nacht für uns alle. Die nächste Krisensitzung findet morgen um zwölf Uhr mittags im Kommandozentrum in der Zwölften Straße statt. Und damit einen guten Abend.«

Der Konferenzraum leerte sich so schnell, wie er sich gefüllt hatte. Als Dart zackig mit seiner schwarzen Aktenmappe gegen den Tisch klopfte, trat sein Assistent Cunningham näher. »Irgendwelche Befehle, Sir?«

»Nehmen Sie Kontakt zu diesem FBI-Mann auf – Fordyce. Stellen Sie fest, ob er und Crew in Santa Fe irgendwelche Fortschritte gemacht haben. Die Ermittlung mit ihrem ganzen Apparat ist ein schwerfälliges Ungetüm, aber die zwei sind beweglich genug, um auf etwas Neues zu stoßen. Ich würde sie gern im Auge behalten.«

18

San Ildefonso lag am Rio Grande in einem langgestreckten Pappelwäldchen am Fuße der Jemez Mountains, dort, wo die Straße nach Los Alamos abzweigte, das oben in den Bergen lag. Gideon war oft im Pueblo gewesen, um sich die Indianertänze anzusehen, insbesondere den berühmten Büffeltanz – es war eine beliebte Freizeitbeschäftigung für die Mitarbeiter des Labors. Aber heute lag das Pueblo so gut wie verlassen da, als sie dort hindurchfuhren, über die unbefestigte Plaza und an den alten Häusern aus getrockneten Lehmziegeln vorbei. Ein überladener Pick-up-Truck rumpelte an ihnen vorbei und überzog ihr Auto mit einer Staubschicht.

Sogar die Indianer gehen weg, dachte Gideon.

An Rande der Plaza sahen sie eine Gruppe indianischer Männer, in mexikanische Decken gehüllt, im Schatten einer Adobeziegelmauer auf Holzschemeln sitzen, eine Reihe Holztrommeln vor sich. Sie zumindest schienen nicht in Panik verfallen zu sein, sondern tranken ihren Morgenkaffee.

»Augenblick mal«, sagte Fordyce. »Ich möchte mit denen reden.« Er drosselte das Tempo und hielt unter einer alten Amerikanischen Pappel.

»Wozu?«

»Vielleicht, um nach dem Weg zu fragen.«

»Aber ich weiß, wo die Schule ist…«

Fordyce stellte den Motor ab und stieg aus. Verärgert ging Gideon hinter ihm her.

»Hallo«, begrüßte Fordyce die Männer.

Die hatten ihr Näherkommen mit stoischen Mienen verfolgt. Es schien Gideon offensichtlich, dass sie im Begriff waren, mit ihren Trommeln zu proben, möglicherweise für einen Tanz, und über die Störung nicht sonderlich erbaut waren.

»Finden heute irgendwelche Tänze statt?«, fragte Fordyce.

Nach längeren Schweigen antwortete einer: »Die Tänze wurden abgesagt.«

»Vergessen Sie nicht, das in Ihrem Notizbuch festzuhalten«, murmelte Gideon.

Fordyce zeigte seinen FBI-Ausweis. »Stone Fordyce, FBI. Bitte entschuldigen Sie die Störung.«

Daraufhin herrschte Totenstille. Gideon fragte sich, was zum Teufel Fordyce damit bezweckte.

Er steckte den Ausweis weg und lächelte die Männer mit entwaffnender Freundlichkeit an. »Vielleicht haben Sie gelesen, was in New York City passiert ist?«

»Wer hat das nicht?«, lautete die lakonische Antwort.

»Wir ermitteln in dem Fall.«

Das löste eine Reaktion aus. »Ach ja?«, sagte einer der Männer. »Was ist passiert? Gibt es schon Hinweise auf die Terroristen?«

Fordyce hob die Hände. »Bedaure, Leute, dazu darf ich nichts sagen. Aber ich hatte gehofft, ich könnte Ihnen ein paar Fragen stellen.«

»Wir helfen gern«, sagte ein Mann, offensichtlich der Anführer. Er war klein und stämmig, mit einem kantigen, ernsten Gesicht. Er hatte ein Stirnband eng um den Kopf geschlungen. Alle hatten sich erhoben.

»Der Mann, der in New York gestorben ist, weil er einer tödlichen radioaktiven Strahlung ausgesetzt war, Reed Chalker, hat San Ildefonso seine Büchersammlung gespendet. Wussten Sie das?«

Ihre erstaunten Mienen zeigten, dass ihnen das neu war.

»Soviel ich weiß, war er ein Fan Ihrer Tänze.«

»Viele Leute aus Los Alamos kommen her, um sich die

Tänze anzusehen«, sagte der Anführer. »Und viele unserer Leute arbeiten da oben.«

»Stimmt das? Ihre Leute arbeiten da oben?«

»Los Alamos ist der größte Arbeitgeber des Pueblos.«

»Interessant. Hat vielleicht jemand Chalker gekannt?«

Allgemeines Achselzucken. »Möglich. Wir könnten uns mal umhören.«

Fordyce zückte seine Visitenkarten und verteilte sie an alle. »Großartige Idee. Hören Sie sich um. Wenn irgendjemand hier Chalker kannte, und sei es nur flüchtig, melden Sie sich. Okay? Es muss einen Grund dafür gegeben haben, dass er seine Büchersammlung der Schule hier gespendet hat, und diesen Grund würde ich gern erfahren. Damit könnten Sie wirklich etwas zu den Ermittlungen beitragen, und das meine ich ganz ernst. Wir sind gerade unterwegs zu der Schule – müssen wir dort lang?«

»Einfach geradeaus, dann links, dann sehen Sie sie schon. Aber es könnte sein, dass dort niemand ist. Die Schule ist geschlossen. Viele unserer Leute gehen von hier weg.«

»Verstehe.« Fordyce schüttelte allen herzlich die Hand. Als sie gingen, war die Gruppe in eine lebhafte Diskussion vertieft.

»Das war gut«, sagte Gideon, gegen seinen Willen beeindruckt.

Fordyce grinste. »Es ist wie beim Angeln.«

»Sagen Sie nicht, dass Sie auch noch Angler sind.«

»Ich bin leidenschaftlicher Angler – wenn ich dazu komme.«

»Fliegenfischen?«

»Würmer.«

»Das ist doch kein Angeln«, höhnte Gideon. »Einen Augenblick dachte ich doch tatsächlich, wir hätten noch etwas gemeinsam.«

Hinter den Bäumen sah er den Rio Grande aufblitzen, der über sein steiniges Bett strömte, und fühlte sich an einen Fluss zurückversetzt, weit entfernt und vor langer Zeit: Er war mit seinem Vater beim Fliegenfischen, während einer von dessen guten Phasen, und sein Vater erklärte, dass es beim Fliegenfischen, wie im Leben, darauf ankomme, wie lange man die Fliege auf dem Wasser halten könne. »Glück«, pflegte er zu sagen, »ist, wenn Vorbereitung und eine Gelegenheit zusammentreffen. Die Fliege ist die Gelegenheit, der Wurf ist die Vorbereitung. Und der Fisch? Das ist das Glück.«

Rasch schob Gideon die Erinnerung beiseite, wie er es immer tat, wenn Gedanken an seinen Vater in ihm aufstiegen. Es war beunruhigend, dass die Leute sogar hier, in diesem abgelegenen Indianerpueblo, weggingen. Aber schließlich lag der Ort im Schatten von Los Alamos.

Die Schule stand am Rio Grande inmitten der alten Pappelwäldchen, flankiert von staubigen Baseball- und Tennisplätzen. Es war vormittags und ein Werktag, aber wie die Männer bereits angedeutet hatten, war die Schule fast leer. Eine unheimliche Stille lag über dem Schulgelände.

Sie meldeten sich im Schulbüro, und nachdem sie sich ins Besucherbuch eingetragen hatten, brachte man sie in eine kleine Schulbibliothek mit Blick auf das Fußballfeld.

Die Schulbibliothekarin, eine beleibte Dame mit langen schwarzen Zöpfen und dicken Brillengläsern, war noch da. Sie war beim Büchersortieren. Als Fordyce ihr seinen Ausweis zeigte und sie Chalkers Büchersammlung erwähnten, war ihr Interesse geweckt. Gideon fand es erstaunlich, wie gern auch sie bereit war, ihnen zu helfen.

»O ja.« Sie erschauderte. »Den kannte ich, ja. Ich kann kaum glauben, dass er zum Terroristen geworden ist. Ich kann es einfach nicht fassen. Haben die wirklich eine Bombe?« Sie riss die Augen auf.

»Über die Details darf ich nicht sprechen«, sagte Fordyce freundlich. »Tut mir leid.«

»Und wenn man bedenkt, dass er uns seine Bücher gespendet hat. Ich muss Ihnen sagen, wir hier sind alle äußerst besorgt. Wussten Sie, dass die Sommerferien vorzeitig begonnen haben? Deshalb ist hier alles so verlassen. Ich selbst fahre auch weg, schon morgen.«

»Können Sie sich an Chalker erinnern?«, unterbrach Fordyce sie geduldig.

»Aber ja. Es war vor etwa zwei Jahren.« Die Erinnerung machte sie ganz atemlos. »Er hat angerufen und gefragt, ob wir Bücher gebrauchen könnten, und ich habe geantwortet: immer, liebend gern. Er hat sie dann noch am selben Nachmittag vorbeigebracht. Es waren an die zweihundert Stück, vielleicht sogar dreihundert. Er war wirklich ein netter Mann, sehr nett sogar. Ich kann es wirklich kaum glauben ...«

»Hat er erwähnt, warum er seine Bücher weggeben wollte?«, fragte Fordyce.

»Daran kann ich mich nicht erinnern, tut mir leid.«

»Aber warum hat er sie dem Pueblo gespendet? Warum nicht der öffentlichen Bibliothek von Los Alamos oder sonst irgendwem? Hatte er Freunde hier?«

»Davon hat er nichts erwähnt.«

»Und wo sind die Bücher jetzt?«

Sie machte eine weit ausholende Geste. »Einsortiert. Wir haben sie zu den anderen gestellt.«

Gideon schaute sich um. In der Bibliothek standen mehrere tausend Bücher. Das würde mühsamer werden, als er erwartet hatte.

»Können Sie sich an irgendwelche Titel erinnern?«, fragte Fordyce, der sich Notizen machte.

Sie zuckte mit den Achseln. »Es waren alles gebundene Bücher, hauptsächlich Krimis und Thriller. Es waren etliche signierte Erstausgaben darunter. Offenbar war er ein Sammler. Aber für uns hat das keine Rolle gespielt – für uns ist ein Buch dazu da, gelesen zu werden. Wir haben sie einfach zu den anderen gestellt.«

Während Fordyce das Gespräch fortsetzte, ging Gideon los und begann, die Thriller-Abteilung durchzusehen, zog wahllos Bücher heraus und blätterte sie durch. Er wollte es Fordyce gegenüber nicht zugeben, aber er fürchtete, seine Idee könnte sich als Zeitverschwendung erweisen. Falls er nicht durch schieres Glück auf eines von Chalkers Büchern stieß, in dem ein wichtiges Blatt Papier steckte oder in dem Chalker am Rand irgendetwas Aufschlussreiches notiert hatte. Aber das schien unwahrscheinlich, und Büchernarren kritzelten ihre Bücher normalerweise nicht voll, besonders nicht signierte Ausgaben.

Gideon spazierte an den Regalen entlang, beginnend bei Z, in umgekehrter alphabetischer Reihenfolge, und zog gelegentlich ein Buch heraus. Vincent Zandri, Stuart Woods, James Rollins … Wahllos blätterte er die Bücher durch, auf der Suche nach Notizen oder einem Blatt Papier, oder – er lächelte bei sich – groben Bauplänen einer Atombombe, aber er fand nichts. Im Hintergrund hörte er, wie Fordyce die Bibliothekarin mit sanfter, aber beharrlicher Gründlichkeit ausfragte. Gideon konnte nicht anders, er war beeindruckt von der Kompetenz des Mannes. Fordyce zeichnete sich durch eine seltsame Mischung aus methodischer Entschlossenheit, einem Vorgehen strikt nach Vorschrift und Ungeduld mit Regeln und Bürokratie aus.

Anne Rice, Tom Piccirilli … Mit steigender Gereiztheit blätterte Gideon Buch für Buch durch.

Plötzlich hielt er inne. Er war auf ein signiertes Buch gestoßen: *The Shimmer* von David Morrell. *Beste Grüße* hatte der Autor hingekritzelt und darunter seinen Namen gesetzt.

Nicht gerade aufschlussreich. Gideon blätterte das Buch durch, fand aber sonst nichts. Er stellte es zurück. Etwas später stieß er erneut auf ein signiertes Buch, diesmal von Tess Gerritsen: *Leichenraub.* Wieder eine unpersönliche Widmung: *Für Reed, beste Wünsche.* Und noch eins, *Größenwahn*, signiert von Lee Child: *Für Reed.* Zumindest hatte Chalker einen guten Geschmack gehabt.

Im Hintergrund leierte die Stimme von Fordyce, der der Bibliothekarin auch noch die letzte kleine Information entlockte.

Gideon arbeitete sich bis zum Buchstaben B vor. *Das Kloster im Eichenwald* von Simon Blaine war persönlicher signiert: *Für Reed, mit den allerbesten Wünschen.* Und der Autor hatte mit *Simon* unterschrieben.

Gideon zögerte, bevor er das Buch zurück ins Regal stellte. Signierte Simon Blaine alle seine Bücher nur mit seinem Vornamen? Daneben stand ein weiteres Buch des Autors, *Das Eismeer. Für Reed, herzlichst, Simon B.*

Fordyce erschien an seiner Seite. »Sackgasse«, murmelte er.

»Vielleicht nicht.« Gideon zeigte ihm die beiden Bücher.

Fordyce nahm sie und blätterte sie durch. »Ich verstehe nicht.«

»Herzlichst? Und nur mit dem Vornamen signiert? Hört sich an, als hätte Blaine ihn gekannt.«

Gideon dachte kurz nach und wandte sich dann an die Bibliothekarin. »Ich würde Sie gern etwas fragen.«

»Ja?« Sie kam herbeigeeilt, erfreut über die Gelegenheit, sich weiter über das Thema zu verbreiten.

»Offenbar haben Sie eine ganze Menge Bücher von Simon Blaine.«

»Wir haben alle seine Bücher. Und wenn ich's mir recht überlege, stammen die meisten von Mr. Chalker.«

»Ah«, sagte Fordyce. »Aber das haben Sie eben gar nicht erwähnt.«

Sie lächelte verlegen. »Es ist mir gerade eben erst eingefallen.«

»Kannte Chalker den Autor?«

»Das weiß ich nicht«, antwortete sie. »Möglich. Schließlich wohnt Blaine in Santa Fe.«

Bingo!, dachte Gideon. Er warf Fordyce einen triumphierenden Blick zu. »Da haben Sie's. Die beiden kannten sich.«

Fordyce runzelte die Stirn. »Ein Mann wie Blaine, ein Bestsellerautor – Buchpreisträger, heißt es hier –, wird wohl kaum Wert auf die Freundschaft eines Computerfreaks aus Los Alamos legen.«

»Diese Bemerkung nehme ich übel.« Gideon legte seine beste Groucho-Marx-Imitation hin.

Fordyce verdrehte die Augen. »Sehen Sie das Datum hier? Das Buch wurde zwei Jahre vor Chalkers Erweckungserlebnis veröffentlicht. Und der Umstand, dass er Blaines Bücher genauso weggegeben hat wie alle anderen, deutet nicht gerade auf eine tiefe Freundschaft hin. Offen gestanden, kann ich da keine Spur erkennen.« Er hielt inne. »Ich frage mich allmählich, ob dieser ganze Trip nach Westen uns nicht bloß wertvolle Zeit gekostet hat.«

Gideon tat so, als hätte er seine letzte Bemerkung überhört. »Einen Besuch bei Blaine wäre es doch wert. Für alle Fälle.«

Fordyce schüttelte den Kopf. »Zeitverschwendung.«

»Man weiß ja nie.«

Fordyce legte ihm die Hand auf die Schulter. »Es stimmt schon – in diesem Geschäft ist es mitunter die verrückteste Idee, die sich auszahlt. Ich wollte sie keineswegs kurzerhand abtun. Aber Sie werden die Sache allein durchziehen müssen, ich habe heute noch eine Besprechung in Albuquerque, vergessen Sie das nicht.«

»Ach ja, stimmt. Soll ich mitkommen?«

»Lieber nicht. Ich habe vor, auf den Putz zu hauen. Ich will in Chalkers Haus, in die Moschee, ins Labor, ich will mit seinen Kollegen reden – die dürfen uns nicht länger von den Ermittlungen ausschließen. Nur dann werden wir etwas bewirken.« Gideon grinste. »Dann machen Sie mal.«

19

Simon Blaine wohnte in einem großen Haus rund 800 Meter von der Plaza entfernt, am Old Santa Fe Trail. Weil Fordyce mit ihrem Auto nach Albuquerque gefahren war, ging Gideon von der Plaza aus zu Fuß. Das Wetter war prachtvoll, ein warmer Sommertag im Hochgebirge, nicht zu heiß. Der Himmel war königsblau, nur über den fernen Sandia Mountains ballten sich ein paar Wolken zusammen. Gideon überlegte, ob Blaine sich wohl noch in Santa Fe aufhielt. Die Stadt war mittlerweile halb leer.

Noch acht Tage bis zum N-Day. Die Uhr tickte. Trotzdem war er froh darüber, in Santa Fe zu sein und nicht in New York, wo das absolute Chaos ausgebrochen war. Der größte Teil des Finanzdistrikts, die Wall Street, das World-Trade-Center-Gelände und der Teil von Midtown um das Empire State Building herum war verlassen worden – unvermeidlicherweise gefolgt von Plünderungen, Bränden und dem Einsatz der Nationalgarde. Seit gestern gab es einen großen Medienrummel mit hysterischen Angriffen auf den Präsidenten. Gewisse Medienpersönlichkeiten nutzten die Situation zu ihrem eigenen Vorteil aus und peitschten die öffentliche Meinung auf. Amerika bewältigte die Krise nicht sonderlich gut.

Gideon schüttelte diese Gedanken ab, als er vor Blaines Haus ankam. Es lag versteckt hinter einer hohen Mauer aus Kalksandstein, die sich entlang der Straße hinzog. Das Einzige, was hinter der Mauer zu sehen war, waren die Wipfel zahlreicher Zitterpappeln, die im Wind rauschten. Das Tor bestand aus solidem Schmiedeeisen und verwittertem altem Scheunenholz. Gideon fand nicht einmal eine Ritze, durch die er hätte spähen können. Er entdeckte die Gegensprechanlage, die in die Mauer neben dem Tor eingelassen war, klingelte und wartete.

Nichts.

Er klingelte erneut. Niemand zu Hause? Es gab nur eine Möglichkeit, das festzustellen.

Er schlenderte an der Mauer entlang bis zur Ecke des Grundstücks. Über Mauern zu klettern war er gewohnt, also sprang er hoch, packte die Mauerkrone und zog sich ohne größere Schwierigkeiten über die groben Lehmziegel. Im Nu landete er auf der anderen Seite in einem kleinen Zitterpappelwäldchen, das vom Haus aus nicht einsehbar war. Ein künstlicher Wasserfall plätscherte über Steine in einen kleinen Teich. Hinter einem Rasen, so grün wie ein Billardtisch, lag ein niedriges, ausgedehntes, aus getrockneten Lehmziegeln erbautes Haus mit zahlreichen Türen und Veranden und mindestens einem Dutzend Schornsteinen.

Durch die Fenster sah er eine Person umhergehen. Doch, es war jemand zu Hause. Es ärgerte ihn, dass man ihm nicht geöffnet hatte. Er befingerte den Ausweis, der ihm endlich ausgestellt worden war – und den Fordyce ihm, wie es schien, mit einem gewissen Widerstreben ausgehändigt hatte –, ging an der Mauer entlang zum Eingang zurück und drückte auf den Knopf, um das Tor zu öffnen, damit es so aussah, als wäre er auf diesem Weg hineingelangt. Als das Tor aufschwang, trat er auf die Auffahrt und marschierte zur Vordertür. Er klingelte.

Er musste lange warten. Er klingelte erneut, und dann, endlich, hörte er Schritte im Flur. Die Tür öffnete sich, und dahinter stand eine schlanke junge Frau, etwa Mitte zwanzig, mit einem langen, wehenden Haarschopf. Sie trug Jeans, eine enganliegende weiße Bluse, Cowboystiefel und eine finstere Miene zur Schau. Sie hatte dunkle Augen und hellblonde Haare – eine ungewöhnliche Mischung.

»Wer sind Sie denn?«, fragte sie, stemmte die Hände in die Hüften und warf die Haare nach hinten. »Und wie sind Sie hier reingekommen?«

Gideon hatte sich bereits überlegt, was die beste Vorgehensweise wäre; ihr freches Auftreten entschied die Frage. Lächelnd griff er in seine Tasche, holte unverschämt langsam den Ausweis hervor und ahmte Fordyce nach, indem er ihr den Ausweis dicht vors Gesicht hielt und damit in ihren persönlichen Raum eindrang. »Gideon Crew, Verbindungsmann des FBI.«

»Nehmen Sie das Ding weg.«

Lächelnd sagte Gideon: »Sie sollten einen Blick darauf werfen. Das ist Ihre letzte Gelegenheit.«

Sie antwortete mit einem kalten Lächeln und streckte die Hand aus, doch anstatt den Ausweis zu nehmen, schlug sie seine Hand weg wie eine lästige Fliege.

Einen Augenblick stand Gideon verblüfft da. Ihre Miene war trotzig, ihre Augen blitzten, in ihrem zarten Hals pochte eine Ader – das war eine Tigerin. Als er sein Handy zückte, tat es ihm fast leid, dass er einer solchen Frau so etwas antun musste. Er wählte die Nummer der Polizei und sprach mit einem Mann aus der Einsatzzentrale, den er und Fordyce zuvor bequatscht hatten – oder vielmehr »einen Kollegen, dessen Zusammenarbeit sie sich versichert hatten«, um Fordyce' Jargon zu gebrauchen. »Hier ist Gideon Crew. Ich brauche Verstärkung. Old Santa Fe Trail neunundneunzig. Ich bin vor Ort und wurde von einer Bewohnerin des Hauses angegriffen.«

»Ich habe Sie nicht angegriffen, Sie Wichser!«

Was für ein Mundwerk. »Ihre Handlung, das Wegschlagen meiner Hand, erfüllt den Tatbestand eines tätlichen Angriffs.« Er grinste die Frau an. »Jetzt haben wir den Salat, und dabei weiß ich noch nicht mal Ihren Namen.«

Sie funkelte ihn mit ihren grimmigen braunen Augen an. Nachdem sie einander lange wütend angesehen hatten, senkte sie den Blick, und ihre Züge entspannten sich. So tough war sie dann doch nicht. »Sie sind wirklich vom FBI?« Ihr Blick glitt über seine Aufmachung – schwarze Jeans, lavendelblaues Hemd, Keds-Turnschuhe. »Sie sehen aber gar nicht so aus.«

»Ich arbeite mit dem FBI zusammen. Wir ermitteln im Fall des Terroristen in New York. Das ist nur ein kleiner Freundschaftsbesuch. Ich möchte Mr. Simon Blaine ein paar Fragen stellen.«

»Er ist nicht da.«

»Dann warte ich.«

In der Ferne konnte Gideon Sirenengeheul hören. Verdammt, die Polizei war schnell in dieser Stadt. Er sah, dass der Blick der Frau in Richtung des Sirenengeheuls wanderte.

»Sie hätten vorher anrufen sollen«, sagte sie. »Sie hatten kein Recht, hier einfach so einzudringen!«

»Mein Recht, das Grundstück zu betreten, erstreckt sich bis zur Haustür. Sie haben noch ungefähr fünf Sekunden Zeit, um sich zu entscheiden. Wollen Sie, dass das Ganze eskaliert und richtig unangenehm wird, oder wollen Sie hundertprozentig kooperieren? Wie gesagt, es ist nur ein freundschaftlicher Besuch, es muss nicht zu einer Anklage kommen.«

»Zu einer Anklage?« Das Sirenengeheul wurde lauter, die Polizeifahrzeuge näherten sich dem Tor. Der ängstliche Blick der jungen Frau verriet ihm, dass ihr Widerstand rasch bröckelte. »Schon gut, ich kooperiere. Aber das ist schlicht und ergreifend Erpressung. Ich werde Ihnen das nicht vergessen.«

Der erste Streifenwagen fuhr durch das offene Tor, gefolgt von weiteren. Gideon ging zum vordersten Auto. Er zeigte seinen Ausweis und beugte sich durchs offene Fenster. »Alles unter Kontrolle. Wir haben jetzt die uneingeschränkte Kooperation seitens der Hausbewohner, dank Ihrer schnellen Reaktion, Kollegen. Danke.«

Die Polizisten rückten nur ungern wieder ab – sie fanden es aufregend, in die Terror-Ermittlungen einbezogen zu sein, wenn auch nur am Rande, und zum Haus eines berühmten Schriftstellers wurden sie auch nicht oft gerufen. Aber Gideon überzeugte sie ganz cool davon, dass alles ein Missverständnis gewesen war. Als die Polizisten weg waren, ging er zurück, lächelte die Frau an und wies auf die Tür. »Wollen wir?«

Sie trat ins Haus, dann drehte sie sich um. »In diesem Haus werden die Schuhe ausgezogen. Machen Sie schon.«

Gideon schlüpfte aus seinen Keds-Turnschuhen. Sie hingegen machte keine Anstalten, ihre Cowboystiefel auszuziehen, unter denen er etwas erspähte, das ganz nach getrocknetem Pferdemist aussah. Sie stiefelte über den Perserteppich, der in der Eingangshalle lag, und betrat das Wohnzimmer. Es war ein spektakulärer Raum mit weißen Ledersofas, einem gewaltigen Kamin und einer Keramiksammlung in Vitrinen – prähistorische Mimbre-Töpferwaren, wie Gideon erkannte.

Die junge Frau nahm wortlos Platz.

Gideon nahm ein Notizbuch aus der Hosentasche und ließ sich auf dem Sessel ihr gegenüber nieder. Es war nicht zu übersehen, wie hübsch sie war – nein, eigentlich schön. Langsam hatte er ein schlechtes Gewissen, weil er so großen Druck auf sie ausgeübt hatte. Trotzdem versuchte er, sich streng und unnachgiebig zu geben. »Ihr Name, bitte?«

»Alida Blaine«, sagte sie tonlos und monoton. »Soll ich besser den Anwalt der Familie anrufen?«

»Sie haben mir versprochen zu kooperieren«, entgegnete er streng. Nach langem Schweigen ließ sie sich schließlich erweichen. »Ich möchte Ihnen nur ein paar einfache Fragen stellen, Alida.«

Sie grinste. »Gehören Keds-Turnschuhe zur neuen FBI-Ausstattung?«

»Es handelt sich um einen zeitlich begrenzten Auftrag.«

»Zeitlich begrenzt? Und was machen Sie normalerweise? In einer Rockband spielen?«

Vielleicht hatte Fordyce doch recht gehabt, was seinen Kleidungsstil betraf. »Ich bin Physiker.«

Ihre Augenbrauen schossen in die Höhe. Ihre Art, das Gespräch immer wieder auf ihn zu lenken, gefiel Gideon gar nicht, deshalb schob er schnell eine Frage nach. »In welcher Beziehung stehen Sie zu Simon Blaine?«

»Ich bin seine Tochter.«

»Alter?«

»Siebenundzwanzig.«

»Wo ist Ihr Vater jetzt?«

»Auf dem Filmset.«

»Filmset?«

»Einer seiner Romane wird verfilmt. Sie drehen auf der Circle Y Movie Ranch südlich der Stadt.«

»Wann kommt er zurück?«

Sie warf einen Blick auf die Uhr. »Er müsste gleich hier sein. Also, worum geht es denn nun?«

Gideon gab sich Mühe, sich zu entspannen und zu lächeln. Er fühlte sich allmählich schuldig. Er war einfach nicht dazu gemacht, als Ermittler zu arbeiten. »Wir versuchen, mehr über Reed Chalker herauszufinden, den Mann, der zu der Terrorzelle gehört.«

»Ach, *darum* geht es. Aber was um alles in der Welt hat das mit uns zu tun?« Er merkte, dass ihr Ärger sich allmählich in Neugier verwandelte. Sie verschränkte die Arme, zog dann die Schublade eines Beistelltischchens auf und holte eine Schachtel Zigaretten heraus. Sie zündete sich eine an und stieß den Rauch aus.

Gideon überlegte, ob er sich eine schnorren sollte, fand dann aber, dass das zu uncool wäre. Sie war wirklich eine Schönheit, und es fiel ihm nicht leicht, sich weiter ganz cool zu geben. Er zwang sich, zum anstehenden Thema zurückzukehren. »Wir glauben, dass Ihr Vater Reed Chalker kannte.«

»Das bezweifle ich. Ich kenne den Terminplan meines Vaters. Und den Namen dieses Mannes hatte ich noch nie gehört, bevor ich ihn in der Zeitung las.«

»Chalker besaß sämtliche Bücher Ihres Vaters, die ganze Sammlung. Alle signiert.«

»Und?«

»Es war die Art, wie Ihr Vater die Bücher signiert hat. *Für Reed, mit herzlicher Zuneigung. Simon.* Der Wortlaut ließ darauf schließen, dass die beiden sich kannten.«

Als sie das hörte, lehnte Alida sich zurück, lachte jäh auf und stieß den Rauch aus. »O Mann. Da seid ihr wirklich auf dem Holzweg! Er signiert alle seine Bücher so. Tausende. Zehntausende.«

»Mit seinem Vornamen?«

»Das spart Zeit. Deshalb schreibt er auch nur die Vornamen der Leser, die ein Buch signiert haben wollen. Wenn fünfhundert Leute Schlange stehen, jeder mit mehreren Büchern in der Hand, kann man nicht jedes Mal mit vollem Namen signieren. Dieser Chalker hat oben in Los Alamos gearbeitet? Das stand jedenfalls in der Zeitung.«

»Das stimmt.«

»Es dürfte also kein Problem für ihn gewesen sein, zu den Lesungen meines Vaters nach Santa Fe zu kommen.«

Ein Gefühl des Versagens beschlich Gideon. Fordyce hatte recht gehabt: Das Ganze war eine Sackgasse, und er machte sich zum Narren.

»Können Sie das beweisen?«, fragte er möglichst tapfer.

»Fragen Sie in der Buchhandlung nach. Mein Vater signiert dort jedes Jahr einmal, also wird man es dort bestätigen können. Er signiert alle seine Bücher mit *Simon* oder *Simon B.* und schreibt entweder *Herzlichst* oder *Mit den allerbesten Wünschen.* Für jeden Tom, Dick oder Harry in der Schlange. Mit Freundschaft hat das nichts zu tun.«

»Verstehe.«

»Das ist wirklich dämlich. So führen Sie also die Ermittlungen?« Die Feindseligkeit war verschwunden, ersetzt durch Belustigung und leise Verachtung. »Und das gegen Terroristen mit einer Atombombe? Das jagt mir eine Heidenangst ein, muss ich schon sagen.«

»Wir müssen jedem Hinweis nachgehen«, verteidigte sich Gideon. Er holte das Foto von Chalker hervor. »Würden Sie sich das mal ansehen und mir sagen, ob Sie ihn erkennen?«

Sie warf einen Blick auf das Foto, kniff die Augen zusammen und sah genauer hin. Ihre Miene veränderte sich. »Ich glaube es ja nicht. Doch, ich erkenne ihn. Er ist immer gekommen, wenn Vater hier in Santa Fe Bücher signiert hat, jedes Mal. Er war so eine Art Groupie, hat immer versucht, ihn in ein Gespräch zu verwickeln, auch wenn hinter ihm hundert Leute in der Schlange standen. Mein Vater ist darauf eingegangen, weil das zum Job gehört und weil er nie unhöflich zu einem Leser sein würde.« Sie gab ihm das Foto zurück. »Aber ich kann Ihnen versichern, dass er nicht mit diesem Mann befreundet war.«

»Fällt Ihnen sonst noch etwas zu ihm ein?«

Sie schüttelte den Kopf. »Nein.«

»Worüber haben die beiden geredet?«

»Das weiß ich wirklich nicht mehr. Wahrscheinlich das Übliche. Warum fragen Sie nicht meinen Vater?«

Wie aufs Stichwort knallte die Tür, und ein Mann betrat das Wohnzimmer. Für einen berühmten Schriftsteller war Simon Blaine entwaffnend klein. Er hatte weißgelocktes Haar und ein lächelndes Koboldgesicht mit Stupsnase, glatt und faltenlos wie das eines Knaben, rötlichen Wangen und freundlichen, lebhaften Augen. Als er seine Tochter erblickte, ging ein strahlendes Lächeln über sein Gesicht. Er trat zu ihr und umarmte sie, als sie aufstand – sie überragte ihn um mehrere Zentimeter –, und wandte sich dann an Gideon, der sich ebenfalls erhoben hatte. Er streckte die Hand aus. »Simon Blaine«, stellte er sich vor, als sei es denkbar, dass Gideon nicht wusste, wer er war. Der schlechtsitzende Anzug war zu groß für seine drahtige Figur und schlabberte ein wenig, als er Gideon begeistert die Hand schüttelte. »Wer ist dein neuer Freund, WT?« Seine Stimme passte überhaupt nicht zu seinem Aussehen, sie war tief und unwiderstehlich, obwohl er mit einem ganz leichten Liverpooler Akzent sprach, wodurch er sich ein wenig anhörte wie Ringo Starr als Bariton.

»Ich bin Gideon Crew.« Er schaute vom Vater zur Tochter und wieder zum Vater. »WT?«

»Das ist mein Spitzname für sie. Wundertochter.« Blaine sah Alida mit unverhohlener Zuneigung an.

»Crew ist kein Freund von mir«, sagte Alida hastig und drückte ihre Zigarette aus. »Er ermittelt für das FBI. Es geht um die Sache mit dem Atomterroristen in New York.«

Blaines Augen weiteten sich überrascht. Sie waren von einem tiefen Haselnussbraun und goldgefleckt, eine höchst ungewöhnliche Farbe. »Na, schau mal an. Das ist ja interessant!« Er nahm Gideons Ausweis, warf einen Blick darauf und gab ihn zurück. »Wie kann ich Ihnen behilflich sein?«

»Ich hätte da einige Fragen an Sie, falls es Ihnen nichts ausmacht.«

»Aber überhaupt nicht. Bitte setzen Sie sich doch.«

Alle setzten sich. Alida ergriff zuerst das Wort. »Daddy, der Terrorist mit der Atombombe, der in New York gestorben ist, Reed Chalker, hat deine Bücher gesammelt. Er ist immer gekommen, wenn du hier signiert hast. Erinnerst du dich an ihn?« Sie schüttelte wieder eine Zigarette aus der Packung, klopfte sie auf dem Tisch aus und zündete sie an.

Blaine runzelte die Stirn. »Könnte ich nicht behaupten.«

Gideon reichte ihm das Foto. Als Blaine es betrachtete, hatte er wieder etwas von einem Kobold mit seiner konzentriert vorgeschobenen Unterlippe und den weißen Löckchen, die zu beiden Seiten des Kopfes in Büscheln abstanden.

»Du erinnerst dich sicher, der Typ, der immer mit einer ganzen Tasche voller Bücher ankam. Er war bei jeder Signierstunde anwesend, stand immer ganz vorn in der Schlange.«

»Doch, doch, ich erinnere mich! Großer Gott, das also war Reed Chalker, der Terrorist aus Los Alamos?« Er gab das Foto zurück. »Das war also ein Leser von mir, wenn man sich das mal vorstellt …« Er wirkte nicht direkt unangenehm berührt.

»Worüber haben Sie sich mit Chalker unterhalten?«, fragte Gideon.

»Schwer zu sagen. Ich signiere jedes Jahr einmal in der Buchhandlung Collected Works in Santa Fe, und es kommen oft vier- oder fünfhundert Leute. Sie ziehen, offen gestanden, ziemlich schemenhaft an mir vorbei. Meistens reden sie darüber, wie sehr ihnen die Bücher gefallen, wer ihre Lieblingsfiguren sind – manchmal wollen sie auch, dass ich etwas lese, was sie geschrieben haben, oder möchten wissen, wie man am besten zum literarischen Schreiben kommt.«

»Häufig reden sie auch davon, welch eine Schande es ist, dass mein Vater noch nicht den Nobelpreis bekommen hat«, fügte Alida lebhaft hinzu. »Zufälligerweise ist das ganz meine Meinung.«

»Ach, Quatsch«, sagte Blaine mit einer wegwerfenden Geste. »National Book Award, Man-Booker-Preis – ich habe schon mehr Literaturpreise, als ich verdiene.«

»Hat Chalker Sie je gebeten, etwas von ihm zu lesen? Er wollte gern schreiben.«

»Ich habe da mal eine Frage an Sie«, sagte Alida und starrte Gideon eindringlich an. »Sie sind doch Physiker und arbeiten für das FBI?«

»Ja, aber das ist im Augenblick unerheblich ...«

»Arbeiten Sie auch in Los Alamos?«

Ihr Scharfsinn verdutzte Gideon. Nicht dass es eine Rolle gespielt hätte; es war kein Geheimnis. »Einer der Gründe dafür, dass ich gebeten wurde, bei den Ermittlungen mitzumachen«, sagte er in gemessenem Tonfall, »ist, dass ich in Los Alamos in derselben Abteilung gearbeitet habe wie Chalker.«

»Wusste ich's doch!« Sie lehnte sich zurück, verschränkte die Arme und lächelte triumphierend.

Gideon wandte sich wieder an Blaine und versuchte abermals, das Gespräch von sich abzulenken. »Wissen Sie noch, ob er Ihnen je etwas gezeigt hat, das er geschrieben hatte?«

Blaine dachte kurz nach und schüttelte dann den Kopf. »Nein, bestimmt nicht. Ich lese nie Texte von anderen, ich habe da eine ganz klare Linie. Wirklich, ich erinnere mich nur an einen eifrigen, etwas duckmäuserischen jungen Mann. Aber ich habe ihn schon seit einiger Zeit nicht mehr gesehen. Zu meinen letzten Signierstunden ist er nicht mehr gekommen, oder, WT?«

»Nein, ich glaube nicht.«

»Hat er je erwähnt, dass er zum Islam übergetreten ist?«, fragte Gideon.

Blaine wirkte überrascht. »Nein, nie. Das ist etwas, was mir im Gedächtnis geblieben wäre. Nein, er muss über die üblichen Themen gesprochen haben. Ich erinnere mich eigentlich nur, dass er sehr hartnäckig war, was ein bisschen problematisch war, weil er die anderen aufgehalten hat.«

»Mein Vater ist einfach zu freundlich«, sagte Alida. »Er lässt sich immer stundenlang von den Leuten zutexten.« Alidas schlechte Laune hatte sich, so schien es, mit der Ankunft ihres Vaters verflüchtigt.

Blaine lachte. »Deshalb bringe ich ja Alida mit. Sie ist sozusagen der Knüttel, sie sorgt dafür, dass die Schlange sich weiterbewegt, sie stellt für mich fest, wie man die Namen der Leser schreibt. In Rechtschreibung bin ich so schlecht wie Shakespeare. Ehrlich, ich wüsste gar nicht, was ich ohne sie anfangen sollte.«

»Ist Ihnen Chalker je außerhalb einer Signierstunde begegnet?«

»Nein, nie. Und er gehörte ganz bestimmt nicht zu jenen Menschen, die ich zu mir nach Hause eingeladen hätte.« Bei der letzten Bemerkung spürte Gideon einen gewissen britischen Snobismus, was eine ganz neue Seite an Mr. Simon

Blaine enthüllte. Und doch: Gideon konnte ihm seine Ansicht kaum übelnehmen. Er selbst hatte es immer sorgsam vermieden, Chalker in seine Wohnung zu bitten. Er gehörte einfach zu den klammernden Typen, die man nicht in seinem Leben haben wollte.

»Und er hat nie mit Ihnen über das Schreiben gesprochen? Soweit mir bekannt ist, hat er möglicherweise an einer Autobiographie gearbeitet. Es könnte wichtig für die Ermittlungen sein, wenn wir die in die Finger bekämen.«

»Eine Autobiographie?«, fragte Blaine erstaunt. »Woher wissen Sie das?«

»Er hat an einer Schreibwerkstatt in Santa Cruz teilgenommen – autobiographisches Schreiben.«

»Autobiographisches Schreiben«, wiederholte Blaine und schüttelte den Kopf. »Nein, davon hat er nie etwas erwähnt.«

Gideon lehnte sich zurück und überlegte, was er sonst noch fragen könnte, aber ihm fiel nichts ein. Er holte seine Visitenkarten hervor und gab Blaine eine. Nach kurzem Zögern reichte er auch Alida eine Karte. »Wenn Ihnen noch irgendetwas einfällt, rufen Sie mich bitte an. Mein Partner Special Agent Fordyce und ich fliegen übermorgen nach Santa Cruz, aber übers Handy können Sie mich jederzeit erreichen.«

Blaine nahm die Visitenkarte und ließ sie in seine Hemdtasche gleiten, ohne einen Blick darauf zu werfen. »Ich begleite Sie hinaus.«

An der Tür fiel Gideon noch eine letzte Frage ein. »Was hat Chalker an Ihren Büchern eigentlich so gut gefallen? Irgendwelche bestimmte Figuren oder eher die Handlung?«

Blaine runzelte nachdenklich die Stirn. »Ich wünschte, ich könnte mich erinnern … Doch, einmal hat er, glaube ich, bemerkt, die lebendigste Figur, die ich je geschaffen hätte, sei der Abt im *Wanderer über dem Nebelmeer.* Was mich erstaunt hat, denn ich halte diesen Abt für die böseste Gestalt, die ich je geschaffen habe.« Er hielt inne. »Aber für einen solchen Mann war das vielleicht ein und dasselbe.«

20

Fordyce betrat die Hotelbar, schritt zielstrebig über den Teppich und nahm neben Gideon Platz. »Was trinken Sie da für ein Gift?«, fragte er.

»Eine Margarita. Patrón Silver, Cointreau, Salz«, erwiderte Gideon.

»Für mich das Gleiche«, sagte Fordyce zum Barmann und wandte sich mit breitem Lächeln Gideon zu. »Ich hatte ja angekündigt, ich würde ordentlich auf den Putz hauen, und das habe ich getan.«

»Erzählen Sie.«

Fordyce zog aus seiner Aktentasche eine Mappe und knallte sie auf den Tisch. »Alles hier drin. Wir haben grünes Licht für eine Vernehmung des Imams – Chalkers Mentor –, aber das ist noch nicht alles. Wir haben auch eine richterliche Anordnung, die uns erlaubt, die Paiute Creek Ranch mit einer Zeugenvorladung für Connie Rust, Chalkers Ex-Frau, zu betreten. Eine Zeugenvorladung unter Strafandrohung, damit erzwingen wir ihre Kooperation.«

»Wie haben Sie denn das geschafft?«

»Ich habe direkt in Darts Büro angerufen und mit seinem Assistenten gesprochen, einem Typen namens Cunningham. Er meinte, er würde die Sache in die Hand nehmen, und das hat er auch getan. Und noch etwas: Chalkers Frau ist noch nicht vernommen worden.«

»Wie kommt das?«

»Typisches Wiehern des Amtsschimmels. Die ursprüngliche Zeugenvorladung, die erlassen wurde, war fehlerhaft, sie mussten sie neu ausstellen und erneut vom Richter unterschreiben lassen, der schon ziemlich genervt war.«

»Wie haben Sie es angestellt, dass uns das übertragen wurde?«

»Ich habe einen Gefallen eingefordert. Einen großen. Aber um die Wahrheit zu sagen, im Grunde glaubt niemand, dass es etwas bringt, sie zu vernehmen. Sie und Chalker waren längst geschieden, als er zum Islam übergetreten ist, ihr Verhältnis war nicht gerade freundschaftlich, und offenbar ist sie ein ziemlich trauriger Fall.« Fordyce verstaute die Unterlagen wieder. »Morgen bei Sonnenaufgang laufen wir bei der Ranch auf. Um zwei sind wir zum Tee mit dem Imam verabredet.«

»Tee mit dem Imam. Klingt wie eine Comedy-Serie der BBC.«

Fordyce' Drink kam, den er mit kaum weniger Gusto hinunterkippte wie seine zahlreichen Espressos. »So. Was wissen Sie über die Paiute Creek Ranch?«

»Nicht viel«, antwortete Gideon. »Sie hat keinen guten Ruf. Manche sagen, es handle sich um eine Sekte, ähnlich den Davidianern, mit bewaffneten Wachtposten und verschlossenen Toren. Ein Guru namens Willis Lockhart hat das Sagen.«

»Gegen die Leute liegt nichts vor«, sagte Fordyce. »Ich habe das überprüft. Keine Anschuldigungen wegen Kindesmissbrauch, keine Bigamie, keine Verstöße gegen das Waffengesetz, und ihre Steuern zahlen sie auch.«

»Wie ermutigend«, bemerkte Gideon. »Also, wie sieht Ihr Plan aus?«

»Wir gehen locker rein, ohne sie zu erschrecken, zeigen unsere Vorladung, ganz nett und höflich, schnappen uns die

Frau und gehen wieder. Zur Vernehmung müssen wir sie in die Kommandozentrale nach Santa Fe bringen, aber auf der Fahrt bekommen wir bestimmt die Gelegenheit, selbst zu hören, was sie zu sagen hat.«

»Und wenn die Leute von der Ranch nicht kooperieren?«

»Fordern wir Verstärkung an.«

Gideon runzelte die Stirn. »Die Ranch liegt tief in den Bergen. Es würde mindestens eine Stunde dauern, bis die Verstärkung eintrifft.«

»In dem Fall verabschieden wir uns höflich und kehren mit dem Sondereinsatzkommando im Schlepptau zurück.«

»Hoppla. Waco, sage ich nur. Sektentod in Texas.«

Irritiert lehnte Fordyce sich zurück. »Ich mache das seit Jahren. Glauben Sie mir, ich weiß, wie man da am besten vorgeht.«

»Sicher, aber ich hätte da eine andere Idee ...«

Gespielt dramatisch hob Fordyce beide Hände. »Bitte nicht! Ich habe genug von Ihren ›Ideen‹.«

»Das Problem ist, da hineinzugelangen. Richterliche Anordnung und Zeugenvorladung hin oder her, die werden uns wahrscheinlich nicht einfach so hineinlassen. Und selbst wenn, wie sollen wir Chalkers Frau finden? Glauben Sie, die holen sie uns einfach her? Die Ranch ist Hunderte Hektar groß, da brauchen wir deren Kooperation ...«

Fordyce fuhr sich mit der Hand durch die ordentliche Kurzhaarfrisur. »Schon gut, schon gut. Also, wie sieht Ihre großartige Idee aus?«

»Wir gehen verdeckt rein. Als ... na ja ...« Gideon überlegte.

»Wen würden diese Leute aufs Ranchgelände lassen?«

»Zeugen Jehovas?«

Gideon nahm einen Schluck von seiner Margarita.

»Nein. Wir unterbreiten ihnen ein geschäftliches Angebot.«

»Ach ja?«

»In New Mexico wurde gerade ein neues Gesetz zu medizinischem Marihuana erlassen.« Er erklärte Fordyce die Idee, die in ihm aufgekeimt war. Der FBI-Agent schwieg lange und blickte auf die Eiswürfel in seinem Glas. Dann hob er den Kopf.

»Wissen Sie was? Der Plan ist gar nicht so übel.«

Gideon schmunzelte. »Sie werden Ihre perfekte Frisur zerzausen und endlich auf Ihren adretten Anzug verzichten müssen. Auf den Anblick freue ich mich jetzt schon.«

»Das Reden überlasse ich Ihnen. Sie sehen ohnehin aus wie ein Kiffer.«

21

Am nächsten Morgen fanden sie sich am Laden der Heilsarmee ein, sobald er aufmachte. Gideon ging die Kleiderständer durch, suchte sich mehrere Kleidungsstücke aus und gab sie Fordyce, der sie mit kaum verhohlenem Abscheu entgegennahm. Nach einem kurzen Zwischenstopp bei einem Geschäft für Theaterzubehör kehrten sie mit ihrer Beute in Fordyce' Hotel zurück. Gideon breitete die Sachen auf dem Bett aus, während der FBI-Agent stirnrunzelnd zuschaute.

»Ist das wirklich notwendig?«, fragte er.

»Stellen Sie sich dorthin.« Gideon breitete ein Hemd auf dem Bett aus, legte eine Hose darunter, runzelte die Stirn, tauschte das Hemd gegen ein anderes aus, wiederholte das Ganze, legte Socken dazu und musterte prüfend jede Kombination.

»Herrgott noch mal«, beschwerte sich Fordyce, »wir wollen doch nicht zum Broadway.«

»Der Unterschied ist, wenn unser kleines Stück durchfällt, trifft uns eine Kugel statt eine faule Tomate. Das Dumme ist nur: Sie sehen aus wie ein geborener Bundesagent.«

Er probierte neue Outfits aus, fügte Socken und Schuhe hinzu, ein Baseballcap und eine Perücke, bis er schließlich eine Aufmachung zusammengestellt hatte, die ihm gefiel. »Probieren Sie das mal an«, sagte er.

»Muss das sein?« Fordyce legte seinen Anzug ab und zog die Sachen über. Bei der Perücke zögerte er. Es war eine Echthaar-Frauenperücke, der Gideon einen grauenvollen Schnitt verpasst hatte.

»Nur zu«, sagte Gideon. »Nur keine falsche Bescheidenheit.« Fordyce setzte die Perücke auf und rückte sie zurecht.

»Und jetzt die Kappe. Mit dem Schirm nach hinten.«

Fordyce setzte sie auf. Aber es sah nicht richtig aus. Er war zu alt für den Look. »Drehen Sie das Cap mal um.«

Endlich stand Fordyce in vollem Kostüm vor Gideon. Der umkreiste ihn kritisch. »Zu dumm, dass Sie sich heute Morgen rasiert haben.«

»Wir müssen los.«

»Noch nicht. Erst muss ich sehen, wie Sie sich bewegen.«

Als Fordyce durchs Hotelzimmer ging, stöhnte Gideon. »Um Himmels willen, legen Sie ein bisschen Herzblut hinein.«

»Ich weiß nicht, was ich noch anstellen soll. Ich sehe sowieso aus wie ein Vollidiot.«

»Es geht nicht nur um den Look, sondern auch um die innere Einstellung. Sie müssen die Rolle spielen. Nein, nicht spielen, Sie müssen die Figur *sein.*«

»Und was, bitte sehr, soll ich sein?«

»Ein aufgeblasener, arroganter, gerissener, selbstzufriedener, moralisch bankrotter Arsch, dem alles schnurzegal ist. Denken Sie immer daran, während Sie im Zimmer umhergehen.«

»Und wie geht ein moralisch bankrotter Arsch?«

»Keine Ahnung. Sie müssen es *fühlen*. Zeigen Sie ein bisschen flegelhaft-aggressive Rotzigkeit. Leicht wiegender Gang, wie ein Zuhälter. Zeigen Sie mir ein verächtliches Lippenkräuseln. Das Kinn hoch!«

Gereizt seufzend, machte Fordyce einen zweiten Versuch.

»Das ist Mist«, sagte Gideon. »Bitte nicht so verkrampft.«

Fordyce drehte sich zu ihm um. »Wir vergeuden hier nur unsere Zeit. Wenn wir nicht bald losfahren, bleibt uns keine Zeit mehr für den Imam.«

Einen gemurmelten Fluch ausstoßend, folgte Gideon dem FBI-Mann zu ihrem wartenden Kombi. Er fragte sich, wie gut das Radar dieser Leute wohl sein würde. Fordyce ging und sprach immer noch genau wie ein Bundesagent.

Vielleicht würde es ihnen ja nicht auffallen. Aber wenn doch, sollte Gideon lieber einen Plan B in der Tasche haben.

22

Die Paiute Creek Ranch lag nördlich von Santa Fe in einem entlegenen Teil der Jemez Mountains. Gideon und Fordyce holperten und rumpelten in ihrem Kombi erst über eine alte Minenstraße in die Berge hinauf, dann durch mit Ponderosakiefern bestandene Hügel und Täler direkt unterhalb eines

Bergpasses. Die Straße endete an einem nagelneuen Maschendrahtzaun mit einem verschlossenen Tor.

Als sie aus dem Wagen stiegen, warf Gideon einen Blick auf Fordyce. »Gehen Sie vor. Ich will noch mal sehen, wie Sie sich bewegen. Denken Sie daran, was ich gesagt habe.«

»Hören Sie auf, auf meinen Hintern zu glotzen.« Fordyce setzte sich in Richtung Tor in Bewegung. Es machte Gideon wahnsinnig zu sehen, wie hartnäckig die Aura des Gesetzeshüters an dem FBI-Mann hing. Die Klamotten waren klasse, dagegen war nichts zu sagen – problematisch war die Art, wie Fordyce sich bewegte. Aber solange er den Mund hielt, würde es vielleicht, ganz vielleicht, niemandem auffallen.

»Denken Sie daran«, sagte Gideon leise, »das Reden übernehme ich.«

»Den Kohl verzapfen, meinen Sie wohl. Darin sind Sie ja Experte.«

Gideon spähte durch den Maschendrahtzaun. Etwa hundert Meter weiter an der unbefestigten Piste stand ein kleines Blockhaus; durch die Ponderosakiefern hindurch waren weitere Blockhütten, eine Scheune und die Giebel eines großen Ranchhauses zu sehen. Weiter entfernt, längs des Paiute Creek, lagen grüne Äcker.

Gideon rüttelte am Zaun. »Yo!«

Nichts. War auch die Ranch schon von ihren Bewohnern verlassen worden?

»Hey! Jemand zu Hause?«

Ein Mann trat aus der Blockhütte und kam zum Tor. Er hatte langes, wirres schwarzes Haar und einen langen, gestutzten Vollbart im Mountain-Man-Stil. Im Näherkommen zückte er beiläufig eine Machete, die in seinem Gürtel steckte.

Gideon spürte, wie Fordyce, der neben ihm stand, sich anspannte.

»Ganz locker bleiben«, murmelte er. »Ist besser als eine Fünfundvierziger.«

Der Mann blieb einige Schritte vom Zaun entfernt stehen, die Machete dramatisch vor die Brust gelegt. »Das hier ist Privatbesitz.«

»Ja, ich weiß«, sagte Gideon. »Hör zu, wir sind Freunde. Lass uns rein.«

»Wen wollt ihr sprechen?«

»Willis Lockhart.« Gideon nannte den Namen des Anführers der Kommune.

»Erwartet er euch?«

»Das nicht, aber wir haben ihm einen geschäftlichen Vorschlag zu machen, den er sich bestimmt gern anhört – garantiert. Er wäre sicherlich sauer, wenn wir weggeschickt würden, ohne dass er Gelegenheit hatte, sich den Vorschlag anzuhören. *Stinksauer.*«

Der Mann dachte einen Augenblick nach. »Was ist das für ein Vorschlag?«

»'tschuldigung, Mann, aber das ist nur für Lockharts Ohren bestimmt. Es geht um Geld. G-E-L-D.«

»Kommandant Will ist ein vielbeschäftigter Mann.«

Kommandant Will. »Also, lässt du uns nun rein oder nicht? Wir sind nämlich auch vielbeschäftigte Leute.«

Der Mann zögerte. »Bist du bewaffnet?«

Gideon streckte die Arme aus. »Nein. Kannst du gern überprüfen.« Tatsächlich hatten sie ihre Waffen im Auto gelassen. Fordyce hatte seinen Ausweis, die richterliche Anordnung und die Zeugenvorladung mit Gummiband am Schienbein befestigt, unter der Hose.

»Und er?«

»Nein.«

Der Mann schob die Machete zurück hinter den Gürtel. »Gut. Aber dem Kommandanten wird es gar nicht gefallen, wenn ihr Typen nicht die seid, für die ihr euch ausgebt.«

Er schloss das Tor auf, und sie betraten nacheinander das Gelände. Der Mann tastete sie flüchtig nach Waffen ab. Gideon fiel auf, dass er das Tor wieder versperrte, was ungünstig war. Immerhin, er hatte sehr viel weniger Wind machen müssen, um hineinzukommen, als er erwartet hatte.

Sie gingen an einem Gehege vorbei, in dem einige Kommune-Mitglieder, die aussahen wie ganz normale Cowboys, Rinder brandmarkten und deren Hufe beschnitten. Hinter einer Kurve kam das große Ranchhaus in Sicht – dreistöckig, mit neu aussehenden Flügeln und einer riesigen Veranda, die sich um das ganze Haus herumzog. Hinter dem Haus, auf einem großen Feld, entdeckte Gideon eine gewaltige, von Maschendraht- und Stacheldrahtzaun umgebene Solaranlage, verschiedene Riesen-Satellitenschüsseln und einen kleinen Mikrowellenturm.

»Wofür die den ganzen Kram wohl brauchen?«, murmelte Fordyce.

»Für den Fall, dass sie den Playboy-Kanal nicht empfangen können«, witzelte Gideon, der die Anlage allerdings ebenfalls ungläubig anstarrte.

Auf dem Weg zum Haupthaus kamen sie durch eine hübsch restaurierte historische Goldgräberstadt samt Blockhütten, einem Pferch und einem Pfosten, an dem einige gesattelte Pferde festgebunden waren. Allerdings wurde das authentische Flair durch den Parkplatz hinter dem Ranchhaus gestört, auf dem eine kleine Flotte aus identischen Jeeps, Baufahrzeugen und mehrere großen Lkws stand.

Sie betraten die Holzveranda des Haupthauses, ihr Führer klopfte an die Tür und trat ein. Sie folgten ihm ins Haus. Überrascht sah Gideon, dass das Wohnzimmer wie ein Konferenzraum eingerichtet war, mit einem Tisch aus Rosenholz, schicken Armlehnenstühlen, weißen Kunststofftafeln und sogar einem Flachbildfernseher. Auf die Tafel waren einige Differenzialgleichungen gekritzelt, die Gideon nichts sagten, wenn er auch genug davon verstand, um zu erkennen, dass sie ziemlich komplex waren. Er erhaschte einen Blick auf ein dahinter liegendes Schulzimmer, in dem eine Gruppe von Schülern einer Lehrerin in einem gemusterten Baumwollkleid lauschte. Das ganze Ambiente kam ihm merkwürdig vor, eine Mischung aus Technik und viktorianischer Zeit. Man kam sich beinahe vor wie in einem Steampunk-Roman.

»Nach oben«, sagte ihr Begleiter.

Als sie die Treppe hinaufstiegen, bekam Gideon einige Sätze von dem mit, was die Lehrerin sagte. Irgendetwas über Biologen der Regierung, die das HI-Virus zu Völkermordzwecken entwickelt hätten.

Er und Fordyce wechselten einen Blick.

Im ersten Stock führte der Macheten-Mann sie über einen langen Flur. Mehrere Türen standen offen. In einem der Zimmer räkelte sich eine knapp bekleidete, kurvenreiche Frau auf purpurnen Satinlaken. Sie warf ihnen einen gleichgültigen Blick zu.

»Ob das wohl die, äh, Sexualkundelehrerin war?«, fragte Gideon, als sie vor einer geschlossenen Tür stehen blieben.

»Ruhe!«, zischte Fordyce, während der Macheten-Mann an die Tür klopfte.

Eine Stimme rief sie herein.

Der Raum war in hochviktorianischem Bordellstil eingerichtet. Rote Samttapete, opulente viktorianische Sofas und Fauteuils, Perserteppich und Messinglampen mit grünen Glasschirmen. Hinter einem Schreibtisch saß ein Mann Mitte fünfzig, extrem fit, langhaarig, mit derselben Barttracht wie der Macheten-Mann – es schien sich um einen beliebten Look zu handeln – und Augen wie Rasputin. Er trug einen blauen Frack mit Revers in Schalfasson und eine Brokatweste im Ascot-Stil samt Goldkette. Das genaue Abbild eines Dandys auf dem Weg in den Spielsalon.

Total drittklassig.

Gideon spürte, wie er sich entspannte. Mathematische Gleichungen hin oder her, diese Leute waren Leichtgewichte. Das war keine Manson-Familie. Waren keine Waco-Davidianer. Seine komplizierte List war doch nicht nötig gewesen.

»Was wollen die?«, fragte der Mann scharf und sah den Macheten-Mann an.

»Sie sagen, sie hätten einen geschäftlichen Vorschlag für dich, Kommandant.«

Lockhart sah sie forschend an. Er musterte erst Gideon und dann Fordyce. Sein Blick blieb an Fordyce hängen, ein wenig zu lange. Gideon rutschte das Herz in die Hose.

»Wer sind Sie?«, fragte er Fordyce in misstrauischem Ton.

»Er ist ein Bundesagent«, sagte Gideon, der plötzlich eine Eingebung hatte.

Fordyce riss den Kopf herum, und Lockhart erhob sich. Gideon lachte unbefangen. »Oder vielmehr, ein Ex-Bundesagent.«

Lockhart blieb stehen und starrte sie an.

»Amt für Alkohol, Tabak, Schusswaffen und Sprengstoffe. Im Ruhestand«, sagte Gideon. »Wussten Sie, dass diese Clowns sich mit fünfundvierzig pensionieren lassen können? Jetzt ist mein Kumpel in einer anderen Branche tätig, die aber durchaus nicht unverbunden mit seinem vorherigen Tätigkeitsfeld ist.«

Langes Schweigen. »Und welche Branche könnte das sein?«

»Medizinisches Marihuana.«

Der Kommandant hob die buschigen Augenbrauen. Kurz darauf ließ er sich langsam wieder auf seinen Stuhl sinken.

Gideon fuhr fort: »Mein Name ist Gideon Crew. Mein Geschäftspartner und ich suchen nach einem sicheren Ort für unsere florierenden Geschäfte. In den Bergen gelegen, gut geschützt, auf gutem Ackerboden, weit weg von neugierigen Blicken und Marihuana-Dieben. Und mit reichlich verlässlichen Arbeitskräften.« Er gestattete sich ein leises Lächeln. »Es ist ein wenig profitabler als das Alfalfa, das Sie im Moment anbauen, es ist legal, und natürlich gibt es gewisse, äh, Sachvergünstigungen.«

Wieder ein langes Schweigen. Lockhart starrte Gideon an. »Und was wäre, wenn wir bereits unsere eigene kleine Marihuana-Plantage zu medizinischen Zwecken hier oben hätten? Wozu sollten wir Sie da brauchen?«

»Weil das, was Sie tun, illegal ist und Sie es nicht verkaufen können. Ich habe alle nötigen Genehmigungen und arbeite mit einem Apotheker in Santa Fe zusammen, der bereit ist, sofort mit dem Verkauf zu beginnen. Der Umsatz wird gewaltig sein. Und ich wiederhole: Es ist alles ganz legal.«

»Ah ja, verstehe. Und wie sind Sie auf uns gekommen?«

»Durch meine alte Freundin Connie Rust«, sagte Gideon.

»Und woher kennen Sie Connie?«

»Tja, sehen Sie, ich habe sie mit Cannabis beliefert, bevor sie sich euch angeschlossen hat.«

»Und woher haben Sie Ihre Ware bezogen?«

»Woher wohl?« Gideon wies auf Fordyce.

Lockhart sah den FBI-Mann an. »Das war während Ihrer Zeit bei der Drogenbehörde?«

»Ich habe nie behauptet, perfekt zu sein.«

Nach einigem Nachdenken fand Lockhart das offenbar plausibel. Er griff nach einem Walkie-Talkie, das auf seinem Schreibtisch lag. »Bringen Sie Connie her. Jetzt gleich.«

Er legte das Funkgerät aus der Hand. Sie warteten schweigend. Gideons Herz hämmerte. So weit, so gut.

Einige Minuten vergingen. Dann klopfte es an der Tür, und eine Frau trat ein.

»Connie, hier ist ein alter Freund von dir«, sagte Lockhart.

Die Frau schaute sie an. Sie war ein ausgezehrtes Wrack, die Haut gerötet von Alkohol und Dope, die Lippen feucht und offen stehend. Das blond gebleichte Haar zeigte dunkle Wurzeln. Auch sie trug ein langes, gemustertes Baumwollkleid.

»Wer denn?«, fragte sie. Die wässrigen blauen Augen musterten Gideon und Fordyce verständnislos.

Lockhart zeigte auf Gideon. »Der da.«

»Den habe ich noch nie ges–«

Aber Fordyce wartete nicht, bis sie den Satz zu Ende gesprochen hatte. Er griff sich ans Schienbein und zückte seinen Ausweis und die Papiere, während Gideon zu Rust trat und sie am Arm ergriff.

»Stone Fordyce«, sagte der FBI-Agent schroff und riss sich die Perücke vom Kopf. »FBI. Wir haben eine richterliche Anordnung sowie eine Zeugenvorladung unter Strafandrohung für Connie Rust und nehmen sie hiermit in Gewahrsam.« Er warf die Papiere auf Lockharts Schreibtisch. »Wir gehen jetzt. Jeder Versuch, uns daran zu hindern, wird als Behinderung der Justiz betrachtet und streng bestraft.«

Wie vom Donner gerührt starrte Lockhart sie an. Sie stürmten zur Tür hinaus. Gideon zerrte die völlig verwirrte Frau mit sich, die allerdings keine Gegenwehr leistete.

»Was zum Teufel?«, rief Lockhart ihnen hinterher.

»Lasst sie nicht entkommen!« Als sie die Treppe hinunterrannten, hörte Gideon, wie Lockhart in sein Walkie-Talkie schrie.

Im Nu waren sie zur Haustür hinaus und rannten die unbefestigte Straße hinunter. Da begann Rust zu schreien, ein hoher, schriller Schrei voller Verwirrung und Entsetzen. Aber die Frau wehrte sich nicht; sie war so passiv, dass sie fast so schlaff wie eine Puppe war.

»Weiter, weiter«, drängte Fordyce. »Wir haben's fast geschafft.«

Als sie um die Kurve bogen und die große Scheune passierten, stellten sie allerdings fest, dass sie es keineswegs fast geschafft hatten. Die Mitglieder der Kommune, die vorhin mit den Rindern gearbeitet hatten, strömten auf die Straße und blockierten sie. Viele hielten lange Stachelstöcke zum Viehtreiben in Händen. Gideon zählte sieben Männer.

»Bundesagenten mit einer richterlichen Anordnung!«, rief Fordyce mit dröhnender Stimme. »Mischen Sie sich nicht ein! Machen Sie den Weg frei!«

Aber die Männer gaben den Weg nicht frei. Stattdessen begannen sie, mit erhobenen Stachelstöcken vorzurücken.

»O nein.« Gideon ging langsamer.

»Gehen Sie weiter. Vielleicht bluffen sie nur.«

Gideon zerrte Rust hinter sich her, Fordyce machte die Vorhut.

»FBI in dienstlichem Auftrag!«, dröhnte Fordyce und hielt dabei seine Dienstmarke ausgestreckt.

Seine unbeirrbare Entschlossenheit verlangsamte das Vorrücken der Cowboys und ließ sie zögern. Doch dann schienen Rusts schrille Schreie sie wieder zu stärken.

Die gegnerischen Gruppen standen sich jetzt fast direkt gegenüber. »Zurück!«, rief Fordyce. »Oder Sie werden alle festgenommen und wegen Behinderung der Justiz belangt!«

Aber anstatt zurückzuweichen, setzten die Cowboys ihren Vormarsch fort. Der Anführer griff Fordyce mit seinem elektrischen Stachelstock an. Der FBI-Agent konnte ausweichen, aber der zweite Stachelstock erwischte ihn in der Seite. Elektrizität knisterte, und er ging mit einem Aufschrei zu Boden.

Gideon ließ Rust los, die schluchzend zu Boden sank, und ergriff eine Schaufel, die an der Scheunenwand lehnte. Er sprang vor und schlug dem zweiten Mann mit der Schaufel den Stachelstock aus der Hand. Er landete im Dreck, und Gideon hieb dem Mann die Schaufel in die Seite. Der Getroffene stürzte zu Boden und hielt sich den Bauch. Gideon ließ die Schaufel fallen, schnappte sich den elektrischen Stachelstock und stellte sich dem Rest der Meute, die sogleich mit einem kollektiven Aufbrüllen vorwärtsstürzte, mit den Stachelstöcken fuchtelnd, als wären es Schwerter.

23

Schwerter. Dank eines reizenden Mädchens mit gewissen säbelrasselnden Neigungen hatte Gideon früher in der Schule kurz das Fach »Fechten« belegt. Als das Mädchen aufhörte, hatte auch er den Fechtunterricht aufgegeben, bevor er bedeutende Fortschritte gemacht hatte. Rückblickend betrachtet, war das vermutlich ein Fehler gewesen.

Die Männer umkreisten ihn wachsam, und Gideon suchte Rückendeckung an der Scheunenwand. Er sah, dass Fordyce noch auf dem Boden lag und sich bemühte, wieder auf die Beine zu kommen. Einer der Männer versetzte ihm einen Fußtritt in die Seite, und er fiel wieder hin.

Das machte Gideon so richtig wütend. Er stürzte sich auf den nächstbesten Cowboy, berührte ihn mit dem Stachelstock und betätigte den Kippschalter. Aufheulend vor Schmerz, ging der Mann zu Boden, und Gideon holte zum Schlag aus, parierte den Schlag des nächsten Cowboys und schlug dessen Stachelstock zur Seite, bevor er einen dritten Angreifer fintierte. Hinter seinem Rücken hörte er Gebrüll: Fordyce war wieder auf den Beinen, taumelnd, brüllend und Schläge austeilend wie ein betrunkener Irrer.

Der dritte Mann stieß zu, und als sein Stachelstock gegen Gideons prallte, sprühten Funken. Gideon sprang zurück und machte dann einen Ausfallschritt; aber er war nicht im Gleichgewicht, sein Gegner rückte näher und stieß mit seinem Stachelstock zu. Gideon parierte – Elektrizität knisterte. Der zweite Mann griff von der Seite an, gerade als Gideon einen Treffer gelandet hatte und sein erster Widersacher mit einem Aufschrei niederging und zuckend am Boden lag. Gideon wirbelte herum und parierte den Schlag des zweiten Angreifers. Aus den Augenwinkeln sah er Fordyce, der mit einem wilden Schwinger einem der Männer unter hörbarem Knacken den Kiefer brach, um sich dann wie ein wildes Tier auf den nächsten zu stürzen, der versuchte, seinen langen Stachelstock zu schwenken, um Fordyce mit der Gabel zu treffen.

Weitere Männer stürzten sich auf Gideon und drängten ihn zurück zur Scheune. Er wehrte ihre Hiebe und Schwinger ab, doch es waren zu viele, er konnte nicht allein mit ihnen fertig werden. Einer griff an, während ein anderer ihm den Stachelstock in die Seite stieß. Ein rasender Schmerz durchfuhr ihn, und er heulte auf. Seine Knie gaben nach, und er sank gegen die Scheunenwand. Die Männer drangen auf ihn ein.

Plötzlich tauchte Fordyce hinter ihnen auf. Er schwang die Schaufel wie einen Baseballschläger und versetzte einem der Angreifer einen heftigen Schlag gegen den Kopf. Die

Übrigen wirbelten herum, um sich zu verteidigen. Fordyce wehrte ihre Schläge mit der Schaufel ab. Jedes Mal, wenn die elektrischen Stachelstöcke mit der Schaufel in Kontakt kamen, krachte es metallisch, und Funken sprühten.

Aber es waren zu viele. Gideon und Fordyce, die jetzt beide zum Scheunentor zurückgewichen waren, waren zahlenmäßig weit unterlegen. Gideon wuchtete sich auf die Knie, Fordyce packte ihn und zog ihn ganz hoch. »In die Scheune«, sagte er. Ein letztes Schwingen der Schaufel und ein mörderisches Gebrüll machten ihnen den Weg zum offenen Scheunentor frei. Sie liefen hinein. Nach dem gleißenden Tageslicht konnte Gideon in der Düsternis kurzzeitig nichts erkennen.

»Wir brauchen Waffen«, stieß Fordyce heiser hervor, während sie sich stolpernd in den hinteren Teil der Scheune zurückzogen. Sie ertasteten sich ihren Weg an Landmaschinen und Alfalfa-Schobern vorbei. Ein halbes Dutzend Cowboys strömten zum Scheunentor herein und verteilten sich. Ihre Rufe und Stimmen hallten in dem abgeschlossenen Raum wider.

»Na, sieh mal da.« Gideon griff nach einer Kettensäge, die an einem Holzpfosten lehnte, packte das Starterseil und riss daran.

Der Motor zündete mit einem hässlichen Grollen. Gideon hob die Säge am vorderen Griff an und gab mächtig Gas. Das Kreischen der Kettensäge erfüllte die Scheune.

Die Cowboys erstarrten.

»Folgen Sie mir.« Gideon lief geradewegs auf die versammelten Cowboys zu, die Kettensäge schwingend, und stellte den Motor auf die höchste Stufe. Es gab ein ohrenbetäubendes Kreischen.

Die Cowboys wichen zurück und traten ängstlich den Rückzug an, als Gideon wieder ins Sonnenlicht trat.

»Machen wir, dass wir von hier wegkommen!«, brüllte er Fordyce zu.

Und dann hörte er ein zweites gellendes Kreischen. Um die Scheune herum kam ihr alter Begleiter aus der Blockhütte – aber statt einer Machete schwang auch er jetzt eine Kettensäge.

Gideon hatte keine Wahl. Er drehte sich um und stellte sich dem Angriff. Die Kettensägen kreischten. Kurz darauf krachten sie zusammen, Funken sprühten, und es gab einen so gewaltigen Rückstoß, dass Gideon zur Seite taumelte und fast zu Boden geworfen wurde. Der Mann nutzte die Wucht des Schlags aus, rückte vor und schwang sein kreischendes Sägeblatt, die rund umlaufende Kette war ein undeutliches Blitzen. Wieder parierte Gideon mit dem eigenen Sägeblatt, sodass sie beide zum zweiten Mal mit ungeheurem Krachen und Funkenregen zusammenstießen. Wieder wurde Gideon von dem Rückstoß zurückgeworfen, und der Mann rückte weiter vor. Ganz offensichtlich war er Experte im Umgang mit Kettensägen.

Gideon war das nicht. Wenn er irgendeine Chance haben wollte, hier lebend wieder rauszukommen, musste er seine schulischen Erfahrungen als Fechter einsetzen.

Ich probiere es mal mit einem Coupé lancé, dachte er, der Verzweiflung nahe. Er stieß mit der Spitze seines Sägeblatts nach der Brust des Mannes, ein Stoß, den sein Gegner nur zu leicht mit einem Hieb von der Seite abwehren konnte. Zum dritten Mal krachten die Sägeblätter unter furchtbarem knirschenden Dröhnen und Funkenregen zusammen.

Gideon wurde gegen die Seitenwand der Scheune gedrängt, und da griff der Mann – lächelnd jetzt – an. Sein Sägeblatt glitt vom Holz der Scheunenwand ab, als Gideon sich duckte, das Gleichgewicht verlor und hinfiel. Fordyce versuchte, zu ihm zu gelangen, aber der Mann drängte ihn mit seinem Sägeblatt zurück. Und jetzt war er über ihm. Sein Bart zitterte, als seine Klinge auf Gideon zukam, der seine eigene Kettensäge schützend hochhielt. Er parierte das wirbelnde Sägeblatt mit seinem, aber es rutschte ab. Der heftige Rückstoß ließ den Angreifer rückwärts taumeln. Gideon ergriff die Chance und sprang auf die Füße, und als der Mann brüllend wieder auf ihn losging, machte er plötzlich einen Satz nach vorn, stieß mit dem Sägeblatt zu und drehte es dann unvermittelt. Es durchtrennte das Arbeitshemd des Mannes am Ärmel und hinterließ einen blutigen Streifen auf seinem Oberarm.

»Ein Treffer, ein eindeutiger Treffer!«, rief Gideon.

Die Fleischwunde machte den Bärtigen nur noch wütender. Er stürmte vor, die Kettensäge über dem Kopf schwingend wie eine Keule, und ließ sie auf Gideons Säge niederkrachen. Es knirschte, Funken flogen, und dann wurde Gideon die Säge mit einem furchtbaren Krachen aus den Händen gerissen. Unmittelbar darauf war ein scharfes berstendes Geräusch zu hören, als die Kette des Bärtigen riss. Es war eine alte Säge ohne Kettenfänger, und die Kette schlug umher wie eine Peitsche und riss das Gesicht des Mannes vom Mund bis zum Ohr auf. Blut spritzte überallhin, auch auf Gideon. Mit einem Aufschrei wich der Mann zurück, ließ die Säge fallen und fasste sich ans Gesicht.

»Hinter Ihnen!«, schrie Fordyce.

Gideon rappelte sich auf, packte seine Kettensäge an ihrem Rückstoß-Schützer und wirbelte gerade noch rechtzeitig herum, um den Angriff einer Gruppe Cowboys abzuwehren, die mit ihren Stachelstöcken auf ihn losgingen. Sein Sägeblatt beschrieb einen Bogen und trennte die Stachelstöcke an den Griffen ab, was die Männer entsetzt das Weite suchen ließ.

Und dann hörte er Schüsse.

»Los jetzt!«, brüllte Fordyce, zerrte Connie Rust auf die Füße und warf sie sich über die Schulter. Sie rannten auf den Zaun zu. Gideon versenkte die Kettensäge in den Maschendraht und sägte ein unregelmäßiges Loch hinein. Als sie hindurchtaumelten, wirbelten mehrere Kugeln ringsum Staub auf.

Kurz darauf hatten sie den Kombi erreicht. Gideon warf die Kettensäge weg und sprang auf den Fahrersitz, während Fordyce ihre Zeugin auf den Rücksitz warf, sich auf sie setzte und dafür sorgte, dass sie unten blieb.

Plonk! Plonk! Ein Kugelhagel verwandelte die Windschutzscheibe in ein undurchsichtiges Spinnennetz.

Gideon hieb mit der Faust ein Loch in das brüchige Glas, riss die losen Stücke heraus, legte einen Gang ein und raste los. Sie ließen eine riesige Staubwolke zurück.

Als die Schüsse langsam leiser wurden, hörte Gideon den FBI-Agenten auf dem Rücksitz stöhnen.

»Alles in Ordnung mit Ihnen?«, fragte er.

»Ich dachte nur gerade an den ganzen Papierkrieg.«

24

Nachdem sie das Gewirr unbefestigter Straßen hinter sich gelassen hatten und in der Nähe von Jemez Springs auf den Highway 4 abgebogen waren, entspannte sich Gideon schließlich. Zu seiner Erleichterung wurden sie von der Paiute Creek Ranch weder offen noch verdeckt verfolgt. Als sie durch die Stadt fuhren, auf deren Straßen es von Touristen aus Santa Fe nur so wimmelte, drosselte er das Tempo des Kombis.

Während der wilden Fahrt aus den Bergen war Connie

Rust – sie saß mit Fordyce auf dem Rücksitz – verstummt. Jetzt fragte sie schluchzend, immer und immer wieder: »Was passiert bloß mit mir?«

»Nichts Schlimmes«, erwiderte Fordyce beruhigend. »Wir sind hier, um Ihnen zu helfen. Sie haben sicherlich schon mitbekommen, womit Ihr Ex-Mann zu tun hatte.«

Was wieder einen Schluchzanfall auslöste.

»Wir möchten Ihnen lediglich einige Fragen stellen, mehr nicht.« Gideon hörte zu, wie Fordyce ihr – unendlich geduldig, so als spräche er mit einem Kind – erklärte, dass sie eine Vorladung habe, die verlangte, dass sie alle ihre Fragen wahrheitsgemäß beantworte, dass sie aber nichts zu befürchten habe und dass sie nicht eingesperrt werde, sondern vielmehr eine sehr wichtige Person sei, auf deren Hilfe sie angewiesen seien. Er sprach weiter in leisem, besänftigendem Tonfall und überging dabei Rusts selbstmitleidige Gefühlsausbrüche, bis sie sich endlich zu beruhigen schien.

Ein letztes Schniefen. »Also, was wollen Sie denn wissen?«

»Mein Kollege«, sagte Fordyce, »Gideon Crew hat früher mal mit Ihrem Ex-Mann oben in Los Alamos zusammengearbeitet. Er wird die Fragen stellen.«

Gideon nahm das erstaunt zur Kenntnis.

»Aber erst einmal«, fuhr Fordyce fort, »nehmen wir einen Fahrerwechsel vor, damit er sich mit Ihnen unterhalten kann, ohne abgelenkt zu werden.« Er wandte sich an Gideon. »Habe ich recht, Partner?«

Gideon fuhr rechts ran.

Außerhalb des Wagens nahm Fordyce ihn beiseite. »Sie kannten doch Chalker«, sagte er leise. »Sie wissen also, was Sie fragen müssen.«

»Aber Sie sind der Befragungsexperte«, gab Gideon im Flüsterton zurück.

»Sie ist jetzt bereit zu reden.«

Gideon setzte sich auf den Rücksitz neben Rust. Sie schniefte noch immer und betupfte sich die Nase mit einem Taschentuch, sonst aber war sie ruhig. Sie schien sich sogar ein bisschen über die Aufmerksamkeit zu freuen. Gideon wusste nicht, was er tun sollte. Befragungen waren nicht sein Fall.

Fordyce startete den Wagen, lenkte ihn zurück auf die Straße und fuhr langsam weiter.

»Hm.« Gideon überlegte, wie er das Gespräch beginnen sollte. »Wie Agent Fordyce gesagt hat, ich war oben in Los Alamos ein Arbeitskollege Ihres Mannes.«

Sie nickte, ohne zu antworten.

»Wir waren befreundet. Ich glaube, Sie und ich sind uns schon einmal begegnet.« Er fand es besser, sie nicht daran zu erinnern, dass es sich um die Geburtstagsfeier handelte, auf der sie sich betrunken hatte.

Sie schaute ihn wieder an, und er erschrak, als er sah, wie verwirrt und orientierungslos ihr Blick wirkte. »Tut mir leid, ich kann mich nicht an Sie erinnern.«

Was fragen? Gideon zerbrach sich den Kopf. »Hat Reed während Ihrer Ehe je Interesse am Islam gezeigt?«

Sie schüttelte den Kopf.

»Und hinsichtlich seiner Arbeit? Hat er jemals negative Ansichten über das zum Ausdruck gebracht, woran er in Los Alamos gearbeitet hat, den Bomben und dergleichen?«

»Er war sehr engagiert in seiner Arbeit. Stolz darauf. Es war ekelhaft.« Sie schneuzte sich. Über Chalker zu reden verschaffte ihr offenbar einen klaren Kopf, jedenfalls ein wenig.

»Warum ekelhaft?«

»Er war ein Werkzeug des militärisch-industriellen Komplexes und hat es nie begriffen.«

»Hat er jemals irgendwelche kritischen Äußerungen über die Vereinigten Staaten gemacht? Sympathie für terroristische Vereinigungen zum Ausdruck gebracht?«

»Nein. Er war ein Mitläufer. Sie hätten ihn nach dem elften September erleben sollen. ›Werft die Bombe auf die Mistkerle.‹ Er hatte ja keine Ahnung, dass Bush und Cheney die ganze Sache organisiert hatten.«

Gideon traute sich nicht, diese Auffassung zu kommentieren. »Ist es Ihnen damals nicht merkwürdig vorgekommen, dass er zum Islam konvertiert ist?«

»Überhaupt nicht. Als wir verheiratet waren, hat er mich immer ins Zen-Meditationszentrum mitgeschleift, zu den Kirchentreffen dieser pseudoindianischen Ureinwohner, zu Erhard Seminar Trainings, Veranstaltungen von Scientology, der Moon-Sekte – was auch immer, er hat alles ausprobiert.«

»Er war also so eine Art Sinnsucher?«

»So kann man das auch nennen. Er war eine Nervensäge.«

»Warum haben Sie sich scheiden lassen?«

Sie schniefte. »Ich habe Ihnen gerade den Grund genannt. Er war eine Nervensäge.«

»Sind Sie nach Ihrer Scheidung in Kontakt mit ihm geblieben?«

»Er hat's versucht. Ich hatte ihn satt. Als er auf die Ranch kam, hat er mich schließlich verlassen. Willis hat ihm die Leviten gelesen.«

»Die Leviten gelesen?«

»Ja. Willis hat ihm gesagt, er würde ihn windelweich prügeln, wenn er sich wieder mit mir in Verbindung setzte. Also hat er's nicht getan. Er war ein Feigling.«

Plötzlich sagte Fordyce vom Fahrersitz: »Haben Sie und Willis ein Verhältnis?«

»Hatten wir. Dann hat er sich zum Zölibat verpflichtet.«

Ja, klar, dachte Gideon und erinnerte sich an die junge Frau, die er in einem Bett neben Lockharts Büro liegen gesehen hatte.

»Also, was ist die Idee hinter der Ranch, ihr Zweck?«, fragte Fordyce.

»Wir haben uns von diesem Schein-Land abgetrennt. Wir haben uns davon abgekoppelt, sind autark. Wir bauen alle unsere Lebensmittel selbst an, kümmern uns umeinander. Wir sind die Vorboten eines neuen Zeitalters.«

»Und warum ist das alles notwendig?«

»Ihr alle seid doch Gefangene eurer Regierung. Ihr habt ja keine Ahnung. Eure Politiker leiden an der Krankheit der Macht. Das System ist völlig korrupt, aber ihr kapiert das nicht.«

»Was meinen Sie mit ›Krankheit der Macht‹?«, fragte Fordyce.

»Alle Machtstrukturen werden am Ende ihrem Wesen nach von Psychopathen übernommen. Fast alle Regierungen in der Welt sind von begabten Psychopathen übernommen worden, die über große Kenntnisse der menschlichen Psychologie verfügen und die ganz normalen Leute zu ihrem Vorteil ausbeuten. Diese pathologischen Perversen sind unfähig, Mitgefühl zu empfinden, sie haben kein Gewissen. Sie haben ein unstillbares Verlangen nach Macht, und sie regieren die Welt.«

Das waren Sprechblasen, abgedroschene Sprüche, allerdings waren sie nicht gänzlich von der Hand zu weisen, zumindest für Gideon. Er hatte gelegentlich ähnlich gedacht.

»Was also haben Sie vor, dagegen zu tun?«, fragte Fordyce.

»Wir werden das alles wegfegen und ganz von vorn anfangen.«

»Wie wollen Sie es denn wegfegen?«, fragte Gideon.

Plötzlich verstummte sie und presste die Lippen aufeinander. Nach einem Augenblick fragte Fordyce: »Was machen Sie da eigentlich auf der Ranch?«

»Ich war ursprünglich Mitglied im technischen Team, aber jetzt arbeite ich im Garten.«

»Technisches Team?«

»Genau.« Sie hob selbstbewusst den Kopf. »Wir sind keine Maschinenstürmer. Wir schätzen die Technik. Die Revolution wird durch neue Technologien herbeigeführt werden.«

»Was für Technologien meinen Sie?«

»Internet, das Netz, Massenkommunikation. Sie haben doch unsere Satellitenschüsseln gesehen. Wir sind extrem gut vernetzt.«

»Wird es während der Revolution zu Gewalt kommen?«, fragte Gideon freundlich.

»Die Psychopathen werden nicht freiwillig die Macht abgeben«, antwortete sie grimmig.

Sie näherten sich dem Stadtrand von Santa Fe, fuhren am Gefängnis vorbei, das Grasland ging in vorstädtische Siedlungen über. »Gab es auf der Ranch Interesse an der Arbeit Ihres Ex-Mannes?«, fragte Fordyce. »Ich meine, er hat Atomwaffen entwickelt. Könnte doch ein gutes Mittel sein, um die Psychopathen wegzufegen.«

Wieder Schweigen. Dann: »Das ist nicht der Grund, warum ich eingeladen wurde.«

»Warum wurden Sie denn eingeladen?«, fragte Fordyce.

»Weil … Willis mich geliebt hat.«

Nach dieser kleinlauten Antwort sagte sie gar nichts mehr. Ganz gleich, wie sehr sie sie fragten und drängten, sie schwieg. Sie lieferten die grimmige Zeugin im Kommandozentrum von NEST in Santa Fe ab, ohne dass sie auch nur ein weiteres Wort gesagt hätte.

»Sollen sich die doch mit ihr beschäftigen«, sagte Fordyce, als sie in Richtung Norden losfuhren. »Wir verschwinden und besuchen mal den Imam.«

25

Die Al-Dahab-Moschee stand am Ende einer kurvenreichen Straße, ein weitläufiges, aus Adobeziegeln errichtetes Gebäude mit einer goldenen Kuppel, das sich vor roten Steilhängen abhob. Sie bot ein eindrucksvolles Bild in Rot, Gold und Blau, ringsum standen jede Menge Regierungsfahrzeuge. Die meisten Pkws und Vans standen auf dem großen Parkplatz, weitere Fahrzeuge parkten wild auf Flächen rechts und links vom Gebäude.

Als sie sich näherten, hörte Gideon laute Rufe. Er wandte sich um und sah auf der einen Seite eine kleine, aber aggressive Gruppe von Demonstranten, die von Polizeiabsperrungen vom Gebäude ferngehalten wurden, skandierten und Plakate mit Sprüchen wie MUSLIMS GO HOME schwenkten.

»Sehen Sie sich diese Schwachköpfe an«, sagte Gideon und schüttelte den Kopf.

»So etwas nennt man Versammlungsfreiheit«, sagte Fordyce und fuhr weiter.

Auf dem Parkplatz war eine mobile Befehlszentrale errichtet worden, ein großräumiger Trailer mit einer Ansammlung von Satellitenkommunikationsgeräten auf dem Dach. Während Fordyce nach einem Parkplatz für den Kombi suchte, fragte Gideon: »Warum hat man die Zentrale hier eingerichtet? Warum verfrachtet man die Leute nicht alle zur Befragung in die Stadt?«

Fordyce erwiderte abfällig: »Um sie einzuschüchtern. Um in ihre Privatsphäre einzudringen.«

Sie passierten mehrere Kontrollpunkte und einen Metalldetektor, dann wurden ihre Ausweise überprüft, ehe sie in die Moschee eskortiert wurden. Sie war spektakulär: Ein langer, breiter Gang führte ins Innere unter der Kuppel, wunderschön gefliest in Blau, mit komplizierten, abstrakten Mustern. Sie umgingen den kuppelförmigen Mittelteil und wurden zu einem geschlossenen Türdurchgang im rückwärtigen Teil geführt. NEST-Agenten kamen und gingen, während Mitarbeiter des Sicherheitsdienstes vor der Tür herumstanden. Es waren nur wenige Muslime zu sehen – jeder hier schien ein Regierungsbeamter zu sein.

Wieder wurden ihre Ausweise geprüft, und dann wurde die Tür geöffnet. Der kleine, karge Raum dahinter war in ein Verhörzimmer umgewandelt worden, gar nicht unangenehm, mit einem Tisch in der Mitte, mehreren Stühlen, Mikrofonen, die von der Decke baumelten, Videokameras auf Dreifüßen in den vier Ecken.

»Der Imam kommt gleich«, sagte ein Mann mit NEST-Kappe.

Sie warteten im Stehen. Ein paar Minuten später ging die Tür wieder auf, und ein Mann betrat das Zimmer. Zu Gideons großer Überraschung handelte es sich um einen Abendländer – in blauem Anzug und mit Krawatte und weißem Hemd. Er trug keinen Bart, keinen Turban, kein Gewand. Das Einzige, was an ihm auffiel, war, dass er keine Schuhe trug. Ungefähr sechzig, ein kräftiger, untersetzter Mann mit schwarzem Haar.

Er wirkte erschöpft und nahm Platz. »Bitte. Setzen Sie sich. Machen Sie es sich bequem.«

Gideon wunderte sich ein zweites Mal. Der Mann sprach mit starkem New-Jersey-Akzent. Gideon warf Fordyce einen kurzen Blick zu, sah, dass der sich nicht setzte, und entschied sich, ebenfalls stehen zu bleiben.

Die Tür fiel ins Schloss.

»Stone Fordyce, FBI.« Er zeigte seinen Ausweis.

»Gideon Crew, FBI-Verbindungsmann.«

Dem Imam schien das völlig gleichgültig zu sein – ja, es schien, als seien die restlichen Spuren der Verärgerung in seinen Zügen Erschöpfung gewichen.

»Mr. Yusuf Ali?«, fragte Gideon.

»Ja.« Der Imam verschränkte die Arme und sah an ihnen vorbei.

Sie hatten im Voraus erörtert, wie sie vorgehen wollten. Gideon würde den sympathischen Fragesteller abgeben. Fordyce wollte an einem bestimmten Punkt die Befragung unterbrechen und den harten Hund spielen. Die Good-Guy/Bad-Guy-Nummer, so abgedroschen sie auch war, war noch nie übertroffen worden.

»Ich war oben in Los Alamos mit Reed befreundet«, sagte Gideon. »Als er konvertierte, hat er mir ein paar Bücher geschenkt. Ich konnte es einfach nicht glauben, als ich hörte, was er in New York getan hat.«

Der Imam zeigte keinerlei Reaktion. Er blickte weiter an ihnen vorbei.

»Waren Sie überrascht, als Sie davon erfuhren?«

Schließlich schaute der Geistliche ihn an. »Überrascht? Ich bin *aus allen Wolken gefallen.*«

»Sie waren sein Mentor. Sie waren anwesend, als er die Shahada rezitierte, das Glaubensbekenntnis. Wollen Sie damit sagen, dass Ihnen keinerlei Anzeichen für seine zunehmende Radikalisierung aufgefallen sind?«

Langes Schweigen. »Das ist wohl das fünfzigste Mal, dass mir diese Frage gestellt wird. Muss ich die wirklich noch mal beantworten?«

Fordyce ging dazwischen. »Haben Sie ein Problem damit, die Frage zu beantworten?«

Ali wandte leicht den Kopf und sah Fordyce an. »Zum fünfzigsten Mal, ja, ich habe ein Problem damit. Aber ich beantworte sie trotzdem. Ich habe keinerlei Anzeichen, kein einziges, für eine Radikalisierung bemerkt. Im Gegenteil, Chalker war offenbar am politischen Islam nicht interessiert. Er hat sich völlig auf seine ganz persönliche Beziehung zu Gott konzentriert.«

»Das ist schwer zu glauben«, sagte Fordyce. »Wir haben Kopien Ihrer Predigten. Darin finden sich Passagen über die US-Regierung, in denen der Krieg im Irak kritisiert wird, sowie weitere Aussagen politischer Natur. Und wir haben weitere Zeugenaussagen, was Ihre Anti-Kriegs- und Anti-Regierungs-Ansichten betrifft.«

Ali sah Gideon an. »Waren Sie für den Krieg im Irak? Sind Sie für alle politischen Strategien der Regierung?«

»Na ja …«

»Wir stellen hier die Fragen«, unterbrach Fordyce.

»Was ich damit sagen will«, bemerkte der Imam, »ist, dass meine Ansichten über den Krieg sich nicht von denen vieler loyaler Amerikaner unterscheiden. Und ich bin ein loyaler amerikanischer Staatsbürger.«

»Was ist mit Chalker?«

»Anscheinend war er es nicht. Das mag Sie zwar schockieren, Agent Fordyce, aber nicht jeder, der gegen den Irak-Krieg ist, will New York City in die Luft sprengen.«

Fordyce schüttelte den Kopf.

Ali beugte sich vor. »Agent Fordyce, ich will Ihnen mal etwas Neues verraten. Etwas Frisches. Etwas, das ich den anderen nicht erzählt habe. Würden Sie es gern hören?«

»Ja.«

»Ich bin im Alter von fünfunddreißig Jahren zum Islam

konvertiert. Davor hieß ich Joseph Carini und habe als Klempner gearbeitet. Mein Großvater kam neunzehnhundertdreißig aus Italien in die USA, ein fünfzehnjähriger Junge mit einem Dollar in der Tasche, gekleidet in Lumpen. Er stammte aus Sizilien. Er hat sich in diesem Land ganz von unten hochgearbeitet, bekam einen Job, arbeitete schwer, erlernte die Sprache, kaufte in Queens ein Haus, heiratete und erzog seine Kinder in einem hübschen, sicheren Arbeiterviertel. Was ihm wie ein Paradies vorkam, verglichen mit der Korruption, der Armut und der sozialen Ungerechtigkeit auf Sizilien. Er *liebte* dieses Land. Meine Eltern waren derselben Meinung. Wir schafften es, an den Stadtrand zu ziehen – North Arlington, New Jersey. Sie waren so dankbar für die Chancen, die dieses Land ihnen bot. So wie ich. Welches andere Land auf der Welt würde einen völlig mittellosen Fünfzehnjährigen, der kein Wort Englisch sprach, willkommen heißen und ihm die Chancen geben, die er hatte? Und ich habe von denselben Freiheiten profitiert, die mir erlaubt haben, aus der katholischen Kirche auszutreten – was ich aus sehr persönlichen Gründen tat –, zum Islam zu konvertieren, in den Westen zu ziehen und schließlich Imam dieser wunderschönen Kirche zu werden. Nur in Amerika ist so etwas möglich. Sogar nach dem elften September wurden wir Muslime hier von unseren Nachbarn mit Respekt behandelt. Wir waren genauso entsetzt über diesen Terrorangriff wie alle anderen. Uns wurde erlaubt, viele Jahre lang unseren Glauben unbehelligt und in Frieden auszuüben.« Hier legte er eine bedeutungsvolle Pause ein. In der Stille drangen die Rufe und Sprechchöre der Demonstranten leise ins Zimmer. »Zumindest bis jetzt.«

»Also, das ist eine schöne, patriotische Geschichte«, sagte Fordyce mit einer gewissen Schärfe, aber Gideon merkte, dass die kurze Rede des Imams ihm ein wenig den Wind aus den Segeln genommen hatte.

Der Rest der Befragung plätscherte so dahin und führte zu nichts. Der Imam beharrte darauf, dass es in der Moschee keine Radikalen gebe. Es seien hauptsächlich Konvertiten und so gut wie alle Amerikaner. Die Finanzen der Moschee und der Schule seien ein offenes Buch; sämtliche Unterlagen seien dem FBI überstellt worden. Die Wohltätigkeitsorganisationen, die sie unterstützten, waren alle registriert, und auch hier seien die Bücher dem FBI offengelegt worden. Ja, es herrsche eine allgemeine Gegnerschaft unter den Mitgliedern gegen die Kriege im Irak und in Afghanistan, aber andererseits dienten einige aus ihrer Gemeinde als Soldaten am Persischen Golf. Ja, sie unterrichteten Arabisch, aber das sei schließlich die Sprache des Korans und bedeute keinerlei Art Verbundenheit mit besonderen politischen Einstellungen oder Vorurteilen.

Und dann war ihre Gesprächszeit zu Ende.

26

Fordyce war düsterer Stimmung und schwieg, als sie gingen und sich durch die Mitarbeitergruppen der einzelnen Strafverfolgungsbehörden hindurchkämpften. Schließlich, als sie sich dem Kombi näherten, platzte es aus ihm heraus: »Der Typ ist gut. Zu gut, wenn Sie mich fragen.«

Gideon brummte seine Zustimmung. »Ein echter Horatio Alger, wie es scheint. Aber wenn er ein Lügner ist, dann ein verdammt guter.« Gideon verkniff sich, hinzuzufügen: *Und ich muss das ja wissen.* »Es müsste ziemlich leicht sein, seine Aussage zu überprüfen.«

»Oh, die Aussage stimmt mit Sicherheit. Solche Typen sind vorsichtig.«

»Es könnte sich lohnen, herauszufinden, warum er aus der katholischen Kirche ausgetreten ist.«

»Und ich wette zehn zu eins, dass er genau das hofft – wenn man bedenkt, wie er diesen Teil seiner Geschichte betont hat.«

Sie näherten sich der Gruppe Demonstranten, die hinter den Polizeiabsperrungen eingepfercht waren und deren schrilles, wütendes Geschrei in der ruhigen Wüstenluft seltsam laut klang. Einzelne Stimmen ragten aus der Kakophonie heraus. Plötzlich blieb Fordyce stehen. »Haben Sie das gehört?«

Gideon hielt inne. Jemand schrie irgendetwas über einen Canyon und Bombenbauen.

Sie gingen hinüber zu den Demonstranten. Als die merkten, dass sie endlich ein wenig Aufmerksamkeit bekamen, verdoppelten sie ihr Geschrei und Plakatgeschwenke.

»Okay, schweigen Sie eine Minute!«, brüllte Fordyce sie an und deutete mit dem Finger auf eine Demonstrantin. »Sie! Was haben Sie da gerade eben gesagt?«

Eine junge Frau in vollem Western-Dress – Stiefel, Cowboyhut und dicke Gürtelschnalle – trat vor. »Die schleichen immer kurz vor Sonnenuntergang in den Cobre Canyon rauf …«

»Haben Sie das mit eigenen Augen gesehen?«

»Na klar.«

»Und von wo?«

»Vom Grat. Es gibt da einen Weg, auf dem ich reite, am Grat entlang, und ich hab sie von unten gesehen, sie sind den Cobre Canyon raufgegangen und haben Materialien zur Bombenherstellung mitgeschleppt. Die bauen da eine Bombe.«

»Material zur Bombenherstellung? Als da wäre?«

»Na ja, Rucksäcke voll mit Sachen. Schauen Sie, ich mache keine Witze, die bauen eine Bombe.«

»Und wie oft haben Sie diese Leute gesehen?«

»Na ja, nur einmal, aber einmal reicht, um zu erkennen –«

»Wann?«

»Vor einem halben Jahr ungefähr. Und ich sage Ihnen beiden ...«

»Vielen Dank.« Fordyce ließ sich ihren Namen und Adresse geben, dann gingen sie zum Wagen zurück. Als er sich ans Steuer setzte, war er immer noch genervt. »Was für eine Zeitverschwendung.«

»Vielleicht ja nicht, falls dieser Tipp über den Cobre Canyon sich als richtig erweist.«

»Lohnt sich wohl, das mal zu überprüfen. Aber die Frau hat nur irgendwas interpretiert, was sie gesehen hat. Was mich wirklich interessiert, das sind diese beiden Typen, die uns aus der Moschee gefolgt sind.«

»Wir wurden verfolgt?«

»Ist Ihnen das nicht aufgefallen?«

Gideon wurde rot. »Ich habe nicht darauf geachtet.«

Fordyce schüttelte den Kopf. »Ich weiß nicht, wer die waren, aber ich habe von denen ein schön langes Video.«

»Video? Wann haben Sie denn ein Video gemacht?«

Fordyce grinste und zog einen Kugelschreiber aus der Tasche. »Neunundneunzig Dollar, Sharper Image. Besser als Formulare in dreifacher Ausfertigung auszufüllen und wochenlang zu warten, um das offizielle Befragungsvideo von NEST zu kriegen.« Er startete den Motor; seine Miene wurde ernst. »Wir haben drei Tage verplempert. Eine Woche noch bis zum N-Day, vielleicht weniger. Und sehen Sie sich dieses Chaos an. Schauen Sie sich das nur an. Macht mir eine Heidenangst.«

Er gestikulierte verächtlich hinüber zur Gruppe der Polizisten, dann fuhr er los und hinterließ eine Staubwolke in der dünnen Wüstenluft.

27

Myron Dart stand zwischen den dorischen Säulen des Lincoln Memorial und starrte mürrisch auf den Marmorboden zu seinen Füßen. Obwohl es ein heißer Frühsommertag war – die Art von schwülem, lethargischem Nachmittag, der für Washington typisch war –, war es noch relativ kühl im Memorial. Dart achtete darauf, nicht zur Statue von Lincoln hinaufzublicken. Irgendetwas an ihrer ehrfurchtgebietenden Majestät, etwas an dem weisen, gutmütigen Blick des Präsidenten schnürte ihm jedes Mal die Kehle zu. Aber er konnte sich jetzt keine Gefühle leisten. Stattdessen wandte er seine Aufmerksamkeit einem Text der zweiten Antrittsrede zur Amtseinführung zu, die da in Stein gemeißelt war. *Mit Festigkeit im Recht, wie Gott uns das Rechte zu erkennen gibt, lasst uns weiter danach streben, die Arbeit, die uns aufgetragen ist, zu beenden.*

Das waren treffende, gute Worte. Dart nahm sich vor, sie in den kommenden Tagen im Gedächtnis zu behalten. Er war hundemüde und brauchte Inspiration. Es war nicht nur der Druck, es war das Land selbst. Es schien auseinanderzubrechen, die lauten und dissonanten Stimmen von Demagogen, TV-Sprechern und Medienpersönlichkeiten übertönten den Rest. Die unsterblichen Zeilen aus Yeats' bedeutendem Gedicht kamen ihm in dem Sinn. *Den Besten fehlt jede Überzeugung, während die Schlechtesten voll leidenschaftlicher Heftigkeit sind.* Die Krise hatte in seinen amerikanischen Mitbürgern – von den Plünderern und Finanzspekulanten bis zu den religiösen Knallköpfen und politischen Extremisten und selbst in der Feigheit vieler ganz normaler Leute, die planlos von zu Hause flohen – das Schlimmste zum Vorschein gebracht. Was um alles in der Welt war mit seinem geliebten Land geschehen?

Aber er durfte jetzt nicht daran denken, sondern musste sich auf die vorliegende Aufgabe konzentrieren. Er wandte sich um, verließ das Memorial und blieb kurz auf der obersten Stufe stehen. Vor ihm erstreckte sich die Nationalpromenade bis zum fernen Washington Monument, dessen nadelartiger Schatten wie ein Streifen auf die Grünflächen fiel. Der Park war menschenleer. Die üblichen Sonnenhungrigen und Touristen waren fort. Stattdessen fuhr ein Konvoi von Halbkettenfahrzeugen die Constitution Avenue hinunter, und zwei Dutzend Armee-Hummer parkten hinter den Betonbarrikaden, die auf der Ellipse errichtet worden waren. Zivile Fahrzeuge waren nirgends zu sehen. Die Blätter hingen schlaff von den Bäumen, und in der Ferne jaulten und jaulten und jaulten Sirenen, wurden lauter und leiser, ähnlich einem monotonen apokalyptischen Wiegenlied.

Dart ging mit raschen Schritten die Stufen zur Zugangsstraße hinunter, wo ein nicht gekennzeichneter NEST-Van im Leerlauf wartete, flankiert von mehreren mit M4-Karabinern bewaffneten Soldaten der Nationalgarde. Er ging zur Doppeltür im Heck des Vans und klopfte an. Die Tür öffnete sich, und er stieg ein.

Im Van war es kühl und dunkel, Helligkeit spendeten nur der grüne und amberfarbene Lichtschein der Instrumente. Ein halbes Dutzend NEST-Mitarbeiter saßen da, einige überwachten eine Vielzahl von Monitoren, andere sprachen leise in ihre Headsets.

Miles Cunningham, sein persönlicher Assistent, trat aus dem Dunkel. »Berichten Sie mir«, sagte Dart.

»Die versteckten Kameras und Bewegungsmelder sind im Lincoln Memorial installiert und online«, sagte Cunningham. »Das Laser-Gitternetz müsste innerhalb einer Stunde betriebsbereit sein. Wir werden Echtzeit-Überwachung für vierhundert Meter um das Monument herum haben. Sir, nicht mal eine Maus wird sich hier bewegen können, ohne dass wir sie sehen.«

»Und das Pentagon, das Weiße Haus und die anderen möglichen Ziele?«

»Ähnliche Netze werden gerade installiert, alle sollen nach Plan bis Mitternacht zu hundert Prozent funktionsbereit sein. Jedes Sicherheitsnetz wird durch speziell dafür vorgesehene Überlandleitungen zu einem zentralen Überwachungsknoten im Kommandozentrum verbunden. Es stehen Gruppen ausgebildeter Beobachter bereit, die in Schichten arbeiten, sieben Tage rund um die Uhr.«

Dart nickte zustimmend. »Wie viele?«

»Rund fünfhundert, dazu noch weitere tausend NEST-Mitarbeiter zur Unterstützung – nicht gezählt natürlich das Heer, die Nationalgarde, das FBI sowie weitere Verbindungsagenturen und deren Personal.«

»Wie hoch ist die Zahl der eingesetzten Mitarbeiter?«

»Sir, das kann man in einer sich derart schnell entwickelnden Situation nicht sagen. Hunderttausend oder mehr, würde ich sagen.«

Viel zu viel, dachte Dart. Die Untersuchung war von Anfang an unvermeidlicherweise eine Monstrosität gewesen. Aber er schwieg dazu. Praktisch das gesamte Personal von NEST war in Washington vor Ort, zusammengezogen aus dem ganzen Land, die Ressourcen waren bis zum Äußersten gespannt. Aber andererseits ging es der Armee, den Marines und der Nationalgarde auch nicht anders. Die Elite der Streitkräfte einer ganzen Nation war in die Stadt eingefallen, während die Einwohner und die Regierungsmitarbeiter sie verließen.

»Das Neueste von der Technischen Arbeitsgruppe?«, fragte Dart.

Cunningham zückte eine Akte. »Hier, Sir.«

»Können Sie den Inhalt für mich zusammenfassen?«

»Sie sind sich über die Größe der Bombe und deren potenziellen Detonationswert noch immer nicht einig. Die Größe hängt von den technischen Kenntnissen der Bombenbauer ab.«

»Wie lautet die neueste Schätzung?«

»Sie sagen, es könnte sich um alles handeln – von einer schweren Kofferbombe von fünfzig Kilo bis hin zu etwas, das man in einem Lieferwagen herumfahren müsste. Detonationswert zwischen zwanzig bis fünfzig Kilotonnen. Sehr viel weniger, wenn es zu einer Fehlzündung kommt, aber selbst in dem Fall würde eine enorme Menge an Strahlung freigesetzt.«

»Danke. Und die New-Mexico-Abteilung der Ermittlungen?«

»Nichts Neues, Sir. Die Vernehmungen in der Moschee sind ergebnislos verlaufen. Man hat Hunderte, Tausende von Spuren, aber bislang nichts, was uns wirklich weiterbringt.«

Dart schüttelte den Kopf. »Hier spielt die Musik, nicht dort. Selbst wenn wir den Namen jedes einzelnen Terroristen kennen würden, der an dem Komplott beteiligt ist, würde das nicht groß helfen. Diese Leute halten sich bedeckt. Unser wahres Problem ist jetzt Abriegelung und Eindämmung. Holen Sie Sonnenberg in New Mexico an den Apparat. Richten Sie ihm aus, wenn er nicht binnen vierundzwanzig

Stunden Ergebnisse liefert, fange ich damit an, ein paar seiner Leute hier nach Washington abzukommandieren, wo sie wirklich gebraucht werden.«

»Ja, Sir.« Cunningham begann wieder zu sprechen, dann hielt er inne.

»Was ist?«, fragte Dart sofort.

»Ich habe einen Bericht von dem FBI-Verbindungsmann in New Mexico erhalten. Fordyce. Er hat um die Genehmigung gebeten – und sie bekommen –, die Ex-Frau von Chalker vorzuladen. Sie lebt in einer Art Kommune außerhalb von Santa Fe. Außerdem plant er, weitere Personen von Interesse zu vernehmen.«

»Hat er erwähnt, um wen es sich bei den anderen Verdächtigen handelt?«

»Es geht da nicht um Verdächtige, Sir, sondern nur Personen, die sie kontaktieren wollen. Und nein, es gibt keine weiteren Namen.«

»Hat er schon einen Bericht über die Ex-Frau vorgelegt?«

»Nein. Aber die Folge-Befragungen seitens der NEST-Mitarbeiter hier in Washington haben nichts Nützliches ergeben.«

»Interessant. Eine Kommune? Es lohnt, dieser Spur nachzugehen, selbst wenn sie etwas weit hergeholt erscheint.« Dart blickte sich um. »Sobald die Sicherheitsnetze installiert sind, möchte ich, dass ein Beta-Testlauf beginnt. Rufen Sie die Sondierungsteams zusammen, die sollen anfangen. Suchen Sie nach irgendwelchen Löchern oder Schwachpunkten in den Netzen. Sagen Sie den Leuten, sie sollen kreativ sein – und ich meine richtig kreativ.«

»Ja, Sir.«

Dart nickte. Er packte den Griff der Hecktür.

»Dr. Dart, Sir?«, fragte Cunningham.

»Was ist denn?«

Cunningham räusperte sich. »Nehmen Sie es mir bitte nicht übel, Sir, aber Sie sollten eine Pause einlegen. Sie haben jetzt schon, meiner Schätzung nach, über fünfzig Stunden durchgearbeitet.«

»Das haben wir alle.«

»Nein, Sir. Wir haben alle Pausen eingelegt. Sie haben sich ohne Unterlass angetrieben. Darf ich vorschlagen, dass Sie zurück zum Kommandozentrum fahren und sich ein paar Stunden ausruhen? Ich lasse es Sie wissen, wenn sich irgendetwas Dringendes ergibt.«

Dart zögerte, verzichtete aber darauf, eine weitere schroffe Bemerkung fallen zu lassen. Stattdessen bemühte er sich, seine Zunge zu zügeln. »Ich weiß Ihre Sorge sehr zu schätzen, Mr. Cunningham, aber schlafen kann ich immer noch, wenn die Sache vorbei ist.« Und damit öffnete er die Tür und trat hinaus in den Sonnenschein.

28

Der Flugplatz West Santa Fe lag verschlafen unter einem klaren Himmel. Als Fordyce auf den Parkplatz bog, sah Gideon einen einzigen Hangar, an dessen Ende nachträglich ein Betonschalsteingebäude angebaut worden war.

»Und wo ist die Start- und Landebahn?«, fragte er und blickte sich um.

Fordyce machte eine vage Geste am Hangar vorbei zu einer großen unbefestigten Fläche.

»Sie meinen, hinter diesem Holperstreifen?«

»Der Holperstreifen ist die Start- und Landebahn.«

Gideon war kein begeisterter Flieger. Auf einem bequemen Erster-Klasse-Platz in einem großen Jet, das Kabinenlicht gedimmt und sein iPod angeschaltet, wenn er die jedes Geräusch annullierenden Kopfhörer aufgesetzt hatte und ihm eine Stewardess seinen Drink nachfüllte, dann kam er klar, konnte so tun, als sei er nicht in einer hauchdünnen Metallröhre gefangen, die meilenweit über dem Boden durch die Luft sauste. Er blickte unsicher auf die kleine Gruppe Flugzeuge, die auf der unbefestigten Fläche parkten. In einem von denen würde er sich nichts mehr vormachen können.

Fordyce schnappte sich vom Rücksitz eine Aktentasche, dann stieg er aus. »Ich gehe mal los und rede mit dem Flugplatzbetreiber wegen des Mietflugzeugs, von dem ich Ihnen erzählt habe. Wir hatten Glück, die Cessna 64-TE zu kriegen.«

»Ah ja, Glück«, sagte Gideon wenig vergnügt.

Fordyce schlenderte davon.

Gideon blieb im Wagen sitzen. Er hatte es bisher immer geschafft, Sportflugzeugen aus dem Weg zu gehen. Das hier war gar nicht gut. Er hoffte sehr, nicht in Panik zu geraten, sich vor Fordyce nicht zum Esel zu machen. Schade, dass der Mann einen Pilotenschein hatte. *Reg dich ab, du Idiot*, dachte er. *Fordyce weiß, was er tut. Du musst dir wegen nichts Sorgen machen.*

Fünf Minuten später erschien Fordyce aus dem kistenartigen Gebäude und winkte Gideon zu sich. Der schluckte, stieg aus, setzte eine Miene auf, die besagen sollte, er sei ganz unbesorgt, und ging hinter dem Agenten am Hangar entlang, vorbei an einer Reihe geparkter Kleinflugzeuge und zu einer gelb-weißen Maschine mit einem Motor an jedem Flügel. Sie sah aus wie eine Blechkiste.

»Die hier?«, fragte Gideon.

Fordyce nickte.

»Und Sie sind sicher, dass Sie das Ding fliegen können?«

»Wenn ich's nicht kann, finden Sie's als Erster heraus.«

Gideon schenkte ihm das breiteste Lächeln, das er zustande brachte. »Wissen Sie was, Fordyce? Ich finde, Sie sollten das hier allein machen. Ich könnte doch hier in Santa Fe bleiben und ein paar von den Spuren nachverfolgen, die wir gefunden haben. Diese Ehefrau beispielsweise ...«

»Ausgeschlossen. Wir sind Partner. Und Sie sind der Copilot.« Fordyce öffnete die Pilotentür, stieg ein, drehte an ein paar Schaltern, dann stieg er wieder aus. Er ging um das Flugzeug herum, betrachtete dies, berührte das.

»Sagen Sie nur nicht, dass Sie auch Mechaniker sind.«

»Vorflugcheck.« Fordyce inspizierte die Querruder und das Höhenruder, dann öffnete er ein Türchen und zog etwas daraus hervor, das wie ein Ölmessstab aussah.

»Putzen Sie bitte auch die Fenster, wenn Sie schon dabei sind«, sagte Gideon.

Fordyce ignorierte das, bückte sich unter eine der Tragflächen und zog etwas aus der Tasche, das wie eine überdimensionierte Spritze mit einem Strohhalm darin aussah. Er schraubte eine kleine Kappe auf und schob das Gerät in eine Tragfläche. Eine bläuliche Flüssigkeit ergoss sich in die Spritze, die Fordyce anschließend ins Licht hielt. Unten in dem strohhalmförmigen Abschnitt befand sich eine kleine Kugel.

»Was machen Sie da?«

»Ich überprüfe, ob Wasser im Benzin ist.« Fordyce spähte weiter in die hellblaue Flüssigkeit. Dann schien er zufrieden zu sein und goss das Flugbenzin in den Tank zurück.

»Sind Sie fertig?«

»Noch nicht. In jeder Tragfläche gibt es einen Tank, fünf Messstäbe pro Tank.«

Gideon setzte sich verzweifelnd aufs Gras.

Als Fordyce ihm endlich ein Zeichen gab, er solle auf dem Passagiersitz Platz nehmen und den Kopfhörer aufsetzen, war Gideon enorm erleichtert. Dann aber folgten noch gründlichere Checks: Motorenstart-Checkliste, Taxi-Checkliste, Vor-dem-Start-Checkliste. Fordyce rasselte das alles begeistert herunter, während Gideon Interesse vortäuschte. Es dauerte noch eine volle halbe Stunde, bis die Motoren liefen und die Maschine in Startposition rollte. Während er so in der winzigen Kabine saß, beschlich Gideon ein klaustrophobisches Gefühl.

»Mein Gott«, sagte er. »In der Zeit hätten wir zu Fuß nach Santa Cruz gehen können.«

»Vergessen Sie nicht, das hier war Ihre Idee.« Fordyce spähte hinaus zum Windsack und bestimmte die Windrichtung. Dann drehte er die Motoren hoch und wendete langsam die Maschine.

»Was ist, wenn –«, begann Gideon.

»Schweigen Sie mal eine Minute«, unterbrach ihn Fordyce, dessen Stimme in der Sprechanlage der Maschine dünn und blechern klang. »Wir machen einen Kurzstart, und ich habe viel zu tun, wenn wir über die da hinwegkommen wollen.« Er zeigte auf eine Reihe von Pappeln dreihundert Meter vor ihnen.

Gideon hielt den Mund.

Fordyce sagte in sein Headset: »West Santa Fe Tower, Cessna eins-vier-neun-sechs-neun rollt auf Startbahn drei-vier in Startposition.«

Er rückte seinen Kopfhörer zurecht, überprüfte zum letzten Mal seinen Sicherheitsgurt und das Türschloss, dann löste er die Parkbremse und schob den Gashahn nach vorn. »West Santa Fe Tower, Cessna eins-vier-neun-sechs-neun startet von Startbahn drei-vier, Richtung Nordwest.«

Sie rumpelten auf der unbefestigten Startbahn dahin und wurden langsam schneller, während Gideon sich festhielt, als hinge sein Leben davon ab.

»Gewünschte Drehzahl Vr, hundertfünfundzwanzig Knoten«, informierte Fordyce ihn. »So weit, so gut.«

Gideon biss die Zähne zusammen. *Der Mistkerl hat auch noch Spaß daran*, dachte er.

Plötzlich hörte das Gewackel und Gehoppel auf, und sie waren in der Luft. Die Prärie unter ihnen wurde kleiner, blauer Himmel füllte die Fenster aus. Auf einmal kam ihm das Flugzeug nicht mehr so beengt vor. Es war wendig und leicht, das Gefühl erinnerte mehr an eine Fahrt auf dem Rummelplatz als an den Flug in einem schwerfälligen Passagierjet. Gideon empfand wider Willen ein kleines Hochgefühl.

»Aufstieg bei Vx«, sagte Fordyce. »Hundertfünfundsiebzig Knoten.«

»Was ist Vx?«, fragte Gideon.

»Ich rede mit dem Flugschreiber, nicht mit Ihnen. Halten Sie weiter den Mund.«

Sie stiegen stetig, beide Motoren arbeiteten schwer. Als sie 1500 Meter erreichten, nahm Fordyce die Klappen raus und reduzierte auf Reisegeschwindigkeit. Das Sportflugzeug kam in die Waagerechte.

»Okay«, sagte er. »Der Pilot hat das ›Nicht reden‹-Zeichen ausgeschaltet.«

Nachdem der Start sicher bewältigt war, die Motoren auf ein Dröhnen reduziert, glaubte Gideon fast, dass er das Ganze ein wenig genießen könnte. »Fliegen wir über irgendetwas Interessantes hinweg?«

Plötzlich ruckte und rasselte die Maschine, und Gideon packte vor lauter Schreck die Armlehnen. Sie stürzten ab. Noch ein Rucken, und noch eines, und dann sah er, wie die Landschaft unter ihnen hin und her schaukelte.

»Kleine Turbulenz, kommt vor in dieser Höhe«, sagte Fordyce leichthin. »Ich gehe am besten noch dreihundert Meter höher.« Er blickte zu Gideon hinüber. »Geht's Ihnen gut?«

»Bestens«, sagte Gideon mit einem gequälten Lächeln und versuchte, seine verkrampften Finger zu lockern. »Ganz prima.«

»Um Ihre Frage zu beantworten: Wir werden über den ›Versteinerten Wald‹, den Grand Canyon und das Death Valley fliegen. In Bakersfield tanken wir nach, nur um auf der sicheren Seite zu sein.«

»Ich hätte meine Schachtel mit Brownies mitnehmen sollen.« Die Maschine kam in größerer Höhe in die Waagerechte, dort schien es keine Turbulenzen zu geben, die Luft war weich wie Seide. Gideon war sichtlich erleichtert.

Fordyce zog aus seiner Aktentasche ein Set Fliegerkarten und legte sie sich auf die Knie. Er sah Gideon an. »Haben Sie irgendwelche Ideen, wonach wir auf unserem kleinen Ausflug suchen sollten?«

»Chalker wollte Schriftsteller werden. Die Tatsache, dass er zu diesem Kurs gefahren ist, *nachdem* er fromm wurde, zeigt, dass die Schriftstellerei zu den wenigen Interessen gehörte, die die Konversion überdauert haben. Vielleicht wollte er ja über die Konversion selbst schreiben. Vergessen Sie nicht, in dem Kurs ging es um autobiographisches Schreiben. Wenn er jemandem in dem Seminar eine Kopie seines Manuskripts zum Lesen gegeben hat – oder wenn sich jemand daran erinnerte, was er vorlas –, dann könnte das interessant sein.«

»Interessant? Das wäre Dynamit. Aber wenn das Manuskript existiert, hat er vermutlich eine Kopie auf seinem Laptop, was bedeutet, dass es in Washington bereits tausend Leute lesen.«

»Mag sein. Vielleicht. Aber nicht alle Autoren benutzen Computer für ihre Arbeit, und wenn er belastendes Zeug darin hatte, kann es gut sein, dass er es gelöscht hat. Wie auch immer. Selbst wenn sich das Manuskript auf seinem Computer befindet, glauben Sie, dass wir es jemals zu Gesicht bekommen?«

Fordyce brummte und nickte. »Guter Punkt.«

Gideon lehnte sich in seinem Sitz zurück und blickte gedankenverloren auf die braungrüne Landschaft, die unter ihnen entschwand. Nach einem langsamen Start nahmen ihre Ermittlungen allmählich Tempo auf – die Ehefrau, die Moschee, Blaine und nun das. Er hatte das kribbelige Gefühl, dass eine dieser Spuren sie irgendwo, irgendwie zu einem Goldschatz führen würde.

29

Er saß auf einem fliegenden Teppich und schwebte sacht durch baumwollweiße Wolken. Laue Lüftchen, zu leicht und sanft, um irgendwelche Geräusche von sich zu geben, liebkosten sein Gesicht und zerzausten ihm die Haare. Der Teppich war so weich, seine Bewegungen waren so beruhigend, dass es schien, als bewege er sich nicht – und doch, tief unten, konnte er die Landschaft dahinziehen sehen. Es war eine exotische Landschaft aus funkelnden Kuppeln und Türmen, weiten, saftig grünen Urwäldern, purpurnen Feldern, die ihre Dünste in den Himmel entsandten. Weit droben warf die ferne Sonne wohltuende Strahlen über die beschauliche Szenerie.

Und dann ging ein jähes, heftiges Rucken durch den Teppich. Gideon öffnete verschlafen die Augen. Einen

Moment lang, immer noch im Bann seines Traums, streckte er die Hand aus, um die Fransen des Teppichs zu packen. Stattdessen trafen seine Finger auf Metall, Knöpfe, die weiche Oberfläche eines Anzeigegeräts.

»Fassen Sie das nicht an!«, herrschte Fordyce ihn an.

Gideon setzte sich abrupt auf – aber nur, um vom Gurt zurückgehalten zu werden. Sofort fiel ihm ein, wo er war: in einem Kleinflugzeug auf dem Flug nach Santa Cruz. Er lächelte und erinnerte sich. »Turbulenzen?«

Keine Antwort. Sie flogen durch eine Schlechtwetterfront, oder etwa nicht? Plötzlich merkte Gideon, dass es sich bei dem, was er für Wolken gehalten hatte, in Wahrheit um dicken schwarzen Qualm handelte, der aus dem linken Motor quoll und den Blick nach draußen versperrte.

»Was ist passiert?«, rief er.

Fordyce war so beschäftigt, dass er zehn Sekunden lang nicht antwortete. »Der linke Motor ist ausgefallen«, erwiderte er knapp.

»Brennt er?« Die letzten Reste von Verschlafenheit verschwanden und wichen reiner Panik.

»Keine Flammen.« Fordyce kippte einen Schalter nach unten, hantierte mit Schaltern und Messanzeigen. »Ich stelle den Benzinzufluss zum Motor ab. Lasse die Elektrik an – keinerlei Hinweis, dass die Ursache elektrisch ist, kann mir nicht leisten, dass die Avionik und der Lenkkreisel ausfallen.« Gideon wollte etwas antworten, stellte aber fest, dass er die Stimme verloren hatte.

»Keine Sorge«, sagte Fordyce, »wir haben ja noch den anderen Motor. Es geht nur darum, die Maschine mit asymmetrischem Schub zu stabilisieren.« Er betätigte das Höhenruder, dann warf er einen kurzen Blick auf die Instrumente. »Menschenaffen bringen Pussy zum Stöhnen«, murmelte er langsam, dann wiederholte er den Satz wie ein Mantra.

Gideon starrte geradeaus, kaum imstande zu atmen.

Fordyce nahm keine Notiz von ihm. »Die Einspritzpumpe ist blockiert«, sagte er. »Transponder auf Notfall-Squawk.« Dann drückte er einen Knopf an seinem Kopfhörer. »Mayday, Mayday, hier ist Cessna eins-vier-neun-sechs-neun auf Notkanal, ein Motor ausgefallen, fünfundzwanzig Meilen westlich von Inyokern.«

Kurz darauf ertönte in Gideons Kopfhörer ein Knistern. »Cessna eins-vier-neun-sechs-neun, hier ist das Los Angeles Center, bitte wiederholen Sie Ihren Notfall und Ihre Position.«

»Eins-vier-neun-sechs-neun«, sagte Fordyce, »ein Motor ausgefallen, fünfundzwanzig Meilen westlich von Inyokern.«

Kurze Pause. »Eins-vier-neun-sechs-neun, Los Angeles Center, nächster Flughafen auf Ihrem jetzigen Kurs ist Bakersfield, Landebahn sechzehn und vierunddreißig. Flugplatz liegt fünfunddreißig Meilen außerhalb, bei zehn Grad.«

»Eins-vier-neun-sechs-neun«, sagte Fordyce, »nehmen Kurs bei zehn Grad auf Bakersfield.«

»Kanal sieben-sieben-hundert, bitten um Identifikation«, erklang die Stimme aus dem Los Angeles Center.

Fordyce drückte einen Knopf am Instrumentenbrett.

»Hier ist das Los Angeles Center. Kontakt bei vierunddreißig Meilen Entfernung zu Bakersfield.«

Der dicke Qualm hatte sich ein wenig gelichtet; Gideon sah, dass der Himmel sich zugezogen hatte. Über dem Land lag Nebel, sodass es kaum zu erkennen war, nur hin und wieder ein Flecken Grün inmitten von Tupfern aus gazeartigem Grau.

Er warf einen Blick auf den Höhenmesser: Die Nadel glitt langsam nach unten. »Sinken wir?«, krächzte er.

»Das Gesetz der Schwerkraft. Sobald wir zur einmotorigen Dienstgipfelhöhe kommen, müsste alles okay sein.

Wir sind nur rund dreißig Meilen von Bakersfield entfernt. Ich versuche noch mal, den linken Motor zu starten.« Er drehte einen Schalter, drehte noch einmal. »Scheiße. Tot.«

Gideon verspürte einen Schmerz in seinen Fingerspitzen und merkte, dass er den Sitz mit aller Kraft gepackt hielt. Er verlor langsam die Nerven, zwang sich dazu, sich zu entspannen. *Cool. Fordyce hat alles im Griff.* Fordyce war ein fähiger und erfahrener Pilot. Der Mann wusste, was zu tun war. Warum war er dann so panisch?

»Stabilisieren uns auf Höhe sechshundert Meter«, sagte Fordyce. »In fünf Minuten sind wir auf der Landebahn in Bakersfield. Jetzt haben Sie eine Geschichte, die Sie Ihren ...«

Plötzlich hörten sie rechts von sich eine heftige Detonation, gefolgt von einem Rattern, das durch den gesamten Flugzeugrumpf lief. Gideon erschrak und hielt sich instinktiv den Arm vors Gesicht. »Was war das denn?«

Fordyce war kreidebleich. »Der rechte Motor ist explodiert.«

»Explodiert?« Ölig dunkle Rauchwolken traten aus dem anderen Motor. Er gab ein grässliches, halb hustendes, halb knirschendes Geräusch von sich, verstummte, und der Propeller hörte auf, sich zu drehen.

Gideon fehlten abermals die Worte. Das war das Ende, so viel stand fest.

»Wir können immer noch gleiten«, sagte Fordyce. »Ich lege eine Landung mit stehendem Propeller hin.«

Gideon leckte sich die Lippen. »Landung mit stehendem Propeller?«, wiederholte er. »Das klingt gar nicht gut.«

»Ist es auch nicht. Helfen Sie mir, einen Platz zum Landen auszusuchen.«

»Ihnen helfen ...?«

»Schauen Sie aus dem Fenster, verdammt noch mal, und suchen Sie ein flaches, offenes Gelände!«

Ein höchst seltsames Gefühl des Unglaubens überkam Gideon. Das hier musste ein Film sein, das hier konnte einfach nicht passieren. Denn wenn das hier die Realität war, wäre er so versteinert, dass er sich nicht vom Fleck rühren könnte. Dennoch suchte er den Horizont nach einem Landeplatz ab. Der Bodennebel hatte sich ein wenig gelichtet, sodass er sehen konnte, dass vor ihnen ein kahler Hügelkamm lag. Hinter dem Kamm senkte sich das Gelände in ein enges, noch sehr nebliges Tal, das von steilen bewaldeten Hügeln umgeben war.

»Ich kann den Boden nicht sehen – Nebel. Wie viel Zeit haben wir?«

»Einen Moment.« Fordyce machte sich wieder an den Instrumenten zu schaffen, drückte das U-förmige Steuerhorn nach vorn und tippte die Daten für die Trimmklappen ein. Obwohl es sich um einen extremen Notfall handelte, klang seine Stimme ruhig.

»Vor uns ist immer noch eine dicke Suppe.« Gideon blinzelte und wischte sich den Schweiß von der Stirn. »Wie zum Teufel kann es passieren, dass beide Motoren ausfallen?«

Anstatt zu antworten, presste Fordyce grimmig die Lippen aufeinander.

Gideon spähte aus dem Cockpitfenster, bis ihm die Augen weh taten. Sie sanken in Richtung des Hügelkamms. Dahinter brach die Wolkendecke langsam auf. Und dann sah er es durch eine Lücke in den Wolken: ein winziges, aber deutlich erkennbares Band aus Asphalt, das durch das Tal verlief.

»Da vorn ist eine Straße!«, rief er aufgeregt.

Fordyce warf einen schnellen Blick auf seine Karte.

»Highway hundertachtundsiebzig.« Er setzte wieder einen Funkspruch ab. »Mayday, Mayday, hier ist Cessna eins-vier-neun-sechs-neun auf Frequenz hundertzweiundzwanzig Komma fünf. Zweiter Motor ausgefallen, wiederhole, zweiter Motor ausgefallen. Versuche Notlandung auf Highway hundertachtundsiebzig Westsüdwest von Miracle Hot Springs.«

Schweigen im Headset.

»Warum antwortet niemand?«, fragte Gideon.

»Wir sind zu tief«, sagte Fordyce.

Sie waren jetzt 350 Meter über dem Boden, und der Hügelkamm kam rasch näher. Mehr noch: Es schien, als würden sie es nicht schaffen, darüber hinwegzufliegen.

»Festhalten«, sagte Fordyce. »Wir müssten so gerade eben drüber wegkommen.«

Unheimliche Stille, sie glitten über den kahlen Bergkamm, während der Wind an den stillstehenden Propellern vorbeipfiff und unter ihnen Nebelfetzen dahinzogen. Gideon merkte, dass er die Luft angehalten hatte, und atmete tief aus. »Wahnsinn«, murmelte er.

»Zwei Meilen, würde ich schätzen«, sagte Fordyce. »Flughöhe elfhundert Fuß. Stetig im Sinkflug.«

»Fahrgestell?«

»Noch nicht. Das würde den Luftwiderstand erhöhen – *o verfluchter Mist!*«

Sie hatten den Bergkamm überflogen und schwebten in das dahinter liegende Tal. Und jetzt kam durch den aufreißenden Nebel das Gelände in Sicht: ein weiterer niedriger, mit einem Wäldchen aus hoch aufragenden Mammutbäumen bedeckter Bergrücken. Hoch und majestätisch standen die Bäume zwischen ihnen und der Straße dahinter.

»Verdammter Mist«, flüsterte Fordyce wieder vor sich hin.

Gideon hatte noch nie erlebt, dass Fordyce die Nerven verlor – und das machte ihm mehr Angst als alles andere. Er sah auf seine Hände hinunter, spannte sie an, als wolle er noch einmal eine Bewegung seines Körpers spüren. Ein wenig überrascht merkte er, dass er keine Angst vorm Sterben hatte – dass das hier vielleicht besser war als das, was ihm in elf Monaten bevorstand. Vielleicht.

Fordyce' Gesicht war totenblass, auf seiner Stirn hatten sich dicke Schweißtropfen gebildet. »Sequoia National Forest«, sagte er mit heiserer Stimme. »Ich steuere auf die Lücke dort zu. Festhalten.«

Die Cessna hielt auf einen unebenen Bergrücken zu, den riesige Bäume mit kleinen, spitzen Wipfeln bedeckten. Wieder betätigte Fordyce das Steuerhorn und dirigierte das Flugzeug in Richtung einer Flucht zwischen mehreren der Baumriesen. Im letzten möglichen Augenblick schwenkte das Flugzeug scharf nach rechts.

Gideon spürte, wie sich alles neigte und sich die Nase des Flugzeugs stark senkte. »Verflucht«, murmelte er. Ob das nun ein Schimpfwort, ein Gebet oder beides war, wusste er auch nicht. Ein Augenblick schierer Todesangst, während die riesenhaften, rötlichen Baumstämme nur ein, zwei Meter an ihnen vorbeisausten und die Turbulenzen die Maschine durchrüttelten – und dann war der Himmel auf einmal klar. Vor ihnen wand sich sanft das Band des Highways 178, auf dem ein paar Autos entlangfuhren.

»Hundertsiebzig Meter«, sagte Fordyce.

»Können wir's schaffen?« Gideons Herz pochte. Jetzt, da sie die Bäume passiert und eine Überlebenschance hatten, verspürte er einen jähen Lebenswillen.

»Keine Ahnung. Wir haben bei dem Manöver viel Höhe verloren. Und ich muss immer noch eine letzte Kurve fliegen. Ich muss mit dem Verkehr landen, nicht entgegen, wenn wir eine Chance haben wollen, heil aus dieser Sache rauszukommen.«

Sie flogen eine langsame Kurve in Richtung Highway. Gideon sah, dass Fordyce das Fahrgestell ausfuhr.

»Noch mehr Bäume geradeaus«, sagte Gideon.

»Die sehe ich.«

Noch eine ruckartige Bewegung. Gideon hörte plötzlich das *Flapp, Flapp!* von Zweigen auf der Unterseite des Flugzeugs, und dann wendeten sie, um kaum zehn Meter über der Straße eine gerade Linie mit ihr zu bilden.

Unmittelbar vor ihnen fuhr ein Truck mit geringer Geschwindigkeit, er quälte sich eine Steigung hinauf. Sie sanken, anscheinend auf Kollisionskurs, auf ihn zu. Gideon schloss die Augen. Ein Rumpeln ertönte, als eines der Räder des Flugzeugs leicht auf der Fahrerkabine aufsetzte. Während der Truck hupte, wurde das Flugzeug in eine Neigung gedrückt; Fordyce brachte es in die Waagerechte, dann setzte er die Maschine auf der Straße auf, wobei er die Nase hochhielt, während der Truck hinter ihnen mit quietschenden Reifen versuchte, die Geschwindigkeit zu drosseln.

Sie setzten schlingernd auf dem Asphalt auf, hüpften leicht, dann setzten sie wieder holprig auf der Fahrbahn auf – und dann schlidderten sie die Straße entlang und kamen schließlich in der Mitte der Fahrbahn zum Halten. Gideon wandte sich um und sah, dass der Truck hinter ihnen mit kreischenden Reifen zum Stehen kam, wild hin und her schleudernd, Gummi platzte von den zerfetzten Reifen ab. Keine zehn Meter hinter ihnen kam der Lkw zum Stehen. Vor ihnen, auf der Gegenfahrbahn, trat der Fahrer eines Pkws ebenfalls mit voller Wucht auf die Bremse.

Und dann war alles still.

Einen Augenblick lang saß Fordyce da wie eine Statue, während das Metall rings um sie knisterte und zischte. Dann löste er die Hände vom Steuerhorn, schaltete den Hauptschalter aus, zog das Headset vom Kopf und klickte den Sicherheitsgurt auf.

»Nach Ihnen«, sagte er.

Gideon stieg aus dem Flugzeug, seine Beine fühlten sich wackelig und empfindungslos an.

Sie setzten sich, wie Roboter, auf den Standstreifen. Gideons Herz schlug so schnell, dass er kaum atmen konnte.

Der Lkw-Fahrer und der Fahrer des entgegenkommenden Pkw kamen herangelaufen. »Verdammt!«, rief der Trucker. »Was ist denn passiert? Seid ihr verletzt?«

Sie waren nicht verletzt. Weitere Fahrzeuge hielten an, Leute stiegen aus.

Gideon bemerkte es nicht einmal. »Wie oft geht ein Flugzeugmotor eigentlich einfach so aus?«, fragte er Fordyce.

»Nicht oft.«

»Und beide Motoren? Auf genau die gleiche Weise?«

»Niemals, Gideon. Niemals.«

30

Anderthalb Tage später parkte Gideon den Kombi – die Windschutzscheibe war ersetzt worden – auf der Wiese neben seiner Holz- und Adobeziegel-Hütte, stellte den Motor ab und stieg aus. Er blickte sich um, atmete tief ein und ließ einen Augenblick lang die frühabendliche Szenerie auf sich wirken: das weite Piedra-Lumbre-Becken, die Jemez Mountains ringsum, bestanden mit Gelbkiefern. Die Luft, der Ausblick, sie waren wie Balsam. Es war das erste Mal, dass er seit der Angelegenheit auf Hart Island zur Hütte zurückgekehrt war, und es fühlte sich gut an. Hier oben schien die düstere Stimmung, die ihn stets umgab, nachzulassen. Hier oben konnte er beinahe alles vergessen: die fieberhaften Ermittlungen, seine ärztliche Diagnose. Und auch die anderen, tiefer reichenden Dinge: seine verpfuschte Kindheit; das kolossale, einsame Schlamassel, das er aus seinem Leben gemacht hatte. Nach einem langen Moment hob er die Einkaufstüten vom Beifahrersitz und ging in die Küchennische. Der Geruch nach Holzrauch, altem Leder und indianischen Teppichen hüllte ihn ein. Jetzt, da das Land in Aufruhr war, Städte evakuiert wurden und die Stimmen der Spinner und Verschwörungstheoretiker die Talkshows und das Radio beherrschten, war dies zumindest ein Ort, der gleich blieb. Gideon pfiff die Melodie von *Straight, No Chaser* und fing damit an, die Einkaufstüten auszupacken und die Sachen auf dem Küchentresen abzulegen. Er gönnte sich einen Augenblick, um in der Hütte herumzugehen, öffnete die Fensterläden und schob die Fenster hoch, überprüfte die Solaranlage und schaltete die Brunnenpumpe ein. Dann ging er in die Küche zurück, betrachtete, immer noch pfeifend, die verschiedenen Lebensmittel und begann, Töpfe, Messer und andere Haushaltsgegenstände aus diversen Schubladen hervorzuholen.

Gott, es fühlt sich gut an, wieder zurück zu sein.

Eine Stunde später öffnete er den Backofen, überprüfte, wie weit seine gedünsteten Artischocken *à la provençale* waren, als er hörte, wie ein Fahrzeug ankam. Er blickte aus dem Küchenfenster und sah Stone Fordyce hinterm Steuer eines schäbigen FBI-Crown-Vic. Als Reaktion darauf gab er ein Stück Butter in einen Rechaud und begann, sie auf dem Herd zu erhitzen.

Fordyce betrat die Hütte und sah sich um. »Das nenne ich rustikalen Charme.« Er warf einen Blick hinüber in die Küchennische. »Was ist das, Computerkrempel?«

»Ja.«

»Ganz schön viele Geräte, wenn man das alles mit Solarstrom speist.«

»Ich habe ziemlich große Batteriespeicherkapazitäten.«

Fordyce ging ins Wohnzimmer, warf sein Jackett auf einen Stuhl. »Das ist vielleicht eine Straße hierherauf. Ich hätte mir fast den Auspufftopf aufgerissen.«

»Schreckt Besucher ab.« Gideon wies mit einem Nicken zum Küchentisch. »Ich habe eine Flasche Brunello aufgemacht – bedienen Sie sich.« Er hatte überlegt, ob der Wein an dem FBI-Mann verschwendet wäre, aber beschlossen, es trotzdem zu versuchen.

»Den kann ich weiß Gott brauchen.« Fordyce schenkte sich ein großzügiges Quantum ein und trank einen Schluck. »Irgendetwas riecht gut hier.«

»Gut? Das wird das beste Mahl, das Sie je gegessen haben.«

»Tatsächlich?«

»Ich hab's satt, Flughafen- und Hotelessen zu mir zu nehmen. Normalerweise esse ich nur eine Mahlzeit pro Tag, von mir selbst zubereitet.«

Fordyce trank noch einen Schluck Wein und machte es sich auf dem Ledersofa bequem. »Also, was haben Sie herausgefunden?«

Sie waren von der Unfallstelle nach Santa Fe zurückgekehrt, statt zum Writing Center weiterzufahren. Es war ihnen wichtiger erschienen, herauszubekommen, wer das Flugzeug manipuliert hatte – wenn es denn manipuliert worden war. Um Zeit zu sparen, hatten sie die investigativen Pflichten am heutigen Tag unter sich aufgeteilt.

»Aber sicher.« Der Butterschaum im Rechaud hatte die richtige Konsistenz, deshalb legte Gideon die *rognons de veau* – gespült und vom Fett befreit – sorgfältig vom Metzgerpapier in den Topf. »Ich habe mir mal die Cobre-Canyon-Anspielung genauer angesehen. Bin den Canyon raufmarschiert. Sie werden nicht glauben, was ich gefunden habe.«

Fordyce beugte sich vor. »Was denn?«, fragte er höchst gespannt.

»Einen Haufen Steine, ein paar Muscheln, einen Gebetsteppich, eine Schüssel für rituelle Waschungen und eine kleine Naturquelle.«

»Und das bedeutet?«

»Dass es sich um einen Schrein handelt. Die Mitglieder der Moschee gehen da hinaus, um zu beten. Keinerlei Hinweise darauf, dass dort Bomben hergestellt werden. Nur Anzeichen, dass da gebetet wird.«

Fordyce verzog das Gesicht.

»Und ich habe nachgeforscht, warum unser Freund, der Imam, aus der katholischen Kirche ausgetreten ist. Als Jugendlicher wurde er von einem Priester missbraucht. Wurde alles vertuscht, es wurde auch irgendeine Art von Zahlung geleistet. Nichts drang an die Öffentlichkeit. Seine Familie hat eine Geheimhaltungsvereinbarung unterschrieben.«

»Und genau das sollten wir herausfinden. Was er uns aber nicht sagen konnte.«

»Exakt. Außerdem habe ich etwas über die beiden Typen rausbekommen, die Sie in der Moschee auf Video aufgenommen haben. Und jetzt halten Sie sich fest: Einer von denen hat eine Verkehrspilotenlizenz, ist früher mal für Pan Am geflogen.«

Fordyce stellte sein Glas ab. »Irre. Na ja, das passt zu dem, was ich heute über unseren Unfall herausgefunden habe.«

»Ich bin ganz Ohr.«

»Ich habe den vorläufigen Bericht der Ermittler der

Flugsicherheitsbehörde gesehen. Man hat das im Schnellverfahren geprüft. Demnach besteht kein Zweifel. Die Maschine ist manipuliert gewesen. Irgendjemand – vielleicht unser Freund, der Pilot – hat zum Flugbenzin in unserer Cessna Kerosin hinzugefügt.«

»Was heißt das?«

»Die Cessna fliegt mit bleiarmem Flugbenzin mit hundert Oktan. Diese Oktanzahl ist absolut nötig. Durch die Hinzufügung von Kerosin wurde die Oktanzahl verringert. Infolgedessen hat sich das Gemisch durch beide Kolben gefressen, durch einen nach dem anderen.« Fordyce trank noch einen Schluck. »Ein falsch betankter Motor kann normal starten und stoppen, bis zu dem Augenblick, in dem er verbrennt. Die Sache ist nur: Flugbenzin ist hellblau. Kerosin ist farblos, mitunter strohfarben. Bei der Durchsicht ist mir die Farbe tatsächlich etwas seltsam vorgekommen – zu hell –, aber das Benzin war trotzdem noch blau, also habe ich gedacht, es ist alles okay. Das ist ganz bewusst gemacht worden, von jemandem, der genau wusste, was er da tat.«

Es entstand ein kurzes Schweigen, während ihnen die Implikationen bewusst wurden.

»Also, wann haben Sie Ihre Ermittlungen beendet? Ich habe Sie ein halbes Dutzend Mal auf dem Handy angerufen. Sie hatten es ausgeschaltet.«

Plötzlich stieg wieder dieses düstere Gefühl in Gideon auf. Er hatte nicht vorgehabt, Fordyce irgendetwas zu erzählen, hörte sich aber trotzdem sagen: »Ich musste ein paar Tests machen lassen.«

»Tests? Was für Tests?«

»Das ist persönlich.«

Die *rognons* waren in der Butter fest geworden und waren jetzt hellbraun. Gideon legte sie sorgfältig auf einen Teller, den er auf dem Herd erwärmt hatte. Fordyce schaute auf den Teller, sein Gesicht legte sich langsam in Falten.

»Sind das etwa …?«

»… Nierchen. Lassen Sie mir ein, zwei Minuten Zeit, um die Reduktion zuzubereiten.« Gideon gab Schalotten, Brühe, Gewürze und einen ordentlichen Schuss Rotwein in den Rechaud.

»So etwas esse ich nicht«, sagte Fordyce.

»Das sind nicht mal Lammnieren – nur Kalb. Und Frank, mein Schlachter in der Stadt, hatte Rindermark vorrätig. Darum essen wir *à la Bordelaise* anstatt *flambés.*« Gideon würzte die Reduktion nach, dann schnitt er die Nierchen sorgfältig kreuzweise in Scheiben – perfekt durch, in der Mitte schön rosa –, schwenkte sie im Rechaud in der Sauce, gab das Rindermark hinzu und arrangierte schließlich alles auf zwei Tellern zusammen mit den gedünsteten Artischocken aus dem Backofen.

»Bringen Sie den Wein mit«, sagte er und trug die Teller in den Wohnbereich hinter der Küche.

Fordyce ging widerstrebend hinter ihm her. »Ich habe es Ihnen doch gesagt, ich esse das nicht. Innereien sind nicht mein Fall.«

Gideon stellte die Teller auf einen niedrigen Tisch vor dem Ledersofa.

Fordyce nahm auf dem Sofa Platz und starrte missmutig auf seinen Teller.

»Probieren Sie doch mal.«

Der Agent hob Messer und Gabel, zögerte.

»Nur zu. Seien Sie ein Mann. Wenn es Ihnen nicht schmeckt, hole ich Ihnen aus der Küche eine Tüte Tortilla-Chips.«

Behutsam schnitt er ein winziges Stück ab und probierte es argwöhnisch.

Gideon nahm selbst einen Bissen. Perfekt. Wie konnte man etwas so Köstlichem widerstehen?

»Wird mich wohl nicht umbringen«, sagte Fordyce und schob sich ein größeres Stück in den Mund.

Minutenlang aßen sie schweigend. Dann sagte Fordyce: »Ist irgendwie schon komisch, hier draußen zu sitzen, im Wald, Mittag zu essen und Wein zu trinken – der übrigens ausgezeichnet ist –, wo wir doch gestern erst einen Flugzeugabsturz überlebt haben. Ich fühle mich irgendwie erneuert.«

Das ließ Gideon an seine Diagnose denken. Und daran, wie er den Nachmittag verbracht hatte.

»Was ist mit Ihnen? Fühlen Sie sich auch wie neugeboren?«

»Nein«, sagte Gideon.

Fordyce hielt inne und sah ihn an. »Hey, alles in Ordnung?«

Gideon trank einen großen Schluck Wein. Er merkte, dass er zu schnell trank. Wollte er wirklich, dass das Gespräch in diese Richtung ging?

»Schauen Sie, wollen Sie wirklich nicht darüber reden? Ich meine, das war echt ein Heidenschreck.«

Gideon schüttelte den Kopf und stellte sein Glas ab. Er spürte den überwältigenden Wunsch, darüber zu sprechen.

»Das ist nicht das Problem«, sagte er schließlich. »Ich bin darüber hinweg.«

»Worum geht's also?«

»Dass es mir … jeden Morgen als Erstes einfällt.«

»Was einfällt?«

Einen Augenblick lang gab Gideon keine Antwort. Er wusste nicht, warum er das gesagt hatte. Aber nein, das stimmte nicht: Er hatte es aus demselben Grund gesagt, weshalb er Fordyce in die Hütte eingeladen hatte. Ob es ihre gemeinsamen Ermittlungen, ihre gemeinsame Bewunderung für Thelonious Monk oder einfach nur die Tatsache war, dass sie den gestrigen Absturz überlebt hatten, er betrachtete Stone Fordyce inzwischen als Freund. Vielleicht – mal abgesehen vom alten Tom O'Brien in New York – als einzigen Freund.

»Mir wurde mitgeteilt, dass ich eine tödliche Krankheit habe«, sagte er. »Jeden Morgen habe ich ungefähr ein, zwei Minuten Ruhe – und dann fällt es mir ein. Und darum fühle ich mich nicht wie neugeboren, erneuert, was immer.«

Fordyce hörte auf zu essen und sah ihn an. »Sie verarschen mich, oder?«

Gideon schüttelte den Kopf.

»Was ist es? Krebs?«

»Etwas, das unter dem Fachbegriff Aneurysma Vena Galeni bekannt ist, ein Gestrüpp von Arterien und Venen im Hirn. Statistisch bleibt mir noch rund ein Jahr, plus oder minus, sagen die Ärzte.«

»Es gibt keine Heilung?«

»Nein, die Sache ist inoperabel. Eines Tages wird dieses Gestrüpp einfach … platzen.«

Fordyce setzte sich zurück. »Jesses.«

»Dort bin ich heute Nachmittag gewesen. Ich habe eine zweite medizinische Meinung eingeholt. Schauen Sie, ich hatte Gründe, die erste Diagnose anzuzweifeln. Deshalb habe ich eine Kernspintomographie machen lassen.«

»Und wann bekommen Sie die Ergebnisse?«

»In drei Tagen.« Er hielt inne. »Sie sind der Erste, dem ich davon erzähle. Ich wollte Sie nicht damit belasten – es ist nur so … Verdammt, ich musste es wohl jemandem erzählen. Geben Sie dem Wein die Schuld.«

Einen kurzen Augenblick sah Fordyce ihn nur an. Den

Blick kannte Gideon: Der Mann fragte sich, ob er verarscht wurde oder nicht. Und dann entschied er, dass er's nicht wurde.

»Das tut mir wirklich leid«, sagte Fordyce. »Ich weiß nicht, was ich sagen soll. Mein Gott, das ist einfach nur schrecklich.«

»Sie müssen nichts sagen. Und mir wäre es lieber, wenn Sie es nie wieder erwähnten. Aber egal, vielleicht ist das ja alles Unfug. Die Tests heute Nachmittag werden es mir verraten.«

»Lassen Sie es mich wissen, wenn Sie das Ergebnis haben?«, fragte Fordyce. »So oder so.«

»Mach ich.« Gideon lachte verlegen. »Tolle Art, eine Dinnerparty zu ruinieren.« Er griff nach der Flasche und füllte beide Gläser nach.

»Ich habe es mir anders überlegt«, sagte Fordyce, ein wenig zu herzlich, »und esse die letzten paar Nierchen. Ich mag Nierchen. Zumindest, wenn sie à la Gideon gebraten sind.«

Sie aßen weiter, und das Gespräch drehte sich um oberflächliche Themen.

Am Ende stand Gideon auf und schob eine Ben-Webster-CD in die Stereoanlage. »Was ist Ihr nächster Schritt in den Ermittlungen?«

»Den Piloten aus der Moschee durch die Mangel drehen.«

Gideon nickte. »Ich würde gern zu der Movie Ranch hinausfahren, mir noch einmal Simon Blaine vorknöpfen.«

»Der Schriftsteller? O ja, kein Zweifel, das ist ein echter Desperado. Danach sollten wir uns noch mal diese Irren auf der Ranch vornehmen und denen ein bisschen auf den Zahn fühlen. Diese ganzen Satellitenschüsseln und die Hightech-Ausrüstung machen mich nervös. Von diesem Gerede der Ex von Chalker von einer drohenden Apokalypse ganz zu schweigen.«

»Ich bin nicht besonders scharf darauf, noch mal mit einem Viehtreiber eins gewischt zu bekommen.«

»Wir gehen mit einem mobilen Einsatzkommando rein und ziehen Willis an seinen Eiern raus, zusammen mit diesen Drecksäcken, die uns attackiert haben.«

»Habt ihr eigentlich nichts aus Waco gelernt?«

»Immer noch besser, als mit diesem Schriftsteller seine Zeit zu verplempern.«

»Er hat eine hübsche Tochter.«

»Ah, *jetzt* verstehe ich«, sagte Fordyce mit einem Lachen und schenkte sich den Rest aus der Flasche ein. »Sie ermitteln mit Ihren Keimdrüsen, verstehe.«

»Ich hole uns noch eine Flasche«, sagte Gideon.

Eine Miles-Davis-CD und eine zweite Flasche Wein später fläzten sich Gideon und Fordyce im Wohnzimmer der Hütte. Die Sonne war untergegangen, der Abend war kühl geworden, und Gideon hatte ein Feuer gemacht, das im Kamin knisterte und das ganze Zimmer in ein warmes Licht tauchte. »Die besten Nierchen, die ich je gegessen habe«, sagte Fordyce und hob sein Glas.

Gideon trank seines aus. Als er es mit einer nachlässigen Bewegung zurück auf den Tisch stellte, merkte er, dass er mehr als nur ein wenig betrunken war. »Ich wollte Sie noch etwas fragen.«

»Schießen Sie los.«

»Im Flugzeug, da haben Sie irgendetwas über Menschenaffen und Pussy gemurmelt.«

Fordyce lachte. »Das ist eine Eselsbrücke in der Fliegerei. *Menschenaffen bringen Pussy zum Stöhnen.* Sie bezeichnet eine Checkliste der Dinge, die man erledigen muss, wenn ein Motor ausfällt: Mischung auf fett, Benzin an, Pumpe, Zündung links und rechts, und so weiter.«

Gideon schüttelte den Kopf. »Und ich hatte geglaubt, es handelt sich um die größte Weisheit aller Zeiten.«

31

Stone Fordyce erwachte zur Titelmelodie von *Solo für O.N.C.E.L.* Fluchend schaltete er seinen Handy-Wecker aus und wuchtete sich mühsam in die Senkrechte. Er wusste, dass das Hämmern in seinem Schädel auf den Wein zurückzuführen war, und ahnte, dass das Durcheinander in seinem Magen von den verdammten Nierchen herrührte, die er am Vorabend gegessen hatte.

Er warf einen Blick auf die Uhr: fünf Uhr morgens. Um halb acht New Yorker Zeit, halb sechs New-Mexico-Zeit hatte er einen routinemäßigen Bericht abzuliefern. Demnach blieb ihm noch eine Stunde Zeit, um seine Gehirnwindungen in Schwung zu bringen.

Zehn Minuten vor dem Anruf, mitten im Rasieren, klingelte sein Handy. Erneut fluchend, wischte er sich die Hände trocken und ging ran.

»Spreche ich mit Special Agent Fordyce?« Am anderen Ende der Leitung ertönte die kühle Stimme von Dr. Myron Dart.

»Entschuldigen Sie, aber ich dachte, unser Konferenzanruf sei für halb acht anberaumt«, sagte Fordyce verärgert und wischte sich den Rasierschaum von der unrasierten Seite seines Gesichts.

»Der Konferenzanruf ist gestrichen. Sind Sie absolut allein?«

»Ja.«

»Ich habe einige Informationen für Sie, auf die ich soeben aufmerksam gemacht wurde. Informationen, die ... sehr brisant sind.«

Die Circle Y Movie Ranch lag im Norden von Santa Fe, im Piedra-Lumbre-Becken. Die 400-Hektar-Ranch wurde durch den Jasper Wash zweigeteilt und war von Hochebenen und Bergen umgeben, die sich bis zum Horizont erstreckten. Es war ein heißer Junitag, die Wüstenluft war leuchtend klar. Die Circle Y war die berühmteste der vielen sogenannten »Kino-Ranches« in der Umgegend von Santa Fe, eine in Betrieb befindliche Viehranch, die darüber hinaus mehrere Western-Kinokulissen beherbergte, die Hollywoodstudios für Dreharbeiten zu ihren Kino- und Fernsehfilmen nutzten.

Während Gideon die gewundene Ranchstraße entlangfuhr, erhob sich aus der Ebene das Bild einer Westernstadt, mit einem Kirchturm am einen Ende und einem klassischen Westernfriedhof mit aufragenden Grabsteinen am anderen. Eine staubige Hauptstraße verlief der Länge nach durch die Stadt. Wenn man sich ihr von hinten näherte, sah sie jedoch ein wenig seltsam aus, bis sich die Gebäude als bloße Fassaden erwiesen, die von zusammengezimmerten Gerüsten vor dem Umstürzen bewahrt wurden. Unmittelbar hinter diesem Pseudo-Dorf verlief der Jasper Creek, ein Fluss, der im Moment kein Wasser führte und der sich durch eine schmale, saisonal trockene Schlucht zwischen Felsvorsprüngen wand, die hier und da mit uralten Pappeln gesprenkelt waren.

Es war eine Postkartenidylle, alles wirkte wie golden gemalt in der frühmorgendlichen Sonne unter saphirblauem Himmel. Zwar war die Luft noch kalt, aber Gideon spürte bereits, dass es ein sengend heißer Tag werden würde.

Er parkte auf dem unbefestigten Parkplatz an der einen Seite der Stadt, in einem Bereich, der mit einem Seil für Fahrzeuge gekennzeichnet war. Gideon schlenderte auf die Filmkulisse zu. Im Ort war viel los, überall waren Kamera-Galgen zu sehen, hydraulische Arbeitsbühnen und Scheinwerfer, die das von lauten Befehlen aus Megaphonen durchbrochene Treiben überragten, dazwischen liefen Leute hierhin und dorthin. Die Stadt war zum großen Teil mit Plastikband abgesperrt worden, und als Gideon sich der Sperre näherte, fing ihn ein Mann mit einem Klemmbrett ab. »Kann ich Ihnen helfen, Sir?«, fragte er und versperrte Gideon den Weg.

»Ich möchte gern Simon Blaine sprechen.«

»Erwartet er Sie?«

Gideon zückte seinen Ausweis. »Ich bin vom FBI.« Er lächelte den Mann freundlich an und – er konnte sich das einfach nicht verkneifen – zwinkerte. *Ich könnte mich an so was durchaus gewöhnen.*

Der Mann nahm den Ausweis entgegen und musterte ihn lange, ehe er ihn Gideon zurückgab. »Worum geht's denn?«

»Das darf ich nicht sagen.«

»Mr. Blaine ist zurzeit beschäftigt. Können Sie warten?«

»Wir haben hier doch wohl nicht ein Problem?«

»Äh, nein, absolut nicht. Aber … lassen Sie mich mal nachsehen, ob er frei ist.«

Der Mann eilte davon. Gideon nutzte die Gelegenheit, sich unter dem Absperrband hindurch zu bücken und in die »Stadt« zu schlendern. Die lange Hauptstraße verlief zwischen einem Saloon, einer Schmiede und einem Sheriffbüro. Eine Steppenhexe rollte vorbei, und Gideon sah, dass es sich um eine echte Steppenhexe handelte, die mit goldgelber Farbe eingesprüht worden war, und dass sie von einer

Windmaschine vorangedrückt wurde, die hinter einer falschen Fassade stand. Weitere mit Farbe eingesprühte Steppenhexen stapelten sich in einem Drahtkorb neben der Windmaschine und wurden, eine nach der anderen, von einem Arbeiter mit gerufenen Anweisungen an den Mann an der Windmaschine ausgegeben, wohin genau die Gewächse geweht werden sollten.

Eine Gruppe Reiter im Western-Outfit kam auf Paint Horses die Straße heruntergetrappelt. Die vorderste Reiterin war Alida, die blonden Haare wehten im künstlichen Wind wie eine goldene Flamme. Sie trug die volle Western-Aufmachung: weiße Bluse, Lederweste, Revolver im Gürtel, Cowboy-Überhosen, Cowboyhut, Stiefel – die ganze Palette. Sie blickte in seine Richtung, erkannte ihn und zügelte ihr Pferd. Stirnrunzelnd saß sie ab und kam herüber, wobei sie das Pferd an den Zügeln führte.

»Was machen Sie denn hier?«, fragte sie verärgert.

»Ich schaue nur mal vorbei. Um Ihren Vater zu treffen.«

»Bitte sagen Sie mir nicht, dass Sie immer noch diese dämliche Spur verfolgen.«

»Ich fürchte, doch«, sagte er höflich. »Schönes Pferd. Wie heißt es denn?«

Sie verschränkte die Arme vor der Brust. »Sierra. Mein Vater ist *tatsächlich* beschäftigt.«

»Können wir das Ganze nicht auf eine nette, freundliche Art regeln?«

Sie ließ die Arme fallen und seufzte ärgerlich. »Wie lange wollen Sie mit ihm sprechen?«

»Zehn Minuten.«

Der Mann mit dem Klemmbrett kam zurück, sein Gesicht war vor lauter Angst runzlig. »Es tut mir sehr leid, er hat sich einfach hier rein–«

Alida drehte sich mit strahlendem Lächeln zu ihm um. »Ich kümmere mich schon darum.« Sie wandte sich wieder Gideon zu; das Lächeln war allerdings so schnell verschwunden, wie es gekommen war. »Die sind dabei, die Schlusssequenz von *Moonrise* zu drehen, außerdem steht noch eine große Pyro-Szene an. Können Sie nicht bis hinterher warten?«

»Pyro-Szene?«

»Die Stadt wird in die Luft gesprengt und abgefackelt. Oder zumindest ein großer Teil davon. Die Pyrotechniker sind so gut wie startklar.« Nach einem Augenblick fügte sie hinzu: »Vielleicht haben Sie ja Spaß daran.«

Es würde ihm etwas mehr Zeit geben, sich umzuschauen und ihr Fragen zu stellen. Wenn ihm welche einfallen würden. »Wie lange wird es dauern?«

Sie blickte auf ihre Uhr. »Ungefähr eine Stunde. Sobald alles explodiert ist und brennt, geht es ganz schnell. Sie können ja hinterher mit meinem Vater sprechen.«

Er nickte. »In Ordnung.« Er blickte sie forschend an. »Sie sehen aus wie ein Star.«

»Ich arbeite als Stunt-Double.«

»Für irgendjemanden im Besonderen?«

»Für die weibliche Hauptdarstellerin, Dolores Charmay. Sie spielt Cattle Kate.«

»Cattle Kate?«

»Die einzige Frau in der Geschichte des Wilden Westens, die wegen Viehdiebstahls gehängt wurde.« Alida lächelte.

»Ah ja. Also, das passt gut zu Ihnen. Wie viele böse Buben töten Sie denn so?«

»Oh, vielleicht ein halbes Dutzend. Außerdem muss ich herumgaloppieren, herumschreien, mit dem Revolver herumballern, durch eine Feuerwand reiten, eine Stampede auslösen, mich anschießen lassen und vom Pferd fallen – die üblichen Sachen eben.«

Ein Mann kam vorbei, er rollte ein Kabel aus, zwei andere Männer dahinter trugen eine Propangasflasche. Hinter der Kirche sah Gideon etwas, das aussah wie ein riesiger Gassack, der vorsichtig in Stellung gebracht wurde.

»Was ist das?«, fragte er.

»Das ist alles Teil der Pyrotechnik. Der Gassack erzeugt einen Feuerball. Sieht spektakulär aus, aber es gibt keine tatsächliche Explosion. Sehen Sie, in dem Film lagern die Bösen im Geheimen in der Stadt Waffen und Munition, deshalb wird eine Menge von dem Zeug explodieren.«

»Hört sich gefährlich an.«

»Nicht, wenn man's richtig macht. Die haben ein Pyro-Team, das das Ganze einrichtet. Alles ist bis auf die Sekunde genau geplant und zeitlich festgelegt. Das ist so sicher wie ein Spaziergang im Park. Man sollte nur eben nicht *in* der Stadt sein, wenn sie abbrennt – mehr nicht.«

Sie erwärmte sich für das Thema und schien zu seiner Erleichterung vergessen zu haben, dass sie ihn unsympathisch fand.

»Und diese Sachen hier?«, fragte er, um sie zum Weiterreden zu ermuntern. Er zeigte auf irgendwelche zylinderförmigen Behälter, die gerade in den Boden eingegraben wurden.

»Das sind Flash-Pots. Sie werden mit einer Sprengstoffmischung gefüllt, die genau wie eine Bombe explodiert und nach oben schießt. Die Schnüre dort drüben führen zu Düsen und Gestellen, denen strahlen- und wandförmig brennendes Propangas entströmt, um so entstehende Brände zu simulieren. Sie werden es großartig finden, wenn das alles hochgeht. Wenn Sie denn Explosionen mögen.«

»Ich liebe Explosionen«, sagte er. »Alle Arten. Zu den Dingen, an denen ich in Los Alamos arbeitete, gehörte auch die Entwicklung hochexplosiver Linsen zur Kernwaffenimplosion.«

Alida sah ihn ungläubig an; das bisschen Freundlichkeit, das sie ihm entgegengebracht hatte, schwand aus ihren Zügen. »Wie furchtbar. Sie entwickeln Atombomben?«

Er wechselte hastig das Thema. »Ich erwähne das nur, weil das, was Sie hier machen, nicht so ganz anders ist. Ich stelle mir vor, die Pyrotechnik hier läuft in einem zentralen Computerrechner zusammen, sodass das Ganze in der richtigen Reihenfolge explodiert.«

»Genau. Sobald die Szene gedreht wird, müssen die Leute sich beeilen, denn es wird nichts nachgedreht, nichts wird wiederholt. Wenn die Szene danebengeht, ist pyrotechnisches Material in Millionenhöhe im Eimer – und natürlich der Großteil der Kulisse.« Sie zog eine Zigarettenpackung aus der Brusttasche, schüttelte eine Zigarette hervor und steckte sie sich an.

»Hm, darf man hier rauchen?«

»Natürlich nicht.« Sie pustete eine lange Rauchfahne in seine Richtung.

»Geben Sie mir auch eine.«

Gequält lächelnd zog sie eine Zigarette aus der Packung, zündete sie für ihn an, drehte sie um und steckte sie ihm in den Mund.

Ein kleiner, O-beiniger, missmutig wirkender Mann mit rasiertem Schädel auf Stummelbeinen kam die Straße herunter und brüllte dabei irgendwas in ein Megaphon. Alida versteckte ihre Zigarette hinterm Rücken, Gideon folgte ihrem Beispiel.

»Ist das nicht …?«

»Claudio Lipari. Der Regisseur. Ein echter Besessener.«

Gideon bemerkte aus dem Augenwinkel eine Bewegung und drehte sich um. Ein Dutzend Limousinen trafen ein, wirbelten dabei eine rollende Staubwolke auf, doch anstatt auf dem Parkplatz zu halten, fuhren sie über die Absperrbänder und weiter in Richtung Stadt, wobei sie ausschwärmten.

Lipari hatte die Fahrzeuge gesehen. Er schaute stirnrunzelnd in die Richtung.

»Was geht hier vor?«, fragte Alida.

»Crown Vics«, sagte Gideon. »Das sind Einsatzfahrzeuge der Polizei.«

Die Wagen parkten am Rande der Stadt, umstellten sie. Türen wurden aufgestoßen, aus jedem Wagen stiegen vier Männer aus – alle trugen dicke blaue Uniformjacken, die kaum Zweifel daran ließen, dass sich darunter schusssichere Westen befanden.

Mit wütender Miene ging der Regisseur in Richtung des Wagens, der am nächsten stand, wedelte die Männer mit den Armen weg und rief ihnen irgendetwas zu, doch vergeblich. Die Männer in den blauen Uniformen rückten vor, schwärmten aus, zückten ihre Ausweise und zogen in einer gut koordinierten Aktion in die Stadt ein.

»Klassisch«, sagte Gideon. »Die wollen jemanden verhaften. Einen Großen.« *Sind die hinter Blaine her?*

»O Gott, nein«, sagte Alida. »Nicht gerade jetzt.«

Zu seiner Überraschung sah Gideon, dass Fordyce aus dem ersten Wagen stieg. Der FBI-Agent schien das Areal abzusuchen. Gideon winkte, Fordyce sah ihn und kam herüber. Seine Miene wirkte grimmig.

»Irgendwas stimmt hier nicht«, meinte Gideon.

»Das ist unglaublich. Es kann unmöglich um meinen Vater gehen.«

Fordyce traf ein, mit rotem Kopf und gerunzelter Stirn.

»Was geht hier vor?«, fragte Gideon.

»Ich muss mit Ihnen unter vier Augen sprechen. Kommen Sie mal hier herüber.« Fordyce zeigte auf Alida. »Und Sie verschwinden bitte.«

Gideon folgte Fordyce, weg von Alida und der geschäftigen Hauptstraße. Sie gingen hinüber zu einem ruhigen Bereich hinter den Filmkulissen. Gideon sah überall Schnüre und eine Ansammlung von Flash-Pots. Fordyce hatte seine Waffe gezogen.

»Wollen Sie jemanden festnehmen?«, fragte Gideon.

Fordyce nickte.

»Und wen?«

Fordyce hob die Waffe. »Sie.«

32

Gideon sah erst die Pistole und dann Fordyce an. Als er sich umschaute, stellte er fest, dass die blau Uniformierten tatsächlich alle in Position gegangen waren. Mit gezogenen Waffen versperrten sie seine Fluchtwege.

»Mich?«, fragte Gideon ungläubig. »Was habe ich denn angestellt?«

»Drehen Sie sich einfach um, und legen Sie die Hände auf den Kopf.«

Gideon tat, wie ihm geheißen; der Zigarettenstummel brannte immer noch in seinem Mundwinkel. Fordyce begann, ihn abzutasten, nahm ihm die Brieftasche, das Taschenmesser und das Handy ab. »Sie sind mir vielleicht eine Nummer«, sagte Fordyce. »Ein Meister-Manipulator. Sie und Ihr Freund Chalker.«

»Wovon zum Teufel reden Sie da?«

»Sie haben es hingekriegt, so zu tun, als würden Sie den Typen unsympathisch finden, und dann stellt sich heraus, dass Sie einer seiner besten Freunde sind und dass Sie von Anfang an mit ihm unter einer Decke gesteckt haben.«

»Ich habe Ihnen doch gesagt, ich konnte den Mistkerl nicht aus–«

»Genau. Das ganze Zeug auf Ihrem Computer – das sind ja beschissene dschihadistische Liebesbriefe.«

Gideons Gehirnzellen arbeiteten wie verrückt. Die chaotischen Ermittlungen hatten sich in eine veritable Orgie der Inkompetenz verwandelt. Es war wirklich unglaublich.

»Sie haben mich echt eingewickelt«, sagte Fordyce. Seine Stimme nahm den bitteren Tonfall eines Betrogenen an. »Die Fahrt hinauf zu Ihrer Hütte. Das Essen, die Männergespräche. Und dann die rührselige Geschichte über Ihre tödliche Krankheit. Was für ein Scheiß. Die ganze Reise in den Westen war nichts anderes als eine absichtlich gelegte falsche Spur. Mir hätte das am ersten Tag auffallen müssen.«

Eine unbändige Wut stieg in Gideon auf. Er hatte nicht um diesen Auftrag gebeten. Er war ihm aufgezwungen worden. Schon jetzt hatte er eine kostbare Woche seines Lebens vergeudet. Und nun auch noch das. Vermutlich würde er den Rest seines allzu kurzen Lebens damit verbringen, sich mit diesem Blödsinn zu befassen, vielleicht sogar aus dem Inneren einer Gefängniszelle.

Die konnten ihn mal. Was hatte er zu verlieren?

Fordyce hatte ihn abgetastet. Er packte einen von Gideons erhobenen Armen am Handgelenk, riss ihn nach hinten und ließ die Handschelle einrasten. Er hob den Arm, um das andere Handgelenk zu packen.

»Warten Sie. Die Zigarette.« Gideon zog die glimmende Kippe aus dem Mund – und warf sie in den Flash-Pot direkt neben Fordyce.

Das Ding ging los wie eine Kanone, mit einer Druckwelle, die sie beide zu Boden warf, gefolgt von einer riesigen Wolke Theaterrauch.

Als Gideon sich mit klingelnden Ohren aufrappelte, merkte er, dass sein Hemdzipfel Feuer gefangen hatte. Der Qualm hüllte ihn und Fordyce ein und wirbelte in wüsten Wolken umher. Plötzlich erklangen laute Rufe und Schreie.

Gideon rannte los. Als er aus der Rauchwolke hervorbrach, sah er Alida. Sie saß wieder auf ihrem Paint Horse und schaute zu ihm herüber. Die Uniformierten rückten alle näher und richteten ihre Waffen auf ihn.

Wieder ertönte eine laute Detonation, gefolgt von einer Salve dröhnender Explosionen.

Gideon hatte nur eine Chance, eine winzige Chance. Er spurtete los und sprang auf den Rücken von Alidas Pferd.

»Reiten Sie los!«, schrie er und rammte die Hacken in die Flanken des Pferdes.

»Was zum *Teufel* …?« Sie zügelte das Pferd.

Aber Gideon brannte, und das Pferd, das durch den Lärm bereits kopfscheu geworden war, hatte nicht vor zu warten. Wiehernd vor Angst, machte es einen Satz nach vorn und galoppierte die Straße hinunter in Richtung Kirche.

Gideon erhaschte einen Blick auf Simon Blaine. Er stand wie angewurzelt im Türrahmen des Sheriff-Büros und schaute ihnen mit einem unbeschreiblichen Gesichtsausdruck nach. Dann riss Gideon sich das brennende Hemd vom Leib, wobei alle Knöpfe absprangen und er sich die Haut verbrannte, während Alida schrie *»Runter von meinem Pferd!«* und versuchte, das panische Tier in den Griff zu bekommen. Hinter ihnen hörte er noch ein Donnern, gefolgt von grellen Explosionen, dazwischen laute Rufe, die Uniformierten liefen hin und her, manche rannten zu ihren

Wagen, andere folgten ihnen zu Fuß. Jetzt begann die ganze Stadt, in die Luft zu fliegen. Planlos flohen die Leute in alle Richtungen.

Alida schlug mit der Faust nach hinten und wollte Gideon wegstoßen, erwischte ihn dabei auf der Brust, sodass er fast vom Pferd gefallen wäre.

»Alida, warten Sie …«

»Runter von meinem Pferd!«

Zwei Crown Vics hatten die Verfolgung aufgenommen, rasten über die zerstörte Hauptstraße, scheuchten die Cowboys und Kameraleute auseinander und machten noch mehr Pferde wild. Ausgeschlossen, dass sie den Wagen entkommen könnten.

Sie galoppierten um die Ecke der Kirche und wären dabei fast mit dem riesigen Gassack zusammengestoßen. Gideon erkannte die Gelegenheit und ergriff sie – und warf sein brennendes Hemd auf den Gassack.

»Festhalten!«, rief er und klammerte sich an den Sattelrand. Fast augenblicklich ertönte ein gewaltiges *Wumms!*, worauf eine Hitzewoge über ihnen zusammenschlug und ein gigantischer Feuerball die Kirche verschlang. Die Ränder des Feuers leckten kurz an ihnen, während sie weiterritten, und versengten Gideon knisternd die Haare. Das Pferd beschleunigte das Tempo in blinder Panik. Die Detonation zündete die übrigen pyrotechnischen Sprengkörper, und hinter ihnen brach die Hölle los: lautes Geballer, dröhnendes und jähes Geknalle, Explosionsblitze, aufsteigende Raketen. Ein Blick nach hinten vom galoppierenden Pferd bot den irrsinnigen Anblick, wie die gesamte Stadt in Flammen aufging, Feuerbälle sich in den Morgenhimmel erhoben, Gebäude zerfetzt wurden, Feuerwerkskörper explodierten und Raketen aufstiegen. Menschen und Pferde wurden zu Boden geworfen, die Erde bebte.

Alida zog einen ihrer Revolver, begann, ihn wie einen Schläger gegen Gideon zu schwingen, und traf ihn so an einer Kopfseite, dass er Sterne sah. Sie wollte gerade noch einmal ausholen, aber da packte Gideon sie am Handgelenk und drehte es derart heftig, dass die Waffe in hohem Bogen wegflog. Und dann, ehe sie ihn davon abhalten konnte, klickte er das baumelnde, offene Ende der Handschellen um Alidas Handgelenk, wodurch er sich an sie fesselte.

»Mistkerl!«, kreischte sie und riss an ihm.

»Wenn ich stürze, stürzen Sie auch. Und wir beide sind tot.« Er riss den anderen Revolver aus Alidas Holster und steckte ihn sich hinter den Gürtel.

»Drecksack!« Aber die Botschaft war angekommen. Sie hörte auf, Gideon vom Pferd abwerfen zu wollen.

»Reiten Sie runter zum Fluss«, sagte er.

»Ausgeschlossen. Ich wende jetzt das Pferd und liefere Sie den Bullen aus!«

»Bitte«, flehte er. »Ich muss fliehen. Ich habe nichts getan.«

»Sehe ich so aus, als ob mich das interessiert! Ich bringe Sie zurück, und ich hoffe, die sperren Sie ein und werfen den Schlüssel weg!«

Und da eilte das FBI Gideon zu Hilfe. Er hörte eine Salve von Schüssen, eine Kugel pfiff vorbei, andere ließen zu beiden Seiten Staub aufspritzen. Die verfluchten Idioten schossen auf Alida und ihn. Die würden sie beide eher umbringen, als dass sie ihn entkommen ließen.

»Teufel noch mal!«, schrie Alida.

»Reiten Sie weiter!«, rief er. »Die schießen auf uns! Sehen Sie denn nicht …?«

Weitere Schüsse.

»Heiliger Bimbam, die machen das ja wirklich!«

Wie von Zauberhand hatte Alida das Pferd im Griff. Es lief jetzt geschmeidig, konzentriert. Sie lenkte es in Richtung der Felskante oberhalb des Flusslaufs. Wieder zischten Kugeln vorbei. Das Pferd galoppierte auf die Kante zu und nahm Tempo auf, um in das trockene Flussbett zu springen.

Alida blickte nach hinten. »Halt dich fest, Alter.«

33

Gideon packte verzweifelt den Hinterzwiesel des Sattels, während das Pferd von der Felskante absprang und eine steile, weiche Böschung hinabrutschte, wobei es den Abhang in kaum mehr als einem kontrollierten Sturz bewältigte. Als das Pferd unten war, strauchelte es und rutschte im Sand aus und schleuderte dabei beide Reiter nach vorn, sodass alle drei fast gestürzt wären. Doch wegen Alidas Reitkunst fing sich das Pferd, und sie brachte es zum Stehen. Es war schweißüberzogen und zitterte am ganzen Leib.

»Wir müssen weiter«, sagte Gideon.

Alida ignorierte ihn, tätschelte Sierra den Hals und beugte sich vor, um ihm beruhigende Worte zuzuflüstern. Im Hintergrund konnte Gideon herankommende Autos hören, sie rasten und hüpften über die Prärie oberhalb des Canyons, wo sie nicht zu sehen waren.

Sie richtete sich auf. »Ich werde Sie ausliefern.«

»Die werden uns beide erschießen.«

»Nicht, wenn die mich mit einer weißen Flagge sehen.« Sie packte ihre Bluse und riss sie mit einer derart heftigen Bewegung auf, dass die Knöpfe absprangen.

»Meine Güte!«, sagte Gideon.

»Sie können mich mal.« Sie hielt die Bluse in die Höhe

und winkte, als wäre sie eine weiße Kapitulationsflagge. Gideon wollte die Bluse packen, aber Alida stand in den Steigbügeln auf und hielt sie so, dass sie außerhalb seiner Reichweite lag.

Gideon blickte über die Schulter. Er hörte, wie die Crown Vics sich mit ihren röhrenden großen V-8-Motoren dem Canyon näherten. Rufe, zuklappende Türen waren zu hören, und dann erschien über der Felskante rund dreihundert Meter von ihnen entfernt ein Kopf.

»Wir kapitulieren!«, rief Alida und wedelte mit der Bluse. »Nicht schießen!«

Ein Schuss fiel und ließ Sand vor ihnen aufspritzen.

»Himmelherrgott!« Sie winkte fieberhaft mit der Bluse. »Seid ihr blind. Wir ergeben uns!«

»Die kapieren das nicht«, sagte Gideon. »Wir sollten lieber von hier verschwinden.«

Das Pferd begann zu tänzeln. Rings um sie herum ließen die Kugeln Sand aufspritzen. *Gott sei Dank*, dachte Gideon, *schießen die mit Handfeuerwaffen.* »Reiten Sie los, verdammt noch mal!«

»Scheiße«, murmelte Alida und gab dem Pferd die Sporen. Und dann legte Sierra los. Entlang der südlichen Kante erschienen allmählich weitere Köpfe. Alida und Gideon galoppierten durch das trockene Flussbett, während von oben weiterhin Schüsse abgegeben wurden.

»Warten Sie mal.« Geschickt schlug Alida mit dem Pferd Haken, während sie davongaloppierten, damit sie ein schwierigeres Ziel abgaben. Schüsse zischten vorbei. Gideon beugte den Rücken und rechnete jeden Augenblick damit, zu spüren, wie eine Kugel ihr Ziel fand.

Und dennoch waren sie – beinahe wie durch ein Wunder – binnen Minuten den Schützen entkommen und immer noch unverletzt. Alida bremste das Pferd zu einem kurzen Galopp, zog ihr Hemd wieder an, und sie ritten weiter durch das trockene Flussbett, das sich zwischen zwei steilen Hügeln zu einer schmalen Schlucht verengte, die – wie Gideon bemerkte – jedes Vorrücken der FBI-Autos blockieren würde.

Alida zügelte das Pferd zu einem Trab.

»Wir müssen das Tempo halten«, sagte Gideon.

»Ich bringe doch Ihretwegen nicht mein Pferd um.«

»Die schießen, um uns zu töten, das ist Ihnen doch sicherlich klar, oder?«

»Natürlich ist mir das klar! Was haben Sie bloß angestellt?«

»Die scheinen mich für einen der Terroristen zu halten, für einen mit der Bombe.«

»Und? Sind Sie es?«

»Spinnen Sie? Die Ermittlung ist von Anfang an ein einziger Pfusch gewesen.«

»Die scheinen aber verdammt überzeugt zu sein.«

»Sie haben selbst gesagt, dass die dämlich sind.«

»Ich habe gesagt, dass *Sie* dämlich sind.«

»Das haben Sie nie gesagt.«

»Stimmt, aber ich habe es gedacht. Und Sie beweisen es immer wieder.«

Das Flussbett, das die Ausläufer der Jemez Mountains hinaufführte, wurde steiler und war übersät mit schwarzen Felsblöcken. Das Pferd suchte sich sorgfältig seinen Weg in dem schwierigen Gelände.

»Schauen Sie, ich bin kein Terrorist«, sagte Gideon.

»Ich bin ja *so* beruhigt.«

Sie ritten schweigend eine halbe Stunde lang, während das Flussbett in die Berge hinaufführte, das Terrain wurde noch rauer, und die kleinen Pinien und Wacholder wichen hohen Ponderosakiefern. Als das Flussbett sich in Nebenflüsse aufteilte, ritten sie in einen nach dem anderen, bis sie sich in einem Gewirr kleiner Schluchten befanden, deren Hänge mit großen Bäumen bestanden waren.

»Okay, ich sage Ihnen jetzt, was wir machen«, sagte Alida. »Sie nehmen mir die Handschellen ab, ich reite zurück, und Sie gehen zu Fuß weiter.«

»Das geht nicht. Wir sind aneinandergefesselt, schon vergessen?«

»Sie können die Kette doch aufbrechen. Schlagen Sie sie mit einem Stein entzwei.«

Nach kurzem Überlegen sagte Gideon: »Im Augenblick kann ich Sie einfach nicht gehen lassen. Ich benötige Ihre Hilfe.«

»Sie meinen, Sie brauchen eine Geisel.«

»Ich muss meine Unschuld beweisen.«

»Ich kann den Augenblick, wenn ich Sie übergebe, gar nicht erwarten.«

Wütend und schweigend ritten sie weiter. Die Sonne stand inzwischen fast direkt über ihnen.

»Wir müssen Wasser finden«, sagte Alida in selbstbewusstem Tonfall. »Für mein Pferd.«

Nach zwölf gelangten sie auf einen hohen, bewaldeten Bergkamm, von dem sie einen Blick in das Tal hinter sich hatten. »Moment«, sagte Gideon. »Ich möchte sehen, was da unten passiert.«

Alida brachte das Pferd zum Stehen, und Gideon wandte sich um. Durch den dichten Schirm aus Bäumen konnte er in die grasbewachsene Ebene unter ihnen sehen. Noch immer stieg eine riesige Rauchwolke aus den Ruinen der Filmkulisse, ringsum standen Feuerwehrfahrzeuge, die Wasserfontänen prasselten im hohen Bogen auf die Ruinen. Sein Blick folgte dem Lauf des Jasper Wash, und dort, am Beginn der steilen Hügel, sah er Reihen geparkter Fahrzeuge, Menschen, die sich sammelten, sowie etwas, das aussah wie eine Suchmannschaft, die das Flussbett hinaufstieg und ausschwärmte. Das leise Kläffen von Suchhunden drang zu ihm. Pferde wurden aus einem großen Transporter geladen, Reiter saßen auf und bildeten eine Art Trupp.

»Da kommt eine Fahndung in Gang«, sagte Alida. »Und hören Sie mal – Hubschrauber.«

Und tatsächlich, Gideon hörte einen dröhnenden Lärm, während sich gleichzeitig drei kleine schwarze Punkte am fernen blauen Himmel abzeichneten.

»Mann, Sie stecken ja ganz schön in der Scheiße.«

»Alida, ich weiß nicht, wie ich Sie dazu bringen kann, dass Sie mir glauben, aber ich bin absolut unschuldig. Das hier ist ein grotesker Irrtum.«

Sie sah ihn an, dann schüttelte sie den Kopf. »Die Leute dort unten sind offenbar anderer Meinung.«

Sie ritten hinunter vom Bergkamm, überquerten eine weitere schmale Schlucht und ritten dann steil durch Gruppen von Douglasfichten, wobei riesige Felsbrocken und umgestürzte Bäume ihr Vorankommen behinderten. Sie querten Hänge und versuchten dabei, um Felsen und liegende Bäume herumzureiten.

»Wir müssen das Pferd zurücklassen.«

»Ausgeschlossen.«

»Es hinterlässt eine zu deutliche Fährte, die Hunde werden der Geruchsspur folgen. Wenn wir es freilassen, lenkt es die Suchtrupps von uns ab. Außerdem wird das Gelände zu rau für ein Pferd.«

»Vergessen Sie's.«

»Wenn wir Sierra gehen lassen, findet er schneller Wasser. In diesem Teil der Jemez gibt es kein Wasser. Vor allem nicht im Juni.«

Alida schwieg.

»Er ist erschöpft. Er trägt zwei Reiter. Er kann nicht so weitermachen. Schauen Sie ihn sich an.«

Wieder gab sie ihm keine Antwort. Das Pferd war tatsächlich erschöpft, pitschnass und ganz schaumig an den Sattelrändern und am Kummet.

»Wenn die uns einholen, kann es durchaus sein, dass sie erst Sierra erschießen und die Fragen später stellen. Sie haben doch gesehen, was da unten passiert ist. Die Jungs sind derart scharf darauf, mich zu töten, dass ihnen ein kleiner Kollateralschaden egal ist.«

Sie ritten jetzt einen kleinen Flusslauf hinauf, der in einem riesigen, gezackten Berghang mündete, der rings um sie herum steil aufragte. Es gab nur eine Möglichkeit: Sie mussten dort in gerader Linie hinauf.

Alida brachte das Pferd zum Stehen. »Absitzen«, sagte sie.

Sie saßen – aneinandergekettet und ungelenk – ab. Sie löste die Satteltaschen und warf sie Gideon hin. »Die tragen Sie.« Sie nahm Sierra das Zaumzeug samt Zügel ab, band beides am Sattelhorn fest und gab dem Pferd einen Klaps aufs Hinterteil. »Lauf«, sagte sie. »Hau ab von hier. Such dir selber was zu saufen.«

Das verwirrte Pferd schaute sie mit aufgerichteten Ohren an. »Du hast mich richtig verstanden. Los!« Wieder versetzte sie ihm einen Klaps, und es trabte los, blieb noch einmal stehen und blickte verwundert zurück. Alida nahm einen Stock vom Boden und wedelte damit. »Hüa! *Los!*«

Das Pferd wandte sich um und schritt im Passgang davon, den Canyon hinunter.

Alida spuckte aus und drehte sich zu Gideon um. »Jetzt hasse ich Sie *wirklich.*«

34

Nach einem langen, beschwerlichen Aufstieg den Berghang hinauf gelangten sie am späten Nachmittag oben auf den letzten Berggrat und blickten plötzlich auf eine unberührte Landschaft aus Bergen und Tälern, die weder von Straßen noch irgendwelchen Hinweisen auf menschliches Leben durchbrochen wurde. Sie machten Rast. Von Zeit zu Zeit hatte Gideon die Rotorengeräusche von Hubschraubern gehört, von denen einige ziemlich tief über sie hinweggeflogen waren. Doch der Wald war so dicht, dass sie sich in der Vegetation verstecken konnten.

Es handelte sich um ein riesiges Gebiet namens Bearhead, der entlegenste Teil der Jemez Mountains. Gideon hatte zwar in den unteren Bereichen des Bärenkopfes geangelt, war aber noch nie tief in das Gebiet vorgedrungen. Die Sonne ging gerade unter und tauchte die Berge in ein tiefes Violett.

»Wenn jemand da reingeht, könnte er für immer verschwinden«, sagte Alida und blickte mit zusammengekniffenen Augen in die dunstige Ferne.

»Stimmt«, sagte Gideon. Er ließ die Satteltaschen fallen und räusperte sich. »Entschuldigen Sie, aber ich fürchte, ich muss pinkeln.«

Sie schaute ihn an und hob in abschätziger Belustigung die Brauen. »Nur zu.«

»Vielleicht sollten Sie sich umdrehen.«

»Warum? Ich habe Sie nicht darum gebeten, uns zusammenzubinden. Machen Sie schon, mal sehen, was Sie vorzuweisen haben.«

»Das ist doch lächerlich.« Er öffnete den Hosenschlitz und urinierte, wobei er sich, so gut es ging, von ihr wegdrehte.

»Du meine Güte, Sie sind ja ganz rot geworden.«

Sie stiegen eine Reihe steiler Hänge hinunter, wobei sie die Deckung einer Schlucht ausnutzten, bis sie sich auf einmal in dichtem Unterholz unter hohen Fichten und Tannen befanden. Sie bahnten sich ihren Weg, obwohl sie kaum sehen konnten, wohin sie gingen, stiegen steile Hänge hoch und runter. Es war eine schwere Tour, aber sie bot ihnen gute Deckung.

»Also, was ist dein Plan, Abdul?«, fragte Alida schließlich.

»Ich finde das gar nicht komisch.«

»So wie ich das sehe, flüchten Sie vor den vereinten Strafverfolgungsbehörden der gesamten USA, die Sonne geht gerade unter, Sie haben kein Hemd, und wir befinden uns am Arsch der Welt – ohne Lebensmittel und ohne Wasser. Und Sie haben keinen Plan. Na toll.«

»Im Bärenkopf gibt es angeblich ein paar alte Minen. Wir tauchen unter.«

»Okay, wir übernachten in einer Mine. Und dann?«

»Ich überlege.« *Was hätte mein alter Kumpel Sergeant Dajkovic wohl in so einer Lage getan?*, fragte sich Gideon im Stillen. Vermutlich sich hinlegen und hundert Liegestütze machen.

Sie wanderten in den Bärenkopf, folgten dabei Elchpfaden, die auftauchten und wieder verschwanden, bis sie schließlich zum Rand einer kleinen Wiese neben einem trockenen Flussbett gelangten. Dahinter, auf halber Höhe des Hangs, sahen sie die dunklen Öffnungen mehrerer Minen, samt alten Grubenschachtgebäuden und Abraumhalden.

»Hier übernachten wir«, verkündete Gideon.

»Ich habe einen Mordsdurst.«

Gideon zuckte mit den Achseln.

Er sammelte von der Wiese mehrere Handvoll trockenes

Gras und band alles zu einem festen Bündel zusammen. Sie stiegen zu dem nächstgelegenen Stollen hinauf. An der Öffnung lieh er sich Alidas Feuerzeug, entzündete das Bündel, und dann bewegten sie sich vorsichtig in den Gang hinein, während das Licht des Feuers über die holzverstärkten Wände und die Decke flackerte. Es war ein alter Hartgestein-Stollen, der geradewegs in den Hang hineinführte. Gideon hoffte, Hinweise auf Wasser zu finden, doch es war in der Mine ebenso trocken wie in dem Bachbett draußen.

Den hintersten Teil der Mine bildete ein Bett aus weichem Sand. Alida setzte sich, zog eine Zigarette hervor und steckte sie sich an dem brennenden Grasbündel an. Sie inhalierte tief und stieß eine lange Rauchfahne aus. »Was für ein Tag. Dank Ihnen.«

»Hm, darf ich …?«

»Unglaublich. Sie entführen mich, nehmen mich als Geisel, sorgen dafür, dass auf mich geschossen wird, und jetzt schnorren Sie auch noch Zigaretten von mir.«

»Ich habe nie behauptet, ohne Fehler zu sein.«

Sie hielt ihm eine Zigarette hin. »Geben Sie mir mal die Satteltaschen.«

Er reichte sie ihr, und sie löste die Verschlüsse, kramte darin herum und holte zwei Granola-Riegel heraus. Sie warf ihm einen hin und öffnete den anderen. Gideon nahm einen Bissen, wobei die Krümel seinen trockenen Mund verstopften.

»Morgen suchen wir als Erstes Wasser«, sagte er, würgte und steckte den Rest des Riegels in seine Tasche.

Sie saßen eine Weile schweigend im Dunkeln da und rauchten. »Das hier ist deprimierend«, sagte Alida. »Wir brauchen ein Feuer.«

Sie standen auf, gingen nach draußen und füllten sich die

Arme, so gut es ging, mit trockenen Stücken Eiche. Die Sonne war untergegangen, die Luft war inzwischen kühl, Sterne sprenkelten den Himmel. Von Zeit zu Zeit waren die fernen Rotorengeräusche von Hubschraubern zu hören, doch im Laufe der Nacht verklangen sie, und alles wurde still. Gideon machte ein kleines Feuer, wobei das trockene Holz kaum Rauch erzeugte.

Alida zerrte an Gideons von den Handschellen wundgescheuertem Handgelenk. »Legen Sie sich hin. Ich will jetzt schlafen.«

Er legte sich neben sie, auf den Rücken, so wie sie. Zehn Minuten sprach keiner ein Wort. Dann sagte Alida: »Scheiße. Ich bin zu aufgeregt, um schlafen zu können. In einem Moment drehe ich einen Film, und im nächsten bin ich an einen Terroristen gekettet, hinter dem das ganze verfluchte Land her ist.«

»Sie halten mich doch wohl nicht wirklich für einen Terroristen? Hoffe ich.«

Langes Schweigen. »Sie sehen nicht aus wie einer, das muss ich zugeben.«

»Sie haben verdammt recht, und ich sehe nicht nur nicht wie einer aus. Es hat da ein absurdes Missverständnis gegeben.«

»Woher wissen Sie eigentlich, dass es sich um einen Irrtum handelt?«, fragte sie.

Gideon hielt inne. Fordyce' Worte gingen ihm wieder durch den Kopf. *Sie haben es fein hingekriegt, so zu tun, als würde Ihnen der Typ unsympathisch sein – und dann stellt sich heraus, dass Sie einer seiner besten Kumpel sind und dass Sie von Anfang an mit ihm unter einer Decke gesteckt haben.* Und dann die verrückteste Anschuldigung von allen: *Dieses ganze Zeug auf Ihrem Rechner – das sind ja beschissene dschihadistische Liebesbriefe.*

»Dschihadistische Liebesbriefe«, sagte er laut.

»Wie bitte?«

»Das hat der FBI-Agent gesagt, der versucht hat, mich festzunehmen. Dass ich auf meinem Rechner, Zitat Anfang, dschihadistische Liebesbriefe, Zitat Ende, habe.«

Wieder langes Schweigen.

»Wissen Sie«, fuhr Gideon fort, »Sie haben da eine sehr gute Frage gestellt. Natürlich war das kein Irrtum. Mir ist eine *Falle* gestellt worden.«

»Ach ja?«, kam die Antwort in einem Tonfall voller Skepsis. »Warum sollte jemand so was machen?«

»Weil unsere Ermittlung die Person oder die Gruppe hinter der ganzen Sache gefährdet.« Er überlegte einen Augenblick. »Nein, nicht gefährdet – wir müssen einen direkten Treffer gelandet haben. Müssen irgendwem eine Heidenangst eingejagt haben. Das Flugzeug zu manipulieren, mir eine Falle zu stellen, das sind riskante, verzweifelte Maßnahmen.« Er machte eine Pause und dachte nach. »Die Frage ist: Welchen meiner Rechner haben die infiziert. Ich weiß, dass es nicht mein persönlicher Rechner in der Hütte sein kann. Die gesamte Festplatte ist mit einem RSA-2048-bit-Schlüssel kodiert. Also müssen sie meinen Rechner oben in Los Alamos infiziert haben.«

»Aber ist das denn nicht ein geheimes System?«

»Das ist es ja gerade. Der Rechner ist Teil eines äußerst geheimen, isolierten Netzes. Aber aus Sicherheitsgründen ist der Inhalt jedes Rechners in seiner Gesamtheit nur den Netzwerk-Sicherheitsoffizieren und bestimmten anderen Mitarbeitern zugänglich. Das Netzwerk speichert automatisch alles und jeden in dem System und zeichnet jeden Tastenanschlag auf. Wenn also jemand an meinem Computer oben im Labor herumgefummelt hat, dann müsste es sich um einen Insider handeln – und es müsste aufgezeichnet sein.«

Im letzten Lichtschein des Feuers sah er, dass Alida ihn musterte. »Also, was wollen Sie dagegen unternehmen?«

»Mit Bill Novak sprechen. Dem Netzwerk-Sicherheitsoffizier. Er ist der Typ, der Zugang zu allen Dateien hat.«

»Dann werden Sie also ein nettes Gespräch führen. Und er wird einem gesuchten Terroristen alles erzählen, was der wissen muss.«

»Wenn Sie ihm Ihren Revolver an den Kopf halten, wird er's tun.«

Sie stieß ein harsches Lachen aus. »Sie Idiot, das ist eine Attrappe, die ist mit Platzpatronen geladen. Andernfalls hätte ich Sie aus dem Sattel gepustet.«

Er zog den Revolver hinter seinem Gürtel hervor, inspizierte ihn und runzelte die Stirn. Er war tatsächlich mit Platzpatronen geladen. »Ich werde mir was ausdenken.« Er hielt inne. »Wie auch immer, wir gehen nach Los Alamos.«

»Aber das liegt hinter dieser Bärenkopf-Wüste, über dreißig Kilometer entfernt.«

»Sie wollten einen Plan, jetzt haben Sie ihn. Und Los Alamos ist der letzte Ort, an dem die nach mir suchen werden.«

35

Fordyce blieb stehen, wischte sich den Schweiß von der Stirn und warf einen Blick auf sein GPS. Sie näherten sich einer Höhe von dreitausend Metern, die Ponderosakiefern wichen Fichten, der Wald wurde dichter. Die starken Halogenlichtstrahlen der Taschenlampen seiner Männer huschten zwischen den Baumstämmen umher und warfen harte

Schatten, und die beiden Suchhunde bellten aus Frust über die Pause. Fordyce hielt die Hand hoch, lauschte, und jegliche Bewegung hinter ihm stoppte, die Männer verstummten. Der Hundeführer brachte die Hunde zum Schweigen.

Fordyce kniete sich hin und inspizierte die Fährte. Sie war frischer, die krümeligen Ränder schroffer und ausgeprägter. Den ganzen Tag und den Abend hindurch waren sie der Fährte immer näher gekommen, und jetzt waren sie sehr nahe dran. Die Hunde waren aufgeregt und zerrten an ihren Leinen. Fordyce erhob sich, hielt Schweigen gebietend die Hand hoch und lauschte angestrengt. Durch das Rauschen des Windes in den Bäumen meinte er etwas anderes hören zu können – immer wieder den Laut verhaltener Schritte. Das Pferd ging seitwärts auf dem steilen Hang über ihnen.

Es war fast vorbei.

»Sie sind dort oben«, sagte er mit leiser Stimme. »Fünf Meter Abstand. Zugriff von der rechten Flanke. Los!«

Und dann legten sie los: Die Hunde bellten laut, die Männer schwärmten aus und liefen mit gezückten Waffen den Hang hinauf. Sie waren erschöpft, aber die Nähe der Gejagten verlieh ihnen neue Energie.

Fordyce zog seine 45er und schaute hoch. Er machte sich wieder Selbstvorwürfe. Er hätte es schon vor Tagen merken müssen. Gideon war ein Betrüger par excellence – und hatte ihn zum Narren gehalten, wie das noch nie jemandem gelungen war. Aber das alles war jetzt vorbei. Sobald sie Crew gefasst hatten, würden sie ihn zum Reden bringen, und das Komplott würde auffliegen.

Ihn zum Reden bringen. Scheiß auf die Genfer Konvention – irgendwo da draußen befand sich eine Atombombe. Sie würden tun, was erforderlich war.

Keuchend, aber noch immer laufend kamen sie oben

auf dem Grat an, Fordyce vorneweg. Die Fährte führte nach rechts, und Fordyce lief im Laufschritt darauf entlang, hielt sich dabei geduckt und nutzte die Deckung, die die Bäume ihm boten. Die anderen waren dicht hinter ihm.

Er sah irgendetwas glitzern vor sich im Lichtstrahl, hörte eine Bewegung, zwischen den Bäumen bewegte sich eine Gestalt. Er ging hinter einem Baum in die Hocke und wartete – und da kam ein Pferd ins Blickfeld, es scharrte und beäugte sie nervös. Das Paint Horse der Frau.

Reiterlos.

Die Männer schwärmten aus und umzingelten das ängstliche Tier, das tänzelte, die Nüstern blähte und zurückwich.

Fordyce erkannte, was passiert war. Einen Moment lang packte ihn Wut, dann brachte er seine Atmung wieder unter Kontrolle. Er erhob sich und steckte seine Pistole ins Holster.

»Runter mit den Taschenlampen«, sagte er ruhig. »Ihr macht das Tier scheu.«

Er näherte sich dem Pferd mit ausgestreckter Hand, und es kam leise wiehernd näher. Er ergriff das Halfter. Die Satteltaschen fehlten, und das Zaumzeug war am Vorderzwiesel festgebunden worden. Das Pferd war ganz bewusst freigelassen worden.

Abermals hatte er Mühe zu atmen und musste sich anstrengen, seinen Zorn zu verbergen. Es wäre verkehrt, Schwäche vor seinen Leuten zu zeigen. Während die Männer und die Hunde herbeikamen, drehte er sich zu ihnen um. »Wir sind der falschen Fährte gefolgt.«

Fassungsloses Schweigen.

»Irgendwo dort hinten, wahrscheinlich sehr weit entfernt, haben sie das Pferd freigelassen und sind zu Fuß weitergegangen. Wir sind dem Pferd gefolgt. Wir müssen den

Weg zurückgehen und die Stelle finden, wo sie abgebogen sind.«

Er sah sich um. Sein Team setzte sich aus NEST-Beamten zusammen, von denen einige in ziemlich schlechter körperlicher Verfassung waren. Schweißgebadet. Außerdem FBI-Agenten, die zu NEST abkommandiert worden waren, Hundeführer und einige örtliche Polizeibeamte, die es irgendwie schafften hinterherzukommen. Die Gruppe war zu groß.

»Sie«, er zeigte auf den örtlichen Polizisten, der am wenigsten fit war, »und Sie und Sie – bringen Sie das Pferd wieder nach unten. Es stellt ein Beweismittel dar, halten Sie also die Beweiskette ein, und übergeben Sie es der Spurensicherung.« Er schaute sich um. »Wir müssen uns sehr viel schneller bewegen. Wir sind zu viele.« Rücksichtslos sortierte er ein paar weitere Leute aus, schickte sie mit dem Pferd zurück und unterdrückte das Protestgemurmel mit einer knappen Handbewegung.

Er kniete sich hin und breitete seine topographischen Karten aus, dann zog er sein Handy hervor und wählte Darts Nummer. Gott, wie er es hasste, dieses Telefonat zu führen. Während es läutete, sah er sich die Leute an, die er gerade eben entlassen hatte und die noch immer ganz verdattert dastanden. »Worauf warten Sie denn noch? Hauen Sie ab!«

»Status?« Darts dünne Stimme, keinerlei Vorrede.

»Wir haben ihn noch nicht. Sie haben uns mit dem Pferd auf die falsche Fährte gelockt. Wir müssen die Spur zurückverfolgen.«

Ein scharfes Einatmen des Missfallens. »Unsere Helis befinden sich also im falschen Gebiet?«

»Ja.« Fordyce warf einen kurzen Blick auf die Karte, die er vor sich ausgebreitet hatte. »Die beiden haben sich vermutlich tiefer in die Berge zurückgezogen. Ich würde annehmen, in eine Region namens Bearhead.«

Er hörte ein Papierrascheln. Dart sah sich die gleiche Karte an.

»Wir verlagern unsere Luftunterstützung da hinüber.« Eine Pause, dann fragte Dart: »Was ist sein Plan?«

»Ich nehme an, er flieht einfach.«

»Wir brauchen ihn. Und da ist noch etwas: Ich habe Berichte erhalten, dass Ihre Leute wahllos auf die beiden geschossen haben. Das ist völlig inakzeptabel. Wir brauchen sie lebend, verdammt noch mal. Wir müssen sie vernehmen.«

»Ja, Sir. Aber möglicherweise – wahrscheinlich – sind sie bewaffnet. Es sind Terroristen. Die Einsatzregeln des FBI sind kristallklar: Im Fall der Bedrohung des eigenen Lebens darf tödliche Gewalt angewendet werden.«

»Zunächst einmal gibt es keinen Beweis, dass es sich bei *ihr* um eine Terroristin handelt. Möglicherweise steht sie vorübergehend unter seinem Einfluss. Und was die Einsatzregeln betrifft: Wenn Sie mir zwei Leichen liefern, werde ich sehr, sehr unglücklich sein. Haben wir uns verstanden?«

»Ja, Sir«, sagte Fordyce und schluckte trocken.

»Agent Fordyce, der einzige Grund, warum Sie noch sind, wo Sie sich gerade befinden, ist, dass ich niemand anderen vor Ort habe. Nur Sie und zwölf weitere Special Agents, die nicht in der Lage waren, eine simple Festnahme durchzuführen. Und die ihn nicht finden können, und das trotz überwältigender Vorteile, was Manpower und Ausrüstung betrifft. Ich frage Sie also: Kriegen Sie ihn nun, oder kriegen Sie ihn nicht?«

Fordyce starrte wütend in die Dunkelheit der Berge. »Wir kriegen ihn, Sir, ganz bestimmt.«

36

Im Eingang des Stollens erschien fahles Tageslicht. Gideon hob den Kopf. Sein Mund fühlte sich an wie feuchte Kreide, seine Lippen waren trocken und rissig, und sein nackter Rücken schmerzte wegen des Sonnenbrands. Er stützte sich auf den Ellbogen und schaute Alida an, die noch immer schlief, die blonden Haare auf dem Sand ausgebreitet. Und während er sie so betrachtete, öffnete sie die Augen.

»Wir sollten jetzt lieber aufbrechen«, sagte er.

»Nein.« Ihre Stimme klang heiser und verschlafen.

Gideon sah sie an.

»Erst wenn Sie mir die Handschelle abgenommen haben.«

»Ich habe es doch gesagt: Ich besitze keinen Schlüssel.«

»Dann legen Sie die Kettenglieder auf einen Stein, und schlagen Sie sie entzwei. Wenn wir Wasser finden wollen, müssen wir uns aufteilen.«

»Ich kann nicht riskieren, dass Sie weglaufen.«

»Wohin sollte ich denn weglaufen? Falls es Ihnen noch nicht aufgefallen ist, ich glaube Ihnen. Schauen Sie sich doch an. Sie sind kein Terrorist.«

Er erwiderte ihren Blick. »Und wieso haben Sie es sich anders überlegt?«

»Wären Sie Terrorist«, fuhr sie fort, »dann hätten Sie versucht, mit meinem Schreckschussrevolver auf mich zu schießen, sobald ich meinen Zweck erfüllt hätte. Nein, Sie sind bloß irgend so ein Schwachkopf, der zur falschen Zeit am falschen Ort war. Können wir also *bitte* diese verdammten Handschellen abmachen?«

Gideon brummte irgendetwas. Er wollte ihr wirklich

vertrauen. »Dazu benötige ich ein Stück festen Draht und ein Messer.«

Sie zog aus einer Hosentasche ein kleines Messer und einen schmalen Schlüsselring, Letzteren bog er rasch auseinander. Dann, indem er den Schlüsselring als Stift und die Spitze des Taschenmessers als Keil einsetzte, hatte er das simple Schloss binnen dreißig Sekunden aufgebrochen.

»Sie haben mich angelogen. Sie hätten das Schloss jederzeit öffnen können!«

»Erst musste ich Ihnen vertrauen.« Er sah sich kurz um, nahm sich zwei leere Bierdosen – ohne Zweifel von Jägern zurückgelassen – und steckte sie sich in die Taschen. Die Dosen würden sie gut gebrauchen können, wenn und falls sie Wasser fanden.

»Befindet sich noch irgendetwas Wertvolles in den Satteltaschen?«, fragte er.

»Wieso?«

»Weil ich die keinen Meter weiter trage.«

Sie nahm ein Feuerzeug und ein paar Süßigkeitsriegel heraus und steckte sich alles in die Taschen. Dann verließen sie den Stollen und machten sich auf in Richtung Süden, wobei sie möglichst viel in den bewaldeten Schluchten und Tälern blieben und zwar getrennt gingen, aber Sichtkontakt hielten. Sie suchten nach Wasser, fanden allerdings keinerlei Hinweise darauf. Es war Juni, vor den Sommerregenfällen; die trockenste Zeit in New Mexico.

Schließlich vereinigten sich die trockenen Flussläufe in einer tiefen Schlucht mit glatten Granitwänden. Während sie dort hinunterstiegen, hörte Gideon das Geräusch eines herannahenden Hubschraubers. Kurz darauf flog ein Black Hawk in hohem Tempo weniger als siebzig Meter über sie hinweg, die Türen geöffnet, links und rechts M143-Maschinengewehre in Stellung gebracht. Er flog weiter und verschwand hinter den Wänden der Schlucht.

»Verdammt, haben Sie die Maschinengewehre gesehen?«, sagte Alida. »Meinen Sie, dass die uns erschießen würden?«

»Sie haben es schon mal versucht.«

Gegen Mittag stießen sie schließlich auf Wasser: eine kleine Pfütze am unteren Ende eines Rinnsals. Sie warfen sich auf den Boden und schleckten die schlammige Flüssigkeit auf. Dann legten sie sich im Schatten des Überhangs auf den Rücken. Während das Wasser ihren Durst löschte, ergriff ein Heißhunger von ihnen Besitz.

Nach wenigen Minuten rührte sich Gideon und verdrückte den Rest der Granola-Packung. »Was ist eigentlich mit den Riegeln?«

Sie holte zwei Snickers-Riegel hervor, die in der Hitze geschmolzen waren. Er zog das Einwickelpapier vom einen Ende seines Riegels ab, drückte ihn sich in den Mund wie Zahnpasta und würgte das Ganze möglichst schnell herunter.

»Gibt's noch mehr?«, fragte er mit immer noch halbvollem Mund.

»Das ist alles.« Ihr Gesicht war ebenfalls mit Schokolade und Schlamm verschmiert.

»Sie sehen aus wie eine Zweijährige am Morgen nach Halloween.«

»Stimmt, und Sie sehen aus wie ihr rotznasiger kleiner Bruder.«

Sie füllten die alten Bierdosen mit Wasser und gingen weiter, verließen das hintere Ende der Schlucht und stiegen einen weiteren Grat hinauf.

Im Laufe des Tages nahm der Hubschrauberverkehr zu, hin und wieder sahen sie auch Flugzeuge, die das Gebiet absuchten. Gideon hegte keinen Zweifel, dass ihre Verfolger Infrarot- und Doppler-Radar einsetzten, doch wegen der extremen Hitze – und der guten Deckung durch die dichtstehenden Bäume – waren sie sicher. Am späten Nachmittag näherten sie sich dem Südende des Bearhead, eine Region, die Gideon allmählich wiedererkannte.

Bei Sonnenuntergang erreichten sie schließlich das Ende der Bergregion. Sie krochen auf allen vieren bis zur Spitze des letzten Grats und schauten – indem sie sich auf den Bauch fallen ließen und durch die Deckung eines Gebüschs aus Buscheichen spähten – hinunter auf die Stadt Los Alamos, Heimat von J. Robert Oppenheimer, des Manhattan Project und der Atombombe.

Trotz ihrer bemerkenswerten Vergangenheit – zu einem bestimmten Zeitpunkt war sogar ihre bloße Existenz streng geheim gewesen – wirkte Los Alamos wie jede andere Regierungsstadt, hässlich und gleichförmig, mit Schnellimbissläden, vorgefertigten Wohnanlagen und unscheinbaren Bürogebäuden. Was die Stadt heraushob, war ihre spektakuläre Lage: Die Stadt und die Labors erstreckten sich über mehrere abgelegene Hochebenen, die von den Flanken der Jemez Mountains gesäumt waren. Auf einer Höhe von über 3300 Metern gelegen, gehörte Los Alamos zu den am höchsten gelegenen Städten in den Vereinigten Staaten. Ursprünglich wegen der schlechten Zugänglichkeit und der entlegenen Lage ausgewählt, war die Stadt an einer Seite von glatten, 300 Meter hohen Felswänden umgeben und auf der anderen von hohen Bergen begrenzt. Jenseits der Stadt konnte Gideon so gerade eben den riesigen, als White Rock Canyon bekannten Erdspalt erkennen, an dessen Boden der Rio Grande – nicht einsehbar von seiner Warte – in Form von Stromschnellen und Wasserfällen hindurchbrauste.

Im Süden der Stadt waren die größeren Technik-Areale zu sehen, mit Zäunen abgesperrte Flächen, auf denen hier und da sehr große, lagerhausartige Gebäude standen. Das äußere Erscheinungsbild des Ortes machte Gideon Angst. War es wirklich klug, dort einzubrechen? Aber er sah einfach keine andere Möglichkeit. Irgendjemand hatte ihm eine Falle gestellt, und er musste herausfinden, wer es war.

Er drehte sich auf die Seite und trank einen langen Schluck aus der Bierdose. Er reichte sie Alida. »Wie ich gehofft habe, scheint sich die Suche aus der Luft hauptsächlich auf den Norden zu konzentrieren.«

»Und was machen wir jetzt? Den Zaun durchtrennen?«

Er schüttelte den Kopf. »Das ist kein normaler Zaun. Er ist voll von Infrarotsensoren, Bewegungsmeldern, Druckmessern, Alarmkreisläufen – außerdem sind auf ganzer Länge versteckte Überwachungskameras installiert. Selbst wenn wir da durchkämen, es gibt noch weitere, unsichtbare Sicherheitskordons, von denen ich nichts weiß.«

»Na prima. Wir finden eine Lücke und gehen aufs Gelände?«

»Es gibt keine Lücken. Die Sicherheitsanlagen in den Technik-Arealen sind ziemlich störungssicher.«

»Wie's aussieht, hat dich das Glück verlassen, Osama.«

»Wir müssen der Security nicht ausweichen. Wir spazieren durch den Haupteingang.«

»Ja, klar, Sie stehen ja auch nur ganz oben auf der FBI-Liste der meistgesuchten Personen.«

Er lächelte. »Ich glaube nicht, dass ich auf der Liste stehe. Zumindest noch nicht. Das FBI hat allen Grund, die Suche nach mir geheim zu halten. Dort glaubt man nämlich, dass ich einer Terrorzelle angehöre. Warum sollte man dieser kommunizieren, dass ich identifiziert wurde und auf der Flucht bin?«

Alida runzelte die Stirn. »Ich finde die Sache trotzdem irrsinnig riskant.«

»Es gibt nur einen Weg, es herauszufinden.« Und damit stand er auf.

37

Am Fahrstuhl gab es keine Stockwerktasten, sondern nur ein Schloss. Bedient wurde der Lift von einem bewaffneten Marinesoldaten. Dart betrat den Aufzug. Der Marine, der ihn gut kannte, überprüfte ihn trotzdem genau – denn er wusste, dass Dart ihn tadeln würde, wenn er's nicht täte –, dann umfasste er den Schlüssel und drehte ihn einmal herum.

Der Fahrstuhl fuhr endlos nach unten. Währenddessen nahm Dr. Myron Dart sich einen Augenblick Zeit, um seine Gedanken zu ordnen und eine Bestandsaufnahme zu machen.

Während der N-Day näher rückte, waren ganze Teile von Washington durch große Truppenkontingente evakuiert und gesichert worden. Jeder Quadratzentimeter war mit Hunden, Strahlungsmonitoren und per Hand abgesucht und noch einmal abgesucht worden. Unterdessen hielt das Land kollektiv den Atem an und mutmaßte endlos, wo der Explosionsort in Washington sich wohl befinden könnte.

Viele im ganzen Land fürchteten, dass die massive Reaktion in D.C. die Terroristen dazu zwingen würde, sich ein anderes Ziel zu suchen. Infolgedessen herrschte in weiteren amerikanischen Großstädten, von Los Angeles über Chicago bis nach Atlanta, Panik, wobei die Einwohner flüchteten und die Hochhäuser sich leerten. In Chicago war es zu

Krawallen gekommen, zudem hatten sich die Bürgerinnen und Bürger nahezu vollständig aus der Gegend um den Millennium Park und dem Sears Tower zurückgezogen. In New York herrschte Chaos. Ganze Bereiche der Innenstadt waren aufgegeben worden. Die Börsenkurse waren um fünfzig Prozent gefallen, und die Finanzindustrie hatte das Gros ihrer Handelsgeschäfte nach New Jersey verlegt. Eine lange Liste von amerikanischen Wahrzeichen waren abgesperrt worden, und die Anwohner waren geflohen – von der Golden Gate Bridge bis zur Freiheitsstatue. Sogar der Gateway Arch in St. Louis erzeugte Panik. Absurdes Theater im ganzen Land.

Neben den Spekulationen und der Panik waren da noch die unvermeidlichen Vorwürfe wegen der festgefahrenen Ermittlungen. Über NEST war eine wahre Flutwelle von Kritik, Besserwisserei und öffentlicher Wut zusammengeschlagen. Es hieß, es handle sich um eine unfähige, chaotische, desorganisierte, in Bürokratie erstickende Organisation.

Ein Großteil der Kritik war, wie Dart einräumen musste, durchaus berechtigt. Die Ermittlungen hatten ein Eigenleben angenommen, waren eine Art Frankenstein, ein *lusus naturae*, das sich jeder zentralen Kontrolle entzog. Doch das wunderte ihn gar nicht. Es war vielmehr unvermeidlich.

Der Marinesoldat warf ihm einen Blick zu. »Entschuldigen Sie, Sir?«

Dart merkte, dass er laut gemurmelt hatte. Gott, er war müde. Er schüttelte den Kopf.

Die Fahrstuhltüren öffneten sich. Dahinter lag ein Gang mit blau-goldenem Teppichboden. Eine Wanduhr schlug 23 Uhr, doch so weit unter der Erde und unter diesen Umständen war die Tageszeit im Grunde gleichgültig geworden. Während Dart den Fahrstuhl verließ, erschienen zwei weitere Marines, sie flankierten ihn und führten ihn den Flur hinunter. Sie kamen an einem Raum voller Leute vorbei, die vor einer monströsen Wand aus Computerbildschirmen saßen und alle gleichzeitig in Headsets sprachen, an einem weiteren Raum mit einem Pult mit dem Präsidentenwappen, Fernsehkameras und einem Bluescreen. Außerdem an Konferenzzimmern, einer kleinen Cafeteria, vorübergehenden Schlafunterkünften für Militärangehörige. Schließlich gelangten sie vor eine geschlossene Tür mit einem Empfangstresen davor. Der Mann hinter dem Tresen lächelte ihnen zu, als sie sich näherten.

»Dr. Dart?«, fragte er.

Dart nickte.

»Gehen Sie einfach hinein. Er erwartet Sie schon.« Der Mann griff in eine Schublade und drückte offenbar einen Knopf, ein Summen ertönte, und die Tür hinter ihm sprang auf.

Dart betrat das Zimmer. Der Präsident der Vereinigten Staaten saß hinter einem großen, schmucklosen Schreibtisch. An den Enden stand jeweils eine amerikanische Miniatur-Flagge. Zwischen ihnen eine Reihe von Telefonen in verschiedenen hellen Farben, wie etwas, das man in einem Spielzimmer erwartet hätte. An einer Seitenwand hingen ein halbes Dutzend Fernsehbildschirme, von denen jeder auf einen anderen Kanal eingestellt und der Ton auf stumm gestellt war. Der Stabschef des Präsidenten stand, die Hände vor dem Bauch gefaltet, schweigend auf einer Seite. Dart wechselte ein knappes Nicken mit dem Stabschef, der für seine Verschwiegenheit berühmt war, und wandte seine Aufmerksamkeit dem Mann hinter dem Schreibtisch zu.

Unter dem wohlbekannten rabenschwarzen Haarschopf und den buschigen Augenbrauen wirkten die Augen des Präsidenten eingesunken, fast verletzt. »Dr. Dart.«

»Guten Abend, Mr. President«, antwortete Dart.

Der Präsident wies mit einer Handbewegung zu den beiden Sofas, die seinem Schreibtisch gegenüberstanden. »Bitte setzen Sie sich. Ich nehme jetzt Ihren Bericht entgegen.«

Die Tür zum Zimmer wurde leise von außen geschlossen. Dart nahm Platz, räusperte sich. Er hatte keinen Folder, keine Notizen mitgebracht. Alles war wie eingebrannt in seinem Kopf.

»Uns bleiben nur noch drei Tage bis zum voraussichtlichen Angriff«, begann er. »Washington ist so sicher, wie es nach menschlichem Ermessen möglich ist. Alle Ressourcen, Behörden und Mitarbeiter wurden für den Einsatz mobilisiert. Kontrollpunkte der Armee wurden an allen Straßen installiert, die in die Stadt hinein- oder aus ihr hinausführen. Das Recht auf Unverletzlichkeit der Person wurde, wie Sie wissen, vorübergehend außer Kraft gesetzt, sodass es uns erlaubt ist, jede Person aus beinahe jedem Grund in Gewahrsam zu nehmen. Eine Abfertigungseinrichtung für die Festgenommenen wurde errichtet, am Potomac, direkt oberhalb des Pentagon.«

»Und die Evakuierung der Bevölkerung?«, fragte der Präsident.

»Ist beendet. Diejenigen, die nicht gehen wollten, wurden in Gewahrsam genommen. Wir müssen die regionalen Krankenhäuser offen halten, mit Rumpfpersonal, für diejenigen Patienten, die einfach nicht verlegt werden können. Aber das sind wenige.«

»Und der Stand der Ermittlungen?«

Dart zögerte kurz, ehe er antwortete. Die Antwort würde schwierig werden. »Nichts Neues von Bedeutung seit meinem letzten Briefing. Sehr geringe Fortschritte wurden bei der Identifizierung der Gruppe und des Ortes erzielt, an dem die Kernwaffe sich befindet. Wir waren nicht in der Lage, das tatsächliche Ziel einzugrenzen – das heißt, außer den mehreren bereits bekannten.«

»Was ist mit der möglichen Bedrohung anderer Städte? Dass die Terroristen ihr Ziel ändern?«

»Auch hier gilt: Wir haben keine nützlichen Informationen bezüglich anderer Ziele, Sir.«

Der Präsident sprang auf und begann, auf und ab zu gehen. »Bei Gott, das ist inakzeptabel. Was ist eigentlich mit diesem Terroristen, der immer noch frei herumläuft? Diesem Crew?«

»Leider entzieht Crew sich weiterhin unseren Leuten. Er ist in die Berge geflüchtet, allerdings haben meine Männer ihn jetzt in einem großen unberührten Gebiet eingekreist, wo er zumindest keinen Schaden anrichten kann, wo es keine Funkverbindung gibt, keine Straßen, keine Möglichkeit für ihn, mit der Außenwelt in Kontakt zu treten.«

»Nun gut, aber wir brauchen ihn! Er könnte Namen nennen, er könnte Ziele nennen! Verdammt, Mann, ihr müsst ihn finden!«

»Wir bringen bei der Suche eine enorme Anzahl von Kräften zum Einsatz. Wir werden ihn mit Sicherheit aufspüren, Mr. President.«

Der schlanke Präsident schritt von einer Seite des Zimmers zur anderen. Plötzlich drehte er sich um. »Erzählen Sie mir etwas über die Bombe selbst. Welche neuen Informationen haben wir?«

»Die Mitglieder der Technischen Arbeitsgruppe sind sich nach wie vor uneins, wie sie die von uns entdeckten Muster der Strahlung, die Isotopen-Verhältnisse, die Spaltprodukte interpretieren sollen. Es gibt da, wie es scheint, Anomalien.«

»Erklären Sie mir das.«

»Die Terroristen hatten Zugang zur höchsten Ebene des Ingenieurwissens – Crew und Chalker waren zwei von Los Alamos' kenntnisreichsten Experten, was die Entwicklung von Nuklearwaffen betrifft. Die Frage lautet: Wie gut war ihre *Herstellung* der mutmaßlichen Waffe? Die tatsächliche Fertigung der Bombenteile, das Zusammensetzen, die Elektronik, das ist eine sehr, sehr präzise Angelegenheit. Weder Chalker noch Crew verfügte über diese Art von technischem Know-how. Einige aus der Technischen Arbeitsgruppe glauben, dass die Bombe, die die beiden hergestellt haben, womöglich so groß ist, dass sie nur in einem Pkw oder Van transportiert werden kann.«

»Und Sie? Was glauben *Sie?*«

»Ich persönlich meine, dass es sich um eine Kofferbombe handelt. Meines Erachtens müssen wir davon ausgehen, dass die Terroristen über weiteres technisches Know-how verfügen, nicht nur das von Chalker und Crew.«

Der Präsident schüttelte den Kopf. »Was können Sie mir sonst noch darüber berichten?«

»Die beiden Teile der Bombe wurden seit dem Unfall gut getrennt und geschützt, da wir nirgends irgendwelche Spuren von Strahlung finden können. Washington ist eine weiträumige Stadt, sie erstreckt sich über ein großes Gebiet. Wir haben es hier mit der sprichwörtlichen Nadel im Heuhaufen zu tun. Die allerbesten Einsatzkräfte der örtlichen und bundesstaatlichen Behörden, Ressourcen der Bundespolizei und des Militärs wurden angezapft, außerdem haben wir ein großes Truppenkontingent von den zahlreichen Militärbasen in der Nähe Washingtons abgezogen. Die Stadt wimmelt buchstäblich von Soldaten, die ein massives Schleppnetz bilden.«

»Verstehe«, sagte der Präsident. Er dachte einen Augenblick nach. »Und was halten Sie von der Idee, dass alle Ihre Bemühungen die Terroristen möglicherweise nur dazu veranlassen, die Waffe auf ein weniger stark geschütztes Ziel umzuleiten? Das ganze Land befindet sich in einem Zustand der Panik – und zwar zu Recht.«

»Unsere Leute haben diese Frage ausgiebig erörtert«, erwiderte Dart. »Es stimmt, dass es viele andere Ziele gibt, die sich als attraktiv erweisen könnten. Fest steht aber: Alle uns vorliegenden Hinweise deuten darauf hin, dass die Terroristen auf Washington fixiert sind. Unsere Experten zur Psychologie des Dschihadismus sagen uns, dass der symbolische Wert des Angriffs sehr viel wichtiger ist als die Anzahl der getöteten Personen. Und das spricht für einen Angriff auf die Hauptstadt der USA. Ich selbst glaube weiterhin, und zwar sehr stark, dass Washington nach wie vor das Ziel darstellt. Natürlich geben wir uns nicht damit zufrieden und haben Streitkräfte in jeder größeren amerikanischen Stadt in Bereitschaft versetzt. Aber meines Erachtens wäre es ein schwerer, *sehr* schwerer Fehler, zusätzliche Kräfte aus Washington abzuziehen, um irgendeiner rein hypothetischen Gefahr in einer anderen Stadt entgegenzuwirken.«

Der Präsident nickte abermals, langsamer. »Ich habe das schon verstanden. Ich möchte aber dennoch, dass Ihre Leute eine spezielle Liste mit symbolträchtigen Zielen in anderen Städten anfertigen und einen Plan zum Schutz für jedes einzelne entwickeln. Schauen Sie, das amerikanische Volk hat, was eine Liste von Zielen betrifft, bereits mit den Füßen abgestimmt. Machen Sie sich also an die Arbeit. Zeigen Sie den Menschen, dass wir alle Städte schützen werden, nicht nur D. C.«

»Ja, Mr. President.«

»Glauben Sie in Anbetracht der Lage, dass diese Leute das Datum ändern?«, fragte der Präsident.

»Alles ist möglich. Für uns spricht der Umstand, dass die Terroristen nicht wissen, dass wir das Datum herausgefunden haben. Es ist uns gelungen, es vor der Presse und der Öffentlichkeit geheim zu halten.«

»Und es sollte auch besser geheim bleiben«, sagte der Präsident. »Also, gibt es sonst noch etwas, das ich im Moment wissen sollte?«

»Mir fällt da nichts ein, Sir.« Dart warf dem Stabschef einen kurzen Blick zu, der sich völlig ruhig im Hintergrund gehalten hatte.

Der Präsident hörte auf, auf und ab zu gehen, und fixierte Dart mit einem müden Blick. »Ich bin mir der Flut der Kritik, die über Sie und die Ermittlungen hereinbricht, wohl bewusst. Auch ich muss unglaublich viel einstecken. Und in vielerlei Hinsicht sind die Ermittlungen tatsächlich massiv, schwerfällig und viel zu aufwendig. Aber Sie und ich wissen, dass es nicht anders geht; es ist die Art, wie Washington funktioniert, und wir können nicht mitten im Rennen die Pferde wechseln. Also, machen Sie weiter. Und, Dr. Dart, vor unserem nächsten Briefing – ja, so bald wie möglich – möchte ich hören, dass Sie Gideon Crew festgenommen haben. Mir scheint, dass diese Person der Schlüssel zum Durchbruch in den Ermittlungen ist.«

»Ja, Mr. President.«

Als Zeichen, dass er entlassen war, schenkte der Präsident Dart ein Lächeln – ein angespanntes, erschöpftes Lächeln ohne Wärme oder Humor darin.

38

Die Wildnis endete, und Los Alamos begann, als hätte jemand einen Strich gezogen. Mit einem Mal wich der Wald einer typischen vorstädtischen Gegend mit Ranchhäusern, supergepflegten Rasenflächen, Spielplätzen und Kinder-Planschbecken und asphaltierten Garagen-Vorplätzen, auf denen Kombis und Mini-Vans standen.

Aus der Deckung des Waldrands blickte Gideon über einen dunklen Rasen zu einem Mini-Van, einem alten Chevrolet Astro, Baujahr 2000. Es war elf Uhr abends, aber das Haus war dunkel. Keiner zu Hause. Während er sich umsah, fiel ihm sogar auf, dass fast alle Häuser dunkel waren. Über dem Ort lag eine Atmosphäre der Verlassenheit, ja der Vergessenheit.

»Das hier macht mich nervös«, sagte Alida.

»Hier ist niemand. Sieht so aus, als wären alle gegangen.«

Er schritt mutig über den Rasen, Alida folgte hinter ihm. Als sie zur Seite des Hauses gelangten, drehte er sich zu ihr um. »Warten Sie hier einen Moment.«

Gideon sah keinerlei Hinweise auf eine Alarmanlage, und deshalb war es eine Sache von zwei Minuten – und langjähriger Erfahrung –, in das Haus einzubrechen und sich zu vergewissern, dass es leer war. Er fand das Elternschlafzimmer und besorgte sich ein frisch gebügeltes Hemd, das ihm beinahe passte. Er kämmte sich im Badezimmer die Haare, dann nahm er ein wenig Obst und ein paar Flaschen Softdrinks aus der Küche mit und ging zu der Stelle zurück, wo Alida auf ihn wartete.

»Ich hoffe, Sie sind nicht zu nervös, um zu essen«, sagte er und reichte ihr einen Apfel und eine Cola. Alida biss heißhungrig in das Obst.

Gideon erhob sich aus der Hocke, ging zur Garagenauffahrt und stieg in den Mini-Van. Der Zündschlüssel steckte weder im Zündschloss, noch lag er auf der Mittelkonsole. Er stieg aus und öffnete die Motorhaube.

»Was machen Sie da?«, murmelte Alida mit vollem Mund.

»Ich schließe den Wagen kurz.«

»Jesses. Ist das eine weitere Ihrer kleinen ›Fertigkeiten‹?«

Er klappte die Motorhaube zu, setzte sich wieder hinters Lenkrad und begann, die Verschalung der Lenksäule mit einem Schraubenzieher, den er im Handschuhfach gefunden hatte, abzumontieren. Kurz darauf war er so weit, und der Wagen sprang an.

»Das ist doch verrückt. Die knallen uns sofort ab, wenn sie uns sehen.«

»Legen Sie sich auf den Boden, und breiten Sie die Decke dort über sich.«

Alida stieg in den Fond und legte sich so hin, dass man sie nicht sehen konnte. Ohne dass er noch irgendetwas sagte, setzte Gideon rückwärts aus der Einfahrt und fuhr die Straße entlang. Bald befanden sie sich auf dem Oppenheimer Drive, fuhren an der Trinity vorbei und weiter zum Haupttor des Tech-Areals. Die Stadt war menschenleer, aber sogar so spät am Abend, jetzt, da eine nukleare Bedrohung über dem Land hing, ging die Arbeit in Los Alamos weiter. Als sie sich dem Tor näherten, erblickte Gideon die grellen Laternen, die beiden bewaffneten Wachleute in ihren Häuschen, die Betonabsperrungen, den immer freundlichen Sicherheitsoffizier.

Vor ihnen hielt ein Wagen, der kontrolliert wurde. Gideon fuhr langsamer, blieb stehen, wartete. Er hoffte, der Wachmann würde ihn nicht allzu genau in Augenschein nehmen – sein Hemd war natürlich sauber, aber seine Hose völlig verdreckt. Das Herz schlug wie wild in seiner Brust. Er sagte sich, dass es keinen Grund für das FBI gab, seinen Namen zu veröffentlichen; keinen Grund, die Security in Los Alamos zu verständigen, denn die Leute dort glaubten ja, dass er dort zuallerletzt auftauchen würde und dass er jeden Grund hatte, seine Identität geheim zu halten, während sie versuchten, ihn zur Strecke zu bringen.

Aber andererseits: Wenn Alida doch recht hatte? Was, wenn das FBI eine Fahndung nach ihm ausgeschrieben hatte? Sobald er das Tor erreicht hätte, würde man ihn festnehmen. Die Sache war verrückt. Er hatte ein Auto – er sollte einfach wenden und von hier verschwinden. Er geriet in Panik, legte den Rückwärtsgang ein und wollte gerade aufs Gaspedal treten.

Der Wagen vor ihm wurde durchgelassen.

Zu spät. Er stellte die Automatik auf vorwärts und fuhr bis zum Wachhäuschen, zog seinen Los-Alamos-Ausweis vom Hals und reichte ihn dem Wachmann.

Der Wachmann nickte ihm lässig zu, er hatte ihn offensichtlich erkannt, nahm den Ausweis und ging ins Wachhäuschen. Das passierte normalerweise eigentlich nicht. Hatte der Mann den Wagen erkannt und wusste, dass er nicht Gideon gehörte? Wieder schob Gideon den Rückwärtsgang ein, während sein Fuß über dem Gaspedal schwebte. Hinter ihm befand sich kein Fahrzeug. Wenn er mit Karacho zurücksetzte, könnte er möglicherweise die Abzweigung zur Nebenstraße nach Bandelier erreichen, bevor man eine Verfolgung organisierte. Dann könnte er den Wagen bei den indianischen Ruinen von Tsankawi zurücklassen und das Indianerreservat San Ildefonso zu Fuß durchqueren.

Mein Gott, das dauerte ja ewig. Er sollte endlich losfahren, bevor die Alarmanlage losging.

Da erschien der Security-Mann mit einem Lächeln und dem Ausweis. »Danke, Dr. Crew. Hier ist Ihr Ausweis. Wie ich sehe, machen Sie Überstunden.«

Gideon brachte ein Lächeln zustande. »Die Plackerei hört nie auf.«

»Das kann man wohl sagen.« Und damit winkte ihn der Mann durch.

Gideon stellte den Wagen im hinteren Teil des Parkplatzes für das Tech-Areal 33 ab, in dem er arbeitete. Es handelte sich um einen gewaltigen, lagerhausartigen, weiß verputzten Plattenbau. In dem Gebäude waren die Büros und Labors eines Teils des Stockpile-Stewardship-Teams untergebracht, außerdem hatte man von dort Zugang zu den unterirdischen Testkammern und einem kleinen Linearbeschleuniger, mit dem man altes Bombenmaterial und andere atomare Spaltprodukte testen konnte

Im Dunkel des Autos überprüfte Gideon den Schreckschussrevolver. Es handelte sich um einen Nachbau eines alten 1877er Colt-Revolvers mit Hahn- und Abzugspannung, nickelplattiert und voll geladen mit Platzpatronen. Aber ob nun Platzpatronen oder nicht, Gideon hoffte, das Ding nicht einsetzen zu müssen.

Er steckte den Revolver hinter den Hosenbund und zog das Hemd über die Hose. »Wir sind da.«

Alida warf die Decke ab und erhob sich. »Das war's? Keine weiteren Sicherheitsüberprüfungen?«

»Es gibt noch weitere Sicherheitskordons, aber keinen, wenn man in eines der Büros will.« Er betrachtete sein Gesicht im Rückspiegel – nicht ganz sauber und auch nicht rasiert. Er war in seiner Abteilung als nachlässig bekannt, was Kleidung betraf, deshalb hoffte er, dass sein aktueller zerzauster Zustand nicht auffallen würde. Die meisten Physiker waren als schlampig verschrien; es war eine Art Ehrenabzeichen.

Er stieg aus dem Wagen. Sie gingen über den Parkplatz und zur Vorderseite des Gebäudes.

»Ist dieser Bill Novak, von dem Sie mir erzählt haben, dieser Netzwerk-Sicherheitstyp, denn überhaupt hier?«, fragte Alida. »Es ist nach elf.«

»Wahrscheinlich nicht. Aber es ist immer jemand im Sicherheitsbüro. Heute Abend wird es wohl Warren Chu sein. Wenigstens hoffe ich das. Er dürfte uns nicht viele Schwierigkeiten machen.«

Sie betraten das Gebäude. Durch den vorderen Bereich verlief ein L-förmiger Flur; die Labors befanden sich im rückwärtigen Teil sowie unter der Erde. Gideon ging langsam, er kontrollierte seine Atmung und versuchte, ruhig zu bleiben. Er bog um die Ecke, trat vor eine geschlossene Tür und klopfte an.

»Ja?«, ertönte eine gedämpfte Stimme aus dem Zimmer. Die Tür öffnete sich. Vor ihm stand Chu, ein rundlicher, ausgeglichener Bursche mit Brille und fröhlichem Gesichtsausdruck. »Hallo, Gideon. Wo hast du denn so lange gesteckt?«

»Urlaub.« Er drehte sich um. »Das ist Alida – sie ist neu hier. Ich zeige ihr alles.«

Das runde Gesicht wandte sich Alida zu, und das Lächeln wurde breiter. »Herzlich willkommen auf dem Mars, Erdling.«

Gideon setzte eine ernste Miene auf. »Darf ich reinkommen?«

»Klar. Gibt's ein Problem?«

»Ja. Ein großes.«

Chus Miene verdüsterte sich, während Gideon das Zimmer betrat. Sie gingen in Chus winziges, fensterloses Büro.

Chu räumte den zweiten Stuhl ab und musterte Gideons verdreckte Hose, verzichtete aber auf einen Kommentar. Alida setzte sich, Gideon blieb stehen. Er roch Kaffee und sah eine Packung Krispy-Creme-Donuts. Auf einmal hatte er einen Mordshunger.

»Darf ich?« Er klappte die Packung auf.

»Bedien dich.«

Gideon nahm sich einen Glazed Cruller und einen New York Cheesecake. Er bemerkte Alidas Blick und nahm zwei für sie heraus. Er stopfte sich den Cruller in den Mund.

»Also, was ist denn los?« Chu schien es zu ärgern, dass vier von seinen Donuts so schnell verschwunden waren.

Gideon schluckte und wischte sich die Krümel aus den Mundwinkeln. »Wie's aussieht, war jemand an meinem Rechner, während ich im Urlaub war. Hat sich reingehackt. Ich weiß zwar nicht, wie der Betreffende an meinem Passwort vorbeigekommen ist, aber er hat's geschafft. Ich möchte wissen, wer es war.«

Chu wurde ganz blass und senkte die Stimme. »Mein Gott, Gideon, du weißt doch, dass du das über die richtigen Kanäle kommunizieren musst. Du darfst gar nicht herkommen. Ich bin bloß für die Technik zuständig.«

Gideon senkte die Stimme. »Warren, ich bin zu dir gekommen, weil der, der das getan hat – egal, wer es war –, es anscheinend auf dich abgesehen hatte.«

»Auf mich?« Chus Brauen schossen vor Erstaunen in die Höhe.

»Ja, dich. Schau, ich weiß, dass du es nicht gewesen bist. Aber wer immer das getan hat, hat dein Bild auf meinen Monitor gepflastert, und darauf zeigst du mir den Finger. Und dazu sieht man noch ein hübsches kleines Gedicht: *Warren Chu sagt: Auch du kannst mich mal.*«

»Meinst du das ernst? O mein Gott, ich fasse es nicht.

Warum sollte jemand mir so was antun wollen? Ich bringe den Kerl um, ich schwöre es.« Chu drehte sich bereits zu seinem Monitor um. »Wann ist das passiert?«

Gideon überlegte. Welche Zeit angeben? Die Sache musste ihm irgendwann zwischen der Notlandung mit dem Flugzeug und der versuchten Festnahme angehängt worden sein. »Zwischen, hm, vor vier Tagen und sehr früh gestern Morgen.«

»Wow«, sagte Warren und starrte auf seinen Bildschirm. »Dein Account ist eingefroren. Und mir hat man nichts davon gesagt!«

»Das liegt daran, dass man *dich* verdächtigt.«

Chu zog beinahe an seinen langen Haaren. »Ich fasse es einfach nicht. Wer macht denn so etwas?«

»Gibt es eine Möglichkeit, in meinen Account reinzukommen und sich dort umzuschauen? Vielleicht könnten wir ja herausfinden, wer das getan hat, du weißt schon, bevor das an der großen Glocke hängt und die Security dich durch die Mangel dreht.«

»Zum Teufel, ja. Ich bin befugt, das hier außer Kraft zu setzen. Wenn die mir nicht auch *das* noch weggenommen haben.«

Gideons Herz schlug schneller. »Tatsächlich?«

»Klar.« Chus Finger trommelten einen wütenden Wirbel auf die Tastatur. »Wie konnte der Hacker bloß an dein Passwort rankommen?«

»Ich hatte gehofft, du würdest mir das erklären.«

»Hast du es irgendwo aufgeschrieben?«

»Niemals.«

»Hast du dich mal vor irgendjemandem eingeloggt?«

»Nein.«

»Dann müsste es jemand mit einer Sicherheitsunbedenklichkeitsbescheinigung sein.«

Gideon sah genau hin, als eine Reihe von Ziffern schneller und schneller über den Bildschirm scrollten. Chu war das Abbild reiner Empörung.

»Ich werd den Scheißer finden«, sagte er und haute weiter auf die Tasten. »Werd den Scheißer finden … Na bitte – ich bin drin in deinem Account.«

Ein letzter triumphierender Wirbel auf der Tastatur, und dann blickte Gideon auf den Bildschirm. Er zeigte seine Homepage, die nach dem Log-in erschien. Wo würden sich die belastenden »dschihadistischen Liebesbriefe« wohl am ehesten verstecken?

»Checken wir mal meine E-Mails.«

Chu tippte weiter, worauf Gideons geschütztes E-Mail-Konto erschien. Wieder war Chu gezwungen, den geschützten Account zu überschreiben.

Während Gideon auf die Masse der E-Mails schaute, kam ihm eine Idee. »Sind da welche von oder an Chalker dabei?«

»Reed Chalker?« Chu schien unsicher zu sein, tippte die Bitte aber trotzdem ein. Eine Liste erschien, die auf Monate vor Chalkers Verschwinden zurückdatierte. Die Anzahl der Mails verblüffte Gideon; er konnte sich nicht erinnern, je mit Chalker korrespondiert zu haben.

»Sieht so aus, als hättet ihr beide eine Menge zu bereden gehabt«, sagte Chu. »Aber wie soll uns das dabei helfen, den Hacker zu finden?«

»Diese E-Mails wurden mir absichtlich untergeschoben«, sagte Gideon. »Vom Hacker.«

»Tatsächlich?« Chu schien das zu bezweifeln. »Das wäre ganz schön schwierig gewesen.«

»Ich habe Chalker keine einzige Mail geschickt. Na ja, fast keine.« Gideon griff an Chu vorbei, beugte sich über die Tastatur, klickte eine ein Jahr alte Mail an, die unverdächtig mit »Urlaub« betitelt war, und betätigte die ENTER-Taste.

> Salaam, Reed,
> in Beantwortung Deiner Frage: Du erinnerst Dich sicherlich, was ich über die Welt gesagt habe: dass diese in das Dar al-Islam und das Dar al-Harb unterteilt ist – das Haus des Islams und das Haus des Krieges. Es gibt keinen Mittelweg, keinen Ort dazwischen. Du, Reed, hast nun persönlich das Haus des Islam betreten. Jetzt beginnt der wahre Kampf – mit dem Haus des Krieges, das Du hinter Dir gelassen hast.

Gideon starrte ungläubig auf den Text. Das hatte er niemals geschrieben. Es ließ ihn nicht nur wie einen Mitverschwörer aussehen, der mit Chalker gemeinsame Sache machte, sondern sogar wie einen Anwerber. Rasch öffnete er die nächste E-Mail.

> Mein Freund Reed, Salaam:
> Der Dschihad ist nicht nur ein innerer Kampf, sondern auch ein äußerer. Es kann für Dich als guter Muslim erst Frieden, ein Ende des Kampfes geben, wenn die ganze Welt zum Dar al-Islam wird.

Gideon begann, seine E-Mails durchzusehen. Es handelte sich hier zweifellos um ein kompliziertes, äußerst ausgeklügeltes Täuschungsmanöver. Kein Wunder, dass Fordyce darauf hereingefallen war. Gideon fiel eine E-Mail aus jüngerer Zeit auf, und er öffnete sie.

> Die Zeit ist gekommen. Zögere nicht. Wenn jemand die Botschaft des Islams empfängt und im Tod zurückweist,

dann ist er zum ewigen Leben im Höllenfeuer verdammt. Wer wahrhaft an die Botschaft glaubt, dem werden seine früheren Sünden vergeben, und er wird die Ewigkeit im Paradies verbringen. Wenn du den Glauben hast, handle danach. Sorge Dich nicht, was andere denken. Dein ewiges Leben steht auf dem Spiel.

Die E-Mail ging in ähnlicher Manier weiter. Chalker sollte dazu überredet werden, zu kooperieren. Gideon las mit zunehmender Empörung weiter. Er war nicht nur das Opfer eines Komplotts, sondern eines höchst ausgeklügelten Komplotts, und der Urheber war jemand aus dem Innern des Systems.

39

Warren Chu betrachtete die per E-Mail gesendeten Botschaften mit wachsendem Entsetzen und Unglauben. Die waren doch nicht absichtlich untergeschoben worden – wie hätte das denn funktionieren sollen? Niemand anderer als der Sicherheitschef konnte so etwas hinbekommen.

Er drehte sich langsam um und starrte Gideon an, als sehe er ihn zum ersten Mal. Ein Gedanke schoss Chu durch den Kopf: Man konnte in einen anderen Menschen eben nie hineinschauen. Nie wäre er darauf gekommen, dass Gideon …

»Ich fasse es einfach nicht, dass du das geschrieben hast«, brach es aus ihm hervor, beinahe ohne nachzudenken.

»Verdammt, Warren, ich habe das nicht geschrieben«, widersprach Gideon mit Nachdruck. »Diese E-Mails wurden mir untergejubelt!«

Chu verblüffte es, wie vehement Gideon widersprach. Wieder fragte er sich, wie man so etwas hinkriegen konnte. Es kam ihm äußerst unwahrscheinlich vor. Und nicht nur das, aber diese Rede davon, dass auch er, Warren Chu, ins Visier genommen worden war ... Allmählich hatte er das Gefühl, als wolle Gideon ihn linken.

Er räusperte sich, wollte seine Stimme normal klingen lassen. »Gut. Okay. Lass mich eine Weile daran arbeiten. Mal sehen, ob ich herausfinden kann, wer das getan hat und wie.«

»Du bist ein echter Kumpel, Warren.« Gideon stopfte sich den Rest des Cheesecake-Donuts in den Mund.

Pause. »Gideon, hm, würde es dir etwas ausmachen? Ich kann nicht arbeiten, wenn mir jemand über die Schulter sieht.«

»Na klar. 'tschuldigung.«

Gideon begab sich zur anderen Seite des Büros und nahm sich – wie Chu ziemlich verärgert bemerkte – noch einen Donut. Der Typ benahm sich, als hätte er seit Tagen nichts mehr gegessen.

Chu öffnete eine weitere E-Mail, dann noch eine. Ihm wurde angst und bange. Das geschützte Netzwerk lief als Typ II einer Virtuellen-Maschinen-Umgebung. Konnte es sein, dass jemand den VM-Monitor ausgehebelt hatte, vielleicht Root-Zutritt erhalten oder das Gastbetriebssystem ausgelagert hatte, dann einen Keylogger eingeschleust oder die sichere Anmeldefunktion irgendwie aufgeweicht hatte? Das war zwar theoretisch möglich, aber um das herauszufinden, dazu musste man mehr können, als er, Chu, draufhatte.

Je länger er über die Robustheit der VM-Architektur nachdachte, die isolierten Adress-Räume und die virtuelle Speicher-Abstraktion, umso schwieriger kam ihm der Hackereinbruch vor. Außerdem hatte er Gideon schon immer für ein klein wenig zu unabhängig … ja, undurchsichtig gehalten. Aber das bedeutete – falls diese E-Mails nicht eingeschleust worden waren –, dass Gideon ein Terrorist war, ein Landesverräter, ein potenzieller Massenmörder … Chu, überwältigt von dem Gedanken, bekam weiche Knie.

Was in Gottes Namen sollte er tun?

Plötzlich wurde ihm klar, dass die Frau, die mit Gideon hereingekommen war, die neue Mitarbeiterin, hinter ihn getreten war. Er schrak zusammen, als sie ihm eine Hand auf die Schulter legte und genügend fest drückte, um ihm eine Botschaft zu übermitteln. Er blickte auf und sah sich um. Gideon stand jetzt an der Tür, er schaute hinaus, links und rechts, die Gänge hinunter, Ausschau haltend. Zum ersten Mal bemerkte Chu die Handfeuerwaffe, die hinter Gideons Hosenbund steckte.

Die Frau beugte sich über ihn und flüsterte: »Wenn Sie hier eine Alarmanlage haben, dann aktivieren Sie die. Jetzt.«

»Was?« Chu verstand nicht ganz.

»Gideon steckt mit denen unter einer Decke. Den Terroristen.«

Chu schluckte. Das war die Bestätigung.

»Tu's einfach, und bleib ganz ruhig.«

Chu merkte, wie ihn ein Gefühl der Irrealität überkam. Sein Herz hüpfte ihm in der Brust, und er spürte, wie die Schweißdrüsen in seinem Gesicht prickelten. Erst Chalker und jetzt Gideon. Unglaublich. Aber da waren die E-Mails, sie starrten ihm mitten ins Gesicht – der unumstößliche Beweis.

Lässig griff er unter den Schreibtisch, fand den Knopf, drückte ihn. Er hatte das noch nie getan und war sich nicht sicher, was passieren würde.

Eine leise Sirene ertönte. Auf dem Gang begannen rote Lichter zu blinken.

»Was soll das?« Gideon drehte sich um, weg von der Tür.

»Tut mir leid, Kumpel«, sagte die Frau, wandte sich zu Gideon um und verschränkte die Arme vor der Brust. »Du bist erledigt.«

40

Gideon starrte sie ungläubig an. Er musste sich da wohl verhört oder irgendetwas falsch verstanden haben. »Alida, was machen Sie da?«

Sie drehte sich zu ihm um, selbstsicher und gesammelt. »Ich habe auf meine Chance gewartet. Ich habe Ihnen doch gesagt, ich könne es gar nicht erwarten, Sie auszuliefern. Wissen Sie noch?«

Einen Augenblick war Gideon so schockiert, dass er nicht mal wütend war.

»Fast hätte ich Ihnen Ihre ganze Geschichte abgenommen«, sagte sie. »Aber als ich die E-Mails hier gesehen habe …«

»Aber die hat mir doch jemand untergeschoben!«

»Ja, klar. Und all die FBI-Agenten, all die Hubschrauber, und dass alle auf Sie geschossen haben – ich nehme an, das ist auch alles ein Irrtum. Es ist einfach zu viel, um Ihnen das abzunehmen, Gideon. Ich bin nicht so leichtgläubig.«

Gideon hörte laute Schritte, die den Gang herunterkamen. Schnell zog er den Revolver und schoss damit einmal in die Luft. Dann packte er Chu am Arm, drehte ihn ihm auf den Rücken und hielt ihm die Waffe an den Kopf. »Raus«, brüllte er. »Auf den Gang.«

Mit einem furchtsamen Japser beeilte sich Chu, ihm zu gehorchen.

»Das ist ein Schreckschussrevolver!«, rief Alida und rannte hinter ihnen her.

»Glauben Sie mir, das Ding ist echt«, sagte Gideon. »Bringen Sie mich nicht dazu, ihn umzulegen.«

Gideon stieß Chu im Laufschritt vor sich her. Der Hochsicherheits-Checkpoint zu den inneren Labors befand sich weiter hinten auf dem Gang. Sie bogen um die Ecke und gelangten zu dem Kontrollpunkt. Er war mit zwei Metalldetektoren ausgestattet, und mehrere Wachleute waren dort postiert. Alle hatten ihre Waffe gezogen.

»Er ist ein toter Mann, wenn ihr mich aufhaltet!«, schrie Gideon und stieß Chu durch den Metalldetektor, der mit schrillem Alarm ausgelöst wurde.

»Das ist ein Filmrevolver, ihr Idioten!«, rief Alida.

»Wollt ihr, dass ich beweise, dass er echt ist? Wenn ihr mir folgt, schieße ich!« Gideon ging weiter und schubste Chu über den Gang zur Feuertreppe. Er stieß die Tür mit der Schulter auf und zog Chu mit sich die Treppe hinunter. Nur eine Person folgte ihnen: Alida.

»Miststück!«, sagte Gideon, als Alida ihm auf den Rücken sprang und versuchte, seinen Revolver zu packen. Er stieß sie zur Seite, aber sie ging erneut auf ihn los, boxte ihn und versuchte wieder, ihm die Waffe zu entreißen.

»Aufhören!«, schrie Chu.

Gideon riss sich los und stieß Chu durch die Tür unten an der Treppe und in den Partikelbeschleuniger-Kontrollraum. Dort standen zwei Angestellte vor dem großen Halbkreis der Bildschirme und Instrumente und starrten ihnen entsetzt entgegen.

Wieder hörte Gideon auf dem Gang draußen laute Schritte.

»Auf den Boden! Alle!« Er gab einen Schuss in Richtung Decke ab.

Die Angestellten warfen sich auf den Boden. Komisch, dachte Gideon grimmig, die Hersteller einiger der furchterregendsten Waffen auf der Welt waren in Wahrheit Schisshasen.

Sekunden später stürmten ein halbes Dutzend Security-Leute mit gezogenen Waffen in den Raum. Die Männer gehörten aber nicht zur Sicherheitsmannschaft von Los Alamos, sondern trugen NEST-Uniformen.

»Waffe fallen lassen!«, rief einer, während die anderen ihre Waffen auf Gideon richteten.

Gideon zog Chu herum, damit der ihm als Schutzschild diente, und drückte die Waffe an dessen Kopf. Chu gab ein ersticktes Krächzen von sich.

»Er hat einen Schreckschussrevolver, verdammt!«, rief Alida. Der Leiter der Security-Truppe wirbelte herum und richtete seine Waffe auf Alida.

»Sie!«, schrie er. »Auf den Boden! Sofort!«

»Ich? Was zum –«

Mit einem Nicken gab der Sicherheitsbeamte zwei anderen ein Zeichen, die Alida umgehend zu Boden warfen. Sie begannen, sie unsanft zu durchsuchen.

»Ihr *Schweine!*«, kreischte sie und wand sich auf dem Boden.

»Ruhe!« Einer der Männer schlug ihr ins Gesicht.

Gideon fasste es nicht. Sie hielten Alida tatsächlich ebenfalls für eine Terroristin.

Der NEST-Anführer richtete seine Waffe wieder auf Gideon. »Lassen Sie die Waffe fallen, und lassen Sie Ihre Geisel los – oder wir eröffnen das Feuer.«

Gideon begriff, dass es denen – Chu oder nicht Chu – ernst war. Sie würden notfalls mitten durch Chu hindurchschießen, um ihn festnehmen zu können.

»Na gut«, sagte er.

Es war vorbei. Er senkte die Waffe von Chus Kopf, hielt sie nach vorn und ließ sie auf den Boden fallen. Chu rannte los und versteckte sich hinter den Security-Leuten. Langsam hob Gideon die Hände.

Die beiden Wachleute rissen Alida vom Boden hoch; sie hatten die Leibesvisitation beendet. Blut tropfte aus ihrer Nase und sprenkelte ihre weiße Bluse.

»Legt ihr Handschellen an«, sagte der NEST-Anführer. »Und Sie, Crew: mit dem Gesicht auf den Boden. Langsam.«

»Ihr Idioten!«, schrie Alida und versuchte, einem der NEST-Beamten einen Fußtritt zu versetzen. Einer von ihnen verpasste ihr einen Faustschlag in den Magen, sodass sie sich krümmte.

»Lasst sie in Ruhe, sie hat nichts mit der Sache zu tun!«, sagte Gideon.

»Auf den Boden!«, schrie der Mann Gideon an und richtete die Waffe auf ihn.

Gideon streckte die Arme aus und kniete sich hin – und da sah er eine Chance. Während er niederkniete, hielt er sich mit einer Hand am Leitstand für den Teilchenbeschleuniger fest und legte sie beiläufig auf einen kleinen, mit einer roten Plastikkappe bedeckten Schalter – der Schalter zur Abschaltung der Notstromversorgung. Er setzte das eine Knie auf den Boden, dann das andere. Gleichzeitig löste er unter seiner hohlen Hand die Abdeckung des Notfall-Schalters und packte ihn fest.

»Beeilung! Legen Sie sich auf den Boden! Flach auf den Boden! *Flach!*«, schrie der NEST-Anführer ungeduldig und fuchtelte mit seiner 45er.

Gideon verharrte. Dann sagte er mit leiser Stimme: »Wenn ich diesen Schalter hier umlege, sind wir alle tot.«

Es entstand eine jähe Stille.

Gideon wandte sich zu den Angestellten um. »Sagen Sie's denen.«

Einer der Angestellten warf Gideon einen kurzen Blick zu und sah, dass seine Hand den Schalter umfasste. Er wurde kreidebleich. »Mein Gott«, sagte er. »Das ist der Ausschalter für die Notstromversorgung. Wir laufen volle Kraft. Wenn er den betätigt ... Jesses, tun Sie's nicht!«

Niemand rührte sich.

Danke, mein Freund, dachte Gideon. Laut sagte er: »Sagen Sie denen, was passiert, wenn ich das tue.«

»Dadurch wird der Strom zum Magnetstrahlkorridor abgeschaltet. Der Strahl wird entbündelt, und wir alle fliegen in die Luft.«

»Ihr habt gehört, was er gesagt hat«, meinte Gideon ruhig. »Wenn ihr mich erschießt, stürze ich zu Boden, und der Schalter wird betätigt.«

Die Security-Beamten waren wie gelähmt. Sechs Pistolen blieben weiter auf ihn gerichtet.

»Ich bin verzweifelt«, sagte Gideon leise. »Und ich habe nichts zu verlieren. Ich zähle jetzt bis drei. Eins ...«

Der Anführer blickte nach links und rechts. Er schwitzte enorm stark, denn er war zweifelsohne überzeugt davon, dass Gideon es tun würde.

»Zwei ... ich meine es ernst, todernst.«

Der Anführer legte seine Waffe ab, die anderen folgten schnell seinem Beispiel.

»Gute Entscheidung. Und jetzt lassen Sie sie frei.«

Sie gaben Alida frei. Sie sackte auf die Knie, dann stand sie wieder auf, schwer atmend, und wischte sich das Blut von der Nase.

»Fürs Protokoll«, sagte Gideon. »Wir beide sind unschuldig. Ich bin Opfer eines Komplotts. Und ich werde den Verantwortlichen finden. Es tut mir also leid, Gentlemen, aber ich muss Sie jetzt verlassen. Alida? Ob Sie es nun wollen oder nicht, Sie bleiben besser bei mir. Bitte sammeln Sie die Waffen der Herren vom Boden auf, und geben Sie sie mir.«

Sie zögerte lange, denn sie war wütend. Ihre Blicke trafen sich. Gideon entdeckte in ihren Augen immer noch Zweifel, Zögern und Wut.

»Alida«, sagte er, »ich weiß nicht, wie ich Sie sonst überzeugen soll – außer dass ich an Ihre Intuition appelliere. Bitte, *bitte*, glauben Sie mir.«

Nach kurzem Zögern ging Alida durch den Raum, sammelte die Pistolen vom Boden auf und brachte sie Gideon. Bei allen bis auf eine ließ er die Magazine herausspringen und steckte sie sich in die Hosentasche. Dann entnahm er den Waffen die Patronen, die im Lauf waren, steckte auch die in die Tasche und ließ die leeren Pistolen zu Boden fallen. Den Revolver mit den Platzpatronen steckte er sich hinter den Gürtel. Während der ganzen Zeit hatte er eine Hand auf dem Abschalter behalten. Schließlich ließ er, die geladene Pistole in der anderen Hand, den Schalter los und ging, während er die Männer in Schach hielt, hinüber zur Tür und auf den Gang, schloss die Tür und drehte den Schlüssel um.

Gerade rechtzeitig, denn draußen auf dem Gang waren laute Schritte zu hören.

Kurz darauf hörte er die Männer an der Tür, sie versuchten, in den Kontrollraum zu kommen. Geschrei, Donnern an der Tür. Noch ein Alarm ging los, lauter diesmal.

»Alle auf den Boden – bis auf Sie.« Gideon zeigte mit der Waffe auf den hysterischen Maschinenführer.

Der Mann hob die Hände. »Bitte, ich tue alles, was Sie wollen.«

»Das weiß ich. Schließen Sie die Tür zum Teilchenbeschleuniger-Tunnel auf.«

Der Mann lief hastig in den rückwärtigen Teil des Kontrollraums. Mit einem Magnetschlüssel schloss er eine kleine Tür in der Rückwand auf und öffnete die Tür. Ein schwacher grüner Lichtschein kam zum Vorschein. Hinter der Tür erstreckte sich ein gebogener, röhrenartiger Tunnel, der sich beinahe bis zum Fluchtpunkt erstreckte. Rechts befand sich eine Laufplanke, links ein komplizierter zylindrischer Apparat, der sich scheinbar bis ins Unendliche dehnte, bedeckt mit Drähten und Röhren, wie die Stufe irgendeiner monströsen Rakete. Der Apparat gab ein tiefes Summen von sich. Es handelte sich um einen kleinen Linearbeschleuniger, rund siebenhundert Meter lang, aber Gideon wusste, dass der Teilchenbeschleuniger-Tunnel mit viel älteren Tunneln verbunden war, die bis in die Zeit des Manhattan Project zurückdatierten. Wohin diese Tunnel führten, wusste er nicht – sie befanden sich hinter geschlossenen Türen.

Und doch stellten sie seine einzige Chance dar.

Gideon gab Alida zu verstehen, dass sie durch die Tür gehen sollte. Dann nahm er dem Angestellten den Magnetschlüssel ab, erleichterte den zweiten Angestellten um dessen Schlüssel und trat hinter Alida in den Tunnel.

Die Tür schlug hinter ihnen zu und wurde abgeschlossen.

Gideon wandte sich zu Alida um. »Ich muss es wissen: Stehen Sie auf meiner Seite, oder nicht? Denn wenn Sie nicht hundertprozentig von meiner Unschuld überzeugt sind, dann ist hier Schluss für Sie. Noch so einen Judas-Moment wie eben kann ich mir nicht leisten.«

Die Stille wurde unterbrochen von Getrommel an der Tür, Rufen und dem Schrillen eines dritten Alarms.

Sie erwiderte seinen Blick. »Meine Antwort lautet: Wir sollten lieber rennen wie die Teufel.«

41

Sie sprinteten die metallene Laufplanke entlang, die parallel zum Teilchenbeschleuniger verlief. »Wissen Sie, wohin wir laufen?«, rief Alida hinter ihm.

»Folgen Sie mir einfach.«

Plötzliche laute Rufe hallten im Tunnel hinter ihnen. *Verdammt*, dachte Gideon. Er hatte gehofft, sie würden länger brauchen, um durch die Tür zu kommen.

»Stehen bleiben, oder wir schießen!«, ertönte der gebrüllte Befehl.

Sie liefen weiter. Der Beschleuniger pulsierte mit hoher Energie, und wenn die Röhre nur durch einen Schuss ein Loch bekam … »Die bluffen«, sagte Gideon, »die werden schon nicht schießen.«

Twäng! Der Schuss prallte von der Decke über ihren Köpfen ab, rasch folgten weitere. *Twäng! Twäng!*

»Na klar, die schießen nicht«, murmelte Alida und lief geduckt weiter.

Von der Laufplanke hinter ihnen drang Getrappel zu Gideon. *Twäng!* Wieder prallte eine Kugel von der Wand ab, sodass Gideon und Alida von Splittern getroffen wurden.

Gideon blieb stehen, drehte sich blitzartig um und erwiderte das Feuer auf die Männer mit dem Schreckschussrevolver. Die Verfolger sprangen in Deckung.

Sie liefen noch etwa zwanzig Meter weiter, bis Gideon fand, was er gesucht hatte: eine uralte, in den Beton eingelassene Metalltür. Sie war mit einem alten Messingriegel und einem Vorhängeschloss versehen.

»Scheiße!«, murmelte Alida.

Gideon drehte sich um und feuerte nochmals mit dem Schreckschussrevolver, sodass sich die Wachleute ein zweites Mal zu Boden warfen. Dann zog er die echte 45er hervor, drückte den Lauf gegen das Schloss und feuerte. Das Schloss explodierte. Gideon warf sich gegen die Metalltür. Sie knarrte, ging aber nicht auf.

Alida ging in Stellung. »Auf drei.«

Sie warfen sich gleichzeitig gegen die Tür, die daraufhin mit einem lauten Knacken aufsprang, gerade als weitere Schüsse von der Tür abprallten. Sie stürzten hinter der Tür zu Boden, knallten sie zu und befanden sich plötzlich im Stockdunkeln. Alida zündete ihr Feuerzeug an, das einen aus dem Fels gehauenen, abzweigenden Tunnel schwach erhellte. Gideon packte ihre Hand und lief aufs Geratewohl in einen der Tunnel, wobei er Alida hinter sich herzog. Das Feuerzeug erlosch aufgrund der hastigen Bewegung.

Er hörte Stimmen, wieder ein Quietschen rostigen Stahls. Die Metalltür wurde geöffnet.

Gideon, der noch immer Alidas Hand umfasst hielt, lief im Laufschritt, ohne in der Dunkelheit etwas sehen zu können. Sie mussten ein paar hundert Meter gelaufen sein, als seine Schuhe sich in etwas auf dem Boden verfingen und sie beide zu Boden stürzten. Er lag da im Dunkel, schwer atmend, und tastete herum, bis er ihre Hand wiedergefunden hatte. Hinter sich hörte er Stimmen, die verzerrt den Tunnel hinunterhallten. Die Verfolger waren nicht weit weg. Hatten sie Taschenlampen?

Ein gelber Lichtstrahl beantwortete die Frage – doch erhellte er über ihnen kurz einen weiteren abzweigenden Tunnel in der Wand. Sobald der Lichtstrahl vorbeigezogen war, stellte Gideon Alida auf die Füße, und sie versteckten sich in der Mauernische.

Alida zündete kurz ihr Feuerzeug an. Der Tunnel war rund sieben Meter lang, eine Sackgasse, aber am Ende führte eine alte, verrostete Leiter die Gesteinswand hinauf. Gideon tastete sich vor, bis er die Leiter fand, und sie stiegen hinauf. Jetzt klangen die Stimmen hinter ihnen lauter, aufgeregt und aggressiv.

Sie stiegen in der Dunkelheit hinauf. Unter sich sah Gideon, wie ein Licht in der Mauernische aufschien, aber sie waren bereits so weit hochgestiegen, dass sie nicht mehr zu sehen waren. Sie kletterten weiter, wobei sie sich möglichst leise bewegten, bis sie oben an der Leiter ankamen. Als Alida wieder kurz ihr Feuerzeug anzündete, sahen sie einen waagerechten Tunnelgang, der voll mit uralten, rostigen Gerätschaften war, die offenbar vom Manhattan Project übrig geblieben waren.

Gideon stieg von der Leiter und half Alida hoch, während er sich fragte, ob der Krempel wohl noch radioaktiv war.

»Wo lang?«, flüsterte Alida.

»Keine Ahnung.« Gideon lief den dunklen Tunnelgang hinunter und hoffte, dass dieser nach Osten führte, in Richtung White Rock Canyon. Im Schacht unter ihnen waren scharrende Laute und Stimmen zu hören. Jetzt stieg jemand anders die Leiter hoch.

Gideon stolperte über irgendetwas auf dem Boden. »Geben Sie mir mal das Feuerzeug.«

Sie legte es ihm in die Hand. Er zündete es an und sah Eisenbahnschienen, die auf dem Boden des Tunnels verlegt waren. Auf einem Seitengleis in der Nähe stand eine alte Draisine.

Eine Salve von Schüssen erklang, und sie warfen sich zu Boden. Die Lichtstrahlen von Taschenlampen leuchteten über sie hinweg und um sie herum.

»Steigen Sie in die Draisine«, flüsterte Gideon. »Schnell.«

In Sekundenschnelle war Alida auf den Transportkarren gesprungen. Gideon stieß ihn an, schob ihn aufs Hauptgleis, gab ihm Schwung und sprang selbst auf. Der Handhebel bewegte sich unter metallenem Quietschen auf und ab, er war zwar rostig und staubbedeckt, aber immer noch funktionsbereit. Gideon pumpte, um die Draisine am Laufen zu halten, während im Tunnel wieder mehrere Schüsse hallten. Quietschend fuhr der Transportkarren auf dem Metallgleis, beschleunigte und gelangte zu einem Abhang.

»Ach du Scheiße«, sagte Alida.

Gideon hörte auf zu pumpen – was aber nichts bewirkte. Schneller und schneller bewegte sich die Pumpe, die beiden Handhebel gingen von allein hoch und runter. Die Schüsse und Rufe verhallten allmählich.

»Das war eine echt schlechte Idee«, sagte Alida, die in der Hocke saß und sich an den hölzernen Seitenwänden der Draisine festhielt.

Inzwischen rollte das Gefährt in totaler Finsternis abwärts und steuerte auf Gott weiß was zu.

42

Sie rasten auf dem Gleis entlang, unfähig, irgendetwas zu sehen. Ein abgestandener Höhlenwind pfiff an Gideon vorbei, der voller Angst in der Hocke saß, nach einem besseren Halt tastete und sich gegen den unvermeidlichen Aufprall wappnete.

»Eine Bremse!«, schrie Alida. »Das Ding muss doch eine Bremse haben!«

»Warum ist mir das nicht eingefallen?«

Er zündete das Feuerzeug an und sah – im kurzen Aufflackern, bevor die Flamme ausging – an der Seite zwischen den Rädern ein altes eisernes Fußpedal. Verzweifelt trat er mit dem Fuß auf die Bremse. Er hörte ein ohrenbetäubendes Kreischen, sah eine Explosion von Funken, die um sie herum und hinter ihnen aufstoben, und sie wurden beide nach vorn geworfen, während der Karren langsamer wurde, wie verrückt vibrierte und drohte aus dem Gleis zu springen. Schnell lockerte Gideon die Bremse und betätigte sie gleichmäßiger, erhöhte langsam den Druck. Der Karren quietschte und ächzte und kam schließlich schlagartig zum Stehen.

»Nette Arbeit, Casey Jones.«

Vorsichtig stieg Gideon aus, dann zündete er das Feuerzeug an. Der Tunnel erstreckte sich direkt vor ihnen und machte, wie es schien, eine lange Kurve. Nicht weit entfernt lag allerdings ein großer Haufen Steine auf dem Gleis, die offenbar von der Decke herabgefallen waren. Der Tunnel war auf ganzer Breite blockiert.

»Meine Güte«, murmelte Alida. »Da haben Sie aber gerade noch rechtzeitig abgebremst.«

In der Ferne waren noch immer die verzerrten, hallenden Stimmen des NEST-Teams zu hören. Gideon und Alida hatten nur einige Minuten Vorsprung.

»Kommen Sie, weiter«, sagte er und ergriff ihre Hand.

Er fiel in Laufschritt, lief auf den Steinhaufen zu, und sie stiegen hinauf, wobei Gideon alle paar Sekunden das Feuerzeug anzündete, um sich zu orientieren. In der Ferne waren Laufschritte zu hören.

»Ich brauche kein Händchenhalten«, sagte Alida und versuchte, seine Hand abzuschütteln.

»Aber ich.«

Schließlich gelangten sie oben auf den Steinhaufen und kletterten auf der anderen Seite herunter. Sie gingen, so schnell sie konnten, weiter durch den Tunnel und stiegen über zwei weitere Einstürze, bis sie schließlich vor einem ankamen, der den Tunnel vollständig versperrte.

»Verdammt«, sagte Alida und blickte den Steinhaufen hinauf. »Sind wir weiter hinten an irgendwelchen Seitentunneln vorbeigekommen?«

»An keinem«, sagte Gideon und schaute auf das Geröll. Er hielt das Feuerzeug in die Höhe. Die Decke war verrottet, aber es war weder eine Öffnung noch ein Durchgang zu sehen. Sie steckten in einer Sackgasse fest.

»Wir sollten uns lieber schnell was einfallen lassen.«

»Wie gesagt, wir sind an keinen Seitentunneln vorbeigekommen. Dafür aber an Sprengzubehör.«

»Nein. O nein.«

»Sie bleiben hier.«

Gideon ging den Weg zurück. Die Stimmen wurden lauter, und er glaubte, in der staubigen Luft das schwache Flackern eines Lichts zu erkennen. Ihre Verfolger kamen immer näher. Er kam bei dem Sprengzubehör an – Stapel von Sprengmatten, Schachteln mit Schusspflaster, alte Abbaumeißel, Schnüre. In einer entfernten Ecke befand sich ein Lager mit Holzkisten, er riss den verrotteten Deckel einer Kiste hoch: Sprengkapseln. Als er die Kiste anheben wollte, brach sie auseinander, sodass die Sprengkapseln herausfielen. Alles war verrottet.

Jetzt schnellten die Lichtstrahlen der Taschenlampen umher und durchdrangen die aufsteigenden Staubsäulen. »Hey! Da drüben!«, ertönte ein Ruf, gefolgt von einem Schuss.

Gideon machte das Feuerzeug aus und ging in die Hocke. Wenn eine Kugel die Sprengkapseln traf …

Noch ein Schuss, die Lichtstrahlen tanzten umher, suchten nach ihm. Sie waren zu nahe; er hatte keine Zeit, eine Bombe zu basteln. Also blieb ihm nur eins übrig. Gebückt lief er wieder ein-, zweihundert Meter den dunklen Tunnel hinunter, dann drehte er sich um und kniete sich hin. Mit der einen Hand zielte er mit der echten Waffe, während er mit der anderen Hand das Feuerzeug anmachte. Dadurch wurde es gerade so hell, dass er den Stapel mit Sprengkapseln ins Visier nehmen konnte. Dahinter, in der Düsternis, leuchteten mehrere Lichtstrahlen von Taschenlampen.

»Da!«, rief eine Stimme.

Eine Salve von Schüssen ertönte, während Gideon einen Schuss abgab. Es folgte eine laute Detonation, dann ein Getöse, das ihn zurückwarf und ihm die Luft nahm, gefolgt von einem donnernden Krachen, als die Decke einstürzte.

43

Gideon schüttelte den Kopf, um wieder zur Besinnung zu kommen, rappelte sich im Dunkeln auf und kroch den Weg zurück, den er gekommen war. Wegen der nachfolgenden Einstürze bebte der Tunnel weiter, Steine und Steinchen fielen rings um ihn herum herab. Schließlich gelang es ihm aufzustehen, und er gelangte, indem er ein paarmal das Feuerzeug anmachte, zu der Stelle zurück, wo Alida wartete. Sie saß in der Hocke, war von Staub überzogen und stinksauer.

»Was zum Teufel haben Sie da gemacht?«

»Die waren zu nahe. Ich musste auf die Sprengkapseln schießen, den Tunnel in die Luft jagen.«

»Allmächtiger Gott. Und der Riesenlärm hinterher, war das ein Einsturz?«

»Genau. Die Decke ist eingestürzt und versperrt den Tunnel. Jetzt sind wir sicher, wenigstens fürs Erste.«

»Sicher? *Spinnen Sie?* Jetzt sitzen wir in der Falle!«

Sie gingen den Weg zurück in Richtung des neu entstandenen Einsturzes und suchten dabei nach Seitentunneln oder Schächten, die sie möglicherweise übersehen hatten. Aber sie konnten nichts entdecken. Gideon war erschöpft, die Ohren klingelten ihm, und sein Mund war voll feuchtem Staub. Sie beide waren mit Staub überzogen und konnten in der erstickenden Luft kaum atmen. Als sie beim Einsturz ankamen, inspizierte Gideon ihn im Licht des Feuerzeugs. Dort lag ein Riesenhaufen Steine, von Wand zu Wand, unpassierbar. Gideon spähte zum unregelmäßigen Loch in der Decke hinauf, aus dem die Steine herabgefallen waren.

Er machte das Feuerzeug aus, und Alida und er waren wieder in Dunkelheit getaucht. Von der anderen Seite drangen gedämpfte Stimmen heran.

»Was jetzt?«, fragte Alida.

Eine Zeit lang saßen sie schweigend da. Schließlich holte Gideon das Feuerzeug wieder hervor, schaltete es an und hielt es in die Luft.

»Was machen Sie da?«

»Ich suche nach Luftbewegungen. Sie wissen schon, so wie in Romanen.«

Doch die Flamme brannte völlig gerade. Der Staub war derart dicht, dass Gideon kaum etwas erkennen konnte. Er machte das Feuerzeug wieder aus. »Es ist möglich … Der Einsturz hat ein Loch in der Decke da oben geöffnet. Ich gehe mal dort hoch und sehe nach.«

»Passen Sie auf. Der Haufen ist instabil.«

Gideon kletterte den Steinhaufen hoch. Bei jedem Schritt rollten noch mehr Steine und Steinchen herunter, darunter auch größere, die sich von der Decke lösten und auf den Haufen krachten. Der Steinhaufen reichte bis zum konkaven Loch in der Tunneldecke. Gideon kraxelte bis ganz nach oben, wobei er bei jedem Schritt ein wenig zurückrutschte und der Staub ihn fast erstickte und ringsum unsichtbare Steine herabregneten – und plötzlich, ganz weit oben, atmete er frische, klare Luft ein. Er blickte auf und sah einen Stern.

Sie krochen aus dem Dunkel heraus und legten sich ganz unten in der Schlucht hustend und spuckend auf eine Fläche mit frisch duftendem Gras. Ein kleiner Bach floss durch die Schlucht, und nach einem Augenblick stand Gideon auf, kroch auf allen vieren zum Bach, wusch sich das Gesicht und spülte sich den Mund aus. Alida tat das Gleiche. Sie schienen sich unterhalb des Los-Alamos-Plateaus zu befinden, in dem Gewirr stark bewaldeter Seitencanyons, die zum Rio Grande hinunterführten. Gideon legte sich wieder auf den

Boden, schwer atmend sah er hinauf zu den Sternen. Unglaublich, dass sie entkommen waren.

Fast umgehend konnte er die Rotorengeräusche eines Hubschraubers hören.

Verdammt. »Wir müssen weiter.«

Alida streckte sich im Gras aus, ihr schmutziges blondes Haar hing ihr in Zotteln ums Gesicht, die einst weiße Bluse hatte die Farbe einer dreckigen Maus angenommen, sogar die Blutflecken waren von Staub überzogen. Sie sagte: »Lassen Sie mir einen Augenblick Zeit zum Verschnaufen.«

44

Warren Chu saß an seinem Schreibtisch, er schwitzte heftig und wünschte, die ganze Sache wäre vorbei. Der FBI-Agent ging in dem kleinen Büro auf und ab wie ein Löwe im Käfig und stellte ihm dabei hin und wieder eine Frage, ehe er wieder in ein quälend langes Schweigen verfiel. Die übrigen Bundesbeamten und Security-Leute waren in die Tunnel gelaufen und nicht mehr zu sehen; zunächst hatte er eine Salve von Schüssen gehört, dann waren die Geräusche zunehmend gedämpfter geworden, bis sie schließlich ganz verklangen. Doch dieser Agent, Fordyce mit Namen, war dageblieben. Chu verlagerte sein Gewicht und versuchte, den schwitzenden Hintern vom Kunstlederbezug des Schreibtischstuhls zu lösen. Die Klimaanlage in dieser milliardenteuren Anlage war, wie üblich, kaum ausreichend. Chu war sich durchaus bewusst, dass er sich im Zuge der Geiselnahme nicht besonders heroisch aufgeführt hatte, und das verstärkte noch sein ungutes Gefühl. Doch er tröstete sich mit dem Gedanken, dass er noch am Leben war.

Fordyce drehte sich abermals blitzartig um. »Das hat Crew also gesagt? Genau das? Dass jemand in seinen Rechner eingedrungen ist, während er im Urlaub war?«

»Ich erinnere mich nicht mehr *ganz genau*, was er gesagt hat. Jemand habe es auf ihn abgesehen, das waren seine Worte, so oder ähnlich.«

Auf-und-ab-Gehen, Umdrehen. »Und er hat behauptet, die Mails seien platziert worden?«

»Ganz recht.«

Der FBI-Agent verlangsamte seine Schritte. »Kann es irgendwie sein, dass die Mails *tatsächlich* in den Rechner eingeschmuggelt wurden?«

»Absolut nicht. Wir haben es hier mit einem physisch isolierten Netzwerk zu tun. Es ist nicht mit der Außenwelt verbunden.«

»Warum nicht?«

Die Frage verschlug Chu fast den Atem. »Einige der sensibelsten Informationen des Landes befinden sich in diesem Computersystem.«

»Verstehe. Es gibt also keine Möglichkeit, dass die Mails von jemandem von außen eingeschmuggelt werden konnten?«

»Nein, absolut nicht.«

»Könnte jemand aus dem Innern die Mails eingeschleust haben? Könnten zum Beispiel Sie sie eingeschmuggelt haben?«

Stille. »Na ja, unmöglich wäre das nicht.«

Fordyce hörte auf, auf und ab zu gehen, und sah Chu an. »Und wie würde man die Sache angehen?«

Chu zuckte mit den Schultern. »Ich bin einer der Sicherheitsbeauftragten. In einem äußerst geheimen Netzwerk wie diesem muss jemand den vollen Zugang haben. Um sicherzustellen, dass alles koscher ist, Sie wissen schon. Es hätte ein sehr hohes technisches Können erfordert – das ich besitze. Natürlich habe ich es nicht getan«, fügte er hastig hinzu.

»Sie und wer sonst noch hätte das tun können, theoretisch?«

»Ich, zwei weitere Sicherheitsbeauftragte auf meiner Ebene und unser Vorgesetzter.«

»Wer ist Ihr Vorgesetzter?«

»Bill Novak.« Chu schluckte. »Aber schauen Sie: Wir vier haben alle strenge Zuverlässigkeits- und Sicherheitsüberprüfungen durchlaufen. Außerdem werden wir die ganze Zeit beobachtet. Die Oberen haben Zugang zu allem in unserem Privatleben: Bankkonten, Reisen, Kreditkarten-Auszüge, Telefonrechnungen, was Sie wollen. Im Grunde haben wir keinerlei Privatsphäre. Dass einer von uns in ein terroristisches Komplott verwickelt ist … einfach undenkbar.«

»Okay.« Fordyce ging wieder auf und ab. »Kennen Sie Crew gut?«

»Ziemlich gut.«

»Sind Sie überrascht?«

»Total. Aber ich habe ja auch Chalker gekannt, und es hat mich völlig umgehauen, als ich das über ihn erfuhr. Aber man schaut ja nie in einen Menschen hinein. Beide waren ein bisschen schräg, wenn Sie wissen, was ich meine.«

Fordyce nickte und wiederholte, wie zu sich selbst: »Man schaut ja nie in einen Menschen hinein.«

Vom Flur her ertönten Geräusche, dann wurde die Tür aufgestoßen, und einige der Security-Beamten kamen in den Raum zurück, von Staub überzogen, Schweißperlen an den Schläfen, den Geruch von Erde und Schimmel mit sich tragend.

»Was ist los?«, fragte Fordyce.

»Sie sind entkommen, Sir«, sagte der, von dem Chu annahm, dass es sich um den Teamleiter handelte. »In die Seitencanyons, die zum Fluss hinunterführen.«

»Ich möchte, dass die Helis über den Canyons postiert werden«, sagte Fordyce. »Vor allem die mit Infrarotkameras. Und die Männer sollen am Fluss stationiert werden, wobei die Teams jeden einzelnen der Seitencanyons hinaufgehen. Und schaffen Sie mir einen Flieger her, aber pronto.«

»Ja, Sir.«

Fordyce wandte sich wieder an Chu. »Kann sein, dass ich noch weitere Fragen an Sie habe.« Und dann ging er einfach.

45

Während Gideon und Alida sich in dem schmalen Canyon durchs Unterholz drängten, füllte sich die Luft darüber mit Hubschraubern, deren Rotorengeräusche die Steinwände hinauf- und herunterhallten, hinzu kam das Dröhnen kleiner Flugzeuge und vielleicht unbemannter Luftfahrzeuge. Suchscheinwerfer richteten ihr Licht nach unten durch die staubige Luft, Lichtsäulen glitten über die Canyonwände. Doch die schmalen Schluchten waren voller Buschwerk und mit zahlreichen überhängenden Felsen und Nischen versehen, und bislang hatten sie immer wieder Orte gefunden, an denen sie sich verstecken konnten, wenn ein Flugzeug über sie hinwegflog.

Aber sie kamen nur langsam voran und wurden häufig unterbrochen, weil sie sich an Felswände drücken oder unter Büschen zusammenkauern mussten, wenn ein Scheinwerfer über sie hinwegglitt. Es war eine warme Nacht. Obwohl es weit nach Mitternacht war, verströmten die Felsen noch immer ein wenig Hitze von der intensiven Sonne, dennoch fiel die Temperatur schnell. Gideon wusste, dass sie sich, wenn es kühler wurde, in den Wärmebildkameras, die ihre Verfolger ganz sicher einsetzten, besser abzeichnen würden.

Langsam arbeiteten sie sich hinunter in Richtung Fluss.

Plötzlich flog ein Hubschrauber sehr dicht über sie hinweg, wobei der Luftschraubenstrahl das Buschwerk peitschte und dichte Staubwolken aufwirbelte. Als der Suchscheinwerfer auf sie zuglitt, drückte Gideon Alida flach gegen die Canyonwand. Das blendende Licht erzitterte und kam zurück, als der Hubschrauber eine enge Kehre flog. Der Suchscheinwerfer verharrte über ihnen.

»O Scheiße«, murmelte Gideon.

Es hatte keinen Sinn mehr, sich zu verstecken. Gideon zog Alida weiter, und während der Hubschrauber auf Schwebflug umstellte und der Scheinwerfer ihnen folgte, kraxelten sie den Canyon hinunter. Sie stiegen über Felsgeröll und rutschten eine steile Wasserfallrinne, die kein Wasser führte, hinunter. Der Canyon war trocken, und es war schwer zu sagen, wie weit vor ihnen der Fluss lag.

Weitere Hubschrauber erschienen und nahmen Positionen am Himmel ein. *»Stehen bleiben«*, ertönte eine laute Stimme durch das Rotorengeräusch. *»Heben Sie die Hände.«*

Gideon glitt über einen Felsblock und half Alida hinunter. Unmittelbar vor ihnen fiel die Schlucht noch steiler ab.

»Halt! Oder wir schießen!«

Gideon erkannte Fordyce' Stimme; er war ungeheuer wütend: Er nahm die ganze Geschichte persönlich.

Sie gelangten zur Kante einer weiteren Wasserfallrinne. Diesmal ging es rund drei Meter hinunter in ein schlammiges Flussbecken.

»Das ist unsere letzte Warnung!«

Sie sprangen, gerade als eine Salve aus automatischen Waffen erklang, fielen nach unten in wasserbedeckten Schlamm. Sie rappelten sich auf und liefen strauchelnd in ein Dickicht aus Salzzedern, während das Gewehrfeuer die Äste rings um sie herum zerfetzte und beidseits in die Felswände einschlug. Vorübergehend verloren die Suchscheinwerfer sie aus dem Blick und schweiften in weitem Umkreis durch die dichte Vegetation. Sie gelangten zu einer letzten Wasserfallrinne – mit nichts als Schwärze unter sich. Wieder gerieten sie ins Licht der Suchscheinwerfer.

»Springen Sie!«, rief Gideon.

»Aber ich kann überhaupt nichts sehen …«

»Entweder Sie springen, oder Sie werden erschossen. *Springen Sie!*«

Sie sprangen – ein schwindelerregender, furchteinflößender Sprung in die Finsternis – und landeten in eisigem Wildwasser. Gideon spürte, wie er kopfüber in die reißende Strömung geriet und unter donnerndem Getöse mitgerissen wurde. Sie hatten die Stromschnellen des Rio Grande erreicht, die durch den White Rock Canyon rauschten.

»Alida!«, rief er und schwenkte die Arme. Links von sich erhaschte er einen Blick auf ein helles Gesicht. »Alida!« Er versuchte zu schwimmen, doch die starke Strömung riss sie zwischen den donnernden Katarakten und riesigen stehenden Wellen stromabwärts.

»Gideon!«, hörte er sie rufen. Er streckte die Hand aus, berührte ihren Körper, dann packte er ihre Hand. Sie konnten nichts tun, als sich mit den Wellen treiben zu lassen.

Die Hubschrauber waren ausgeschwärmt, ihre Suchscheinwerfer huschten wie verrückt über den Fluss; anscheinend hatten sie sich getäuscht, weil sie sich auf einen Abschnitt des Flusses stromaufwärts von ihnen konzentrierten. Der Canyon war an dieser Stelle schmal und tief, und die Einsatzregeln schienen die Anzahl an Helikoptern zu begrenzen, sodass nur drei an der Suche teilnahmen.

Sie wurden weiterhin hilflos und mit furchterregender Geschwindigkeit vom eiskalten Wasser mitgerissen, wobei sie sich, so gut sie konnten, aneinanderklammerten. Gideon konnte kaum das Gesicht über die strudelnden, brodelnden Fluten halten. Als sich seine Augen langsam wieder an das Dunkel gewöhnt hatten, konnte er weiter voraussehen – ein furchterregender Abhang aus Wildwasser, riesigen Stromschnellen und stehenden Wellen. Sie schossen über eine Stromschnelle hinweg, überschlugen sich und bemühten sich, wieder nach oben zu kommen, wobei sie fast den Halt aneinander verloren. Gideon kämpfte sich an die Oberfläche, holte ganz tief Luft, dann wurde er erneut von der starken Strömung hinuntergezogen. Jetzt waren sie beide vollständig unter Wasser, gefangen wie Blätter in der ungeheuren strudelnden Wassermasse. Als Gideon heftig gegen einen Unterwasserfelsen prallte, entglitt ihm Alidas Hand.

Hustend und prustend kämpfte er sich an die Oberfläche zurück. Er wollte nach Alida rufen, atmete Wasser ein und begann stattdessen zu würgen. Er kämpfte darum, an der Oberfläche zu bleiben, damit er sich in der Strömung orientieren konnte. Sie wurde ein wenig langsamer, war aber noch immer entsetzlich schnell. Es gelang ihm, den Kopf hochzubekommen, er schnappte nach Luft und versuchte, wieder zu Atem zu kommen.

»Alida!«

Keine Antwort. Er spähte um sich, erblickte aber nichts als Wildwasser und dunkle Canyonwände. Die drei Hubschrauber waren jetzt ziemlich weit weg stromaufwärts, aber zwei weitere, deren Suchscheinwerfer über die brodelnde

Wasseroberfläche huschten, flogen in den Canyon hinein. Während der erste sich näherte, hielt Gideon die Luft an und tauchte unter, wobei er die Augen offen hielt. Der große blaue Lichtschein zog vorüber; Gideon tauchte auf, holte wieder Luft und blieb unter Wasser, bis auch der zweite Lichtschein hinter ihm war.

Er tauchte wieder auf. *»Alida!«*

Noch immer keine Antwort. Und jetzt konnte er weiter vorn noch mehr Wildwasser sehen und hören. Während es sich näherte und das Donnern anschwoll, bis es die Luft erfüllte und das Rotorengeräusch der Hubschrauber übertönte, wurde ihm klar, dass das hier schlimmer, sehr viel schlimmer werden würde als alles, was sie bislang durchgemacht hatten.

Aber von Alida war nichts, überhaupt nichts zu sehen.

46

Stone Fordyce spähte durch die offene Tür des Hubschraubers hinab und hantierte am Steuerhebel der »Nachtsonne«, dem starken Suchscheinwerfer des Helikopters. Während die Lichtkegel über die brodelnde Oberfläche des Flusses huschten, verspürte er eine unerwartete Katharsis, ein gewisses Gefühl der Erleichterung und Traurigkeit – denn es war wohl ausgeschlossen, dass ein Mensch diese fürchterlichen Stromschnellen überleben konnte. Es war vorbei.

»Was liegt hinter diesem Wildwasser?«, fragte Fordyce den Piloten durchs Headset.

»Noch mehr Wildwasser.«

»Und dahinter?«

»Der Fluss mündet schließlich in den Cochiti Lake«, sagte der Pilot. »Ungefähr fünf Meilen stromabwärts.«

»Das Wildwasser erstreckt sich also über fünf Meilen?«

»Streckenweise. Unmittelbar weiter stromabwärts kommt ein echt übler Abschnitt.«

»Folgen Sie also dem Fluss bis zum See, aber langsam.«

Der Pilot flog in Schlängelbewegungen den Fluss hinab, während Fordyce die Oberfläche mit dem Scheinwerfer absuchte. Sie flogen über etwas hinweg, bei dem es sich offensichtlich um das starke Wildwasser handelte: ein Flaschenhals-Abschnitt zwischen senkrechten Wänden mit einem Felsen in der Mitte von der Größe eines Mietshauses, gegen den das Wasser anbrandete und um den es in zwei wilden Flussläufen herumführte, die riesige Strudel erzeugten. Dahinter wurde der Fluss ruhiger, strömte zwischen Sandbänken und Schuttkegeln hindurch. Ohne Bezugspunkt war es schwierig, die Strömungsgeschwindigkeit zu beurteilen. Fordyce fragte sich, ob die Leichen an die Oberfläche kommen oder auf den Boden sinken oder sich vielleicht an Unterwasserfelsen verfangen würden.

»Wie ist die Wassertemperatur?«, fragte er den Piloten.

»Ich frage mal.« Einen Augenblick später sagte er: »Ungefähr dreizehn Grad.«

Das bringt sie um, selbst wenn die Stromschnellen es nicht schaffen, dachte Fordyce.

Dennoch suchte er weiter, aber eher aus einem Gefühl der professionellen Gründlichkeit heraus. Schließlich wurde der Fluss ruhiger, die Strömung träge. Flussabwärts war ein kleines Bündel von Lichtern zu sehen.

»Was ist das?«

Der Pilot drehte den Hubschrauber langsam ein, während der Fluss eine Biegung machte. »Die Stadt Cochiti Lake.«

Jetzt kam der oberste Teil des Sees in den Blick. Es handelte sich um einen langen, schmalen See, der offenbar durch die Eindämmung des Flusses entstanden war.

»Ich bezweifle, dass wir hier noch etwas ausrichten können«, sagte Fordyce. »Die anderen können ihre Suche nach den Leichen fortsetzen. Fliegen Sie mich nach Los Alamos zurück.«

»Ja, Sir.«

Der Helikopter drehte wieder ein, stieg auf, beschleunigte und steuerte in Richtung Norden. Fordyce hatte ein Bauchgefühl, dass Gideon und die Frau tot waren. Kein Mensch war in der Lage, derartige Stromschnellen zu überleben.

Er fragte sich, ob es überhaupt notwendig war, Chu oder die anderen Security-Leute zu vernehmen. Die Vorstellung, dass irgendjemand Crew diese E-Mails untergeschoben hatte, um ihn zu verleumden, war lächerlich und so gut wie ausgeschlossen. Die Sache musste von einem Insider angezettelt worden sein, und mindestens ein Top-Security-Beamter hätte involviert sein müssen – und zu welchem Zweck? Warum hatte man überhaupt Crew die Sache angehängt?

Und dennoch war ihm unbehaglich zumute. Einen Haufen belastender E-Mails auf einem geheimen Arbeitscomputer zu hinterlassen, das war nicht die klügste Maßnahme, die ein Terrorist ergreifen konnte. Es war, ehrlich gesagt, strohdumm. Und Crew war alles andere als dumm gewesen.

47

Gideon Crew kroch auf die Sandbank. Er war taub vor Kälte, zerschrammt und blutend, und hatte Schmerzen am ganzen Körper nach dem Ritt durch die Stromschnellen und dem langen Kampf, ans Ufer zu gelangen.

Er setzte sich auf und schlang, hustend und zitternd und um Atem ringend, die Arme um die Knie. Seinen Schreckschussrevolver und die echte Pistole hatte er irgendwo in den Stromschnellen verloren. Flussaufwärts war das leise Rauschen der Stromschnellen zu hören, und er erkannte auch die undeutliche Linie des Weißwassers, dort, wo sich der Canyon verbreiterte. Er saß auf einer niedrigen Sandbank, die sich Hunderte Meter entlang einer inneren Biegung des Flusses zog. Vor ihm strömte der Fluss träge dahin, der Mond schien auf die sich bewegende Oberfläche.

Sowohl stromauf als auch stromab waren die Lichter der Helikopter zu sehen, der nach unten gerichtete Lichtschein der Suchscheinwerfer in der Dunkelheit. Er musste aus dem Offenen wegkommen und Deckung finden.

Es gelang ihm, auf wackligen Beinen aufzustehen. Wo war Alida? Hatte sie überlebt? Das hier war zu schrecklich – es war nie Teil des Plans gewesen. Er hatte eine unschuldige Frau in seine Probleme mit hineingezogen, so wie Orchid damals in New York. Und jetzt konnte es sein, dass Alida seinetwegen tot war.

»Alida!«, schrie er lauthals, kreischte es fast.

Er ließ den Blick über die Sandbank gleiten, die im Mondlicht glänzte. Da sah er eine dunkle Gestalt, die teilweise aus dem Wasser ragte und deren eine Hand gekrümmt über den Kopf ragte, starr und unbeweglich.

»O nein!«, rief er und strauchelte vorwärts. Doch im

Näherkommen erkannte er, dass es sich nur um ein knorriges, missgestaltetes Stück Treibholz handelte.

Er ließ sich darauf nieder und rang nach Luft, unendlich erleichtert.

Der Hubschrauber, der am nächsten war, flog den Fluss hinunter auf ihn zu, und da wurde Gideon bewusst, dass er verräterische Fußspuren im Sand hinterließ. Leise fluchend hob er einen Ast auf und ging den Weg zurück, um die Fußabdrücke zu verwischen. Durch die körperliche Anstrengung wurde ihm etwas wärmer. Er überquerte die Sandbank, immer noch wischend, watete durch einen Seitenkanal, gelangte zur anderen Seite und lief in ein Dickicht aus Salzzedern, gerade als der Hubschrauber über ihm dröhnte und sein blendendes Suchlicht hin und her schwenkte.

Selbst nachdem es vorübergezogen war, blieb Gideon im Dunkel liegen und dachte nach. Er konnte diesen Abschnitt des Flusses erst dann verlassen, wenn er Alida gefunden hatte. Vermutlich dort, wo die reißenden Fluten in eine breite, träge Strömung übergingen, dort hätte sie sich – wenn sie noch am Leben war – wahrscheinlich ans Ufer gerettet.

Als über ihm erneut ein Helikopter dröhnte und die Luft durch die Blätter des Gehölzes, in dem er sich versteckte, fuhr, legte er zum Schutz vor dem Flugsand die Hände vors Gesicht.

Er kroch aus dem Gebüsch und spähte wieder den Fluss hinauf und hinunter, konnte aber nichts erkennen. Auf der gegenüberliegenden Seite befand sich ein Prallhang; wenn Alida irgendwo war, dann musste sie sich auf dieser Seite des Flusses befinden. Er kroch durch das dichte Gebüsch, wobei er sich bemühte, keine Geräusche zu machen.

Plötzlich hörte er hinter sich ein Knacken, gleichzeitig

legte sich eine Hand schwer auf seine Schulter. Mit einem Aufschrei drehte er sich um.

»Sei still!«, ertönte die geflüsterte Antwort.

»Alida! O mein Gott, ich dachte ...«

»Psst!« Sie ergriff Gideons Hand und zog ihn tiefer in die Büsche, weil ein weiterer Helikopter auf sie zuflog. Sie legten sich flach auf den Boden, während der Luftschraubenstrahl das Gebüsch schüttelte.

»Wir müssen vom Fluss wegkommen«, flüsterte sie, zog Gideon auf die Füße und rannte durch das Gebüsch einen trockenen Flusslauf hinauf. Gideon fand es ein wenig beunruhigend, dass sie in besserer körperlicher Verfassung war als er. Er schnappte nach Luft, während sie ein mit Felsen übersätes Gerinne überquerten, das zunehmend schmaler und steiler wurde.

»Dort«, sagte sie und zeigte nach oben.

Er hob den Kopf. Im fahlen Mondschein sah er die gezackten Überreste eines alten Lavastroms und an dessen Basis die dunkle Öffnung einer Höhle.

Sie kraxelten einen Geröllhang hinauf, Alida zog Gideon mit sich, wenn er strauchelte, und nach wenigen Minuten waren sie in der Höhle. Es war keine echte Höhle – mehr ein breiter Überhang –, doch sie schützte sie von oben und unten. Und der Boden war weich, aus festgestampftem Sand.

Alida streckte sich aus. »Gott, fühlt sich das gut an.« Es folgte ein kurzes Schweigen, ehe sie fortfuhr: »Dahinten ist etwas wirklich Verrücktes passiert. Ich habe einen Baumstamm am Ufer gesehen und hätte schwören können, dass es deine Leiche war. Das hat mich ... na ja, richtig schockiert.«

Gideon stöhnte. »Ich habe ihn auch gesehen und habe gedacht, du wärst das.«

Alida stieß ein leises Lachen aus, das allmählich verklang.

Im Dunkeln streckte sie den Arm aus, fasste seine Hand und drückte sie. »Ich möchte dir etwas sagen, Gideon. Als ich den Baumstamm gesehen habe, ist mir als Erstes in den Sinn gekommen, dass ich jetzt nie mehr die Gelegenheit erhalte, es zu sagen. Also sage ich es dir jetzt. Ich glaube dir. Ich weiß, dass du kein Terrorist bist. Ich möchte dir helfen, herauszufinden, wer es getan hat – und warum.«

Einen Moment lang war Gideon sprachlos. Er versuchte, eine besserwisserische Antwort zu finden, aber es fiel ihm keine ein. Nach allem, was passiert war – nachdem man ihm einen Terroranschlag in die Schuhe geschoben hatte, er von seinem Partner angegriffen worden war, man auf ihn geschossen und durch die Berge gejagt und durch Tunnel verfolgt, ihn in einen Fluss gedrängt hatte, in dem er fast ertrunken wäre –, verspürte er eine Art Ergriffenheit, weil Alida ihm Vertrauen schenkte. »Woher der Sinneswandel?«, stieß er hervor.

»Ich kenne dich jetzt«, fuhr sie fort. »Du bist aufrichtig. Du hast ein gütiges Herz. Es ist einfach ausgeschlossen, dass du ein Terrorist sein kannst.«

Wieder drückte sie ihm die Hand; und plötzlich, nach dem ganzen Stress, den Zweifeln, der Erschöpfung, der inneren Einsamkeit, stellte es irgendetwas mit Gideon an, ein mitfühlendes Wort zu hören. Es schnürte ihm die Kehle zu. Und ganz gegen seinen Willen merkte er, dass ihm Tränen in die Augen sprangen und seine Wangen hinabliefen. Und dann weinte er wie ein Baby.

48

Nach einer Weile hatte er sich wieder im Griff. Er wischte sich die Augen mit seinem feuchten Hemdsärmel ab, dann hob er den Kopf. Er spürte, wie er vor Scham rot wurde.

»Na, na«, sagte Alida. »Ein Mann, der weint.« Sie lächelte ihn in der Dunkelheit an, aber es war ein sanftes Lächeln ohne einen Hauch von Ironie.

»Wie peinlich«, murmelte er. Er konnte sich nicht erinnern, wann er das letzte Mal geheult hatte. Er hatte nicht mal am Totenbett seiner Mutter geweint. Es könnte an jenem schrecklichen Tag 1988 gewesen sein, auf dem strahlend grünen Rasen vor der Arlington Hall Station, als ihm aufging, dass sein Vater nicht mehr lebte.

»Ich weiß nicht, was in mich gefahren ist«, sagte er. Es beschämte ihn, ausgerechnet vor Alida zusammengebrochen zu sein. Doch zugleich war er erleichtert. Sie schien seine Verlegenheit zu spüren und verfolgte das Thema nicht weiter. Lange lagen sie schweigend Seite an Seite.

Gideon stützte sich auf einen Ellbogen. »Ich habe nachgedacht. Als Fordyce und ich in New Mexico eintrafen, haben wir nur drei Personen vernommen. Wir müssen einen Volltreffer gelandet, es aber nicht begriffen haben. Eine dieser Personen hatte so viel Angst vor dieser Vernehmung, dass sie versucht hat, uns umzubringen. Zunächst hat sie unser Flugzeug manipuliert, und als das nicht funktionierte, hat sie mir den Terroranschlag in die Schuhe geschoben.«

»Wer sind diese Menschen?«

»Der Imam der örtlichen Moschee. Ein Sektenführer namens Willis Lockhart. Und dann … natürlich, dein Vater.«

Alida schnaubte verächtlich. »Mein Vater ist doch kein Terrorist.«

»Zugegeben, es scheint eher unwahrscheinlich, aber ich kann einfach niemanden ausschließen. Tut mir leid.« Eine Pause.

»Warum nennt er dich übrigens ›Wundertochter‹?«

»Meine Mutter ist bei meiner Geburt gestorben. Seitdem hatten mein Vater und ich nur einander. Und er hat mich immer als eine Art Wunder betrachtet.« Wieder lächelte sie. »Erzähl mir also von den anderen beiden.«

»Lockhart leitet eine Weltuntergangssekte an einem Ort namens Paiute Creek Ranch in den südlichen Jemez Mountains. Chalkers Ehefrau hatte eine Affäre mit ihm und schloss sich der Sekte an, und es könnte durchaus sein, dass Chalker ebenfalls mit hineingezogen wurde. Diese Leute freuen sich auf die Apokalypse. Sie haben keine Bedenken, was Technologie betrifft. Sie haben hochentwickelte Kommunikations- und Computeranlagen, die alle mit Solarstrom arbeiten.«

»Und?«

»Und, nun, vielleicht – nur vielleicht – versuchen sie ja, die Apokalypse zu beschleunigen. Ihr einen kleinen Schubs zu geben, indem sie eine Bombe hochgehen lassen.«

»Sind das Muslime?«

»Überhaupt nicht. Aber mir ist die Idee gekommen, dass die Sekte möglicherweise plant, eine Atombombe zu zünden und dafür zu sorgen, dass den Muslimen die Schuld daran gegeben wird. Großartige Art, den Dritten Weltkrieg anzuzetteln. Das ist die Charles-Manson-Strategie.«

»Die Manson-Strategie?«

»Manson und seine Anhänger versuchten, einen Krieg zwischen den Rassen zu entfachen, indem sie eine Gruppe von Leuten umbrachten und es so aussehen ließen, als hätten schwarze Radikale die Tat verübt.«

Sie nickte langsam.

Es folgte ein langes Schweigen, bevor Gideon wieder etwas sagte. »Weißt du, je mehr ich darüber nachdenke, desto mehr habe ich das Gefühl, dass Lockhart und seine Sekte dahinterstecken. Der Imam und die Mitglieder seiner Moschee scheinen ganz nette, vernünftige Menschen zu sein. Aber von Lockhart gehen richtig üble Schwingungen aus.«

»Was ist also dein Plan?«

»Ich werde Lockhart zur Rede stellen.« Gideon atmete durch. »Das bedeutet, dass wir wieder die Berge überqueren müssen, um zur Paiute Creek Ranch zu kommen. Wir folgen parallel dem Fluss, bis wir …«

»Ich habe einen besseren Plan«, unterbrach Alida.

Er verstummte.

Sie hob einen Finger. »Erstens ziehen wir unsere nassen Sachen aus, machen ein Feuer und lassen sie trocknen. Es ist nämlich kalt und wird immer kälter.«

»In Ordnung.«

»Zweitens schlafen wir.«

Noch eine Pause.

»Und drittens brauchen wir Hilfe. Und ich kenne genau die richtige Person: meinen Vater.«

»Du vergisst, dass er auf der Liste meiner Verdächtigen steht.«

»Vergiss es, um Himmels willen. Er kann uns oben bei sich auf der Ranch verstecken, die er vor der Stadt hat. Wir nutzen die als Basis, während wir herausfinden, wer dich verleumdet hat.«

»Und du meinst wirklich, dein Vater wird einem mutmaßlichen Atomterroristen helfen?«

»Mein Vater wird *mir* helfen. Wenn ich ihm sage, dass du unschuldig bist, wird er mir glauben. Und er ist ein guter Mensch mit einem ausgeprägten Gerechtigkeitsgefühl. Wenn er dich für unschuldig hält – und das wird er –, wird er Himmel und Hölle in Bewegung setzen, um dir zu helfen.«

Gideon war zu müde, um sich zu streiten. Er ließ das Thema auf sich beruhen.

Gemeinsam machten sie ein kleines Lagerfeuer im hinteren Teil der Höhle, das man von außen nicht sehen konnte. Die dünne Rauchfahne stieg auf, strich am Höhlendach entlang und trat durch einen schmalen Spalt aus. Alida blies in das Feuer, bis es fröhlich flackerte, dann stellte sie zwei Äste auf, die sie als Wäschegestell nutzen wollte.

Sie streckte eine Hand aus. »Gib mir dein Hemd und deine Hose«, verlangte sie.

Gideon zögerte kurz, dann zog er sich widerstrebend aus. Sie zog Bluse und Büstenhalter, Hose und Unterhose aus und hängte alles zusammen über die Äste. Gideon war einfach zu kaputt, um so zu tun, als wende er den Blick ab. Es war angenehm zuzuschauen, wie das Licht des Feuers auf Alidas Haut spielte. Die langen blonden Haare fielen in zotteligen Strähnen über ihren nackten Rücken und schwangen bei jeder Bewegung ihres Körpers mit.

Als sie sich zu ihm umdrehte, wandte Gideon ein wenig widerwillig den Blick ab.

»Mach dir keine Gedanken deswegen«, sagte sie und lachte. »Ich habe früher dauernd mit den Jungs im Kuhteich auf unserer Ranch nackt gebadet.«

»Okay.« Er sah sie an und stellte fest, dass ihr Blick auf ihm ruhte.

Rasch hängte sie ihre nassen Kleider auf und legte mehr Holz ins Feuer, dann setzte sie sich auf.

»Erzähl mir alles«, sagte sie. »Über dich, meine ich.«

Langsam und zögernd begann Gideon zu erzählen. Normalerweise unterhielt er sich mit niemandem über seine Vergangenheit. Doch ob es nun an der Erschöpfung lag, dem Stress oder einfach nur daran, einen interessierten, einfühlsamen Menschen bei sich zu haben – er berichtete ihr aus seinem Leben. Wie er zum Kunstdieb wurde; wie leicht es gewesen war, die meisten Kulturvereine und kleinen Museen auszunehmen; wie er das in den meisten Fällen hinbekommen hatte, ohne dass die Opfer überhaupt davon erfuhren, dass sie ausgeraubt worden waren. »Viele dieser Museen kümmern sich nicht um ihre Kunstwerke«, erklärte er ihr. »Sie präsentieren die Werke nicht gut, beleuchten sie nicht gut, und niemand sieht sie. Manche haben eine Inventarliste, aber sie gleichen sie nie mit ihrer Sammlung ab, es können also Jahre vergehen, bevor sie merken, dass sie ausgeraubt wurden. Wenn überhaupt. Es ist das perfekte Verbrechen, wenn man nicht allzu hoch hinauswill, und es gibt praktisch Tausende Museen dort draußen, die förmlich darum betteln, zum Opfer gemacht zu werden.«

Alida zog sich mit dem Finger eine verirrte Strähne ihres nassen Haars aus der Stirn. »Mannomann. Und machst du das immer noch?«

»Ich habe schon vor Jahren damit aufgehört.«

»Hast du deshalb je ein schlechtes Gewissen?«

Gideon konnte nicht ganz den Umstand verdrängen, dass er mit einer Nackten redete. Er versuchte, das zu relativieren – schließlich schienen die Leute auf *Das Frühstück im Freien* ja auch nie groß darüber nachgedacht zu haben. Die Kleider auf dem Wäschegestell fingen bereits an zu dampfen und würden ohnehin bald trocken sein. »Manchmal. Besonders einmal. Ich war übermütig geworden und ging zu einer Fund-Raising-Cocktailparty in einem Kulturverein, den ich bestohlen hatte. Ich meinte, das würde lustig werden. Dabei habe ich den Kurator der Sammlung kennengelernt, und er war ganz erschüttert und verärgert. Nicht nur hatte er bemerkt, dass das kleine Aquarell weg war, sondern es stellte sich auch heraus, dass es sich um sein Lieblingsbild in der ganzen Sammlung handelte. Er konnte über nichts anderes reden, so aufgebracht war er. Er hat es wirklich persönlich genommen.«

»Hast du das Aquarell zurückgegeben?«

»Ich hatte es bereits verkauft. Aber ich habe ernsthaft darüber nachgedacht, es für ihn wieder zurückzustehlen.«

Alida lachte. »Du bist schrecklich.« Sie umfasste seine Hände, streichelte sie ein bisschen. »Wie hast du das oberste Glied dieses Fingers verloren?«

»Das ist eine Geschichte, die ich niemandem erzählen werde.«

»Ach, komm schon. Mir kannst du es doch sagen.«

»Nein. Wirklich nicht. Das Geheimnis nehme ich mit ins Grab.«

Als er das sagte, fiel Gideon plötzlich ein, dass das Grab für ihn sehr viel näher sein könnte als für die meisten Menschen. Es war eine Tatsache, an die er sich jeden einzelnen Tag erinnerte, fast jede einzelne Stunde, aber diesmal, als er hier in der Höhle saß, traf ihn diese Erinnerung wie ein Tiefschlag.

»Was ist denn?«, fragte Alida, die sofort gemerkt hatte, dass etwas nicht stimmte.

Spontan war ihm klar, dass er es ihr sagen wollte. »Es kann gut sein, dass ich nicht mehr lange auf dieser Welt bin.« Er lachte, doch sein Versuch, die Sache herunterzuspielen, scheiterte kläglich.

Sie schaute ihn an und runzelte die Stirn. »Was meinst du damit?«

Er zuckte mit den Achseln. »Ich habe angeblich ein Aneurysma der Vena Galeni.«

»Ein was?«

Gideon blickte ins Feuer. »Das ist ein Gestrüpp von Arterien und Venen im Gehirn, ein großer Knoten von Blutgefäßen, in dem die Arterien sich direkt mit den Venen verbinden, ohne dass sie ein Netz von Kapillaren passieren. Infolgedessen buchtet der hohe arterielle Blutdruck die Vena Galeni aus, bläst sie auf wie einen Ballon. An einem bestimmten Punkt platzt sie – und du bist tot.«

»Nein.«

»Man wird nicht damit geboren, doch nach dem zwanzigsten Lebensjahr kann es wachsen.«

»Was kann man dagegen tun?«

»Nichts. Es ist inoperabel. Es gibt keine Symptome, keine Behandlung. Und in ungefähr einem Jahr, plus/minus, werde ich daran sterben. Ich werde plötzlich sterben, ohne Vorwarnung, aus, Ende, *sayonara.*« Er verstummte und starrte ins Feuer.

»Das ist jetzt einer deiner Scherze, oder? Sag mir, dass du Witze machst.«

Gideon schwieg weiter.

»O mein Gott«, flüsterte Alida schließlich. »Und man kann wirklich nichts dagegen machen?«

Nach einem Augenblick antwortete Gideon: »Die Sache ist die: Mir wurde das alles von einem Mann in New York erzählt. Der, der mich für den Job eingestellt hat. Er ist … ein Manipulator. Es kann sein, dass er sich das alles ausgedacht hat. Um das herauszufinden, habe ich vor einigen Tagen in Santa Fe eine Computertomographie machen lassen, aber natürlich hatte ich noch nicht die Gelegenheit, mir die Ergebnisse abzuholen.«

»Es schwebt über dir, dieses potenzielle Todesurteil.«

»Mehr oder weniger.«

»Wie schrecklich.«

Anstatt zu antworten, warf Gideon einen Zweig ins Feuer.

»Und du hast das in dir herumgetragen, hast niemandem davon erzählt?«

»Ich habe es ein, zwei anderen erzählt. Aber nicht in allen Einzelheiten, so wie eben.«

Sie hielt noch immer seine Hand. »Ich kann mir nicht vorstellen, wie das sein muss. Sich zu fragen, ob die eigenen Tage gezählt sind. Oder ob es einfach nur ein grausamer Scherz ist.« Sie hob die andere Hand, streichelte seine Finger, liebkoste die Härchen auf seinem Handgelenk. »Wie furchtbar das sein muss.«

»Ja.« Er sah zu ihr auf. »Aber weißt du was? In diesem besonderen Augenblick fühle ich mich ziemlich gut. Mehr als gut, ehrlich gesagt.«

Sie erwiderte den Blick. Wortlos fasste sie seine Hand und legte sie auf ihre nackte Brust. Er zog ihre Konturen nach und spürte Alidas warme Haut und wie ihre Brustwarzen hart wurden. Dann legte sie ihre Hand auf seine Brust und drückte ihn langsam nach unten, auf den Sand. Während er dort lag, kniete sie sich neben ihn und streichelte seine Brust, den flachen Bauch. Dann setzte sie sich rittlings auf ihn, beugte sich vor, um ihn zu küssen, wobei ihre Brüste seine Brust sanft liebkosten. Schließlich ließ sie ihn in sich gleiten, sanft zunächst, dann mit dem Druck sich rasch steigern der Leidenschaft.

»O mein Gott«, keuchte er. »Was … tust du da?«

»Vielleicht bleibt uns viel weniger Zeit, als ich geglaubt habe«, antwortete sie mit hauchender Stimme.

49

Gideon schreckte aus dem Schlaf hoch. Die Sonne schien hell in die Höhlenöffnung. Alida war fort. Irgendetwas hatte ihn geweckt.

Und dann hörte er draußen Stimmen.

Er setzte sich auf, sofort hellwach. Er konnte das Murmeln einer Männerstimme hören und das Knirschen von Schritten, die sich den Geröllhang hinauf dem Überhang näherten. Hatte Alida ihn wieder verraten – nach allem? Das konnte nicht sein … oder doch? Er zog seine Hose an, ergriff einen dicken Ast, der neben dem erloschenen Lagerfeuer lag, und stand leise und angespannt auf, zum Kampf bereit.

Das Knirschen kam näher, und da erschien die Silhouette eines Mannes in der Höhlenöffnung. Sonst war im blendenden Sonnenlicht nichts zu erkennen. Gideon setzte zum Sprung an.

»Gideon?«, ertönte die Stimme des Mannes. Eine Stimme, die er wiedererkannte. »Keine Sorge, wir sind es nur, Alida und Simon Blaine.«

»Gideon?« Alidas Stimme. »Alles in Ordnung?«

Gideons Panik wich, er senkte den Ast.

Blaine betrat vorsichtig die Höhle. »Ich bin gekommen, um zu helfen«, sagte er mit seinem Liverpooler Akzent. »Ist das in Ordnung für Sie?«

Alida betrat hinter ihrem Vater die Höhle.

Gideon warf den Ast beiseite und setzte sich zurück. »Wie spät ist es?«

»Ungefähr zwölf.«

»Wie seid ihr hergekommen?«, fragte Gideon.

Alida antwortete: »Ich bin zum Cochiti Lake gewandert

und habe einen Typen in einem Wohnwagen dazu überredet, dass ich sein Telefon benutzen darf. Dann habe ich meinen Dad angerufen.«

Blaine stand vor ihm, lächelnd und koboldartig, in gebügelter Jeans und Arbeitshemd und einer albern aussehenden Cowboy-Lederweste, der weiße Bart getrimmt, die blauen Augen stechend. Alida stand neben ihm.

Gideon rieb sich das Gesicht. Er hatte so lange geschlafen, dass es ihm schwerfiel, seine Gedanken zu ordnen. Lebhafte Erinnerungen an die vorige Nacht bestürmten ihn.

»Dad will uns helfen«, sagte sie. »Genauso wie ich versprochen habe.«

»Stimmt«, fügte Blaine hinzu. »Meine Tochter sagt mir, dass Sie einem Komplott zum Opfer gefallen und kein Terrorist sind. Und was sie sagt, genügt mir.«

»Vielen Dank«, antwortete Gideon, der eine ungeheure Erleichterung verspürte. »Entschuldigen Sie, dass ich Ihr Filmset zerlegt habe.«

»Dafür gibt's ja Versicherungen. Außerdem hatten wir schon ein paar Szenen im Kasten. Also, das ist der Plan: Ich habe meinen Jeep auf einer unbefestigten Straße ungefähr sechs Kilometer von hier geparkt. Der Canyon und der Fluss wimmeln von FBI und Polizei und Gott weiß wem sonst noch. Aber es ist ein unzugängliches, großes Gebiet, und wenn wir in den kleinen Seitencanyons bleiben, können wir ihnen aus dem Weg gehen. Sie sind hauptsächlich unten am See und suchen nach euren Leichen.«

Gideon musterte Blaine. Sorge und Angst standen ihm ins Gesicht geschrieben.

»Ich bringe euch beide hoch zur Ranch. Sie ist abgelegen. Die sind überzeugt, dass Sie ein Terrorist sind, Gideon, und glauben, dass meine Tochter mit Ihnen unter einer Decke steckt. Angesichts der Atmosphäre der Angst und des

Schreckens, die da draußen herrscht – das ganze Land ist davon gepackt –, bezweifle ich, dass Sie eine Festnahme überleben würden. Sie machen sich ja keine Vorstellung von der Panik, die in der Gesellschaft herrscht, der *irrationalen* Panik, und es wird nur noch schlimmer. Wir müssen also schnell handeln. Wir müssen selbst herausfinden, wer Ihnen die Sache angehängt hat, und warum. Nur so können wir Sie – und meine Tochter – retten.«

»Ich bin mir ziemlich sicher, dass die Sekte da oben in der Paiute Creek Ranch ...«

»Vielleicht. Alida sagt, Sie würden mich ebenfalls verdächtigen.« Blaine sah ihn seltsam an.

Gideon errötete. »Es scheint nicht wahrscheinlich zu sein. Aber jemand, mit dem Fordyce und ich uns unterhalten haben, war so alarmiert, dass er versucht hat, uns umzubringen ... und mich zum Opfer seines Komplotts gemacht hat.«

Blaine nickte. »Sie müssen mir vertrauen. Und ich muss Ihnen vertrauen. Das ist das Entscheidende.«

Gideon blickte Blaine an. Er wusste wirklich nicht, was er sagen sollte.

Plötzlich lächelte Blaine und legte ihm die Hand auf die Schulter. »Sie sind ein unverbesserlicher Skeptiker. Gut. Sollen also meine Handlungen für sich sprechen. Aber jetzt sollten wir losfahren.«

Es war ein großer Jeep Unlimited; sie legten sich auf die Rückbank, unter Decken, während Blaine auf den entlegenen Waldwegen fuhr, die an den Ausläufern entlang zu seiner Ranch führten.

Der Umweg dauerte mehrere Stunden, doch schließlich erreichten sie am Spätnachmittag die Ranch. Blaine fuhr in die Scheune, Alida und Gideon stiegen aus. Sie standen da in der wohlriechenden, nach Heu duftenden Düsternis.

»Ich muss telefonieren«, sagte Gideon. »Ich muss meine Auftraggeber anrufen.«

»Auftraggeber?«, fragte Blaine.

Gideon ging gar nicht darauf ein. Stattdessen marschierte er hinter Blaine und Alida aus der Scheune hinunter zum eigentlichen Ranchhaus, ein rustikales, zweigeschossiges Gebäude aus dem 19. Jahrhundert mit einer geräumigen Vorderveranda und einer ganzen Reihe von Mansardenfenstern.

Blaine führte Gideon zu einem Tisch in der Diele, auf dem lediglich zwei Gegenstände standen: ein Telefon und ein gerahmtes Foto von Blaine selbst, signiert mit: *Für meine Wundertochter, mit all meiner Liebe.* Gideon nahm den Hörer in die Hand und wählte Eli Glinns Telefonnummer, die, die er nur im dringendsten Notfall anrufen sollte.

Manuel Garza war am Apparat.

Gideon räusperte sich, versuchte, sich zu fassen und ruhig zu sprechen. »Ich bin's, Crew. Ich muss mit Glinn sprechen.«

»Diese Leitung darf nur im Notfall benutzt werden.«

Gideon ließ einen Augenblick verstreichen, dann antwortete er ganz ruhig: »Sie glauben nicht, dass es sich um einen Notfall handelt?«

»Sie haben sich selbst in Schwierigkeiten gebracht, aber ich bin mir nicht sicher, ob ich das einen Notfall nennen würde.«

Wieder schwieg Gideon einen Moment. »Holen Sie ihn bitte an den Apparat, ja?«

»Moment.«

Er steckte in der Warteschleife. Eine lange Minute verstrich. Und dann war Garza wieder am Apparat. »Tut mir leid. Ich habe mit Mr. Glinn gesprochen. Er hat zu tun und kann im Moment leider nicht mit Ihnen sprechen.«

Gideon atmete tief durch. »Sie haben tatsächlich mit ihm gesprochen?«

»Genau, wie ich sagte. Er hat darauf bestanden, dass Sie jetzt auf sich allein gestellt sind.«

»Das ist eine Unverschämtheit! Ihr habt mich für diesen Auftrag eingestellt, und jetzt lasst ihr mich einfach im Regen stehen? Ihr wisst, dass ich kein gottverdammter Terrorist bin!«

»Er kann nichts für Sie tun.« Gideon hörte aus Garzas Tonfall eine gewisse unterdrückte Zufriedenheit heraus.

»Dann richten Sie ihm bitte aus: Ich höre auf. Ich gehe. Und wenn ich dieses Chaos hinter mich gebracht habe, dann knöpfe ich ihn mir vor. Sie kennen doch diese hübsche Narbe auf seinem Gesicht? Ich werde ihm auch die andere Gesichtshälfte verzieren. Und das ist nur der Anfang. Richten Sie ihm das aus.«

»Wird gemacht.«

Gideon legte auf. Garza hatte das genossen, dieser Scheißer. Alida schaute ihn mit sorgenvoller Miene an.

Gideon versuchte, die Sache mit einem Achselzucken abzutun. »Ist nicht größer als irgendeines meiner anderen Probleme.« Er wandte sich zu Blaine um. »Ich möchte mir gern Ihren Jeep ausleihen, wenn ich darf. Es gibt da jemanden, dem ich oben auf der Paiute Creek Ranch einen Besuch abstatten muss.«

Blaine breitete die Arme aus. »Gern. Aber passen Sie bloß auf, dass die Behörden Sie nicht schnappen. Kann ich Ihnen mit irgendetwas anderem helfen?«

Gideon hielt inne. »Haben Sie Waffen im Haus?«

Ein breites Lächeln. »Ich besitze eine recht hübsche Sammlung. Möchten Sie sich die einmal ansehen?«

50

Die Sonne war untergegangen, der Halbmond hing tief am Himmel, und eine sehr dunkle Mitternacht näherte sich. Gideon verließ in Blaines Jeep die Ranch, fuhr auf den Paiute-Creek-Forstweg und in ein Gehölz aus Gambeleichen. Langsam setzte er rückwärts in eine Gruppe von Büschen, wobei die Zweige am Lack kratzten, bis der Wagen gut versteckt war.

Er stieg aus. Er hatte sich ein paar von Blaines Klamotten ausgeliehen – ein bisschen weit und ein bisschen kurz, aber zu gebrauchen – und war ganz in Schwarz gekleidet; das Gesicht war geschwärzt mit Holzkohle. Ein Colt Python 357 Magnum Revolver mit einem 4-Zoll-Lauf – Gideons Meinung nach die furchteinflößendste Handfeuerwaffe überhaupt – lag in der einen Hand, und ein altmodisches Rasiermesser befand sich in seiner Tasche. Er würde niemanden umbringen, wenigstens hatte er das nicht vor, aber das äußere Erscheinungsbild war entscheidend für sein Vorhaben.

Zunächst musste er einige Arbeiten erledigen. Vom Rücksitz des Jeeps holte er eine Schaufel und eine Hacke und suchte sich einen weichen, lehmigen Abschnitt des Waldbodens zum Graben. Er brach den Boden mit der Hacke auf, dann schaufelte er die lose Erde heraus, wobei er die Seiten glättete. Nach einer knappen Stunde hatte er ein flaches Grab ausgehoben, ein ungefähr zwei Meter langes Rechteck, fünfzig Zentimeter breit und einen Meter tief.

Er legte die Schaufel in den Jeep zurück, wusch sich die Hände mit Wasser aus einem Kanister, dann holte er eine Rolle Klebeband, ein paar Kabelbinder und einige andere Sachen vom Sitz und stopfte sich alles in die Taschen. Er verließ das Grab und durchquerte den dunklen Ponderosakiefernwald. Die Paiute Creek Ranch lag auf rund 2500 Metern Höhe, und obwohl es Sommer war, war die Nachtluft kühl. Er blieb oft stehen, um den Nachtgeräuschen des Waldes zu lauschen: dem fernen Heulen eines Rudels Kojoten, dem tiefen Bass eines Virginia-Uhus.

Nach achthundert Metern gelangte er an den Maschendrahtzaun, der das Ranchgelände umgab. Durch die Bäume war gelblicher Lichtschein aus Fenstern zu erkennen. Er blieb am Zaun stehen und lauschte, aber vom Gelände drang kein Laut herüber. Es war, wie er gehofft hatte: Die Leute lebten offenbar nach »Ranchzeit«, zu Bett bei Sonnenuntergang, aufstehen, bevor die Sonne aufging.

Eine sorgfältige Inspektion ließ vermuten, dass es entlang des Zauns keine ausgeklügelten Alarmanlagen oder Sensoren gab. Gideon holte eine Drahtzange hervor, durchtrennte die Maschendrahtglieder und zog die so entstandenen Kanten auseinander. Er kroch hindurch und schritt vorsichtig durchs Dunkel zur Rückseite des Ranchhauses. Alles war ruhig. Hinter den unteren Fenstern brannten ein paar funzelige gelbliche Lichter, aber weil die Ranch ihren Strom mit Sonnenenergie und Batterien erzeugte, gab es keine hellen Scheinwerfer oder Flutlichter.

Gideon war überzeugt davon, dass es irgendeine Art Nachtpatrouille gab. Diese Leute waren paranoid und hatten sicherlich Wachleute postiert. Äußerst vorsichtig näherte er sich dem Gebäude und spähte in ein Fenster. Dort im Schaukelstuhl saß der Cowboy mit dem rechteckigen Vollbart, ruhig und aufmerksam, und las in einem Buch. Neben ihm stand ein M16 gegen das Sofa gelehnt.

Bestimmt bewohnte Lockhart die Zimmer im Obergeschoss. Es war eindeutig die komfortabelste Unterbringung auf der Ranch. Ein Zimmer war sein Büro gewesen, und Gideon erinnerte sich, durch eine offene Tür in ein luxuriöses Schlafzimmer mit Bordellsamtwänden und einem Himmelbett geblickt zu haben. Das musste Lockharts Schlafzimmer sein.

Also musste er etwas gegen den Mann im Erdgeschoss unternehmen.

Er beobachtete ihn eine Zeit lang. Er wirkte nicht schläfrig, er trank keinen Alkohol, und er las – was Gideon am meisten beunruhigte – *Ulysses* von James Joyce. Der Mann war kein dummer hinterwäldlerischer Cowboy. Die Kleidung war nur Schau. Das war eine gebildete, intelligente Person, die sich nicht so leicht zum Narren halten ließ.

Gideon hatte vorausgesehen, dass er dem einen oder anderen Problem begegnen würde, jetzt wurde ihm klar, dass das bereits geschehen war. Er musste um jeden Preis verhindern, dass der Mann einen Alarm auslöste. Denn das würde zu viel Lärm machen und würde höchstwahrscheinlich in einem Krawall oder einem Kampf enden. Außerdem hatte *Ulysses* ein Sturmgewehr. Gideon begann, einen Plan zu entwerfen. Er war zwar hochriskant, aber ihm fiel nichts Besseres ein.

Er zog ein Stück Papier aus der Tasche und schrieb eine kurze Notiz darauf. Er atmete durch, dann klopfte er ans Fenster. Der Mann blickte auf, sah Gideons geschwärztes Gesicht, das durchs Fenster spähte, und erhob sich jäh von seinem Stuhl, wobei er sich das Gewehr schnappte.

Schnell legte Gideon die Finger an die Lippen und gab dem Mann ein Zeichen, nach draußen zu kommen. Doch stattdessen ging der Mann in Richtung Treppe. Wieder klopfte Gideon an, lauter diesmal, und schüttelte den Kopf, wobei er die Finger nochmals an den Mund legte. Dann hielt er die Notiz hoch, die er geschrieben hatte.

Weck Kommandant Will nicht auf!
Ich muss mit dir reden
Wichtig!!

Der Mann zögerte. Weil Gideon sich das Gesicht geschwärzt hatte, konnte der andere ihn nicht erkennen, außerdem hoffte Gideon, dass er annehmen würde, es handle sich um jemanden von der Ranch. Wer sonst würde einfach so ans Fenster klopfen?

Der Mann schulterte das Gewehr und kam zur Tür.

Gideon zog sich vom Haus an den Waldrand zurück, während der Mann um die Ecke bog und dahin und dorthin blickte. Gideon ließ seine Taschenlampe aufblitzen, worauf der andere näher kam.

»Wer bist du?«, flüsterte er.

»Psst!«, sagte Gideon. »Wenn du Willis aufweckst, bekommen wir große Schwierigkeiten. Das hier ist wichtig, *richtig* wichtig.«

Der Mann runzelte misstrauisch die Stirn. »Worum geht's?«, fragte er und nahm das Gewehr von der Schulter. »Wer bist du, und warum zum Teufel hast du dir das Gesicht geschwärzt?«

Gideon trat einen Schritt zurück, dann schaltete er die Taschenlampe aus und bewegte sich rasch und leise in eine seitliche Position.

Der Mann blieb am Waldsaum stehen. »Lane, bist du es?« Er sah sich um, wobei er mit seinem Gewehr noch immer dorthin zielte, wo Gideon nicht mehr stand. »Was willst du? Komm da raus.«

Gideon rannte los und versetzte dem Mann mit dem Gummiknüppel einen Schlag seitlich an den Kopf. Mit einem Stöhnen sackte der Mann zu Boden. Zum Glück löste sich kein Schuss aus der Waffe.

Gideon packte den Mann unter den Armen und zog ihn tiefer in den Wald, band ihn an einem Baum fest, legte ihm eine Augenbinde an und knebelte ihn. Und dann versetzte er ihm – nach kurzem Zögern – einen zweiten Schlag.

Er hob die M16 vom Boden auf, kehrte zum Haus zurück, schlich sich hinein und stellte es behutsam zurück an das Sofa. Rasch kritzelte er eine zweite Notiz, nur für den Fall, dass jemand zufällig vorbeikam, und ließ sie auf dem Schaukelstuhl zurück.

Ich bin gleich zurück
Nicht Kommandant Will aufwecken!!

Das würde wahrscheinlich niemanden lange in die Irre führen, aber es würde das Ganze wenigstens hinauszögern. Es hatte Gideon immer erstaunt, dass die meisten Menschen eine Anweisung auch dann befolgen, wenn sie unlogisch oder töricht ist. Eine Reaktion, die er sich häufig zunutze gemacht hatte, mit gutem Ergebnis.

Er schlich die Treppe hinauf. Jetzt stellte sich ihm das zweite Problem: Was tun, wenn Lockhart eine Frau in seinem Zimmer hatte? Er glaubte keine Sekunde lang, dass der Mann »im Zölibat« lebte.

Leise schlich er durch Lockharts dunkles, leeres Büro. Die Tür zum Schlafzimmer war verschlossen. Gideon kniete sich hin, holte sein Werkzeug hervor und schloss – unendlich vorsichtig und langsam – die Tür auf.

Im Zimmer brannte ein Nachtlicht, und Gideon sah zu seiner riesengroßen Erleichterung, dass Lockhart allein war.

Mit einem entrollten Stück Klebeband, bereit, in Aktion zu treten, ging er leise zum Bett hinüber. Er beugte sich über Lockhart, der auf dem Rücken schlief. Und dann setzte

Gideon dem Mann in einer fließenden Bewegung das Knie auf die Brust, während er ihm gleichzeitig die Klinge des Rasiermessers an den Hals drückte.

»Wenn du dich bewegst oder auch nur einen Ton von dir gibst, schneide ich dir die Kehle durch«, flüsterte er Lockhart heiser krächzend ins Ohr.

Gideon hatte zuvor die Klinge stumpf gemacht, aber das wusste Lockhart ja nicht. Jetzt, da er ihm die Klinge an die Gurgel hielt, erlosch jede Gegenwehr. Lockhart lag da, das Weiße seiner Augen glänzte im Dunkel. Und seine Augen weiteten sich noch stärker, als er Gideon trotz des geschwärzten Gesichts erkannte.

Das Rasiermesser weiter an Lockharts Hals, sagte Gideon: »Sperr den Mund auf. Weit.«

Lockhart öffnete den Mund. Gideon steckte den Lauf des Colt Python hinein, dann nahm er das Rasiermesser weg. »Du machst jetzt genau, was ich dir sage, okay? Blinzle einmal für Ja.«

Nach einem Moment blinzelte Lockhart.

»Steh auf, schön langsam. Lass den Lauf im Mund.«

Er löste sich von Lockhart, der aufstand, wie ihm befohlen worden war.

»Hände auf den Rücken.«

Lockhart legte die Hände auf den Rücken, und Gideon fesselte ihn mit den Kabelbindern. Er zog ihm den Lauf des Revolvers aus dem Mund, nahm die Rolle Klebeband und klebte ihm damit den Mund zu.

»Jetzt machen wir beide einen Spaziergang. Ich werde die Mündung dieser Waffe an deinen Hinterkopf halten und *garantiert* abdrücken, wenn irgendetwas passiert. Wir werden zur Tür hinausgehen, die Treppe hinunter und das Ranchgelände verlassen. Ich wiederhole: Wenn irgendetwas uns stört, schieße ich dir in den Kopf. Es liegt also ganz an dir, sicherzustellen, dass uns niemand stört. Nicke, wenn du einverstanden bist.«

Nicken.

»Schläft sonst noch jemand hier oben?«

Nicken.

»Zeig mir das Zimmer.«

Mit verbundenen Händen deutete Lockhart auf den angrenzenden Raum, in dem Gideon zuvor die Frau gesehen hatte, die sich auf dem Bett lümmelte.

»Gut. Wenn sie aufwacht, stirbst du. Geh jetzt die Treppe runter und zur Seitentür hinaus.«

Lockhart erwies sich als sehr kooperativ. Er tat alles genau nach Anweisung. Binnen einer Minute befanden sie sich in der Dunkelheit des Waldes. Gideon schaltete die LED-Taschenlampe an und trat mit Lockhart durch das Loch im Zaun und ging die achthundert Meter durch den Wald bis zu der Stelle, wo er das Grab ausgehoben hatte.

Als sie dort ankamen, sah Lockhart das Grab im Licht der Taschenlampe und geriet vor Angst sofort ins Straucheln. Gideon musste ihn festhalten, damit er nicht umfiel. Durch das Klebeband gab er einen gedämpften Laut von sich.

Gideon riss ihm das Band vom Mund. Lockhart keuchte, strauchelte noch einmal. Er war außer sich vor Angst.

»Leg dich ins Grab.«

»Nein. O mein Gott. Nein …«

»Ins Grab.«

»Warum? Warum ins Grab …?«

»Weil ich dich töten und begraben werde. Geh da rein.«

Willis Lockhart sackte auf die Knie, plappernd, die Tränen rannen ihm die Wangen hinunter. »Nein, bitte. Tun Sie das nicht. Tun Sie das nicht, bitte, bitte nicht …« Seine Stimme versagte. Er brach direkt vor Gideons Augen zusammen.

Gideon schubste ihn nach hinten, und er stürzte, rutschte in das Erdloch und kletterte schnell vor lauter Schreck wieder heraus. Gideon trat einen Schritt vor, die Waffe ausgestreckt. »Mach den Mund auf.«

»Nein. Bitte bitte, *bitte*, bitte, bitte, *nein*, *nein*, *nein* …«

»Dann erschieße ich dich und rolle deine Leiche da rein.«

»Aber warum, *warum?* Ich tue alles, *alles*, sagen Sie mir bloß, was Sie wollen!« Lockharts Stimme nahm einen jammernden, wehklagenden Ton an, er schluchzte, zwischen seinen Beinen breitete sich ein dunkler Fleck aus. Und dann übergab er sich, einmal, zweimal.

»Ich mache alles …«, stieß er keuchend und würgend aus, während ihm dicke Speichelfäden aus dem Mund hingen.

Jetzt war der richtige Zeitpunkt.

»Erzähl mir von der Atombombe.«

Schweigen, begleitet von einem leeren Blick.

»Die Atombombe«, sagte Gideon. »Erzähl mir von deinen Plänen für die Atombombe. Die Bombe, die du in D. C. hochgehen lassen willst. Wenn du mir davon erzählst, lasse ich dich laufen.«

»Atombombe?« Lockhart starrte ihn verständnislos an. *»Was für eine Atombombe?«*

»Spiel nicht den Dummen. Wenn du mir davon erzählst, bist du ein freier Mann. Andernfalls …« Gideon deutete mit dem Revolver auf das Grab.

»Wovon … wovon reden Sie da? Bitte, *ich verstehe nicht* …« Lockhart starrte mit weit aufgerissenen Augen auf den Revolver, sein Flehen verwandelte sich in zusammenhangloses Gebrabbel.

Gideon sah ihn an, und da kam ihm ein furchtbarer Gedanke: Der Mann wusste wirklich nichts. Er mochte der Anführer einer Sekte sein, ein egozentrischer und paranoider Mann, der unter Größenwahn litt, aber was den Atomanschlag betraf, war er offensichtlich unschuldig. Gideon hatte einen Fehler begangen.

»Es tut mir leid.« Gideon streckte den Arm aus, packte Lockhart und zog ihn hoch. »Es tut mir wirklich leid.« Er durchtrennte die Kabelbinder und steckte den Revolver ein. »Gehen Sie.«

Lockhart schaute ihn nur ausdruckslos an.

»Sie haben doch gehört: Verschwinden Sie. Los!«

Aber der Mann wollte immer noch nicht abhauen. Ausdruckslos, wie betäubt, noch immer vor Angst wie gelähmt, starrte er vor sich hin. Vor Selbstekel fluchend, drehte sich Gideon um, schritt in die Büsche, stieg in den Jeep und fuhr los. Und während die Reifen im Sand durchdrehten, er wendete und Vollgas gab, wollte er nichts anderes, als so schnell wie möglich von hier zu verschwinden.

51

Als Stone Fordyce nach einer Inspektion der Teams, die den See absuchten und weiterhin das Flussufer durchkämmten, wieder in Los Alamos eintraf, war es nach Mitternacht. Mitternacht. Damit brach ein neuer Tag an. Und damit war der N-Day nur noch einen Tag entfernt.

Der Gedanke machte ihn schnell wach, obwohl er todmüde war. Als er sich dem Tech-Areal näherte, wurde er zum neuen Kommandozentrum geleitet, das in einem ungenutzten Lagerhaus unmittelbar außerhalb des Sicherheitszauns eingerichtet worden war. Es wunderte ihn, wie rasch sich die Dinge während seiner Abwesenheit weiterentwickelt hatten.

Als er am Eingang seinen Dienstausweis zückte, sagte

der Security-Beamte: »Stone Fordyce? Der Chef möchte Sie sprechen. Dort hinten.«

»Der Chef? Wer ist das?«

»Millard. Der neue Mann.«

Der Chef möchte Sie sprechen. Der Klang des Satzes gefiel ihm gar nicht.

Er drängelte sich an dem Wachmann vorbei, ging an den zahllosen billigen Schreibtischen vorbei, jeder mit einem Computer und einem Telefon darauf, zu einem Kabuff, das hastig in einer rückwärtigen Ecke eingerichtet worden war und als einer der wenigen Plätze im Lagerhaus über ein Fenster verfügte. Die Tür stand offen. Im Kabuff saß ein kleiner, schlanker Mann in Anzug hinter einem Schreibtisch; er hatte ihm den Rücken zugekehrt und telefonierte.

Fordyce klopfte höflich an die offene Tür. Seine beruflichen Instinkte sagten ihm, dass es keine angenehme Besprechung werden würde.

Der Mann wandte sich um, hielt einen Finger hoch und redete weiter. Fordyce wartete.

Er kannte Millard nicht, hatte noch nicht mal den Namen gehört, was ihn allerdings bei einer Ermittlung wie dieser, bei der die Zuständigkeiten erbittert umkämpft waren, gar nicht wunderte. Und jemand musste auf lokaler Ebene ja das Sagen haben – die Dinge waren zunehmend chaotisch geworden, jetzt, da viele Leute Leitungsaufgaben hatten und keine klaren Kompetenzen bestanden.

Er wartete, bis Millard das Telefonat beendete, und sah sich den Mann dabei genauer an: gutaussehend, weiße, protestantische Oberschicht. Hohe Wangenknochen, klare grüne Augen, Mitte fünfzig, graue Schläfen, sportlich und schlank. Er hatte freundliche Gesichtszüge und eine sanfte Stimme. Fordyce hoffte, dass sich das auch auf seine Persönlichkeit erstreckte. Was er aber bezweifelte.

Millard telefonierte noch ein paar Minuten, legte auf, dann schenkte er Fordyce ein Lächeln. »Kann ich Ihnen helfen?«

»Agent Fordyce. Mir wurde gesagt, Sie wollten mich sprechen.«

»Ah, ja. Millard mein Name. Bitte setzen Sie sich.«

Sie schüttelten sich die Hand. Fordyce nahm auf dem einzigen anderen Stuhl in dem Kabuff Platz.

»Es handelt sich hier um ganz besondere Ermittlungen«, sagte Millard mit angenehmer, ja melodiöser Stimme. »Ungefähr zweiundzwanzig Strafverfolgungsbehörden und Nachrichtendienste sind direkt beteiligt, dazu kommen noch zahlreiche Unter-Agenturen und geheime Agenturen. Die Lage wird allmählich verwirrend.«

Fordyce nickte unverbindlich.

»Ich glaube, Sie würden als Erster zugeben, dass die Dinge in der New-Mexico-Außenstelle der Ermittlungen ernsthaft schiefgegangen sind. Aber jetzt ist Sonnenberg in den Osten zurückgeschickt worden, und Dart hat mich beauftragt, die Leitung über alle Aspekte der Ermittlungen zu übernehmen. Kein Durcheinander mehr.« Ein angenehmes Lächeln.

Fordyce erwiderte das Lächeln und wartete.

Millard beugte sich vor und verschränkte die Hände. »Ich will nicht um den heißen Brei herumreden. Ihre Beteiligung an diesen Ermittlungen war weniger als erfolgreich. Sie haben Ihren ehemaligen Partner erst als Verdächtigen identifiziert, als Sie darauf hingewiesen wurden, Sie haben ihn nicht bei diesen Dreharbeiten verhaftet, haben ihn nicht in den Bergen ausfindig gemacht, haben ihn nicht festgenommen, als er nach Los Alamos kam, und haben schließlich zugelassen, dass er den Fluss hinunter entkommt. Ihre Leute können seine Leiche nicht finden – wenn er denn tatsächlich ertrunken ist. Sie arbeiten schon lange genug beim FBI, um zu wissen, dass das kein akzeptables Ergebnis ist, besonders in einem Fall wie diesem, bei dem eine Stadt auf dem Spiel steht, das ganze Land in Panik ist, der Präsident und die Kongressmitglieder Tobsuchtsanfälle bekommen und Washington zum großen Teil dichtgemacht worden ist.«

Millard machte eine Pause und faltete die Hände. Seine Stimme war ruhig und angenehm geblieben. Fordyce schwieg. Es gab auch nichts zu sagen. Es stimmte ja alles.

»Ich werde Sie aus den Ermittlungen abziehen und hier im Büro unterbringen, wo Ihr neuer Verantwortungsbereich R und A sein wird.«

R&A. Recherche und Analyse. Das war der launige Ausdruck, den man beim FBI für die verhasste Arbeit verwendete, die man neu eingestellten Agenten als eine Art Aufnahmeritual aufs Auge drückte. *Recherche und Analyse.* Fordyce dachte an seine erste Zeit beim Bureau zurück: einer von hundert Agenten, die in einem fensterlosen Souterrainzimmer mit grauen Metallschränken voller Akten hockten, die gelesen, durchgesehen und zusammengefasst werden mussten. Eine Ermittlung wie diese erzeugte jeden Tag buchstäblich tonnenweise Papier – Transkripte von Abhöraktionen, Finanzberichte, haufenweise E-Mails, Vernehmungsprotokolle, wobei die relevanten Fakten wie Mohnkörner aus einem matschigen Kuchen herausgepflückt wurden …

»Doch bevor Sie in Ihrem neuen Verantwortungsbereich anfangen, nehmen Sie sich das Wochenende frei«, sagte Millard und unterbrach dadurch Fordyce' Gedankengang. »Sie sind ja völlig überarbeitet. Offen gesagt, sehen Sie enorm schlecht aus.« Wieder ein freundliches Lächeln, und dann erhob sich Millard und streckte ihm die Hand entgegen. »Alles klar?«

Fordyce nickte und ergriff die Hand.

»Danke, dass Sie das sportlich nehmen«, sagte er und tätschelte Fordyce, als dieser das Büro verließ, freundlich den Rücken.

Fordyce blieb vor der Tür des Lagerhauses stehen, atmete tief durch und ging zum Wagen. Ihm war ein wenig übel. Seine Karriere war beendet. Millard hatte ja recht: Er hatte die Sache komplett vermasselt. Wieder merkte er, dass eine Mordswut auf Gideon Crew in ihm aufstieg.

Doch mit diesem Zorn ging auch eine gewisse Unsicherheit einher. Wieder einmal. Es lief immer auf zwei Tatsachen hinaus. Die wichtigste war, dass Crew belastende E-Mails in seinem Arbeitscomputer hinterlassen hatte. Je länger Fordyce Gideon in Aktion erlebt hatte, desto klarer wurde ihm, dass der Kerl irrsinnig intelligent war. Anscheinend war der Computer nicht der einzige Anhaltspunkt gegen ihn. In der Hütte hatte man einen Koran und einen Gebetsteppich gefunden, dazu ein paar DVDs mit Ansprachen radikaler islamischer Prediger. Aber auch diese Entdeckungen gaben ihm zu denken. Sie wirkten wenig überzeugend. Weil die CIA gleichzeitig nicht imstande gewesen war, in Gideons RAS-verschlüsselten, sicherheitsgeschützten Heimcomputer einzubrechen, und das trotz der avanciertesten Hacker-Tools im Werkzeugkasten der Agency. Ein Bursche, der so vorsichtig war und so gut, hätte niemals dschihadistische DVDs herumliegen lassen.

Der zweite Anhaltspunkt war, dass Gideon das Flugzeug manipuliert und sich damit selbst in Gefahr gebracht hatte. Sicher, wenn er Islamist war, würde er nach Märtyrertum streben. Aber er erinnerte sich genau, wie Gideon sich auf dem Flug aufgeführt hatte; er war richtiggehend verängstigt gewesen.

Er hielt inne. Wenn Gideon Dreck am Stecken hätte,

hätte er es, da war Fordyce sicher, bemerkt, hätte gespürt, dass *irgendetwas* nicht stimmte. Aber es war ihm nichts aufgefallen. Crew war ihm authentisch und aufrichtig vorgekommen.

Vielleicht hatte er ja doch nicht alles vermasselt. Möglicherweise war jemand anders verantwortlich. Womöglich war Gideon tatsächlich das Opfer eines Komplotts.

Leise fluchend ging Fordyce weiter zum Wagen. Er besaß seine Waffe, seinen Ausweis und hatte ein paar Tage frei, um herauszufinden, ob Gideon wirklich schuldig war oder nicht.

52

Fordyce konsultierte das GPS, das in sein Einsatzfahrzeug eingebaut war. Das Haus lag in einer Sackgasse, dahinter erhoben sich ein Kiefernwald und Berge. Es war weit nach Mitternacht, aber das Licht brannte noch, und durch die dünnen Vorhänge war das blaue Flackern eines Fernsehers zu sehen. Die Novaks waren noch auf.

Es handelte sich zweifellos um eines der besten Grundstücke in dem Wohngebiet, das letzte Haus in einer Sackgasse, größer als die anderen. Vom Mercedes auf der Garagenzufahrt ganz zu schweigen.

Er fuhr auf die Zufahrt, wodurch er den Mercedes blockierte, dann stieg er aus und läutete. Kurz darauf fragte eine Frauenstimme, wer er sei.

»FBI«, sagte Fordyce. Er klappte seinen Ausweis auf und zeigte ihn durch ein schmales Seitenfenster.

Die Frau öffnete sofort, fast atemlos. »Ja? Was ist denn? Ist alles in Ordnung?«

»Alles bestens«, sagte Fordyce und betrat das Haus. »Entschuldigen Sie, dass ich Sie so spät noch störe.« Sie war eine attraktive Frau, sehr fit, schmale Taille und ein wohlgeformter Hintern, tolle Haut. Sie trug weiße Slacks und einen Cashmere-Pullover, darüber eine Perlenkette. Komisches Outfit, um nach Mitternacht fernzusehen.

»Wer ist da?«, ertönte eine gereizte Stimme, anscheinend aus dem Wohnzimmer.

»FBI«, rief die Frau zurück.

Der Fernseher wurde sofort ausgeschaltet, und Bill Novak, der Leiter der Security in Gideons Abteilung, erschien.

»Worum geht's?«, fragte er sachlich.

Fordyce lächelte. »Ich habe mich gerade bei Ihrer Frau dafür entschuldigt, dass ich so spät noch störe. Ich habe ein paar Routinefragen. Es dauert nicht lange.«

»Kein Problem«, sagte Novak. »Kommen Sie rein, bitte setzen Sie sich.«

Sie gingen ins Wohnzimmer. Mrs. Novak schaltete das Licht ein. »Kann ich Ihnen etwas bringen? Kaffee? Tee?«

»Nein, danke.« Sie setzten sich alle an den Tisch, und Fordyce blickte sich um. Sehr geschmackvoll. Teuer. Einige alte Silberstücke auf dem Esstisch, ein paar von den Ölgemälden sahen aus wie echte Kunst, handgeknüpfte Perserteppiche. Nichts Auffälliges, einfach nur teuer.

Fordyce zückte sein Notizbuch und blätterte in den Seiten. »Brauchen Sie meine Frau?«, fragte Novak.

»Oh, ja«, sagte Fordyce. »Wenn Sie nichts dagegen haben.«

»Ganz und gar nicht.«

Sie machten einen beflissenen, keinen nervösen Eindruck. Vielleicht gab es ja auch nichts, weswegen sie nervös sein mussten.

»Wie hoch ist Ihr jährliches Einkommen, Dr. Novak?«, fragte Fordyce und blickte von seinem Notizbuch auf.

Jähes Schweigen. »Ist das wirklich nötig?«, fragte der Sicherheitschef.

»Na ja«, sagte Fordyce. »Das Ganze ist freiwillig. Sie sind nicht verpflichtet, meine Fragen zu beantworten. Bitte fühlen Sie sich frei, Ihren Anwalt anzurufen, wenn Sie rechtlichen Rat einholen möchten oder er oder sie anwesend sein soll.« Er lächelte. »Allerdings möchten wir, so oder so, dass Sie die folgenden Fragen beantworten.«

Nach einer Pause sagte Novak: »Ich denke, wir können fortfahren. Ich verdiene hundertzehntausend Dollar im Jahr.«

»Irgendwelche anderen Einkommensquellen? Investments? Eine Erbschaft?«

»Nicht der Rede wert.«

»Irgendwelche überseeischen Konten?«

»Nein.«

Fordyce warf der Frau einen Blick zu. »Und Sie, Mrs. Novak?«

»Ich bin nicht berufstätig. Wir haben ein gemeinsames Konto.«

Fordyce machte sich eine Notiz. »Beginnen wir mit dem Haus. Wann haben Sie es gekauft?«

»Vor zwei Jahren«, sagte Novak. Wieder langes Zögern. »Es hat sechshundertfünfzigtausend gekostet, wir haben hunderttausend angezahlt und den Rest finanziert.«

»Ihre monatlichen Belastungen?«

»Etwa dreieinhalbtausend Dollar.«

»Was zweiundvierzigtausend pro Jahr ergibt.« Fordyce machte sich noch eine Notiz. »Haben Sie Kinder?«

»Nein.«

»Sprechen wir nun über Ihre Autos. Wie viele?«

»Zwei«, sagte Novak.

»Der Mercedes und ...?«

»Ein Range Rover.«

»Die Kosten?«

»Der Mercedes hat fünfzigtausend, der Range Rover ungefähr fünfundsechzigtausend gekostet.«

»Haben Sie die finanziert?«

Langes Schweigen. »Nein.«

Fordyce fuhr fort: »Als Sie das Haus gekauft haben, wie viel haben Sie da für neue Möbel ausgegeben?«

»Das weiß ich nicht genau«, sagte Novak.

»Zum Beispiel die Teppiche hier? Haben Sie die aus Ihrem vorherigen Wohnsitz mitgebracht oder gekauft?«

Novak sah ihn an. »Worauf wollen Sie hinaus?«

Fordyce lächelte ihn warm und freundlich an. »Das sind nichts weiter als Routinefragen, Dr. Novak. So beginnt das FBI fast jede Befragung – mit den Finanzen. Sie wären erstaunt, wie schnell man jemanden, der über seine Verhältnisse lebt, mit nur ein paar Fragen ausräuchern kann. Was in unserer Branche Alarmsignal Nummer eins ist.« Noch ein Lächeln.

Fordyce sah in Novaks Zügen zum ersten Mal Anzeichen für eine innere Anspannung.

»Also ... die Teppiche.«

»Wir haben sie für das neue Haus gekauft«, sagte Novak.

»Wie viel haben die gekostet?«

»Ich kann mich nicht erinnern.«

»Und die anderen Möbel? Die Silberwaren? Der Flachschirmfernseher?«

»Überwiegend gekauft, als wir das Haus kauften.«

»Haben Sie irgendwelche dieser Anschaffungen finanziert?«

»Nein.«

Noch eine Notiz. »Sie scheinen über ziemlich viel Geld auf der Bank zu verfügen. Gibt es eine Erbschaft im Hintergrund, Lotterie- oder Glücksspielgewinne, einen Investmentcoup? Oder vielleicht finanzielle Unterstützung seitens der Familie?«

»Nichts, was der Rede wert wäre.«

Fordyce würde die Zahlen in einen Kalkulationsbogen eintragen müssen, aber die Ausgaben der Novaks waren schon jetzt am äußersten Limit dessen, was problemlos zu erklären war. Ein Mann, der hunderttausend im Jahr verdiente, würde Mühe haben, die Autos zu kaufen, die er besaß, gleichzeitig eine Anzahlung auf sein Haus zu leisten und alles andere auch noch bar zu bezahlen. Es sei denn, er hatte Unsummen für sein vorheriges Haus erzielt.

»Ihr vorheriges Haus – liegt es in der Nähe?«

»Drüben in White Rock.«

»Für wie viel haben Sie es verkauft?«

»Ungefähr dreihunderttausend.«

»Wie hoch war die Hypothek auf das Haus?«

»Ungefähr fünfzig-, sechzigtausend.«

Nur fünfzig-, sechzigtausend. Damit war die Frage beantwortet. Es *musste* unerklärtes Vermögen geben.

Fordyce schenkte Novak noch ein beruhigendes Lächeln und blätterte in den Seiten seines Notizbuchs. »Also, kommen wir zu den E-Mails, die in Crews Account gefunden wurden.«

Der Themenwechsel schien Novak zu erleichtern. »Was ist damit?«

»Mir ist bekannt, dass Sie bereits viele Fragen in der Sache beantwortet haben.«

»Ich helfe gern.«

»Gut. Kann es sein, dass diese E-Mails dem Account absichtlich untergeschoben wurden?«

Die Frage hing kurz in der Luft.

»Nein«, sagte Novak schließlich. »Unsere Security-Maßnahmen sind absolut wasserdicht. Crews Computer war Teil eines physisch isolierten Netzwerks. Es gibt keinen Kontakt mit der Außenwelt, keine Internetverbindung. Es ist nicht möglich.«

»Kein Kontakt mit der Außenwelt. Und jemand, der sich innerhalb des Netzwerks befindet – sagen wir, ein Mitarbeiter?«

»Auch das wäre ausgeschlossen. Wir arbeiten mit streng geheimem Material. Niemand hat Zugang zu den Dateien eines anderen. Es gibt Ebenen über Ebenen von Sicherheitsmaßnahmen, Passwörter, Verschlüsselungen. Glauben Sie mir, es besteht keine Möglichkeit, keinerlei Möglichkeit, dass diese E-Mails dem Account absichtlich untergeschoben wurden.«

Fordyce machte sich eine Notiz. »Und das haben Sie auch den Ermittlern gesagt?«

»Selbstverständlich.«

Fordyce sah Novak an. »Aber Sie haben doch Zugang, oder?«

»Nun, ja. Als Sicherheitschef habe ich Zugang zu den Dateien von allen. Wir müssen ja schließlich verfolgen können, was alle machen – Standardvorgehensweise.«

»Was Sie mir also gerade eben gesagt haben, war gelogen. Es gibt eine Möglichkeit, wie diese E-Mails dem Account untergeschoben wurden. *Sie* hätten das tun können.«

Auf einmal herrschte dicke Luft. Aber Novak zuckte mit keiner Wimper. Nach einem Moment sagte er: »Ja, ich hätte die E-Mails dem Konto unterschieben können. Aber ich habe es nicht getan. Warum sollte ich auch?«

»Ich stelle hier die Fragen, wenn Sie nichts dagegen haben.« Wieder bediente sich Fordyce eines zweiflerischen

Tonfalls. »Sie haben soeben zugegeben, dass Sie mir und allen anderen Ermittlern die Unwahrheit gesagt haben.« Er warf einen Blick auf sein Notizbuch. »Sie haben gesagt, und ich zitiere: ›Es gibt keine Möglichkeit, keinerlei Möglichkeit, dass diese E-Mails untergeschoben wurden.‹ Das ist gelogen.«

Novak sah ihn direkt an. »Schauen Sie, ich habe mich falsch ausgedrückt. Ich habe mich in der Aussage nicht eingeschlossen, weil ich weiß, dass ich es nicht getan habe. Versuchen Sie nicht, mir eine Falle zu stellen.«

»Könnte sonst jemand in Ihrer Abteilung diese E-Mails untergeschoben haben?«

Wieder kurzes Zögern. »Die drei anderen Sicherheitsmitarbeiter in meiner Abteilung hätten das tun können, aber dafür hätten zwei zusammenarbeiten müssen, weil sie sich nicht der höchsten Sicherheitsüberprüfung unterziehen müssen.«

»Und gibt es andere über Ihnen, die das hätten tun können?«

»Es gibt die, die die Befugnis haben, aber die hätten mich einschalten müssen. Zumindest glaube ich das. Es gibt Sicherheitsebenen, von denen nicht einmal ich etwas weiß. Die Oberen könnten eine Backdoor installiert haben. Ich weiß es wirklich nicht.«

Fordyce war ein wenig frustriert. Bislang hatte Novak tatsächlich nichts gesagt, was ihn belastete, hatte sich keine Blöße gegeben. Seine Falschaussage war nichts Außergewöhnliches – Fordyce hatte bei Unschuldigen unter Befragung schon weitaus Schlimmeres erlebt.

Aber das Haus, die Autos, die Teppiche …

»Agent Fordyce, darf ich Sie fragen, warum Sie glauben, dass diese E-Mails untergeschoben wurden?«

Fordyce entschloss sich, sein Blatt ein wenig auszureizen. Er sah Novak eindringlich an. »Sie kennen doch Dr. Crew. Würden Sie ihn dumm nennen?«

»Nein.«

»Würden Sie es als klug bezeichnen, belastende E-Mails im eigenen Arbeits-Account zu hinterlassen. Ohne sie zu löschen?«

Schweigen. Dann räusperte sich Novak. »Aber er hat sie ja gelöscht.«

Das verblüffte Fordyce ein wenig. »Und trotzdem haben Sie sie wiederbekommen. Wie?«

»Durch eines unserer zahlreichen Backup-Systeme.«

»Kann irgendetwas wirklich von einem Ihrer Computer gelöscht werden?«

»Nein.«

»Wissen das alle?«

Wieder ein Zögern. »Ich glaube, die meisten wissen es.«

»Damit wären wir wieder bei meiner ursprünglichen Frage: Ist Dr. Gideon Crew ein Dummkopf?«

Jetzt bröckelte Novaks Fassade doch ein wenig. Endlich war es ihm gelungen, den Zorn des Mannes zu erregen. »Schauen Sie, ich empfinde die ganze Stoßrichtung Ihrer Befragung als beleidigend. All diese Fragen über meine persönlichen Finanzen, diese Unterstellung hinsichtlich untergeschobener E-Mails, dieser spätabendliche Überraschungsbesuch. Ich möchte die Ermittlungen ja unterstützen, aber ich werde nicht untätig herumsitzen, wenn ich schikaniert werde.«

Aufgrund seiner langjährigen Erfahrungen in der Vernehmung von Verdächtigen wusste Fordyce, wann er das Ende dessen erreicht hatte, was ein nützliches Gespräch war. Es hatte keinen Sinn, Novak weiter zu provozieren. Er klappte sein Notizbuch zu, stand auf und kehrte zu seinem freundlichen, kumpelhaften Tonfall zurück.

»Zum Glück bin ich hier fertig. Haben Sie vielen Dank, dass Sie sich Zeit für mich genommen haben. Es war alles Routine, kein Grund, sich Sorgen zu machen.«

»Ich mache mir aber Sorgen«, sagte Novak. »Ich finde Ihr Verhalten unangebracht und werde Beschwerde einreichen.«

»Natürlich, das können Sie gern tun.«

Während er zum Wagen zurückging, hoffte Fordyce sehr, dass Novak keine Beschwerde einreichen oder wenigstens ein paar Tage damit warten würde. Eine Dienstaufsichtsbeschwerde käme ihm ausgesprochen ungelegen. Weil er nämlich halb davon überzeugt war, dass Novak auf irgendeine Weise Dreck am Stecken hatte. Das entlastete natürlich Crew nicht, und Novak sah auch nicht gerade aus wie ein Terrorist.

Aber trotzdem … Konnte es sein, dass Gideon wirklich einem Komplott zum Opfer gefallen war?

53

Fünfzehn Kilometer von der Paiute Creek Ranch entfernt hatte Gideon den Jeep von der unbefestigten Straße gelenkt. Er musste sich beruhigen, seine Gedanken ordnen. Das, was er Lockhart gerade eben angetan hatte, bereitete ihm ein ungeheuer schlechtes Gewissen. Er hatte den Mann in Angst und Schrecken versetzt, ihn misshandelt und gedemütigt. Willis Lockhart war zwar bei weitem nicht der netteste Mensch der Welt, aber kein Unschuldiger verdiente es, so behandelt zu werden. Und er war eindeutig unschuldig. Steckte womöglich ein anderer aus der Sekte dahinter? Ausgeschlossen, nicht ohne dass Lockhart davon wusste.

Gideon hatte einen grauenvollen Fehler begangen. Außerdem war es ein Uhr morgens, der Tag vor dem N-Day. *Ein Tag noch.* Und er hatte heute genauso wenig Ahnung, wer hinter dem Komplott steckte, wie vor acht Tagen, als er in Santa Fe ankam …

Er packte das Lenkrad und merkte, dass er schlimmer denn je hyperventilierte. Er musste sich in den Griff kriegen, einen klaren Kopf bekommen und alles in Ruhe durchdenken.

Er schaltete den Motor aus, stieß die Tür auf und stieg unsicher aus. Die Nacht war kühl, ein leichter Wind strich durch das Geäst der Kiefern, über ihm am Himmel blinkten die Sterne. Er beruhigte sich, versuchte, seine Atmung zu regulieren, und marschierte los.

Die Paiute Creek Ranch hatte nichts mit dem terroristischen Komplott zu tun. So viel stand fest. Also war er wieder am Anfang: bei Joseph Carini und der Al-Dahab-Moschee. Die Leute dort waren natürlich von Beginn an die naheliegenden Täter gewesen, und das hatte sich bestätigt. Er hatte viel zu schlau sein wollen. Die offensichtliche, die einfachste Antwort war fast immer die richtige. Das war einer der grundlegenden Grundsätze wissenschaftlicher Forschungen – und Kriminalermittlungen.

Doch war alles wirklich so offensichtlich? Warum sollten die Muslime Carini und seine Leute einem anderen Muslim etwas anhängen wollen, wenn eine solche Maßnahme nur das Misstrauen steigern und mehr Aufmerksamkeit auf sie lenken würde? Schließlich waren die Ermittlungen schon voll gegen sie entbrannt. Hunderte von Beamten wuselten in der Moschee herum, sahen die privatesten Dokumente durch, befragten ihre Mitglieder, gruben all ihre Geheimnisse aus. Er und Fordyce waren zwei Ermittler unter Hunderten gewesen. Sie hatten nichts Wertvolles in Erfahrung gebracht, nichts Ungewöhnliches, zumindest soweit er das erkennen konnte. Und doch: Wer immer versucht hatte, ihm etwas anzuhängen, war durch den Einbruch in ein Computersystem mit extremer Geheimhaltungsstufe ein gigantisches Risiko eingegangen. Jemand, der glaubte, dass er etwas so Belastendes erfahren hatte, etwas so Gefährliches, dass außerordentliche Maßnahmen ergriffen werden mussten …

Plötzlich blieb Gideon stehen. Man wollte ihm etwas anhängen. Es gab da etwas, was er übersehen hatte, das jetzt aber, nachdem es ihm eingefallen war, überdeutlich war. Die Aktionen richteten sich gegen ihn und nur ihn allein. Schließlich hatte man nicht Fordyce etwas angehängt. Im Gegenteil, Fordyce war ihm dicht auf den Fersen.

Nach der Notlandung, nachdem Fordyce von der Sabotage erfahren hatte, hatte Gideon angenommen, dass, wer immer das getan hatte, versuchte, ihn und Fordyce umzubringen, ihre Ermittlungen zu stoppen. Fest stand aber: Die wollten nur ihn, Gideon, stoppen.

Was hatte er getan – was hatte er ermittelt, mit wem hatte er gesprochen – allein, ohne Fordyce?

So schnell, wie er sich die Frage gestellt hatte, so schnell kam die Antwort.

Er schaute in den dunklen Himmel und sah die harten, kalten Punkte des Sternenscheins. Konnte das sein? Es kam ihm so unglaublich unwahrscheinlich vor. Aber er hatte bewiesen, dass es nicht Lockhart war, und er war sicher, dass es nicht die Muslime waren. Als er kehrtmachte und zum Jeep zurückging, konnte er nicht anders, als sich an Sherlock Holmes' vielzitierten Satz zu erinnern: *Hat man das Unmögliche ausgeschlossen, dann muss das, was übrig bleibt, so unwahrscheinlich es auch erscheint, die Wahrheit sein.*

54

Dart saß in seinem Kabuff im Kommandozentrum in der 12th Street und legte langsam den Hörer auf. Er blickte aus dem winzigen provisorischen Fenster. Ein nachtschwarzes Rechteck starrte ihm entgegen. Schließlich griff er nochmals zum Hörer und wählte. Dabei zitterte ihm ein wenig die Hand, weil er so erschöpft und wütend war. Es war vier Uhr morgens, aber das spielte keine Rolle.

Schon beim ersten Klingeln wurde abgenommen. »Diensthabender Special Agent Millard.«

»Millard? Ich bin's, Dart.«

»Dr. Dart.« Millards Tonfall klang deutlich nervös.

»Wie ist der Status der Jagd auf Crew?«

»Nun, Sir, zwar durchkämmt immer noch eine vollzählige Besatzung die Gegend, aber wir sind zunehmend überzeugt, dass er und seine Komplizin ertrunken sind …«

Darts Wut überwältigte seine gewohnheitsmäßige Selbstbeherrschung. »Natürlich sind Sie überzeugt davon, dass er ertrunken ist. Selbstverständlich. Es ist das, was Sie glauben wollen. Nicht nur haben Sie ihn nicht gefasst, sondern Sie haben auch noch zugelassen, dass er durch den Sicherheitszaun auf das Gelände von Los Alamos eindringt, Amok läuft und hinterher einfach unbehelligt wieder verschwindet.«

»Sir, das ist nicht genau das, was geschehen ist, und zu der Zeit war ich auch noch nicht …«

»Wollen Sie wissen, womit ich das gleichsetze, Agent Millard? Ich setze das damit gleich, dass ein gesuchter Schwerverbrecher in eine Polizeizentrale hineinspaziert, sich mit Waffen und Munition eindeckt, dem Polizeichef den Vogel zeigt und dann wieder hinausspaziert.«

Jetzt folgte Schweigen am Telefon. Dart merkte, dass er den Punkt der Selbstkontrolle bereits überschritten hatte, aber das scherte ihn nicht.

In der Stille betrat Miles Cunningham, Darts persönlicher Assistent, das Kabuff, stellte einen Becher mit heißem, schwarzem Kaffee auf den Schreibtisch und ging wieder. Dart hatte ihn angewiesen, er solle endlich mit seinen Aufforderungen, es ruhiger anzugehen, aufhören und ihm stattdessen jede Stunde einen frischen Kaffee bringen.

Es war heiß in dem Büro, aber Dart trank trotzdem einen großen Schluck; er verbrannte sich dabei fast die Zunge und räusperte sich. »Nicht dass wir uns missverstehen, Agent Millard«, fuhr er fort. »Ich halte Sie nicht für voll verantwortlich. Wie Sie ja bereits andeuteten, leiten Sie die Operationen in New Mexico noch nicht lange. Aber von nun an mache ich Sie für alles verantwortlich, was geschieht.«

»Ja, Sir.«

»Morgen ist N-Day. Jede Stunde, jede *Minute*, die der Terrorist Gideon Crew weiter auf freiem Fuß ist, erhöht die Bedrohung für uns alle. Ich habe große Zweifel, dass er im Rio Grande ertrunken ist. Er steckt noch immer irgendwo in den Bergen. Ich will, dass sie durchkämmt werden. Von einem Ende zum anderen.«

»Die Suche läuft bereits, Sir, und unsere Leute geben ihr Bestes. Aber das fragliche Gebiet umfasst mehr als fünfzehntausend Quadratkilometer Wildnis und ist darüber hinaus extrem unzugänglich und zerklüftet.«

»Gideon Crew ist auf sich allein gestellt, er hat weder Wasser noch Lebensmittel dabei. Sie verfügen über eine Hundertschaft und eine Hightech-Ausrüstung im Wert von Millionen Dollar. Ich bin nicht an Entschuldigungen interessiert, sondern an Ergebnissen.«

»Ja, Sir. Wir geben alle unser Bestes. Zusätzlich zu den

Hunden und den Suchteams am Boden haben wir ein großes Arsenal an Fernerkundungs- und Überwachungsgerät stationiert. Hubschrauber mit Infrarot und Muster-Erkennungs-Computersystemen. Predator-Drohnen, ausgerüstet mit dem neuesten synthetischen Apertur-Radar, das auch Blattwerk durchdringt. Aber auch wenn das nicht gefallen mag, ich muss berichten, dass wir nichts gefunden haben und dass wirklich alles darauf hindeutet, dass Crew und die Frau in dem Fluss ertrunken sind.«

»Haben Sie die Leichen gefunden, Agent Millard?«

»Nein, Sir.«

»Bis Sie das nicht getan haben, möchte ich kein einziges Wort mehr davon hören, dass Crew ertrunken ist.«

»Ja, Sir.«

Dart trank noch einen Schluck Kaffee. »Also, es gibt da noch ein Problem, über das ich mit Ihnen sprechen möchte. Agent Fordyce. Der Mann hat seine Inkompetenz bewiesen, seine Unfähigkeit, Befehle zu befolgen, sowie eine Neigung, auf eigene Faust zu handeln. Mir ist zu Ohren gekommen, dass er ohne Absprache den Sicherheitschef von Los Alamos befragt hat, und zwar ohne jede Befugnis und ohne erforderlichen Partner. Er hat die Befragung nicht mal aufgezeichnet. Wissen Sie, was das bedeutet?«

»Ich glaube schon, Sir.«

»Es bedeutet, dass, was immer er erfahren hat, vor Gericht nutzlos und zu Ermittlungszwecken nicht zu gebrauchen ist. Sollte Novak in irgendeiner Weise damit zu tun haben, sind unsere Chancen, ihn strafrechtlich zu verfolgen, praktisch gleich null.«

»Ich habe Fordyce bereits aus dem aktiven Felddienst entfernt und ihn in die Abteilung R und A versetzt.«

»Ich möchte, dass er suspendiert und aus dieser Ermittlung komplett abgezogen wird. Für mich steht fest, dass der Mann so etwas wie einen Zusammenbruch erlitten hat.«

»Ja, Sir.«

»Ich möchte, dass Sie das in einer Weise erledigen, dass die Innenrevision des FBI sich nicht aufregt. Wir haben sowieso schon genug Scherereien mit dem Federal Bureau. Setzen Sie ihn frei, bezahlt natürlich. Nennen Sie es Urlaub, ohne genaues Rückkehrdatum.«

»Wie Sie wollen, Sir.«

»Finden Sie Crew. Und die Frau. Und um Gottes willen, bringen Sie sie mir lebendig.« Dart legte auf, trank noch einen Schluck Kaffee und starrte wieder aus dem nachtdunklen Fenster.

55

Gegen zwei Uhr morgens kehrte Gideon auf die Ranch zurück, nachdem er die ganze Strecke im Jeep über die holprigen Forstwege geprescht war. Alida war noch auf, sie lag im rustikalen Wohnzimmer auf einem großen Sofa vor einem Kaminfeuer, die blonden Haare auf dem Lederbezug ausgebreitet.

Als er das Zimmer betrat, sprang sie sofort auf, kam zu ihm und umarmte ihn. »Ich habe mir so große Sorgen um dich gemacht. Du siehst ja fix und fertig aus.«

Er *war* fix und fertig.

Sie ging vor ihm zum Sofa. »Möchtest du was zu trinken?«

Er nickte.

Sie küsste ihn sanft, dann ging sie zur Bar und mischte Martinis. Vom Sofa aus schaute er zu, wie sie Gin und Wermut in einen großen Cocktailshaker goss, Eis hinzufügte und die Mischung kräftig schüttelte, wobei er sich die ganze Zeit fragte, wie er die Sache bloß ansprechen sollte. Alida machte einen so glücklichen Eindruck, sie war so schön, dass sie von innen leuchtete.

»Hast du Lockhart gefunden?«, fragte sie und gab je eine Zitronenscheibe in die beiden Gläser. »Hast du ihn zur Rede gestellt?«

»Er … war nicht da«, log Gideon. Ein furchtbares, ein grauenvolles Gefühl beschlich ihn. Er würde Alida gegenüber eine Show abziehen müssen. Er würde sie in die Irre führen, ihr etwas vormachen, *lügen* müssen … Die aufflackernde Erinnerung an die gemeinsam verbrachte magische Nacht in der Höhle machte alles nur noch schlimmer.

»Glaubst du immer noch, dass es Willis war?«

Gideon nickte. »Sag mal, wo steckt eigentlich dein Vater?«

»Er ist zurück zu unserem Haus in Santa Fe gefahren. Er muss morgen früh aufstehen – einen Flieger nehmen.« Sie brachte die Martinis herüber, er nahm seinen. Genau wie er ihn mochte: voll bis zum Rand, mit einem Stück Zitronenschale und kleinen Eisstückchen darin. Gideon trank einen kleinen Schluck und spürte, wie ihm die Flüssigkeit im Hals brannte.

Sie nahm neben ihm Platz, lehnte sich an ihn, schmiegte sich an sein Gesicht. »Ich bin ja so froh, dass du wieder da bist. Weißt du, Gideon, ich habe nachgedacht, über uns.«

Er trank noch einen Schluck. »Dein Vater verreist? Wohin denn?«

»Maryland, glaube ich.« Mit den Lippen strich sie über seinen Hals und murmelte dabei: »Ich habe große Mühe, meine Gedanken beisammenzuhalten, jetzt, wo du hier bist. Das war vielleicht ein Abend, den wir da in der Höhle verbracht haben. Ich bekomme ihn einfach nicht mehr aus dem Kopf. Vielleicht ist jetzt nicht die richtige Zeit zu reden, aber, wie gesagt, ich habe nachgedacht …«

»Okay«, sagte Gideon und suchte wieder Zuflucht in seinem Glas. »Was will er in Maryland?«

»Er recherchiert, glaube ich. Für seinen nächsten Roman …«

Wieder Schmusen. »Alles in Ordnung mit dir?«

»Alles bestens. Ich bin bloß müde. Und ich bin immer noch schmutzig von all der Holzkohle.« Er zeigte vage auf sein ruß geschwärztes Gesicht.

»Gefällt mir. Sieht sexy aus.«

»Weißt du, worum es in dem Roman geht?«

»Hat irgendwas mit Viren zu tun, glaube ich.«

»Hat dein Vater schon mal Kreatives Schreiben unterrichtet?«

»Klar. Es macht ihm Spaß. Können wir über etwas anderes reden?«

Gideon schluckte. »Gleich. Es gibt da einen Workshop in Santa Cruz, von dem ich gehört habe, mit dem Titel *Writing Your Life*.«

»Mein Vater unterrichtet dort jedes Jahr. Er findet Santa Cruz großartig.«

Gideon verbarg seinen Gesichtsausdruck, indem er einen ordentlichen Schluck trank. Die Wirkung des Alkohols machte sich bereits bemerkbar.

»Er unterrichtet also gern?«

»Er liebt es. Nach seiner Enttäuschung wegen des Nobelpreises findet er es tröstend, glaube ich.«

»Du hast den Nobelpreis schon mal erwähnt. Was genau ist denn passiert?«

Alida trank selbst einen kleinen Schluck. »Mein Vater stand einige Male auf der Shortlist, hat den Preis aber nie bekommen. Und dann ist ihm zu Ohren gekommen, warum er ihn nie bekommen hat – weil er die falschen politischen Ansichten hat.«

»Was haben seine politischen Ansichten damit zu tun?«

»Er war früher britischer Staatsbürger. Und als junger Mann war er beim MI6 tätig – das ist der britische Geheimdienst. So eine Art CIA.«

»Ich weiß, was der MI6 ist.« Gideon war fassungslos. »Ich hatte ja keine Ahnung.«

»Er redet nie darüber, nicht mal mit mir. Aber egal. Ich weiß es nicht wirklich genau. Es ist nur das, was die Leute sagen. Das Nobelpreis-Komitee hat Graham Greene aus dem gleichen Grund abgelehnt – er hat für den britischen Geheimdienst gearbeitet. Den verdammten Schweden missfällt die Vorstellung, dass ein Autor mit Spionage und Spionageabwehr zu tun hat. John le Carré wird auch nie den Nobelpreis bekommen!« Sie schnaubte verächtlich.

»War dein Vater verärgert?«

»Er gibt es nicht zu, aber ich weiß es. Ich meine, er hat nur seine patriotische Pflicht gegenüber seinem Land erfüllt. Es ist demütigend.« Sie hatte die Stimme ein wenig gehoben. »Denk doch mal an die vielen großen Autoren, die übergangen worden sind – James Joyce, Vladimir Nabokov, Evelyn Waugh, Philip Roth. Die Liste ließe sich fast endlos verlängern. Und wer erhält den Preis stattdessen? Autoren wie Dario Fo und Eyvind Johnson!« Sie setzte sich zurück.

Ihr jäher Gefühlsausbruch verblüffte Gideon derart, dass er vorübergehend vergaß, welch schlechtes Gewissen ihn plagte, weil er Alida etwas vorspielte. »Machst du dir denn … na ja, keine Sorgen, dass dein Vater gerade jetzt nach Maryland fliegt? Ich meine, das liegt doch nahe an Washington.«

»Die Evakuierungszone ist weit entfernt. Aber egal, ich habe es satt, über meinen Vater zu sprechen. Ich möchte mit dir über uns reden. Bitte.«

Sie legte ihm die Hand auf die Schulter und sah ihm ins Gesicht; ihre dunkelbraunen Augen funkelten. Weil Tränen darin standen? Mit Sicherheit, weil Liebe darin lag. Und auch Gideon empfand dieses Ziehen im Herzen. »Ich mache mir …«, er unterbrach sich, »… nur Sorgen wegen deines Vaters, wegen dieser terroristischen Situation. Ich würde gern wissen, wohin er in Maryland will.«

Sie sah ihn an. Kurz blitzte Ungeduld in ihren Zügen auf. »Ich kann mich nicht erinnern. Irgendein Militärstützpunkt. Fort Detrick, glaube ich. Warum ist das so wichtig?«

Fort Detrick lag, wie Gideon wusste, kaum einen Steinwurf von Washington entfernt. Hatte Simon Blaine vor, seine Leute dort für den finalen Angriff zu mobilisieren? Und warum ein Militärstützpunkt? Es war sicherlich kein Zufall, dass Blaine zurück nach Osten flog, zu einem Militärstützpunkt, dreißig Stunden vor dem N-Day. Ihm schwirrte der Kopf; es konnte so vieles bedeuten. »Dein Vater muss eine Menge Leute kennen im Geheimdienstmilieu.«

»Tut er auch. Als er beim MI6 gearbeitet hat, gehörte unter anderem zu seinen Aufgaben, glaube ich, den Kontakt mit der CIA zu halten. Zumindest habe ich einmal einen Bericht gesehen, den sie ihm gegeben haben. Geheim. Es war das einzige Mal, dass er seinen Safe offen gelassen hat.«

»Und dein Vater fliegt morgen in der Früh ab?«

Sie legte ihm die Hand auf den Arm. »*Heute* in der Früh, es ist nämlich schon zwei Uhr. Gideon, wieso interessierst du dich so für meinen Vater? Ich möchte über uns reden, *unsere* Beziehung, *unsere* Zukunft. Ich weiß, das kommt plötzlich, und mir ist auch klar, dass Männer nicht derart überfallen werden wollen, aber, verdammt noch mal, ich weiß, dass du das Gleiche empfindest wie ich. Und gerade dir ist bewusst, dass uns vielleicht nicht viel Zeit bleibt.«

»Entschuldige, ich wollte dem Thema nicht ausweichen.« Gideon versuchte, sein verdecktes Interesse dadurch zu kaschieren, dass er einen leicht anklagenden Ton anschlug. »Es ist nur so, dass ich geglaubt habe, dass dein Vater uns helfen würde. Jetzt läuft er davon.«

»Er *hat* uns geholfen! Und er läuft auch nicht weg. Schau, wir sind hier sicher, wir können das Haus als Stützpunkt nutzen, um herauszufinden, wer dir die Sache angehängt hat. Wir müssen nur diesen Willis Lockhart aufspüren. Es ergibt Sinn, dass er und seine verrückte Sekte hinter der Sache stecken. Er wird gefasst, die Jagd wird vorüber sein, und du und ich sind rehabilitiert.«

Gideon nickte, fühlte sich aber wieder furchtbar. »Ja. Ich bin sicher, das wird passieren.« Er kippte den Rest seines Drinks hinunter.

Sie setzte sich zurück. »Gideon, bist du bereit, mit mir zu reden? Oder versuchst du nur, das mit all diesen Fragen über meinen Vater zu verhindern? Ich möchte mich dir nicht aufdrängen.«

Er nickte stumm und rang sich ein Lächeln ab. Er hatte schon jetzt Lust auf einen zweiten Drink. »Klar.«

»Ich zögere, ein schmerzliches Thema anzusprechen, aber … Na, du weißt ja, dass ich direkt bin. Ich sage, was ich denke, selbst wenn ich dabei ins Fettnäpfchen trete. Ich hoffe, du kennst mich inzwischen so gut.«

»Ja«, krächzte er.

Sie kam näher. »Ich weiß, dass du eventuell eine unheilbare Krankheit hast. Das schreckt mich nicht ab. Ich bin bereit, mich an dich zu binden. Darüber habe ich nachgedacht. Das wollte ich dir sagen. Ich habe noch nie einem Mann gegenüber solche Gefühle gehabt …«

Gideon brachte es kaum fertig, sie anzusehen.

Sie nahm seine Hände in ihre. »Das Leben ist kurz. Selbst wenn es stimmt und du nur ein Jahr zu leben hast – na, dann lass es uns doch gemeinsam genießen. Du und ich. Möchtest du das? Wir packen ein ganzes Leben voller Liebe in ein Jahr.«

56

Fordyce ging hinter Millard zwischen den Schreibtischen und Kabuffs hindurch, die die neue Kommandozentrale darstellten. Draußen zog ein strahlender Morgen herauf, aber in dem umgewandelten Lagerhaus war die Luft stickig, und Licht spendeten Neonröhren.

Millard ist ein echter Behördenmann, dachte Fordyce, *immer freundlich, nie sarkastisch, mild im Ton – und doch, darunter, ein absolutes Arschloch.* Was für ein Wort hatten die Deutschen dafür? Schadenfreude. Sich am Unglück der anderen erfreuen. Das beschrieb perfekt Millards Einstellung. Kaum hatte Millard angerufen und um ein Gespräch gebeten, konnte sich Fordyce denken, worum es sich drehen sollte.

»Wie geht es Ihnen, Agent Fordyce?«, fragte Millard im Ton geheuchelten Mitgefühls.

»Sehr gut, Sir«, erwiderte Fordyce.

Millard schüttelte den Kopf. »Ich weiß nicht. Sie machen auf mich einen müden Eindruck. Einen sehr müden, um ehrlich zu sein.« Er sah Fordyce aus zusammengekniffenen Augen an, als wäre der ein Ausstellungsstück in einer Museumsvitrine. »Und darüber wollte ich mit Ihnen sprechen. Sie sind überarbeitet.«

»Ich glaube nicht. Es geht mir wirklich bestens.«

Millard schüttelte wieder den Kopf. »Nein. Nein, Sie wirken erschöpft. Ich weiß Ihren Teamgeist ja zu schätzen, aber ich kann nicht zulassen, dass Sie sich weiter derart überarbeiten.« Er hielt inne, als bereite er sich auf den Todesstoß vor. »Sie müssen Urlaub nehmen.«

»Sie haben mir bereits gesagt, dass ich ein paar Tage freinehmen soll.«

»Es gehr hier nicht – wie soll ich sagen? – um eine kurze Pause. Ich möchte, dass Sie sich eine *ernstzunehmende* Auszeit nehmen, Agent Fordyce.«

Das war's, der Satz, mit dem er schon gerechnet hatte. »Auszeit? Wieso?«

»Damit Sie die Batterien wieder aufladen können. Die Dinge wieder in einem objektiven Licht sehen können.«

»Von was für einem Zeitraum sprechen wir genau?«

Millard zuckte mit den Achseln. »Das ist im Moment etwas schwer zu sagen.«

»Auszeit« nannte Millard das also. Tatsächlich handelte es sich um eine unbefristete Freistellung. Fordyce war da sicher. Wenn er etwas unternehmen wollte, dann musste er das jetzt tun – sofort. Sie hatten nur noch *einen Tag*.

»Novak hat Dreck am Stecken.«

Das war eine derart aus dem Zusammenhang gerissene Bemerkung, dass Millard stutzte. »Novak?«

»Novak. Der Sicherheitschef für das Tech-Areal dreiunddreißig. Er hat Dreck am Stecken. Laden Sie ihn vor, drehen Sie ihn durch die Mangel, tun Sie, was nötig ist.«

Langes Schweigen. »Vielleicht sollten Sie mir das lieber erklären.«

»Novak pflegt einen Lebensstil, der seine finanziellen Mittel bei weitem übersteigt. Luxuskarossen, ein großes Haus, Perserteppiche, alles bei hundertzehntausend im Jahr.

Seine Frau ist nicht berufstätig, und es gibt auch keine Erbschaft.«

Millard sah ihn von der Seite an. »Und warum ist das wichtig?«

»Weil es nur einen Menschen gibt, der diese E-Mails in Crews E-Mail-Account einschmuggeln konnte, und das ist Novak.«

»Und woher wissen Sie das alles?«

Fordyce atmete durch. Er musste es sagen. »Ich habe ihn vernommen.«

Millard starrte ihn an. »Das ist mir bekannt.«

»Wieso?«

»Novak hat sich beschwert. Sie sind ohne Befugnis nach Mitternacht bei ihm zu Hause hereingeplatzt, ohne sich an die Vernehmungsvorschriften zu halten. Was hatten Sie denn erwartet?«

»Mir blieb keine andere Wahl. Uns läuft die Zeit davon. Fest steht: Der Mann hat die Ermittler angelogen, hat ausgesagt, dass es nicht möglich sei, diese E-Mails unterzuschieben. Dabei hat er vergessen zu erwähnen, dass *er* der Einzige ist, der das getan haben konnte.«

Millard schaute ihn lange und fest an, die Lippen zusammengepresst. »Wollen Sie damit sagen, dass Novak Crew die Sache angehängt hat? Wegen Geld?«

»Ich sage nur, dass der Mann Dreck am Stecken hat. Laden Sie ihn vor, drehen Sie ihn durch –«

Millards Lippen wurden geradezu unsichtbar. »Mr. Fordyce, Sie tanzen aus der Reihe. Ihr Verhalten ist inakzeptabel, und Ihre Forderungen sind unanständig und, offen gesagt, empörend.«

Fordyce hielt es nicht mehr aus. »Unanständig? Millard, morgen ist N-Day. *Morgen!* Und Sie wollen, dass ich –«

Vom Haupteingang her war ein lauter Tumult zu hören.

Ein Mann rief irgendetwas, die schrille Stimme hallte in dem Lagerhaus wider und hob sich über das Durcheinander von Stimmen, die umherschwirrten. Offenbar war der Mann gerade eben hereingebracht worden, und während er seine Empörung herausschrie, hörte Fordyce unzusammenhängende Anschuldigungen hinsichtlich Polizeibrutalität und Regierungsverschwörungen. Eindeutig ein Verrückter.

Und dann hörte Fordyce Gideons Namen, der sich unter die Satzfetzen mischte.

»Was soll das?« Millard sah ihn wieder scharf an. »Sie gehen nirgends hin. Ich komme gleich zu Ihnen zurück.«

Fordyce ging hinter Millard nach vorn, wo der Mann eine große Gruppe Agenten bestürmte. Voll Entsetzen sah Fordyce, dass es sich um Willis Lockhart handelte, den Sektenführer. Er war anscheinend nicht hereingebracht worden, sondern aus eigenem Antrieb gekommen. Doch welch eine Veränderung: Er war fuchsteufelswild, die Gesichtszüge verhärmt, Spucke auf den Lippen. Den Schimpfkanonaden entnahm Fordyce, dass Gideon Crew in der vorigen Nacht auf der Ranch aufgetaucht war, Lockhart mit vorgehaltener Waffe entführt und zu einem Grab geführt hatte, das er im Wald ausgehoben hatte, ihn misshandelt, gefoltert und damit gedroht hatte, ihn umzubringen, und währenddessen Antworten auf Fragen über Atombomben und Terrorismus und Gott weiß was sonst noch verlangt hatte.

Gideon war also noch immer am Leben.

Lockhart kreischte, das Ganze sei ein geheimer Plan, ein Komplott, eine Verschwörung – bis seine Tiraden völlig unverständlich wurden.

In diesem Moment war Fordyce plötzlich absolut überzeugt: Gideon Crew war unschuldig. Es gab keine andere Erklärung, keine. Denn warum sollte er sich zur Paiute Creek Ranch aufgemacht und getan haben, was Lockhart behauptete. Er war das Opfer eines Komplotts. Die E-Mails waren ihm untergeschoben worden. Und das bedeutete ebenso zweifelsfrei, dass Novak an dem terroristischen Komplott beteiligt war. Und wenn Fordyce das auch schon geahnt hatte, jetzt war die Schlussfolgerung unausweichlich.

»He! He, Sie da!«

Lockharts Schrei unterbrach Fordyce' Erleuchtung. Er blickte auf und sah, dass der Sektenführer ihn anstarrte und mit zitterndem Finger auf ihn zeigte. »Er ist's! Da ist er! Das ist der andere Typ, der letzte Woche auf die Ranch gekommen ist! Die haben einen Streit angezettelt, alles kurz und klein geschlagen, meine Leute verletzt! Du Schweinehund!«

Fordyce blickte nach links und rechts. Alle starrten ihn an, darunter auch Millard.

»Fordyce«, sagte Millard in merkwürdigem Ton, »ist das auch ein Mann, den Sie vernommen haben?«

»Vernommen?«, schrie Lockhart. »Sie meinen wohl misshandelt! Er hat ein halbes Dutzend meiner Leute mit einer Kettensäge angegriffen! Das ist ein Wahnsinniger! Verhaftet ihn! Oder steckt ihr alle in der Sache mit drin?«

Fordyce warf Millard einen Blick zu und schaute zum Ausgang. »Der Mann spinnt«, sagte er ruhig. »Schauen Sie ihn sich doch nur an.«

Auf allen Gesichtern stand eine gewisse Entspannung, eine gewisse Erleichterung, weil die Anschuldigungen genauso irre waren wie alle anderen. Das heißt, auf allen Gesichtern außer dem von Millard.

Plötzlich schlug Lockhart nach Fordyce, worauf es zu einem Handgemenge kam, als ein Dutzend Agenten herbeistürmten, um dazwischenzugehen.

»Lasst mich an ihn ran!«, brüllte Lockhart und fuchtelte wild mit den Armen. »Er ist der Teufel! Er ist dieser Gideon

Crew!« Fordyce holte mit seinem kräftigen Unterarm aus, traf damit einen Agenten und prallte gegen einen anderen. Im darauffolgenden Geschubse und Gebrülle und Geschiebe gelang es ihm, sich zu bücken, durch den Menschenandrang hindurchzuflitzen und aus der Tür zu schlüpfen. Er begab sich geradewegs zum Wagen, stieg ein, startete den Motor und fuhr los.

57

Als die Morgendämmerung hereinbrach, stand Gideon mit pochendem Schädel neben dem Ledersofa und zog sich an, während Alida nackt auf dem Bärenfell vor dem Kamin lag, immer noch schlafend, das blonde Haar wüst zerzaust, die weiche Haut immer noch glänzend auf dem dunklen Vorleger. Vor den Fenstern der Hütte huschten dunkle Wolken über den Himmel, und ein regnerischer Wind peitschte die Kiefern. Ein Gewitter braute sich zusammen.

Verworrene Erinnerungen an die gestrige Nacht schwirrten ihm im Kopf herum. Zu viele Drinks, spektakulärer Sex, und nur Gott wusste, was für unkluge Dinge er gesagt oder versprochen hatte. Gideon fühlte sich furchtbar. Was hatte er getan? Er war ein komplettes Arschloch. Zuzulassen, Alida in die Sache hineinzuziehen, obwohl er vermutete, dass ihr Vater ein Terrorist war, und die ganze Zeit insgeheim zu planen, wie er ihn stoppen, zu Fall bringen konnte … es war monströs.

Was sollte er tun? Sollte er Alida ins Vertrauen ziehen? Nein, das würde nicht funktionieren – nie und nimmer würde sie ihm abnehmen, dass ihr Vater, Simon Blaine, Bestseller-Autor, Ex-Spion, der Anführer – oder zumindest ein Beteiligter – eines nuklearen Terrorismuskomplotts war. Wer würde das schon? Er musste Alida weiterhin anlügen und die Sache allein durchziehen. Musste nach Maryland fliegen, Blaine finden und ihn stoppen. Aber er konnte ja nicht einfach einen Flieger besteigen, durfte nichts tun, was einen Ausweis erforderte. Es gab nur eine Möglichkeit, wie er zurück nach Osten gelangen konnte. Im Auto – in Alidas Jeep.

Es kam ihm unmöglich vor. Warum sollte ein Mann wie Blaine in solch eine terroristische Verschwörung involviert sein? Aber er hatte damit zu tun. Gideon war da inzwischen sicher. Es gab einfach keine andere Antwort.

Während er über seinen Part in der ganzen Angelegenheit nachdachte, beschlich ihn erneut eine Art Selbsthass. Doch was blieb ihm denn übrig? Es ging hier um mehr als darum, seinen Namen reinzuwaschen. Unzählige Menschenleben standen auf dem Spiel. Niemand würde ihm glauben; er war ein gesuchter Mann, und deshalb war er gezwungen, allein zu handeln. Die Erkenntnis war unausweichlich.

Während er sein Hemd überstreifte, fiel sein Blick abermals auf Alidas wohlgeformten Körper, das Gesicht, das schimmernde Haar ... Konnte es sein, dass er tatsächlich verliebt in sie war?

Natürlich war er das.

Genug, *genug*. Aber noch während er versuchte, seinen Blick von ihr fortzureißen, schlug sie die Augen auf. Und zuckte ein wenig zusammen.

»Autsch«, sagte sie. »Ich hab einen Kater.«

Er versuchte zu grinsen. »Ja. Ich auch.«

Sie setzte sich auf. »Du siehst furchtbar aus. Ich hoffe, ich war dir nicht zu anstrengend.« Sie schenkte ihm ein schlimmes Lächeln.

Er verbarg das Gesicht, indem er sich vorbeugte, um sich die Schuhe zuzubinden.

»Und wohin zieht es dich schon so früh am Morgen?«

Er zwang sich aufzusehen. »Paiute Creek Ranch. Ich will Lockhart zur Rede stellen.«

»Gut. Er ist es, ich weiß es einfach. Lass mich mitkommen.«

»Nein, nein. Könnte gefährlich sein. Und wenn du dabei bist, könnte es schwieriger sein, die Wahrheit aus ihm herauszubekommen.«

Sie zögerte. »Schon verstanden. Aber ich mache mir Sorgen. Pass gut auf dich auf.«

Gideon bemühte sich, gute Miene zum bösen Spiel zu machen. »Ich muss mir deinen Jeep ausleihen.«

»Kein Problem. Halt dich einfach auf den schmalen Bergstraßen.«

Er nickte.

Sie stand auf, aber ehe er entkommen konnte, legte sie die Arme um ihn, drückte ihre Lippen auf seinen Mund und schmiegte sich mit ihrem nackten Körper an ihn. Ein langer, verführerischer Kuss folgte, die Wärme ihres Körpers kroch durch seine Kleidung. Gideon gab sich ihr hin. Schließlich ließ sie ihn los.

»Das war, um dir Glück zu wünschen«, sagte sie.

Er konnte nur stumm nicken. Sie ging zu einer Kommode, holte den Autoschlüssel hervor und warf ihn ihm zu.

Er fing ihn auf. »Hm, nur für den Fall – Sprit, was immer –, hast du Geld im Haus?«

»Na klar.« Sie hob ihre Hose vom Boden auf, kramte in den Taschen, zog ein Portemonnaie hervor. »Wie viel?«

»Soviel du entbehren kannst, nehme ich an.«

Sie zog einen Packen Zwanziger heraus und reichte sie ihm, ohne zu zählen, mit einem strahlenden Lächeln.

Er versuchte, sich zu rühren, fühlte sich aber wie angewurzelt. Er konnte das nicht tun – nicht ihr antun. Und doch, hier stand er und war im Begriff, es zu tun. Er stahl ihr Auto, nahm ihr Geld, log sie an, verfolgte ihren Vater. Aber verdammt, was blieb ihm anderes übrig? Seine Position war unhaltbar. Wenn er hier bei Alida blieb, würden unzählige Menschen sterben, und er könnte trotzdem hinter Gittern landen. Wenn er Alida verließ …

»Kann sein, dass ich eine Weile wegbleibe«, sagte er zu ihr. »Ich habe noch ein paar andere Dinge zu erledigen. Warte heute Abend nicht auf mich.«

Sie sah ihn aufrichtig besorgt an. »Also gut. Aber halte dich von Menschen fern – allen Menschen. Mein Vater hat Straßensperren erwähnt auf den Hauptstraßen, die in die Berge hinein- und wieder hinausführen, nach Los Alamos und Santa Fe. Pass auf dich auf.«

»Mach ich.«

Er stopfte das Geld in die Hosentasche, wich einem weiteren Kuss aus und lief zum Jeep. Er sprang hinein, startete den Motor und fuhr, eine Staubwolke hinterlassend, los. Er versuchte, nicht zurückzublicken, konnte aber nicht anders – und da sah er sie, wie sie in der Tür stand, immer noch nackt, winkend, das eine Bein leicht angewinkelt, das blonde Haar über die Schulter fallend.

»Scheiße, Scheiße, *Scheiße!*« Er schlug mit beiden Fäusten aufs Lenkrad, während er die Ranchstraße hinunterfuhr. Hinter einer Kurve lag Blaines Schreibhütte, umgeben von Bäumen und vom Hauptgebäude nicht einzusehen. Spontan fuhr Gideon hin und stieg aus. Mithilfe des Wagenhebers des Jeeps schlug er ein Fenster ein, stieg ein, schnappte sich Blaines Laptop, warf ihn mitsamt Ladegerät auf den Rücksitz und fuhr dann weiter.

58

Den ersten Zwischenstopp legte Gideon am Billigkaufhaus Goodwill Industries an der Cerrillos Road ein. Er parkte den teuren, neuen Jeep weit entfernt vom Eingang und kaufte sich in einem Telekommunikationsshop ein Prepaid-Handy, bevor er das Billigkaufhaus betrat. Er steuerte auf die Regale zu und stellte eilig ein Sammelsurium von Sportsakkos, Hemden, Hosen, Anzügen und diversen Schuhpaaren in seiner ungefähren Größe zusammen. Außerdem fand er eine Sonnenbrille, ein Toupet, ein wenig protzigen Herrenschmuck und einen großen Koffer.

Er bezahlte mit einem Teil von Alidas Bargeld, fuhr den Block hinunter zu einem Kostümverleih und kaufte Hautkleber, Grundierung, Schminke, Blei- und Buntstifte, Stylinggel, Nasen- und Narbenwachs, eine Glatzenperücke, ein paar Haarteile, einen falschen Bart, eine Bauch-Prothese und ein paar Wangenteile. Er hatte keine Ahnung, ob er irgendetwas davon verwenden könnte, ebenso wenig, was er brauchen würde, also kaufte er alles.

Dann fuhr er weiter nach Süden auf der Cerrilos zum Stadtrand, wo er ein anonymes Hotel fand, das so aussah, als vermiete es Zimmer auch stundenweise. Mithilfe eines schnellen, etwas dick aufgetragenen Make-ups verwandelte er sich in einen kleinen Zuhälter, was ganz gut zu dem schwarzen Jeep Unlimited passte, den er fuhr. Der Motelangestellte zuckte mit keiner Wimper, als Gideon in bar für eine Stunde bezahlte und behauptete, er habe seinen Ausweis verloren, dem Mann zwanzig Dollar Trinkgeld gab und ihm auftrug, er solle Ausschau halten nach einer »eleganten jungen Dame«, die natürlich nie eintreffen würde.

Er lud alle Theater-Utensilien in den Koffer, dazu Blaines

Computer, ging zum angemieteten Zimmer, breitete die Kleidungsstücke auf dem Bett aus und begann, sie zu verschiedenen Verkleidungen zusammenzustellen und zu kombinieren. Ähnliche Verwandlungen hatte er schon viele Male durchlaufen.

Während seiner Zeit als Kunstdieb hatte er in der Regel kleine Privatmuseen und Kulturvereine ausgeraubt, und das bei Tage, wenn sie zwar offen, aber fast menschenleer waren. Nach den ersten paar Einbrüchen machte er das immer verkleidet, und im Laufe der Jahre wurde er immer besser darin. Eine gute Verkleidung bedeutete weitaus mehr als nur eine äußere Erscheinung; es ging darum, einen neuen Charakter anzunehmen, anders zu gehen, auf eine neue Weise zu sprechen, ja sogar anders zu denken. Es war die reinste, raffinierteste Form des Method Acting.

Doch die tatsächliche neue Persona zu kreieren, das war nie leicht. Sie musste subtil sein, glaubhaft, nicht übertrieben, aber trotzdem ein paar auffällige Details aufweisen, an die sich ein Durchschnittsmensch erinnern würde und die entscheidend waren, um die Ermittler in die Irre zu führen. Ein völlig unscheinbarer Charakter wäre Zeitverschwendung, ein zu exzentrischer Charakter hingegen könnte zu sehr auffallen. Die Vorgehensweise erforderte Zeit, Nachdenken und Fantasie.

Während er die Kleidung sortierte, erst ein Hemd auslegte, dann ein anderes, sie mit verschiedenen Hosen und Schuhen kombinierte, begann sich in Gideons Kopf ein Charakter abzuzeichnen – ein Mann Mitte vierzig, aus dem Leim gehend, kürzlich geschieden, die Kinder aus dem Haus, arbeitslos, der sich auf einer Autoreise durchs Land wiederfinden und erneuern wollte. Eine melancholische Art von Odyssee auf dem Highway. Er müsste sich als Autor entwerfen – nein, besser: als *angehender* Autor. Er würde sich

Notizen über seine Reise machen, bereit, seine Beobachtungen über Amerika mit jedem zu teilen, dem er zufällig begegnete. Gleich am ersten Tag sei ihm das Portemonnaie gestohlen worden, deswegen habe er keinen Ausweis, was aber irgendwie cool sei, eine Art von Freiheit, eine willkommene Befreiung von den Fesseln der Gesellschaft.

Jetzt, da er den Charakter entworfen hatte, stellte er rasch das Outfit zusammen: Loafers, schwarze Jeans, L.-L.-Bean-Oxford-Nadelstreifenhemd, Bill-Blass-Sportsakko, Glatzenperücke mit einem recht langen Haarkranz, ein wenig verlebte Gesichtszüge, die den Trinker verrieten, Ray-Ban-Brille, einen Pendleton-»Indy«-Hut mit breiter Krempe. Eine kleine, aber deutlich zu erinnernde diamantenförmige Narbe auf der rechten Wange und ein moderater Bauch vervollständigten das Bild.

Eine neue Persona zu kreieren und eine passende Verkleidung dazu zu finden, das fühlte sich gut an. Und so konnte er – wenigstens ein paar Minuten lang – Alida vergessen.

Als er fertig war, widmete er sich dem Computer und startete ihn. Er war, wie Gideon vermutet hatte, passwortgeschützt, und seine wenigen lahmen Versuche, das Passwort zu erraten, scheiterten. Und selbst wenn er das Passwort knackte, es würde ohne Zweifel weitere Sicherheitsebenen geben. Blaines Plan befand sich möglicherweise auf dem Computer, aber dazu musste Gideon erst mal Zugang erhalten.

Aber er hatte jetzt keine Zeit, sich damit zu befassen. Er legte den Laptop in den Koffer zu den anderen Sachen, verließ das Motelzimmer, warf alles auf den Rücksitz des Jeeps und fuhr los. Das Fahrzeug verfügte über ein GPS, und als er die Adresse von Fort Detrick, Maryland, eingab, informierte es ihn, dass die Entfernung 1877 Meilen und die

Fahrtzeit dreißig Stunden betrug. Wenn er fünf Meilen schneller als die Geschwindigkeitsbegrenzung fuhr und nur zum Tanken anhielt, könnte er auf 25 bis 26 Stunden kommen. Schneller zu fahren traute er sich nicht. Ohne Führerschein durfte er es auf keinen Fall riskieren, in eine Verkehrskontrolle zu geraten.

Er sah auf die Uhr: kurz vor zehn. Blaine hatte gesagt, sein Flieger würde früh am Morgen gehen. Er würde also schon in der Luft sein. Gideon hatte auf den Internetseiten der Fluggesellschaften recherchiert, aber an diesem Morgen hatte es keine Direktflüge nach D. C. gegeben – Blaine musste also umgestiegen sein, und weil er durch den Wechsel der Zeitzonen zwei Stunden verloren hatte, würde er frühestens am Abend in Fort Detrick eintreffen. Das »große Ereignis« würde höchstwahrscheinlich am morgigen Tag stattfinden, am N-Day – dem berüchtigten Tag auf dem Terminkalender, den er in Chalkers Wohnung gesehen hatte.

Er selbst könnte morgen gegen Mittag in Fort Detrick sein. Ob ihm dadurch genug Zeit blieb, um Blaine abzufangen und zur Rede zu stellen, stand in den Sternen. Natürlich konnte es durchaus sein, dass Blaine gar nicht nach Fort Detrick flog. Das Ganze konnte auch eine List gewesen sein; möglicherweise hatte Blaine sich auch auf direktem Weg nach Washington begeben. Aber mit dem Problem wollte sich Gideon auf der Fahrt Richtung Osten beschäftigen.

Allerdings hatte er keine Ahnung, was er machen würde, sobald er dort eingetroffen war. Er hatte, ehrlich gesagt, auch nicht ansatzweise einen Plan, eine Strategie, eine Angriffsidee. Aber wenigstens, so dachte er, als er den Motor anließ, hatte er 26 Stunden Zeit, um sich etwas einfallen zu lassen.

59

Stone Fordyce rumpelte im Wagen über die holprige unbefestigte Straße in Richtung Blaines Ranch. Er war voller Bedenken. Unter allen anderen Umständen hätte er gedacht: Zum Teufel damit. Aber das hier waren keine normalen Umstände. Washington war möglicherweise nur einen Tag von einem Atombombenangriff entfernt. Und die Ermittlungen waren momentan völlig festgefahren, gingen in die falsche Richtung. Millard und Dart irrten: Gideon war mit an Sicherheit grenzender Wahrscheinlichkeit Opfer eines Komplotts. Urheber war ein Los-Alamos-Insider. Und dieser Insider – vermutlich Novak – war auch an der Terrorverschwörung beteiligt. Es war die einzige Schlussfolgerung, die er ziehen konnte.

Tatsächlich war er zu einem weiteren Schluss gekommen: Gideon war gar nicht davongelaufen. Er hielt sich noch immer in der Gegend auf und versuchte, seine Unschuld zu beweisen, indem er nach den Schuldigen fahndete. Deswegen war er nach Los Alamos gefahren, wodurch er sich aber einer riesigen Gefahr aussetzte. Und dann hatte er Lockhart zur Rede gestellt, womit er ebenfalls ein großes Risiko eingegangen war. Crew war ein verdammt schlauer Kerl, aber selbst er würde nur dann zu solch extremen Maßnahmen greifen, wenn er tatsächlich unschuldig war. Irgendwann in dieser Zeit war es Gideon gelungen, Alida Blaine davon zu überzeugen, dass er kein Terrorist war, denn nur so ließ sich erklären, dass sie immer noch mit ihm zusammen war und dass sie nicht die Behörden verständigt hatte.

Wo steckte Gideon also? In einem so kurzen Zeitraum konnte er keinesfalls zu Fuß von Los Alamos zur Paiute Creek Ranch und wieder zurück durch die Berge gegangen sein. Er besaß kein Pferd. Darum musste er einen Wagen genommen haben. Aber wessen?

Kaum hatte sich Fordyce die Frage gestellt, kannte er auch schon die Antwort. Jemand half Gideon und Alida. An wen würden sie sich wenden? Es war derart offensichtlich, dass es ihm rätselhaft war, wieso keiner darauf gekommen war. Alidas Vater – der Autor, Simon Blaine – half ihnen.

Von dort war es nur ein kleiner Schritt, bis man herausfand, dass Blaine eine Ranch in den Jemez Mountains besaß. Und wenn das für *ihn* offensichtlich war, folgerte Fordyce, dann würde es schließlich auch für Millard offensichtlich sein. Die Ermittlungen mochten zwar in die falsche Richtung gehen, aber Millard war nicht dumm. Irgendwer würde zu irgendeinem Zeitpunkt auf den Gedanken kommen, auf Blaines Ranch eine Razzia durchzuführen.

Er hoffte bloß, dass das nicht schon passiert war.

Doch als er sich der Ranch näherte, sah er, dass alles ruhig wirkte. Die Gebäude lagen verstreut um eine große Wiese in der Mitte des Geländes, durch das ein sanft dahinplätschernder Bach floss, dazu Gruppen von Bäumen, die diverse Nebengebäude, Scheunen und Pferche verdeckten.

Er bog weit vor der Ranch von der Straße ab, holte seine Dienstwaffe hervor und stieg aus. Fahrzeuge waren keine zu sehen, keine Anzeichen von Leben. Im Schutz der Bäume näherte er sich leise dem Haus, wobei er alle paar Minuten stehen blieb, um zu lauschen. Nichts.

Dann, als er etwa hundert Meter entfernt war, hörte er, wie eine Tür zuschlug und Alida mit langen Schritten aus dem Haus kam. Mit wehendem, langem blondem Haar ging sie über den Hof.

Fordyce trat ins Sonnenlicht, Waffe und Dienstausweis gezückt. »Miss Blaine? Bundespolizei. Nicht bewegen.«

Aber sie warf ihm einen kurzen Blick zu, fiel in Laufschritt und rannte geradewegs in Richtung des dichten Waldes auf der anderen Seite der Wiese.

»Halt!«, rief er. »FBI!«

Daraufhin lief sie nur schneller. Fordyce nahm die Verfolgung auf, spurtete in hohem Tempo. Er war schnell, in ausgezeichneter Verfassung, aber sie flog förmlich. Wenn sie den Wald erreichte, könnte sie ihm auf dem vertrauten Gelände entwischen.

»Halt!« Er verdoppelte seine Geschwindigkeit, sprintete wie ein Verrückter und begann, die Lücke zu schließen. Sie kamen in den Wald hinein, aber er holte weiter auf, und nach einigen hundert Metern war er nahe genug dran, dass er sich von hinten auf sie werfen konnte.

Sie schlugen auf einem Bett aus Kiefernnadeln auf, aber sie wälzte sich und kämpfte wie eine Berglöwin, schrie und schlug, und es erforderte sein ganzes Können und einige in der Schulzeit erlernte Ringergriffe, um sie unten zu halten und unter sich festzunageln.

»Herrgott noch mal, was ist eigentlich Ihr Problem?«, schrie er sie an. »Sie haben verdammtes Glück, dass ich nicht auf Sie geschossen habe.«

»Dafür fehlt Ihnen der Mumm«, gab sie mit hochrotem Gesicht zurück, wütend und immer noch wehrhaft.

»Würden Sie sich bitte beruhigen und mir zuhören?« Er spürte, dass ihm Blut das Gesicht herunterlief, dort, wo sie ihn gekratzt hatte. Gott, sie war wirklich wild. »Schauen Sie, ich weiß, dass man Gideon die Sache angehängt hat.«

Die Gegenwehr erlahmte. Sie sah ihn an.

»Ganz genau. Sie haben richtig gehört. Ich weiß es.«

»Quatsch. Sie sind derjenige, der versucht hat, ihn festzunehmen.« Aber sie sagte das mit etwas weniger Überzeugung.

»Ob Quatsch oder nicht, ich habe meine Waffe auf Sie gerichtet, und deshalb werden Sie mir verdammt noch mal zuhören. Haben wir uns verstanden?«

Sie war ganz ruhig.

»Gut. Also.« Fordyce erklärte ihr kurz seine Überlegungen. Dabei ließ er jedoch Novaks Namen aus dem Spiel und ging auch nicht in die Details – das Letzte, was er brauchte, waren noch mehr Aktionen auf eigene Faust seitens Gideon. Oder seitens Alida.

»Sie sehen also«, sagte er, »ich weiß, dass Sie beide unschuldig sind. Aber niemand will mir glauben, dass die Ermittlungen völlig falsch laufen. Und es liegt an uns, diese Spur auf eigene Faust weiterzuverfolgen.«

»Lassen Sie mich los«, sagte sie. »Ich kann nicht klar denken, wenn Sie auf mir liegen.«

Vorsichtig ließ er sie los. Sie stand auf und schlug sich die Kiefernnadeln und den Staub von der Kleidung. »Gehen wir rein.«

»Ist Gideon im Haus?«

»Nein. Er ist nicht auf der Ranch.«

Er ging hinter ihr her ins Haus, in ein großes rustikales Wohnzimmer mit Navajo-Teppichen an den Wänden, einem Bärenfell auf dem Fußboden und einem Elchgeweih über dem Sims eines großen Steinkamins.

»Möchten Sie etwas?«, fragte sie. »Kaffee?«

»Kaffee. Und ein Pflaster.«

»Kommt gleich.«

Der Kaffee schmeckte köstlich, und während sie nach einem Pflaster kramte, sah er sie verstohlen an. Sie war eine tolle Frau. Wie Gideon. Beeindruckend.

»Was wollen Sie?«, fragte sie und warf ihm eine Pflasterschachtel zu.

»Ich muss Gideon finden. Wir haben diesen Auftrag gemeinsam angenommen, und ich habe vor, ihn zu Ende zu bringen – mit ihm als Partner.«

Sie dachte darüber nach, aber nur einen Moment lang. »In Ordnung, ich bin dabei.«

»Nein, das sind Sie nicht. Sie machen sich ja keine Vorstellung, wie gefährlich das hier werden kann. Wir sind Profis, Sie nicht. Sie würden eine echte Behinderung und eine Gefahr für uns beide darstellen – und für sich selbst.«

Langes Schweigen.

»Na ja«, sagte sie schließlich, »ich kann das wohl akzeptieren. Sie und Gideon können die Ranch als Ihren Stützpunkt nutzen.«

»Auch das geht nicht. Vermutlich wird auf Ihrer Ranch eine Razzia durchgeführt werden. Vielleicht nicht heute, aber bald. Es ist nur eine Frage der Zeit. Sie müssen unbedingt von hier verschwinden. Und ich muss Gideon finden. Sofort.«

Wieder Schweigen. Sie dachte die Sache durch, und er war ziemlich sicher, dass sie verstand, was sie tun musste.

Schließlich nickte sie. »Also gut. Gideon hat den Jeep genommen und will zur Paiute Creek Ranch fahren, um Lockhart zur Rede zu stellen. Er und seine komische Sekte stecken nämlich todsicher hinter dieser ganzen Sache.«

Fordyce schaffte es, seine Überraschung zu verbergen. Gideon hatte Willis Lockhart doch bereits zur Rede gestellt – gestern.

»Er ist zur Paiute Creek gefahren … *heute* Morgen?«

»Genau. Er ist bei Tagesanbruch losgefahren.«

Gideon hatte also auch sie angelogen. Was zum Teufel führte der Kerl wirklich im Schilde? Gideon war jemandem auf der Spur, da war Fordyce sicher, und er hatte Gründe, Alida die Informationen zu verschweigen.

»Okay«, sagte er. »Geben Sie mir das Nummernschild

und eine Beschreibung des Fahrzeugs. Ich kümmere mich dann um alles Weitere.«

Sie gab ihm die Info, und er schrieb sie sich auf.

Er erhob sich. »Miss Blaine? Darf ich Ihnen einen Rat geben?«

»Natürlich.«

»Sie müssen sich verstecken. Sofort. Weil es so ist, wie ich gesagt habe: Eher früher als später wird man auf dieser Ranch eine Razzia durchführen. Und wegen der Mentalität, mit der diese Ermittlungen durchgeführt werden, könnte es durchaus sein, dass Sie die Razzia nicht überleben. Haben Sie mich verstanden? Erst wenn wir herausgefunden haben, wer wirklich hinter der Sache steckt, sind Sie außer Lebensgefahr.«

Sie nickte.

»Gut«, sagte er. »Haben Sie vielen Dank für Ihre Kooperation. Aber jetzt muss ich los.«

60

Gideon war in Tucumari angekommen und bog zum Tanken auf das Gelände eines Stuckey's. Es war ungefähr 13 Uhr, und er war extrem gut vorangekommen. Er spürte eine gewisse Erleichterung. Er hatte unbehelligt fliehen können und fuhr ein Auto, das den Strafverfolgungsbehörden unbekannt war. Jetzt lagen noch ungefähr 23 Stunden Fahrt vor ihm. Möglicherweise reichte Alidas Geld nicht für die ganze Zeit, aber wenn er in die eine oder andere Registrierkasse langen müsste, würde er sich zu gegebener Zeit damit befassen.

Nachdem er vollgetankt hatte, betrat er die Raststätte in voller Verkleidung als Empfindsamer-geschiedener-Mannauf-Selbstfindungstrip und kaufte ein paar Tüten Trockenfleisch und diverse Snacks und Kekse ein, dazu einen kleinen Kasten Cola und eine Packung Koffeintabletten. Er fand eine Urinflasche aus Plastik und legte sie – nach kurzem Zögern – zu den anderen Sachen in den Korb. Mit dem Ding könnte er ein wenig Zeit sparen. Er ging zum Tresen, zahlte und trug die voluminöse Einkaufstüte zum Wagen. Er stieg ein und wollte gerade den Motor anlassen, als er plötzlich etwas Kaltes im Nacken spürte.

»Keine Bewegung«, ertönte die leise Stimme.

Gideon schrak zusammen. Er blickte zum Handschuhfach, in dem er den Python verstaut hatte.

»Ich habe bereits Ihren Drei-Siebenundfünziger«, ließ sich die Stimme vernehmen.

Jetzt erkannte Gideon sie: Das war Fordyce. Unglaublich. Wie war das passiert? Das war eine Katastrophe – die ultimative Katastrophe.

»Hören Sie mir gut zu, Gideon. Ich weiß jetzt, dass Sie unschuldig sind. Ich weiß, dass Sie das Opfer eines Komplotts sind. Und ich weiß auch, dass der Sicherheitschef, Novak, dahintersteckt.«

Gideon war nicht sicher, ob er alles richtig verstanden hatte. Er kämpfte mit Zweifeln. War das eine Art Schachzug? Was hatte Fordyce vor?

»Die Ermittlungen laufen ernsthaft schief. Ich brauche Sie, denn ich bin suspendiert worden. Wir müssen uns zusammentun, genauso wie vorher, und unseren Auftrag beenden. Gideon, Sie sind ein schlauer Kerl, und ich weiß nicht, ob ich Ihnen über den Weg traue, aber ich schwöre bei Gott, dass wir die Einzigen sind, die verhindern können, dass die Bombe hochgeht.«

Das wurde immer weniger überzeugend. »Wie haben Sie mich gefunden?«, fragte er.

»Ich habe einen routinemäßigen Suchauftrag für das Nummernschild des Jeeps rausgegeben und habe eine Meldung bekommen, dass Sie auf der Interstate vierzig gefahren sind, und habe Sie hier gefunden.« Pause. »Es ist zwar kaum zu begreifen, aber wie alle anderen wurde auch ich zum Narren gehalten. Ich habe Sie für schuldig gehalten. Aber jetzt weiß ich es besser. Ich weiß nicht, wo Sie hinwollen, welche Spur Sie verfolgen, aber ich weiß verdammt gut, dass Sie Unterstützung brauchen werden.«

Gideon betrachtete Fordyce im Rückspiegel. »Wie sind Sie an das Kennzeichen rangekommen?«

»Ich ... habe angenommen, dass Sie, weil Sie mit Alida Blaine auf der Flucht waren, vielleicht einen der Wagen der Familie benutzen.«

Gideon sagte nichts. Das Fahrzeug war den Strafverfolgungsbehörden also doch nicht unbekannt.

»Hier ist Ihr Python.« Fordyce gab Gideon den Colt zurück. Gideon sah, dass er immer noch geladen war. »Um meinen guten Willen zu zeigen.«

Gideon schaute wieder in den Rückspiegel, blickte Fordyce in die Augen und sah darin Aufrichtigkeit. Der Mann sagte die Wahrheit.

»Los geht's. Wir fahren gegen die Uhr.« Gideon startete den Jeep.

»Warten Sie. Wir können meinen Einsatzwagen nehmen. Ich habe eine Sirene, das volle Programm.«

»Sagten Sie nicht, Sie seien suspendiert worden?«

»Ja, die haben mich beurlaubt.«

»Dieser Wagen ist sicherer. Könnte sein, dass sie zuerst nach Ihnen suchen.«

Fordyce hielt inne. »Das ergibt Sinn.«

Gideon bog vom Gelände des Stuckey's zurück auf die Autobahn. »Während wir fahren«, sagte er, »werde ich Ihnen erzählen, was ich erfahren habe. Und Sie erzählen mir, was Sie wissen. Und dann habe ich einen Laptop auf dem Rücksitz, der geknackt werden muss. Sie haben doch mal gesagt, dass Sie in der Dechiffrier-Abteilung des FBI gearbeitet haben. Glauben Sie, Sie können da helfen?«

»Ich kann's ja mal versuchen.«

Gideon stellte den Tempomaten auf 79 Meilen. Und dann, während der Wagen über den Highway dahinfuhr, begann er, Fordyce alles zu erzählen.

61

Nachdem sie den Texas Panhandle durchquert hatten, hielten sie in der Nähe der Grenze zu Oklahoma an, damit Fordyce einen Zigarettenanzünder-Konverter für den AC-Adapter des Laptops kaufen konnte. Auf der langen Fahrt durch Texas hatte Gideon dem Agenten erklärt, wie er gefolgert hatte, dass Blaine hinter dem terroristischen Komplott steckte, und Fordyce hatte ihm erzählt, wie er herausgefunden hatte, dass Gideon unschuldig war und Novak mit der Sache zu tun hatte.

»Was ich nicht weiß«, sagte Fordyce, »ist, ob Novak von Anfang an Teil des Komplotts war oder ob er nur bezahlt wurde, um Ihnen die Mails unterzuschieben.«

»Nach der Beschreibung seines Hauses zu urteilen, sieht es so aus, als hätte er schon seit einiger Zeit mehr Geld, als er eigentlich sollte«, erwiderte Gideon. »Ich vermute mal, dass er zu den ursprünglichen Beteiligten gehört.« Er hielt inne. »Kein Wunder, dass Blaine bereit war, mir, einem Mann auf der Flucht, zu helfen. Wahrscheinlich war er nicht allzu glücklich, dass Alida in die Sache hineingezogen wurde, aber er muss angenommen haben, dass ich, wenn ich auf der Flucht bleibe, die Behörden weiter in die Irre führen würde.« Wieder machte er eine Pause. »Was ich einfach nicht begreife, das ist Blaine selbst. Wieso zum Teufel will ausgerechnet jemand wie er eine Atombombe in Washington zünden? Ich sehe einfach nicht die Motive. Er ist Patriot, ein Ex-Spion.«

»Sie wären erstaunt, wie sehr sich Menschen ändern können. Oder was ihre Motive sein können.«

»Alida hat mir gesagt, dass Blaine der Nobelpreis verweigert wurde wegen seiner Vergangenheit. Vielleicht hat ihn das verbittert.«

»Vielleicht. Und vielleicht finden wir ja die Antwort auf seinem Laptop.« Fordyce stöpselte den Computer ein und drückte die POWER-Taste.

Vom Fahrersitz aus blickte Gideon hinüber, während die Festplatte lief, diverse Startmeldungen vorbeihuschten, dann der Login-Bildschirm erschien.

Gideon murmelte: »Wie ich gesagt habe: passwortgeschützt.«

»O ihr Kleingläubigen«, entgegnete Fordyce.

»Können Sie es knacken?«

»Das wird sich zeigen. Sehen Sie sich mal diesen Start-Bildschirm an, er läuft auf der NewBSD-Variante von UNIX. Eine komische Wahl für einen Schriftsteller.«

»Vergessen Sie nicht, er war früher beim MI6. Wer zum Teufel weiß schon, welche Software die da benutzen?«

»Stimmt. Aber ich bezweifle, dass es sich hier um Blaines Arbeits-Laptop handelt.« Fordyce zeigte auf den Bildschirm. »Sehen Sie sich mal diese Versionsnummer an: NewBSD zwei-eins-eins. Dieses Betriebssystem ist mindestens sechs Jahre alt.«

»Ist das schlecht?«

»Es könnte auch gut sein – die Sicherheitsvorkehrungen dürften nicht so stark sein. Haben Sie keine anderen Computer in seinem Büro gesehen?«

»Ich habe nicht in seinen Zimmern herumgeschnüffelt. Ich habe mir einfach den erstbesten geschnappt, den ich gesehen habe.«

Fordyce nickte. Dann zog er seinen BlackBerry aus der Tasche und begann, einige Tasten zu drücken.

»Wen rufen Sie an?«, fragte Gideon.

»Ich verschaffe mir Zugang zum Hauptrechner der FBI-Kryptologie-Abteilung. Ich werde einige Tools benötigen, um die Sache richtig hinzubekommen.«

Gideon wartete, während Fordyce eine lange Reihe von Befehlen eintippte. Dann schob der Agent mit zufriedenem Grummeln einen Flash-Memorystick in den USB-Anschluss des BlackBerrys. »Ich kann mich mit dem Ding in ein halbes Dutzend Betriebssysteme booten«, sagte er und zapfte den Memorystick an. »Gott sei Dank hat der Laptop einen USB-Anschluss.«

»Was kommt als Nächstes?«

»Ich starte einen Wörterbuch-Angriff auf Blaines Login-Passwort.«

»Okay.«

»Wenn es nicht zu lang oder zu verschlüsselt ist, und wenn sich die Ablaufzeit des Passwort-Bildschirms in vernünftigem Rahmen hält, könnten wir vielleicht ins Betriebssystem reinkommen.«

Gideon warf ihm einen zweifelnden Blick zu. »Blaine ist kein Dummkopf.«

»Stimmt. Aber das heißt nicht, dass er technisch besonders beschlagen ist.« Fordyce schob den Flash-Drive in einen der USB-Anschlüsse des Laptops und fuhr den Rechner wieder hoch. »Dieses kleine Schätzchen kann zweihundertfünfzigtausend Passwörter in der Sekunde ausprobieren. Mal sehen, wie paranoid Simon Blaine wirklich ist.«

Während der nächsten neunzig Minuten fuhr Gideon mit exakt 79 Meilen die Stunde, und sie kamen an Elk City, dann Clinton, dann Weatherford vorbei. Bald würde die Sonne untergehen und der sternenklare Himmel die Nachtkuppel der Prärie ausfüllen. Während sie sich Oklahoma City näherten, ohne Fortschritte gemacht zu haben, wurde Gideon zunehmend unruhiger. Auch Fordyce wurde ungeduldig, er spähte auf den Bildschirm und murmelte leise vor sich hin. Schließlich riss er den Flash-Drive aus dem Anschluss des Laptops und fuhr diesen herunter. »Okay«, knurrte er. »Eins zu null für Blaine.«

»Wir sind also am Arsch?«, fragte Gideon.

»Noch nicht.« Als der Laptop wieder hochfuhr und das Login-Zeichen erschien, tippte Fordyce eine schnelle Folge von Befehlen ein:

Login: root
Passwort: ****

Sofort scrollte eine Riesenmenge Text über den Bildschirm.

»Bingo!«, sagte Fordyce.

Gideon sah ihn an. »Sie sind in seinen Account reingekommen?«

»Nein.«

»Was ist dann so toll?«

»Ich bin in den System-Account reingekommen. Einfach *root* sowohl für den Login-Namen als auch das Passwort eintippen, und presto bist du ein Super-Benutzer. Sie wären verblüfft, wie viele Leute entweder nicht genug wissen oder zu träge sind, um die Passwörter des Standardsystem-Kontos auf diesen alten UNIX-Systemen zu ändern.«

»Können Sie von dort in seinen Account oder seine Dateien reinkommen?«

Fordyce schüttelte den Kopf. »Nein. Aber vielleicht muss ich das auch gar nicht.«

»Und wieso nicht?«

»Weil ich als Super-Benutzer Zugang zur Standard-UNIX-Passwort-Datei habe.« Wieder steckte Fordyce den Flash-Drive in den Laptop, tippte eine lange Folge von Befehlen ein, dann setzte er sich auf seinem Sitz zurück und strahlte. Er zeigte auf den Bildschirm. »Schauen Sie mal.«

Gideon blickte hin.

BlaineS:Heqw3EZU5k4Nd:413:adgfirkgm~:/home/subdir/BlaineS:/bin/bash

»Das ist sein Account-Name und sein Passwort, Letzteres verschlüsselt mit DES.«

»Daten-Entschlüsselungs-Standard? Ich dachte, der könnte nicht geknackt werden?«

Fordyce lächelte.

Gideon runzelte die Stirn. »Oh-oh. Lassen Sie mich raten. Die Regierung hat eine Backdoor in den Verschlüsselungsstandard eingebaut.«

»Das haben Sie nicht von mir gehört.«

Gideon fuhr etwa zehn Minuten, während Fordyce tippte, manchmal innehielt, um auf den Schirm zu spähen, und hin und wieder leise vor sich hin murmelte. Schließlich schlug er mit einem nicht jugendfreien Fluch aufs Armaturenbrett.

»Klappt's nicht?«, fragte Gideon.

Fordyce schüttelte den Kopf. »Ich kann den DES-Algorithmus nicht knacken. Blaine kannte sich viel besser aus, als ich dachte. Er oder irgendjemand hat eine verstärkte Variante des DES installiert. Ich stehe völlig auf dem Schlauch. Ich weiß nicht mehr, was ich sonst noch versuchen soll.«

Im Jeep wurde es still.

»Wir können einfach nicht aufgeben«, sagte Gideon.

»Haben Sie irgendwelche Ideen?«

»Wir könnten ja versuchen, das Passwort zu raten.«

Fordyce verdrehte die Augen. »Bei meiner Wörterbuch-Attacke wurden gerade eben mehr als eine Milliarde Passwörter aus zwölf verbreiteten Sprachen durchprobiert, darunter auch Wörter, Wortkombinationen, Namen und Ortsnamen, ganz zu schweigen von einer Zusammenstellung der eine Million meistbenutzten Passwörter. Es ist das beste brachiale Angriffsprogramm, das es gibt. Und Sie glauben, Sie können es besser, indem Sie *raten?*« Er schüttelte den Kopf.

»Zumindest wissen wir, was man nicht erraten muss. Ihr Wörterbuch-Angriff beruht einfach nur auf einem dummen Programm. Wir wissen sehr viel mehr über Simon Blaine als das Programm. Schauen Sie, es lohnt einen Versuch. Wir haben bereits seinen Account-Namen, stimmt's?« Gideon dachte einen Moment nach. »Vielleicht hat Blaine ja den Namen einer der Figuren aus seinen Romanen benutzt. Schalten Sie Ihren BlackBerry ein, finden Sie seine Website, und probieren Sie die Namen aller Figuren aus, die Sie finden können.«

Fordyce brummte seine Zustimmung und machte sich an die Arbeit.

Einige Minuten später hatte er eine Liste von einem Dutzend Namen zusammengestellt. »Dirkson Auger«, sagte er und sah auf den ersten Namen auf der Liste. »Blaine wird wirklich dafür bezahlt, dass er sich solche Namen ausdenkt.«

»Versuchen Sie es doch mal.«

Fordyce klappte den Deckel des Laptops auf. »Ich probiere es zuerst mit Dirkson.«

Fehler.

»Auger.«

»Fehler.«

»Versuchen Sie es mal mit beiden zusammen«, schlug Gideon vor.

Fehler.

»Versuchen Sie's noch mal, nur rückwärts diesmal.«

Fehler.

»Mist«, murmelte Fordyce.

»Machen Sie das Gleiche mit dem Rest.«

Ehe Gideon weitere fünfzehn Meilen gefahren war, warf Fordyce die Hände in die Höhe. »Es ist zwecklos«, sagte er. »Ich habe es mit allen Namen probiert. Selbst wenn es tatsächlich einer dieser Namen wäre ... Wenn Blaine nicht ganz dumm ist, hätte er ein paar zusätzliche Tasten eingesetzt, um die Sache zu erschweren, Buchstaben durch Ziffern ersetzt oder dergleichen. Es gibt da einfach zu viele Varianten.«

»Das Entscheidende bei Passwörtern ist«, sagte Gideon nach ein, zwei Minuten, »wenn man keinen Passwort-Manager benutzt, muss man das verdammte Ding im Kopf behalten.«

»Und?«

»Und deshalb handelt es sich vielleicht nicht um eine Figur aus einem seiner Bücher. Möglicherweise handelt es sich um den Namen einer realen Person. Den würde er nicht so leicht vergessen. Und die offensichtliche Person ist Alida.«

»Offensichtlich, genau. Viel zu offensichtlich.« Fordyce tippte den Namen trotzdem ein, versuchte es mit mehreren Varianten. »Nichts.«

»Okay, dann machen Sie das, was Sie vor einigen Minuten probiert haben. Ändern Sie ein paar der Buchstaben zu Ziffern oder Symbolen.«

»Ich verändere mal das *l* zu einer *1*.« Fordyce probierte das Passwort aus. »Nada.«

»Versuchen Sie etwas anderes. Ändern Sie das *i* zu einem Dollarzeichen.«

Wieder Getippe. »Jetzt kommt der dritte Streich«, sagte Fordyce.

Gideon leckte sich die Lippen. »Ich erinnere mich, einmal gelesen zu haben, dass die meisten anständigen Passwörter aus zwei Teilen bestehen, einem root-Zugang und einem Anhängsel. Richtig? Fügen Sie also etwas am Ende an.«

»Zum Beispiel?«

»Keine Ahnung. *Xyz* vielleicht. Oder *00*.«

Wieder Getippe. »Das wird allmählich langweilig«, sagte Fordyce.

»Warten Sie, mir ist da gerade etwas eingefallen. Blaine hat einen Kosenamen für Alida. *Wundertochter*. Er nennt sie manchmal WT. Versuchen Sie es mit dem Kürzel hinter ihrem Namen.«

Fordyce tippte. »Funktioniert nicht. Weder vorn noch hinten noch in der Mitte.«

Gideon seufzte. Vielleicht hatte Fordyce ja recht. »Tippen Sie einfach weiter alle Variablen ein.« Er konzentrierte sich auf die vor ihm liegende Straße, während Fordyce neben ihm leise tippte und eine Variante nach der anderen ausprobierte.

Plötzlich stieß der FBI-Agent einen Jubelschrei aus. Gideon blickte hinüber und sah, wie eine neue Menge an Text über den Bildschirm scrollte.

»Haben Sie das Passwort?«, fragte er ungläubig.

»Ja, verdammt noch mal!«

»Wie lautet es?«

»*Al$daWTee.* Ziemlich sentimental, finden Sie nicht?« Und dann machte sich Fordyce daran, in den Dateien des Laptops zu stöbern, während gleichzeitig die Skyline von Oklahoma City in Sicht kam.

62

Zwölf Stunden später fuhren sie durch Tennessee. Fordyce fläzte sich auf dem Beifahrersitz, den Kopf über den Laptop gebeugt. Seit zwölf Stunden brütete er nun schon über den Dateien, hatte Tausende davon durchsucht, aber keinen Treffer gelandet. Nichts als Entwürfe für Bücher, endlose Kapitel-Neufassungen, Korrespondenz, Gliederungen, Filmtreatments, Notizen und dergleichen. Allem Anschein nach war der Inhalt des Rechners ganz und gar dem Schreiben gewidmet und nichts anderem.

Gideon sah kurz zu ihm hin. »Schon was gefunden?«, fragte er ungefähr zum dreißigsten Mal.

Fordyce schüttelte den Kopf.

»Was ist mit den E-Mails?«

»Nichts von Interesse. Kein Briefwechsel mit Chalker, Novak oder irgendjemandem oben in Los Alamos.« Es wurde immer wahrscheinlicher, dachte Fordyce, dass es in Blaines Büro noch einen zweiten Computer gab, den Gideon nicht hatte mitgehen lassen. Aber er sagte nichts.

Im Hintergrund hörte Gideon National Public Radio, das wie üblich eine Mischung aus Nachrichten und Spekulationen über den drohenden Atomangriff auf Washington brachte. Den Ermittlungsbehörden war es gelungen, das

Datum des mutmaßlichen N-Day – heute – geheim zu halten, doch die massiven Truppenbewegungen, die Evakuierungsmaßnahmen in Washington und die vielen anderen Vorbereitungen in größeren Städten im ganzen Land fanden mehr und mehr Aufmerksamkeit in den Medien. Das Land befand sich im Zustand einer intensiven und eskalierenden Angst. Die Menschen ahnten, dass die Krise sich zuspitzte.

Angst und Empörung beherrschten den Äther. Eine Vielzahl von selbsternannten Experten, TV-Sprechern und Politikern gaben einer nach dem anderen ihre widersprüchlichen Ansichten zum Besten, griffen die festgefahrenen Ermittlungen an und setzten ihre eigenen Auffassungen dagegen. Die Terroristen hatten ihren Angriff auf eine andere Großstadt verschoben. Die Terroristen hielten sich versteckt, warteten auf den richtigen Augenblick. Die Terroristen waren alle den Strahlentod gestorben. Die Terroristen waren Kommunisten, Rechtsradikale, Linksradikale, Fundamentalisten, Anarchisten, was auch immer.

So ging es weiter und weiter. Fordyce konnte nicht anders, als mit einer Art angewiderter Faszination zuzuhören, und wollte Gideon bitten, das Radio auszuschalten, war aber dazu nicht in der Lage.

Er sah auf die Straße vor ihnen. Sie näherten sich dem Stadtrand von Knoxville. Er streckte sich nochmals, warf wieder einen Blick auf den Laptop. Es war schier unglaublich, wie viele Dateien so ein Schriftsteller generierte. Er hatte die Dateien ungefähr zu zwei Dritteln durchgesehen, aber es blieb ihm nichts anderes übrig, als einfach damit weiterzumachen. Als er die nächste Datei öffnete, die OPERATION LEICHNAM überschrieben war, zuckte er zusammen, als er plötzlich Sirenengeheul hörte und Blaulicht im Rückspiegel sah. Er blickte auf den Tachometer und sah, dass sie noch immer 79 Meilen pro Stunde fuhren – in einer Zone, in der die Höchstgeschwindigkeit gerade eben auf 60 reduziert worden war.

»Verdammter Mist«, murmelte er.

»Ich habe keinen Führerschein dabei«, sagte Gideon. »Jetzt ist's aus.«

Fordyce legte das Notebook beiseite. Der Streifenpolizist ließ seine Sirene noch einmal aufjaulen. Gideon betätigte den Blinker, drosselte das Tempo, steuerte langsam auf den Standstreifen und kam zum Halten.

»Improvisieren Sie«, sagte Fordyce und ging in Gedanken rasch alle Optionen durch. »Sagen Sie ihm, dass man Ihnen die Brieftasche gestohlen habe und dass Sie Simon Blaine heißen.«

Der Streifenpolizist stieg aus dem Wagen und zog sich die Hose hoch. Ein Polizeibeamter des Bundesstaates, groß und kräftig, mit rasiertem Schädel, Blumenkohlohren, Sonnenbrille und abschätzig heruntergezogenen Mundwinkeln. Er kam herüber und klopfte ans Fenster. Gideon ließ es herunter.

Der Streifenpolizist beugte sich vor. »Führerschein und Fahrzeugschein?«

»Guten Tag, Officer«, sagte Gideon höflich. Er griff zum Handschuhfach, kramte darin herum und holte den Fahrzeugschein hervor, den er dem Polizisten gab. »Officer, mir ist auf einem Rastplatz irgendwo in Arkansas die Brieftasche gestohlen worden. Sobald ich wieder zurück in New Mexico bin, besorge ich mir einen Ersatz-Führerschein.«

Stille, während der der Beamte sich den Fahrzeugschein ansah. »Sind Sie Simon Blaine?«

»Ja, Sir.«

Fordyce hoffte bloß, dass der Typ nicht viel las.

»Sie sagen, Sie haben keinen Führerschein dabei?«

»Ich habe einen Führerschein, Officer, aber er ist mir gestohlen worden.« Er musste sich schleunigst etwas einfallen lassen. Er hob die Stimme, damit sie selbstsicher klang. »Mein Vater war auch bei der Polizei, genauso wie Sie, er wurde im Dienst erschossen ...«

»Bitte steigen Sie aus dem Wagen, Sir«, sagte der Polizist ganz emotionslos.

Gideon tat so, als wolle er der Aufforderung nachkommen, machte sich am Türgriff zu schaffen und redete gleichzeitig weiter. »Routinemäßige Verkehrskontrolle, zwei Typen, die, wie sich herausstellte, gerade eben eine Bank ausgeraubt ...« Er hantierte weiter. »Diese verdammte Tür ...«

»Aussteigen. Sofort.« Der Polizist legte die Hand auf seine Waffe, als Vorsichtsmaßnahme.

Das Ganze lief, wie Fordyce klarwurde, in die falsche Richtung. Er zog seinen Dienstausweis hervor, beugte sich über Gideon und zeigte dem Polizisten den Ausweis. »Officer?«, sagte er. »Special Agent Fordyce, FBI.«

Erschrocken nahm der Polizist den Dienstausweis entgegen und betrachtete ihn durch seine Sonnenbrille. Er gab ihn Fordyce zurück, wobei er deutlich zu verstehen gab, dass er keinesfalls beeindruckt war. Dann wandte er sich wieder Gideon zu. »Ich habe Sie aufgefordert, aus dem Wagen zu steigen.«

Fordyce reagierte verärgert. Er öffnete die Tür und stieg aus. »Sie bleiben im Wagen, Sir«, sagte der Polizist.

»Entschuldigen Sie«, erwiderte Fordyce schroff. Er ging um den Wagen herum und näherte sich dem Polizisten, wobei er auf dessen Dienstausweis starrte. »Officer Mackie, richtig? Wie gesagt, ich arbeite als Special Agent für das Washingtoner Büro.« Er bot dem Polizisten nicht die Hand. »Mein Partner hier arbeitet als technischer Berater mit uns zusammen. Wir führen verdeckte Ermittlungen durch. Wir unterstehen beide NEST und arbeiten an dem Terrorismusfall. Ich habe Ihnen meinen Namen genannt und Ihnen meinen Ausweis gezeigt, und Sie können auch meine Zugehörigkeit zum FBI überprüfen. Aber ich muss Ihnen leider sagen, dass Sie keinerlei Ausweispapiere von diesem Herrn sehen werden und dass Sie das einfach akzeptieren müssen. Haben wir uns verstanden?«

Er machte eine Pause. Mackie sagte nichts.

»Ich habe gesagt: Haben wir uns *verstanden*, Officer Mackie?«

Der Polizist zeigte sich unbeeindruckt. »Ich werde Ihre Zugehörigkeit zum FBI überprüfen, danke. Darf ich Ihren Ausweis noch einmal sehen, Sir?«

Das war nicht hinnehmbar. Das Letzte, was Fordyce wollte, war, dass Millard erfuhr, dass er fast zwei Drittel des Landes in Simon Blaines Jeep zurückgelegt hatte. Aber …

Wenn der Polizist nochmals seinen Ausweis benötigte, dann hieß das, dass er sich seinen Namen nicht notiert hatte. Fordyce trat noch einen Schritt auf den Polizisten zu und senkte die Stimme. »Schluss jetzt mit dem Theater. Wir müssen nach Washington, und wir haben es sehr eilig. Deshalb haben wir die Geschwindigkeitsbegrenzung überschritten. Weil wir verdeckte Ermittlungen durchführen, können wir keine Sirene aufs Fahrzeugdach stellen oder mit einer Eskorte fahren. Verlangen Sie meinen Ausweis, überprüfen Sie ihn – kein Problem. Nur zu. Aber für den Fall, dass Sie die Nachrichten nicht gehört haben, wir haben hier in den USA eine Krise, und mein Partner und ich können nicht so lange warten, bis Sie uns überprüft haben.« Er hielt inne und sah dem Polizisten ins Gesicht, um festzustellen, ob er dessen unnachgiebige Abwehrhaltung durchbrochen hatte.

Der Bundesstaatspolizist blieb mehr oder weniger unbeeindruckt. Eine harte Nuss. Nun ja, dann sollte es also sein. Fordyce hob die Stimme und schrie beinahe: »Und ich könnte hinzufügen, *Officer*, dass Sie, wenn Ihre Aktivitäten unsere Deckung auffliegen lassen, ganz, aber auch ganz tief in der Scheiße stecken werden. Wir befinden uns auf einer alles entscheidenden Mission, und Sie haben uns schon zu viel von unserer Zeit gestohlen.«

Und jetzt endlich sah Fordyce, dass das trotzige, aufsässige Gesicht vor Angst und Wut errötete. »Ich mache nur meine Arbeit, Sir, Sie haben kein Recht, so mit mir zu reden.«

Fordyce entspannte sich abrupt, atmete aus, legte dem Mann die Hand auf die Schulter. »Ich weiß. Tut mir leid. Wir machen *alle* nur unsere Arbeit – in einer schwierigen Situation. Entschuldigen Sie, dass ich Sie so scharf angegangen bin. Wir stehen unter großem Stress, wie Sie sich sicher vorstellen können. Aber wir müssen wirklich weiter. Machen Sie nur, geben Sie meinen Namen und meine Ausweisnummer durch, überprüfen Sie beides, aber bitte halten Sie uns nicht auf.«

Der Mann straffte sich. »Ja, Sir. Verstehe. Wir sind hier fertig, denke ich. Ich werde Ihr Nummernschild per Funk nach vorn durchgeben und alle Streifen informieren, dass Sie in einer offiziellen Strafverfolgungssache unterwegs sind, damit Sie die Geschwindigkeitsbegrenzung zumindest bis zur Bundesstaatsgrenze überschreiten können.«

Fordyce drückte ihm kurz die Schulter. »Ich danke Ihnen. Sehr.« Er stieg wieder auf den Beifahrersitz; Gideon fuhr los. Nach einem Moment sagte Fordyce: »Vater ein Bundesstaatspolizist, der im Dienst erschossen wurde? Verdammt lahme Nummer. Zum Glück bin ich da gewesen, um die Kastanien aus dem Feuer zu holen.«

»Sie hatten einen Dienstausweis, ich nicht«, antwortete Gideon. Dann fügte er widerwillig hinzu: »Trotzdem, gut gemacht.«

»Da haben Sie verdammt recht.« Fordyce runzelte die Stirn. »Wenn's uns denn nützt. Wir sind jetzt – wie lange noch? – sieben Stunden vor D. C. und haben noch immer keine Ahnung, was Blaine vorhat. Der Laptop hier ist so rein wie jungfräulicher Schnee.«

»Es muss etwas drauf sein. Man kann nicht eine solche Riesenverschwörung planen, ohne dass es auf irgendeine Weise auf die eigene Arbeit durchschlägt.«

»Und wenn wir uns irren? Und wenn er nun doch unschuldig ist?«

Gideon verstummte. Dann schüttelte er den Kopf. »Aus persönlichen Gründen wünscht ein riesengroßer Teil von mir, dass er es wäre. Aber er steckt hinter der Sache. Es muss so sein. Nichts anderes ergibt Sinn.«

Fordyce beschlich ein mattes Gefühl der Vergeblichkeit, und er widmete sich wieder der OPERATION LEICHNAM. Ihm schwante, was er finden würde, das Gleiche nämlich wie in all den anderen unzähligen Dateien: die Arbeit eines engagierten und produktiven Schriftstellers.

Bei OPERATION LEICHNAM handelte es sich um eine zehnseitige Inhaltsangabe für einen Roman, den Blaine offenbar nie geschrieben hatte – zumindest nicht unter dem Titel. Fordyce rieb sich die Augen und begann, die Zusammenfassung zu überfliegen, dann hielt er inne. Als er auf den Bildschirm sah, blieb ihm fast das Herz stehen. Er blinzelte einmal, zweimal. Dann ging er zurück zum Anfang und fing wieder von vorn an, langsamer diesmal.

Als er am Ende angekommen war, blickte er zu Gideon. »O mein Gott«, sagte er leise. »Sie werden das nicht glauben.«

63

Gideon versuchte, sich auf die Straße zu konzentrieren, während Fordyce zu reden begann. »In dem Notebook hier befindet sich ein zehn Seiten langes Exposé für ein Buch. Der Titel lautet *Operation Leichnam.*«

Gideon ging leicht vom Gas und drosselte das Tempo auf 80 Meilen, damit er Fordyce mehr Aufmerksamkeit schenken konnte. »Ein Buchexposé?«

»Ja. Der Entwurf für einen Thriller.«

»Über Atomterroristen?«

»Nein. Über Pockenviren.«

»Pocken? Was haben denn Pockenviren mit unserer Geschichte zu tun?«

»Hören Sie mir einfach zu.« Fordyce machte eine Pause und sammelte seine Gedanken. »Zunächst einmal müssen Sie einige Hintergrundinformationen verstehen. Der Entwurf erklärt, dass die Pocken als Krankheit im Jahr neunzehnhundertsiebenundsiebzig vollständig ausgelöscht wurden. Alle Viruskulturen, die in Labors gehalten wurden, wurden vernichtet … bis auf zwei. Die eine befindet sich zurzeit im Staatlichen Forschungszentrum für Virologie und Biotechnologie in Koltsovo, Russland. Die andere befindet sich im USAMRIID in«, Fordyce machte eine Kunstpause, »Fort Detrick, Maryland.«

Gideon lief es kalt den Rücken runter. »Sagen Sie bloß.«

»In dem Entwurf wird die Geschichte einer Bande erzählt, die plant, die Pockenviren aus Fort Detrick zu stehlen. Die Bande will die Viren in die Finger bekommen und droht damit, sie freizulassen, um die Menschheit zu erpressen. Sie fordert hundert Milliarden Dollar und ein eigenes kleines Land – eine Insel im Pazifik. Sie plant, die Pockenviren als Schutz, als eine Art Garantie auf ihrer Insel zu behalten und dort in Saus und Braus zu leben.«

»Bislang kann ich da keinen Zusammenhang erkennen.«

»Das Entscheidende ist die Art und Weise, *wie* diese Leute die Pockenviren stehlen wollen. Nämlich indem sie ein islamistisches Terrorkomplott erfinden, im Zuge dessen in D. C. eine Atombombe hochgehen soll.«

Gideon blickte den Agenten an. »Wahnsinn.«

»Und jetzt kommt der Hammer: Die Bande täuscht das Terrorkomplott mittels eines verstrahlten Leichnams vor, zurückgelassen in einer Wohnung in New York City, wobei man es so aussehen lässt, als sei die Person bei einem Strahlenunfall umgekommen, bei dem ein Atombombenkern eine Rolle spielt. Zudem wird die Wohnung mit gefälschten Beweisen gespickt, die den Mann mit radikalen Islamisten und einer dschihadistischen Terrorzelle in Verbindung bringen.«

»Chalker«, sagte Gideon.

»Genau. Vom Kalender mit dem voraussichtlichen Datum des Anschlags und einem angekokelten Stadtplan von Washington mit den potenziellen Zielen ganz zu schweigen.«

Gideons Gedanken kamen allmählich auf Touren. »Fort Detrick liegt nur vierzig Meilen von Washington entfernt.«

Fordyce nickte. »Richtig.«

»Und weil die Hauptstadt bedroht ist, dürften die meisten Soldaten aus Fort Detrick abgezogen worden sein.«

»Exakt«, sagte Fordyce. »Wegen der nuklearen Bedrohung werden sich in Fort Detrick nicht nur kaum noch Soldaten aufhalten, sondern vermutlich wurden auch die meisten Security-Leute aus dem USAMRIID abgezogen, sodass die Pockenviren kaum noch geschützt sind.«

»Unglaublich«, sagte Gideon.

»In dem Entwurf hat die Bande Kontakt zu einem Insider, der ihnen die Codes zuspielt, damit sie in die geschützte Klimakammer reinkommen können, in der die Pockenviren aufbewahrt werden. Sie gehen da rein, tippen die Codes ein, öffnen den Biosafe, in dem sich die Pockenviren befinden, holen einige tiefgefrorene Kulturen heraus und gehen wieder raus. Die Pockenkulturen lagern in diesen kryogen versiegelten Petrischalen, die so klein sind, dass man sie in die Hosentasche stecken kann.« Fordyce tippte mit dem Finger aufs Notebook. »Es ist alles hier drin – in einem Buchexposé, das Blaine *vor sechs Jahren* geschrieben hat. Und jetzt aufgepasst: Hier steht, dass die Idee für das Buch auf einer tatsächlichen verdeckten Operation beruht, die die Briten im Zweiten Weltkrieg durchgeführt haben, *Operation Hackfleisch* genannt. Der britische Geheimdienst platzierte im Meer vor der spanischen Küste einen Leichnam. Angeblich handelte es sich um die Leiche eines hochrangigen britischen Offiziers, der bei einem Flugzeugabsturz ertrunken war. In den Taschen des Toten befanden sich geheime Dokumente, die darauf hindeuteten, dass die Alliierten in Italien einmarschieren würden, über Griechenland und Sardinien. Aber die ganze Sache *war ein Schwindel* – ein Plan, die Deutschen von Englands wahren Invasionsplänen abzulenken. Und dieser Plan hat die Deutschen völlig zum Narren gehalten, bis ganz hinauf zu Hitler.« Es entstand eine kurze Stille, in der Gideon die Informationen verarbeitete. »Der britische Geheimdienst«, sagte er. »MI6. Genau wie Blaine.«

»Der einzige Unterschied«, fuhr Fordyce fort, »besteht darin, dass Chalker keine Leiche war.«

»Aber auch lebendig war er verdammt effizient«, sagte Gideon. »Selbst wenn man einer massiven Strahlendosis ausgesetzt ist, dauert es eine Weile, bis man daran stirbt. Die müssen Chalker entführt, eingesperrt und ihn Gott weiß was für einer Gehirnwäsche unterzogen haben.«

»Der Hundekäfig in dem Labor, den wir gefunden haben«, sagte Fordyce. »Der war vermutlich gar nicht für einen Hund bestimmt.«

»Chalkers verrückte Wahnvorstellungen, man habe ihn entführt und Experimente an ihm durchgeführt, waren also doch nicht so verrückt.« Gideon hielt inne. »Man hat ihm angehängt, dass er Islamist sei, genauso wie man mich verleumdet hat.«

Fordyce tippte etwas auf der Tastatur. »Ich will Ihnen mal etwas vorlesen. Hier in dem Exposé steht, dass die meisten heute lebenden Menschen – da es vierzig Jahre her ist, seit das Pockenvirus ausgestorben ist – keine Resistenzen dagegen haben. Das Virus würde die Menschheit einfach auslöschen. Hören Sie sich das mal an:

»*Variola major*, oder Pocken, gilt vielen als die schlimmste Krankheit, die die Menschheit jemals heimgesucht hat. Je nach Virusstamm kann die Sterblichkeitsrate bis zu hundert Prozent betragen. *Variola* ist so ansteckend wie eine gewöhnliche Erkältung und breitet sich wie ein Lauffeuer aus. Selbst diejenigen, die überleben, sind für ihr Leben körperlich gezeichnet, häufig erblinden sie auch.

Pocken führen zu einer der furchteinflößendsten und furchtbarsten Todesarten, die bekannt ist. Die Erkrankung beginnt mit hohem Fieber, Muskelschmerzen und Erbrechen. Es entwickelt sich ein Ausschlag, der den Körper mit harten, aufgetriebenen Pusteln überzieht, die sich oft auch auf der Zunge und am Gaumen bilden. Im Endstadium verbinden sich die Erhebungen miteinander und bilden eine pustelähnliche Schicht, die den gesamten Körper des Erkrankten überzieht. Das Blut sickert aus den Gefäßen in die

Muskeln und Organe, die Augen füllen sich mit Blut und werden hellrot. Häufig gehen die Krankheitssymptome auch mit akuten psychischen Störungen einher, wobei die neurologischen Veränderungen dazu führen, dass der Erkrankte eine überwältigende erstickende Todesangst empfindet, die Furcht vor einem drohenden Untergang. Allzu oft wird diese Furcht Wirklichkeit.

Laut der Weltgesundheitsorganisation stellt ein einziger Fall von Pocken irgendwo auf der Welt einen ›weltweiten medizinischen Notfall höchsten Ranges‹ dar, der als Eindämmung ›eine komplette und totale Quarantäne der betroffenen Region‹ in Kombination mit einem ›umfassenden Not-Impfprogramm‹ erfordert. Es gilt als wahrscheinlich, dass erhebliche militärische Gewalt erforderlich wäre, um eine wirksame Quarantäne der infizierten Regionen umzusetzen.«

Als Fordyce zu Ende vorgelesen hatte, wurde es ganz still im Auto. Das Summen der Reifen erfüllte das Wageninnere.

»Blaine hatte also eine Idee für einen Roman«, sagte Gideon. »Er hat sämtliche Details ausgearbeitet und das Exposé geschrieben. Es hätte einen großartigen Thriller abgegeben. Und dann ist ihm klargeworden, dass die Idee zu gut war, um sie auf ein Buch zu verschwenden. Und da hat er beschlossen, sie in die Realität umzusetzen.«

Fordyce nickte.

»Ich nehme an, er hat die Idee umgesetzt, als er Chalker begegnete und erkannte, welch einmalige Gelegenheit ihm soeben in den Schoß gefallen war. Ich meine, gibt es einen besseren Sündenbock als einen Atomforscher in Los Alamos, der zum Islam konvertiert ist?«

»Stimmt«, sagte Fordyce. »Und noch etwas: Ich würde wetten, dass wir es hier mit einer größeren Gruppe zu tun bekommen – nicht nur Blaine. Novak steckt da auch mit drin, und es muss auch noch weitere geben. Ein solches Ding kann man nicht solo durchziehen.«

»Da haben Sie recht. Und ich würde wetten, dass einer dieser anderen ein Flugzeugmechaniker ist oder war.«

»Aber eines verstehe ich nicht. Ohne eine echte Bombe – wie haben sie Chalker verstrahlt?«

Gideon dachte darüber nach. »Es gibt andere Möglichkeiten. Am naheliegendsten wäre, Radioisotope einzusetzen, die man sonst zu medizinischen Diagnosezwecken verwendet.«

»Ist das Zeug leicht erhältlich?«

»Nicht leicht. Aber es ist denjenigen mit den richtigen Lizenzen zugänglich. Die Sache ist die: Medizinische Isotope sind in der Regel tatsächlich Spaltprodukte von Uran und Plutonium, das Ergebnis kontrollierter Kritikalitäts-Reaktionen. Natürlich müsste man das radioaktive Isotopenverhältnis auf der Basis medizinischer Radioaktivität berechnen, und zwar auf Grundlage des Gehalts an Spaltprodukten, das zu diesem Isotopenverhältnis führt.«

»Ich habe keine Ahnung, wovon Sie reden.«

»Was ich meine, ist Folgendes: Man könnte die ganze Sache durchziehen. Man könnte einen Nuklearunfall vortäuschen, indem man Spuren medizinischer Radioisotope im genau richtigen Verhältnis hinterlässt. Und nicht nur das: Es könnte sein, dass medizinische Radioisotope auch benutzt wurden, um Chalker zu verstrahlen.«

»Was ist mit dem U-235, das man an Chalkers Händen gefunden hat?«, fragte Fordyce.

»Wenn man Kontakt zu einem Insider in Los Alamos hätte – sagen wir, Novak –, wäre das nicht schwierig. Dazu würde man nur einige Nanogramm benötigen. Jemand könnte an diese Menge rankommen, indem er einfach mit der Spitze eines behandschuhten Fingers über einen Bereich mit U-235 fahren würde. Am Handschuh würden anschließend viele Nanogramm radioaktiven Materials haften, das dann mit bloßem Handschlag auf Chalkers Hände übertragen werden könnte.«

»Aber warum ist niemand auf den Gedanken gekommen, dass das Ganze möglicherweise getürkt war?«

»Weil es so unwahrscheinlich ist«, antwortete Gideon. »So … extravagant. Hätten Sie es erraten?«

Fordyce dachte einen Augenblick darüber nach. »Niemals.«

»Blaine muss die Wohnung in Queens angemietet haben, angeblich für Chalker. Kein Wunder, dass Chalker behauptet hat, es sei nicht seine Wohnung. Höchstwahrscheinlich war er vorher noch nie dort gewesen. Vermutlich hat man ihn in dem Käfig im Keller gehalten, bis er ausreichend desorientiert war. Dann hat man ihn verstrahlt, ihm eine Knarre in die Hand gedrückt und ihn in Sunnyside mit einer unschuldigen Familie zusammengesteckt. Alles, um von der Regierung Geld zu erpressen.«

»Wenn man mit der Freisetzung von Pockenviren droht, muss es um verdammt viel Geld gehen.«

Gideon schüttelte den Kopf. »Das ist wirklich krass.«

Sie flitzten an einem Schild vorbei, das verkündete, dass sie sich nun in Virginia befanden. Gideon fuhr noch langsamer.

»N-Day ist da«, sagte Fordyce und blickte auf seine Uhr. »Und uns bleiben vielleicht noch fünf Stunden Zeit, um dahinterzukommen, wie wir die ganze Sache stoppen sollen.«

64

Schweigend fuhren sie durch die Ausläufer der Appalachen im südwestlichen Virginia. Während die Fahrspuren in Richtung Westen noch immer voll von flüchtenden Autos waren, waren die Spuren Richtung Osten, die sie querten, praktisch leer. Gideon starrte geradeaus, seine Hände fest am Lenkrad. Seine Gedanken rasten immer noch. Sollte er versuchen, Glinn zu erreichen? Der Mann verfügte offensichtlich über die richtigen Verbindungen. Aber er verwarf die Idee schnell. Garza hatte überdeutlich gemacht, dass Gideon jetzt völlig auf sich gestellt war.

»Wir kennen jetzt ihren Plan«, sagte Fordyce. »Was wir tun müssen, ist, NEST kontaktieren, damit deren Leute das USAMRIID sichern, und dann wäre alles in trockenen Tüchern.«

Gideon fuhr weiter und dachte darüber nach.

»Natürlich«, sagte Fordyce, »können wir das nicht allein machen.«

Gideon antwortete immer noch nicht.

»Ich hoffe, Sie stimmen mir zu. Ich rufe jetzt Dart an.« Fordyce holte sein Handy hervor.

»Einen Moment«, sagte Gideon. »Wieso denken Sie eigentlich, dass Dart uns glauben wird?«

»Wir haben den Computer. Wir haben die Datei. Wenn das kein Beweis ist, dann weiß ich nicht, was einer ist.« Fordyce begann zu wählen.

»Ich glaube nicht«, sagte Gideon langsam.

Fordyce hörte auf zu wählen. »Sie glauben was nicht?«

»Dart wird uns nicht glauben. Er hält mich für einen Terroristen, und Sie sind ein Versager, den er suspendiert hat und der jetzt unerlaubt vom Dienst fernbleibt.«

»Der Beweis befindet sich auf dem Computer.«

»In einer Microsoft-Word-Datei, die mühelos von uns geschrieben oder verändert worden sein kann.«

»Aber die DES-Verschlüsselung!«

»Hat nichts zu sagen. Die *Datei* war nicht verschlüsselt, nur der Computer. Stone, denken Sie nach. Diese Ermittlungen stützen sich viel zu stark auf die Theorie vom dschihadistischen Komplott. Sie haben einfach zu viel Schwung aufgenommen, als dass man jetzt einfach eine Kehrtwende machen kann.«

»Die Ermittlungen müssen ja keine Kehrtwende machen. Dart muss nur ein Dutzend bewaffnete Soldaten verlegen, die den Hochsicherheitsraum mit den Pockenviren schützen. Das würde jeder kluge Ermittler tun.«

Gideon schüttelte den Kopf. »Dart ist nicht dumm, hält sich aber viel zu sehr an die Vorschriften. Er gehört nicht zu denen, die über den Tellerrand blicken. Wenn Sie Dart jetzt anrufen, werden wir verhaftet, sobald wir mit dem Notebook auftauchen. Man wird es untersuchen wollen, um sich zu vergewissern, dass es sich nicht um irgendeine Art gefälschtes Beweismaterial handelt. Man wird eine ausführliche Einsatznachbesprechung mit uns abhalten ... und währenddessen werden die Pockenviren gestohlen. Erst dann, wenn es zu spät ist, wird man uns glauben.«

»Ja, aber ich kenne das FBI, und ich sage Ihnen, die gehen auf Nummer sicher und werden sofort wenigstens ein paar Leute zum Schutz des USAMRIID abstellen.«

»Es geht jetzt nicht mehr nur ums FBI, nicht einmal nur um NEST. Sondern um eine monströse, hydraköpfige, außer Kontrolle geratene Ermittlung, die nicht mehr in vernünftigen Bahnen verläuft. Die ersticken in falschen Fährten, Ablenkungsmanövern und Verschwörungstheorien. Wir kommen kurz vor zwölf aus dem Einsatz in die Zentrale, erzählen irgendwelches abseitiges Zeug von wegen Pockenviren … Denken Sie mal darüber nach. Dart wird nicht rechtzeitig reagieren, und die Schurken bekommen das Virus in die Finger. Wenn Sie Dart anrufen und die gewinnen, dann gilt: *Game over.*«

Fordyce haute mit der Faust aufs Armaturenbrett. »Verdammt, was schlagen Sie stattdessen vor?«

»Ganz einfach. Wir fahren nach Fort Detrick – ich bin ziemlich sicher, dass wir uns da Zugang verschaffen können, insbesondere mit Ihrem Ausweis – und überfallen die Mistkerle, wenn sie mit den Pockenviren herauskommen. Wir ertappen sie auf frischer Tat. Dann nehmen wir ihnen die Viren mit vorgehaltener Waffe ab, halten sie fest und rufen die Kavallerie an.«

»Und warum stoppen wir sie nicht, *bevor* sie die Pockenviren in die Finger bekommen?«

»Weil wir sie mit den Viren fassen müssen. Wenn wir sie nur an der Tür stoppen, könnte es ein Handgemenge geben, und dann werden wir festgenommen, und sie kommen frei und können ihren Plan ausführen. Wir brauchen den Beweis, dass die Tat begangen wurde.«

Fordyce lachte freudlos. »Haben Sie jetzt den Heldenkomplex? Was, wenn die mit zehn Mann auftauchen, alle bis an die Zähne bewaffnet?«

»Das werden sie schon nicht. Denken Sie mal darüber nach. Das Wichtigste an dem Plan ist, dass alles ganz unauffällig abläuft. Man zieht die Security-Leute ab und geht rein und wieder raus.«

»Ich sage, rufen wir Dart an.«

Gideon merkte, wie er wütend wurde. »Ich *kenne* Dart. Er war der Leiter des Labors während meines ersten Jahrs in Los Alamos. Sicher, er ist intelligent, aber er ist auch stur, abwehrend und rigide. Er wird Ihnen nicht glauben, er wird keine Security-Leute zum Schutz der Pockenviren aufstellen, er wird uns beide verhaften und vernehmen, bis es zu spät ist. Sobald diese Leute mit den Viren davonfahren, ist es vorbei. Denn die müssen nur eine dieser Petrischalen aus dem Fenster werfen, und die USA sind am Arsch. Wir sind alle in Panik wegen einer Terror-Atombombe. Und falls Ihnen das neu ist: Pockenviren sind *schlimmer* als eine Atombombe. Sehr viel schlimmer.«

Langes Schweigen. Gideon warf dem FBI-Agenten einen verstohlenen Blick zu. Fordyce hatte einen hochroten Kopf vor lauter Wut, schwieg aber. Gideon war offenbar durchgedrungen.

»Wir gehen mit dieser Geschichte nicht zu Dart«, sagte Gideon. »Wir machen das allein. Ansonsten bin ich draußen.«

»Wie Sie wollen«, sagte Fordyce mit zusammengekniffenen Lippen.

Es folgte ein langes Schweigen.

»Möchten Sie meinen Plan hören?«, fragte Gideon.

Nach einem Augenblick nickte Fordyce.

»Wir verschaffen uns unter falschem Vorwand Zutritt. Wir überwachen die Eingangshalle. Ich gehe ins Labor auf Ebene vier, wo die Pockenviren aufbewahrt werden. Ziehe einen Schutzanzug an, bin dadurch nicht erkennbar. Sie rufen mich an, wenn Blaine eintrifft, ich lauere ihm im Labor auf, nachdem er den Biosafe geöffnet hat, und halte ihn mit vorgehaltener Waffe in Schach, während Sie die Kavallerie herbeirufen. Das wird alles auf Ebene vier passieren, sodass die Pockenviren, falls sie doch entweichen sollten, wenigstens eingedämmt sind.«

»Und wenn diese Leute bewaffnet sind?«

»Das bezweifle ich. Das wäre zu riskant. Wie gesagt, der ganze Plan beruht auf Tricks und Irreführung, nicht Gewaltanwendung. Aber wenn sie bewaffnet sind, dann greife auch ich zur Waffe. Und glauben Sie mir, ich würde im Ernstfall auch einige von denen erschießen.« Noch während Gideon das sagte, fragte er sich, was es bedeuten würde, wenn er Alidas Vater tötete. Sofort verdrängte er den beunruhigenden Gedanken.

»Das könnte klappen«, sagte Fordyce nach einem Augenblick. »Ja, ich glaube, das könnte wirklich funktionieren.«

65

Sich Zutritt zu Fort Detrick zu verschaffen, war ein Kinderspiel. Gideon gab sich als Fordyce' Fahrer aus, und Fordyce zog seine Nummer ab: Er zeigte seinen FBI-Ausweis und erklärte, sie hätten einen Routineauftrag, wollten nur einer der vielen zweifellos falschen Spuren nachgehen, die mit dem Atombombenalarm zusammenhingen. Dabei achtete er darauf, die Pockenviren mit keinem Wort zu erwähnen. Der einzige Wachmann in der Sicherheitsstation zeichnete ihnen den Weg zum USAMRIID-Komplex auf einer fotokopierten Karte der Militärbasis auf, die Gideon sich kurz ansah und dann einsteckte. Der Mann winkte sie durch, die einspurige Straße wand sich über den Golfplatz, bevor sie zum Hauptteil des Geländes führte.

Um 15.30 Uhr an einem Wochentag war Fort Detrick unheimlich leer. Das weitläufige Gelände mit großen Grünflächen, das über vierzig Hektar umfasste, verströmte eine geradezu postapokalyptische Atmosphäre. Die Parkplätze waren leer, die Gebäude ohne Menschen darin. Die einzigen Laute kamen von den Vögeln, die in den großen Eichen zwitscherten.

Langsam fuhren sie durch die Grünanlagen. Der Stützpunkt war überraschend attraktiv. Außer dem Golfplatz verfügte er über Baseballplätze, mehrere Wohnquartiere mit hübschen Bungalows oder Wohnwagen, einen kleinen Flugplatz mit Hangars und Flugzeugen, eine Feuerwehrstation sowie ein Freizeitzentrum. Das USAMRIID befand sich am hinteren Ende des Stützpunkts, neben dem großen Fuhrpark – die Basis strotzte nur so von Militärfahrzeugen, schien aber bis auf einen einzigen Mechaniker leer zu sein. Das USAMRIID selbst war in einem weitläufigen Gebäude im Stil der Siebziger untergebracht, mit einem Willkommensschild an der Zufahrt: *United States Army Research Institute for Infectious Diseases.* Der große, umlaufende Parkplatz war, so wie die anderen, fast leer. Das Ganze machte einen verlassenen, ja verlorenen Eindruck.

»Blaine hat richtig kalkuliert«, sagte Fordyce und sah sich kurz um. »Alle sind in Washington. Hoffen wir, dass wir ihn hier schlagen können.«

»Wäre ziemlich blöd, wenn Blaine seinen eigenen Jeep auf dem Parkplatz sieht«, sagte Gideon. Er fuhr am Gebäude vorbei zum Parkplatz eines anderen Gebäudekomplexes und parkte den Jeep hinter einem Van. Dann schlüpfte er in eine neue Verkleidung, und sie schritten mitten über den Rasen direkt auf den Eingang zu.

Als sie den Plan besprochen hatten, hatte Fordyce mithilfe der W-Lan-Karte des Laptops Zugang zur Website des USAMRIID bekommen. Dadurch hatten sie viel über das Institut erfahren: dass der Name *You-Sam-Rid* ausgesprochen wurde; dass es früher mal das Zentrum des Landes zur biologischen Kriegsführung gewesen war; dass es heute als wichtigstes Zentrum für Bioabwehrforschungen im Land diente, dessen Hauptaufgabe darin bestand, die Vereinigten Staaten vor möglichen Angriffen mit Biowaffen zu schützen.

Und es war einer der beiden Aufbewahrungsorte von Pockenviren, die auf der Welt noch existierten. Das Virus wurde, wie die Website hilfreicherweise erwähnte, auf der Biosicherheitsebene 4 in einem Laborkomplex des USAMRIID aufbewahrt, der sich im Untergeschoss des Gebäudes befand.

Sie betraten die Eingangshalle. Im rückwärtigen Teil sah man einen Wachmann neben einer verschlossenen Tür; er saß hinter einem kleinen Fenster, das wie kugelsicheres Glas aussah. Fordyce würde als er selbst hingehen; Gideon dagegen hatte seine Sammlung von Kleidern, Toupets und Accessoires durchgesehen, um eine neue Persona zu kreieren. Er besaß keinen Laborkittel, was aber seines Erachtens ohnehin des Guten zu viel wäre. Stattdessen entschied er sich für den Look des etwas zerzausten, zerstreuten Professors im Tweedsakko. »Ein Klischee, sicher«, hatte er Fordyce gegenüber gesagt, »aber Klischees funktionieren oft, was Verkleidungen betrifft. Die Leute haben es gern, wenn ihre Vorurteile bestätigt werden.«

Fordyce näherte sich dem Security-Beamten, Ausweis in der einen, Dienstmarke in der anderen Hand. »Stone Fordyce, Federal Bureau of Investigation«, sagte er und ließ durch den aggressiven Ton anklingen, dass der Sicherheitsbeamte selbst als Verdächtiger galt. »Und das ist Dr. John Martino vom Zentrum für Seuchenbekämpfung. Er kann sich derzeit nicht ausweisen, aber ich kann für ihn garantieren.«

Diese Aussage hing in der Luft. Fordyce bot keine Erklärung an, warum Gideon sich nicht ausweisen konnte, und nach kurzem Zögern war der Wachmann offenbar wenig geneigt, danach zu fragen.

»Haben Sie einen Termin?«, fragte er.

»Nein«, antwortete Fordyce, noch ehe der Wachmann die Frage zu Ende gestellt hatte.

»Hm, der Zweck Ihres Besuchs?«, fragte er.

»Routinearbeit im Rahmen einer Strafverfolgung«, erwiderte Fordyce, dessen Tonfall jetzt ungeduldig klang.

Der Mann nickte, zog ein Klemmbrett hervor und schob es durch einen Schlitz im Glas. »Füllen Sie das hier bitte aus. Sie beide. Und unterschreiben.«

Fordyce füllte eine Spalte aus und reichte das Klemmbrett Gideon, dessen Unterschrift quasi nicht zu entziffern war. Sie reichten das Brett zurück.

»Bitte vor der Kamera aufstellen«, wies der Wachmann sie an. Sie stellten sich beide vor die Kamera. Eine Minute später wurden frisch gedruckte Namensschilder durch den Schlitz geschoben. Kurz darauf öffnete sich die stählerne Eingangstür mit einem Summen, und sie wurden hineingelassen.

Fordyce winkte den Wachmann zu sich. »Ich möchte Ihnen gern ein paar Fragen stellen.« Wieder ließ sein Tonfall Argwohn anklingen.

»Ja, Sir?« Der Wachmann, der schon eingeschüchtert war, hätte beinahe salutiert.

»Hat ein Mr. Blaine sich als Besucher eingetragen?«

Der Wachmann zögerte, entschloss sich abermals, keine Scherereien zu machen, und warf einen Blick auf sein Klemmbrett.

»Nein, Sir.«

»Und ein Mr. Novak?«

»Nein.«

»Hat einer der beiden heute einen Termin in diesem Gebäude?«

Wieder ein prüfender Blick. »Nicht in meinen Unterlagen, Sir.«

»Okay. Dr. Martino muss Zutritt zum Labor auf Ebene vier erhalten. Wie kann er den bekommen?«

»Zutritt gibt's nur mit der richtigen Tastenkombination, die einem zugeteilt wird, und man braucht eine Begleitperson.«

»Wer hat hier das Sagen?«

Kurzes Zögern. »Er müsste Dr. Glick anrufen, den Direktor.«

»Wo kann man den finden?«

»Dritter Stock, Zimmer drei-sechsundvierzig. Soll ich ihn anrufen …?«

»*Auf gar keinen Fall*«, sagte Fordyce mit Nachdruck. Er warf einen Blick auf das Namensschild des Wachmanns. »Mr. Bridge, ich sage Ihnen jetzt, was passiert. Dafür werde ich Ihre Hilfe brauchen, bitten hören Sie also genau zu.« Er machte eine Pause. »Ich werde mich in den Wartebereich setzen und dort, ein wenig versteckt, auf Mr. Blaines Ankunft warten. Sie werden weder auf meine Anwesenheit hinweisen noch zugeben, dass sich ein FBI-Agent auf dem Gelände befindet.«

Bridge schluckte und wurde anscheinend nervös. »Stimmt irgendwas nicht? Ich meine, vielleicht sollte ich meinen Chef anrufen, den Leiter der Security …«

Fordyce unterbrach ihn. »Sie rufen *niemanden* an. Wenn Sie sich wegen dieser Angelegenheit Sorgen machen und wirklich meinen, Sie müssten mich überprüfen, dann können Sie mit meinem Vorgesetzten sprechen, Special Agent Mike Bocca vom Außenbüro in D. C.« Er holte sein Handy hervor und tat so, als wolle er wählen, während er eine äußerst verärgerte Miene aufsetzte.

»Nein, nein«, sagte der Wachmann, »das ist nicht nötig.«

»Gut. Arbeiten Sie bitte weiter, als würde nichts Außergewöhnliches passieren.«

»Ja, Sir.«

»Vielen Dank«, sagte Fordyce, dessen Stimme plötzlich freundlicher klang, und schüttelte Bridge die Hand. »Guter Mann.«

Der Wachmann zog sich hinter seinen Empfangstresen zurück. Gideon schaute zu, wie Fordyce mitten durch die Eingangshalle schritt und in dem kleinen Wartebereich Platz nahm, in einer Ecke, von der er alles überblicken konnte, aber nicht gleich gesehen wurde. *Er lernt*, dachte Gideon bei sich. Dann ging er weiter in die Tiefen des Gebäudes, wobei er den hilfreichen Schildern folgte, die ihn zur Ebene 4 führten.

66

Kaum war Gideon den Flur hinunter verschwunden, holte Fordyce sein Handy hervor und wählte Myron Darts Nummer. Er musste sich durch mehrere Untergebene durchfragen und unangenehm werden, bevor er Dart selbst an den Apparat bekam.

Dart klang angespannt. »Fordyce? Worum zum Teufel geht's denn? Ich dachte, Sie würden, äh, sich eine Auszeit nehmen?« Fordyce atmete tief durch. Er hatte das Gespräch eine Weile im Geiste durchgespielt und überlegt, wie er es am besten anfangen könnte.

»Ich bin in Maryland …« Er atmete tief durch. »Mit Gideon Crew.«

Das wurde mit jähem Schweigen quittiert. »Maryland? Mit *Crew?*« Eisige Stille. »Sie sollten sich besser erklären.«

»Wir verfolgen hier eine irrsinnig heiße Spur. Und ich meine irrsinnig heiß. Sie müssen sich anhören, was ich Ihnen zu sagen habe.«

Wieder langes Schweigen. Fordyce überlegte, ob Dart wohl veranlassen würde, sein Handysignal zu orten. Genau das hätte er an seiner Stelle getan.

Als Dart sich schließlich wieder zu Wort meldete, klang seine Stimme schroff und kalt. »Ich möchte genau wissen, wo Sie sind und was Sie tun.«

Fordyce ließ sich nicht beirren. »Ich bin im Besitz eines Laptop-Computers, der einer bestimmten Person gehört, und auf diesem Computer befindet sich ein sechs Jahre altes Dokument, das den gesamten terroristischen Plan schildert, von Anfang bis Ende. Es wird darin *alles* erklärt.«

Wieder langes Schweigen. »Der Name dieser Person?«

»Darauf komme ich gleich.«

»Sie sagen ihn mir sofort.«

Wieder drängte Fordyce weiter. »Ich habe den Computer bei mir, und wenn Sie mir Ihre E-Mail-Adresse geben, schicke ich Ihnen das Dokument.«

»Sie widersetzen sich meinen Anweisungen, Fordyce. Ich möchte, dass Sie Crew in Gewahrsam nehmen und auf der Stelle herkommen, mit Crew in Handschellen und Fußfesseln, oder ich lasse Sie als Komplizen verhaften.«

»Geben Sie mir Ihre E-Mail-Adresse, dann schicke ich Ihnen das Dokument.« Fordyce achtete darauf, dass sein Tonfall ruhig und neutral klang. Aber das hier war kein guter Anfang. Bei Gott, er hoffte, Gideon hatte nicht recht, was Dart betraf. Er musste ihn dazu bringen, dass er sich das Dokument ansah.

Nach einer langen, spannungsgeladenen Stille gab Dart ihm schließlich die Adresse. Fordyce tippte sie in den Computer und verschickte die Datei.

Er blieb weiter am Apparat. Sie dürften inzwischen seinen Standort ausfindig gemacht haben. Aber das Risiko musste er eingehen. Was immer Gideon dachte, diese Sache war zu groß, als dass sie beide sie bewältigen könnten. Entweder Dart würde ihm glauben oder nicht.

Eine Minute verstrich. Zwei Minuten.

»Haben Sie die Mail erhalten?«, fragte er.

»Augenblick«, erwiderte Dart. Seine Stimme klang belegt, abgelenkt. Noch eine Minute verging. Fordyce konnte ihn atmen hören. Als er sich wieder meldete, hatte seine Stimme sich verändert. Sie war fester und ruhig. »Woher haben Sie das?«

»Von einem Computer, der Simon Blaine, dem Schriftsteller, gehört.«

»Aber … in welchem Zusammenhang?«

»Es handelt sich um das Exposé für einen Thriller.«

»Wer weiß sonst noch davon?«

»Nur Gideon.«

»Was zum Teufel machen Sie da zusammen mit Crew?«

»Er ist derjenige, der die Datei gefunden hat.«

»Das ist doch offensichtlich eine Fälschung!«, brach es plötzlich aus Dart heraus. »Crew hat das fabriziert, und Sie sind ihm auf den Leim gegangen!«

»Nein, nein, nein. Keinesfalls. Die Datei befand sich auf einem verschlüsselten Computer. *Ich* habe die Verschlüsselung überwunden.«

»Wie zum Teufel ist er an den Computer herangekommen?«

»Das ist eine lange Geschichte. Das Wichtige ist: Heute ist N-Day. Was bedeutet, heute ist der Tag, an dem diese Leute die Pockenviren stehlen werden.«

Pause. »Und das glauben Sie tatsächlich?«

»Ja. Ich bin mir dessen sicher.«

»Und Sie befinden sich jetzt in Fort Detrick?«

»Das wissen Sie.«

»Mein Gott.« Wieder knisternde Stille.

»Sie müssen ein paar Soldaten hierherschicken, Sir. Sofort.«

»Wieso sollte ich das glauben?«

»Sie können es sich nicht leisten, es nicht zu glauben. Ein Dutzend Soldaten würde das Labor sichern. Selbst wenn sich herausstellt, dass es ein blinder Alarm ist, können Sie doch sicherlich die Truppen entsenden – als eine Art Versicherung.«

»Ja … ja. Ich verstehe ja, was Sie meinen. Aber … alle unsere militärischen Teams sind aus Fort Detrick abgezogen worden. Es ist niemand mehr auf der Militärbasis außer untergeordneten Mitarbeitern, Gebäudeschützern und ein paar Wissenschaftlern.« Stille. »Bleiben Sie dran.«

Fordyce blieb dran. Ein paar Minuten später meldete sich Dart wieder. »Wir haben eine schnelle Eingreiftruppe von NEST hier auf dem Dach. Die Männer sind einsatzbereit. Sie werden in zehn Minuten mit dem Hubschrauber bei Ihnen sein. Wo genau befinden Sie sich?«

»In der Eingangshalle des USAMRIID-Gebäudes.«

»Und Crew?«

»Er ist ins Labor auf Ebene vier hinuntergegangen und macht sich bereit, Blaine abzufangen …« Fordyce zögerte. »Schauen Sie, er weiß nicht, dass ich Sie angerufen habe. Er wollte das allein erledigen. Es hat sich nicht gelohnt, mit ihm zu streiten.«

»Verdammt. Also gut. Hören Sie mir genau zu. Ich möchte, dass Sie das Gebäude verlassen und das Team in Empfang nehmen, wenn es mit dem Heli eintrifft. Die Maschine landet auf dem Parkplatz vor dem Eingang. Sagen Sie Crew nichts davon – lassen Sie ihn in Ruhe. Ich traue ihm nicht, und er neigt dazu, unvorhergesehene Sachen zu machen. Die Männer, die ich Ihnen schicke, sind erfahrene Profis. Sie wissen genau, was in dieser Situation zu tun ist.«

»Ich bin nicht sicher, dass das eine gute Idee ist – Crew im Dunkeln zu lassen.«

»Sie selbst haben mich hinter seinem Rücken angerufen. Sie wissen doch, dass der Mann unzuverlässig und gemeingefährlich ist. Das Team, das ich losschicke, wird strikte Order haben, ihn festzunehmen.«

»Ja, Sir.«

»Ich hoffe bloß um Ihretwillen, dass es sich um eine richtige Information handelt.«

»Um eine goldrichtige.«

»Ihre Aufgabe besteht darin, das Team in Empfang zu nehmen und sich zu identifizieren. Damit sind Sie durch. Die Männer werden das Gebäude und die Räumlichkeiten auf Ebene vier sichern, sie werden Crew aufspüren und ihn nach draußen eskortieren. Sobald Blaine eintrifft, wird er in Gewahrsam genommen, und damit ist die ganze Sache vorbei. Falls es sich nicht um eine Falschinformation handelt.«

»Es wäre zu riskant, davon auszugehen.«

»Ja.«

Fordyce war ermutigt, weil Darts Tonfall erleichtert klang.

»Wir werden die Pockenviren auf ruhige, professionelle Art sichern«, fuhr Dart fort. »Ohne Schießereien, ohne Theater. Wenn wir das ruhig erledigen, können wir Blaine und seine Leute einsacken, bevor sie überhaupt wissen, wie ihnen geschieht. Ich war von Anfang an gegen diesen schießwütigen Ansatz. Haben Sie mich verstanden? Keine Schießerei.«

»Ja, Sir, ich bin ganz Ihrer Meinung.« Dart hatte es trotz seiner Arroganz schließlich doch begriffen. Gideons Vorhersagen, was ihn betraf, hatten sich als falsch erwiesen.

Und da sah er zwei Personen die Eingangshalle betreten.

Die eine erkannte er auf Anhieb von Fotos, die er auf Buchumschlägen gesehen hatte.

»O Mist«, sagte er leise ins Handy. »Blaine ist gerade eingetroffen. Mit einem Offizier.« Als er in den Schatten zurücktrat, erhaschte er einen Blick auf das Rangabzeichen des Mannes, das mit Klettverschluss vorn auf seinem Tarnanzug befestigt war. »Ein Hauptmann der Armee.«

»Mein Gott, wenn das keine Bestätigung ist… Halten Sie sich weiter versteckt. Halten Sie sie nicht auf, tun Sie nichts, wodurch sie Verdacht schöpfen könnten. Verschwinden Sie einfach aus dem Gebäude, und warten Sie in der Nähe des Parkplatzes, außer Sichtweite. Sind sie bewaffnet?«

»Der Hauptmann hat eine Pistole. Ob Blaine eine hat, kann ich nicht sehen.«

»Mein Gott«, murmelte Dart.

»Was ist mit Crew? Ich sollte ihn doch anrufen und ihm sagen, dass Blaine eingetroffen ist.«

»Nein, nein, nein. Halten Sie sich an den Plan. Das Team fliegt gleich los. Ich gehe jetzt nach oben, um die Männer zu instruieren. Um Himmels willen, überlassen Sie denen die ganze Sache. Wir dürfen keine Risiken eingehen, was die Pockenviren betrifft. Wenn Crew weiter auf eigene Faust handelt, kann das eine Katastrophe auslösen.«

Und dann war die Leitung plötzlich tot.

67

Gideon war ebenso erleichtert wie beunruhigt darüber, wie effizient Blaines Plan gewesen war, die Wachleute aus dem Labor abzuziehen. Weil er sein vorübergehendes Foto-

Namensschild deutlich sichtbar trug, war er von keinem der – sehr wenigen – Techniker oder Wissenschaftler angesprochen worden, die in dem Gebäude herumgingen. Die einzigen offensichtlichen Anzeichen von Sicherheitsmaßnahmen waren die allgegenwärtigen Überwachungskameras, die überall von den Decken hinabspähten und ihn zweifellos auf Video aufnahmen. Befanden sich am anderen Ende der Kameraeinspielungen Leute, die ihn beobachteten? Unter den gegenwärtigen Umständen bezweifelte Gideon das. Blaines Strategie schien auf brillante Art und Weise aufzugehen.

Nachdem er ein paarmal falsch abgebogen war, fand er den richtigen Weg zum Eingang der Labors auf Ebene 4. Hier trug eine Edelstahltür ein auffälliges, vielfarbenes Biogefahr-Symbol, dazu düstere Warnungen in einem Dutzend Sprachen.

Gideon spähte durch die winzige Glasscheibe der Tür und sah, dass sie nicht direkt in das Labor führte, sondern in eine Art Vorraum. Am gegenüberliegenden Ende waren eine Luftschleuse und die Dekontaminationsdusche zu sehen, hinter denen das eigentliche Labor lag. Hellblaue Biosicherheitsanzüge hingen auf Gestellen, nach Größe geordnet. Auf der einen Seite des Zimmers befand sich ein kleiner Bereitstellungsraum mit Gerätschaften, ausgedienten Bioreaktoren, Stapeln von Petrischalen sowie weiteren Materialien und Vorrichtungen, die anscheinend ins Labor hineingebracht werden sollten oder herausgeholt worden waren.

Er legte die Hand auf den Türgriff, stellte fest, dass nicht abgeschlossen war, und betrat den Vorraum. Auf der Tür gegenüber, die zur Luftschleuse und zur Dusche führte, prangte ebenfalls ein Biogefahr-Symbol, dort begannen die zusätzlichen Sicherheitsstufen. Gideon sah nicht nur eine Zifferntastatur, sondern auch ein Kartenlesegerät und einen

Iris-Scanner. Auch hier war die Decke mit Überwachungskameras versehen. Gut, alles würde aufgezeichnet werden. Er würde die Aufnahmen brauchen, wenn es darum ging, die Sache aufzuklären.

Er schritt durch den Raum und inspizierte den Iris-Scanner. Der war ein echtes Problem. Mit geschicktem Vorgehen konnte er vielleicht die Zifferntastatur und den Kartenleser ausschalten, aber nicht den Iris-Scanner.

Schnell bewertete Gideon seine Optionen neu. Allem Anschein nach konnte er Blaine nicht im Labor selbst überraschen. Das war schade, denn es bedeutete, dass er größere Risiken eingehen musste. Er müsste Blaine festsetzen, wenn er mit den Pockenviren das Labor verließ.

Gideon stand in dem Vorraum und dachte nach. In gewisser Hinsicht ergab sich hierdurch jedoch eine bessere Lage. Blaine würde reingehen, die Pockenviren holen, und Gideon würde ihn überraschen, sowie er aus der Dekontaminationsdusche trat. Dann wäre Blaine am verwundbarsten, würde am wenigsten mit einem Angriff rechnen. Und wenn Gideon selbst einen blauen Anzug trug, wäre das eine ausgezeichnete Verkleidung. Er blickte sich in dem Vorraum um. Da waren mehrere Umkleideräume, die davon abgingen, ideale Orte, um sich auf die Lauer zu legen.

Er sah die Anzüge durch, wählte einen in seiner Größe aus und ging damit in einen Umkleideraum, wobei er die Tür einen Spaltbreit offen ließ, damit er mitbekam, wer rein- und rausging. Er warf einen Blick auf sein Prepaid-Handy: immerhin, ein Balken. Das war seine größte Sorge gewesen – dass er hier unten keinen Funkempfang haben würde und deshalb Fordyce' Anruf nicht empfangen könnte.

Als er den Anzug anlegte, hörte er, wie die Tür zum Vorraum aufging, und sah, wie zwei Personen eintraten; Blaine und ein Offizier in Tarnanzug. Schnell kehrte er ihnen den Rücken zu, überrascht und bekümmert, dass er nichts von Fordyce gehört hatte. Gott sei Dank waren sie nicht ein paar Minuten früher in den Raum gekommen.

Verstohlen beobachtete er die beiden. Der Militär war Hauptmann, dem Rangabzeichen nach zu urteilen, und mit einer 9-Millimeter-Pistole bewaffnet. Es schien sich um einen jungen Latino zu handeln, gutaussehend, mittelgroß, mit rabenschwarzem Haar und markanten Wangenknochen.

Rasch setzte sich Gideon die Haube seines Schutzanzugs auf, was seinen Kopf verbarg. Sie hatten ihm durch die teilweise geöffnete Tür einen beifälligen Blick zugeworfen und seine Anwesenheit bemerkt, aber ohne offensichtliche Besorgnis. Jetzt fingen sie an, schweigend die Anzüge anzulegen. Sie beeilten sich, verloren keine Zeit. Kurz darauf zog der Hauptmann eine Karte durch das Lesegerät in der gegenüberliegenden Tür, tippte einen Code ein und blieb stehen, damit der Iris-Scanner seine Augen abtasten konnte. Ein Lämpchen sprang auf Grün; er setzte seine Haube auf, und einen Augenblick später waren sie in die Luftschleuse zur Dusche getreten, und die Tür schloss sich mit einem Zischen.

Gideon zog seinen Colt Python hervor, vergewisserte sich, dass Patronen in der Trommel waren, und wartete.

68

Simon Blaine folgte Hauptmann Gurulé in das Labor auf Ebene 4. Er war merkwürdig ruhig, fast gelassen. Es war die reine Freude, wie schön alles funktioniert hatte, wie alles klar wurde, wie alle bis zur Perfektion ihre Rolle in dem Drama gespielt hatten – die Politiker, die Presseleute, sogar die Öffentlichkeit. Ein Rädchen hatte ins andere gegriffen, aber natürlich handelte es sich um das Ergebnis jahrelanger gewissenhafter Planungen. Die richtigen Leute finden und vorsichtig anwerben, ein Szenario nach dem anderen durchspielen, Ersatzpläne und untergeordnete Ersatzpläne entwickeln, jeden möglichen Schritt bis zum Endspiel durchspielen und dann die beste Vorgehensweise auswählen. All die harte Arbeit, all die Zeit und all das Geld machten sich nun bezahlt.

Die einzige Unbekannte war dieser Bursche Gideon Crew gewesen – verflucht sei er! –, der Blaine zutiefst schockiert hatte, und zwar nicht nur, weil er schon so früh in den Ermittlungen Fragen gestellt hatte, sondern auch noch seine leicht zu beeindruckende Tochter verführt und auf höchst unglückliche Weise in die Sache hineingezogen hatte. Trotzdem: Alida wusste sich – so wie Blaine selbst – zu helfen und würde alles überstehen. Und sobald er die Pockenviren in Händen hielt und der Plan ausgeführt war, würde sie alles verstehen. Sie würde Verständnis haben und ihm zur Seite stehen, so wie sie es immer getan hatte. Immer. Sie beide verband eine unverbrüchliche Vater-Tochter-Beziehung, etwas Seltenes in dieser Welt.

»Sir?« Der Hauptmann hielt Blaine einen Luftschlauch hin, der von der Decke herabbaumelte und den er an seinem Anzug befestigen sollte. »Er rastet durch eine Drehung im

Uhrzeigersinn ein.« Er demonstrierte die Bewegung am eigenen Anzug.

»Vielen Dank, Hauptmann.«

Während Blaine den Schlauch befestigte, ertönte ein leises Zischen von Luft, das mit einem frischen Duft, vermischt mit dem Geruch nach Plastik und Latex, einherging.

»Wer war eigentlich der Mann dort hinten?«, fragte er den Hauptmann, dessen Stimme wegen der Plastikhaube gedämpft klang.

»Ich konnte ihn nicht genau erkennen. Keine Sorge, es war keiner der Wissenschaftler mit Zutritt zur Hochsicherheitskammer.«

Blaine nickte. Er hatte enorm viel Vertrauen in den Hauptmann gesetzt, und er hatte sich nicht getäuscht. Hauptmann Gurulé war der herausragende Mikrobiologe, Vakzinologe und Bioabwehrforscher des USAMRIID, einer der wenigen Menschen mit einer Zutrittsgenehmigung zu den Pockenviren. Ein brillanter Kopf, der an der Penn University sowohl in Medizin als auch Geisteswissenschaften promoviert hatte, mit kompromisslosen politischen Ansichten, kompetent, außerordentlich effizient – der perfekte Verbündete. Ihn anzuwerben war ein sehr langwieriger und mühevoller Prozess gewesen, aber der Hauptmann war für seinen Plan absolut entscheidend.

Das Labor war menschenleer, was sie genau so erwartet hatten. Sicher, jede ihrer Bewegungen wurde auf Video aufgenommen, aber bis sich jemand diese Videos ansah, würde schon die ganze Welt erfahren haben, was sie getan hatten. Die Drohung mit einem nuklearen Terrorangriff hatte ihre Wirkung entfaltet.

In wenigen Minuten hatten sie den rückwärtigen Teil des Labors erreicht, wo die *Variola* in kryogener Suspensionslösung aufbewahrt wurden, verschlossen in einem Biosafe in einer begehbaren Kammer. Die Tür zu der Kammer war aus Edelstahl und entsprach der eines Bankdepots. Die Kammer wurde, wie Hauptmann Gurulé erläutert hatte, zur Aufbewahrung gefährlicher, exotischer, geheimer sowie genetisch hergestellter Krankheitserreger genutzt.

An der Kammertür tippte Hauptmann Gurulé einen weiteren Code ein, zog seine Karte durchs Lesegerät und drehte eine Zuhaltung. Die Tür öffnete sich mittels elektronisch gesteuerter Angeln, und Blaine und Gurulé betraten die Kammer. Eine Kondensationswolke – es herrschten minus vierzig Grad Celsius hier drinnen – ließ ihre Hauben beschlagen. Blaine spürte schon jetzt, wie ihm die Kälte in die Knochen kroch. Auf einem Ständer neben der Tür hingen dicke Mäntel, aber der Hauptmann bedeutete ihm mit einer Armbewegung weiterzugehen. »Wir sind gleich wieder draußen.«

Mit tiefem *Bumm!* und dem Klicken von Riegeln schloss sich die Tür automatisch hinter ihnen. Blaine blieb einen Augenblick stehen und wartete, bis das Sichtfenster seiner Haube nicht mehr beschlagen war. Dann schaute er sich um.

Die Kammer war überraschend geräumig, in der Mitte standen mehrere Edelstahltische. Sie gingen an Biotresoren und Schränken vorbei und dann durch eine abgeschlossene Tür in den inneren Käfig der Kammer. Vor der gegenüberliegenden Wand stand, in ein winkliges Eisengestell eingelassen, ein kleiner Biosafe abseits von den anderen, hellgelb angestrichen und mit Biogefahr-Symbolen übersät.

»Bitte bleiben Sie zurück, Sir«, sagte der Hauptmann.

Blaine blieb stehen und wartete.

Der Hauptmann ging zum Safe hinüber, tippte wieder einen Code ein und schob dann einen speziellen Schlüssel in einen Schlitz an der Vorderseite. Als er den Schlüssel drehte, begann eine gelbe Lampe in der Decke der Kammer zu blinken, und ein Alarm ertönte, nicht laut, aber eindringlich.

»Was ist das?«, fragte Blaine beunruhigt.

»Ganz normal«, sagte der Hauptmann. »Der Alarm hält so lange an, wie der Biosafe geöffnet ist. Es gibt niemanden am anderen Ende, der losgeht und nachsehen kommt.«

Auf Regalfächern im Safe sah Blaine kurz die sogenannten »Pucks« – die weißen, kryogen versiegelten Zylinder –, die die tiefgefrorenen, kristallinen *Variola* enthielten. Er schauderte einen Moment, als er an den tödlichen Cocktail dachte, den jeder Puck enthielt, das ungeheure Ausmaß an Schmerz, Leid und Tod, das in jedem dieser kleinen zylindrischen Behälter eingeschlossen war.

Behutsam zog der Hauptmann einen Puck vom Regal und inspizierte die Ziffer, die auf der Seite eingraviert war. Er nickte bei sich, nahm dann einen weiteren, identischen Puck aus der Tasche seines Schutzanzugs und legte ihn an den leeren Platz auf dem Regal.

Ein Puck, mehr war nicht erforderlich. Die Pucks waren so beschaffen, dass sie das Virus mindestens 72 Stunden in tiefgefrorenem Zustand versiegelt hielten – was ihnen mehr als genug Zeit gab, ihr Ziel zu erreichen.

Der Hauptmann schloss den Safe, arretierte das Schloss, und das Piepen hörte auf. Er ging mit dem Puck zu einem der Edelstahltische. Blaine wusste, was er als Nächstes zu tun hatte, und hielt im Voraus die Luft an. Es würde eine heikle Operation werden.

Nachdem der Hauptmann den Puck auf den Objektträger des Stereozoom-Mikroskops gelegt hatte, untersuchte er mindestens fünf Minuten die Oberfläche des Behältnisses, bevor er es mit einer kleinen Markierung versah. Dann holte er ein Skalpell aus der Tasche seines Bioanzugs und schnitt mit chirurgischer Sorgfalt ein kleines Rechteck aus weißem Plastik aus dem Puck. In diesem winzigen Stück Plastik befand sich, wie Blaine wusste, ein Tracking-Mikrochip.

Der Hauptmann schnippte das Plastikstückchen auf den Boden und schob es mit dem Schuh unter den gelben Biosafe. Wieder schauderte Blaine. Er hatte wegen der Eiseskälte bereits kalte Finger. Der Hauptmann schien unempfindlich dagegen zu sein.

»Den nehme ich, wenn Sie nichts dagegen haben«, sagte Blaine und deutete auf den Puck.

Der Hauptmann reichte ihn ihm. »Gehen Sie sehr, sehr vorsichtig damit um, Sir. Wenn Sie ihn fallen lassen, endet die Welt, wie wir sie kennen.«

Kurz darauf verließen sie die Kältekammer und waren gezwungen, wieder zu warten, bis ihre Sichtfenster nicht mehr beschlagen waren. Diesmal dauerte das länger. Wie auch immer, alles lief wie am Schnürchen.

Sie bahnten sich den Weg zurück durch das Labor, bis sie die Dekontaminationsduschen und die Luftschleuse erreicht hatten. Die Dusche bot nur einer Person Platz, der Hauptmann betrat sie als Erster. Die automatische Tür schloss sich mit einem Rumpeln; Blaine hörte das zischende Geräusch der chemischen Dekontaminationsmittel, die auf den Hauptmann herabsprühten. Die Geräusche hörten auf; die äußere Tür öffnete sich mit einem Zischen der Druckluftschleuse. Einen Augenblick später öffnete sich die innere Tür, sodass er die Dusche betreten konnte. Er trat ein, und sogleich hüllte ein Sprühstoß von Chemikalien ihn ein, während eine blecherne Stimme ihn anwies, die Arme zu heben und sich umzudrehen. Dann öffnete sich die Tür, er betrat den Vorraum – und stellte fest, dass der Lauf einer Waffe auf das Sichtfenster seiner Haube gedrückt wurde.

»Geben Sie mir die Pockenviren«, sagte eine Stimme, die Blaine als die von Gideon Crew erkannte.

69

Stone Fordyce hörte den Hubschrauber, bevor er ihn sah: ein UH-60 Black Hawk, der tief und schnell aus östlicher Richtung herangeflogen kam. Fordyce war zum hinteren Ende des Parkplatzes gegangen, nahe dem Tor zur Fahrbereitschaft, und suchte Zuflucht vor dem Rotorenwind hinter einem Hummer auf Böcken. Der Black Hawk flog langsamer, wendete und landete auf dem leeren, asphaltierten Parkplatz in der Nähe. Fordyce wartete ab, bis der Hubschrauber zum Stehen kam. Während die Rotoren sich langsamer drehten, ging die Kabinentür auf, und sechs Mitglieder eines mobilen Einsatzkommandos sprangen heraus. Sie trugen vollständigen Körperschutz und waren mit M4-Karabinern ausgerüstet. Kurz darauf entstieg ein Zivilist dem Hubschrauber. Fordyce war verblüfft und ermutigt zugleich, dass Dart persönlich mitgekommen war. Ein erneuter Beweis, dass er die richtige Entscheidung getroffen hatte.

Er schaute zu, wie die Männer aus dem Luftschraubenstrahl traten und sich in der Nähe der Tür zum Gebäude versammelten.

Fordyce richtete sich auf, trat hinter dem Hummer hervor und zeigte sich. Dart sah ihn und winkte ihn mit einer Armbewegung zu sich.

Fordyce lief im Laufschritt zur Gruppe der Soldaten, die, als er ankam, in einem Halbkreis ausschwärmten – ein Leutnant, ein Stabsfeldwebel und vier Gefreite.

»Sind sie immer noch drin?«, fragte Dart und trat einen Schritt vor.

Fordyce nickte.

»Und Crew? Wo ist er?«

»Immer noch auf Ebene vier, soviel ich weiß. Wie Sie gebeten haben, habe ich keinen Kontakt hergestellt.«

»Irgendwelche Hinweise auf Aktivitäten oder Auseinandersetzungen?«

»Nein.«

»Gibt es noch irgendwelche anderen Sicherheitsmaßnahmen? Alarm- oder Warnsysteme?«

»Nichts, soweit ich das erkennen kann. Es ist hier grabesstill gewesen.«

»Gut.« Dart blickte auf seine Uhr. »Sie sind nach meiner Schätzung jetzt seit fast vierzehn Minuten da drin.« Er runzelte die Stirn. »Hören Sie zu, Agent Fordyce. Sie haben hervorragende Arbeit geleistet. Aber Ihr Job ist damit erledigt, und ich möchte nicht, dass etwas, und ich meine irgendetwas, schiefgeht. Von jetzt an werden Profis die Sache regeln.« Er streckte die Hand aus. »Ihre Waffe, bitte.«

Fordyce zog sie aus dem Holster und hielt sie mit dem Griff nach vorn Dart hin. Aber noch während er das tat, wunderte er sich über die Aufforderung. »Warum wollen Sie meine Waffe?«

Dart nahm sie, inspizierte sie, schob eine Patrone in die Kammer, dann hob er den Arm und richtete die Waffe auf Fordyce' Brust. »Weil ich Sie mit ihr erschießen werde.«

Ein Knall, schockierend laut, ein weißer Feuerstoß, und Fordyce riss es nach hinten. Die Kugel traf ihn mitten ins Brustbein und warf ihn auf den Asphalt. Er war in seinem ganzen Leben noch nie so überrascht gewesen, und während er mit weit aufgerissenen Augen in einen unerhört blauen Sommerhimmel starrte, war er außerstande zu begreifen, was mit ihm geschah, während er sein Leben aushauchte und Blau sich in Schwarz verwandelte.

70

Als ihm der Lauf des Python auf das Sichtfenster gedrückt wurde, schrak Blaine zusammen. Gideon nutzte das aus, griff schnell hinunter zur Biotasche in Blaines Schutzanzug und schob die Hand hinein. Seine Finger schlossen sich um die noch immer kalte Scheibe, die er herauszog und vorsichtig einsteckte. Während er die Waffe weiter auf Blaine richtete, öffnete er die Haube des eigenen Schutzanzugs und zog sie sich vom Kopf, damit er besser sehen und atmen konnte.

»Gideon.« Das war alles, was Blaine mit leiser, bebender Stimme hervorbrachte.

»Legen Sie sich mit dem Gesicht nach unten auf den Boden neben den Hauptmann, die Arme über den Kopf ausgestreckt«, sagte Gideon lauter, als er beabsichtigt hatte.

»Gideon, bitte, hören Sie mir doch zu …«, begann Blaine, dessen Stimme wegen der Haube gedämpft klang.

Gideon spannte den Abzug des Colts. »Tun Sie, was ich Ihnen sage.« Dabei bemühte er sich, das Zittern seiner Hände zu unterdrücken. Alidas Vater zu erschießen, war eine schreckenerregende Vorstellung, aber er wusste, dass die Situation viel zu gefährlich für ihn war, als dass er irgendwelche Schwächen zeigen durfte.

Er betrachtete die beiden Diebe, die mit ausgestreckten Armen auf dem Boden lagen. Sie trugen beide noch Schutzanzüge, ihre Waffen steckten in den Holstern darunter.

Das Entwaffnen würde schwierig werden, insbesondere der Hauptmann sah aus, als könnte er sich als gefährlicher Gegner erweisen. Gideon hielt weiterhin den Revolver auf ihn gerichtet, holte mit der anderen Hand sein Handy hervor und rief Fordyce an.

Nachdem es einige Male geläutet hatte, stellte das Handy auf Voice-Mail um.

Gideon steckte es ein. Fordyce befand sich irgendwo in einem Funkloch – was erklären könnte, dass er ihn nicht angerufen hatte. Er musste allein mit der Situation fertig werden.

»Hauptmann«, sagte er, »nehmen Sie mit einer Hand die Haube ab, und halten Sie die andere stets ausgestreckt über dem Kopf und in Sichtweite. Wenn Sie irgendetwas versuchen, erschieße ich Sie.«

Der Hauptmann gehorchte.

»Jetzt Sie, Blaine.«

Kaum hatte Blaine seine Haube abgenommen, meldete er sich wieder zu Wort: »Gideon, bitte, hören Sie mich doch an …«

»Klappe halten.« Gideon war speiübel, seine Hände zitterten. Er wandte sich wieder dem Hauptmann zu. »Ich möchte, dass Sie langsam aufstehen. Dann ziehen Sie mit der linken Hand den Schutzanzug aus, wobei Sie die rechte die ganze Zeit vom Körper wegstrecken und in Sichtweite halten. Wenn Sie auch nur zucken, fange ich an zu schießen und höre erst auf, wenn Sie beide tot sind.«

Der Hauptmann gehorchte und versuchte keine Tricks – was für seine Intelligenz sprach. Gideon meinte es völlig ernst, als er gesagt hatte, er würde sie beide umlegen, das mussten sie gespürt haben.

Als der Schutzanzug ausgezogen war, befahl Gideon dem Hauptmann, sich wieder auf den Boden zu legen, dann durchsuchte er ihn und fand eine 9-Millimeter-Pistole und ein Messer. Er fesselte die Hände des Soldaten mit einem Stück Chirurgenschlauch, das auf dem Labortisch in der Nähe lag, hinter dem Rücken.

Dann drehte er sich zu Blaine um. »Jetzt Sie. Ziehen Sie Ihren Anzug aus, genauso wie der Hauptmann.«

»Um Alidas willen, hören Sie doch …«

»Noch ein Wort, und ich bringe Sie um.« Gideon merkte, dass er knallrot wurde. Er hatte versucht, die furchtbare Alida-Frage aus seinen Gedanken zu verbannen. Und jetzt spielte ihr Vater diese Karte gnadenlos aus, der Drecksack.

Blaine verstummte.

Als der Schutzanzug ausgezogen war, durchsuchte Gideon Blaine, nahm dessen Waffe an sich – einen wunderschönen alten 45er Colt Peacemaker mit Hirschhorngriff – und steckte ihn sich am Rücken hinter den Gürtel.

»Legen Sie sich wieder hin.«

Blaine gehorchte. Gideon fesselte auch ihm die Hände mit Chirurgenschlauch.

Was sollte er jetzt machen? Er brauchte Fordyce. Fordyce musste Blaine und den Hauptmann gesehen haben, als sie das Gebäude betraten, und war sicher auf dem Weg hier runter als Unterstützung – oder etwa nicht? Warum war er nicht hier? Hatten sie bereits unterwegs eine Auseinandersetzung gehabt? Unmöglich. Als sie ankamen, waren die beiden ganz ruhig gewesen, frisch, arglos. Hatte jemand Fordyce aufgehalten?

Es spielte keine Rolle. Er benötigte Hilfe. Es war an der Zeit, Glinn anzurufen.

Er zog sein Handy hervor. Da hörte er auf dem Gang hinter der Tür das schwere Getrappel von Stiefeln. Er trat einen Schritt zurück, als die Tür aufgezogen wurde und Soldaten in Kampfanzügen mit vorgehaltenen Waffen hereinstürmten.

»Keiner bewegt sich!«, rief der Soldat ganz vorn. *»Lassen Sie die Waffen fallen!«*

Plötzlich war Gideon absolut in Unterzahl. Sechs automatische Waffen waren auf ihn gerichtet. *O nein, ist das der Grund, warum Fordyce nicht hier ist?*, dachte er. *Die müssen uns auf den Monitoren gesehen und eine Einsatztruppe angefordert haben.* Er rührte sich nicht vom Fleck, die Hände ausgestreckt, den Python und die 9-Millimeter in Sichtweite.

Eine Sekunde später kam Dart herein. Er blickte sich um und nahm den Raum in Augenschein.

Gideon starrte ihn wütend an. *»Dart?* Was soll das?«

»Alles ist gut«, sagte Dart ruhig zu Gideon. »Von jetzt an kümmern wir uns um alles.«

»Wo ist Fordyce?«

»Wartet am Heli. Er hat mich angerufen, ohne Sie zu informieren, hat alles erklärt. Hat gesagt, dass Sie das allein machen wollen. Und wie ich sehe, haben Sie sich recht gut geschlagen. Aber jetzt sind wir hier, um zu übernehmen.«

Gideon starrte ihn weiter an.

»Machen Sie sich keine Sorgen. Ich weiß alles darüber – über Blaine, das Exposé für den Roman, den Plan, die Pockenviren. Es ist jetzt vorüber, Sie sind vom Verdacht befreit.«

Also hatte Fordyce den Anruf doch getätigt. Und Dart hatte zugehört, und zwar so gut, dass er selbst mitgekommen war. Erstaunlich. Gideon merkte, wie sich sein ganzer Körper entspannte. Der lange Albtraum war endlich vorbei.

Dart blickte sich um. »Wer hat die Pockenviren?«, fragte er.

»Ich«, sagte Gideon.

»Darf ich sie bitte haben?«

Gideon zögerte – er war nicht ganz sicher, warum.

Dart streckte die Hand aus. »Darf ich sie bitte haben?«

»Wenn Sie die beiden hier festnehmen und schleunigst rausschaffen«, sagte Gideon. »Außerdem finde ich, dass die Pockenviren sofort in die Kältekammer zurückmüssen.«

Langes Schweigen. Dann lächelte Dart. »Glauben Sie mir, die Viren werden umgehend hinkommen, wo sie hingehören.«

Gideon zögerte dennoch. »Ich lege sie selbst zurück.«

Darts Miene wirkte nicht mehr ganz so freundlich. »Warum die Schwierigkeiten, Crew?«

Gideon wusste keine Antwort darauf. Die ganze Sache hatte etwas, das sich nicht ganz richtig anfühlte; irgendein vages Gefühl, dass Dart ein wenig zu freundlich war, dass er sich Gideons Ansichten ein bisschen zu schnell angeschlossen hatte.

»Ich mache keine Schwierigkeiten«, sagte Gideon. »Ich würde mich bloß besser fühlen, wenn ich sehe, dass die Viren in die Kältekammer zurückkommen.«

»Ich denke, das lässt sich arrangieren. Aber wenn wir ins Labor gehen, müssen Sie Ihre Waffen abgeben. Sie wissen schon – der Metalldetektor.«

Gideon trat einen Schritt zurück. »Der Hauptmann ist ohne Probleme mit seiner Pistole reingegangen. Es gibt hier keinen Metalldetektor.« Mit einem Mal klopfte ihm das Herz in der Brust. War das alles Theater? Logen sie ihn an?

Dart drehte sich zu den Soldaten um. »Entwaffnen Sie jetzt den Mann.«

Die Gewehre wurden wieder auf ihn gerichtet. Gideon starrte die Männer an und rührte sich nicht.

Ein Leutnant trat vor, zog seine Waffe und legte sie an Gideons Schläfe. »Sie haben ihn gehört. Ich zähle bis fünf. *Eins, zwei, drei …*«

Gideon reichte ihm den Python, die 9-Millimeter und den Peacemaker.

»Jetzt die Pockenviren.«

Gideon blickte von Dart zu den Männern. Der Ausdruck auf ihren Gesichtern war mehr als unfreundlich. Sie sahen ihn an, als wäre er ihr Feind. Konnte es sein, dass sie ihn immer noch für einen Terroristen hielten? Ausgeschlossen.

Trotzdem fühlte sich irgendetwas ganz falsch an.

»Rufen Sie den Direktor des USAMRIID hier nach unten«, sagte Gideon. »Er muss sich auf dem Gelände aufhalten. Ich gebe sie ihm.«

»Sie werden sie mir geben«, sagte Dart.

Gideon blickte von Dart zu den Soldaten. Er war unbewaffnet und hatte tatsächlich keine andere Wahl. »Also gut. Sagen Sie dem Leutnant, er soll zurücktreten. Ich mache das nicht, wenn mir eine Knarre an den Kopf gehalten wird.«

Dart vollführte eine Geste, und der Leutnant trat einen Schritt zurück, hielt seine Pistole aber weiter auf ihn gerichtet.

Gideon steckte die Hand in die Hosentasche, seine Finger schlossen sich um den Puck. Er zog ihn heraus.

»Ganz langsam«, sagte Dart.

Gideon hielt ihm den Puck hin. Dart trat einen Schritt vor, um den Puck zu nehmen, seine Hände schlossen sich darum. »Tötet ihn«, sagte er.

71

Aber Dart war zu vorschnell. Gideon schloss die Finger um den Puck und drehte sich blitzartig um. Gleichzeitig rammte er Dart mit der Schulter und hob die Hand mit dem Puck weit über den Kopf.

»Nicht schießen!«, rief Blaine vom Fußboden. »Wartet!«

Gideon starrte Blaine an. Plötzlich war alles still. Der Leutnant gab keinen Schuss ab. Keiner der Männer schoss. Dart wirkte wie gelähmt.

»Lassen Sie die Waffen fallen«, sagte Gideon. Er beugte den Arm, so als wolle er den Puck werfen, und Dart sprang zurück. Alarmiert folgten die Soldaten seinem Beispiel.

»Werfen Sie ihn nicht, um Gottes willen!« Das kam von Blaine, der immer noch auf dem Boden lag. Er stand ungelenk auf. »Myron, Sie haben es wirklich vermasselt«, sagte er ärgerlich. »Das ist doch keine Art, mit dieser Situation umzugehen.«

Dart schwitzte, sein Gesicht war weiß wie die Wand. »Was machen Sie da?«

»Das Chaos beheben. Schneiden Sie das hier durch.« Er streckte seine Handgelenke aus.

Dart gehorchte und schnitt mit einem Skalpell den Chirurgenschlauch durch.

Blaine rieb sich die Hände und fixierte Gideon aus tiefblauen Augen, sprach aber den Hauptmann an. »Gurulé, Sie können auch aufstehen. Wir müssen niemandem mehr etwas vorspielen.«

Als der Hauptmann sich erhob und seine dunklen Augen vor Triumph blitzten, wusste Gideon, was sich hier zutrug. Die Erkenntnis haute ihn fast um: Dart und Blaine waren Co-Verschwörer.

Blaine wandte sich zu den Soldaten um. »Leutnant, Soldaten, verdammt noch mal, runter mit den Waffen!«

Kurzes Zögern, dann sagte Dart: »Tun Sie's.«

Der Leutnant gehorchte, seine Männer desgleichen.

»Geben Sie mir meinen Revolver«, sagte Blaine brummig und streckte seine Hand Dart entgegen.

Dart gab ihm den Peacemaker zurück. Blaine wog ihn in der Hand, öffnete den Schnapper, drehte die Trommel, um sicherzugehen, dass die Waffe noch geladen war, und steckte sie sich hinter den Gürtel. Der Hauptmann erhielt seine 9-Millimeter zurück.

Während dies stattfand, blieb Gideon stehen und hielt die Pockenviren weiter mit angewinkeltem, starrem Arm drohend über seinen Kopf. Leise sagte er: »Wenn Sie nicht *alle* Ihre Waffen niederlegen, werfe ich den Puck auf den Boden. Runter mit den Waffen. *Sofort.*«

»Gideon, Gideon«, begann Blaine. Er schüttelte den Kopf, seine Stimme klang ruhig. »Würden Sie sich bitte anhören, was ich zu sagen habe?«

Gideon wartete. Das Herz hämmerte ihm in der Brust. *Wenn er anfängt, von Alida zu reden …*

»Wissen Sie, warum wir das hier machen?«

»Erpressung«, sagte Gideon. »Ich habe Ihr Buchexposé gelesen. Sie machen das des verdammten Geldes wegen.«

»Ah ja, verstehe«, sagte Blaine kichernd. »Sie haben keine Vorstellung, *keinerlei*, wie sehr Sie sich im Irrtum befinden. Das war nur eine Kleinigkeit, ein Punkt in der Handlung meines Romans. Keiner von uns hat es auf Geld abgesehen. Es könnte uns nicht gleichgültiger sein. Wir haben eine viel bessere Verwendung für die Pockenviren. Etwas wirklich Nützliches für unser Land. Würden Sie das gern hören?«

Gideon blieb angespannt wie eine Sprungfeder, hielt den

Arm wurfbereit. Aber aus irgendeinem abartigen Grund wollte er hören, was Blaine zu sagen hatte.

Blaine zeigte auf Dart. »Schauen Sie, ich habe meine Buchideen von Zeit zu Zeit von Myron überprüfen lassen. Und er war es, der mir gesagt hat, dass diese Idee von der ›Operation Leichnam‹ zu gut für einen Roman sei. Dass sie etwas sei, das wir tatsächlich umsetzen könnten.«

Gideon schwieg.

»Ich sage Ihnen das, weil ich ziemlich sicher bin, dass Sie sich uns anschließen wollen. Schließlich gehören Sie zu den intelligentesten Menschen, denen ich je begegnet bin. Sie werden das gewiss verstehen. Und außerdem …«, er hielt inne, »lieben Sie offenbar meine Tochter.«

Gideon wurde wieder rot. »Lassen Sie Alida da raus.«

»Oh, aber das werde … das werde ich.«

»Blaine, Sie vergeuden Ihre Zeit!«, meinte Dart.

»Wir haben viel Zeit«, sagte Blaine gelassen und wandte sich wieder mit einem Lächeln an Gideon. »Wozu wir *nicht* Zeit haben, das ist für einen Unfall. Offen gesagt, Gideon, ich halte Sie nicht für die Art Person, die in der Lage wäre, das auf den Boden zu werfen. Und dadurch Millionen Menschen zu töten.« Er hob fragend eine Braue.

»Ich werde es tun, wenn Sie die Viren dadurch nicht in die Finger bekommen.«

»Aber Sie haben doch noch gar nicht gehört, was wir damit vorhaben!« Der Satz wurde auf freundlich protestierende Art geäußert.

Gideon schwieg. Blaine wollte zu Wort kommen – dann sollte er doch.

»Ich war beim britischen Geheimdienst, bekannt als MI6. Hauptmann Gurulé hier ist von der CIA. Dart ist nicht nur bei NEST involviert, sondern hat auch für einen geheimen Nachrichtendienst gearbeitet. Weil wir beide vom

Geheimdienst herkommen, wissen wir etwas, das Sie nicht wissen, und das ist Folgendes: Amerika befindet sich im Geheimen im Krieg. Mit einem Feind, gegen den die ehemaligen Sowjets wie ein Haufen tolpatschiger Polizisten wirken.«

Gideon wartete.

»Das Überleben unseres Landes hängt am seidenen Faden.« Blaine unterbrach sich, atmete durch und begann von neuem: »Lassen Sie mich Ihnen etwas über diesen Feind erzählen. Er ist entschlossen. Er ist sachlich, äußerst strebsam und hochintelligent. Er besitzt die zweitgrößte Volkswirtschaft der Welt, die zehnmal so schnell wächst wie unsere. Er verfügt über ein enorm großes und schlagkräftiges Militär, besitzt fortgeschrittene Weltraumwaffen und das am schnellsten wachsende Kernwaffenarsenal der Welt. Dieser Feind spart vierzig Prozent dessen, was er verdient. Er hat mehr Hochschulabsolventen als Amerika Einwohner. Im Land des Feindes studieren mehr Menschen Englisch, als es englischsprechende Menschen auf der ganzen Welt gibt. Er weiß alles über uns, und wir wissen beinahe nichts über ihn. Dieser Feind ist skrupellos. Er ist die letzte kolonialistische Großmacht auf der Erde, die viele der ehemals unabhängigen Länder, die sie umgeben, besetzt und schikaniert. Dieser Feind hat schamlos und offen unser geistiges Eigentum im Wert von Billionen Dollar gestohlen. Er hält sich nicht an die Regeln des internationalen Rechts. Er unterdrückt die Freiheit der Rede, unterdrückt die freie Ausübung der Religion und ermordet und inhaftiert fast täglich Journalisten und Dissidenten. Er hat offen den Markt für Seltene Erden manipuliert, die für unsere elektronische Welt unerlässlich sind. Dieser Feind, der kaum Öl besitzt, kontrolliert heute die Technologien und Märkte für Sonnen-, Wind- und Atomenergie. Als solcher ist er im Begriff, das neue

Saudi-Arabien zu werden. Dieser Feind hat durch unfaire Währungs- und Handelspraktiken beinahe drei Billionen unserer eigenen Dollar angehäuft. Würde die Summe auf den Weltmarkt geworfen, würde sie ausreichen, unsere Währung zu vernichten und unsere Volkswirtschaft an einem einzigen Tag zu zerstören. Im Grunde hat er uns an den Eiern. Und am schlimmsten von allem: Dieser Feind verachtet uns. Er sieht, wie wir in Washington Politik betreiben, und ist zu dem Schluss gelangt, dass unser demokratisches System einen Riesenirrtum darstellt. Und er hält uns Amerikaner für eine schwache, faule, weinerliche, wichtigtuerische ehemalige Weltmacht mit einem Hang zur Überheblichkeit. Hierin hat er vermutlich recht.«

Blaines unablässige, wie hypnotisierende Rede hörte auf. Anschließend atmeten alle schwer, auf den Gesichtern glänzte Schweiß. Gideon war speiübel, so als hätten die Sätze ihn körperlich geprügelt. Immer noch hielt er die Pockenviren hoch. »Der Feind hat die Bevölkerung, das Geld, die Intelligenz, den Willen und den Mumm, uns an den Bettelstab zu bringen. Er hat spezielle Pläne, die genau das vorsehen. Und mehr noch: Er ist dabei, es zu tun. Während Amerika bloß auf seinem Hintern hockt und nichts dagegen unternimmt. Es ist ein einseitiger Krieg: Der Feind kämpft, wir kapitulieren.« Der Schriftsteller beugte sich vor. »Nun, Gideon, nicht jeder Amerikaner ist bereit, sich zu ergeben. Die in diesem Raum befindlichen Personen, dazu eine kleine Gruppe von Gleichgesinnten, werden das nicht zulassen. Wir werden unser Land retten.«

Gideon versuchte verzweifelt, seine Gedanken zu ordnen. Blaine war ein starker, überzeugender und charismatischer Redner. »Und die Pockenviren? Wo kommen die ins Spiel?«

»Das haben Sie sicherlich schon erraten. Wir werden sie

in fünf Städten des Feindes freilassen. Die große Verwundbarkeit des Feindes liegt in der Bevölkerungsdichte und der Abhängigkeit vom Handel. Wenn das Virus sich wie ein Lauffeuer durch die schutzlose Bevölkerung frisst, wird die Weltgemeinschaft über das infizierte Land eine Quarantäne verhängen – es wird ihr nichts anderes übrigbleiben. Wir wissen das mit hundertprozentiger Sicherheit, denn die Reaktion auf einen Ausbruch von Pocken wird in einem streng geheimen NATO-Papier detailliert beschrieben.« Er lächelte triumphierend, als habe die militärische Operation bereits stattgefunden. »Bei einer Quarantäne werden die Landesgrenzen hermetisch abgeriegelt. Alles wird gestoppt oder gesperrt: Flughäfen, Straßen, Eisenbahnen, Häfen, sogar Fußwege. Das Land wird so lange in Quarantäne bleiben, wie die Krankheit grassiert. Unser Epidemiologe sagt uns, dass es Jahre dauern könnte, bis die Krankheit eingedämmt ist. Und dann wird die Volkswirtschaft des Landes wieder dort stehen, wo sie in den fünfziger Jahren stand. Und zwar in den fünfziger Jahren des neunzehnten Jahrhunderts.«

»Der Feind wird mit Atomwaffen zurückschlagen«, sagte Gideon.

»Sicher, aber derzeit hat er nicht allzu viele, und nicht von hoher Qualität. Wir werden die meisten seiner Bomben noch im Flug abschießen. Ein paar unserer Städte könnten getroffen werden, aber dann werden wir massiv Vergeltung üben. Denn schließlich handelt es sich ja tatsächlich um Krieg.« Er zuckte mit den Schultern.

Gideon sah ihn an. »Sie sind verrückt. Das ist nicht unser Feind. Ihr ganzer Plan ist irre.«

»Wirklich, Gideon, stellen Sie sich nicht dümmer, als Sie sind.« Blaine streckte die Hand flehentlich aus. »Schließen Sie sich uns an, bitte. Geben Sie mir die Pockenviren.«

Gideon ging rückwärts in Richtung Tür. »Ich werde mich nicht daran beteiligen. Ich kann es nicht.«

»Enttäuschen Sie mich nicht. Sie sind einer der wenigen mit der Intelligenz, die Wahrheit in meinen Worten zu erkennen. Ich flehe Sie an, darüber nachzudenken – wirklich darüber nachzu*denken*, was ich gesagt habe. Es handelt sich um ein Land, das erst vor einer Generation dreißig Millionen seiner eigenen Bürger umgebracht hat. Der Feind hat nicht die gleiche Wertschätzung für das menschliche Leben wie wir. Er würde uns das Gleiche antun, wenn er es könnte.«

»Ihr Plan ist monströs. Sie reden davon, Millionen Menschen zu töten. Ich habe genug gehört.«

»Denken Sie an Alida ...«

»*Hören Sie auf mit Alida!*« Gideon zitterte der Arm, seine Stimme brach, die Soldaten wichen ängstlich zurück, während er den Puck hin- und herschwenkte.

»Nein!«, flehte Blaine. »Warten Sie!«

»Sagen Sie den Soldaten, sie sollen ihre Waffen niederlegen! Jetzt bin ich an der Reihe, bis fünf zu zählen. *Eins ...!*«

»Um Himmels willen, nein!«, schrie Blaine. »Nicht hier, nicht in der Nähe von Washington. Wenn Sie die Pockenviren freilassen, tun Sie Amerika an, was wir dem Feind –«

»Schauen Sie mir in die Augen, wenn Sie es nicht glauben. Befehlen Sie den Soldaten, die Waffen niederzulegen! *Zwei ...*«

»O mein Gott.« Blaines Hände zitterten. »Gideon, ich flehe Sie an, tun Sie's nicht.«

»*Drei ...*«

»Sie werden es nicht tun. Bestimmt nicht.«

»Sehen Sie mir in die Augen, Blaine. *Vier ...*« Er drehte die Hand. Er würde es wirklich tun. Und endlich erkannte Blaine das.

»Runter mit den Waffen!«, rief Blaine. »Legt sie nieder.«

»*Fünf!*«, rief Gideon.

»Runter! Runter!«

Die Gewehre fielen klappernd zu Boden, die Soldaten waren sichtlich verängstigt. Selbst Dart und der Hauptmann warfen ihre Waffen auf den Boden.

»Hände hoch!«, verlangte Gideon.

Alle Hände gingen hoch.

»Sie Dreckskerl, tun Sie das nicht!«, brüllte Dart.

Gideon drängelte sich zwischen ihnen und dem Labortisch hindurch, die eine Hand immer noch gehoben, die andere hinter dem Rücken. Ihm blieb sehr wenig Zeit. Er erreichte die Tür und schob sie mit dem Knie auf. Dann drehte er sich blitzartig um, packte den Puck ganz fest und schleuderte ihn mit aller Kraft auf den Boden, während er gleichzeitig hinausflitzte und den Gang hinunterrannte.

Im Laufen hörte er, wie der Puck zerbrach und die Teile im Vorraum von den Wänden abprallten. Und dann brach ein totales Chaos aus Rufen, Scharren, Rennen aus, während ein mächtiges, furchterregendes Gebrüll von Blaine erklang, als wäre er ein Löwe, dem sich ein Speer ins Herz bohrt.

72

Mit einem Schrei geriet Simon Blaine rücklings ins Straucheln, während der Puck auf den Fußboden prallte und aufplatzte, wobei er seinen Inhalt mit einem Kondensationspuff von sich gab und die Plastik- und Glasstücke vom Türrahmen abprallten und über den Fußboden schlitterten. Blaine konnte sehen, wie das kristalline Puder beim Kontakt mit dem Boden schmolz.

Mit blitzartiger Klarheit sah er im Geiste die Zukunft vor sich: die Abriegelung der Stadt Washington und ihrer Vororte, die Quarantäne, die unaufhaltsame Ausbreitung der Krankheit, die fieberhaften und nutzlosen Impfbemühungen, die galoppierende Pandemie, die Mobilisierung der Nationalgarde, die Krawalle, die geschlossenen Seehäfen und abgeriegelten Grenzen, die Ausgangssperren, der Ausnahmezustand, die Bomberflüge, der Krieg an den Grenzen zu Kanada und Mexiko ... und natürlich der völlige Zusammenbruch der US-amerikanischen Wirtschaft. Er sah diese Dinge mit einer Gewissheit, die aus Wissen entsprang. Es handelte sich nicht um Mutmaßungen, sondern entsprach genau dem, was geschehen würde, weil er in ihren Computersimulationen bereits gesehen hatte, was dem Feind widerfahren würde, immer und immer wieder.

Dies alles schoss ihm in wenigen Sekunden durch den Kopf. Ihm war bewusst, dass sie vermutlich alle schon infiziert waren; die Krankheit war so ansteckend wie eine gewöhnliche Erkältung, und die Menge an Pockenviren in dem Puck war enorm hoch und reichte aus, um hundert Millionen Menschen auf direktem Weg anzustecken. Jetzt, da die Scheibe zersprungen war, waren die Viren in der Luft. Sie alle im Raum atmeten sie bereits ein. Er und die Übrigen waren so gut wie tot.

Dies alles war ihm mit ungeheurer Deutlichkeit klar. Und da hörte er auf einmal das Geschrei der Soldaten und das Gebrüll von Dart.

»Nicht bewegen!«, sagte er im Befehlston. »Nicht die Luft bewegen. Hören Sie auf mit dem Geschrei. *Klappe halten.*«

Sie gehorchten ihm. Sofortige Stille.

»Wir müssen das Gebäude abriegeln«, sagte er so merkwürdig ruhig und gelassen, dass er sich selbst wunderte. »*Sofort.* Wenn wir alle im Gebäude bleiben, können wir das Virus womöglich eindämmen.«

»Aber was ist mit uns?«, fragte Dart, der ganz weiß im Gesicht war.

»Wir sind erledigt«, sagte Blaine. »Jetzt müssen wir unser Land retten.«

Langes Schweigen. Plötzlich schrie ein Soldat auf und rannte los, sprang über den Türeinstieg und rannte über den dahinter befindlichen Gang davon. Ohne Zögern zog Blaine seine Waffe, zielte sorgfältig und drückte ab. Der alte Peacemaker feuerte mit lautem Knall, und der Soldat ging schreiend und röchelnd zu Boden.

»Oh, Mist, ich lege einen Schutzanzug an«, sagte Dart mit brechender Stimme, machte sich an dem Ständer zu schaffen und zog Anzüge herunter. »Im Labor sind wir sicher!« Etliche Schutzanzüge fielen krachend vom Ständer, und jetzt stürzten die Soldaten vor, schnappten sie sich, stießen sich gegenseitig weg. Jeder Anflug von Disziplin war verschwunden. *Man multipliziere diese Panik mit hundert Millionen*, dachte Blaine. Das war es, was dem Land bevorstand.

Sein Blick fiel auf die undeutlichen, feuchten Stellen, dort, wo die kristallisierten Viren und ihr Trägermaterial auf den Boden und an die Wände gespritzt waren. Es war unaussprechlich. Er fasste es einfach nicht, dass Gideon es tatsächlich getan hatte. Blaine wusste, dass er ohne weiteres bereit war, sein Leben für sein Land zu opfern – ja, er hatte sogar damit gerechnet –, aber nicht so. Nicht auf diese Weise.

Und da fiel ihm etwas ins Auge. Er beugte sich vor und sah genauer hin. Er setzte sich auf Hände und Knie. Und dann streckte er den Arm aus und hob den Puck auf. An der

Seite war eine kleine Seriennummer aufgeprägt, samt einem Kennzeichnungsetikett in winziger Schrift:

INFLUENZA A/H9N2 ABGETÖTET

»Mein Gott!«, rief er. »Das sind gar keine Pockenviren! Er hat uns ausgetrickst. Schwärmt aus, durchsucht das Gebäude, findet ihn! Das hier ist ein anderer Puck. Er hat die Scheiben ausgetauscht. Er hat die Pockenviren immer noch! *Er hat die Pockenviren immer noch!*«

73

Gideon sprintete über den Korridor. Im Laufen beschloss er, auf die Rückseite des Gebäudes zuzusteuern. In der Eingangshalle warteten möglicherweise weitere Soldaten. Außerdem würde ihm die Rückseite des Gebäudes den zusätzlichen Vorteil bieten, dort näher am geparkten Jeep zu sein, der auf dem hinteren Parkplatz stand.

Was bedeutete, dass er einen Hinterausgang finden musste.

Er lief eine Treppe zum Erdgeschoss hinauf und steuerte auf die Rückseite des Gebäudes zu, rannte, so schnell er konnte, während er den Puck noch immer fest umschlossen hielt.

Es handelte sich um einen riesigen, praktisch menschenleeren Gebäudekomplex, sodass Gideon viel Zeit verschwendete mit unerwarteten Kehren und Kurven, Sackgassen und verschlossenen Türen, die ihn zwangen, immer und immer wieder den gleichen Weg zurückzulaufen. Und während der ganzen Zeit tickte die Uhr.

Er hatte keine Ahnung, inwieweit seine Finte die Reaktion seiner Verfolger hinauszögern würde. Er hatte seine Chance gesehen und ergriffen, seine alten Fertigkeiten als Zauberer hatten sich als nützlich erwiesen, als er einen Puck vom Labortisch genommen und gegen den mit den Pockenviren ausgetauscht hatte. Es war relativ leicht gewesen, da er Zaubertricks mit vielen Gegenständen von genau derselben Größe und mitunter sogar der gleichen Form aufgeführt hatte. Was der andere Puck enthielt, wenn überhaupt etwas, wusste er nicht, aber es konnte nicht allzu gefährlich sein, denn sonst hätte es nicht ungeschützt auf dem Tisch im Außenbereich gelegen. Vielleicht bekamen sie alle Nesselausschlag davon.

Nachdem er mehrmals falsch abgebogen war, gelangte er schließlich in einen langen Korridor, der in einen verglasten Bereich mit einem großen Ausgang-Schild und einer Feuerschutztür am anderen Ende mündete, die rote und weiße Streifen hatte und einen Alarmsystem-Aufkleber aufwies. Er lief zu der Tür – und sah im selben Augenblick, wie plötzlich aus einer anderen Richtung ein Mann in der Eingangshalle erschien. Es war der Hauptmann, Gurulé.

Also sind sie mir schon auf den Fersen. Mist.

Der Hauptmann drehte sich um, sah Gideon und machte Anstalten, seine Waffe zu ziehen.

Gideon rannte weiter, rammte Gurulé, sodass dieser rücklings gegen die Feuerschutztür prallte, die mit einem durchdringenden Alarmgejaule aufsprang, die Pistole flog auf den Boden. Gideon kroch auf allen vieren hinterher, wobei er sich des Pockenvirenbehälters in seiner Tasche deutlich bewusst war und ihn mit seinem Körper schützte. Der Hauptmann, der lang ausgestreckt auf der Schwelle lag, sich aber schnell erholte, stand auf, warf sich auf Gideon und wollte ihn in den Schwitzkasten nehmen. Dabei ließ er sein

Gesicht exponiert, und Gideon versetzte ihm einen heftigen Schlag mit der Handfläche. Er spürte, wie die Nase des Gegners unter dem Hieb brach, worauf Gurulés Griff sich gerade so weit lockerte, dass Gideon sich losreißen konnte, noch während der Hauptmann ihm einen üblen Faustschlag in die Seite verpasste.

Sie sahen einander an, der Soldat schüttelte den Kopf und versuchte, wieder zur Besinnung zu kommen und das Blut wegzuschnippen, das ihm aus der Nase spritzte. Die Pockenviren fühlten sich an, als würden sie ein Loch in Gideons Tasche brennen. Was auch immer passierte, der Puck durfte nicht zerbrechen.

Plötzlich wandte sich Gurulé um und versetzte Gideon einen ungeheuer heftigen Fußtritt zwischen die Beine; Gideon wirbelte herum, um die Pockenviren zu schützen, und der Fußtritt traf ihn an der Hüfte, verfehlte knapp die Scheibe, warf ihn aber rücklings gegen die Wand. Er ging in eine Verteidigungshocke, wobei er den Puck noch immer abschirmte, aber der Hauptmann nutzte das defensive Zögern, um gegen Gideon vorzurücken und ihm eine Gerade ans Kinn zu versetzen, wodurch er ihm mehrere Zähne einschlug und er zu Boden ging.

»Die Pockenviren!«, stieß Gideon durch das Blut, das sich in der Mundhöhle sammelte, keuchend aus. »Nein …!«

Aber der Hauptmann war so aufgebracht, dass er nichts hörte. Wieder versetzte er Gideon einen Fausthieb auf die Brust, dann trat er ihn mit dem Fuß in die Seite, wodurch Gideon beinahe kopfüber stürzte und die Scheibe durch die ruckartige Bewegung aus seiner Tasche fiel und in eine Ecke schlitterte. Einen kurzen, entsetzlichen Augenblick lang verharrten beide Männer und sahen, wie der Puck gegen die Wand prallte – und dann ein, zwei Meter zurückrollte, heil und intakt.

Sofort warf sich der Hauptmann auf die Scheibe, während Gideon, jetzt frei von Hemmnissen, ihm einen wüsten Schwinger in die Nieren verpasste, der den Gegner auf die Knie zwang, gefolgt von einem weiteren Fußtritt ans Kinn. Aber der Hauptmann stand auf und drehte sich blitzartig um, fast wie ein Breakdancer, ließ die Beine fliegen und schlug Gideon erneut zu Boden, gerade als der sich aufrappelte. Einen unartikulierten Wutschrei ausstoßend, warf sich Gurulé auf Gideon und biss ihm ins Ohr, dass die Knorpel knirschten. Vor Schmerzen schreiend, versetzte Gideon Gurulé einen Faustschlag an den Hals, wodurch er Gideons Ohr freigab. Während er sich umdrehte und zu einem ungezielten Fausthieb ausholte, der sein Ziel verfehlte, packte Gideon Gurulés Haare mit beiden Händen und riss den Kopf hin und her wie ein Hund, der eine Ratte schüttelt, während er Gurulé mit dem Knie derart heftig ins Gesicht trat, dass es sich anfühlte, als wäre es eingedrückt worden. Gurulé landete auf dem Rücken, und Gideon warf sich auf ihn, packte ihn bei den Ohren, und dann schlug er, die Ohren als Griffe benutzend, den Hinterkopf auf den Betonboden, einmal, zweimal.

Gideon wälzte sich von dem Bewusstlosen herunter. Der Kampf hatte sie nahe an Gurulés Waffe gebracht, und Gideon packte sie im selben Moment, als die Seitentür zur Eingangshalle aufsprang und zwei Soldaten hereingestürzt kamen. Gideon erschoss einen auf der Stelle, sodass er an die Wand zurückgeschleudert wurde. Der zweite ging in Deckung und feuerte wie ein Verrückter. Die Kugeln schlugen in der Glaswand hinter Gideon ein, sodass sie zersprang.

Gideon machte einen Satz durch die Öffnung, dann rappelte er sich auf, während die Kugeln an ihm vorbeipfiffen und von dem Asphalt des hinteren Parkplatzes abprallten. Er kam am nächstgelegenen geparkten Wagen an und warf sich dahinter, während eine Salve das Metall durchdrang. Als er das Feuer erwiderte, sah er durch die offene Tür des Gebäudes, dass der weiße Puck mit den Pockenviren an der Wand lag. Noch während er dort hinschaute, erschien Blaine, hob den Puck auf, verschwand wieder im hinteren Flur und schrie seinen Männern zu, ihm zu folgen.

»Nein!«, rief Gideon.

Er schoss noch einmal, aber es war zu spät. Die übrigen Soldaten verschwanden in dem Gebäude, wobei sie eine letzte halbherzige Salve in seine Richtung abgaben.

Die Pockenviren waren in ihrem Besitz.

Einen Augenblick lehnte sich Gideon einfach nur an den Wagen; in seinem Kopf drehte sich alles. Er war übel zugerichtet, der ganze Körper tat ihm weh, Blut strömte aus dem verletzten Mund – aber das beim Kampf ausgeschüttete Adrenalin und der Verlust der Pockenviren hielten ihn auf den Beinen.

Er stieß sich von dem Wagen ab, spurtete um die Ecke und lief die fensterlose, anscheinend endlose Seitenmauer des Gebäudes entlang. Schließlich erreichte er das Ende und rannte um die nächste Ecke. Der vordere Parkplatz kam in Sicht, und dort auf dem Asphalt stand Darts Hubschrauber, ein Black Hawk, dessen Rotoren gerade ansprangen. Durch die offene Kabinentür war zu sehen, dass Blaine und Dart bereits saßen, während die letzten der Soldaten einstiegen. Ganz in der Nähe des Hubschraubers lag in einer Blutlache ein Mann, der nur allzu deutlich tot war.

Fordyce.

Gideon überkam eine jähe Übelkeit, ein erstickender Zorn, der ihm die Kehle zuschnürte. Jetzt war ihm alles klar.

Er zog seine Pistole und sprintete über die Rasenfläche

auf den Hubschrauber zu. Während dieser aufzusteigen begann, ertönten Schüsse aus der Kabinentür. Gideon rannte zu einem anderen geparkten Wagen und kniete sich dahinter, während sich die Kugeln in das Fahrzeug bohrten. Halb verrückt vor Wut und Kummer erhob er sich wieder und – indem er sich auf der Motorhaube abstützte und die Kugeln ignorierte, die ihm am Kopf vorbeipfiffen – zielte er mit der 9-Millimeter des Hauptmanns und gab zwei sorgfältig gezielte Schüsse auf das Wellenleitungstriebwerk ab. Eine Kugel fand ihr Ziel. Ein helles *Täng* war zu hören, und kleine Farbsplitter platzten ab, kurz darauf erklang ein knirschendes Geräusch. Weitere Schüsse prasselten auf das Auto, aber Gideon rührte sich nicht vom Fleck und gab einen dritten Schuss ab. Jetzt quoll schwarzer Rauch aus den Motoren und verdeckte halb die Hauptrotorblätter; der Hubschrauber schien zu zögern, während das Knirschen sich in ein schrilles Kratzen verwandelte. Dann begann der Hubschrauberrumpf, sich um die eigene Achse zu drehen und sich zu neigen, und der Vogel setzte wieder unsanft auf der Erde auf, der Heckrotor berührte den Boden und zerbrach, sodass die Einzelteile mit einem abschreckenden *Summ!* davonflogen.

Drei Soldaten stiegen aus dem inzwischen brennenden Hubschrauber und liefen auf ihn zu, während sie aus ihren auf Automatik gestellten M4s Schüsse abgaben, einen Augenblick später folgten Dart und Blaine. Die Kugeln schlugen in den Wagen ein, hinter dem Gideon in Deckung gegangen war, kleine Glas- und Metallstücke prasselten auf Gideon nieder, der in der Hocke saß und nur durch den schweren Motorblock vor den Hochgeschwindigkeitsgeschossen geschützt wurde.

Und dann hörten die Schüsse jäh auf. Gideon atmete tief durch, erhob sich, um das Feuer zu erwidern, erkannte aber, dass das Munitionsverschwendung wäre. Die Männer waren abgedreht und befanden sich jetzt außerhalb der Schussweite einer Handfeuerwaffe. Und sie beschäftigten sich nicht mehr mit ihm. Dart, Blaine und die Soldaten stiegen in einen Hummer, offenbar das Fahrzeug, in dem Blaine eingetroffen war. Die Türen knallten zu, das Fahrzeug bog mit quietschenden Reifen vom Parkplatz und steuerte auf die lange Zufahrtsstraße zu, die aus der Basis hinausführte. Der Hubschrauber befand sich inzwischen in gefährlicher Schräglage, gab ein grässliches Knirschen von sich, die Rotoren flappten, Rauch stieg auf. Kurz darauf ging er in Flammen auf und explodierte in einem Feuerball, dass die Erde bebte.

Gideon schirmte das Gesicht gegen die Hitze ab und fluchte. Sie entkamen – flohen mit den Pockenviren. Er sprang auf und lief ihnen hinterher, rannte am brennenden Hubschrauber vorbei zum anderen Ende des Parkplatzes und drückte dabei immer wieder in ohnmächtiger Frustration ab, bis das Magazin leer war.

Dann blieb er stehen und blickte sich schwer atmend um. Blaines Jeep stand auf dem hinteren Parkplatz, aber wenn er zurücklief, um ihn zu holen, wäre das Spiel mit Sicherheit verloren. Dart und Blaine wären zu dem Zeitpunkt so weit voraus, dass er sie nie einholen würde.

Der zentrale Fahrzeugpark der Militärbasis befand sich auf der anderen Seite der Straße, das Tor war geschlossen. Gideon rannte über die Straße, warf sich gegen den Zaun, kletterte daran hinauf und ließ sich auf der anderen Seite herunterfallen. Rechts von ihm parkten eine Reihe Hummer und eine Reihe Jeeps. Er lief auf den ersten Hummer zu und warf einen Blick hinein. Kein Schlüssel. Auch kein Schlüssel im zweiten und dritten Hummer. Wie ein Verrückter rannte er hinüber zu den Jeeps. Bei keinem steckte der Zündschlüssel im Schloss.

Verzweifelt wandte er sich nach links und rechts. Auf

der anderen Seite des Fahrzeugparks standen die größeren Militärfahrzeuge: zwei M1-Panzer, sogenannte Geschützte Fahrzeuge und mehrere gepanzerte Stryker-Kampffahrzeuge, die wie große, waffenstarrende Panzertürme auf acht mächtigen Rädern aussahen. Einer der Stryker war auf eine freie Fläche gefahren und offenbar kurz zuvor mit einem Schlauch abgespritzt worden. Gideon erinnerte sich vage, gesehen zu haben, wie ein Mechaniker an dem Fahrzeug gearbeitet hatte, als er und Fordyce eintrafen. Noch während ihm dieser Gedanke kam, erschien der Mechaniker, Schraubenschlüssel in der Hand und mit lose baumelndem Lederholster, ging zu einem entfernt gelegenen Schuppen und starrte wie gebannt auf den brennenden Hubschrauber. »Was ist denn hier los?«, rief er Gideon zu.

Gideon trat zu ihm, schlug ihm den Schraubenschlüssel aus der Hand, packte ihn am Kragen, hielt ihm die 9-Millimeter vors Gesicht und drehte ihn so, dass er den Stryker in der Nähe sah. »Ich sage Ihnen, was los ist: Wir steigen jetzt in das Fahrzeug da, und Sie werden mir zeigen, wie man damit fährt.«

74

Der Mechaniker öffnete die Tür, und sie stiegen in das höhlenartige Innere, der Mechaniker zuerst, Gideon mit der Waffe folgend. Als der Mechaniker sich auf den Platz des Richtschützen setzte, rutschte Gideon auf den Fahrersitz.

»Geben Sie mir Ihre Waffe«, verlangte Gideon.

Der Mechaniker öffnete sein Holster und händigte seine Waffe aus.

»Und jetzt geben Sie mir den Zündschlüssel.«

Der Mechaniker kramte in der Hosentasche und gab Gideon den Schlüssel. Gideon steckte ihn ins Zündschloss und drehte ihn. Der Stryker sprang sogleich grollend an, der große Dieselmotor brummte. Die Waffe auf den Mechaniker gerichtet, blickte Gideon rasch auf die Instrumente. Es sah einigermaßen verständlich aus: Vor ihm befanden sich Lenkrad, Kupplung, Gas- und Bremspedal, nicht anders als bei einem Lkw. Aber die Bedienungselemente waren umgeben von Elektronik und zahlreichen kleinen Flachbildschirmen von unbekannter Funktion.

»Wissen Sie, wie man das Ding hier fährt?«, fragte Gideon.

»Leck mich«, sagte der Soldat. Er war offenbar wieder zur Besinnung gekommen, und Gideon las in seiner Miene eine Mischung aus Furcht, Wut und zunehmendem Trotz. Er war jung, hager, mit extrem kurzen Haaren, nicht älter als zwanzig. Er hieß JACKMAN und trug die Abzeichen eines Stabsgefreiten. Aber die wichtigste Information stand ihm ins Gesicht geschrieben: Er war ein treuer Soldat, der nicht vor der Mündung einer Waffe einknicken würde, wenn das gegen sein Land wäre.

Mit einiger Mühe zwang sich Gideon, es ruhiger angehen zu lassen, tief Luft zu holen und die Tatsache zu unterdrücken, dass jede Minute, die verging, Blaine mit den Pockenviren mehr Vorsprung verschaffte. Er brauchte die Hilfe dieses Mannes, und er hatte nur einen Versuch, sie zu bekommen.

»Gefreiter Jackman, es tut mir leid, dass ich die Waffe gegen Sie gezogen habe«, sagte er. »Aber wir befinden uns in einer Notfallsituation. Diese Leute, die versucht haben, in dem Hubschrauber da abzuheben, haben aus dem USAMRIID ein tödliches Virus gestohlen. Es sind Terroristen. Und sie werden das Virus freisetzen.«

»Es waren Soldaten«, erwiderte Jackman trotzig.

»*Verkleidet* als Soldaten.«

»Das behaupten Sie.«

»Schauen Sie«, sagte Gideon. »Ich arbeite für NEST.« Er wollte nach seinem alten Ausweis greifen, merkte aber, dass er nicht da war, verloren irgendwann während der verzweifelten Jagd. Gott, er musste das hier schnell erledigen. »Haben Sie die Leiche auf dem Asphalt da drüben gesehen?«

Jackman nickte.

»Das war mein Partner. Special Agent Stone Fordyce. Die Drecksäcke haben ihn ermordet. Sie haben ein Behältnis mit Pockenviren gestohlen und werden diese dazu nutzen, einen Krieg anzuzetteln.«

»Ich nehme Ihnen diesen Quatsch nicht ab«, sagte der Gefreite.

»Sie *müssen* mir glauben.«

»Ausgeschlossen. Sie können sagen, was Sie wollen. Es wird Ihnen nichts nützen.«

Gideon war der Verzweiflung nahe. Er versuchte, sich zusammenzureißen. Er sagte sich, dass das hier eine Situation war, in der man sich mit Tricks und Kniffen durchschlagen musste, nicht anders als alle anderen, denen er begegnet war. Es war nur so, dass die Risiken dieses Mal unendlich viel größer waren. Es ging darum, herauszufinden, wie man diesen Mann erreichen konnte. Und zwar in Sekunden. Gideon sah in das verängstigte, aber absolut entschlossene Gesicht.

»Nein, *Sie* geben alles.« Er reichte Jackman seine 9-Millimeter, mit dem Griff nach vorn. »Wenn Sie glauben, dass ich einer von den Guten bin, dann sollten Sie mir helfen. Halten Sie mich für einen der Bösen, legen Sie mich um. Es ist Ihre Entscheidung, nicht meine.«

Jackman nahm die angebotene Waffe entgegen. Seine Miene verriet jetzt Unsicherheit, er kämpfte mit seinem starken Pflichtgefühl. Er inspizierte rasch die Pistole, ließ das Magazin herausspringen. »Hübscher Versuch. Aber da sind ja gar keine Patronen drin.« Er warf die Waffe beiseite.

Verdammt!

Es folgte ein prekäres Schweigen. Gideon geriet ins Schwitzen. Dann gab er in einer beinahe impulsiven Bewegung dem Mechaniker dessen Handwaffe zurück. »Legen Sie sie mir an den Kopf.«

Jackman machte eine brüske Bewegung, nahm Gideon in den Schwitzkasten und drückte ihm die Waffe an die Schläfe.

»Machen Sie nur. Erschießen Sie mich. Denn wenn die fliehen können, möchte ich gar nicht mehr erleben, was das für Folgen hat.«

Jackmans Finger straffte sich um den Abzug. Es entstand ein langes, tickendes Schweigen.

»Haben Sie mich verstanden? Die fliehen. Sie müssen sich entscheiden – sind Sie für mich oder gegen mich?«

»Ich … ich …« Jackman zögerte verwirrt.

»Schauen Sie mich an, beurteilen Sie mich, und treffen Sie verdammt noch mal Ihre Entscheidung.«

Sie sahen einander an. Noch einmal kurzes Zögern – und dann hellte sich das Gesicht auf, die Entscheidung war gefallen. Jackman nahm die Waffe von Gideons Schläfe und steckte sie ins Holster zurück. »Also gut. Scheiße. Ich bin für Sie.«

Gideon spähte durch das Fahrer-Periskop. Dann rammte er die Gangschaltung des Stryker in den Vorwärtsgang und ließ die Kupplung kommen. Das Fahrzeug ruckte nach hinten und prallte gegen einen Hummer, wodurch das schwere Fahrzeug mehrere Meter weit nach hinten geschleudert wurde.

»Nein, nein, die Kupplung funktioniert anders herum!«, rief Jackman.

Gideon riss die Gangschaltung nach hinten, und das Fahrzeug machte einen Satz. Er drückte das Gaspedal durch, aber der Stryker rollte nur sehr langsam nach vorn. Wegen seines großen Gewichts nahm er nur allmählich Tempo auf.

»Kann die verdammte Karre denn nicht schneller fahren?«, rief er.

»Die holen wir nie ein«, sagte Jackman. »Wir bringen's nur auf neunzig. Ein Hummer macht weit über hundert.«

Einen Augenblick lang nahm Gideon den Fuß vom Gas; ihm war eiskalt vor Verzweiflung. Sie hatten einen zu großen Vorsprung, es war zwecklos. Da fiel ihm etwas ein.

Er zog die Karte der Militärbasis – die, die man ihm am Haupttor gegeben hatte – aus der Hosentasche und warf sie Jackman hin. »Sehen Sie sich die an. Die Zufahrtsstraße zur Basis schlängelt sich über das ganze Gelände. Wir können sie immer noch abfangen, wenn wir geradewegs aufs Haupttor zusteuern.«

»Aber es führt keine Straße geradewegs zum Haupttor«, sagte Jackman.

»Wer braucht denn mit diesem Ding eine Straße? Zeigen Sie mir, wo's zum Tor geht. Wir fahren querfeldein. Und wenn wir da ankommen, seien Sie bereit, die Waffen einzusetzen.«

75

Gideon gab Gas und steuerte den Stryker über den langen Parkplatz, vorbei am brennenden Hubschrauber. Er fuhr mit achtzig Stundenkilometern, laut summten die Räder des Fahrzeugs auf der Servicestraße.

Jackman betrachtete die zerknitterte Karte. »Nehmen Sie Kurs hundertneunzig Grad. Hier, benutzen Sie das hier.« Er zeigte auf einen elektronischen Kompass am Armaturenbrett. Gideon wendete auf 190 Grad Süd, und der Stryker fuhr über den Kantstein, bretterte über eine große Grünfläche und steuerte auf einem Saum von Bäumen zu.

»Was für Waffen haben wir?«, rief Gideon aus.

»Fünfzig-Millimeter-Maschinengewehr, automatischer Granatwerfer, Rauchgranaten.«

»Kann der Stryker durch die Bäume dort fahren?«

»Wir werden's herausfinden«, sagte Jackman. »Legen Sie den Achtrad-Gang ein. Der Hebel da.«

Gideon zog den Hebel und steuerte mit Vollgas auf die Bäume zu, der Diesel röhrte. Bei Gott, es war ein starker Motor. Die Bäume standen weit auseinander, aber nicht weit genug. Er steuerte auf einen Bereich zu, in dem die Bäume jünger und dünner aussahen.

»Festhalten«, sagte er.

Das Fahrzeug prallte gegen einen Baum, dann noch einen, und dann rasten sie hindurch, wobei jeder Baum unten am Stamm abbrach. Das Fahrzeug bockte und ruckte, der Motor dröhnte, die Baumstämme flogen zur Seite, die Blätter raschelten. Eine Minute später befanden sie sich auf einer grasbewachsenen Lichtung.

Auf einem Display leuchtete ein rotes Lämpchen auf, eine flache elektronische Stimme ertönte. »Warnung, Geschwindigkeit ungeeignet für derzeitige Bodenbeschaffenheit. Passen Sie den Reifendruck an.«

Gideon spähte durch das Fahrer-Periskop. »Mist. Da vorn stehen ein paar richtig große Eichen.«

»Reduzieren Sie das Tempo, ich versuche mal, die mit dem Granatwerfer aus dem Weg zu räumen.« Jackman drückte eine Reihe von Schaltern, und der Waffensystem-Bildschirm leuchtete auf. »Los geht's.«

Man hörte eine Reihe von zischenden Geräuschen und einen Augenblick später eine Explosion. Die Eichen verschwanden in einer Mauer aus Flammen, Sand, Blättern und Splittern. Noch bevor die Fläche vollständig freigeräumt war, gab Gideon erneut Vollgas, die Reifen drehten durch, und der Stryker holperte vorwärts, bretterte über eine Masse zerbrochener Baumstämme und pflügte zurück in den Wald, wobei er auf der anderen Seite kleinere Bäume fällte. *Flapp, flapp, flapp.*

Nach einem letzten Krachen brachen sie aus dem Wald hervor. Direkt vor ihnen, auf der anderen Straßenseite, befand sich ein Maschendrahtzaun, der ein Wohngebiet umgab. Ordentliche Reihen von Bungalows, Garagenzufahrten, Autos, gepflegte Rasenflächen, auf denen all die Requisiten des Vorstadtlebens herumlagen.

»Ach du Scheiße«, murmelte Gideon. Zumindest war kaum jemand da, die Familien waren größtenteils evakuiert worden. Er steuerte den Stryker auf den Weg des geringsten Widerstands. Sie prallten gegen den Maschendrahtzaun und zerfetzten ihn, bevor sie hindurchdonnerten. Der Stryker schleuderte durch einen Hintergarten, pulverisierte ein Klettergerüst und ein oberirdisches Schwimmbecken, sodass der Garten überschwemmt wurde.

»Jesses!«, rief Jackman.

Gideon gab weiter Vollgas, während das gewaltige Fahrzeug langsam an Geschwindigkeit gewann. Vor ihnen beschrieb die Straße eine scharfe Rechtskurve. »Ich kriege die Kurve nicht rechtzeitig«, schrie Gideon. »Festhalten!«

Direkt vor ihnen lag ein einstöckiger Bungalow: karierte Vorhänge vorm Wohnzimmer-Panoramafenster, gelbe Blumen, die einen herrlich gepflegten Rasen rahmten. Gideon erkannte, dass er das Haus nicht umfahren konnte, und steuerte auf die Garage zu. Sie trafen mit einem irrsinnigen Knall auf, der Motor des Stryker kreischte, während sie einen Pick-up zur Seite warfen, dann aus der hinteren Wand der Garage herausdonnerten, Holzbalken und Tapeten und Staubwolken hinter sich herziehend.

»Warnung«, erklang die elektronische Stimme. »Geschwindigkeit ungeeignet für derzeitige Bodenverhältnisse.«

Als Gideon durch das Periskop blickte, konnte er sehen, dass zahlreiche Menschen aus den Häusern liefen, riefen und auf ihn deuteten und die Spur der Verwüstung, die er hinterlassen hatte.

»Sind Sie sicher, dass Sie nicht zurückfahren wollen?«, fragte Jackman mit zusammengebissenen Zähnen. »Ich glaube, Sie haben da was ausgelassen.«

Gideon fuhr weiter geradeaus und preschte durch einen weiteren Maschendrahtzaun auf der anderen Seite des Wohngebiets. Hinter einem leeren Parkplatz ragte eine Gruppe von Wellblechhütten auf, zwischen denen nur sehr schmale Gassen hindurchführten. Gideon hielt auf die am breitesten aussehende Gasse zu, aber sie war nicht ganz breit genug. Der Stryker bahnte sich einen Weg hindurch, wobei er die Mauern auf jeder Seite zerriss, als wären sie aus Stanniol, und stieß die nicht sehr stabilen Hütten von ihren billigen Fundamenten.

Sie bretterten weiter auf eine offene Fläche, sausten über zwei Baseballfelder, preschten durch eine Backsteinmauer und kamen – ganz abrupt – auf dem Golfkurs der Militärbasis zum Halten. Während er sich an den Bedienelementen zu schaffen machte, erinnerte sich Gideon vage, dass er, als er auf das Gelände der Militärbasis gefahren war, als Erstes einen Golfplatz gesehen hatte: Sie befanden sich fast am Eingang.

Er fuhr über einen Abschlagsbereich und bahnte sich den Weg den Fairway hinunter, die wenigen Golfer, die auf dem Platz waren, ließen ihre Schläger fallen und stoben auseinander wie Rebhühner. Er überquerte ein schmales Wasserhindernis, kam im Schlamm auf der anderen Seite hoch und wühlte sich durch ein zweites Grün, wobei er riesige Placken Rasen aufwirbelte – und dann, als sie oben auf einer Anhöhe ankamen, konnte Gideon vierhundert Meter entfernt eine Gruppe von Gebäuden erkennen und einen Zaun, der das Haupttor markierte.

Und entlang der Servicestraße, die parallel zum Golfplatz verlief, raste der Hummer mit Blaine und Dart im rechten Winkel zu ihnen.

»Da sind sie!«, rief Gideon aus. »Beschießen Sie die Straße vor ihnen. Aber um Gottes willen, Sie dürfen sie nicht treffen, sonst setzen Sie das Virus frei!«

Jackman machte sich fieberhaft am Fernlenk-Waffensystem zu schaffen. »Halten Sie an, damit ich zielen kann!«

Gideon brachte den Stryker zum Stehen und bohrte dadurch zwei grabenartige Furchen in den Fairway. Jackman spähte durch das Periskop des Kommandanten, stellte ein paar Anzeigen ein, spähte noch mal. Der Stryker schaukelte leicht, als die Granaten gezündet wurden, dann gingen vor dem Hummer Detonationsblitze hoch, die Straße flog in die Luft, und Asphaltstücke wurden himmelwärts geschleudert. Der Hummer kam rutschend zum Stehen, fuhr ein Stück rückwärts, drehte und begann über den Golfrasen zu fahren.

»Noch mal!«, rief Gideon.

Wieder eine erderschütternde Folge von Explosionen. Aber es war sinnlos – der Golfplatz war zu breit, dem Hummer boten sich fast unzählige Wege zum Ausgang der Militärbasis.

Gideon legte den Vorwärtsgang ein und fuhr los, der Stryker pflügte durch die Grasnarbe.

Vor sich sah Gideon mehrere panische Soldaten, die am Torgebäude hin und her liefen. »Können Sie im Torgebäude anrufen?«, schrie er über das Dröhnen des Motors.

»Kein Telefon.«

Gideon dachte schnell nach. »Die Rauchgranaten! Feuern Sie die Rauchgranaten ab!«

Sie pflügten durch einen Sandbunker, erklommen eine weitere Anhöhe, und Jackman gab Feuer. Die Granaten flogen im Bogen durch die Luft, prallten vor dem Hummer auf den Boden und explodierten in riesigen Wolken aus schneeweißem Rauch. Der Wind kam ihnen zugute, er wehte den Rauch über den Hummer, der sofort darin verschwand.

Gideon steuerte auf die riesige Nebelbank zu. »Gibt's hier Infrarot in dem Schätzchen?«

»Schalten Sie den digitalen Bildschirm ein, stellen Sie ihn auf Thermo«, sagte Jackman vom Sitz des Schützen aus.

Gideon blickte auf die Instrumententafel. Jackman beugte sich vor, betätigte einen Schalter, und eines der zahlreichen kleinen Displays ging flackernd an. »Das ist der Drivers Video Screen, auf thermal gestellt«, sagte er.

»Hübsch«, meinte Gideon, während er tiefer in die Nebelbank hineinfuhr. »Und da sind sie ja!«

Der Hummer befand sich immer noch abseits der Straße, aber viel näher an ihnen dran. Er bewegte sich blindlings, geriet vom Fairway ins Rough und steuerte auf einen Waldrand zu.

Gideon spähte auf das geisterhafte Bild auf dem Schirm. »Scheiße. Die bauen gleich einen Unfall.«

»Lassen Sie mich mal.« Jackman warf sich zurück in den Sitz des Schützen. Kurz darauf knatterte das 50-Millimeter-Maschinengewehr. Es feuerte zu kurz, sodass hinter dem Hummer Rasenstücke aufwirbelten.

»Vorsichtig, um Himmels willen.« Gideon schaute zu, wie Jackman das automatische Feuer auf das Heck des Hummers richtete und die Reifen zerfetzte. Der Wagen rutschte zur Seite und kam dann abrupt zum Stehen.

Auf dem Display sah Gideon, wie die Türen aufgestoßen wurden. Die drei Soldaten sprangen heraus, gingen in die Hocke und schossen blindlings durch den Rauch. Dann erschienen zwei weitere Gestalten – Blaine und Dart –, und beide begannen, mit Höchstgeschwindigkeit auf das Tor zuzulaufen.

»Ich verfolge sie«, sagte Gideon. »Geben Sie mir Ihre Waffe.« Gideon stieß die Einstiegsluke des Stryker auf und sprang heraus, plötzlich von Rauch umschlossen. Er hörte, dass die Soldaten blindlings und töricht irgendwohin schossen. Er setzte sich ungefähr in ihre Richtung in Bewegung, wohin, wie er gesehen hatte, auch Blaine gelaufen war. Er rannte den Fairway entlang und tauchte rasch aus dem Nebel auf. Die Soldaten hatten ebenfalls ihren Weg hinaus gefunden, drehten sich zu Gideon um und eröffneten das Feuer. Er warf sich auf den Boden, und da ertönte knatternd das 50-Millimeter-Maschinengewehr aus dem Nebel. Die drei Soldaten vor ihm riss es förmlich auseinander.

Er sprang wieder auf und lief weiter. Blaine hatte hundert Meter Vorsprung, er näherte sich dem letzten Grün, aber er war alt und wurde schnell langsamer. Dart, jünger und besser in Form, war davongezogen und hatte den Schriftsteller hinter sich gelassen.

Während Gideon näher kam, drehte sich Blaine um, zog laut keuchend seinen Peacemaker und feuerte. Der Schuss ließ unmittelbar vor Gideon Grasstücke aufwirbeln. Er rannte weiter. Blaine gab einen zweiten Schuss ab, der ebenfalls danebenging, gleichzeitig warf sich Gideon auf den älteren Mann und packte ihn an den Knien. Sie stürzten schwer, und Gideon entwand Blaine den Revolver, warf ihn zur Seite und nagelte den anderen unter sich fest. Dann zog er Jackmans Pistole hervor.

»Sie verdammter Idiot!«, rief Blaine keuchend und mit Spucke in den Mundwinkeln.

Während er Blaine die Waffe an den Hals drückte, schob Gideon wortlos die Hand in dessen Manteltasche, tastete darin herum und fand den Puck mit den Pockenviren. Er zog ihn hervor, steckte ihn in die Tasche und stand auf.

»Sie gottverdammter Idiot«, sagte Blaine matt, immer noch am Boden liegend.

Auf einmal erklangen Schüsse. Gideon warf sich auf den Boden. Dart, fünfzig Meter entfernt, hatte sich im Laufen umgewandt und schoss.

Es gab keine Deckung. Gideon machte sich klein, zielte sorgfältig und erwiderte das Feuer. Sein zweiter Schuss schickte den Mann zu Boden.

Und dann hörte er Hubschrauber. Als er mit Blicken dem Geräusch folgte, erkannte er zwei Black Hawks, die sich schnell aus östlicher Richtung näherten. Sie drosselten die Geschwindigkeit, drehten dann ab und setzten zu einer Gefechtslandung an.

Weitere Unterstützung für Blaine und Dart.

Gideon drehte sich um und sah Blaine. Er stand unsicher, den Peacemaker wieder in der Hand. Gideon war speiübel. Und er war so nahe dran gewesen – so nahe. Seine Gedanken rasten, er versuchte, sich eine Fluchtmöglichkeit auszudenken, eine Möglichkeit, die Pockenviren zu schützen. Könnte er sie verstecken, sie vergraben, mit ihnen weglaufen? Wo war der Stryker? Gideon blickte sich verzweifelt um, aber das Fahrzeug war noch immer von wabernden Nebelschwaden eingehüllt.

»Ich sagte, geben Sie mir die Pockenviren. Und lassen Sie die Waffe fallen.« Blaine zitterten die Hände.

Gideon war wie gelähmt, unfähig zu handeln. Während sie einander anstarrten, landeten die Hubschrauber auf dem Fairway, die Türen flogen auf, und Soldaten, die Waffen im Anschlag, strömten daraus hervor, schwärmten in klassischer Manier aus und rückten gegen sie vor. Gideon blickte auf die herankommenden Soldaten, dann wieder zurück auf Blaine. Seltsamerweise liefen Blaine dicke Tränen über die Wangen.

»Ich werde Ihnen keinesfalls die Pockenviren geben«, sagte Gideon, hob die eigene Waffe und richtete sie auf Blaine. Sic standen dort, die Waffen aufeinander gerichtet, während die Soldaten näher rückten. Gideon ahnte, dass Blaine nicht auf ihn schießen würde – jeder Schuss konnte die Pockenviren entfesseln. Was bedeutete, dass er Blaine nur abknallen musste.

Und dennoch – noch während er den Finger an den Abzug legte – wurde ihm klar, dass er dazu nicht in der Lage war. Ganz egal, was auf dem Spiel stand, selbst um den Preis des eigenen Lebens, er brachte es nicht über sich, Alidas Vater zu erschießen. Vor allem nicht, weil es jetzt zwecklos war.

»Lassen Sie die Waffen fallen!«, kam der Ruf aus der Gruppe der Soldaten. »Legen Sie die Waffen weg! Sofort! Legen Sie sich auf den Boden!«

Gideon wappnete sich. Es war alles vorbei.

Kurz hintereinander fielen mehrere Schüsse. Gideon

zuckte zusammen und nahm den Aufprall vorweg – und trotzdem traf ihn die Salve nicht. Stattdessen fiel Blaine völlig abrupt mit dem Gesicht nach unten aufs Gras, wo er reglos liegen blieb, den Peacemaker nach wie vor umklammernd.

»Lassen Sie die Waffe fallen!«, ertönte der gebrüllte Befehl.

Gideon streckte die Arme aus und ließ die Pistole aus der Hand gleiten, während die Soldaten sich vorsichtig näherten und ihre Waffen weiterhin auf ihn richteten. Einer begann, ihn zu durchsuchen; er fand den Puck mit den Pockenviren und zog ihn vorsichtig aus Gideons Tasche.

Ein Leutnant aus dem Hubschrauber-Team kam mit langen Schritten herbei. »Gideon Crew?«

Gideon nickte.

Der Offizier wandte sich den Soldaten zu. »Er ist in Ordnung. Er ist Fordyce' Partner.« Dann drehte er sich zu Gideon. »Wo ist Agent Fordyce? Im Stryker?«

»Sie haben ihn erschossen«, sagte Gideon benommen. Ihm wurde langsam klar, dass Fordyce, aufgrund seiner FBI-Mentalität, sich stets doppelt abzusichern, nicht nur Dart, sondern auch andere benachrichtigt hatte. Das hier waren keine weiteren Verschwörer, das war die Kavallerie, die ein bisschen zu spät zur Rettung herbeigeeilt war.

Zu seinem großen Schreck hörte Gideon Blaine husten, dann sah er, wie der alte Mann sich auf Hände und Knie aufrichtete. Ächzend und keuchend begann er, auf ihn zuzukriechen. »Die … Pockenviren …«, hauchte er. Plötzlich schwallte Blut aus seinem Mund, sodass er nicht mehr sprechen konnte, aber er kroch trotzdem weiter.

Einer der Soldaten hob das Gewehr.

»Nein«, sagte Gideon. »Tun Sie's nicht.«

Blaine gelang es, sich etwas höher zu wuchten, und er

versuchte dabei kraftlos, den Peacemaker anzuheben, während sie ihn anstarrten.

»Ihr Idioten«, gurgelte er noch, dann kippte er nach vorn und blieb reglos liegen.

Angewidert wandte Gideon den Blick ab.

76

Das Wartezimmer des Neurologen war in hellem Holz getäfelt, makellos sauber: Ständer mit den aktuellen Tageszeitungen, eine Kiste mit politisch korrektem Holzspielzeug, Exemplare von *Highlights* und *Architectural Digest* und bequeme Ledersofas und Sessel, die sich im richtigen Winkel stehend ergänzten. Durch eine Reihe Fenster mit durchscheinenden Vorhängen fiel ein angenehm diffuses natürliches Licht in die Räume. Ein großer Perserteppich, der den Raum beherrschte, vervollständigte das Bild einer prosperierenden und erfolgreichen Arztpraxis.

Trotz der zu hoch eingestellten Klimaanlage spürte Gideon eine gewisse Klebrigkeit an den Handflächen, als er nervös die Tür hinter sich schloss. Er ging zum Empfangstresen und nannte seinen Namen.

»Haben Sie einen Termin?«, fragte die Arzthelferin.

»Nein«, sagte Gideon.

Die Frau sah auf den Computerbildschirm und sagte: »Es tut mir leid, aber Dr. Metcalfe hat heute keine freien Termine mehr.«

Gideon blieb stehen. »Aber ich muss ihn sehen. Bitte.«

Zum ersten Mal wandte sich die Frau um und schaute ihn an. »Worum geht es?«

»Ich möchte die Ergebnisse erfahren … einer Kernspintomographie, die ich kürzlich habe machen lassen. Ich habe versucht anzurufen, aber sie wollten mir die Ergebnisse nicht übers Telefon durchgeben.«

»Das ist richtig«, sagte sie. »Wir geben die Ergebnisse nie am Telefon durch – ob positiv oder negativ. Das heißt nicht notwendigerweise, dass es ein Problem gibt.« Sie schaute den Computerbildschirm durch. »Wie ich sehe, haben Sie einen Termin verstreichen lassen ... Sie könnten morgen früh kommen, wie wär's damit?«

»Bitte helfen Sie mir, dass ich den Arzt jetzt sehen kann.«

Sie schenkte ihm ein durchaus verständnisvolles Lächeln. »Mal sehen, was ich machen kann.« Sie stand auf und verschwand in einem Gewirr von Praxisräumen. Einen Augenblick später kam sie heraus. »Durch die Tür, einmal rechts und dann links. Untersuchungszimmer zwei.«

Gideon folgte der Anweisung und betrat das Zimmer. Eine Krankenschwester mit Klemmbrett und einem fröhlichen »Guten Morgen« auf den Lippen erschien, ließ ihn auf dem Untersuchungstisch Platz nehmen, nahm seinen Blutdruck und seinen Puls. Gerade als sie damit fertig war, erschien eine große Gestalt im Türrahmen. Die Krankenschwester eilte los, reichte der Gestalt das Klemmbrett und verschwand.

Der Arzt trat ein, ein ernstes Lächeln auf dem gütigen Gesicht, der Halbkranz aus gelocktem Haar wurde von hinten von der hellen Morgensonne beschienen, die durchs Fenster strömte. Dadurch sah er aus wie ein großer, vergnügter Engel. »Guten Morgen, Mr. Crew.« Er ergriff Gideons Hand und schüttelte sie fest und freundlich. »Nehmen Sie doch Platz.« Gideon, der aufgestanden war, als der Arzt eintrat, setzte sich wieder. Der Arzt blieb stehen.

»Ich habe hier die Ergebnisse der Schädel-Kernspin, die wir vor einer Woche gemacht haben.«

Am Tonfall des Neurologen erkannte Gideon sofort, was er sagen würde. Er fühlte sich in den Fängen einer Flucht-oder-Kampf-Reaktion, sein Herz pochte, der Blutdruck stieg an, die Muskeln verkrampften. Er versuchte mit aller Kraft, sich zu beruhigen.

Dr. Metcalfe hielt inne, dann setzte er sich auf eine Ecke des Tisches. »Die Ergebnisse der Untersuchung zeigen ein Wachstum der Blutgefäße im Gehirn, das wir als AVM oder arteriovenöse Malformation bezeichnen …«

Gideon erhob sich abrupt. »Das war's. Mehr brauche ich nicht zu wissen. Vielen Dank.« Er ging zur Tür, wurde aber vom Arzt aufgehalten, der ihm die Hand auf die Schulter legte, um ihn zu besänftigen.

»Ich nehme also an, dass Sie sich bei mir eine zweite Meinung einholen wollten und bereits Bescheid wussten?«

»Ja«, sagte Gideon. Er wollte nichts anderes, als zur Tür hinauszugehen.

»Also gut. Ich glaube jedoch, dass Sie davon profitieren würden, wenn Sie sich anhören, was ich zu sagen habe – wenn Sie denn bereit sind, mir zuzuhören.«

Gideon blieb stehen. Mit Mühe bekämpfte er den Impuls, davonzulaufen. »Dann sagen Sie es einfach. Reden Sie es nicht schön. Und ersparen Sie mir Mitleidsbekundungen.«

»In Ordnung. Ihre AVM betrifft die große Vena Galini und ist sowohl angeboren als auch inoperabel. Dieser Typus von Missbildung neigt mit der Zeit dazu, zu wachsen, und es gibt Hinweise, dass Ihre wächst. Eine anormale, direkte Verbindung zwischen der Hochdruck-Arterie und der Niedrigdruck-Vene führt in der Regel zu einer fortschreitenden Erweiterung der Vene und zur Vergrößerung der AVM. Darüber hinaus gehört zur AVM eine venöse Anomalie, die offenbar den Blutfluss einschränkt und zu einer weiteren Vergrößerung der Vene führt.« Er hielt inne. »Benutze ich zu viele Fachbegriffe?«

»Nein«, sagte Gideon. In gewisser Weise nahm ihm das fachliche Vokabular ein wenig von seiner Angst. Dennoch drehte sich ihm der Magen um bei der Vorstellung, dass dies in seinem Kopf stattfand.

»Die Prognose ist nicht gut. Ich würde schätzen, dass Sie noch sechs Monate bis zwei Jahre zu leben haben – wobei die Sterblichkeitsrate wahrscheinlich irgendwo um ein Jahr herum oder etwas darunter liegt. Andererseits finden sich in den Annalen der Medizingeschichte immer wieder Wunder. Niemand kann mit absoluter Sicherheit sagen, was die Zukunft bringt.«

»Aber die Überlebensrate nach, sagen wir, fünf Jahren … ist wie hoch?«

»Verschwindend gering. Aber nicht null.« Der Arzt zögerte. »Es gibt Möglichkeiten, wie wir mehr herausfinden können.«

»Ich bin mir nicht sicher, ob ich mehr wissen möchte.«

»Verständlich. Aber es gibt ein Verfahren namens Zerebralangiographie, das uns sehr viel mehr über Ihre Situation sagen würde. Wir schieben in der Leistengegend in die Oberschenkelarterie einen Katheter und fädeln ihn bis zur Halsschlagader hinauf. Dort geben wir ein Kontrastmittel frei. Während sich dieses durch das Gehirn ausbreitet, machen wir eine Reihe von Radiographien, was uns erlaubt, die AVM zu kartographieren. Dadurch können wir genauer sagen, wie viel Zeit Sie haben … und vielleicht genauer erkennen, wie wir Ihren Zustand verbessern können.«

»Verbessern? Wie?«

»Durch eine Operation. Wir können das AVM nicht herausnehmen, aber es gibt andere chirurgische Optionen. Man kann um die Ränder herumarbeiten, sozusagen.«

»Was ließe sich dadurch erreichen?«

»Möglicherweise eine Lebensverlängerung.«

»Um wie lange?«

»Das hängt davon ab, wie schnell sich die Vene weitet. Einige Monate, vielleicht ein Jahr.«

Das führte zu einem langen Schweigen.

»Dieses Verfahren«, sagte Gideon schließlich. »Gibt es Risiken?«

»Bedeutende Risiken. Vor allem neurologische. Bei Operationen wie diesen besteht eine zehn- bis fünfzehnprozentige Sterblichkeitsrate, und eine zusätzliche vierzigprozentige Möglichkeit, das Gehirn zu schädigen.«

Gideon schaute dem Arzt in die Augen. »Würden Sie an meiner Stelle diese Risiken eingehen?«

»Nein«, sagte der Arzt, ohne zu zögern. »Ich würde nicht leben wollen, wenn mein Gehirn geschädigt wäre. Ich bin kein Spieler, und eine Fünfzig-fünfzig-Chance ist für mich nicht attraktiv.« Der Neurologe erwiderte Gideons Blick, seine großen braunen Augen waren voller Mitgefühl. Gideon erkannte, dass er in Gegenwart eines weisen Menschen war, einer der wenigen, denen er in seinem kurzen und relativ unglücklichen Leben begegnet war.

»Ich glaube nicht, dass die Angiographie notwendig sein wird«, sagte Gideon.

»Verstehe.«

»Gibt es sonst noch etwas, was ich in der Zwischenzeit tun muss, irgendetwas, was ich in meinem Leben ändern sollte?«

»Nein. Sie können ein normales, aktives Leben führen. Das Ende wird, wenn es kommt, vermutlich jäh kommen.« Der Arzt machte eine Pause. »Das Folgende ist nicht wirklich ein ärztlicher Ratschlag, aber ich an Ihrer Stelle würde Dinge tun, die mir wirklich etwas bedeuten. Wenn dazugehört, anderen zu helfen, umso besser.«

»Vielen Dank.«

Der Arzt drückte kurz Gideons Schulter und senkte die Stimme. »Der einzige Unterschied zwischen Ihnen und uns anderen besteht darin, dass das Leben, während es für jeden kurz ist, für Sie einfach nur ein wenig kürzer ist.«

77

Gideon bog von der North Guadalupe Street ab und fuhr durch das alte Spanische Tor und auf die gepflegte, mit weißem Kies bestreute Zufahrt zum Santa-Fe-Nationalfriedhof. Vor dem Verwaltungsgebäude parkten rund ein Dutzend Autos, er stellte seinen Wagen daneben, dann stieg er aus und blickte sich um. Es war ein warmer Sommermorgen, die Sangre des Cristo Mountains hoben sich dunkelgrün vor dem porzellanartigen Himmel ab. Vor ihm erstreckten sich die ordentlichen Reihen kleiner weißer Grabsteine und führten aus dem Schatten ins strahlend helle Licht.

Er ging in östliche Richtung, seine Schritte knirschten auf dem Kies. Dies war der älteste Teil des Friedhofs – ursprünglich erbaut für die Soldaten der Union, die in der Schlacht am Glorieta Pass gefallen waren –, aber Gideon sah durch die Kiefern und Zedern hindurch den fernen, neueren Teil, der die flachen Flanken eines nahegelegenen Hügelkamms hinaufführte, wo die Wüste neu mit Rasen versehen worden war, sodass er in einem Technicolor-Grün erstrahlte. Auf halber Höhe des Hügels hatte sich eine kleine Gruppe Menschen um ein offenes Grab versammelt.

Er blickte auf die fein säuberlich aufgereihten weißen Kreuze und Davidsterne. *Es dauert nicht mehr lange, dann liege auch ich an einem solchen Ort, und Menschen werden sich an meinem Grab versammeln.* Diesem unerwarteten und unerwünschten Gedanken folgte rasch ein anderer, furchtbar, aber unabweislich: *Wer wird kommen und um mich trauern?*

Er wandte sich ab und ging den Weg hinauf, der zu der Gruppe der Trauernden führte.

Die Einzelheiten von Simon Blaines Beteiligung am Terrorkomplott waren in den Zeitungen nicht erwähnt worden. Gideon hatte mit einer weitaus größeren Trauergemeinde gerechnet. Blaine war schließlich ein bekannter und angesehener Romancier gewesen. Doch als Gideon sich den Weg durch die ernsten weißen Reihen bahnte, wurde ihm klar, dass nicht mehr als zwei Dutzend Menschen im Kreis um das offene Grab standen. Während er sich näherte, konnte er die Stimme des Pfarrers hören, der die alte Fassung der episkopalischen »Totenbestattung« sprach.

Schenke Frieden, o Christus,
deinem Diener durch deine Heiligen,
dort, wo es keinen Kummer und Leid mehr gibt.
Und auch kein Seufzen, sondern ewiges Leben.

Gideon ging weiter und trat aus dem Schatten der Bäume in den grellen Sonnenschein. Sein Blick suchte die Trauergemeinde ab und fand Alida. Sie trug ein schlichtes schwarzes Kleid, einen Schleierhut und weiße, ellbogenlange Handschuhe. Er nahm einen unauffälligen Platz am hinteren Rand der Gruppe ein und musterte verstohlen ihr Gesicht über das Grab hinweg. Der Schleier war nach hinten geschlagen. Während sie auf den Sarg hinunterschaute, waren ihre Augen trocken, aber ihr Gesicht wirkte verwüstet und tief unglücklich. Seine Augen ruhten weiterhin auf ihrem Gesicht, außerstande, wegzuschauen. Plötzlich hob sie den Kopf und traf seinen Blick für eine schreckliche Sekunde lang. Dann blickte sie wieder nach unten ins Grab.

Was war das für ein Blick? Er versuchte, ihn zu ergründen. Lag irgendein Gefühl darin? Sie hatte den Blick zu schnell abgewandt, und jetzt weigerte sie sich entschieden, den Kopf noch einmal zu heben.

In deine Hände, o gütiger Erlöser, übergeben wir deinen Diener Simon …

In der Woche nach den Ereignissen in Fort Detrick hatte Gideon wiederholt versucht, mit Alida Kontakt aufzunehmen. Er hatte sich aussprechen wollen – hatte es gebraucht, um ihr zu sagen, wie ungeheuer leid es ihm tat; um ihr zu sagen, wie furchtbar er sich gefühlt hatte, weil er sie hintergangen hatte; um ihr sein Beileid auszusprechen wegen dem, was ihrem Vater widerfahren war. Er musste ihr helfen zu verstehen, dass er einfach keine andere Wahl gehabt hatte.

Dass ihr Vater für seinen Tod selbst verantwortlich war, das musste ihr natürlich klar sein.

Jedes Mal, wenn er versucht hatte, sie anzurufen, hatte sie aufgelegt. Als er sie das letzte Mal anrief, stellte er fest, dass sie zu einer geheimen Telefonnummer gewechselt hatte.

Danach hatte er versucht, vor dem Tor des Hauses ihres Vaters zu warten, in der Hoffnung, dass sie, wenn sie ihn sah, gerade lange genug anhalten würde, dass er ihr alles erklären könnte. Aber sie war vorbeigefahren, zweimal, ohne einen Blick oder irgendeine Kenntnisnahme.

Und so war er also zur Beerdigung gekommen, bereit, jede Demütigung hinzunehmen, um Alida zu treffen, mit ihr zu reden, alles zu erklären. Er erwartete nicht, dass ihre Beziehung weitergehen könnte, aber wenigstens würde er ihr ein letztes Mal nahe sein können. Denn für ihn war der Gedanke, sie auf diese Art zu verlassen – unverarbeitet und nicht gelöst, voller Bitterkeit und Hass –, schlicht unvorstellbar. Ihm blieb ja nur noch so wenig Zeit, das wusste er jetzt.

Immer wieder hatte er im Geiste ihre gemeinsame Zeit durchgespielt: die Flucht auf dem Pferd; Alidas erste Wut auf ihn; die langsame Verwandlung ihrer Gefühle zu etwas anderem, das in Liebe gipfelte – seine erste richtige Liebe, dank der Güte ihres Herzens und ihres Verstandes.

Mitten im Leben sind wir vom Tod umfangen.
Wer ist, der uns Hilfe bringt, dass wir Gnad erlangen?
Das bist du, Herr, alleine.
Uns reut unsere Missetat, die dich, Herr, erzürnet hat.

Gideon kam sich vor wie ein Eindringling, der in etwas Privates und Persönliches hineingestolpert war. Er wandte sich ab und ging den Hügel wieder hinunter, vorbei an Grab um Grab um Grab, bis er in den älteren Teil des Friedhofs gelangte. Dort, im kühlen Schatten einer Zypresse, wartete er auf dem mit weißem Kies bestreuten Weg, wo sie auf ihrem Weg zurück zum Auto vorbeikommen musste.

Selbst wenn du nur noch ein Jahr zu leben hast, lass es uns doch gemeinsam genießen. Du und ich. Wir packen ein ganzes Leben voller Liebe in ein Jahr. Alidas Worte. Und da erschien in seinem Kopf ein geistiges Bild von ihr: nackt im Türrahmen ihres Ranchhauses, schön wie eine Botticelli-Jungfrau – an jenem Tag, als er in ihrem Wagen davongefahren war, wie besessen davon, das Leben ihres Vaters zu ruinieren.

Warum war es ihm so wichtig, mit ihr zu sprechen? Lag es daran, dass er noch immer hoffte, er könnte sie dazu bewegen, die Dinge so zu sehen wie er, die furchtbare Zwickmühle zu verstehen, in der er sich befunden hatte, und ihm – letztlich, mit ihrem übergroßen Herzen – zu vergeben? Oder erriet ein Teil von ihm bereits, dass das nicht möglich war? Vielleicht musste er sich einfach nur aussprechen, um des eigenen Seelenfriedens willen, denn obwohl er wohl niemals wieder hoffen konnte, dass Alida ihn lieben könnte, konnte er ihr doch wenigstens dabei helfen, ihn zu verstehen.

Er sah dem Trauergottesdienst aus der Ferne zu. Von Zeit zu Zeit wehte die wechselhafte Brise die leise Stimme des Pfarrers zu ihm herüber, ein fernes Gemurmel. Der Sarg wurde abgesenkt. Und dann war es vorbei. Die eng um das Grab stehende Gruppe löste sich auf und begann auseinanderzugehen. Er wartete im Schatten, während die Trauergäste in einer langen, langsamen Prozession den Hügel hinuntergingen, sein Blick auf Alida fixiert, während die Trauernden Alida ihr Beileid aussprachen, sie umarmten, ihre Hand umfassten. Es dauerte alles schmerzlich lange. Zuerst kamen die Friedhofsmitarbeiter, als Nächste eine kleine Gruppe Frauen mittleren Alters, die sich angeregt und leise miteinander unterhielten; dann verschiedene junge Leute und Paare; und schließlich der Pfarrer und einige seiner Assistenten. Er lächelte und nickte Gideon im Vorübergehen pastoral zu.

Als Letzte kam Alida. Er hatte angenommen, sie würde

von anderen begleitet werden, aber sie hatte sich ein wenig zurückfallen lassen und verließ als Letzte das Grab. Sie näherte sich ihm. Gebeugt von ihrem Verlust, aber immer noch stolz, den Kopf hoch erhoben und geradeaus blickend, ging sie langsam den langen, schmalen Fußweg zwischen den Gräbern entlang. Sie schien ihn nicht zu sehen. Während sie näher kam, registrierte Gideon eine seltsame Leere in der Magengegend. Jetzt war sie fast bei ihm angekommen. Er war nicht sicher, was er tun sollte – ob er sie ansprechen, vor sie treten, die Hand ausstrecken sollte –, und während sie auf seiner Höhe stand, öffnete er den Mund, um etwas zu sagen, brachte aber keinen Ton heraus. Sprachlos sah er zu, wie sie mit langsamen Schritten vorbeiging, die Augen geradeaus gerichtet, ohne die geringste Regung oder die leiseste Veränderung ihres Gesichtsausdrucks, die hätten erkennen lassen, dass sie ihn wahrnahm.

Er folgte ihr mit dem Blick, während sie weiter den Weg hinunterging, ihm jetzt den Rücken zugekehrt, nicht abweichend von ihrem bewussten, eisigen Schritt. Mehrere Minuten sah er der schwarzen Gestalt hinterher, bis sie hinter dem Gebäude verschwunden war. Er wartete, bis alle Autos weggefahren waren, und dann wartete er noch etwas länger. Schließlich setzte er sich selbst, tief und unsicher durchatmend, auf den schmalen Fußwegen zwischen den Grabsteinen in Bewegung und ging den Kiesweg hinunter bis zu seinem Auto.

78

Gideon bat den Taxifahrer, ihn am Washington Square Park abzusetzen. Er hatte Lust, den letzten Kilometer zum Büro von EES in der Little Street 12th West zu Fuß zu gehen – aber bevor er dies tat, wollte er noch etwas Zeit im Park verbringen und den Sommertag genießen.

Drei Wochen waren vergangen seit der Beerdigung. Unmittelbar danach war Gideon in seine Hütte in den Jemez Mountains geflohen und hatte sein Handy, seinen Telefonanschluss und seine Computer abgeschaltet. Und dann hatte er drei Wochen lang geangelt. Am fünften Tag fing er schließlich diese schlaue alte Cutthroat-Forelle mit einem widerhakenlosen Haken, in der Absicht, sie wieder freizulassen. Was für ein Prachtexemplar sie war: dick, glänzend, mit einer tiefen dunkelroten und orangefarbenen Färbung unter den Kiemen, die der Cutthroat ihren Namen gab. Sicherlich war dies ein Fisch, der edel genug war, um ihn freizulassen, so wie es seinen Grundsätzen entsprach. Aber dann hatte er es seltsamerweise nicht getan. Stattdessen hatte er sie mit zurück in die Hütte genommen, ausgenommen und sich als ganz einfache *truite amandine* serviert, begleitet von einer Flasche mineralischem Puligny-Montrachet. Alles ohne Schuldgefühle. Und während er sich das einfache, einsame Mahl schmecken ließ, war etwas Sonderbares passiert. Er war glücklich. Nicht nur glücklich, sondern er empfand auch inneren Frieden. Überrascht und neugierig untersuchte er seine Gefühle, und da wurde ihm klar, dass seine innere Ruhe etwas mit der Gewissheit der Dinge zu tun hatte. Mit der Gewissheit seiner Erkrankung und der Überzeugung, dass er Alida nie mehr wiedersehen würde.

Merkwürdigerweise schien diese Gewissheit ihn innerlich zu befreien. Er wusste jetzt, womit er konfrontiert war und was er nie haben konnte. Dies gab ihm die Freiheit, den Rat, den ihm der Arzt am Schluss ihres Gesprächs gegeben hatte, zu befolgen; sich darauf zu konzentrieren, Dinge zu tun, die ihm wichtig waren, und anderen zu helfen. Die Forelle wieder freizulassen wäre eine noble Geste gewesen, aber sie zu essen, das musste er zugeben, war ein noch größeres Vergnügen. Sie zu essen war ihm wichtig. *Mitten im Leben sind wir im Tod* … Ein weiser Gedanke, der auf Forellen und Menschen gleichermaßen zutraf.

Im Laufe dieser drei Wochen hatte er eine Reihe kleinerer Dinge erledigt, die ihm wichtig waren. Unter anderem hatte er sich – unbefristet – krankschreiben lassen. Und als der kurze Angelurlaub zu Ende war, als Gideon schließlich seine Telefone wieder angestellt und seine Nachrichten abgehört hatte, befand sich darunter auch eine Nachricht von Glinn. Der Ingenieur hatte einen weiteren Auftrag für Gideon – wenn dieser denn Lust habe, ihn zu übernehmen; einen Auftrag von »erheblicher Bedeutung«. Gideon war im Begriff, kurzerhand abzulehnen, hielt dann aber inne. Warum nicht? Anscheinend war er gut in solchen Dingen. Wenn er anderen helfen wollte, sollte er sich dem vielleicht nicht verweigern.

Sogar sein Zorn auf Glinn, der ihn während des Einsatzes im Stich gelassen hatte, war verraucht. Gideon verstand langsam, dass sich Glinns Vorgehensweise – auch wenn sie in der Hitze des Gefechts schwer zu ertragen war – als erstaunlich effizient erwiesen hatte. In diesem Fall hatten Glinn und seine Leute sich geweigert zu helfen, weil sie das deutliche Gefühl hatten, dass Gideon die besten Aussichten auf Erfolg hatte, wenn er auf sich allein gestellt blieb.

Und so war er nach New York zurückgekehrt, bereit,

das nächste Kapitel in seinem kurzen Leben aufzuschlagen. Gideon atmete tief durch und schaute sich um. Es war ein wunderschöner Nachmittag am Wochenende, und im Washington Square Park herrschte viel Betrieb. Er verweilte wie verzaubert vor dem Treiben – die dominikanischen Trommler, deren fröhliche Rhythmen die Luft erfüllten; eine Gruppe von ungelenken jugendlichen Inline-Skatern mit Helmen und Knieschützern, deren Mütter eng beisammensaßen und sich sorgten; zwei Männer in teuren Anzügen, die Zigarren rauchten; ein alter Hippie, der seine Gitarre zupfte und Münzen einsammelte; ein Schauspieler, der hinter den Leuten herging und zu ihrer Verärgerung ihre Art zu gehen nachahmte; ein Kümmelblättchen-Spieler, der seine Karten mischte und dabei nach der Polizei Ausschau hielt; ein Stadtstreicher, der tief und fest auf einer Bank schlief. Der Park stand für die Menschheit in all ihrer Komplexität, ihrem Reichtum und ihrem Glanz. Aber an diesem Tag schien die Freude, der Reichtum besonders intensiv zu sein. New York fühlte sich ganz anders an als beim letzten Mal, als er hier gewesen war und sich das Taxi von einem rüpelhaften, betrunkenen Geschäftsmann hatte wegschnappen lassen. Die Terrorbedrohung, die die Stadt zur Hälfte geleert hatte, war vorüber, und die Menschen schienen verändert zurückgekehrt zu sein. Sie waren solidarischer, toleranter, glücklicher, lebten mehr im Augenblick.

Die Stadt hatte sich verändert, und er auch. *Wir alle müssen daran erinnert werden, was wirklich wichtig ist im Leben*, dachte Gideon. Diese Menschen waren daran erinnert worden. Genauso wie er.

Es war alles vorbei; das Land war in den Normalzustand zurückgekehrt. Seine eigenen Sorgen und Nöte hatten sich gelegt; die Videoaufnahmen im USAMRIID, Blaines Laptop und Dart, der vom Krankenhausbett aus alles zugegeben hatte, hatten die Lücken gefüllt und die ganze Geschichte erzählt. Novak war festgenommen worden, zusammen mit den anderen Verschwörern in Los Alamos und den Zirkeln im Verteidigungsministerium und in den Geheimdiensten. Dass Chalker Opfer eines Komplotts geworden war, war offengelegt worden, er war als unschuldiges Opfer rehabilitiert. Glinn war eingeschritten, um dafür zu sorgen, dass Gideons wahre Rolle in dem Drama weiter ein großes Geheimnis blieb. Das war für Gideon von entscheidender Bedeutung. Es würde den Rest seines kurzen Lebens ruinieren, wenn er berühmt werden, als Held belobigt, sein Gesicht überall auf den Titelseiten erscheinen würde. Was für ein Albtraum.

Dann war da noch Alida. Sie war für immer fort. Diesen Teil seines Herzens musste er noch einpacken und verstauen. Daran war nichts mehr zu ändern.

Er ging um den Springbrunnen und blieb vor den dominikanischen Trommlern stehen. Sie spielten wie die Verrückten. Ein Riesenlächeln auf den Gesichtern, Glückseligkeit in den Augen, trommelten sie die kompliziertesten Synkopen, die man sich vorstellen konnte: nicht nur zwei Betonungen gegen drei, sondern fünf gegen drei und wohl sogar sieben gegen vier. Es war wie das Schlagen des menschlichen Herzens; das erste Gefühl, das wir alle am Beginn des Lebens erlebten, mit tausend multipliziert und verwandelt in etwas Rauschhaftes, Wildes.

Während er der Musik lauschte, empfand er Frieden. Echten inneren Frieden. Es war ein erstaunliches Gefühl, eines, an das er noch nicht gewöhnt war. War es das, was die meisten Menschen jeden Tag erlebten? Er hatte nie gewusst, was ihm fehlte. Das Aneurysma und der weise Arzt hatten ihm dieses Geschenk gemacht, schließlich, nach so vielen Jahren der Angst, Furcht, des Kummers, des Hasses und der Vergeltung. Es war eine riesige, ja, unerklärliche

Ironie. Er würde an dem Aneurysma sterben – aber zunächst hatte es ihn befreit.

Gideon sah auf die Uhr. Er würde sich verspäten, aber das machte nichts. Das Getrommel, das war im Moment wichtig. Er hörte fast eine Stunde lang zu, und dann, noch immer mit einem Gefühl des inneren Friedens im Herzen, ging er in westlicher Richtung den Waverly Place hinunter zur Greenwich Avenue, in Richtung des ehemaligen Meatpacking District.

Das Gebäude von EES kam ihm so menschenleer vor wie immer. Man öffnete ihm, ohne dass ihn eine Stimme begrüßte. Niemand war da, der ihn in Empfang nahm oder ihn durch die höhlenartigen Laborräume zum Aufzug begleitete. Der Lift fuhr knarrend hoch und höher, schließlich öffneten sich die Türen. Gideon ging über den Gang zum Konferenzzimmer. Die Tür war geschlossen; alles war grabesstill.

Er klopfte an, und da hörte er Glinns Stimme, ein knappes: »Herein.«

Gideon öffnete die Tür – und wurde von einem Raum voll mit Menschen und plötzlich aufbrandendem Applaus und Jubelrufen empfangen. Glinn war da vorn, fuhr in seinem Rollstuhl auf ihn zu, streckte ihm seinen welken Arm entgegen, zog ihn zu sich herab und küsste ihn auf beide Wangen, auf europäische Art. Garza folgte mit einem ganz festen Händedruck und einem gewaltigen Schlag auf den Rücken, und dann kamen die anderen. Es mussten knapp hundert Personen sein, jung und alt, männlich und weiblich, von jeder denkbaren ethnischen Zugehörigkeit, manche in Laborkitteln, andere im Anzug, wieder andere in Kimono und Sari, dazu kamen eine Handvoll Leute, bei denen es sich wohl um weitere EES-Agenten handelte und die ihm mit anerkennenden Blicken alle die Hand schüttelten, ihm gratulierten. Ein überwältigender und unaufhaltsamer Strom von Begeisterung und menschlicher Wärme.

Und dann fielen alle in Schweigen. Gideon wurde klar, dass sie erwarteten, dass er ein paar Worte sprach. Er stand verdattert da. Dann räusperte er sich. »Vielen Dank«, sagte er. »Hmm, wer seid ihr?«

Das wurde mit Lachen quittiert.

Glinn meldete sich zu Wort. »Gideon, das sind alles Mitarbeiter von EES, die Sie noch nicht kennengelernt haben. Die meisten von ihnen arbeiten hinter den Kulissen, sie halten unseren kleinen Betrieb am Laufen. Mag sein, dass Sie sie nicht kennen, aber sie alle kennen Sie. Und sie alle wollten hier sein, um Ihnen *danke* zu sagen.«

Plötzlich losbrechender Applaus.

»Wir können nichts sagen oder tun, und wir können Ihnen auch nichts geben, das angemessen unsere Dankbarkeit ausdrücken würde für das, was Sie geleistet haben. Also werde ich es nicht mal versuchen.«

Gideon war gerührt. Sie wollten, dass er noch mehr sagte. Was sollte er sagen? Plötzlich kam ihm in den Sinn, dass er so gut darin war, unecht zu sein, anderen etwas vorzumachen, dass er beinahe vergessen hatte, wie man aufrichtig war.

»Ich bin einfach nur froh, dass ich in dieser verrückten Welt etwas Gutes tun konnte.« Er räusperte sich. »Aber ich hätte das nicht ohne meinen Partner, Stone Fordyce, schaffen können. Der sein Leben gab. Er ist ein Held. Ich dagegen habe nur ein paar Zähne eingebüßt.«

Ein zurückhaltenderer Applaus.

»Ich möchte Ihnen allen ebenfalls danken. Ich kann auch nicht ansatzweise wissen, was Sie getan haben, aber es ist schön, Ihre Gesichter zu sehen. So oft dort draußen hatte ich das Gefühl, auf mich allein angewiesen zu sein. Mir ist klar, dass das Teil meines Jobs ist – Teil Ihres Systems, nehme ich an –, aber wenn ich Sie alle hier so sehe, wird mir bewusst, dass ich in Wirklichkeit doch nicht allein war. Ich vermute mal, dass in gewisser Weise EES jetzt mein Zuhause ist. Ja, meine Familie.«

Nicken, gemurmelte Zustimmung.

Stille, dann fragte Glinn: »Wie war Ihr Urlaub?«

»Ich habe eine Forelle gegessen.«

Wieder Lachen und Applaus. Gideon dämpfte ihn, indem er die Hand hob. »In den letzten Tagen ist mir etwas aufgegangen. Das hier ist das, was ich tun sollte. Ich möchte weiterhin für Sie, für EES arbeiten. Ich glaube, ich kann hier etwas wirklich Gutes bewirken. Schließlich«, er machte eine Pause und blickte in die Runde, »habe ich ja nichts anderes in meinem Leben, das einen Pfifferling wert wäre. Sie sind es. Traurig zwar, ich weiß, aber so ist es eben.«

Das wurde mit neuerlichem Schweigen quittiert. Kurz darauf ging ein leises Lächeln über Glinns Gesichtszüge. Er sah sich in dem Zimmer um. »Ich danke Ihnen allen für Ihre Zeit.«

Auf diese taktvolle, aber offenkundige Entlassung hin leerte sich der Raum. Glinn wartete, bis sich nur noch er selbst, Gideon und Garza im Raum befanden. Dann gab er Gideon ein Zeichen, auf einem Stuhl am Konferenztisch Platz zu nehmen.

»Sind Sie sicher, dass Sie das wollen, Gideon?«, fragte er mit leiser Stimme. »Schließlich haben Sie ziemliche Strapazen durchgemacht. Nicht nur die körperlich anstrengende Verbrecherjagd, sondern auch die psychische Belastung.«

Gideon hatte längst aufgehört, sich darüber zu wundern, dass Glinn alles über ihn in Erfahrung bringen konnte. »Ich war mir in meinem Leben noch nie so sicher«, erwiderte er.

Glinn sah ihn einen Augenblick aufmerksam an – ein langer, forschender Blick. Dann nickte er. »Ausgezeichnet. Es freut mich zu hören, dass Sie bei uns bleiben. Es ist eine sehr interessante Zeit, in New York zu sein. Ja, nächste Woche eröffnet in der Morgan Library eine Sonderausstellung – eine Ausstellung des Book of Kells, eine Leihgabe der irischen Regierung. Sie haben vom Book of Kells natürlich schon mal gehört?«

»Natürlich.«

»Wollen Sie es sich dann mal zusammen mit mir anschauen?«, fragte Glinn. »Ich bin ein großer Liebhaber illuminierter Handschriften. Jeden Tag wird eine Seite umgeblättert. Sehr aufregend.«

Gideon zögerte. »Na ja, illuminierte Handschriften sind nicht gerade mein Fall.«

»Oh, aber ich hatte gehofft, Sie würden mich zu der Ausstellung begleiten«, sagte Glinn. »Sie werden das Book of Kells lieben. Nicht nur ist es Irlands größter nationaler Schatz, sondern auch die schönste existierende illuminierte Handschrift überhaupt. Es wurde bislang nur einmal außerhalb Irlands ausgestellt und ist nur eine Woche hier. Es wäre eine Schande, es sich nicht anzusehen. Wir gehen Montagmorgen hin.«

Gideon lachte. »Ehrlich gesagt, ist mir das verdammte Book of Kells ziemlich schnuppe.«

»Das wird nicht so bleiben.«

Als er die Schärfe in Glinns Stimme hörte, stutzte Gideon wider Willen. »Warum?«

»Weil Ihr nächster Auftrag lautet, es zu stehlen.«

Danksagung

Die Autoren danken Patrick Allocco, Douglas Child, Douglas Webb und Jon Couch für ihre unschätzbare Hilfe bezüglich gewisser Details in diesem Buch.

Über die Autoren

Die Thriller von Douglas Preston und Lincoln Child »sind ihren Rivalen haushoch überlegen« (*Publishers Weekly*). Das Autorenteam hat die berühmte Pendergast-Reihe geschrieben, und ihre Bücher *Museum der Angst* und *Formula – Tunnel des Grauens* wurden in einer Umfrage des National Public Radio von den Zuhörern zu den besten 100 Thrillern überhaupt gewählt. *Museum der Angst* wurde mit großem Erfolg verfilmt. Außerdem haben sie gemeinsam *Fever – Schatten der Vergangenheit*, *Revenge – Eiskalte Täuschung* sowie *Mission – Spiel auf Zeit* verfasst. Douglas Prestons von der Kritik hochgelobtes Sachbuch *Die Bestie von Florenz* wird mit George Clooney in der Hauptrolle verfilmt. Zu seinen Hobbys gehören Pferde, Tauchen, Skifahren, Bergsteigen und die Erkundung der Küste Maines in einem alten Hummerfischerboot. Lincoln Child arbeitete früher als Lektor und hat vier Romane veröffentlicht, darunter den Bestseller *Wächter der Tiefe*. Er ist ein leidenschaftlicher Liebhaber von Motorrädern, Sportwagen, exotischen Papageien und der englischen Literatur des 19. Jahrhunderts. Die Autoren laden ihre Leserinnen und Leser herzlich ein, ihnen E-Mails zu schreiben. Oder besuchen Sie sie doch einmal auf ihrer Website www.prestonchild.com.

DIE PENDERGAST-ROMANE

in der inhaltlich chronologischen Reihenfolge

RELIC – Museum der Angst
war unser erster Roman und der erste, in dem Special Agent Pendergast vorkommt.

ATTIC – Gefahr aus der Tiefe
ist die Fortsetzung von RELIC.

FORMULA – Tunnel des Grauens
ist unser dritter Pendergast-Roman und steht ganz für sich.

RITUAL – Höhle des Schreckens
ist der nächste Roman in der Pendergast-Reihe. Auch dieser Roman enthält eine in sich abgeschlossene Geschichte. Die Leser, die mehr über Constance Greene erfahren möchten, werden hier allerdings auch fündig werden.

BURN CASE – Geruch des Teufels
ist der erste Roman in der Reihe, die wir inoffiziell die Diogenes-Trilogie nennen. Zwar ist auch dieser Roman in sich abgeschlossen, doch nimmt er einige Fäden auf, die erstmals in FORMULA gesponnen werden.

DARK SECRET – Mörderische Jagd
ist der mittlere Roman der Diogenes-Trilogie. Obwohl man ihn als in sich abgeschlossenes Buch lesen kann, ist zu empfehlen, BURN CASE vorher zur Hand zu nehmen.

MANIAC – Fluch der Vergangenheit
ist der abschließende Roman der Diogenes-Trilogie. Um das größte Lesevergnügen zu haben, sollte der Leser zumindest DARK SECRET vorher gelesen haben.

DARKNESS – Wettlauf mit der Zeit
ist ein in sich abgeschlossener Roman, der nach den Ereignissen in MANIAC spielt.

CULT – Spiel der Toten
ist ein eigenständiger Roman, bezieht sich aber teilweise, wie es bei uns üblich ist, auf vorhergehende Romane.

FEVER – Schatten der Vergangenheit
ist der Auftakt zu einer neuen Trilogie um die dunkelsten Geheimnisse der Familie Pendergast.

REVENGE – Eiskalte Täuschung
ist der mittlere Roman der Trilogie um die dunkelsten Geheimnisse der Familie Pendergast. Obwohl man ihn als in sich abgeschlossenes Buch lesen kann, ist zu empfehlen, FEVER vorher zur Hand zu nehmen.

Gideon Crew – Unser neuer Ermittler
2011 haben wir eine neue Reihe von Thrillern mit einem ungewöhnlichen Ermittler namens Gideon Crew gestartet.

Das erste Buch der Serie, **MISSION – Spiel auf Zeit,** wurde im Mai 2011 veröffentlicht. Sie halten gerade mit **COUNTDOWN – Jede Sekunde zählt** den zweiten Band dieser neuen Serie in Händen. Wir freuen uns sehr, dass Paramount Pictures die Rechte zu den Gideon-Crew-Thrillern erworben hat und sie, wie wir hoffen, bald verfilmen wird.

Wir möchten Ihnen versichern, dass unsere Ergebenheit gegenüber Agent Pendergast ungetrübt bleibt und dass wir auch weiterhin Romane über den geheimnisvollsten FBI-Agenten der Welt mit der gleichen Frequenz wie bisher schreiben werden.

Unsere anderen Romane

Wir haben neben den Fällen von Special Agent Pendergast und Gideon Crew eine Reihe von in sich abgeschlossenen Abenteuerromanen geschrieben, die an dieser Stelle – anders als unsere Soloromane, die in Deutschland bei verschiedenen Verlagen erscheinen – natürlich nicht unerwähnt bleiben sollen:

MOUNT DRAGON – Labor des Todes
ist unser zweiter gemeinsamer Roman, den wir nach RELIC geschrieben haben.

RIPTIDE – Mörderische Flut
entführt die Leser auf eine spannende Schatzsuche.

THUNDERHEAD – Schlucht des Verderbens
ist der Roman, in dem die Archäologin Nora Kelly eingeführt wird, die als Figur in allen späteren Pendergast-Romanen auftaucht.

ICE SHIP – Tödliche Fracht
stellt unter anderem Eli Glinn vor, der in DARK SECRET, MANIAC und den neuen Gideon-Crew-Romanen eine Rolle spielt.

Und für all diejenigen, die noch dazu auf einen Blick sehen möchten, in welcher Reihenfolge wir unsere gemeinsamen Romane geschrieben haben:

RELIC – Museum der Angst
MOUNT DRAGON – Labor des Todes
ATTIC – Gefahr aus der Tiefe
RIPTIDE – Mörderische Flut
THUNDERHEAD – Schlucht des Verderbens
ICE SHIP – Tödliche Fracht

FORMULA – Tunnel des Grauens
RITUAL – Höhle des Schreckens
BURN CASE – Geruch des Teufels
DARK SECRET – Mörderische Jagd
MANIAC – Fluch der Vergangenheit
DARKNESS – Wettlauf mit der Zeit
CULT – Spiel der Toten
FEVER – Schatten der Vergangenheit
MISSION – Spiel auf Zeit
REVENGE – Eiskalte Täuschung
COUNTDOWN – Jede Sekunde zählt

Wir schätzen uns außergewöhnlich glücklich, dass es Menschen gibt wie Sie, denen es ebenso viel Freude bereitet, unsere Romane zu lesen, wie es uns Freude macht, sie zu schreiben.

Mit besten Grüßen